U0124221

# 古詩文評述二種

福建師範大學文學院百年學術論叢　第二輯

# 古詩文評述二種

陳祥耀　著

# 第二輯

# 總序

百年老校福建師範大學之文學院，承傳前輩碩學薪火，發掘中國語言文學菁華，創獲並積澱諸多學術精品，曾於今年初選編「百年學術論叢」第一輯十種，與臺北萬卷樓圖書股份有限公司協作在臺灣刊行。以學會友，以道契心，允屬兩岸學術文化交流之創舉。今再合力推出第二輯十種，嗣續盛事，殊可喜也！

本輯所收專書，涵古今語言文學研究各五種。茲分述如次。

古代語言文學研究，如陳祥耀先生，早年問學無錫國學專修學校，後執教我校六十餘年，今以九十有四耄耋之齡，手訂《古詩文評述二種》，首「唐宋八大家文說」，次「中國古典詩歌叢話」，兼宏觀微觀視角以探古詩文名家名作之美意雅韻，鉤深致遠，嘉惠後學。陳良運先生由贛入閩，嘔心瀝血，創立志、情、象、境、神五核心範疇，撰為《中國詩學體系論》，可謂匠思獨運，推陳出新。郭丹先生《左傳戰國策研究》，則文史交融，述論結合，於先秦史傳散文研究頗呈創意。林志強先生《古本《尚書》文字研究》，針對經典文本中古文字問題，率多比勘辨析，有釋疑解惑之功。李小榮先生《漢譯佛典文體及其影響研究》，注重考辨體式，探究源流，開拓了佛典文獻與文體學相結合的研究新路。

現當代語言文學研究，如莊浩然先生《中國現代話劇史》，既對戲劇思潮、戲劇運動、舞臺藝術與理論批評作出全面梳理，也對諸多名家名著的藝術成就、風格特徵及歷史地位加以重點討論，凸顯話劇史研究的知識框架和跨文化思維視野。潘新和先生《中國語文學史論》，較全面梳理了先秦至當代的國文教育歷史，努力探尋語文教學中所蘊含的思想文化之源頭活水。辜也平先生《中國現代傳記文學史論》的歷史考察與學理論述，無疑促進了學界對現代傳記文學的研討與反思。席揚先生英年早逝，令人惋歎，遺著《中國當代文學的問題類型與闡釋空間》，集三十年學術研究之精要，探討當代文學思潮和學科史的前沿問題。葛桂录先生《中英文學交流史（十四至二十世紀中葉）》，以跨文化對話的視角，廣泛展示中英文學六百年間互識、互證、互補的歷史圖景，宜為中英文學關係研究領域之厚實力作。

上述十種論著在臺北重刊，又一次展現我校文學院學者研精覃思、鎔今鑄古的學術創獲，並深刻驗證兩岸學人對中華學術文化同具誠敬之心和傳承之責。為此，我謹向作者、編輯和萬卷樓圖書公司恭致謝忱！尤盼四方君子對這些學術成果予以客觀檢視和批評指正。《易》曰：「觀乎人文，以化成天下。」我堅信，關乎中華文化的兩岸交流互動方興而未艾，促進中華文化復興繁榮的前景將愈來愈輝煌璨爛！

汪文頂

謹撰於福州倉山

二〇一五年季冬

# 目次



## 唐宋八大家文說

## 中國古典詩歌叢話

# 自序

此書所含二種，原屬舊作重刊。《唐宋八大家文說》，欲具體介紹「八家」文章之主要內容；《中國古典詩歌叢話》欲系統介紹中國古典詩歌發展之主要脈絡；期能減少讀者研讀諸大、名家之詩若文，因卷帙浩瀚而有下手為難之歎。又著意揭示諸家作品之風格特徵，直陳鄙意外，復廣搜前人評語，供讀者對照互參，自得神悟。兩書原序，已稍詳言，今不復贅。

今所重言者為兩書共通之一事。蓋中國用漢字「文言」寫成之詩文，其在當前，科學性與實用性，固已不如「白話」文體之適合；然其藝術性，則有「白話」文體所不能取代或盡廢棄者在。緣漢字形音義統一於單字單詞，其意義區別特為明細，語句組織特為靈活。視「白話」文體及他國語文，意同一也，而辭簡多矣。且字各方整，調分平仄，對偶之工洽使用，聲調之高低諧配，又非他種文字所能具。文言詩詞之音節美，知者較多；其散文之音節美，知者較少。今人之聽長篇樂曲，常只聞彈奏，不見歌詞，猶能心曠神怡，得所陶冶。若讀古詩文，不徒傳音聲，且見詞語之形義，無論說理敘事，篇章乍啓，放聲一讀，則作者之感情節奏，無不畢現，文藝與音樂之美學因素，皆可感受。文之長者，其聲調起伏所示感情之複雜變化，且時有逾於詩詞，其有逾於徒聽不見字辭之音樂，更不待言矣。然此非反覆為之，親歷親受，彌久彌覺旨味悠遠者，不能深知也。故直接與反覆誦讀原文，乃研究古詩文奠基與深入之一大事，較諸捨此而僅瀏覽他人之抽象理論，領會親切多矣；況詩文中內容又有先賢豐富之智慧結晶，可資汲取，其受益之深廣，因人而異，尤不可測其限量。中國古典文學遺產所存，勝於洞天寶庫，取之不窮，用之無盡，吾書論及部分綱要，聊為入門之路引。若參考書中所舉篇目，或就心之所喜，先行嘗試；或自先而後，逐層擴大，以取讀原文。升堂入室，得作品之神髓，而廣其耳目，拓其心胸，厚其性情，仍有賴於讀者之自為。而吾拜先澤之所賜，得與讀者共享讀書之樂，共受讀書之福，則其欣幸為何如耶？至於書中疏漏，讀者匡而正之，尤所企望也。

西元二〇一五年，陳祥耀自序，時年九十有四

# 唐宋八大家文說

# 原書序*

唐宋八大家，謂唐之韓愈退之、柳宗元子厚，宋之歐陽修永叔、曾鞏子固、王安石介甫及蘇洵明允、蘇軾子瞻、蘇轍子由也。其稱舉，不始於茅坤。明初朱右編《八先生文集》，先於茅氏；唐順之《文編》，於唐宋亦錄八家文，與茅同時。然茅氏所編《唐宋八大家文鈔》，選文既富，評語亦多；自其書出，「八家」一名乃大行，相沿不絕。唐宋之文，佳者不止八家；然如清人姚鼐論文所謂「格律聲色」、「神理氣味」之美者，八家固最足為代表。故讀唐宋文而從八家入，非不宜也。昔餘杭章太炎論文，軒魏晉而輊唐宋，尤輕所謂「吳蜀六士」；「六士」，指宋六家。夫魏晉固足尚，唐宋之韓、柳與「六士」，又何可輕？太炎通人，此說出於早年，晚歲未必堅持也。

八家之文，各有特色與短長。前人為之比較者，如宋王十朋《雜說》：「子厚之文，溫雅過班固；退之之文，雄奇似司馬子長。歐陽公得退之之純粹，而乏子厚之奇；東坡馳騁過諸公，而簡嚴不及也。」「法古於韓，法奇於柳，法純粹於歐陽，法汗漫於東坡。」陳造〈題六君子古文後〉：「昌黎之粹而古，柳州之辯而古，六一之渾厚而古」，「南豐之密而古」。高似孫《緯略》：「韓愈雄深雅健似司馬子長，柳宗元卓偉精緻。」邵博《邵氏聞見後錄》：「韓退之之文自經中來，柳子厚之文自史中來。歐公之文和氣多，英氣少；蘇公（軾）之文英氣多，和氣少。」呂本中《童蒙詩訓》：「韓退之之文，渾灝流轉

---

* 此序為《唐宋八大家文說》原書序。

難窺測；柳子厚文，分明見規模次第。」李塗《文章精義》:「韓如海，柳如泉，歐如瀾，蘇如潮。」「退之雖時有譏諷，然大體純正。子厚發之以憤激，永叔發之以感慨，子瞻兼憤激、感慨而發之以諧謔。」元郝經〈答友人論文法書〉:「唐之文則稱韓、柳，宋之文則稱歐、蘇。……古文之法，則本韓、柳；議論之法，則本歐、蘇。」明宋濂〈王君子與文集序〉:「韓、柳之古健，歐、蘇之峻雅。」貝瓊〈唐宋六家文衡序〉:「蓋韓之奇，柳之峻，歐陽之粹，曾之嚴，王之潔，蘇之博，各有其體。」茅坤《唐宋八大家文鈔》:「吞吐騁頓，若千里之駒而走赤電，鞭疾風，常者山立，怪者霆擊，韓愈之文也。巉岩崱屴，若游峻壑削壁，而谷風凄雨四至者，柳宗元之文也。遒麗逸宕，若攜美人宴遊東山，而風流文物照耀江左者，歐陽子之文也。行乎其所當行，止乎其所不可不止，浩浩洋洋，赴千里之河而注之海者，蘇長公也。……曾鞏、王安石、蘇洵、轍，至矣；鞏尤為折衷於大道，而不失其正，然其才或疲薾而不能副焉。」王世貞《藝苑卮言》:「韓、柳氏，振唐者也，其文實。歐、蘇氏，振宋者也，其文虛。臨川氏，法而狹。南豐氏，飫而衍。」清魏禧《雜說》:「退之如崇山大海，孕育靈怪。子厚如幽林怪壑，鳥叫猿啼。永叔如秋山平遠，春谷倩麗，園亭林沼，悉可圖畫；其奏札剛健剴切，終帶本色之妙。明允如尊官酷吏，南面發令，雖無理事，誰敢不承？東坡如長江大河，時或流為清渠，豬為池沼。子由如晴絲裊空，其雄偉者如天半風雨，裊娜而下。介甫如斷岸千尺，又如高士，谿刻不近人情。子固如陂澤春漲，雖漫漶而深厚有氣力；《說苑》等敘，乃特謹嚴。」方苞《古文約選》〈序例〉:「退之、永叔、介甫，俱以志銘擅長；但序事之文，義法備於《左》、《史》。退之變《左》、《史》之格調，而陰用其義法；永叔摹《史記》之格調，而曲得其風神；介甫變退之之壁壘，而陰用其步伐。」〈答程夔州書〉:「昌黎作記，多緣情事為波瀾；永叔、介甫則別求義理以寓襟抱。柳子惟記山水，雕刻眾形，能移人之情。」沈德潛《唐宋八家文讀本》:「昌黎出入孟子，陶熔司馬子長，六朝後固為文字中興。維時雄深雅健，與之角者，柳州也。廬陵得力昌黎，上窺孟子。老泉之才，横矯如龍蛇。東坡之才大，一瀉千里，純以氣勝。潁濱渟蓄淵涵。南豐深湛經術，又一變矣。要皆正人君子，維持文運。半山之文，純粹狠戾互見，芟而存之，勿以人廢言可也。」劉大櫆〈唐宋八家文百篇序目〉:「予謂論則韓、蘇；書則韓、柳；序則韓、歐、曾；碑志韓、歐、王；記則八家皆能之，而以韓、柳、歐為最；祭文則韓、王。三蘇之所長者一，曰論；曾之所長者一，曰序；柳之所長者二，曰書曰記：王之所長者二，曰志曰祭文；歐之所長者三，曰序曰記曰志銘；韓則所在皆長。」《論文偶記》:「歐陽子逸而未雄；昌黎雄處多，逸處少。」吳振乾〈唐宋八家文類選序〉:「奥若韓，峭若柳，宕逸若歐陽，醇厚若曾，峻潔若王，既已分別流派矣。即如眉山蘇氏父子兄弟相師友，而明允之豪横，子瞻之暢達，子由之紆折，亦有人樹一幟、各不相襲者。」范泰恒〈古文凡例〉:「韓昌黎約六經之旨而成文，高處尤在諸碑志，出入典誥，莊古無倫。歐公學其議論，不學其序事，實不能學也。……柳州骨力遠超宋人，其諸記佳矣，但句調似賦，少昌黎參差高下之致，自來無人道及。……歐文謂並韓，非也。……歐公議論，時有韓之變化，而奇矯不逮，且多近俗處。……碑版、《五代史》，敘事近《史記》，又多可取。……王介甫文敘事遜歐，而議論勝之；其遒折處，文品尤貴，更非曾所及也。……老泉之文，老健沉著，應在大蘇上。子瞻諸策，筆太直而少變化，氣太縱而少渟蓄，識見固高，文品較下，不從韓、柳、歐、王歷觀之，不知也。……子由之文近父兄，而骨力較嫩，雖曰裊裊可愛，然太近時矣。南豐多實語，少變動。」蔣湘南〈與田叔子論古文第二書〉:「宋代諸公，變峭厲而為平暢。永叔情致紆徐，故虛字多；子瞻才氣廉悍，故間架闊。」劉開〈覆陳編修書〉:「曾子固醇而不肆，蘇明允肆而不醇，兼之者僅昌黎也。」〈與阮芸臺宮保論文書〉:「韓退之約六經之旨，兼眾家之長，尚矣。柳子厚深於《國語》，王介甫深於經術，永叔則傳神於史遷，蘇氏則取裁於《國策》，子固則衍派於匡、劉，皆得力於漢以上者。」「至昌黎始工贈送碑志之文，柳州始創為山水雜記之體，廬陵始專精於序事，眉山始窮力於策論。序經以臨川為優，記學以南豐稱首。」雖各言所得，未足盡憑，可供參考焉。

予為福建師範大學中文系研究生講「唐宋散文」課，以八家文為主，苦其篇章浩瀚而學者一時難於遍覽也，乃為之擇要講述，俾稍明主次而肄業焉。講稿所積，續為董理成篇。然時經十有餘載，隨作隨輟，前後行文不盡一致，而大體固皆先總說而後分文體評述也。其中徐世泰東雅堂本《昌黎先生集》、廖瑩中世彩堂本《河東先生集》分體較碎，姑仍之。於八家之文，提要鈎玄，其法略兼古人所謂「解題」、今人所謂「導讀」而一之。又頗採錄古人評語，非曰其言盡當，亦非曰其言盡契鄙懷；取其能廣讀者之心思耳目，為涵泳自得作對照耳。稿成，以為不徒可作研究生教材，於有志治唐宋文者，亦庶幾可為其求津逮、涉門庭之一助乎？因不揣淺陋而付之刊布。古人往矣，來者難誣，強為解事，唐突不免。匡而正之，奚必如丁敬禮之以為難求耶？

西元一九九三年，夏曆癸酉六月，

陳祥耀自序於福建師範大學之意園，時年七十有二。

# 一

# 韓愈文說

## 總說

蘇軾〈韓文公廟碑〉，謂退之「文起八代之衰，道濟天下之溺，忠犯人主之怒，而勇奪三軍之帥。」所謂「文起八代之衰」者：魏、晉六朝文趨駢偶，其弊者繁華損枝，膏腴害骨，砌典鏤言，理昧辭游；而隋、唐以來，如李諤、王通、蕭穎士、李華、賈至、獨孤及、梁肅之倫，倡為復古，以文質不能盡稱，僅能為發難、前驅之役而已。至退之出，以其雄偉酣暢之文，一新天下耳目，乃能振八代之衰，承先秦、兩漢散文傳統而發揚光大之；以復古之名，收創新之實，宏篇大力，轉移文章之運會。所謂「道濟天下之溺」者：初唐以來，帝王權貴迷信佛、道兩教，天下風靡，僧尼眾多，寺觀占田殊浩；庇役逋租，蠹國傷民，為害甚烈。中唐以後，藩鎮割據，宦官當權，朝綱不振，叛亂頻仍；而賦役繁重，苛政雜出，人民愁苦，死喪無日。退之力攘兩教，宣揚儒學，抨擊逆藩，企求統一，欲以弭僧道蠹國之害，復朝廷中興之局；又力求以其職能所及，陳請設施，蠲民疾苦。所謂「忠犯人主之怒」者：貞元中遷監察御史，極論宮市之弊，又有〈御史臺上論天旱人飢狀〉，為權臣中傷，斥逐隨之，逼迫就道，比於囚徒；元和中為兵部侍郎，上〈論佛骨表〉，觸怒憲宗，幾至戮身，大臣解救，乃得遠竄荒陬。此皆為國忘身，不辭犯上。所謂「勇奪三軍之帥」者：鎮州王庭湊之亂，朝廷「發救兵十萬，望不敢前」(《舊唐書》)，退之輕身入「嚴兵拔刃弦矢以逆」之中，面說亂軍，義折王庭湊，以解深州之圍。臨行時，穆宗及元稹皆為之危，帝命「至境觀事勢，無必於入」，退之奮而不顧（李翱〈韓吏部行狀〉）。至於判祠部時，「日與宦者為敵，相伺候罪過」（本集〈上鄭尚書相公啟〉）；為河南令時，「魏、鄆、幽鎮為留邸，貯潛卒，以槖罪士，官無敢問者」，獨擿發請加禁止（皇甫湜〈韓文公神道碑〉）；任京兆尹時，「禁軍老奸宿惡不攝，盡縛送獄，京理恪然」（同上）；任考功郎中時，力主對淮西叛將吳元濟用兵（本集〈論淮西事宜狀〉），對藩鎮遣人刺殺宰相武元衡、傷御史中丞裴度之事不可示弱不究（李翱〈韓吏部行狀〉），抑又其次矣。

如上所述，退之生平大節，卓然可觀。然其為昔人所譏者：一曰熱中功名而多干求。其詩〈符讀書城南〉，教其子：「一為公與相，潭潭府中居。問之何因爾，學與不學歟？金璧雖重寶，費用難貯儲。學問藏諸身，身在則有餘。」少年未仕，有〈上宰相書〉三封，以求汲引；貞元十九年，〈上李尚書書〉，稱頌李實，同年遷監察御史，上狀指陳京兆於人民遭受旱災時追迫租稅甚酷，又皆實之所為；貞元十八年〈與于襄陽書〉，稱頌山南東道節度使于頔，而頔實聚斂之臣。故陸象山《語錄》謂其「不合初頭俗了，……〈符讀書城南〉，三〈上宰相書〉是已。」陸唐老譏〈城南〉詩「切切然餌其幼子以富貴利達之美」，張子韶謂〈上宰相書〉有「略不知恥」之嫌，顧炎武《日知錄》謂「不自覺其失言，後之君子可以為戒」。夫〈城南〉詩，自當時論，誠如黃震《黃氏日鈔》所謂：「亦人情誘小兒讀書之常，愈於後世之飾偽者。」況詩篇後文又歸於「窮經觀史，修飭行誼」，如程學恂所謂：「到底卻歸到行義上，是豈僅以富貴利達餌其子者乎？」上于頔、李實書，干非其人，不免賢者之玷；然其上實書，為一時干求之誤，御史臺上〈狀〉，則為後來履行諫職之忠，憫念民困之亟，勇於改過，非同反覆。〈上宰相書〉，公理之論爭多於私情之陳請，倔強之概過於卑屈之語，氣與文皆不餒，且存之而不掩諱，心事願與後人共見，亦何可盡非？其二曰既屢斥道教方術，復自餌硫黃所啖雞而致死。按退之卒前一年，撰〈故太學博士李君墓誌銘〉，歷舉餌丹藥致死者數人為戒。自餌琉黃所啖雞，見陶穀《清異錄》，小說家言，本可疑。其說似據白居易〈思舊〉詩「退之服硫黃，一病訖不痊」而起，錢大昕《十駕齋養新錄》且考此退之為衛晏子中立之字，不屬韓氏，更不足據。至於與僧人交游，見於文字，實與排佛之事，非水火不容，亦不必論。其為今人所譏者：一曰反對「永貞革新」，阿附宦官俱文珍。夫退之於永貞執政之二王（叔文與伾），或出於私人之嫌猜，或出於政見之同異，或出於形勢之所迫，詩中有醜詆之辭，至所作《順宗實錄》，則有褒有貶。且所謂革新之進步史實，盡賴《順宗實錄》以傳。《實錄》備載順宗善政，並稱頌其私德，非真不存公道，漫誣革新者。附俱文珍事亦失實。貞元十一年，俱文珍為監軍，執汴州叛將李迺有功。是年董晉入汴州為宣武軍節度使，退之為其推官。十三年，俱將入京，退之奉晉命作詩送之，上司應酬，非出己意。自後兩人無交往之跡。憲宗繼統，退之猶待命湖南，焉得探知深宮秘事而與文珍交通乎？二曰獨尊儒學而尊君抑民。此多掇拾〈原道〉:「民不出粟米麻絲、作器皿、通貨財以事其上則誅。」及〈拘幽操〉:「臣罪當誅兮，天王聖明」之語，訓「誅」為「殺頭」，而以「臣罪」二句為極端張揚「君綱」。不知「誅」字於文中為「懲罰」之意，非特指「殺頭」；且此數句合其前文，原為論述君民各有分守而言，非專於責民；況有人以為中有兼斥佛、道不事生產、逃避賦役之意者乎？即謂不「出」者當「懲」，而不能「出」者，退之不屢為之呼號請命乎？原文全段，思想有局限，然不宜曲用訓詁，加重罪名。〈拘幽操〉二語，為退之模擬文王被紂拘於羑里，曲寫其怨怒心情而作，更何得視為退之本人張揚君權至上之語乎？此而可憑，則與酷吏之羅織伎倆何異？退之攘佛、道，尊儒學，在當時有進步性，稍知治史者胥可自明。且彼於先秦諸子未盡排斥，崇儒學亦與迂儒不同。〈讀墨子〉謂墨家思想有與儒互通者；〈進士策問〉稱讚管仲、商鞅功績；〈論捕賊行賞表〉讚商鞅守信以致富強；〈行難〉讚管仲取人之寬；〈讀荀〉謂荀與揚「大醇而小疵」；〈送孟東野序〉主「物不得其平則鳴」，異乎迂儒之拘「惡下流而訕上者」；〈鄠人對〉反對割肉療親，異乎迂儒之論孝；《舊唐書》本傳稱其「恃才肆意」，亦有「盭孔、孟之旨」者，可見一斑。

退之為人，豐於情而躁急，豪於氣而率易，雖衛道而非道學中人，蓋性情中人也。大節無慚於智勇，細行亦不失乎狂狷。其交友，篤於死生之誼，推獎賢才，汲汲惟恐不及。李觀、歐陽詹、孟郊、張籍、李賀、李翺、皇甫湜、賈島，皆得其稱譽或薦拔者。皇甫湜〈神道碑〉云：「交於人，已而我負，終不計，死則庇其家。均食剖資與人，故雖微弱，待之如賢戚。人詬笑之，愈篤。未嘗一日不對客。……未嘗宿貨有餘財，每曰：『吾前日解衣質食，今存有已多矣。』」「朝有大獄大疑，文武會同，莫先發言。先生援經引決，考合傳記，侃侃正色。」又所撰〈韓文公墓誌銘〉云：「先生與人交，洞朗軒辟，不施戟級。……平居雖寢食未嘗去書，怠以為枕，飡以飴口，講授孜孜，以磨諸生，恐不完美，游以詼笑嘯歌，使皆醉義忘歸。嗚呼！可謂樂易君子巨人長者矣。」其在汴州幕，鬱不得志，張籍貽書諷之，以為「尚駁雜無實之說，使人陳之於前以為歡」，「又商論之際，或不容人之短，如任私尚勝者」，又好為「博簺之戲」。本集〈答馮宿書〉，自謂權知國子博士時，「在京埸，不一至貴人之門。人之所趨，仆之所傲。與己合者，則從之游；不合者，雖造吾廬，未嘗與之坐。」其性情可概見焉。明薛瑄《讀書錄》稱：「韓子氣質，明敏剛正，樂易寬厚，皆過於人。」允矣！其躁急率易，乃不足為病而彌見其慷慨磊落之真，其於「中行」苟不盡合而去「鄉愿」則遠矣。夫知退之之大節與性情，乃可以知其文章特色之所自來；多讀其文，乃可以如日與晤對而彌見其性情也。

退之論文之作用有二端：其一，宗經明道。〈上宰相書〉自述：

「其所著皆約《六經》之旨而成文，抑邪與正，辨時俗之所惑。」〈答李秀才書〉云：「愈之所志於古者，不惟其辭之好，好其道焉耳。」〈送陳秀才彤序〉：「學所以為道，文所以為理。」〈題〈歐陽生哀辭〉後〉：「學古道則欲兼通其辭。通其辭者，本志乎古道者也。」〈爭臣論〉：「君子居其位，則思死其官；未得位，則思修其辭以明其道。我將以明道也。非以為直而加人也。」其二，不平之鳴。〈送孟東野序〉：「大凡物不得其平則鳴。……人之於言也亦然，有不得已者而後言，其歌也有思，其哭也有懷。凡出乎口而為聲者，其皆有弗平者乎？」〈荊潭唱和詩序〉：「夫和平之音淡薄，而愁思之音要妙，歡愉之辭難工，而窮苦之言易好也。是故文章之作，恒發於羈旅草野。至若王公貴人，氣滿志得，非性能而好之，則不暇以為。」〈上宰相書〉又自述「居窮守約，亦時有感激怨懟之辭。」此二端看似相反而實相成，蓋經世抒情，兩無偏廢，文之作用，乃得其全。其人濟世心切，故肆力求明道；身為性情中人，故知洩導人情之重要。其論文人之修養，則注重博學、修德與養氣。〈進學解〉：「沈浸醲郁，含英咀華。……閎其中而肆其外矣。」〈上兵部李侍郎書〉：「沈潛乎訓義，反復乎句讀，礱磨乎事業，而奮發乎文章。」〈答尉遲生書〉：「夫所謂文者，必有諸其中，是故君子慎其實。實之美惡，其發也不掩。本深而末茂，形大而聲宏，行峻而言厲，心醇而氣和，昭晰者無疑，優游者有餘。」〈答李翊書〉：「將蘄至於古人之立言者，則無望其速成，無誘於勢利，養其根而俟其實，加其膏而希其光。根之茂者其實遂，膏之沃者其光曄；仁義之人，其言藹如也。」「雖然，不可以不養也，行之乎仁義之途，游之乎詩書之源。無迷其途，無絕其源，終吾身而已矣。」「氣，水也；言，浮物也。水大而物之浮者大小畢浮。氣之與言猶是也，氣盛則言之大小與聲之高下者皆宜。」其論文章之寫作，則注重精思、自立，與醇而能肆。〈送孟東野序〉：「人聲之精者為言，文辭之於言，又其精也。」〈上襄陽于相公書〉，謂文當期「豐而不餘一言，約而不失一辭，其事信，其理切」。〈答劉正夫書〉謂為文「宜師古聖人」。「師其意不師其辭」。又云：「若聖人之道，不用文則已，用則必尚其能者。能者非他，能自樹立不因循者是也。」〈南陽樊紹述墓誌銘〉云：「必出入仁義，其富若生蓄萬物；必具海涵地負，放恣橫從，無所統紀；然而不煩於繩削而自合也。」「惟古於詞必己出，降而不能乃剽賊。……文從字順各識職，有欲求之此其躅。」〈答李翊書〉：「當其取於心而注於手也，惟陳言之務去，戛戛乎其難哉！」「其皆醇也，然後肆焉。」於文之作用，有所主而不偏；於為文之修養與寫作，又得要而入深；加以其過人之才力與性情，於是乎退之之文，為司馬遷後一人矣。

退之文章最不可及處，在氣勢之盛。其氣之行也，或盤旋夭矯而直上，如神龍凌空，奇峰矗地；或洋溢傾瀉而奔流，如長河趨海，狂潮襲岸；或曲出旁伸，如巨靈喬岳之展布；或往復進退，如神兵奇陣之闔開。直起直落，直轉直接；欲張即張，欲縮即縮；其來飄忽，其止斬截。縱橫恣肆，一騁其情之所欲達。張籍〈祭退之文〉稱「獨得雄直之氣」；柳宗元〈答韋珩示韓愈相推以文墨書〉稱「猖狂恣睢，肆意有所作」；李翱〈祭韓吏部文〉稱「開合怪駭，驅濤湧雲」；《新唐書》本傳稱「刊落陳言，橫鶩別驅，汪洋大肆」；蘇洵〈上歐陽內翰第一書〉稱「如長江大河，渾浩流轉」；張耒〈韓愈論〉稱「沛然有餘，浩乎無窮」；林紓《韓柳文研究法》稱「行之以海涵地負之才，施之以英華穠郁之色，運之以神驅鬼藏之秘」：皆言其氣勢之盛。

韓文不獨氣盛，其語健而多獨造，趣博而擅恢詭，亦為他家所難能。劉禹錫〈河東先生文集序〉謂退之嘗評柳宗元文為「雄深雅健，似司馬子長。」其實此二語移以自評韓文則更切。其健在行氣，亦在煉字與煉句。惟其語之健與趣之博也，故《新唐書》本傳又稱為「奧衍宏深」；《舊唐書》本傳稱為「經誥之指歸，遷雄之氣格」；歐陽修〈記舊本韓文後〉稱為「深厚而雄博」。李漢《昌黎先生集》〈序〉則云：「汗瀾卓踔，奫泫澄深，詭然而蛟龍翔，蔚然而虎鳳躍，鏘然而韶鈞鳴；日月光潔，周情孔思，千態萬狀。」皇甫湜〈韓文公墓誌銘〉云：「茹古涵今，無有端涯；渾渾灝灝，不可窺校。及其酣放，豪曲快字，凌紙怪發，鯨鏗春麗，驚耀天下。然而密栗要渺，章妥句適，精能之至，入神出天。」蘇洵〈上歐陽內翰第一書〉云：「魚黿蛟龍，萬怪惶惑，而抑遏掩蔽，不使自露，而人望見其淵然之光，蒼然之色，亦自畏避不敢逼視。」方孝孺〈張彥輝文集序〉云：「退之俊傑善辯說，故其文開陽闔陰，奇絕變化，震動如雷霆，淡薄如韶濩，卓然為一家言。」

退之文極奇偉矣，然機勢多出以自然，造語與謀篇又多變化。朱熹《語類》：「韓文千變萬化無心變。」樓鑰〈答綦君論文書〉：「韓文公之文，非無奇處，正如長江千里，奇險時一間見，皆有觸而後發。」李塗《文章精義》：「唐文惟韓退之，自理趣中流出，故渾然天成，無斧鑿痕。」方孝孺〈答王仲縉書〉：「唐之文奇者，莫如韓愈，而其文皆句妥字適，無難曉者。」劉大櫆《論文偶記》：「一集之中篇篇變，一篇之中段段變，一段之中句句變，神變，氣變，境變，音節變，字句變，惟昌黎能之。」劉熙載《藝概》：「『一波未平，一波已作，出入變化，不可紀極，而法度不可亂。』此姜白石〈詩說〉也，是境常於韓文遇之。」張裕釗〈答劉生書〉：「夫文章之道，莫要於雄健。欲為雄健而厲之已甚，則或近俗；求免於俗而務為自然，又或弱而不能自振。古之為文者，若左丘明、莊周、荀卿、司馬遷、韓愈之徒，沛然出之，言厲而氣雄，然無有一言一字強附而致之者，措焉而皆得其所安。」

退之文章氣格以雄偉瑰奇為主，氣盛語健而變化多。然其雄奇中並未匱乏情韻，讀其序記、碑誌、哀祭之文自可見。其議論之文，善為斷制，內容綱領以及重要概念之定義，莫不標舉分明，亦徵其思力條理之細密，此〈進學解〉所謂：「記事者必提其要，纂言者必鉤其玄」是也。

退之之文，最得力於孟子與史遷，然於先秦、兩漢諸家，又多所取資；其文化駢為散，然其舖張排比處，又得奇偶相生之妙。其取資之廣，〈進學解〉固自言之：「上窺姚、姒，渾渾無涯。周誥、殷盤，佶屈聱牙。《春秋》謹嚴，《左氏》浮誇。《易》奇而法，《詩》正而葩。下逮《莊》《騷》，太史所錄。子雲、相如，同工異曲。」〈送窮文〉亦云：「不專一能，怪怪奇奇。不可時施，用以自嬉。」陳師道《後山詩話》：「蘇子瞻云：子美之詩，退之之文，魯公之書，皆集大成者也。」劉開〈與阮芸臺宮保論文書〉：「韓退之取相如之奇麗，法子雲之閎肆。……起八代之衰，非盡掃八代而棄之也，但取其精而汰其粗，化其庸而出其奇，其實八代之美，退之未嘗不備也。」曾國藩〈送周荇農南歸序〉：「自漢以來，為文章者莫善於司馬遷。遷之文，其積句也皆奇，而義必相輔，氣不孤伸，彼有偶者存焉。其他善者，班固則毗於用偶，韓愈則毗於用奇。」劉熙載《藝概》：「八代之衰，其文內竭而外侈；昌黎易之以萬怪惶惑，抑遏掩蔽，在當時真為補虛消腫良劑。」「韓文起八代之衰，實集八代之成。蓋惟善用古者能變古，以無所不包，故能無所不掃也。」錢基博《韓愈志》：「韓愈議論學賈誼、董仲舒，序跋似劉氏向、歆，傳記摹《國策》《史記》，碑表出班固、蔡邕，而運之以司馬遷之灝氣，澤之以揚子雲之奇字。韓文起八代之衰，只是集兩漢之成。」

## 賦、論及雜著

自《楚辭》而西漢之大賦，東漢之小賦，六朝之駢賦，唐代之律賦，此賦體之演變。退之於此體，已不措意，集中諸賦，短篇淡泊，語言平易，體近東漢小賦，辭開宋人散賦之格。〈感二鳥賦〉作於貞元十一年。是年應博學宏詞試報罷，自京東歸，途遇貢二鳥於天子之使者，感二鳥徒以毛羽之異而得幸，己則懷才有志而不酬，作此自悼。事實觸發，情非泛泛，勝於〈復志賦〉與〈閔己賦〉，然仍出以閑適疏暢，不務艱深堆砌，顯其特色。

韓集之首有五篇以「原」字命題者，世稱〈五原〉，蓋議論文。〈原人〉謂人為「夷狄禽獸之主」，不當自暴，「是故聖人一視而同仁，篤近而舉遠」，似有勝義；然混禽獸、夷狄為一談，以論物類之內涵與外延則疏也。〈原鬼〉謂鬼神「無聲與形」，未必皆能禍福人，仍屬有神論；〈五原〉後之〈對禹問〉，謂禹不得賢聖而禪之，乃傳子，其制在君主政體中較可避免爭奪。此兩篇文字皆峻峭簡肅，而內容在今日已失其時義。

〈原道〉為集中第一篇大文字，亦為古代散文堂堂皇皇，正面立破之典型。韓文四種特盛之氣勢，皆可於此文見之，為治韓文者所當首加致意，顧今人反蔑而忽之，誤矣。文自首句至「一人之私言也」為一段，論儒、道道德觀念之異；自「周道衰」至「奈之何民不窮且盜也」為一段，論道、佛之流傳及禍害；自「古之時」至「無爪牙以爭食也」為一段，以歷史發展過程斥佛、道；自「是故君者」至「不見正於禹、湯、文、武、周公、孔子也」為一段，以政治倫理關係斥佛、道；自「帝之與王」至「曷不為飲之之易也」為一段，以古今異勢斥道家之復古；自「傳曰」至「幾何而不胥而為夷也」為一段，以誠正治平不可分斥佛家之出世；自「夫所謂先王之教者」至「故其說長」為一段，歸結治國之道及道統之承傳；結段述處理佛道之法。每段皆一氣直下，語難停頓，所謂「傾瀉奔注」之例也。起段及「夫所謂先王之教者」一段，破空而來，勢至飄忽，所謂「盤旋夭矯」之例也。論儒、道道德觀念之異，忽插入「坐井觀天」之比喻，公言私言之別白；論世之宗佛、老，忽插寫入主出奴，荒誕認師，好怪而忘端末之事；旁敲側擊，以增掃蕩之力，所謂「曲出旁伸」之例也。「不惟舉之於口，而又筆之於其書，噫！後之人雖欲聞仁義道德之說，其孰從而求之？」「其亦幸而出於三代之後，不見黜於禹、湯、文、武、周公、孔子也；其亦不幸而不出於三代之前，不見正於禹、湯、文、武、周公、孔子也。」或直言而繼之以倒這，或正反相形而成之為遞進，所謂「往復曲折」之例也。凡茲四端，布及全文，放聲讀之，其盛氣之淩厲無前，庶幾領略。文勢如歸有光所評：「神鬼萬狀，出有入無，震蕩天地。」宋儒譏退之此文，辟佛、道而不能深明佛、道之理，故言理實淺。不知退之此文，不著重自哲學思想之異同辟佛、道，而著重從社會生活之利害辟佛道，最能擊中要害。即其所言之理，亦甚富精思，如為仁義、道德下定義，言簡而賅，自成一家之言。「仁與義為定名，道與德為虛位。」後人對此二語，糾纏不清，自是不能領會退之善辨哲學名相也。蓋「定名」者，謂有具體內容；「虛位」者，謂全屬抽象概念也。離「仁義」而言道德，自是出世之言；苟欲入世，則舍「仁義」無以為道德。退之之論，本乎孔、孟，然與老子之說對照，破立特為堅決斬截，深切著明。今人每以其第三、第四兩段為思想反動而否定此文，噫！亦過矣。第三段短短二百餘字，不啻縮寫一部社會起源論，概括極齊整又極分明，何等神力！雖曰將文明之產生，悉歸於聖人之教化，而忽視群眾之創造，有其片面性。第四段論君若臣若民之責分，亦簡括，雖曰對農工賈之民之「事上」，強調過甚，亦有其片面性。然又須知此種片面性，乃出於《民約論》及自由平等，與夫勞動創造世界之說產生千年之前；且在當時之華夏，君主制度未屆末期，民主政體尚難為先覺之倡導與實施。則退之此等片面性，只能謂之歷史局限，不能謂之反動；更不能以雖有此等局限，而否定其在當時排斥佛、道之積極意義以及此文之偉大成就也。總之，此文篇幅不長，而包羅宏富；抽象名詞能作明確之界說，複雜現象能為集中之歸納；氣直貫而辭兼排比以增其厚茂，論犀利而時雜感慨以生其情致；主幹樹立堅牢而旁枝伸展自在：以論文章功力，固高不可及。沈德潛評：「本布帛菽粟之理，發日星河岳之文，振筆直書，或擒或縱，似董之純粹，似賈之雄奇，為《孟子》七篇後第一篇大文字。」從儒家眼界以觀其文，而得此全面肯定之評價亦宜也。

「性」為中國傳統哲學之一大範疇。孔子有「性相近也，習相遠也」之說，又謂人有「上智」、「下愚」與「中人」三種。孟子主性善，荀子主性惡，告子主性無善無不善，楊雄主性善惡混。退之〈原性〉，本孔子之說，而以「三品」論人之性情，謂「中人」之性情善惡「可移」，「上智」、「下愚」則性情善惡不可移。其最精彩處，在舉出善惡不移之例，其言曰：「堯之朱，舜之均，文王之管、蔡，習非不善也，而卒為奸；瞽叟之舜，鯀之禹，習非不惡也，而卒為聖。」其為性情立界說亦簡當，曰：「性也者，與生俱生也；情也者，接於物而生也。」然以「仁義禮智信」五者為性，是猶不離孟子性善之說而非所謂「三品」。其為後人非難處，則區分性情為二，而以「喜怒哀懼愛惡欲」七者畢歸於情，是開李翱〈復性書〉「性善、情邪」，與朱熹「人生而靜，天之性也；感於物而動，性之欲也」之說；與佛、道之欲滅情見性，有其暗合。蘇軾謂退之「三品」之說乃誤「才」為性；宋儒又區別「義理之性」與「氣質之性」，明清以後，益多力主性情不當分，更不當以情之合宜者為惡。退之此文，斷制、舉例與運氣皆善，而立說則頗不能自圓，緣此問題本極複雜，非簡單之推理、判斷所能得其究竟也。

〈原毀〉起筆：「古之君子，其責己也重以周，其待人也輕以約。重以周，故不怠；輕以約，故人樂為善。」後文：「今之君子則不然，其責人也詳，其待己也廉。詳，故人難於為善；廉，故自取也少。」「為是者，有本有原，怠與忌之謂也。怠者不能修，忌者畏人修。是故事修而謗興，德高而毀來。」標舉綱領，斷制簡明有力。此篇以古今「君子」之對照為兩大段，寫成兩大扇對。第一大段中「責於身」、「待於人」又分為兩扇；其首扇中言舜與周公事又各分為兩小扇。第二大段「待己廉」、「待人詳」，亦分兩扇。第一大段言正確者；第二大段言錯誤者，即好毀人者。第三段言好毀人者之本原，又以「嘗語於眾」之不同反應為兩扇。全篇多用整齊之扇對，結構奇特，幾如為後來「八股文」開示法門。然其前三段描摹又頗細，寫不同反應者之色貌，尤窮極嘲弄；第四段則簡單數語，感慨作結。第二段至「是不亦責於人者已詳乎？」語已結束，且與上段對比整齊，忽伸出「夫是之謂不以眾人待其身，而以聖人望於人，吾未見其尊己也」數句，順手再予好毀人者重重一摑，又是其一貫善為「往復進退」之法。整齊中隨時起變化，說理中雜以抒情與摹狀，此所以為夭矯與恣肆。沈德潛以此文多排比為「降調」；張裕釗謂善變荀卿、韓非之法為創調。余謂退之為文，體本多變，此亦偶施狡獪，別開一格，何曾預知可教人作「八股」乎？吳汝綸謂「動中自然，與道大適」。其肆意發揮自家思想，豈作「八股」者所能有之境地？〈原道〉善以事實說理，見退之思考力之強；〈原毀〉善作心理構想，見其想像力之富。此篇刺世生動之力，詼諧之趣，在〈五原〉中為第二力作。《古文觀止》評：「全用重周、輕約、詳廉、怠忌八字立說。然其中止以一『忌』字原出毀者之情，局法亦奇。若他人作此，則不免露爪張牙，多作讎憤語矣。」

〈雜說四首〉，茅坤評「並變幻奇詭，不可端倪。」中二首為議論：「善醫者」一首論治國重在正「紀綱」，「談生」一首譏世有「貌則人，其心則禽獸」者，文亦夭矯；然不若首尾二首之為寓言者。第一首〈說龍〉，以雲龍寓君臣相依之義。文曰：「龍噓氣成雲，雲固弗靈於龍也。」一轉。「然龍乘是氣，茫洋窮乎玄間，薄日月，伏光景，感震電，神變化。水下土，汨陵谷，雲亦靈怪矣哉！」二轉。「雲，龍之所能使為靈也。若龍之靈，則非雲之所能使為靈也。」三轉。「然龍弗得雲，無以神其靈矣。失其所憑依，信不可歟？」四轉。「異哉！其所憑依，乃其所自為也。」五轉。「《易》曰：『雲從龍』，既曰龍，雲從之矣。」六轉。文止一百十四字，凡六轉。第四首〈說馬〉，慨賢才之不易受知。文曰：「世有伯樂然後有千里馬。千里馬常有，而伯樂不常有。」一轉。「故雖有名馬，只辱於奴隸人之手，駢死於槽櫪之間，不以千里稱也。」二轉。「馬之千里者，一食或盡粟一石，食馬者不知其能千里而食也。」三轉。「是馬也，雖有千里之能，食不飽，力不足，才美不外見，且欲與常馬等不可得，安求其能千里也？」四轉。「策之不以其道，食之不能盡其材，鳴之不能通其意，執策而臨之曰：天下無馬。」五轉。「嗚呼！其真無馬邪？其真不知馬邪？」六轉。文止一百六十字，亦六轉。有一二句轉，有數句轉；短者拗折，長者奔注。精煉雄奇，變化莫測，真如神龍盤轉，天馬行空，說龍似龍，說馬似馬矣。短篇文字，如此勁健，如此突兀變化，退之外未見其匹，可謂臻於神化之境。方苞評前一首：「尺幅甚狹，而層轉跌宕，若崇山廣壑，莫能窮其際。」張裕釗評「雲亦靈怪矣哉」以下：「純從空際轉運翔舞。」又評：「其神妙尤在中間奇宕處與轉捩處變化，無跡可尋。」李光地評：「取類至廣，寄托至深。」李剛己評：「起句破空而入，卓如山立。韓文於起筆尤擅勝場。」張裕釗評後一首：「昌黎諸短篇，遒古而波折自屈，簡峻而規模自宏，最有法度，而轉捩處更多。學韓者宜從此入。」李剛己評：「(起句)將通篇主意，一筆揭明」，「自『策之不以其道』以下，純用逆筆噴薄而出，奇縱無匹。」

〈讀《荀》〉、〈讀《儀禮》〉、〈讀《墨子》〉，亦短篇議論之雄峻而夭矯者。〈讀《荀》〉起數句自讀《孟子》書引入，又傾注。「孟氏醇乎醇者；荀與揚，大醇而小疵。」此以思、孟學派之旨論荀、楊；自學說文章之獨創論，揚何足以擬荀也？〈讀《墨子》〉謂「儒、墨同是堯、舜，同非桀、紂，同修身正心以治國家天下，奚不相悅如是哉！余以為辯生於末學，各務售其師之說，非二師之道本然也。孔子必用墨子，墨子必用孔子，不相用不足以為孔、墨。」在當時實為大贍通脫之論，莫怪後世迂儒如盧軒輩，猶曰「此篇何其刺謬也」。此三篇合〈讀《鶡冠子》〉為四篇，儲欣評：「司馬子長表序及諸論贊，義妥詞文，抑揚變化之妙，至矣盡矣。班固且莫能頡頏，況陳、范乎？嗟乎！子長而後，無復有如子長者，吾於茲四篇遇之。」曾國藩評：「四首，矜慎之至，一字不苟。文氣類史公各年表序。」張裕釗評〈讀《荀》〉：「卓識偉論，上下千古，其文勢甚雄闊，而以盤硬之致行之，彌覺聲光郁然。」

〈獲麟解〉亦寓言體，類〈說龍〉與〈說馬〉。文止一百八十八字，凡六轉。前三轉傾注，第三轉尤憑空生發；後三轉盤折。此文用以自況其不遇時，然不出以感慨悲涼，而出以雄奇恢詭，亦倔強矣。茅坤評：「結實圓轉，如游龍，如轆轤，愈變化而愈勁厲。」劉大櫆評：「尺水興波，與江河比大，惟韓公能之。」張裕釗評：「翔躡虛無，反復變化，盡文家擒縱之妙。」

〈師說〉，謂「古之學者必有師。師者，所以傳道受業解惑也。」「是故無貴無賤，無長無少，道之所存，師之所存也。」「是故弟子不必不如師，師不必賢於弟子。聞道有先後，術業有專攻，如是而已。」為千古不磨之理；不獨於當時為卓識，於今日與後日，亦皆可為銘訓。舉士大夫為子擇師，而自身恥於拜師，轉不如巫醫、樂師、百工之例，以及「聖人無常師」之史事，對比、佐證皆有力，使理事相生，波瀾盈溢。雖輕詆退之者，於此文亦不得不推選而使後生肄習也。黃震評：「公之提誨後學，可謂深切而著明矣，而文法則自然而成者。」林雲銘評：「行文錯綜變化，反復引證，似無段落可尋。一氣讀之，只覺意味無窮。史臣稱其與〈原道〉、〈原性〉諸篇，皆奧衍宏深，與孟軻、楊雄相表裡。」吳汝綸評：「句句硬接逆轉，而氣體渾灝自然。」

〈進學解〉仿東方朔〈答客難〉、楊雄〈解嘲〉，蓋辭賦體。然綱領分明，機調平衍閑適，最為宋人散賦所得力處，功不在承前，而在啟發。其語句皆遒健，意又正反交錯，嘻笑自如，故孫樵〈與王霖秀才書〉評：「拔地倚天，句句欲活。讀之如赤手捕長蛇，不施鞚勒騎生馬，急不得暇，莫可捉搦。」則見其平衍中實有不平處也。沈德潛評：「胸中抑鬱，反借他人說出；而己則心和氣平以解之，宜當時宰相讀之，旋生悔心，改公為史館修撰也。按元和六、七年間，宰相為權德輿、李絳，有愛才之心。故其言易入。」退之再為國子博士，在元和七年；遷史館修撰，在八年。作文時年四十有五，而生平為學為文，與夫為人處世之所得，皆見於此，已有矜平躁釋之致，可見其外狂放而內實修養有素也。曾國藩評：「仿〈客難〉、〈解嘲〉，氣味之淵懿不及，而論道、論文二段，精實過之。」精實之評，實為恰切；淵懿不及之評則未然，以〈解嘲〉、〈客難〉，猶有俗筆俗調，醇雅反不如〈進學解〉也。

〈本政〉以「抑詭怪而暢皇極，伏文貌而尚忠質」為政本，反對老、莊以周道文弊而欲復古，其言猶正。至謂「古之君天下者，化之不示其所以化之之道；及其弊也，易之不示其所以易之之道，政以是得，民以是淳」「茫乎天運，窅爾神化，道之行也，其庶幾乎？」則不免近乎愚民矣。〈守戒〉謂當防患藩鎮之窺伺，其道在「先事而思」，預為之備，其要「在得人」；而致慨於「王公大人」之「以謂不足為而不為」，申之曰：「天下之禍，莫大於不足為，材力不足者次之。」兩文皆縱橫多變；然前篇說理過於恍惝，後篇正意溺於設譬，作為稍甚，文過於質矣。

〈圬者王承福傳〉，魯迅《中國小說史略》稱此體為「幻設之文」。蓋文稍長，而托意仍以「寓言為本，文詞為末」，與源出「志怪」，「施之藻繪，擴其波瀾」，「篇幅曼長，記敘委曲」之「傳奇」仍有別。此篇謂承福手鏝為圬，衣食而已，不立室家，偶有餘資，「則以與道路之廢疾餓者」。敘事少而議論多，如敘承福有感於操鏝以入富貴之家所見曰：「有一至者焉，又往過之則為墟矣。有再至三至者焉，而往過之則為墟矣。問之其鄰，或曰：噫！刑戮也；或曰：身既死而其子孫不能有也；或曰：死而歸之官也。吾以是觀之，非所謂食焉怠其事而得天殃者邪？非強心以智而不足，不擇其才之稱否而冒之者邪？非多行可愧，知其不可而強為之者邪？將富貴難守，薄功而厚享之者邪？抑豐悴存有時，一去一來而不可常者邪？」其理豈圬者所能達？作者諷世之意托寓於圬者之口亦明矣。文章傾注、層轉、進退往復諸法無不備，氣亦極旺。然而程端禮《昌黎文式》引真德秀語：「韓文當以此為第一。」則不然矣。

元和三年，李賀應舉將赴進士試，「與賀爭名者毀之曰：『賀父名晉肅，賀不舉進士為是，勸之舉者為非。』」退之曾書勸賀舉進士，又作〈諱辯〉以為賀排解。賀終應試，然落第。〈諱辯〉據律據經以為說，義正辭嚴，層層逼進，銳不可當。「若父名仁，子不得為人乎？」「漢之時有杜度，此其子宜如何諱？將諱其嫌，遂諱其姓乎？」舉證鐵鑄不移，又詼諧有趣。前幅傾注；「凡事父母得如曾參」以下，恣為往復進退。劉大櫆評：「結處反復辯難，曲折瘦硬，已開半山門戶；但韓公力大，氣較渾融，半山便稍露筋節。」張裕釗評：「收處極文章之能事，介甫所謂『飄風急雨之驟至，輕車駿馬之奔馳。』最得其妙。」曾國藩評：「此種文為世所好，然太快利，非韓公上乘文字。」曾氏從深厚處體會，深劉、張一層矣。

伯夷、叔齊，昔人以為耿介，今人以為頑固。退之作〈伯夷頌〉，結云：「微二子，亂臣賊子，接跡於後世矣。」固不足為訓；然起云：「士之特立獨行，適於義而已矣。不顧人之是非，皆豪傑之士，信道篤而自知明者也。」則頌之甚，用情深。蓋於生平立身行事，有此感焉。自起段後，多以排比之筆，往復貫注；至末尾乃忽作掉轉之筆，峭然作結。姚鼐評：「用意反復蕩漾，頗似太史公論贊。」曾國藩評：「『舉世非之而不惑』，此乃退之平生制行作文之宗旨，此自況之文也。」「讀〈原毀〉、〈伯夷頌〉、〈獲麟解〉、〈說龍〉

諸首，岸然想見古人獨立千古，確乎不拔之概。」馬其昶評：「用筆全在空際取勢，如水之一氣貫注；中間卻有無數回波，盤旋而後下；後幅換意換筆，語語令人不測。此最是古人行文秘密處也。」此篇為散文；下一篇〈鄭子產不毀鄉校頌〉，以子產能納言諷時宰，為韻文，亦可觀。吳汝綸評：「縱橫跌宕，使人忘其為有韻之文。」

《舊唐書》敘張巡、許遠事頗闕略。唐李翰作〈張巡傳〉，較詳；退之讀翰文，又作〈張中丞傳後敘〉，再補翰闕。翰文已佚；惟此二篇已頗采入《新唐書》，足為張、許彰功烈。方苞謂〈後敘〉曰：「截然五段，不用鈎連，而神氣流注，章法渾成，惟退之有此。前三段乃議論，不得曰〈記張中丞逸事〉；後二段乃敘事，不得曰〈讀《張中丞傳》〉；故標以〈張中丞傳後敘〉。」可見標題恰切。此文議論，主要為許遠辟誣，為張、許辯死守睢陽之是非，激昂跌宕，兼而有之。敘事於張巡等之盡節，南霽雲之乞師，巡之讀書強記，皆生氣凜然，沉痛處令人感泣；而插入張籍、于嵩之交游，退之往來汴、徐之所聞，又閑適有風神。此皆善學《史記》而變化者。茅坤評：「通篇句字氣，皆太史公髓，非昌黎本色。」《唐宋文醇》評：「敘次曲折如畫，真得龍門神髓。」儲欣評：「辨論序事，豪姿滿意，此正昌黎本色。眼中筆下，何嘗有太史公？」方苞評：「退之敘事文，不學《史記》；而生氣奮動處，不覺與之相近。」劉大櫆評：「通篇議論，盤屈排奡，鋒芒透露，皆韓公本色。鹿門以為太史公，誤矣。」張裕釗評：「其屈盤遒勁，雄岸自喜，仍係退之本色。」吳闓生評：「此退之之文之極似太史公者。」對此文於《史記》之遺貌取神，諸家見解猶有出入，其實得力《史記》無疑也。

## 記

東雅堂本韓文《內集》，記不多。中如〈汴州東西水門記〉，文典重，然屬頌揚之辭；〈燕喜亭記〉，善排比，然乏情韻；〈新修滕王閣記〉，善轉折，然未至其地，言不能真切。其最可觀者，為〈畫記〉、〈藍田縣丞廳壁記〉。

〈畫記〉以主要篇幅記圖中人馬動作及器物，一一實敘，無形容詞語，如記賬然。此種寫法，以西方理論言，所謂有客體無主體，有名物無情感，毫無文學價值者。然以吾國古代特殊之文學語言，即所謂「文言」者組成之，此種內容，亦可以其語句之結構美與音節美，表現其文學之美感與價值。此為吾國古代散文最大之民族特色，不能以西方理論機械衡量者也。〈畫記〉煉字造句，精確簡勁，一字不虛設，又極變化之能事，使呆板之紀錄，變為嚴整而又錯落多姿之文辭。其組織之功力，示人以無窮法門；其所寫物態之逼真與多樣，亦使人產生無窮之興味，文學之審美功能，竟別出而深寓焉。結尾自「貞元甲戌年」以下，敘得畫、贈畫經過，又出現一般文章記事與抒情之法，益加變化而生色矣。茅坤評：「妙在物數龐雜，而詮次特悉，於其記可以知其畫之絕世矣。」姚範評：「〈畫記〉學《考工》。」方苞評：「周人以後，無此種格力。」沈德潛評：「敘次錯綜，後因趙侍御之戚然有感，卷而歸之，尤見曠懷高識，不同尋常處。」浦起龍評：「畫為出獵圖，記是白描手，點墨不逾分外，有所應有而止。吾不難其變，而難其樸。」張裕釗評：「讀此文，固須求其參錯之妙，尤當玩其精整。」陳衍《石遺室論文》評：「案退之此文，直敘許多人物，從《尚書》〈顧命〉脫化出來。……中間一段，又從《考工記》〈梓人職〉脫化出來。……《史記》〈曹世家〉，專敘攻城下邑之功，如記賬簿，千餘言皆平舖直敘，惟用兩三處小結束。……退之學之而變化，何嘗必周以前哉？」林紓《韓柳文研究法》評：「韓昌黎之〈畫記〉，專摹《考工》，後人仿效，雖語語皆肖，究同木偶。記古器物固須刻劃，必一一摹擬，又似鑿矣。」徐幼錚評：「先有精整，乃有所謂參錯。參錯而不精整，則雜而無章矣。」「此文佳處，全在句法錯綜，繁而明，簡而曲，質而不俚，段與段句法變換，而段之中各句又自為變換。不然，與雜貨單何異？何得為文？歐公自謂不能為者，自是不能仿為之意。此種文字，長篇大幅中偶效一二句，尚覺生色；若全篇仿此，試問有何趣味？遽謂周人以後無此格力，未免過當，蓋無是題耳。且有是題，亦不必作是調耳，非無是文也。」退之為文好自出機杼，不喜隨人作計，又有出奇之絕大功力，偶得奇畫，遂刻意成此奇文；有一二暗合古人處，然自是自家創格為主。諸家所見雖有不同，而謂可一而不可再，貴其能獨創而戒後人之死摹則是耳！

〈藍田縣丞廳壁記〉，起段曰：「丞之職所以貳令，於一邑雖無所不當問，其下主簿、尉。主簿、尉乃有分職，丞位高而偪，例以嫌不可否事。文書行，吏抱成案詣丞，卷其前，鉗以左手，右手摘紙尾，雁鶩行以進，平視睨丞曰『當署』。丞涉筆占位署惟謹，目吏問『可不可』，吏曰『得』則退，不敢略省，漫不知何事。官雖尊，力勢反出主簿、尉下。諺數慢，必曰丞，至以相訾謷。丞之設，豈端使然哉！」敘縣丞無權而見欺下屬之狀，惟妙惟肖；語之緊健，亦有類〈畫記〉者。以見唐代地方官場之情狀，有正史所未能表達者。後幅，「庭有老槐四行，南牆巨竹千梃，儼立若相持，水㶁㶁循階鳴。斯立痛掃溉，對樹二松日哦其間，有問者，輒對曰：『余方有公事，子姑去。』」寥寥數語，情景逼真，別添曲致。程端禮評：「此篇蕭散夷曠，無一點塵俗。吏觀此，可以洗心滌慮。」茅坤評：「憤當世之丞不得盡其職，故藉壁記以點綴之，而詞句多淡宕奇詭。」儲欣評：「奇崛戰鬥鬼神。」曾國藩評：「此文則純用戲謔，而憐才共命之意，沉痛處自在言外。」張裕釗評：「此文純以恢詭出之，當從傲兀一切中玩其神味。」《韓愈志》評：「寥寥短章，老健簡明，憤激而出以恢詭，感慨而寓諸蕭閑，命意最曠而逸，得司馬子長之神髓矣。」

# 書

書信之文，多為對一人之私語，最足見作者真情；敘事、抒情、議論，隨事隨心而發，其體又最自由。高手之作，雖瑣屑、散漫，而匠心自具。《文心雕龍》〈書記〉:「詳總書體，本在盡言。言以散鬱陶，托風采；故宜條暢以任氣，優柔以懌懷。文明從容，亦心聲之獻酬。」退之書信，有對私人言者，有對公家言者，信手揮寫者有之，匠心經營者亦有之；然議論卒多於敘事與抒情，故雄辭盛氣如它體，柔情瑣語不多見。《韓愈志》據《文心》之旨而評之曰:「若韓愈書辭氣紛紜，有餘於條暢任氣，不足於優柔懌懷；散鬱陶而未能從容，托風采而失諸激切。」求全縱未必有濟，固無傷其獨具風格之勝也。

昔人最推尊者，為〈與孟尚書書〉。此書述其辟佛、道，張儒學，以及貶謫時與僧人大顛為友之原故，文字頗能信筆行之而得大自在。內容大旨不逾〈原道〉，論楊、墨處通達且不如〈讀《墨子》〉。其謂孔、孟之學自漢以後，僅「存十一於千百」,「群儒區區修補，百孔千瘡，隨亂隨失，其危如一髮引千鈞，綿綿延延，寖以微滅。」則善為形容聳聽之言。謂辟佛不足患，「假如釋氏能與人為禍祟，非守道君子之所懼也。況萬萬無此理？且彼佛者果何人哉！其行事類君子邪，小人邪？若君子也，必不加禍於守道之人。如小人也，其身已死，其鬼不靈，天地神祇，昭布森列，非可誣也，又肯令其鬼行胸臆、作威福於其間哉？」則頗淋漓痛快。茅坤評:「翻復變幻，昌黎書當以此為第一。古來書自司馬子長〈答任少卿書〉後，獨昌黎為工，而此書尤昌黎佳處。」何焯評:「理明氣暢，此文真是如潮。」方苞評:「理足氣盛，浩然若江河之達。」劉大櫆評:「千回百折，有真氣行乎其間，具江河沛然之勢。」張裕釗評:「渾浩變化，千轉百折，而勢愈勁。其雄肆之氣，奇傑之辭，並臻上境。北宋諸家，無能為役。」則或譽之過偏過甚，或傾倒於其勁折而忽視其自在也。其次若〈應科目時與人書〉，以為善於「托物以喻」，「自生奇致」，實則其著力自況，自然含蓄處不及〈雜說〉也。

古今人所常詆者，為〈三上宰相書〉，實則未可厚非。〈上宰相書〉自以為「所著皆約《六經》之旨而成文」，「辨時俗之所惑」，當受大用，而「四舉於禮部乃一得，三選於吏部卒無成」。述饑寒有誇張語，於干求無卑屈語。兩用「將非」、四用「抑又聞」諸排句，責時相不能用人，盛氣直下。「抑又聞上之化下，得其道則勸賞不必遍加乎天下而天下從焉，因人之所欲為而遂推之之謂也。」看似重功利，實則兼融儒、道有為與無為之奧旨，為治國與用人極重要有效之言，惜乎時相與後人之不能深察而實行也。即此數語，足徵退之於政事非只能漫為高論而不能切於實際者。「試之以綉繪雕琢之文，考之以聲勢之逆順，章句之短長，中其程式者，然後從下士之列。雖有化俗之方，安邊之畫，不由是而稍進，萬不有一焉。」於唐代禮部、吏部試士之弊，又大膽而直揭之。何焯評：「須具絕大心胸讀之，此中真有海涵地負之勢。」〈後十九日復上書〉，以「蹈水火者之求免於人」，及「介於其側者」之救人為比，以述其干求之事，「既危且亟」、「大聲疾呼」諸語，誠不免卑屈；而兩用「雖其所憎惡，苟不至於欲其死」，以述望救、救人者之心理，刺事則甚激切。「古之進人者，或取於盜，或舉於管庫」等，極論用人不當計出身，舉例或未盡當；然非如後人所誤為自況，而貽譏「略不知恥」者。論士之遭遇之所謂「時」者，繫於人不繫於天，尤繫於執政有力者，嚴正宏通，固前此所少見，安得謂退之為真迷信天命者哉！何焯評：「文勢如奔湍激箭，所謂情隘辭蹙也。」〈後廿九日復上書〉，七用「皆已」、三用「豈復」、十一用「豈盡」諸排比句，其氣之運行，尤極「傾瀉」、「往復」之典型；文有責望語，無卑屈語。「今天下一君，四海一國，舍乎此則夷狄矣，去父母之邦矣。故士之行道者，不得於朝則山林而已矣。山林者，士之所獨善自養而不憂天下者之所能安也。如有憂天下之心，則不能矣。故愈每自進而不愧恥焉。」坦然自述其不甘退隱山林、安於獨善之心。杜甫四十四歲時作〈自京赴奉先縣詠懷五百字〉，猶有「生逢堯舜君，不忍便永訣」之語；退之上此三書，在貞元十一年，年二十八，欲其遂甘心永訣於朝廷而不爭不言，易乎宜乎？吳汝綸評：「此篇倔強益甚」。宋黃震《黃氏日鈔》云：「公之〈三上宰相書〉，豈階權勢、求富貴者哉？宰相，人才所由進，磊落光明以告之。公之本心，如青天白日。後世旁蹊曲徑，暮夜鑽刺，而陰求陽辭，心口為二，妄意廉退之名，真墦間乞祭之徒耳！」豈盡回護之辭哉？惜時相若趙憬、賈耽、盧邁輩皆庸劣，不得其人而強與之言為可憾耳！

〈上兵部李侍郎書〉、〈答尉遲生書〉、〈答李翊書〉、〈答李秀才書〉、〈答陳生書〉、〈與馮宿論文書〉、〈答劉正夫書〉，皆有論文精義。〈與李翊書〉，不徒論文之義極精，且盛氣行於抑遏、轉折、傾瀉、往復之中，文辭亦極美。欲論退之書信中第一，此或庶幾？呂本中評：「退之此書，最見其為文養氣妙處。」姚鼐評：「此文學《莊子》。」浦起龍評：「公教人作文多矣，未有盡出其學養、識力、功效、節度詳細如此者。明若觀火，端如貫珠，師宗百代。」張裕釗評：「退之自道其所得，字字精心撰出，故自絕倫。」「學《莊子》而得其沉著精刻者，惟退之此書而已。」欲以似莊論，則文之恣肆，得《莊子》之神者也；沉著精刻，遺《莊子》之貌者也。

〈答崔立之書〉言當時科試，「決得失於一夫之目」；〈代張籍與李浙東書〉，謂籍盲於目而已，而「當今盲於心者皆是」；〈與陳給事書〉，論人之交游，「位益尊，則賤者日隔；伺候於門牆者日益進，則愛博而不專」；〈答馮宿書〉，謂「君子不當為小人之恂恂而易其行」；〈與鄂州柳中丞書〉，謂出征之武將，「但日令走馬來求賞給，助寇張聲勢而已」，〈又一首〉，謂「遠征軍士」，不如「召募土人」；〈與李翺書〉，自述「僕之家本窮空，重遇攻劫，衣服無所得，養生之具無所有，家累僅三十口，攜此將安所歸乎？」「在京城八九年，無所取資，日求於人以度時月。當時行之不覺也，今而思之，如痛定之人，思當痛之時，不知何能自處也。」皆有洞明事理、善述人情之妙。

〈上張僕射書〉、〈與崔群書〉，亦奇文。前一書向其府主張建封自述不能安於「晨入夜歸」之猥庸職事，「抑而行之，必發狂疾」，不畏其惡棄而不用，殊見性格之狂放；謂當時在上者之用人，「皆好其聞命而奔走者，不好其直己而行道者」，不畏觸怒於張，且大足以警世；謂張當如何待己，連以「如此」為疊句者十，以「而已耳」為疊句者二，氣亦甚盛。儲欣評：「骨氣稜稜。後半架空玲瓏，足見先生邇日之文，如川方至。後人沿襲可嘆。」林雲銘評：「下半段，句句照應，一氣卷舒，覺丰骨稜稜，不可狎視，文中最有光芒者。」吳闓生評：「質健傲兀，見古君子所以自處。不阿曲以徇人，仍韓公偉岸倔強之天性。」後一書謂「樂天知命者，固前修之所以御外物者也。」見道語；述交友，以五「或」字為疊句，纖悉畢具。又云：「自古賢者少，不肖者多。自省事以來，又見賢者恒不遇，不賢者比肩青紫；賢者恒無以自存，不賢者志滿氣得；賢者雖得卑位則旋而死，不賢者或至眉壽。不知造物者意竟如何？無乃所好惡與人異心哉？毋乃都不省記，任其死生壽夭邪？未可知也。人固有薄卿相之官、千乘之位，而甘陋巷菜羹者。同是人也，猶有好惡如此之異者，況天之與人？當必異其所好惡無疑也。合於天而乖於人何害？況又時有兼得者邪？」以賢與不肖之所遇對比，又連用許多疊句，且中間盤轉不斷如連環。末段自言衰老近狀，則蕭閑有致。儲欣評：「敦詩之賢，公心仰服，故爾傾瀉無餘。書中回折最有味。」林雲銘評：「看他每段中，具無數曲折，感慨淋漓，能令千古失意人，讀之傷心欲絕。」劉大櫆評：「公與崔群最相知，故有此家常本色之文。中間感賢士之不遇，尤為鬱勃淋漓。」曾國藩評：「『自古賢者少，不肖者多』節，悲感交集。……『人固有薄卿相之官』節，憤極出奇想，沉痛至矣。『僕無以自全活者』一節，後路絕深痛。」

## 序

退之序文，贈序為多；序詩文者僅四篇。姚鼐〈古文辭類纂序〉曰：「唐初贈人，始以序名。作者亦眾，至於昌黎，乃得古人之意，其文冠絕前後作者。」諸序語皆緊健勁峭，雄直不減議論、書信之作；惟典重雍容而有風神者較多見焉。〈送許郢州序〉，欲許仲輿諷山南東道節度使于頔知「財已竭而斂不休，人已窮而賦愈急，其不去為盜也亦幸矣」；〈送崔復州序〉，欲崔某知「勿使幽遠之小民」，遇「水旱癘疫之不期」，「不得其所」而不能上達與受卹；〈送幽州李端公序〉，欲李益勸幽州節度使劉濟「帥先河南北之將，來覲奉使」，服從朝廷；〈送石處士序〉，欲石洪諷河陽軍節度使烏重胤盡力轉輸，使朝廷克成討伐王承宗之役；〈送鄭尚書序〉，諷鄭權以節度嶺南之任重而不可輕忽；〈送水陸運使韓侍御歸治所序〉，論邊軍屯田之效，皆有關於政治大事；〈送石處士序〉，敘石洪「辨古今事當否，論人高下，事後當成敗，若河決下流而東注；若駟馬駕輕車而就熟路，而王良、造父為之先後也；若燭照而龜卜也。」為文中善用「博喻」之典型；〈送鄭尚書序〉，言嶺南風土、民俗與治亂，亦極善形容。〈送陳秀才彤序〉、〈送王秀才（塤）序〉、〈荊潭唱和詩序〉、〈韋侍講盛山十二詩序〉，論為文為學之道。〈贈張童子序〉，敘明經考試之艱難，張童子記性有神異，然勿以進身之易而懈於學；〈送浮屠文暢師序〉，以儒家之道誨浮屠；〈送廖道士序〉，以衡山南北山川之「磅礴而鬱積」，許廖得之而「魁奇」，而惜其「迷溺於老、佛之學而不出」；〈送張道士序〉，壯其「有文武長材」，惜其不得已而「寄跡老子法中」；〈送高閑上人序〉，許其善草書；亦不背退之平時論道之旨，不得以結交僧道為其言行相背之證。〈盛山詩序〉中云：「夫儒者之於患難，苟非其自取之，其拒而不受於懷也，若築河堤以障屋霤；其容而消之也，若水之於海，冰之於夏日；其玩而忘之以文辭也，若奏金石以破蟋蟀之鳴、蟲飛之聲。」亦善用「博喻」。〈送高閑上人序〉，敘張旭善作草書云：「不治他技，喜怒窘窮，憂悲愉佚，怨恨思慕，酣醉無聊不平，有動於心，必於草書焉發之。觀於物，見山水崖谷，鳥獸蟲魚，草木之花實，日月列星，風雨水火，雷霆霹靂，歌舞戰鬥，天地事物之變，可喜可愕，一寓於書，變動猶鬼神，不可端倪，以此終其身，而名後世。」善用豐富之想像以增文章之氣勢，與〈送殷員外序〉，敘常人「適數百里，出門惘惘，有離別可憐之色；持被入直三省，丁寧告婢子，語刺刺不能休」之狀，善用詼諧之摹述以增文章之風趣，異曲同工。〈送區冊序〉，言陽山山川之險急，縣郭之窮陋，為絕妙記敘文字；〈送溫處士赴河陽軍序〉，以「伯樂一過冀北之野，而馬群遂空」，以喻知人與用人，破空而起，比喻奇突。前篇語句廉悍，後篇氣概驃姚，又皆恢詭富風趣。〈送王秀才（含）序〉，言古今文人嗜酒與否者之不同心事；〈送楊少尹序〉，不惜用尋常瑣屑之語，反復設想楊巨源離京致仕之狀；〈送湖南李正字序〉、〈送鄭十校理序〉，言兩世交游會合之狀，則或「淡折夷猶」，或「唱嘆抑揚」，皆能以風神勝者也。

其最佳者，如〈送孟東野序〉。文以「不平則鳴」發揚司馬遷「發憤著書」之說，為論文至理；其種種比喻，種種論證，種種慰藉，皆設想精微，變化迭至而結構井然。浦起龍評：「以一『鳴』字作骨，以一『善』字作低昂。其手法變化在『鳴』字，其線索卻在『善』字。」沈德潛評：「從物聲說到人聲，從人聲說到文辭，從上古之文辭歷數以下說到有唐，然後轉落東野。位置井然，而出以離奇惝恍，使讀者河漢其言；其實法律謹嚴，無逾此文也。」何焯評：「句法雖似《考工》，然波瀾卻似《莊子》。」劉大櫆評：「文以

『天』字為主，而用『鳴』字、『善』字縱橫組織其間，奇絕變化。」「雄奇創辟，奇絕古今。」張裕釗評：「《儀禮》之細謹，《考工》之峭宕，惟此篇與〈畫記〉與之相肖。」如〈送董邵南序〉。董以不得志於有司，而欲赴河北，河北為當時藩鎮割據之地。退之最惡不臣之強藩，不便明阻董行，故諷戒之。全文一百五十六字，凡六轉。妙在所追慕者為燕趙古代感慨之士而非時人；所欲董生求弔者，為「慕義強仁」之屠狗輩如高漸離者，及奔亡之望諸君樂毅一類人，而非得志在位之人。樂毅之功業去就，尤足令人深思戒懼。於此類人，猶欲其以「明天子在上」，而離河北以仕於朝，則董生之不宜行與不宜於河北也明矣；不明言其「不宜」，只言其未必「有合」。此皆深諷婉戒之苦心。文章氣仍盛，惟轉折多，語意含蓄深遠，特富低徊唱嘆之感人情致。謝枋得評：「文章有短折而多氣者，此序是也。」林雲銘評：「通篇以『風俗與化移易』句為上下過脈，而以『古今』二字呼應，盡吞吐之妙。」沈德潛評：「嗚咽馳驟，既愛才，亦憂國。」劉大櫆評：「退之以雄奇勝，獨此篇及〈送王含序〉，深微屈曲，讀之覺高情遠韻，可望不可及。」曾國藩評：「沉鬱往復，去膚存液。」張裕釗評：「收處寄興無端，如此乃可謂之妙遠不測。」至於〈送李愿歸盤谷序〉，則稱譽偏高。篇首敘盤谷形勢及篇末歌詞，頗古淡。中幅以排偶生色，述「人之稱大丈夫者」及「窮居而野處者」兩段，語則平常；惟前段「吾非惡此而逃之，是有命焉，不可幸而致也。」後段「與其有譽於前，孰若無毀於其後？與其有樂於身，孰若無憂於其心？車服不維，刀鋸不加，理亂不知，黜陟不聞，大丈夫不遇於時者之所為也，我則行之。」轉折較妙。後幅述「伺候於公卿之門者」一段，形容、轉折皆妙。全文固有若曾國藩所評：「別出蹊徑，跌宕自喜」者；然在退之序文中，並非格高之作。〈東坡題跋〉云：「歐陽文忠嘗謂：『晉無文章，惟陶淵明〈歸去來〉一篇而已。』余亦謂：『唐無文章，惟韓退之〈送李愿歸盤谷〉一篇而已。』生平願效此作一篇。每執筆輒罷，因自笑曰：『不若且放，讓退之獨步。』」胡仔《苕溪漁隱叢話》卷十八亦載此事，文少異。竊謂永叔、東坡之言皆可疑，兩人識見，不應如此。或世俗傳而訛誤，或為他人依托。高步瀛《唐宋文舉要》所評頗可取：「宋人常有妄人評古人詩文，必托名人之言以欺世，如歐陽永叔謂『晉無文章』，蘇子瞻謂『唐無文章』，已不成語。且〈送李愿序〉，在韓公文中，亦非其至者，徒以奇瑰為流俗所喜，遂妄為此言，托之子瞻耳。大抵〈東坡題跋〉，其中真贋參半，《七集》內殊無此等文。後人無識，概收入全集中。即使此語果出子瞻，亦如王從之所謂一時戲語，殊不足為典要，況子瞻未必果有此語乎？」宋人辭賦及記敘之作，最喜學〈歸去來辭〉、〈進學解〉、〈送李愿序〉一類調子，以其機勢平衍易學，語言既多排比偶儷不枯寂，且明暢易於領會，此亦宋文變唐之趨勢，故有永叔、東坡之言云云。惟學者既多，遂成熟調，使讀者見仿作而並感原作為習見。就本序論，劉大櫆評：「極力形容得志之小人與不得志之小人，而隱居之高尚乃見。行文渾渾，藏蓄不露。」「兼取偶儷之體，卻非偶儷之文，此哲匠之妙用也。」惲敬評：「字字有本，句句自造，事事披根，惟退之有之。」桐城、陽湖兩派，推崇無異，亦可參。按當時名李愿較著可考者，為西平王李晟子；其弟愬，亦名將。世人多謂序中所送即此人，亦有疑者。蔡世遠云：「史言其（李晟子愿）以荒侈敗，結納權近，與篇中所述正復相反，明非一人矣。」所謂《韓集》五百家注者，載唐人跋此文，有「隴西李愿，隱者也。」如可據，則別為一人矣。或謂文為晟子作，恐其未能真隱，故所述不作退之自言，而歸於「愿之言曰」，容有苦心留餘地。當是猜測之言。

## 哀祭文

退之哀祭之文，韻語最卓絕者為〈祭河南張員外文〉；散體最卓絕者為〈祭十二郎文〉，皆古今無匹。〈祭張員外文〉，如敘與張同官御史，負氣直言，為柔佞者所嫉云：「彼婉孌者，實憚吾曹。側肩帖耳，有舌如刀。」敘兩人同貶嶺南，過商山及洞庭湖之狀云：「夜息南山，同臥一席。守隸防夫，觝頂交跖。洞庭汗漫，粘天無壁。風濤相豗，中作霹靂。追程盲進，颿船箭激。」敘兩人翌年相會臨武界上云：「自別幾時，遽變寒暑。枕臂欹眠，加余以股。僕來告語，虎入廐處。無敢驚逐，以我騾去。」敘兩人遇赦北歸，同避風洞庭及赴官江陵云：「避風太湖，七日鹿角。鉤登大鮎，怒頰豕豞。臠盤炙酒，群奴餘啄。走官階下，首下尻高。下馬伏途，從事是遭。」詼諧奇恣，幾不知為韻語，善於用韻，一如其詩，豪情大筆，一無所拘，退之性情與文章之不可及，即此可畢見。茅坤評：「公之奇崛戰鬥鬼神處，令人神眩。」姚範評：「淒麗處獨以健崛出之，層見疊聳，而筆力堅淨，他人無此也。」劉大櫆評：「昌黎善為奇險光怪之語以驚人，而與張同貶，其所經山川險阻患難，適足以供其驅遣，故能雄肆如此。」林紓評：「綜敘張署生平，及與己交際，伸縮繁簡，讀講井然。繁處極意抒寫，簡處用縮筆。讀之不已，可悟韻語長篇之法。」《韓愈志》云：「四言韻文，其源出於〈雅〉、〈頌〉，雍容揄揚。漢魏人為之，未嘗出其窠臼，多重鋪敘。而韓愈創為刻劃，千形萬態，橫恣溢出。又漢魏人為四言韻文，亦效〈雅〉、〈頌〉之凝重肅括；而韓愈神采飛揚，獨出以軼宕俊偉；雖敘實事，必驅使陵跨，令於空際飛馳。」此文可為代表。退之韻語之奇，才大思雄，自然溢出，非勉強艱辛而為之，在他人為舉鼎絕臏，在退之為興酣揮灑，斯尤難耳！

〈祭十二郎文〉，敘孤苦曰：「吾上有三兄，皆不幸早世。承先人後者，在孫惟汝，在子惟吾。兩世一身，形單影隻，嫂常撫汝指吾而言曰：『韓氏兩世，惟此而已。』」已極悲矣，又伸而復折云：「汝時猶小，當不復記憶；吾時雖能記憶，亦未知其言之悲也。」悲益深矣。敘聞十二郎之死訊云：「吾年未四十，而視茫茫，而髮蒼蒼，而牙齒動搖。念諸父與諸兄，皆康強而早世，如吾之衰者，其能久存乎？吾不可去，汝不肯來，恐旦暮死，而汝抱無涯之戚也。」可謂傾瀉矣。接云：「孰謂少者歿而長者存，強者夭而病者全乎？嗚呼！其信然耶？其夢耶？其傳之非真耶？信也，吾兄之盛德而夭其嗣乎？汝之純明而不克蒙其澤乎？少者強者而夭歿，長者衰者而存全乎？未可以為信也。夢也，傳之非其真也，東野之書，耿蘭之報，何為而在吾側也？嗚呼！其信然矣。」則傾瀉而又層層轉折。又接云：「吾兄之盛德而夭其嗣矣；汝之純明宜業其家者，不克蒙其澤矣。所謂天者誠難測，而神者誠難明矣；所謂理者不可推，而壽者不可知矣。雖然，吾自今年來，蒼蒼者或化而為白矣，動搖者或脫而落矣；毛血日益衰，志氣日益微，幾何不從汝而死也？死而有知，其幾何離？其無知，悲不幾時，而不悲者無窮期矣。汝之子始十歲，吾之子始五歲；少而強者不可保，如此孩提者，又可冀其成立耶？嗚呼哀哉！嗚呼哀哉！」則傾瀉轉折而兼往復矣。再敘其感想云：「嗚呼！汝病吾不知時，汝歿吾不知日。生不能相養以共居，歿不能撫汝以盡喪，斂不憑其棺，窆不臨其穴。吾行負神明而使汝夭；不孝不慈，而不得與汝相養以生，相守以死。一在天之涯，一在地之角；生而影不與吾形相依，死而魂不與吾夢相接。吾實為之，其又何尤！彼蒼者天，曷其有極！」又傾瀉極矣！結尾數句：「嗚呼！言有窮而情不可終。汝其知也耶？其不知也耶？」收束中又回旋轉折不盡。此文如對十二郎面語，所敘皆瑣屑絮語，情、事、理又漫然拉雜而出之，如西人所謂隨「意識流」之發展者。越瑣絮，越拉雜，越顯其深情。瑣絮拉雜之中，層次仍極分明，則所謂「意識流」者，又非真漫無條理，作者不得藉口於意識不清可以成文而漫為擺弄者，即此亦可知其一斑矣。此文言情最嗚咽，而氣不可掩。情坌溢矣，雖惻愴欲絕，而氣自存，情氣相生，於此亦益可見也。此文就常事常理常情生發以成非常之文，千古以來，對人獨擅非常之感發，其有益於文章，有益於人倫，不可估量矣。退之〈歐陽生哀辭〉，謂歐陽詹之文，「深切喜往復，善自道。」此文其殆庶幾。茅坤評：「通篇情意刺骨，無限淒切，祭文中千年絕調。」儲欣評：「有泣，有呼，有踴，有絮語，有放聲長呼。此文而外，惟柳河東〈太夫人墓表〉，同其慘裂。」林雲銘評：「祭文中出以情至之語，以茲為最。……總見自生至死，無不一體關情，悱惻無極，所以為絕世奇文。」《古文觀止》評：「情之至者，自然流為至文。讀此等文，須想其一面哭一面寫，字字是血，字字是淚。未嘗有意為文，而文無不工。祭文中千年絕調。」沈闇評：「此文當分五段十一節讀。……自始至終，次第接落，不待結構已極緊湊；傷離痛死，不待描摹已極慘怛。蓋由一字一句，皆從肺腑流出故也。」章懋勳評：「東坡有云：『讀〈出師表〉不下淚者，其人必不忠；讀〈陳情表〉不下淚者，其人必不孝；讀〈祭十二郎文〉不下淚者，其人必不友。然其慘痛悲切，皆出至情之中，不期然而然也。』昌黎〈祭十二郎文〉，故語語從至情中發出，……正所謂『言有窮而情不終』，真字句血淚點滴成斑，令人抱痛於千古矣。」馬其昶評：「在當時無對。後二百七十年，歐陽公為其父作〈瀧岡阡表〉，始足以追配此作，覽者當自知之。」《韓愈志》評：「骨肉之痛，急不暇修飾，縱筆一揮；而於噴薄處見雄肆，於嗚咽處見深懇，提振轉折，邁往莫御，如雲驅飆馳，又如龍吟虎嘯，放聲長呼，而氣格自健。」讀〈祭張員外文〉，於人，可見退之之豪放；於文，可見退之之恢詭；讀〈祭十二郎文〉，於人，可見退之之深情，於文，可見退之之悱惻。姚鼐《古文辭類纂》、高步瀛《唐宋文舉要》，皆不選〈祭十二郎文〉，殆受姚範《援鶉堂筆記》貶抑此文之影響？曾國藩取古文，號為藩籬廣於桐城，其評此文，亦曰：「述哀之文，究以用韻為宜。公如神龍萬變，無所不可，後人則不必效之。」則拘束文體，轉遜於唐宋人之所為所見矣。至於今人選韓文者之不知選〈祭張員外文〉，時限使然，更不足異。

兩文之外，〈祭田橫墓文〉，〈歐陽生哀辭〉，〈祭鄭夫人文〉，皆有深情；〈獨狐申叔哀辭〉，〈祭郴州李使君文〉，皆有奇思警語；〈潮洲祭神文〉第二首，既見其憂民疾苦之誠，而文氣亦奇警。

## 碑、誌

宋李塗《文章精義》、明王世貞〈書歸熙甫文集後〉、茅坤《八大家文鈔》及清代桐城諸老，皆極推退之碑誌文字。近人陳衍《石遺室論文》，且謂退之文之工者，「第一傳狀碑誌，第二贈序，第三雜記，第四序跋，第五乃書說論辯。」此固見仁見智，不能視為定論；然退之此體，確有特色。碑文為金石文字，本多簡煉典重。退之上效《尚書》、〈雅〉、〈頌〉，近法東西兩京，出以變化，典重中自具權奇傲兀之態，不株守古人籬下。然文字亦有過求質奧，以情動人不足者，是亦體裁、內容之所限。〈平淮西碑〉作用最大。以平淮西吳元濟之事為主，歷敘憲宗朝藩鎮之叛附，頌揚憲宗武德；惟淮西之役，歸首功於主帥裴度，然敘李愬雪夜入蔡，「取元濟以獻」，亦有特筆。愬妻之訴碑文論功不公允，憲宗之命段文昌改作，而磨去韓碑，不知文體經營之有宜，皆非也。段文昌文見姚鉉《唐文粹》，流傳之廣，大不如〈韓碑〉，豈無故哉？李商隱〈韓碑〉曰：「公之斯文若元氣，先時已入人肝脾。湯盤孔鼎有述作，今無其器存其辭。」又曰：「句奇語重喻者少」，「濡染大筆何淋漓。」蘇軾所記〈臨江驛詩〉：「淮西功業冠吾唐，吏部文章日月光。千載斷碑人膾炙，不知世有段文昌。」此為退之抱不平也。《唐宋文醇》評：「體載宏鉅，斷為唐文第一。」林雲銘評：「此昌黎奉天子命作，乃全集中第一用意文字。」沈德潛評：「記叛變，記廷議，記命將，記戰功，記赦宥，記論功，而總歸於天子之明且斷，井井整整，肅肅穆穆，如讀〈江漢〉、〈常武〉之詩，西京後第一篇大文字。」張裕釗評：「此文自秦、漢後，殆無能為之者。竊謂此文可追《尚書》,〈原道〉可追《孟子》,〈畫記〉可追《考工》,退之詣極之作,殆欲度越盛漢,與周人並席矣。」推崇甚至,則立足於古代廟堂應用之體,非今日論文之準則也。〈曹成王碑〉,敘曹成王李臯討李希烈,連用嘬、剜、鞣、鏺、掀、撇、掇、筴、跐、膊、披、拔、標、踏、捁等生僻動詞,以敘其攻城略地,銘語「蘇枯弱強,齦其奸猖」之用詞,皆有特色;全文簡古中亦頗變化多姿。何焯評:「朱子極喜此篇。」《唐宋文醇》評:「敘事遣辭,奇而能法。碑版之文,此其極則也。」亦不免囿於廟堂文字之觀念矣。〈故相權公墓碑〉,為權德輿作,林雲銘評:「考公復為博士,時權公方入相,與李絳、李吉甫同見〈進學解〉而奇之,得遷比部郎中,隨知制誥。文章知己,沒世不忘,安得不詳悉縝密如此哉?」曾國藩評:「矜慎簡煉,一字不苟,金石文字之正軌也。」張裕釗評:「堅淨簡勁,坦然出之,而雄渾高古不可及。」〈柳州羅池廟碑〉,敘柳子厚死後為神事,本不經;然有意宣揚子厚惠政在柳,故民以神祀之不衰,以「不經」為信,豈愚妄哉?曾國藩評:「此文情韻不匱,聲調鏗鏘,乃文章第一妙境。情以生文,文亦足以生情;文以引聲,聲亦足以引文。循環互發,油然不能自已,庶可漸入佳境。」又評:「銘詞嗣響《九歌》。」蓋退之文之可喜者,多不在循「正軌」,而在能奇創也。

退之長篇碑文,多為將相大臣作,以敘大事見節度為主;短篇碑碣及墓誌所述,有官吏,有文士,有婦女,有親故,品類雖雜,然關係或較密,故人物性格言之較顯,文章情致感人較深。《文章精義》云:「退之諸墓誌,一人一樣,絕妙。」《韓愈志》云:「隨事賦形,各肖其形。」其最莫如〈柳子厚墓誌銘〉。退之數十年朝野經歷,憤世嫉俗與夫憐才傷友之情,萃於此文而發之。其敘子厚之家世、為人、為文與為政,簡而精。其發為議論乃特多,「嗚呼!士窮乃見節義」,自抒情引入議論,先為一頓。自此而接以「今夫平居里巷相慕悅,酒食游戲相征逐,詡詡強笑語以相取下,握手出肺肝相示,指天日涕泣，誓生死不相背負，真若可信；一旦臨小利害，僅如毛髮比，反眼若不相識，落陷阱不一引手救，反擠之而又下石焉者，皆是也」。八十五字，以數分句直下為一句，以「者」字一字為主語，以「皆是也」三字為謂語，其餘皆為定語。氣大盛，語大奇。然文氣之行，竟不能以此為止，又接云：「此宜禽獸夷狄所不忍為；而其人自視以為得計。聞子厚之風，亦可以少愧矣！」乃作三轉。「子厚前時少年，勇於為人，不自貴重顧藉，謂功業可立就，故坐廢退；既退，又無相知有氣力得位者推挽，故卒死於窮裔，材不為世用，道不行於時也。使子厚在臺省，自持其身，已能如司馬、刺史時，亦自不斥；斥時有人力能舉之，且必復用不窮。然子厚斥不久，窮不極，雖有出於人，其文學辭章，必不能自力以致必傳於後如今，無疑也。雖使子厚得如所願，為將相於一時，以彼易此，孰得孰失？必有能辨之者。」又以極傾瀉之情，為無數之轉折，而衝決、抑遏、伸縮、往復諸勢又無不畢具矣。其情之沛、氣之充、筆之銳，微子厚之為而能有此乎？其結語之勉為子厚慰，實為子厚悲之益深也。篇末敘子厚身後事，插敘裴行立、盧遵為人之見於與子厚交道者，亦簡淡而淒婉有致。儲欣評：「有抑揚顯隱不失實之道，有朋友交游無限愛惜之情，有相推以文墨之意。即令公自第所作墓誌，亦當壓卷此篇。」沈德潛評：「噫鬱蒼涼，墓誌中千秋絕調。」吳闓生評：「韓柳至交，此文以全力發明子厚之文學風義，其酣恣淋漓、頓挫盤鬱處，乃韓公真實本領。」子厚卒，退之為之作者，有祭文，有墓誌，有廟碑，墓誌最佳。讀此墓誌及廟碑，又得謂退之於子厚有不釋之嫌隙乎？於韓、柳所謂嫌隙，而著意張皇不休者，又得謂以君子之腹度人乎？

〈貞曜先生墓誌銘〉、〈南陽樊紹述墓誌銘〉，敘孟郊、樊宗師之詩文；〈江西觀察使韋公（丹）墓誌銘〉、〈鳳翔、隴州節度使李公（惟簡）墓誌銘〉、〈尚書左丞孔公（戣）墓誌銘〉、〈江南西道觀察使太原王公（仲舒）墓誌銘〉，敘韋丹、李惟簡、孔戣、王仲舒之為政；〈庫部郎中鄭君（羣）墓誌銘〉，敘鄭羣之待客；〈陝府左司馬李公（郱）墓誌銘〉，敘李郱之幼孤力學：描摹刻畫，氣旺而語奇，挺然灑然，皆精采可觀。

敘事之不拘常格者，如〈試大理評事王君（適）墓誌銘〉，詳敘其以騙娶妻之事；〈監察御使衛府君（之玄）墓誌銘〉，詳敘衛中行兄迷信方術之愚；〈太學博士李君（于）墓誌銘〉，歷舉李于等數人服丹藥致死之苦。行文不拘常格者，如〈唐河中府法曹張君（圓）墓碣銘〉，以「有女奴抱嬰兒來，致其女主人之語」以求銘而突起；〈少府監胡良公（珦）墓神道碑〉，起段敘張籍為胡求碑文事云：「以公之族出、行治、歷官、壽年為書，使人自京師南走八千里，至閩南、兩越之界上，請為公銘刻之墓碑於潮州刺史韓愈。」如吳汝綸評：「三十三字為句，岸然自喜」；〈陝西左司馬李公（郱）墓誌銘〉敘鄭余慶家奴之不滿李郱，連曰：「令辱我！令辱我！」〈幽州節度使判官清河張君（徹）墓誌銘〉，敘張徹之罵叛軍，連曰：「汝何敢反！汝何敢反！」若載口語。此皆敢為獨特，不畏墓主親屬不悅，不畏世俗詫異也。

誌後銘語之警策者，如〈李元賓墓銘〉云：「壽也者，吾不知其所慕；夭也者，吾不知其所惡。生而不淑，孰謂其壽？死而不朽，孰謂之夭？」以元賓年二十九而卒也。〈試大理評事王君墓誌銘〉云：「鼎也不可以拄車，馬也不可使守閭。佩玉長裾，不利走趨。只繫其逢，不繫巧愚。不諧其須，有銜不祛。」以王適之負奇不遇，「諸公貴人既志得，皆樂熟軟媚耳目者，不喜聞生語。」〈董府君墓誌銘〉云：「物以久弊，或以轢毀。考致要歸，孰有彼此？由我者吾，不我者天。斯而以然，其誰使然？」以董溪由貴公子居官而下獄，容有冤抑也。〈清河張君墓誌銘〉云：「嗚呼徹也，世慕顧以行，子揭揭也。噎喑以為生，子獨割也。為彼不仁，作玉雪也。仁義以為兵，用不缺折也。知死不失名，得猛厲也。自申於暗，明莫之奪也。我銘以貞之，不肖者之咀也。」以張徹之忠義而見殺也。銘語奇句叶平韻，偶句叶仄韻，隔句兩叶，不見艱辛。〈韓滂墓誌銘〉云：「天固生之耶？偶自生耶？天殺也耶？其偶自死耶？莫不歸於死，壽何少多？銘以送汝，其悲奈何！」以侄孫韓滂之質淑而夭早也。至於〈南陽樊宗師墓誌銘〉銘語「惟古於辭」云云者，前文述退之文學主張者已引及矣。

## 雜文

〈毛穎傳〉，則近小說矣。退之作此，頗為世人所譏。裴度〈致李翺書〉云：「昌黎韓愈，僕識之舊矣，中心愛之，不覺驚賞，然其人信美材也。近或聞諸儕類云：悖其絕足，往往奔放，不以文立制，而以文為戲。可矣乎？可矣乎？」殆亦指作〈毛穎傳〉言。此由時人對小說作用尚未了解而然。獨柳宗元作「讀後題序」以張之。後來論者，又多謂〈毛穎傳〉勝〈圬者王承福傳〉。余謂〈毛傳〉行文之巧過於〈圬傳〉；而〈圬傳〉則立意較莊，俳諧較少，似以〈圬傳〉為勝也。〈送窮文〉為自吐牢騷而作，〈鱷魚文〉為官事所需而作，傳誦頗廣；然在韓文，不屬上第。

## 表、狀、實錄

〈論佛骨表〉，為表現唐代反宗教鬥爭及退之生平行誼一大事之作。其論帝王佞佛無善報，不避忌諱；論處置佛骨，不避粗暴；末謂：「佛如有靈，能作禍祟，凡有殃咎，宜加臣身。上天鑒臨，臣不怨悔。」決絕至矣！不獨內容意義重大；且其行文，亦如姚範所評：「敘次論斷，簡質明健處，見公文字之老境。」張裕釗評：「其殊絕處，在淋漓古郁。其氣坌湧，使人讀之不厭。」如割肉療親之事，至有清末年，猶有俗人為之而文人頌之者，其愚實甚。退之於千年之前，作〈鄠人對〉大非此舉，目之曰：「其為不孝，得無甚乎？」「不腰於市，而已黷於政，況復旌其門？」敢為如此偏激戇直之言，如作〈佛骨表〉。觀此兩文，洵不能抹殺其進步思想與鬥爭精神也。

〈御史臺上論天旱人饑狀〉、〈黃家賊事宜狀〉、〈應所在典帖良人男女等狀〉、〈論淮西事宜狀〉、〈論鹽法事宜狀〉，論事具體纖悉，非同泛泛，可見退之政治見識及愛民思想。然其執筆，所重在事不在文，故論退之生平、思想者，必重視乎是，而論文則可從略。

退之〈進《順宗皇帝實錄》表狀〉，謂元和八年，秉監修李吉甫指示，修改韋處厚所撰《實錄》舊稿，由三卷增至五卷。「削去常事，著其繫於政者，比之舊錄，十益六七。忠良奸佞，莫不備書，苟關於時，無所不錄。」稱頌順宗，謂「以上聖之姿，早處儲副。晨昏進見，必有所陳，二十餘年，未嘗倦怠。陰功隱德，利及四海。及嗣守大位，行其所聞。順天從人，傳其聖嗣。」永貞德政，靡不畢載；因追回前朝貶臣，遂附傳陸贄、陽城之事。史德史識，皆可稱頌。是年退之官比部郎中、史館修撰。《實錄》修成，在九年十月李吉甫卒後。進呈後又奉宰臣宣示，有所修改。《舊唐書》謂所撰《順宗實錄》，「頗為當代所非。穆宗、文宗嘗詔史官添改，……而韋處厚竟別撰《順宗實錄》三卷。」或據以為今本《實錄》，出韋處厚手，誤也。《新唐書》〈韋處厚傳〉，謂處厚曾撰《德宗實錄》。又《盧隋傳》云：「初韓愈撰《順宗實錄》，書禁中事頗切直，宦豎不悅，訾其非實。帝（文宗）詔隋刊正。」隋建言不可輕改，「有詔摘貞元、永貞間數事為失實，餘不復改。」是知《順宗實錄》固退之撰；「非之」者，乃「當代」宦官等權要；其被擿者必為此輩人所最忌之記載及有關朝廷秘事之微辭。此書為官修，又經改動，書中文字未必盡出其意與其手，然其光焰仍存，史學價值大足重視。不得以訶斥二王，辭連呂溫、韓泰、劉禹錫、柳宗元等人，遂指擿此書，以為反對永貞新政，積怨黨人，為政治上反動之例證也。

# 二
# 柳宗元文說

## 總說

柳子厚之文章行誼，光芒燦乎當時，本多稱美者；然以參與王叔文、王伾輔順宗事，名在「邪黨」，曾受異己者敵視。故韓退之銘其墓，婉辭稱其「前時少年，勇於為人，不自貴重顧藉」，受人利用；劉昫《舊唐書》為之立傳，稱其「蹈道不謹，昵比小人」；宋祁《新唐書》本傳稱：「叔文沾沾小人，竊天下柄……宗元等撓節從之，……一僨而不復」。此乃折習於唐憲宗以來對二王輔政之品目，有所顧藉或誤解以為言者。然宋范仲淹〈述夢詩序〉已為二王昭雪，並稱柳、呂（溫）等為「非常之士」，宋王安石〈讀柳宗元傳〉亦稱：余謂「八司馬，皆天下之奇材也。」自後則稱頌劉（禹錫）、柳等「八司馬」者更多；而為二王昭雪者，亦頗有其人，如宋之洪邁、趙彥衛、劉克莊，明之湯顯祖，清之王夫之、王鳴盛皆是也。今人論唐史，且以二王、「八司馬」及呂溫等，皆「永貞革新」之進步人物，則所謂子厚名在「邪黨」為玷者，可勿辨矣。其次，有以信佛譏之者。夫子厚之於佛法，非宗教之迷信，乃取佛家之哲理，以富其觀生觀世之思想，並欲用之輔佐儒學者也。當時「天臺宗」之主「中道」，禪宗之主「自性清靜」，皆有變化佛教宗旨，迎合華夏文化之處。子厚好「天臺宗」，提倡「大中」之道，根本儒學，又沿中外思想交互融合之趨勢，以佛法為他山之取資，正見其思想包容之廣，又烏足譏？

子厚論文，亦主「明道」，與退之同。如〈報崔黯秀才論為文書〉云：「聖人之言，期以明道。」〈答韋中立論師道書〉云：「始吾幼且少，為文章，以辭為工。及長，乃知文者所以明道，是固不為炳炳烺烺，務色彩、誇聲音而以為能也。」所謂道，非同於宋儒之重修心養性，而為如上舉〈報崔黯書〉所謂：「道之立，及乎物」，〈與楊誨之第二書〉所謂「以生人為己任」，〈答吳武陵論《非國語》書〉所謂「意欲施之事實，以輔時及物為道」，積極經世之旨甚明。

子厚論「道」之尚「大中」者如〈懲咎賦〉云：「求大中之所宜」，〈時令論〉云：「立大中，去大惑」，〈與呂恭論墓中石書書〉云：「立大中者不尚異。」〈答元饒州論政理書〉云：「取聖人大中之法以為理。」其說「中」，又主宜經權統一以歸於至「當」，如〈斷刑論下〉云：「經也者，常也；權也者，達經者也。……經非權則泥，權非經則悖。是二者，強名之曰『當』，斯盡之矣。『當』也者，大中之道也。」

子厚論文之「舒泄幽鬱」也，亦近於退之「不平則鳴」之說。如〈婁二十四秀才〈花下對酒唱和詩〉序〉：「君子遭世之理，則呻呼踴躍以求知於世，而遁隱之志息焉。於是感激憤悱，思奮其志略，以效於當世。故形於文字，伸於歌詠，是有其具而未得其道者之為之也。」〈上李中丞獻所著文啟〉：「宗元無異能，獨好為文章，始用此以進，終用此以退。今者畏罪悔咎，伏匿惴栗，猶未能去之，時時舉首，長吟哀歌，舒泄幽鬱。」子厚重道，亦不輕文，〈答吳武陵論《非國語》書〉：「言而不文則泥，然則文者固不可少耶？」〈楊評事文集後序〉：「闕其文采，固不足以竦動視聽，誇示後學。立言而朽，君子不為也。」如之何而可使文道並茂？子厚以為要在虛其心而廣其學，〈答韋中立論師道書〉：「故吾每為文章，未嘗敢以輕心掉之，懼其剽而不流也；未嘗敢以怠心易之，懼其弛而不嚴也；未嘗敢以昏氣出之，懼其昧沒而雜也；未嘗敢以矜氣作之，懼其偃蹇而驕也。抑之欲其奧，揚之欲其明，廉之欲其通，疏之欲其節，激而發之欲其清，固而存之欲其重，此吾所以羽翼乎道也。本之《書》以求其質，本之《詩》以求其恒，本之《禮》以求其宜，本之《春秋》以求其斷，本之《易》以求其動，此吾所以取道之原也。參之穀梁氏以厲其氣，參之孟、荀以暢其支，參之莊、老以肆其端，參之《國語》以博其趣，參之《離騷》以致其幽，參之太史公以著其潔，此吾所以旁推交通而以為文也。」言之深切著明矣。其反對「榮古虐今」與重視「文律」，尤極罕睹之卓見。〈與友人論為文書〉云：「嗟乎！道之顯晦，幸不幸繫焉；談之辯訥，升降繫焉；鑒之頗正，好惡繫焉；交之廣狹，屈伸繫焉。則彼卓然自得以奮其間者，合乎否乎？是未可知也。而又榮古虐今者，比肩疊跡。大抵生則不遇，死而垂聲者眾焉。」〈復杜溫夫書〉云：「吾少雖為文，不能自雕斫，引筆行墨，快意累累，意盡便止，亦何所師法？立言狀物，未嘗求過人。亦不能辨生之才致，但見生用助字，不當律令，唯以此奉答。所謂乎歟耶哉夫者，疑辭也，矣耳焉也者，決辭也。今生則一之，宜考前聞人所使用與吾言類且異，慎思之，則一益也。」

韓、柳齊名，然二家文風格有異。劉禹錫《河東先生集》〈序〉，謂退之評柳文：「雄深雅健，似司馬子長，崔（駰）、蔡（邕）不足多也。」退之〈柳子厚墓誌銘〉稱子厚貶謫前：「俊傑廉悍，……議論證據今古，出入經史百子，踔厲風發，率常屈其座人。」貶謫後：「居閑益自刻苦，務記覽，為詞章，泛濫渟蓄，為深博無涯矣，而自肆山水間。」劉氏〈答柳子厚〉，稱柳文：「詞甚約而味淵然以長，氣為幹，文為支，跨躒古今，鼓行乘空，附麗不以鑿枘，咀嚼不有文字，端而曼，苦而腴，佶然以生，癯然以清。」《舊唐書》本傳稱：「其巧麗淵博，屬辭比事，誠一代之宏才。」陳善《捫蝨新話》：「元獻公嘗言：韓退之扶導聖教，劃除異端，是其所長。若其祖述墳典，憲章騷雅，上追三古，下籠百氏，橫行闊視於綴述之場者，子厚一人而已。」呂本中《童蒙詩訓》：「韓退之渾大廣遠難窺測，柳子厚文明見規模次第。」朱熹《語類》:「韓退之議論正,規模闊大,然不如柳子厚較精密。」高似孫《緯略》:「柳宗元卓偉精致。」王鏊《震澤長語》評柳氏遊記:「豐縟精絕。」劉成德〈唐司業張籍詩集序〉評柳氏記敘文:「變化莫測,起伏層疊。」唐順之〈祭柳子厚文〉:「公之文章,開陽闔陰,固所自得。至於縱其幽遐詭譎之觀,而邃其要渺沉鬱之思,而江山無不為之助,豈造物者亦有深意?」茅坤《唐宋八大家文鈔》:「其深醇渾雅或不如昌黎,而其勁悍泬寥,柳亦千年以來曠音也。」王文祿〈文脈〉:「韓昌黎有志古學,但性坦率,不究心精邃,非柳匹也。」王世貞〈書柳文後〉:「柳子才秀於韓而氣不及,金石之文亦峭麗,與韓爭長,而大篇則瞠乎後矣。……其他駁辨之類,尤更破的。永州諸記,峭拔緊潔,其小語之冠乎?」方鵬《責備餘談》:「(柳文)奇古峭厲則有之,而舂容雋永之味則不足。」吳中傳〈刻柳集題辭〉:「(柳文)淵深閎博。」黃與堅《論學三說》:「子長以潔字許《離騷》,柳子厚又以太史致其潔。潔之一字。為千古文字金針。」「文之不潔也,不獨以字句,若義理叢雜而複沓,不潔之尤也,故行文以矜貴為至要。」張伯行《唐宋八大家文選》:「吾嘗論韓文如大將指揮,堂堂正正,而分合變化,不可端倪。柳則偏裨銳師,驍勇突出,囊沙背水,出奇制勝,而刁斗仍自森嚴。韓如五岳四瀆,奠乾坤而涵萬類。柳則峨眉天姥,孤峰矗雲,飛流噴雪,雖無生人之功,自是洞天福地。並稱千古,豈虛也哉?」方苞〈書柳文後〉:「其雄厲淒清醲郁之文,世多好者,然辭雖工,尚有町畦,非其至也。惟讀《魯論》、辨諸子、記柳州近治山水諸篇,縱心獨往,一無依借,乃信可肩隨退之而嶢然於北宋諸家之上,惜乎其不多見耳。」《古文約選》〈序例〉:「子厚文筆古雋,而義法多疵」。包世臣《藝舟雙楫》:「子厚勁厲無前,然時有摹擬,氣傷縝密。」「子厚貶後,乃盡變少壯風格,力追秦漢,與退之相軋。然其先為駢儷時,氣骨清健,固自度越世俗。」劉熙載《藝概》:「酈道元敘山水,峻潔層深,奄有

〈山鬼〉、〈招魂〉勝境。柳柳州遊記，此其先導邪？」「柳州之所長，乃尤在『廉之欲其節』。」「柳文如奇峰異嶂，層見迭出。所以致之者，有四種筆法：突起，紆行，峭收，縵回也。」「昌黎之文如水，柳州之文如山，浩乎沛然，曠如奧如，二公殆各有會心。」朱仕琇〈祭鄭魚門文〉：「柳子厚文，樹骨左、馬，采神《騷》、《穀》，涵淹韓非、賈誼、子雲、相如諸家，取源甚富，即西京後少其敵，不論異代也。」方東樹〈與友人書〉：「夫子厚所稱太史公文潔，乃指其行文筆力斬絕處，此最文中精深之詣，非尋常之所領解。」陳衍〈石遺室論文〉：「桐城人號稱能文者，皆揚韓抑柳，望溪訾之最甚，惜抱則微詞。不知柳之不易及者有數端：出筆遣詞，無絲毫俗氣，一也；結構成自己面目，二也；天資高，識見頗不猶人，三也；根據具，言人所不敢言，四也；記誦優，用字不從抄掇塗抹來，五也。此五者，頗為昌黎所短。」林紓《春覺齋論文》：「記山水則子厚為專家，昌黎不能及也。子厚之文，古麗奇峭，似六朝而實非六朝；由精於小學，每下一字，必有根據，體物既工，造語尤古，讀之令人如在鬱林、陽朔間；奇情異采，匪特不易學，而亦不能學。」《韓柳文研究法》：「昌黎之於柳州，〈祭文〉、〈廟碑〉、〈墓誌〉，咸無貶辭。當日昌黎目中，亦僅有一柳州，翱、湜輩均以弟子目之，未嘗屈居柳州於翱、湜之列。且柳州死於貶所，年僅四十七，凡諸所見，均蠻荒僻處之事物，而能振拔於文壇，獨有千古，謂得非人傑哉！」「不佞恒謂柳州精於小學，熟於《文選》。用字新特，未嘗近纖；選材至恢富，未嘗近濫。麗而能古，博而能精。至於吞言咽理，變化離合，固遜昌黎；然而生峭壁立，棱棱然使人生慄，亦斷不類於樊紹述之奇詭也。」「夢得〈報柳州書〉，……果道得柳州真處矣。夫所謂端而曼，苦而腴，佶然以生，癯然以清，此四語，雖柳州自道，不能違心而他逸也。凡造語嚴重，往往神木而色朽，『端』而能『曼』，則風采流露矣。柳州畢命貶所，寄托之文，往往多『苦』語；而言外乃不掩其風流，才高而擇言精，味之，轉於伊鬱之中，別饒雅趣，此殆夢得之所謂『腴』也。『佶』者壯健之貌，壯健而有『生氣』，柳州本色也。『癯然以清』，則山水諸記，窮桂海之殊相，直前無古人，後無來者。昌黎偶記山水，亦不能與之追逐。其人避短推長，昌黎於此，固讓柳州出一頭地矣。」錢基博《韓愈志》：「其（子厚）少作尚沿六朝餘習，多東漢字句，風骨未超，此不可學。貶謫後之文，則篇篇古雅，而短篇尤妙，蓋得力於〈檀弓〉、《左》、《穀》。……最工者山水諸記。」「使韓愈收斂而為宗元則易，使宗元開拓而為韓氏，則難矣！意味可學而才氣則不可。」章士釗《柳文指要》：「吾嘗論柳子之文，其得力處第一在潔，此境為韓、蘇所不能到。」「子厚行文，以潔名於時，而潔之由來，言人人殊。要之子厚之文，自定律令，守之不畔。謂其專取於《公》、《穀》、史公者，所見未免太狹。」又云：退之學淺，「子厚則不然。微論其入仕前，涵濡《騷》賦，寢饋功深；入仕後，一貶十四年，無書不讀。波瀾老成，其筆力為退之所萬萬不及。」「（子厚文）律之孟堅，雅密而有餘；繩之子長，駘蕩而無不足。」諸公之論，抑揚固不能盡得其平，賞析亦未能盡得其當，然其獨至之見，可以參衡借鏡。取則他山，實會在我，於古人論文之言，皆當作如是觀，不獨於其論韓、柳為然，故不憚煩而為之撮錄焉。夫二家之文，體之與體，篇之與篇，風格皆有殊異。然就其大端言之：韓文倡論昂揚，抒情酣暢，雄邁恣肆，其長在氣勢之充沛；柳文析理細微，體物精工，峻潔嚴密，其長在思致之刻深。余既以雄偉瑰奇概韓文風格之大端矣；今亦且以峻峭縝密概柳文風格之大端。二家之長，不能相兼，亦不能相掩；其不可輕為高下，亦猶李、杜二家之詩焉。喬岳盤踞，奇峰矗立；洪流奔激，澄波回洑：不妨各領其壯觀奇態而生色乎禹域也。

# 雅詩

柳集（據廖瑩中輯注本《河東先生集》）雅詩歌曲類，昔人最宗者為〈平淮夷雅〉，此頌憲宗功德，文亦擬古而晦澀，今日視之，已實無謂。惟〈貞符〉、〈眎民詩〉二篇為可取。〈貞符〉頌唐，立言正大，意在諷喻，歌頌特表面耳。文草於任禮部員外郎時，而成於貶謫永州之後，其卓絕處：一曰反對迷信符瑞與封禪。如以董仲舒以下言帝王受命之符瑞，皆類「淫巫瞽史，誑亂後世」；「縱臾」帝王，使祀泰山，「作大號，謂之封禪，皆《尚書》所無有」，而為漢「妄臣」之所為。子厚思想，在唐人中最不可及者，為樸素唯物觀念，此在吾國哲學史上，有光輝之地位。反對迷信，乃其樸素唯物觀念之一端。其發端於此而譏漢以來帝王用以自欺欺人之符瑞、封禪等事，不能不謂之大膽。清人王仁堪〈對封禪〉曰：「終唐之世，以封禪為非者，惟柳宗元耳。賢如韓愈，猶勸憲宗，則禮意之失也可勝救哉！」二曰歸功本於仁。如曰：「稽厥典誓，貞哉！惟茲德實受命之符。」「是故受命不於天於其仁，休符不於祥於其仁。惟人之仁，匪祥於天。匪祥於天，茲惟貞符哉！未有喪仁而久者，未有恃祥而壽考者。」處帝王之世而敢非天命之授受，真長夜閃露之巨光；闢恃祥而敢言壽考之難望，與退之之〈佛骨表〉，可謂無獨有偶。三曰敘先民群聚之情狀，足與〈封建論〉相附益。如曰：「孰稱古初樸蒙空洞而無爭？厥流以訛；越乃奮敚鬥怒震動，專肆為淫威，曰是不知道。惟人之初，總總而生，林林而羣，雪霜風雨雷雹暴其外，於是乃知架巢空穴，挽草木，取皮革。饑渴牝牡之欲驅其內，於是乃知噬禽獸，咀果穀，合偶而居。交焉而爭，睽焉而鬥，力大者搏，齒利者嚙，爪剛者決，羣眾者軋，兵良者殺，披披藉藉，草野塗血，然後強有力者出而治之。往往為曹於險阻，用號令起，而君臣什伍之法立。德紹者嗣，道怠者奪。」篇末詩擬雅頌，與〈平淮夷雅〉同；文則識見卓而事證豐，條理釐然，何焯《義門讀書記》謂其本末不該，非也。〈眎民詩〉借頌美房玄齡、杜如晦之相業，以申子厚太平政治之理想，精義不如〈貞符〉，文亦難讀。今人章士釗《柳文指要》，推崇其旨，有過甚之處；惟釋文頗有可取，為迻錄若干供學者參照焉。起云：「帝視民情，匪幽匪明。慘或在腹，已如色聲。亦無動威，亦無止力。弗動弗止，惟民之極。帝懷民視，乃降明德，乃生明翼。」《指要》釋曰：「『帝視民情』四句：帝者上帝也。上帝察民情，無所謂幽明，縱或其情深藏於腹，均如聲色之發表在外，無不顯白，此言帝意一以民情為轉移也。『亦無動威』四句：謂上帝之於民，不動之以威，亦不止之以力，威力舉無所用，一以民之中正意識為本，從民所欲。『民極』本《周禮》：『以民為極』，極，中也，正也。『帝懷民視』三句：《書》：『天視自我民視』，帝既將民情察看明白，於是為立君，為立輔，以成就之。夫君惟最高者能任，故不言君而言明德，且輔惟『庶明勵翼』（語本《書經》）者能任，故不曰輔或臣而曰明翼，此所謂天生民而立之君立之師也。」又云：「乃學與仕，乃播與食，乃器與用，乃貨與通。有作有遷，無遷無作。」《指要》釋曰：「『乃學與仕』四句：指士農工商，皆安居樂業。『有作有遷，無遷無作』二句：此二句最重要，謂貿遷者有無化居，凡製造成品，如奇技淫巧之類，皆停止製作。」余意「有作」二句，謂製作商品，必為流通，不能流通者則不作而已；不必如《指要》之多所傅加。夫子厚讀書廣，識字多，取材博，用思精，其文事理相成，必新而有據，曲而能圓，斯以縝密取勝。然其避俗調，避常語而用生僻字、生峭句，亦有索解費力、音調近澀之處，不如退之文聲調悠揚、用筆軒豁之易入也。後起文家之講究聲調者，其揚韓抑柳，多與柳文之辭奧調澀有關。讀柳文者，不獨於〈貞符〉與〈眎民詩〉宜知此長短，讀它文亦然。

## 辭賦

柳集賦九篇，宋晏殊，近人吳汝綸、章士釗皆謂〈愈膏肓疾賦〉為偽，實八篇。《舊唐書》本傳謂子厚「既罹竄逐，涉履蠻瘴，崎嶇堙厄，蘊騷人之鬱悼，寫情敘事，動必以文，為《騷》文數十篇，覽者為之淒惻。」殆以賦合《騷》十篇、〈問答〉三篇、〈天對〉、〈弔萇弘文〉、〈弔屈原文〉、〈弔樂毅文〉等而言之。宋嚴羽《滄浪詩話》：「唐人惟柳子厚深得《騷》學，退之、李觀皆不及。」明王文祿《文脈》：「柳賦，唐之冠也。」林紓《韓柳文研究法》：「柳州諸賦，摹楚聲，親《騷》體，為唐文巨擘。」「柳州之學《騷》，當與宋玉抗席。幽思苦語，悠悠然若傍瘴花密箐而飛。每讀之，幾不知置身在何境也。」

〈佩韋賦〉，憤「沉潛剛克」而「躓踣」，故欲佩韋習柔緩，以冀「韜義於中」、「服和於躬」；〈瓶賦〉，譏鴟夷之依隨，頌瓶能汲清守淡，「功成事遂」，又甘「復於土泥」；〈牛賦〉，頌牛有功而毀身，譏羸驢隨勢而受益；〈解祟賦〉，謂受謗毀之祟，欲務清靜以自解；〈懲咎賦〉，謂求「大中」之道，乃被禍受謫，備歷險厄，然此道固不敢廢；〈閔生賦〉，謂困居沅、湘，慮生命莫保，猶欲繼德「古先」，不敢自愛其軀；〈夢歸賦〉，身羈沅、湘，夢歸故國，情切首丘，膠莫能舍；〈囚山賦〉，謫居群山中，積十年不得歸，如匪兕而在柙，匪豕而居牢。〈佩韋賦〉、〈瓶賦〉作時難定，餘皆作於謫永州時。身世之感，有激而發，情志有同於屈子，非無病而呻。〈解祟賦〉本「赤舌燒城」之語，摹寫流言凶焰熾天之象；〈囚山賦〉摹寫永州群山起伏之狀，皆極逼真，庶見子厚作賦，不止深於寓意，亦善於體物。〈懲咎賦〉明言捲入叔文之黨，遭「危疑多詐」之勢，「逢天地之否隔」，進難「致忠」，退難「保已」；罪廢如湘累，又遭母喪，以懼「無後」

而不敢滅身；一息尚存，猶願「配大中以為偶兮，諒天命之謂何」。《舊唐書》謂為「悔念往咎，作賦自儆。」非也。此非悔咎，實訟冤；非自儆，實自堅；不獨不承己罪，且公然為叔文辨白。章士釗云：「此賦步武《騷經》，聲情激越，令人百讀不厭。」可為諸賦代表。

## 論文

論九篇。中如〈時令論〉上下，謂「政令之作，有俟時而行之者，有不俟時而行之者。」不當俟時而俟之，蓋強配「五行」，實遠離「聖人之道」；聖人之道，「不窮異以為神，不引天以為高，利於人，備於事，如斯而已矣」，舍「立大中，去大惑」之外無可信。〈斷刑論〉下亦反對「必曰賞以春夏，而刑以秋冬」，拘牽時令之誤。以非時刑賞而畏天，不知「蒼蒼者焉能與吾事」；畏雷霆雪霜之報，不知「雷霆雪霜者，特一氣耳，非有心於物者也。」故曰：「全吾道而不得者，非所謂天也，非所謂太和也，是亦必無而已矣。又何必枉吾之道，曲順其時，以諂是物哉？吾固知順時之得天，不如順人順道之得天也。」此皆破除迷信，異夫「神道設教」、「天人相應」之說，卓然表現樸素唯物之思想者也。其曰：「且古之所以言天者，蓋以愚蚩蚩者耳，非為聰明睿智者設也。」敢於明詔大號以非天，尤為大膽。故黃震《日鈔》驚為「何言之無忌憚若是哉」。何焯《義門讀書記》斥為「悖戾而不知反焉」。章氏《指要》則謂：「石破天驚，小儒震懾，凡說理真者膽必大，允推此種。」〈侵伐論〉，謂世之以力行侵伐者，多不出於正義，故曰：「以無道而正無道者有之，以無道而正有道者有之，不增德而遂威者有之，故世日亂。……是以有其力無其財，君子不以動眾；有其力有其財無其義，君子不以帥師。合是三者而明其公私之說而後可焉。」蓋戒侵略也。〈六逆論〉，因《左傳》隱公三年，有賤妨貴、少陵長、遠間親、新間舊、小加大、淫破義為「六逆」之說；故文謂少陵長、小加大、淫破義可稱為逆，而賤妨貴、遠間親、新間舊則非逆。蓋謂當「任人唯賢」，不宜論貴賤、親疏、新舊也。文謂前三者為逆，猶沿先時倫理觀念；以後三者為非逆，在當時則為進步新思想矣。此外有〈四維論〉，謂《管子》〈牧民〉以禮義廉恥為四維，實不當；廉恥二維可包括在義中。如後人所言，文能別「統言」與「專言」，即別《墨經》所謂「達名」與「類名」。〈天爵論〉，謂《孟子》所謂「天爵」，不必包括「道德忠信」，主要指賢者見道「明」，而行道之「志」不懈，「明以鑒之，志以取之」；其大膽之言則為：「然則聖賢之異愚也，職此而已。使仲尼之志之明，可得而奪，則庸夫矣；授之於庸夫，則仲尼矣。」〈守道論〉，謂《左傳》載孔子言「守道不如守官」；文則謂「守官」不能「失道」，「然則失其道而居官者，古之人不與也。」此三篇文皆簡短勁峭，辯而密，實可觀。蓋子厚行文最矜煉，意盡而止，不妄加一語，故前人嘆其「潔」，嘆其峭拔。其文之涉於說理者，有則有據，引之深密，斷制嶄然，邏輯性強。以上諸文皆然；以後同類文章，可觸隅而反，不復一一言之。

〈封建論〉之在柳集，猶〈原道〉之在韓集，皆集中第一大文章。〈封建論〉氣勢之盛，聲調之宏不如〈原道〉；而說理之沉實，觀點之進步則過之。此文先立後破，破後作結，與立呼應。立者：第一段，論封建之起源，歸結於「封建非聖人意也，勢也」，「勢」字為一篇立論之本；第二段，論周行封建之弊；第三段，論秦、漢、唐對封建廢興之得失。破者：第四段，駁郡縣治不隆論；第五段，駁郡縣短祚論；第六段，駁聖王不革封建論。總結為第七段，合立破兩面而觀，歸於封建之制不可復。第一段由「私」與「爭」與「假物為用」以論社會、政治生活之發始，較之〈原道〉之言聖人施教者，為近於近代西方之社會理論。由歷史演進之所謂「勢」以論封建制度之不可復，為當時論述此問題最進步、最透闢之見解。全文皆由事實而理論，事理確然，說服力強。其論周事，曰「失在於制，不在於政」；論秦事，曰「失在於政，不在於制」；論漢事，曰弊在對封建僅「削其半」；論唐事，曰「失不在於州而在於兵」，斷制均極分明。其論周之封建，出於「勢」之「不得已」；繼而曰：「夫不得已，非公之大者也；其情私也，私其力於己也，私其衛於子孫也。秦之所以革之者，其為制，公之大者也；其情私也，私其一己之威也，私其盡畜於我也。然而公天下之端自秦始。」尤深微而辯證，不止善於運用形式邏輯矣。在子厚之時，非思理卓絕，見事明而又無畏者，曷克有此？蘇軾《志林》云：「昔之論封建者，曹元首、陸機、劉頌及唐太宗時魏徵、李百藥、顏師古，其後則劉秩、杜佑、柳宗元。宗元之論出，而諸子之論廢矣，雖聖人復起，不能易也。」章氏《指要》云：「自有生民，即有爭鬥，爭鬥之後，君長之制以立，此凡論初民政治者，大抵作如是言。近人嚴復，譯英人赫胥黎《天演論》，桐城吳汝綸讀之，以為馬、班之書，不過如此，其所以然，赫氏所為描畫厥初生民榛狉搏噬諸態，與吾漢賢（按，指柳子厚等）所紀，如出一手也。」此論〈封建論〉之思想。至評其文辭，則如真德秀云：「此篇間架宏闊，辯論雄駿，真可為作文之法。」浦起龍云：「作論縱橫放肆如柳州此篇，前後無敵矣。……醇而肆，博稽而志彀，順軌而極變，實乃嚴謹識職之文。」方苞云：「深切事理，雖攻者多端，而卒不可拔。」何焯云：「荀卿子之文也，其中節制甚謹嚴。李（光地）云：『文章古雅清健，〈過秦〉之匹。』」儲欣云：「後學熟讀深思，最見識見筆力。」沈德潛云：「筆力峭拔，可以雄視一世，目無前人。」吳汝綸云：「體勢雄駿，辭理廉悍勁古，宋以來無之。」林紓云：「〈封建〉一論，為古今至文，直與〈過秦〉抗席。……不惟識高，文亦高也。」章氏《指要》云：「從來史論札定腳跟，無人動得分毫，惟子厚此論，罔識其他。」

議辯類有議二篇。首篇〈晉文公守原議〉，以《左傳》僖公二十五年載晉文公問守原之臣於寺人敎鞮（即寺人披），鞮舉趙衰，文公用之，所問為非；謂用人大事，「不博謀於卿相，而獨謀於寺人，……而賊賢失政之端，由是滋矣。」且以漢宦官弘恭、石顯之殺蕭望之，歸原晉文之誤；著晉文之罪，義同《春秋》之責許世子止、晉趙盾之弒君。讀者或覺其小題大作為可異，不知此乃子厚借古箴時之作。蓋德宗令宦官統軍，啟唐末百年中宦官立君弒君，倒持朝政之禍，關係重大。王叔文欲奪宦官兵權，終為所害。憲宗之立由宦官，被弒亦由宦官，宦官敢於殺戮朝臣，更不待言。順宗之死，後人有疑為憲宗、宦官合謀暗害者。子厚此文，針對唐朝之重大弊政而發，借論古而一露其意，於憲宗之死為不及見，於順宗之死或有所疑，故斧鉞之誅，鋒芒甚銳。舊注於子厚用意，已有所發明；章氏《指要》，更鄭重言之。次篇〈復讎議〉，以武則天時，徐元慶手刃殺父之吏趙師韞，而自詣官請罪，陳子昂建議誅之而旌其墓；文謂「旌與誅莫得而并」，「窮理以定賞罰，本情以正褒貶，統於一而已矣。」若元慶父死無罪則其殺吏不當誅，有罪則當誅不當旌。文曰：「誅其可旌，茲謂濫，黷刑甚矣；旌其可誅，茲謂僭，壞禮甚矣。」茲以攻邏輯學之所謂「二律背反」也。

有辯八篇。首篇〈桐葉封弟辯〉，起段云：「古之傳者，有言成王與小弱弟戲曰：以封汝。周公入賀。王曰：戲也。周公曰：天子不可戲。乃封小弱弟於唐。」此敘為文之原委也，下接云：「吾意不然。王之弟當封耶，周公宜以時言於王，不待其戲而賀以成之也。」辯一。「不當封耶，周公乃成其不中之戲，以地以人，與小弱者為之主，其得為聖乎？」辯二。「且周公以王之言，不可苟焉而已，必從而成之耶？設有不幸，王以桐葉戲婦寺，亦將舉而從之乎？」辯三。「凡王者之德，在行之何若，設其未得當，雖十易之不病；要於其當，不可使易也，而況以其戲乎？」辯四。「若戲而必行之，是周公教王遂過也。吾意周公輔成王，宜以道，從容優樂，要歸之大中而已，不必逢其失而為之辭。」辯五。「又不當束縛之，馳驟之，使若牛馬然，急則敗矣。」辯六。「且家人父子尚不能以此自克，況號為君臣者耶？是直小丈夫缺缺者之事，非周公所宜用，故不可信。」辯七。「或曰：封唐叔，史佚成之。」結處以一句別伸一層，補充事不當出於周公。文凡七辯而九轉。辯三插入「戲婦寺」云云，乃子厚反對宦官當權之寄意所在，似突兀而實為鄭重之特筆；辯四只三十餘字又自為二小轉；辯五、辯六，不徒說理，觀察人情尤精細。

凡上兩議一辯，理為事發，筆鋒亦帶情感。雖非大文宏論，而短篇精悍，姿態多端，反為昔日選家最所欣賞。今人別立「雜文」一類，範圍大於古人所稱之「雜文」，以為主要屬「文藝性之社會論文」，須事理情結合於中；其論古人文，亦以此類當之。故子厚之議辯，今人常列之入「雜文」。〈守原議〉，呂祖謙評「看回互轉換，貫珠相似，辭簡意多。大抵文字使事，須下有力言語。」茅坤評：「精悍嚴謹。」林雲銘評：「唐宦官之禍，始於明皇，盛於肅、代，成於德宗，極於昭宗。子厚之時，宦官典禁旅，其權最重。是篇全為時事起見，借晉文以守原問教鞮一事，層層罪其作俑。意謂履霜堅冰，宜防其漸。……前面『端』字，是其禍萌；後面『得以』二字，是其流毒。篇中雖有許多曲折，皆步步承接照應，看來是一氣文字。坊本恣意分截，未悉此中出落收縱之妙故也。」過珙評：「趙衰之賢，足以守原；教鞮之對，亦非失舉。然偶幸以不失舉聽之，後有失而舉者，亦幾從而信之矣。其利在一時，其禍將在數世，漸何可長也。為挖本之論以責文公，有山岳不動之概。」《唐宋文醇》評：「宦官既掌禁旅，復監天下軍，叔文輩欲一旦盡解其兵柄，還之朝廷，其意非不善也。事敗身死，當時震於宦寺之威，不敢論曲直耳。……子厚借晉文事以立論，謂守原一問，得不償失，所以申履霜堅冰之戒者深矣，其言可為後世法戒。……而寺人教鞮者，即寺人披，文公斬袪之仇也，夫豈其變倖哉？《左傳》紀此，蓋以見文公此舉於一飯之德必償，而殺身之仇歸斯受之，無纖芥之憾於中，……然則宗元於垂戒後世則是也，而其尚論晉文則非也。」蔡鑄評：「按唐代宦官之禍最烈，是時宦官方典禁旅，子厚借教鞮以為言，見得國家用人行政，總不可用及寺人。文雖極曲折，然步步承接照應，仍是一氣相生。」林紓評：「〈六逆論〉、〈問守原議〉、〈桐葉封弟辯〉，皆以澈醒人眼，造語極古，而析理又極明達，不著一閑話，於此見用意之精。」〈復讎議〉，黃震評：「駁謂旌與誅莫得而並，當考證其曲直，所論甚精。合與昌黎〈復讎議〉參看。」茅坤評：「精悍嚴謹，柳文之佳者。」林雲銘評：「旌誅並行，不應為典，自是確論。」《古文觀止》評：「中段是論理，故作兩平之言；後段是論事，故作側重之語。引經據典，無一字游移，乃成鐵案。」〈桐葉封弟辯〉，呂祖謙評：「此等文字，一段好如一段。大抵做文字，須留好意思在後，令人讀一段好一段。」黃震評：「謂不當因其戲而成之，甚當。」謝枋得評：「七節轉換，義理明瑩，意味悠長。字字經思，句句著意，無一句鬆懈，亦子厚文之得意者。」茅坤評：「此等文並嚴謹，移易一字不得。」林雲銘評：「周公當日輔導正理，不但無代其君掩過之事，亦無箝制其君若牛馬之法。則以為天子不可戲，有戲而必為之詞者，非周公所宜行又明矣。篇中計五駁，文凡七轉。筆筆鋒刃，無堅不破，是辯體中第一篇文字。」沈德潛評：「一層進一層，一語緊一語，筆端有鋒，無堅不破。」《古文觀止》評：「前幅連設數層翻駁，後幅連下數層斷案，俱以理勝，非尚口舌便便也。讀之反復重迭愈不厭，如眺層巒，但見蒼翠。」過珙評：「節節轉換，節節翻駁，讀上節不知其有下節，讀下節不料其又有下節，意味悠長，令人讀一段好一段。」李剛己評：「此文名言至論，間見層出，令人應接不暇，此制局之妙也。」

以下各辯：為〈辯《列子》〉，謂列子非鄭穆公時人，鄭穆或魯穆之誤，「其文辭類《莊子》，而尤質厚」；〈辯《文子》〉，謂其書非盡道家言，蓋後人雜取他書而成者；〈《論語》辯〉二篇，謂《論語》似為曾子弟子作，〈堯曰〉篇載堯、湯之言，似為孔子「常常諷道之辭」；〈辯《鬼谷子》〉，謂其書後出，言戾難信；〈辯《晏子春秋》〉，謂書疑「墨子之徒有齊人者為之」；〈辯《亢倉子》〉，謂其書亦後出，「首篇出《莊子》，而益以庸言」，無足取；〈辯《鶡冠子》〉，謂其書鄙淺，後人偽作。雖文理簡峭，然以考據為主，當歸諸學術論著。

## 碑、狀、誌、誄

古聖賢碑：〈箕子碑〉為最典重，以「正蒙難」、「法授聖」、「化及民」三者論箕子，頗概括。後幅云：「當其周時未至，殷祀未殄，比干已死，微子已去，向使紂惡未稔而自斃，武庚念亂以圖存，國無其人，誰與興理？是固人事之或然者也。然則隱忍而為此，其有志於斯乎？」可見子厚忍辱負重之從政思想。謝枋得評：「此等文章，天地間有數。」何焯評：「此貞元間文，詞理淳雅，集中亦不多得。」林紓評：「立義壯闊。……不惟史眼如炬，而且知聖功深，是一篇醇正堅實、千古不磨之文字。」列此類而實為唐人作者，有〈揚州大都督南府君睢陽廟碑〉，敘南霽雲事，用駢文寫，辭雖工而事未若散文之明暢。陳仁錫評：「此篇似模燕、許，在柳文中又是一格，而峭刻之意自見。」

釋教諸碑：〈曹溪第六祖賜謚大鑒禪師碑〉，為禪宗六祖慧能作，關係禪宗者；〈岳州聖安寺無姓和尚碑〉，關係天臺宗者；〈南岳大明寺律和尚碑〉，關係律宗者。足見子厚於唐代佛教諸宗，皆有研究；僧徒亦以得其文為榮。蘇軾評：「子厚南遷，始究佛法，作曹溪、南岳諸碑，絕妙古今，儒、釋兼通，道學純備。自唐至今，頌述祖師者多矣，未有通亮簡正如子厚者。」吳汝綸評：「子厚諸釋碑，皆峻潔精深。他人多假儒自重，子厚特表顯而窮極之，蓋其得於釋者深，而無有人之說者存也。」

以狀稱者：〈段太尉逸事狀〉，可比美退之〈張中丞傳後敘〉，皆兩家敘人物最佳之作，異乎史體而無愧大史筆者也；特〈後敘〉豪宕近子長，此狀醇雅近孟堅耳。太尉，段秀實也。〈狀〉敘其不畏強御，及愛民與知機，側面反映唐代中葉將帥士卒之不法，飢民之困苦，政治腐敗之足以釀亂，甚富現實意義。文以「逸事」名，故不詳敘秀實奪笏擊叛臣朱泚未遂而壯烈殉節之大事，以為此乃史官修史之所必載也。正文敘而不議，而人物性格固極生動。其敘秀實先殺郭晞不法士卒而後見晞也，曰：「解佩刀，選老躄者一人持馬。至晞門下，甲者出。太尉笑且入曰：殺一老卒，何甲也？吾戴吾頭來矣。甲者愕。」不獨見人物膽略之大，亦顯文章生趣之旺。贊語如云：「今之稱太尉大節者出入，以為武人一時奮不慮死，以取名天下，不知太尉之所立如是。宗元嘗出入岐周、邠、斄間，過真定，北上馬嶺，歷亭障堡戍，竊好問老校退卒，能言其事。太尉為人姁姁，常低首拱手行步，言氣卑弱，未嘗以色待物，人視之儒者也。遇不可，必達其志，決非偶然者。」則議論與〈狀〉文之敘事相輔，彌益完備。黃震評：「文高事核，曲盡其妙。」何焯評：「深謹。『至晞門下』至『與其存者幾何』，其精神正在次第婉轉、深穩頓挫處，神閑氣定，筆墨如生。」孫琮評：「此篇敘太尉之逸事，截然是三段文字。第一段寫太尉以勇服王子（郭）晞，便寫得千人辟易，一軍皆驚。第二段寫太尉以仁愧焦令諶，便寫得慈祥愷悌，不是煦煦之仁。第三段寫太尉以廉服朱泚，便寫得從容辭讓，不是孑孑之義。末段證獻狀之不謬，筆墨疏朗，不下史遷作法。」林紓評：「其寫忠義慷慨處，氣壯而語醇，力偉而光斂，可稱極筆。……太尉遺事，固自風流，然不有此等文章，亦描摹不能盡致。其責郭尚書語，侃直而簡貴。及造府謝過，邠州之事已畢，遂繞敘到涇州惠政矣。……太尉大節，在笏擊朱泚，此特其遺事。然先敘殺卒注頭，後敘賣馬償穀者，則兼仁勇言也。見得太尉神威凜然，百死無懼。而先乃愛民如慈母之將子，後則倒敘，似疾雨迅雷過後，卻見朗月當空，使觀者改容，是敘事妙處。」

子厚集中為死者所作之墓誌及表銘碣誄亦多，皆矜慎端穆，重理智；不如退之之恣肆任情，變化多而感人較深也。〈唐故給事中皇太子侍讀陸文通先生墓表〉，為陸淳作。淳後避憲宗諱改名質，承啖助、趙匡之學，治《春秋》，有〈春秋集注〉十篇、〈辯疑〉七篇、〈微指〉二篇，蓋會合三傳，變專門為通學，信經駁傳，師心自用，頗多駕空鑿虛之辭，然而獨有心得，子厚頗尊其學，願師事之而違難不及。表中稱之曰：「明章大中，發露公器。其道以生人為主，以堯、舜為的，苞羅旁魄，膠葛上下，而不出（按，謂越出）於正。」尊其通經求致用，尤尊其以「大中」為歸趨，與已志合也。〈衡州刺史東平呂君誄〉，為呂溫作。溫字化光，一字和叔，貞元進士，中宏辭，與叔文友善，遷左拾遺，除侍御史。叔文極偉視溫之治才。溫以使吐蕃被留，元和元年乃還，故不預「八司馬」之貶。還朝官戶部侍郎，旋貶道州刺史，改衡州。六年卒，年四十。子厚於溫之才，亦甚嘆服，氣類之感，見於〈祭呂衡州文〉。誄為韻語，而其序則散體，中曰：「君之志與能，不施於生人。知之者又不過十人。世徒讀君之文章，歌君之理行，不知二者之於君其末也。嗚呼！君之文章，宜傳於百世，今其存者，非君之極言也，獨其詞耳。君之理行宜極於天下，今其聞者，非君之盡力也，獨其跡耳。萬不試而一出焉，猶為當世甚重；若使幸得出其什二三，則巍然為偉人，與世無窮，其可涯也？」讚許甚至。〈故連州員外司馬凌君權厝誌〉，為凌準作。準與子厚為同貶「八司馬」之一，元和三年卒於連州。蓋「居母喪，不得歸，而二弟繼死，不食哭泣，遂喪其明以沒。」「夫人高氏在越，孤四人。」厥狀甚慘。誌敘：「德宗崩，邇臣秘議三日乃下遺詔，君獨抗危辭以語同列王伾，畫其不可者十六七，乃以旦日發喪，六師萬姓安其分。」乃有關永貞革新大事，故特筆書之。集中有詩〈哭連州凌員外司馬〉，可參看；其中「恬死百憂盡，苟生萬慮滋」二語，尤極沉痛。〈先侍御史府君神道表〉，為其父鎮作，不避嫌，不虛美，可徵其家世與家教。〈先太夫人河東縣太君歸祔誌〉，為其母盧太夫人作。子厚貶永州，太夫人從之，元和元年卒於永。誌敘母之賢曰：「先君仕也，伯母叔母姑姊妹子侄皆遠在數千里之外，必奉迎以來。太夫人之承之也，尊己者，敬之如臣事君；下己者，慈之如母畜子；敵己者，友之如兄弟，無不得志者也。」敘己之哀曰：「靈車遠去，而身獨止；玄堂暫開，而目不見。孤囚窮縶，魄逝心壞。蒼蒼者天，有如是耶？有如是耶？而猶言食者，何如人耶？已矣已矣！窮天下之聲，無以抒其哀矣；盡天下之辭，無以傳其酷矣。刻之堅石，措之幽陰，終天而止矣。」〈亡妻弘農楊氏誌〉，為元配楊夫人作。夫人楊憑之女，文中憑字誤刊作凝，凝，憑弟也。貞元十五年，夫人卒於長安，年二十三，不育。〈下殤女子墓磚記〉，為殤女和娘作。《禮》，八歲至十一歲為小殤，亦稱下殤。和娘元和五年殤於永，年十歲。文稱「其母微也」，合集中〈馬室女雷五墓誌〉「以其姨為妓於余也」觀之，楊夫人卒後，子厚未正式續娶，從之以居者，皆侍妾之類；妓，侍妾也。和娘貞元十七年生於長安，其母與雷五之姨疑為二人。雷五姨從居永州，子厚卒時幼子幼女及遺腹子，或皆其所出。子厚為其甥女崔媛作〈朗州員外薛君（巽）妻墓誌〉，謂媛「丈夫子曰某，實後子。」廖注謂子厚長子周六，即媛子出繼者。未知何據。章氏《指要》，謂其說若然，「實後子」當為「實後予」之誤，「於是子厚生前並無己子，深可太息，而唐律嗣續之道，如此乖離，亦絕可怪。」余謂「實後子」，或謂此子生於巽「他姬子」之後，廖注、章說皆未可遽信。〈故尚書戶部侍郎王君先太夫人河間劉氏誌文〉，永貞元年八月九日前為王叔文母作，是月九日憲宗立，叔文旋即竄逐以死矣。此文有關叔文之為人，與「永貞革新」之史事，宜重視。其敘叔文曰：「堅明直亮，有文武之用。貞元中，待詔禁中，以道合於儲後（太子），凡十有八載，獻可讚否，有匡弼調護之勤。先帝（謂德宗）棄萬姓，嗣皇（謂順宗）承大位，公居禁中，訏謨定命，有扶翼經緯之績。由蘇州司功參軍，為起居舍人、翰林學士。將明出納，有彌綸通變之勞，副經邦阜財之職，加戶部侍郎，賜紫金魚袋。重輕開塞，有和鈞肅給之效。內讚謨畫，不廢其位，凡執事十四旬又六日。利安之道，將施於人，而太夫人卒於堂，蓋貞元二十一年（即永貞元年）六月二十四日也，知道之士，為蒼生惜焉。」叔文執政期短，即丁憂守制，與革新失敗之速，有直接關係。讀此文，則知世以叔文為不學小人，乃偏信舊史所致也。

## 對、答、說

廖本《柳集》，「對」與「答問」兩類，可合為一體。〈天問〉一篇，為《楚辭》中奇文，然甚難讀。子厚作〈天對〉以答之，仿〈天問〉體，文亦深奧。其可貴者，解釋天地現象，皆歸於「元氣」運轉之自然作用，闢「鴻靈」（即造物者）創造之說；又闢長生不死之說云：「仙者幽幽，壽焉孰慕？長短不齊，咸各有止。胡紛華漫汗，而潛謂不死？」皆屬無神論，為吾國以樸素唯物論本體之先進哲學思想。其解釋神話傳說，亦歸重仁德，如云：「位庸庇民，仁克蒞之。」「天集厥命，惟德受之。」〈設漁者對智伯〉，林紓評云：「漁者之對智伯，設喻之文也。華色似漢京，氣勢似《南華》，詞鋒似《國策》。綜括大意，不過貪不知止，猶之螳螂捕蟬，黃雀在後耳，一二百言可盡，不值如許張皇。然既成為繁衍之體，則不能不究其段落。……然有難者，漁者之設喻，漁者之身，即智氏之身，若言進而不已而致敗，則漁者之身，未嘗沉沒，又何足以譬智氏？至此忽推開不言，但言漁者之來，為釣文王而來。以文王譬智氏，智氏焉有不喜？以下遂可乘間進以諷喻。惟不有此句作過渡，文勢將壅而不通。柳州聰明，能下此一語，即從死中求活，讀者不可不悟。」又評〈愚溪對〉云：「愚溪之對，憤詞也，亦稍稍傷排比，較諸〈愚溪詩序〉，實遜其淡冶。文舉惡溪，舉弱水，舉濁涇，舉黑水，四者皆出愚溪之下，表愚溪之品，較勝於四者，此托夢神之言以自方也。清美有功，力能濟人，表溪之能，亦即所以自表其能。在理無可愚之實，然一經子厚之好，則溪與柳合一，亦不能不成為愚。此文字之樞紐，樞紐一握，下此遂易發議論矣。貪泉一喻，尤見水與人有關係處，人可因水而貪，則水亦可因人而愚，行文至此，真顛撲不破。」下文云云，「真將愚字坐實溪身矣。以上所言，尚嫌其不顯豁，復引起夢神一問，於是大放厥詞，極寫己身因愚而得禍，卻實向夢神訴說一番，有悔過意，有引罪意，則發其無盡之牢騷，泄其一腔之悲憤，楚聲滿紙，讀之肅然。」論為文之布局與轉捩，頗有獨到處。〈對賀者〉，最為短篇精彩。「嘻笑之怒，甚於裂眥；長歌之哀，過於痛哭。」抉發人世最深哀怒，為前人所未見，真石破天驚之語，莫怪宋祁之深為嘆賞，今人之屢為引用也。〈答問〉、〈起廢答〉，用意略近〈對賀者〉，而文稍冗。〈晉問〉，效枚乘〈七發〉，以晉人寫晉事，是漢人辭賦體，而文較清勁。文中謂晉為堯故治之地，其流風遺德之存於民者，猶足為後代欲「致太平」之君主所取法，又有精闢之政治見解。如借吳子之言曰：「安其常而得所欲，服其教而便於己，有貨通行而不知所自來，老幼親戚相保而無德之者，不苦兵刑，不疾賦力，所謂民利，民自利者是也。」「夫儉則人用足而不淫，讓則遵分而進善，其道不鬥；謀則通於遠而周於事，和則仁之質，戒則義之實，恬則愉以安而久於其道也。至乎哉！」民德貞固，治化習於自然，豈非積深濡久然後可致乎？

今之淺人，每見古人文中有呼天、怨天或涉天報應之語，即斥其人迷信天命，不知此等每多古人發憤抒情之習慣語，非盡說理辭也。膠執而求，厚誣甚矣！韓退之固今人詆為迷信天命者，其論天之語，不見於本集，為子厚〈天說〉所引而幸存其概。退之譬天地為無知之「果蓏」，謂「元氣陰陽之壞，人由之而生」，何嘗非視天為自然現象？其謂人之種種造作，實不利於天地，天如有知，必將加禍於造作多者。此主毋以人之善惡觀念而衡天道之報施，亦有違乎天人感應之旨者也。子厚接其言，於〈天說〉中更張之曰：「天地，大果蓏也；元氣，大癰痔也；陰陽，大草木也，其烏能賞功而罰禍乎？」樸素唯物之旨更明。然子厚憤激之時，亦何嘗不作呼天、怨天語？如〈祭呂衡州溫〉云：「嗚呼天呼！君子何厲？天實仇之。生人何罪？天實讎之。聰明正直，行為君子，天則必速其死；道德仁義，志存生人，天則必夭其身。」〈與蕭翰林俛書〉云：「今天子興教化，定邪正，海內皆欣欣怡愉，而僕與四五子者，獨淪陷如此，豈非命歟？命乃天也，非云云者所制，又何恨？」〈寄許京兆孟容書〉，謂母逝為神降罰於己。得執此表面語謂子厚迷信天命乎？蓋自先秦孔子之言天，已包含主宰、義理與自然諸義，有抒情論事之不同指向。子厚呼天、怨天，不為迷信天命；孔子、退之等人之言，亦未嘗無類似者，願論者毋輕誣古人則是矣。〈禬說〉云：「神之貌乎？吾不得而見也。祭之饗乎？吾不得而知也。是其誕漫惝怳，冥冥焉不可執取者。夫聖人之為心，必有道而已矣，非於神也，蓋於人也。」否定有神，亦〈天對〉、〈天說〉之補充也。

〈鶻說〉，以鶻之縱鳥為近仁；而譏世之「以煦煦而黙、徐徐而俯者善之徒，以翹翹而厲、炳炳而白者暴之徒」，為闒茸不識豪傑。〈說車贈楊誨之〉，以車有輪軸箱軾等作用，能「任重而行於世」，而美人之能「材良而器攻，圓其外而方其中」，「守大中以動乎外而不變乎內」。〈謫龍說〉，傷神物淪謫而為人所欺。〈復吳子〈松說〉〉，謂「無情」之物，其狀難知，猶「不足窮」；而人「非無情物」，有知人之責者，往往「反戾」以取人，斯為可恨。〈羆說〉，以獵人能效百獸之音而召獸，卒為羆所噬，示「不善內而恃外者」之必敗。〈觀八駿圖說〉，以駿之形亦馬類，而示聖人之形亦與常人無異。或敘事工，或說理細，皆有托而作，寄其諷世之意；然最動人者，推〈捕蛇者說〉。此文之敘事，則曲折明暢而逼真；其用情，則作者與受者共深其慘戚，沁透語語之中；其用意，則關係政治之得失與生民之疾苦甚為巨大，「苛政猛於虎」，「賦斂之毒有甚於蛇」，直大聲疾呼而為民請命。其傳誦之廣，實由文之情義俱深而描狀曲達也。林雲銘評：「按唐史，元和年間，李吉甫撰《國計簿》，上之憲宗，除藩鎮諸道外，稅戶比天寶四分減三；天下兵仰給者，比天寶三分增一。大率二戶資一兵，其水旱所傷，非時調發，不在此數。是民間之重斂難堪可知，而子厚之謫永州，正其時也。此篇借題發意，總言賦斂之害，民窮而徙，徙而死，漸歸於盡，淒咽之至。其言三世六十歲者，蓋自元和追計六十年以前，乃天寶六七年間，正當盛時，催科無擾。嗣安、史後，歷肅、代、德、順四宗，皆在六十年之內。其下語俱有斟酌。」儲欣評：「唐賦本輕於宋、元，永州又非財賦地，為國家所仰給，然其困如此。」於歷史背景之考鏡有裨也。

## 傳

古者達官貴人之傳，史官職之；文人私作，不為達者。子厚猶守古義，故集中傳文，皆為細民；寓言所至，乃及小蟲。《唐宋文醇》云：「韓愈所為私傳，皆其人於史法不得立傳，而事有關於人心世道，不可不傳者也。宗元則以發抒己議，類莊生之寓言。」〈宋清傳〉，以宋清售藥，不分貧富，不必即索其值，而取利遠，居於市而不為市道，諷世之士大夫，交游反多市道，出宋清下。張伯行評：「清居市不為市道，今世以士大夫自名者，反爭為市道，直是無窮感慨。」儲欣評：「跌宕跳脫，開東坡海外篇。」〈種樹郭橐駝傳〉，以橐駝之植木，「能順木之天，以致其性」，故能「碩茂以蕃」，諷世之居官「好煩其令」以擾民者，使民不得遂其性而安其生。既申道家重自然之旨，亦有裨於儒家長民之道，為對為政有深察痛感之言。時至今日，仍足借鑒；非徒東坡〈蓋公堂記〉、龔自珍〈病梅館記〉之受其啟發，而同慨乎言之也。張伯行評：「子厚之體物精矣，取喻當矣。為官者當與民休息，而不可生事以擾民。雖曰愛之，適以害之，是可嘆也。然所謂『煩其令』者，猶有愛之之心焉。若今日之吏，來於鄉者，追呼耳，掊克耳，直是操斧斤以入山林也，豈特爪其根搖其本哉？噫！」〈童區寄傳〉，敘童區寄計脫豪賊劫持以售賣為奴之禍。此文借傳異聞抒其愛民疾暴之情，可以激發人之智勇與反抗強暴也。清嘉慶間，有凌揚藻號藥洲者，著《海雅堂集》，書此傳後云：「柳州蕘牧兒童區寄，以十一歲殺二豪，至鄉之行劫者，莫敢過其門，抑何壯哉！吾以為非獨其器與識之異乎人，亦其勢之所值有以激發之也。向使逡巡隱忍，罔識夫事機之宜，其不屈而為僮者幾希？又使無隙可伺，賊賣之，獲金以去，寄雖黠，不過逋逃以負其主人，亦何從而傳其事也？甚矣！機之可乘，而時之勿失也。夫人當履夷處順，溺乎所便安，末由激發其志氣；惟當臨艱危，遇事變，顛趺陷頓而奮生焉。充其類，可以至仁人，次亦不失為慷慨激昂之士，故知其所當行，無或轉念，天下事不足為也。彼童區寄者，亦若是焉耳！不然，背刃絕縛，即爐瘡手，豈可嘗試於平時者哉？而或者謂：『慷慨就死易，君子無取焉。』嗟乎！此苟且因循，蒼黃反復，僥幸於利害之私，而卒流為小人之歸者之所以接跡於天下也。」則感受世事，觸喟頗深矣。〈梓人傳〉，以楊氏梓人之能總持大體，善度材使眾以構築大廈，而不必身為匠役；申論為相之道，在「條其紀綱而盈縮焉，齊其法度而整頓焉」，「擇天下之士，使稱其職；居天下之人，使安其業」，「不衒能」，「不矜名」，「不侵眾官」。亦能融合儒、道兩家之政治思想而發揮之。其議論固正大矣，所難尤在敘事之工。黃震評：「喻為相者之道也，文字宏闊。」張伯行評：「相臣之道備於此篇。末段更補出以道事君、不可則止意，是古今絕大議論。」《古文觀止》評：「前細寫梓人，句句暗伏相道；後細寫相道，句句回抱梓人。末又補出人主任相、為相自處兩意，次序摹寫，意思滿暢。」〈蝜蝂傳〉，敘小蟲蝜蝂，貪而重負，「又好上高，極其力不已，至墜地死。」刺世之貪而求進者，用意甚明。文短不足二百字，而議論多於敘事，與常見寓言之體復小異。何焯評：「頗峭潔，而無甚高之論。」噫！此文之關係人心世道者，有極大之普遍性，小中見大，卑中寓高；屺瞻末語，亦昧於高下巨細之辨矣。

## 騷

集中以「騷」文稱者十篇，前八篇多用駢體，且叶韻，「騷」其心，而駢賦其形也。其中〈乞巧文〉，借向織女乞巧，以自懟己拙，純作反語，所懟即所善，所乞即所惡，如云：「付與姿媚，易臣頑顏。鑿臣方心，規以大圓。拔去吶舌，納以工言。文辭婉軟，步武輕便。齒牙饒美，目眉增妍。突梯拳攣，為世所賢。」可概見矣。〈罵尸蟲文〉，譏讒佞；〈斬曲几文〉，譏「諂曲獲用」者；〈宥蝮蛇文〉，謂惡物生之自天，「緣形役性，不可自止」為可宥；〈憎王孫文〉，謂猴類而小之王孫，與猿之德大異，「跳踉叫囂兮，衝目宣斷。外以敗物兮，內以爭羣。排鬥善類兮，譁駭披紛。」狀甚可憎；〈逐畢方文〉，謂鳥以畢方名者，能致人火災，「幽形扇毒兮，陰險詭異。」故逐之；〈辨伏神文〉，謂售藥者以老芋充伏神欺己，治病而病益甚，醫為辨其實而戒其慎於後；〈愬螭文〉，愬零陵江上之螭引噬浴者之罪過：則正反相生，借物以賦人，寓意亦明。後二篇純效《楚辭》，不作駢儷語。〈哀溺文〉，敘溺水不肯釋腰金而致死者；〈招海賈文〉，傷海賈之冒死歷險以求利：亦皆刺貪，而正面書之。《柳文指要》謂〈斬曲几文〉為「棄絕閹宦而作」，觀「追咎厥始，惟物之殘。稟氣失中，遭生不完。……不可以遂，遂虧其端。離奇詰屈。縮恧巑岏。含蝎孕蠹，外邪中乾。或因先容，以售其蟠」等語，或然。又謂〈宥蝮蛇文〉，非宥也，「深惡之憐，毒於斷頭。」所見亦是。諸篇中，最暢達可誦者為〈乞巧文〉；最能高一層曲一層立意者為〈宥蝮蛇文〉。

## 弔、贊、箴、戒及雜題

弔、贊、箴、戒：〈弔屈原文〉用騷體，刻意而昌明。〈伊尹五就桀贊〉，謂「聖人出於天下，不夏、商其心，心乎生民而已。」不主效忠一朝，而申「人民本位思想」(《柳文指要》)，非子厚不敢言。何焯謂：「此篇疑他人文」，非也。高步瀛《唐宋文舉要》評：「序意態傲兀，贊筆意縱橫，而句句抑遏之，使人忘其為有韻之文。」〈憂箴〉謂：「憂不可常，常則誰懌？子常其憂，乃小人戚。……有聞不行，有過不從。宜言不言，不宜而煩。宜退而勇，不宜而恐。中之誠懇，過猶不及，憂之大方，唯是焉急。內不自得，甚泰為憂。省而不疾，雖死優游。所憂在道，不在乎禍。」論「憂」而申守道軌中之義，輕視禍患，見其所守。〈敵戒〉，發揮《孟子》〈告子〉「出則無敵國外患者國恒亡」之義，亦簡峭。〈三戒〉，則子厚寓言中描摹最簡潔生動，意雖含蓄，一經指點，則雅俗皆可共賞者也。其用意，微見於序文，惡「依勢以干其非類」，謂戒一〈臨江之麋〉；惡「出技以怒強」，謂戒二〈黔之驢〉；惡「竊時以肆暴」，謂戒三〈永某氏之鼠〉。此三者，皆序所謂：「不知推己之本，而乘特以逞」而「卒迨於禍」者。清常安《古文披金》評：「麋不知彼，驢不知己；竊時肆暴，斯為鼠輩也。」林紓評：「子厚〈三戒〉，東坡至為契賞。然寓言之工，較集中寓言諸作為冷雋。不作詳盡語，則諷喻亦不至於洩其本意，使讀者無復餘味。」三種動物，三種人物之典型；或作惡，或無知無能而已，而下場或可快或可悲。世人感觸不一，而皆不厭三復矣

「雜題」之文：舊注謂晏殊疑〈舜禹之事〉、〈謗譽〉、〈咸宜〉三篇非子厚作，而出博士韋籌手，未注所據。余謂不止此三篇也，〈鞭賈〉、〈東海若〉二篇，意格亦平，俱可疑。〈咸宜〉謂「興王之臣」，自「屠販徒隸出以為公侯卿相，無他焉，彼固公侯卿相器也。」是始之詘不盡才為不幸，非後居官之榮為幸。論才不以出身，有進步性，在諸篇中為最高；然亦不能必其定屬子厚。〈東海若〉，《義門讀書記》及《柳文指要》，辨其為子厚作，余觀其內容，茲未敢信，寧同乎晏同叔之疑也。

## 序跋

集中序跋，以贈序為多。序跋如〈讀韓愈所著〈毛穎傳〉後題〉，有重要之文學見解。〈毛穎傳〉雖遊戲之作，然近小說者流。退之作此，為世非笑，子厚獨力排眾議而許之，在當時為卓識。子厚文謂人之精神，「有所拘者，有所縱也」，故「俳」非「聖人所棄」，自人之精神活動肯定小說之作用；又謂食不廢眾味，「然後盡天下之味以足於口，獨文異乎？」自文體發展肯定小說之作用。有此「自覺」觀念，毋怪其橐駝、梓人、宋清諸傳，現實意義乃超越退之〈毛穎傳〉也。〈柳宗直《西漢文類》序〉，謂：「殷、周之前，其文簡而野；魏、晉以後，則盪而靡；得其中者漢氏。漢氏之東，則既衰矣。」〈楊評事文集序〉，謂：「文之用，辭令褒貶、導物諷諭而已，雖其言鄙野足備於用，然而闕其文采，固不足以竦動視聽，誇示後學。立言而朽，君子不由也。」則論文者。〈序棋〉，謂「棋子朱者貴，黑者賤」，「以思其始，則皆類也。」不類者，以人偶然朱墨之取捨，人之貴賤高下亦若是，則述哲理者。〈愚溪詩序〉為序文佳作。子厚〈愚溪對〉，理則辯矣，情景不是若也。此文理亦至，然情景更美。茅坤評：「子厚集中最佳處。」浦起龍評：「愚字極昏冥，寫來極秀發。身與溪互為吐納，入後愈益超融。」林雲銘評：「本是一篇詩序，正因胸中許多鬱抑，忽導出一個愚字，自嘲不已。……然後以溪不失其為溪者代溪解嘲，又以己不失其為己者自為解嘲。轉入作詩處，覺溪與己歸同化境。其轉換變化，匪夷所思。」沈德潛評：「『以愚辱溪』，柳子厚骯髒語也。後『善鑒萬類』，隱言其識；『清瑩秀澈』，隱言其清；『鏘鳴金石』，隱言其文：又何等自負。寫景而兩面俱到，古人用意，往往如此。」張伯行評：「獨闢幽境，文與趣會。王摩詰詩中有畫，對之可當卧遊。」何焯評：「詞意殊怨憤不遜，然不露一跡。」《古文觀止》評：「通篇就一愚字，點次成文。借愚溪自寫照，愚溪之風景宛然，己之行事亦宛然。前後關合照應，異趣沓來，描寫最為出色。」推許處皆足當，「惟集中最佳」云云，此類語往往限制不明，或主觀泛濫，讀者當自辨別，不可輕意從同，吾書不能一一指陳。

《韓柳文研究法》：「贈序一門，昌黎極其變化，柳州不能逮也。集中贈送序，……語皆質實，無伸縮吞咽之能。」《柳文指要》：「凡贈序必須知己知彼，使文與所贈人密切印合，而己亦不自失身分。……柳集曾無一文，喪失上述手裁，而韓序則根本談不到此。」「柳集各類文字中，大抵以贈序為較弱。」兩家抑揚不同，而揚者亦不否認贈送序在柳集「為較弱」。《古文辭類纂》，於子厚此體文一篇未錄，殆同所見。其故何哉？蓋子厚為文，名理勝而不輕言情，沉實矜煉而不甚講姿態；以贈送序為酬應之作，經意不及它體，故情趣姿態非韓之匹。然自名理言，可取處猶不尠。如〈送薛存義之任序〉戒居官者：「蓋民之役，非以役民而已也。凡民之食於土者，出其十一，傭乎吏，使司平於我也。今我受其直，怠其事者，天下皆然。豈唯怠之，又從而盜之。向使傭一夫於家，受若直，怠若事，又盜若貨器，則必甚怒而黜罰之矣。以今天下多類此，而民莫敢肆其怒與黜罰，何哉？勢不同也。勢不同而理同，如吾民何？有達於理者，得不恐而畏乎？」林紓評：「真樸有理解，甚肖近來所稱為公僕者。……文雖直起直落，無回旋渟蓄之工，但一段名言，實漢、唐、宋、明諸老所未能跂及者。柳州見解，可云前無古人。」與此文說相同者，尚有〈送寧國范明府詩序〉云：「夫為吏者，人役也。役於人而食其力，可無報耶？」此外，〈送崔羣序〉，美羣能兼「柔儒溫文之道，以和其氣」，「雅厚直方之誠，以正其性」，為得中道。〈送蕭鍊登第後南歸序〉云：「君子志正而氣一，誠純而分定，未嘗摽出處為二道，判屈伸於異門也。固其本，養其正，如斯而已矣。」則有關品性之養也。〈送婁圖南秀才遊淮南將入道序〉云：「夫形軀之寓於土，非吾能私之。幸而好求堯、舜、孔子之志，唯恐不得；幸而遇行堯、舜、孔子之道，唯恐不慊，若是而壽可也。求之而得，行之而慊，雖夭其誰悲？今將以呼吸為食，咀嚼為神，無事為閑，不死不生，則深山之木石，大澤之龍蛇，皆老而久，其於道何如也？」則斥隱遁而學煉師者之無益於世也。〈送元十八山人南遊序〉云：「余觀老子亦孔氏之異流也，不得以相抗；又況楊、墨、申、商、刑、名、縱橫之說，其迭相訾毀牴牾而不合者，可勝言耶？然皆有以佐世。太史公沒，其後有釋氏，固學者之所駭怪，舛逆其尤者也。今有河南元先生者，……悉取向之所以異者，通而同之，搜擇融液，與道大適，咸申其所長，而黜其奇邪，要之與孔子同道，皆有以會其趣。」〈送巽上人赴中丞叔父召序〉云：「吾自幼好佛，求其道，積三十年。」〈送僧浩初序〉云：「浮圖誠有不可斥者，往往與《易》、《論語》合。」〈送琛上人南遊序〉云：「觀經得般若之義，讀論悅三觀之理。」則論諸子及佛說皆有可取也。〈送豆盧膺秀才南遊詩序〉云：「君子病無乎內而飾乎外，有乎內而不飾乎外者。」〈送韋七秀才下第求益友序〉云：「所謂先聲後實者，豈唯兵用之，雖士亦然。」則論名實內外之不相廢也。〈送崔子符罷舉詩序〉云：「世有病進士科者，思易以孝悌、經術、兵農，曰：庶幾厚於俗，而國將得以為理乎？柳子曰：否。以今世尚進士，故凡天下家推其良，公卿士大夫之名子弟、國之秀民歸之。且更其科以為得異人乎？無也。唯其所尚者文學，移而從之，尚之以孝悌，孝悌猶是人也；尚之以經術，經術猶是人也；雖兵與農皆然。曰：然則如之何？曰：即其辭，觀其行，考其智，以為可化及人物者，隆之；文勝質、智無觀、行無考者，下之。俗其以厚，國其以理，科不俟易也。」則以易進士科為其它，未必效相逾也。所見皆高出於流俗。〈送獨孤申叔侍親往河南序〉、〈送徐從事北遊序〉，以文論，則可謂短篇而能跌宕矣。

## 記

記文中記官署諸文：皆述典章，明沿革，敘興廢之類，條貫分明，下筆典重。顧主於官事，尠涉私情，故歆感之力亦遜。《柳文指要》極賞〈嶺南節度使饗軍堂記〉，以為：「此為集中巨制，高文大冊，部婁燕、許。學者試朗讀一過，一字不許放過，同時賞其音節，觀其藻采，而文之功用畢呈。」其實，此文得失，亦無以盡異於它記。〈興州江運記〉，文編在同類，事則軼出其外。其敘興州江（按即四川嘉陵江）疏通前陸運之艱曰：「崖谷險隘，十里百折，負重而上，若蹈利刃。盛秋水潦，窮冬雨雪，深泥積水，相輔為害。顛躓騰藉，血流棧道；糗糧芻藁，填谷委山；馬牛群畜，相藉物故。餫夫畢力，守卒延頸，嗷嗷之聲，甚可哀也。若是者綿三百里而餘。」敘江水疏通後之利曰：「萬夫呼抃，莫不如志。雪勝雲奔，百里一瞬。既會既還，澹為安流。烝徒謳歌，枕臥而至。戍卒無虞，專力待寇。」則有關乎役夫戍卒之苦樂，情能感人矣。顧《指要》謂主其事之山南西道節度使嚴礪官聲不良，「本文所舉刊山導江之績，人亦不敢遽斷為信詞云。」竊謂其人不淑，未必所為一無可取，子厚作此，倘非徒憑傳聞而為所欺歟？

記亭池、記祠廟之文，條理如前；而事有涉於私人細故，便於情景之敘寫，文筆亦多變典重為清峭，則較前類動人多矣。〈永州韋使君新堂記〉，敘韋刺史（《指要》曰名彪）整治後之永州景物曰：「視其植，則清秀敷舒。視其蓄，則溶漾紆餘。怪石森然，周於四隅，或列或跪，或立或仆，竅穴逶邃，堆阜突怒。乃作棟宇，以為遊觀，凡其物類，無不合形輔勢，効伎於堂廡之下。外之連山高原林麓之崖，間廁隱顯。邇延野綠，遠混天碧，咸會於譙門之外。」〈永州崔中丞萬石亭記〉，敘永州城北之石狀曰：「渙若奔雲，錯若置碁；怒者虎鬥，企者鳥厲。抉其穴，則鼻口相呀；搜其根，則蹄股交峙。環行卒愕，疑若搏噬。」亭成登覽，則「其上青壁陡絕，沉於淵源，莫究其極。自下而望，則合乎攢巒，與山無窮。」〈永州法華寺西亭記〉，敘治寺之西廡叢障後所見曰：「叢廡下頹，萬類皆出。曠焉茫焉，天為之蓋高，地為之加闢，丘陵山谷之峻，江湖池澤之大，咸若有增廣之者。」此皆善於寫景者也。〈零陵三亭記〉曰：「君子必有游息之物，高明之具，使之清寧平夷，恒若有餘，然後理達而事成。」然亦不可「以玩替政，以荒去理。」〈零陵郡復乳穴記〉，敘郡民苦官吏之酷於役取石鐘乳，乃紿以乳盡；及吏良，乃告以乳復。不知者以乳之復為祥，文曰：「君子之祥也以政，不以怪。誠乎物而信乎道，人樂用命，熙熙然以效其有，斯其為政也，而獨非祥也歟？」〈永州龍興寺息壤記〉，以夷息壤而死者非死於神，而謂：「南方多疫，勞者先死。則彼持鍤者，其死於勞且疫也，土烏能神？」〈永州龍興寺東丘記〉曰：「游之適，大率有二：曠如也，奧如也，如斯而已。其地之凌阻峭，出幽鬱，寥廓悠長，則於曠宜。抵丘垤，伏灌莽，迫遽迴合，則於奧宜。因其曠，雖增以崇臺延閣，迴環日星，臨瞰風雨，不可病其敞也。因其奧，雖增以茂樹叢石，穹若洞谷，蓊若林麓，不可病其邃也。」〈永州鐵爐步誌〉，謂步無冶鐵者，將以空名誤人；然世之冒高門大族以欺人者，其害更大。〈永州龍興寺西軒記〉，記子厚初貶永州時借居之室，「戶北向，居昧昧也。」乃「鑿西牖以為戶。戶之外為軒，以臨羣木之杪，無不矚焉。不徙席，不運几，而得夫大觀。」於是述其所感曰：「夫室，嚮者之室也；席與几，嚮者之處也。嚮也昧，而今也顯，豈異物耶？因悟夫佛之道，可以轉惑見為真知，即群迷為正覺，舍大闇為光明，夫豈異物耶？孰能為余鑿大昏之墉，闢靈照之戶，廣應物之軒者，吾將與為徒。」文特淡宕有味，雖述佛理何害？此皆善於抒情與論事者也。

記山水諸文，最有特色，後世稱述不衰；短章小品，被視為「光芒萬丈」，殆非子厚身所及料乎？黃震《黃氏日鈔》謂此類文，「峻潔精奇，如明珠夜光，見輒奪目。」王鏊《震澤長語》謂柳與元結，俱工山水記，「子厚豐縟精絕，次山簡淡高古。」茅坤云：「愚謂公與山川兩相遭，非子厚之困且久，不能以搜岩穴之奇；非岩穴之怪且多，亦無以發子厚之文。」常安《古文披金》評云：「西山八記，脈絡相通，合讀之，更見其妙。」《唐宋文醇》云：「宗元〈永州八記〉，……絕似《水經注》文字，讀者宜合而觀之。」《韓柳文研究法》云：「集中諸文皆傳，而山水之記尤為精絕。雖大同小異，然各有經營。韓公猶望而卻步，遑論其他？」《柳文指要》謂以「風韻」勝，又云：「柳州山水諸記，能引人入勝，千載之下，讀者立覺當時之人與地宛在，而已若有物焉，導向使與相會，因而古今人物彼己，都匯而為一。引吭微誦，其文字沁入心脾，感到一種無言之妙。柳記人人道好，好處應即在此。」

《游黃溪記》，集中編在永州諸記第一篇，然不在世俗所稱〈永州八記〉之列，蓋黃溪在東，而〈八記〉所記皆在州西及西南。此文寫景最佳處，為寫初潭「其略若剖大甕，側立千尺，溪水積焉，黛蓄膏渟，來若白虹，沉沉無聲」，以至第二潭及其南之「地皆一狀，樹益壯，石益瘦，水鳴鏘然」一段。方苞評：「子厚諸記，以身閑境寂，又得山水以盪其精神，故言皆稱之，探幽發微，而出之若不經意。」劉大櫆評：「山水之佳，以奇峭，以幽冷。子厚得之以為文，琢句煉字，無不精工。古無此調，子厚創為之。」沈德潛評：「遊黃溪不過十餘里，卻寫得千岩萬壑，幽峭、深邃、平遠，無境不備。手有化工，不同畫筆。」林紓評：「〈黃溪〉一記，為柳集中第一得意之筆，雖合荊、關、董、巨四大家，不能描而肖也。」李剛己評：「子厚山水諸作，其寄興之曠遠，狀物之工妙，直合陶、謝之詩，楊、馬之賦，鎔為一爐，洵屬文家絕境。」

八記，前四篇作於元和四年，後四篇作於七年。〈始得西山宴游記〉，寫遊西山前之醉臥它山：「意有所極，夢亦同趣。」覺而歸，「以為凡是州之山水有異態者，皆我有也，而未始知西山之怪特。」及窮西山之高而止也：「則凡數州之土壤，皆在衽席之下。其高下之勢，岈然洼然，若垤若穴，尺寸千里，攢蹙積累，莫得遯隱。縈青繚白，外與天際，四望如一。然後知是山之特立，不與培塿為類。悠悠乎與灝氣俱，而莫得其涯。洋洋乎與造物者遊，而不知其所窮。……心凝形釋，與萬化冥合，然後知吾嚮之未始遊，遊於是乎始。」情景俱妙。林雲銘評：「全在『始得』二字著筆，語語指畫如畫。」沈德潛評：「從『始得』著意人皆知之。蒼勁秀削，則一歸元功。人巧既絀，渾然天工矣。此篇領起後諸小記。」李剛己評：「形容西山之高峻，純從對面著筆，構意絕妙，撰語絕工。」〈鈷鉧潭記〉，全文僅百七十四字，寫潭勢極具體，又峭刻可喜；又敘買田、築臺、賞月之事，簡淡有神。此及它記敘買地事，見地荒民貧之狀；諸記敘芟除蔽穢、怡情山水事，又寄作者好惡。故記中子厚之主體精神與山水之客體情狀，既融而為一；而民生疾苦亦側見焉。至其用筆，則形似如畫，神傳若詩，尺幅千里，韻味悠然。真有獨擅之美學價值與認識價值也。盧元昌評此記：「潭字起，潭字住，瀟然灑然。」劉大櫆評：「結處極幽冷之趣，而情甚淒楚。」沈德潛評：「筆墨孤戛。」浦起龍評：「記潭勢簡峭，記遊孤迥。」林紓評：「狀冉水之奔迅，工夫全在一『扺』字，以下水勢，均從『扺』字生出。」徐幼錚評：「結語哀怨之音，反用一『樂』字襯出，在諸記中，尤令人淚隨聲下。」〈鈷鉧潭西小丘記〉：「其石之突怒偃蹇，負土而出，爭為奇狀者，殆不可數。其嶔然相累而下者，若牛馬之飲於溪；其衝然角列而上者，若熊羆之登於山。」狀石取譬，甚奇而新。「由其中以望，則山之高，雲之浮，溪之流，鳥獸之遨遊，舉熙熙然迴巧獻技，以効茲丘之下。」善用擬人化之字句；「効」字之工，子厚尤擅用之。「枕席而卧，則清冷之狀與目謀，瀯瀯之聲與耳謀，悠然而虛者與神謀，淵然而靜者與心謀。」用「謀」字不但妙於擬人，尤妙於表主客合一、物我同情之狀。林雲銘評：「子厚遊記，篇篇入妙，不必復道。此作把丘中之石，及既售得之後，色色寫得生活，尤為難得。末段以『賀茲丘之遭』，借題感慨，全說在自己身上。」劉大櫆評：「前寫小丘之勝，後寫棄擲之感，轉折獨見幽冷。」沈德潛評：「結處忽發感喟，反復曲折，此神來之筆。」過珙評：「於眼前景幻出奇趣，於奇趣中生出靜機。」〈至小丘西小石潭記〉，寫潭、寫石妙；寫潭旁樹之「蒙絡搖綴，參差披拂。」妙；寫潭中魚之「皆若空遊無所依，日光下澈，影布石上，佁然不動。俶爾遠逝，往來翕忽，似與遊者相樂。」妙；寫坐潭上，覺「四面竹樹環合，寂寥無人，淒神寒骨，悄愴幽邃。」亦妙。浦起龍評：「白石底潭，正宜品以『清』字。題脈題象，瀰泮映眼。」沈德潛評：「記潭中游魚數語，動定俱妙，復全在不盡，故意境彌深。」林紓評：「一小小題目，至於窮形盡相，物無遁情，體物到精微地步矣。……文有詩境，是柳州本色。」以上前四記。後四記：〈袁家渴記〉，變化尤多。其始自冉溪寫至渴；其次寫渴，如云：「其中重洲小溪，澄潭淺渚，間廁曲折。平者深墨，峻者沸白。舟行若窮，忽又無際。」變而從行舟寫；其次寫渴中小山，寫山中岩石及草木，如云：「每風自四山而下，振動大木，掩苒眾草，紛紅駭綠，蓊葧香氣。衝濤旋瀨，退貯谿谷。搖颺葳蕤，與時推移。

其大都如此，而余無以窮其狀。」變而從風寫；最後寫作記，又點「袁家」與上文釋「渴」字呼應。沈德潛評：「記水，記山，記石，記樹，記草，無不如妙。尤在記風一段，共九句，凡性情形勢，往來動定，一一具備，可云化工。」林紓評：「於水石容態之外，兼寫草木。每一篇，必有一篇之主人翁，不能謂其漫記山水也。……妙在拈出一個『風』字，將木收縮入風。……均把水聲花氣樹響作一總束，又從其中渲染出奇光異采，尤覺動目。綜而言之，此等文字，須含一股靜氣，又須十分畫理，再著以一段詩情，方能成此傑構。」〈石渠記〉，以寫石渠之流程，帶出溪聲、石泓、小潭；用筆簡而細，細而多姿。「風搖其巔，韻動崖谷，視之既靜，其聽始遠。」風神尤佳。茅坤評：「清冽。」沈德潛評：「『視之既靜，聽之始遠』，補〈袁家渴〉篇寫風所未及。通體俱峭潔。」〈石澗記〉，以閑淡出之，似最不經意，「交絡之流，觸激之音，皆在床下。翠羽之木，龍鱗之石，均蔭其上。」又奇句也。沈德潛評：「連〈袁渴〉、〈石渠〉二篇，俱以『窮』字作線索。」「柳州遊山水記諸篇，有次第，有聯絡，而又不顯然露其次第聯絡之跡，所以別於後人。」〈小石城山記〉，寫得山，寫山形如石城，襯以水聲，不寂寞矣。接以「無土壤而出嘉樹美箭，益奇而堅。其疏數偃仰，類知者所設施也」。寫景出奇矣。又接以「噫！吾疑造物之有無久矣，及是愈以為誠有。又怪其不為之於中州，而列是夷狄，更千百年不一售其伎，是固勞而無用，神者倘不宜如是？則其果無乎？或曰：以慰夫賢而辱於此者。或曰：其氣之靈，不為偉人，而獨為是物，故楚之南少人而多石。是二者，余未信之」。議論抒情，益曲折而出奇矣。來之逶迤，結之戛然，中間書之又層層出奇也。茅坤評：「借石之瑰瑋，以吐胸中之氣。」「不了語，讀之有遠音。」金人瑞評：「筆筆眼前小景，筆筆天外奇情。」沈德潛評：「洸洋恣肆之文，善學《莊子》。故是借題發揮。」陳衍評：「雖短篇，跌宕可誦。」

〈柳州東亭記〉，元和十二年作於柳州。文淡而整；寫亭之「前出兩翼，憑空拒江，江化為湖。眾山橫環，嶛闊瀴灣。當邑居之劇，而忘乎人間，斯亦奇矣。」則景奇文亦奇。何焯評：「甚古。」孫琮評：「此篇大約分四段：一段寫棄地，一段寫闢地，一段寫建亭築室，一段寫四時序室之宜，筆筆涉趣。」《柳文指要》評：「文之後半幅，……幾與〈明堂圖〉比重，即此窺見子厚體國經野大計劃之一斑。子厚嘗謂：『即末以操其本，可八九得』，吾於此記亦云。」〈柳州山水近治可游者記〉，舊注：「記不書其年月，然當與前記先後作。公刺柳五年，卒於元和十四年之十月云。」此文作綜記之筆，嚴整中有變化，有詳略，亦不直致。茅坤評：「全是敘事，不著一句議論感慨，卻淡宕風雅。」浦起龍評：「不著一點姿色，才是記山水真手段。」「永州一拳一勺，皆有一記，入柳只此篇及東亭小幅耳。在永為散員，在柳為州長，公自言『是豈不足為政耶？』蹇然當官，不事幽討，可以驗其居心焉。」儲欣評：「頗似《史記》〈天官書〉，然彼猶有架法，此即平直序去，零零星星，有條有理。後人杖履而遊，不復問途樵牧，斯蓋奇矣。」沈德潛評：「體似太史公〈天官書〉，句似酈道元《水經注》。零零雜雜，不立間架，不用聯絡照應，真奇作也。明王守溪〈七十二峰記〉，似得此意。」孫琮評：「一篇無起無收，無照無應，逐段記去，彷彿昌黎〈畫記〉。中間敘石一段，最為出色。」陳衍評：「全學《山海經》，而參以《儀禮》、《考工記》、《水經注》句法。」林紓評：「質樸如昌黎〈畫記〉。」「極意與酈道元《水經注》鬥其短峭，而嚴潔過之。」汪份評：「零零碎碎敘去，而其中自有線索，打成一片，此天下奇文也。若但以其間南北東西分敘，而謂為似《史記》〈天官書〉，猶皮相耳。」《柳文指要》評：「子厚山水諸記，惟此篇門面較廣，篇幅亦長，敘述皆依據故籍，彌覺典重，與永州諸記之短峭跳脫，足移人之情者未同。」「此記每加流覽，輒苦難讀，王荊石云：『後幅文極古，如《穆天子傳》，倉卒不可讀，然恐有誤字。』吾於此有同感。」「尋子厚以司馬蒞永，而司馬閑員，不直接任民事，以故得任性廣事遊覽，至蒞柳則不然。刺史親民之官，子厚認地小亦足為國，而己以三黜不展，隱隱有終焉之志，因而不避勞怨，盡力民事，以是出遊時少，文字亦相與闃然無聞。存記兩首，大抵登錄地理，用備參稽之作，至若永記之不辭幽奧，無遠弗屆，花鳥細碎，悉與冥合，柳記中固不得如許隻字也。」

## 書啟

子厚行文極矜嚴，書信多稱心而談少顧藉（如忘避「世」字諱），故理雖密而情較恣，意雖曲而辭較暢，在其文中，特為疏朗。〈寄許京兆孟容書〉、〈與楊京兆憑書〉、〈與蕭翰林俛書〉、〈與李翰林建書〉等，述立身行事之夙志，被罪遭貶之冤憤，不幸不平，大能激動人心。茅坤評為「多悲愴之旨，而其辭氣瑰詭跌宕，譬之聽胡笳，聞塞曲，令人腸斷者也。」〈寄許孟容〉一書最勝，神情直逼司馬遷〈報任安書〉，茅坤評為「子厚最失意時」之「最得意書」者。此文敢於冒大不韙而為王叔文訟屈，尤難得。如云：「宗元早歲，與負罪者親善，始奇其能，謂可以共仁義，裨教化。過不自料，勤勤勉勵，唯以中正信義為志，以興堯、舜、孔子之道，利安元元為務。不知愚陋，不可力強，其素志如此也。末路孤危，阨塞臲卼，凡事壅隔，狠忤貴近，狂疏繆戾，蹈不測之辜，群言沸騰，鬼神交怒。加以素卑賤，暴起領事，人所不信。射利求進者，填門排戶，百不得一，一旦快意，更造怨讟。以此大罪之外，詆訶萬端，旁午構扇，盡為敵讎，協心同攻。外連強暴失職者，以致其事。」「負罪者」謂叔文，「末路孤危」以下指之；「貴近」，指宦官俱文珍、劉光琦、薛盈珍等；「強暴失職者」，指劍南西川節度使韋皐、荊南節度使裴均、河東節度使嚴綬等，三人皆攻擊叔文，表諷順宗退位者。書信內容可取者亦甚多：如〈與楊京兆憑書〉，刺以類「土木無言」之人為長者，加顯寵；時人「薄於當世」，「可以言古，不可以言今」。〈與顧十郎書〉，刺士大夫之勢利。〈與韓愈論史官書〉，勸愈居史職，「宜守中道不忘其直」，「道苟直，雖死不可回也；如回之，莫若亟去其位」。〈與史官韓愈致〈段太尉逸事〉書〉，以自身考查太尉事之審慎，述史書必須「傳信傳著」。〈與劉禹錫論《周易》九六書〉，謂「君子之學，將有以異也。……然務先窮昔人書，有不可者然後革之，則大善。謹之勿遽。」〈答劉禹錫〈天論〉書〉，謂「生植與災荒，皆天也；法制與悖亂，皆人也。二之而已，其事各行不相預。」〈與呂道州溫論《非國語》書〉、〈答吳武陵論《非國語》書〉，謂道宜「率由大中而出」；不宜「好怪而妄言，推天引神，以為靈奇」。〈與呂恭論墓中石書書〉，斥矯情飾孝，作偽奸利，皆為「大中之罪人」。〈與友人論為文書〉，斥時人之「榮古虐今」。〈答元饒州論政理書〉，謂施政「必問其實」，否則，有減免稅役，富者受益而窮者不受者。〈答周君巢餌藥久壽書〉，主「守先聖之道，由大中以出」，勿迷信神仙，以餌藥求長生。〈與李睦州論服氣書〉，亦反對迷信「服氣」之術。〈與太學諸生喜詣闕留陽城司業書〉，讚揚自漢以來，敢於「仰闕赴訴」之太學生。〈答韋中立論師道書〉，論學文為文之道甚審。〈報崔黯秀才論為文書〉，論道與言之關係，自述早歲好辭章、書法成癖，善於取喻。〈答吳秀才謝示新文書〉，謂「觀文章，宜若懸衡然，增之銖兩則俯，反是則仰，無可私者。」〈復杜溫夫書〉，戒勿輕以「周、孔」許人，行文宜注意「律令」；自述少時為文，「快意累累，意盡便止」。〈上門下李夷簡相公陳情書〉，述謫居待人顧援，亦善取喻。其有不足者：如〈與崔饒州論石鐘乳書〉，誤認服精滑之石鐘乳為有益；〈賀進士王參元失火書〉，為過甚之言。後一篇，往日選本多喜其言之辯而選之。〈上李夷簡書〉，〈柳文指要〉謂夷簡為劾子厚丈人楊憑之人，不應致書求援；語氣過卑，不類出子厚手，疑非子厚作。然元和六年已先有〈謝襄陽李夷簡尚書委曲撫問啟〉，以有「撫問」而後作此書，自屬可能；語氣亦大體不殊其它求助之書，哀而非卑，不能遽定為贋作也。

集中表狀奏啟，多應酬應用之作，多用駢體；且有代人撰擬，以及循例祝賀禎祥者，不能代表作者本意及散文風格。此非他家奏議之比，故皆略不詳論。

## 祭文

祭文中以〈祭呂衡州溫文〉一文為最憤激動情。溫本「永貞革新」之得力人物，子厚誄之已極推許。此文謂溫「素志所蓄，巍然可知」。而「理行第一，尚非所長；文章過人，略而不有」。意與誄同。而呼天直斥，並曰「貪愚皆貴，險狠皆老」，溫則貶死，「豈非修正直以召災，好仁義以速咎者耶？」末段層層反詰，林紓評：「將衡州死後精靈，遏入空中摹繪，音長而韻哀，是謫宦傷逝之情懷，文人不平之騷怨。」〈又祭崔簡旅櫬歸上都文〉，為其姊夫作，自《楚辭》〈招魂〉變化而出，亦甚沉痛。茅坤評：「讀之輒涕洟不已。」〈祭外甥崔駢文〉，謂如駢之才，足以「抽深抉密，擔重揭貴」，是非天人間事，天必殄其躬，「以寧其位」；故駢「仁充其軀，毒中骨髓」，非死不可。從虛處生發，沉痛中又綽有奇思異采。〈祭弟宗直文〉，情亦樸摯；孫琮、林紓以比退之〈祭十二郎文〉，則逾量矣。

## 外集及《非國語》

《非國語》，為專門著作，不詳論。此書主旨，如序所云：「左氏《國語》，其文閎深傑異，固世之所耽嗜而不已也。而其說多誣淫，不概於聖。余懼世之學者溺其文采，而淪於是非，是不得由中庸以入堯舜之道。本諸理以作《非國語》。」其所著重，尤在申天無意志及鬼神不足信之說，如〈料民〉云：「吾嘗言聖人之道，不窮異以為神，不引天以為高，故君子不語怪與神。」〈伐宋〉云：「若乃天者，則吾知其好惡而暇徵之耶？」〈三川震〉云：「陰與陽者，氣而游乎其間者也。自動自休，自峙自流，是惡乎與我謀？」〈卜〉云：「卜者，世之餘技也，道之所無用也。……然而聖人之用也，蓋以驅陋民也。」

外集〈河間傳〉，敘河間婦始貞而終淫，不避媟褻，與內集〈李赤傳〉敘李赤患心疾入廁死，不避齷齪同；且皆寫之不嫌詳盡。此固當時作「傳奇」者所樂為，在唐代小說發展中有作用。然其內容不類出於子厚，或由文中皆有「柳先生曰」而為人誤收乎？至〈箏郭師墓誌〉，則禹錫集中有書信提及之，當為子厚作。

# 三
# 歐陽修文說

## 總說

歐陽永叔，性情摯豐，品行剛正，立朝敢言，從政有績，獎掖多士，文能起衰，時論多之。《宋史》本傳云：「宋興且百年，而文章體裁，猶仍五季餘習，鎪刻駢偶，淟涊弗振。士因陋守舊，論卑氣弱，蘇舜元、舜欽、柳開、穆修輩，咸有意作而張之，而力不足。修遊隨，得唐韓愈遺稿於廢書簏中，讀而心慕焉，苦志探賾，至忘寢食，必欲並轡絕馳，而追與之並。舉進士，試南宮第一，擢甲科，調西京推官，始從尹洙遊，為古文，議論當世事，迭相師友。與梅堯臣遊，為歌詩相倡和。遂以文章，名冠天下。」「知嘉祐二年貢舉，時士子尚為險怪奇澀之文，號太學體。修痛抑之，凡如是者輒黜。事畢，向之囂薄者，俟修出，聚噪於馬首，街邏不能制。然場屋之習，從是遂變。」「終身為文，天才自然，豐約中度。其言簡而明，信而通，引物連類，折之於至理，以服人心。超然獨騖，眾莫能及，故天下翕然師尊之。獎引後進，如恐不及，賞識之下，率為聞人。曾鞏、王安石、蘇洵、洵子軾、轍，布衣屏處，未為人知，修即游其聲譽，謂必顯於世。篤於朋友，生則振掖之，死則調護其家。好古嗜學，凡周、漢以降，金石遺文，斷編殘簡，一切掇拾，研稽異同，立說於左，的的可表證，謂之《集古錄》。奉詔修《(新）唐書》紀、志、表，自撰《五代史記》，法嚴詞約，多取《春秋》遺旨。」晚年知青州，表奏散青苗錢之弊，今人以此為反對王安石變法之思想。夫安石變法，利弊得失複雜，何能以是否盡然其法為劃分思想進步與保守之界？此事於說王安石文時別及之；評蘇軾、蘇轍兄弟之政治態度亦准此，皆不多贅。至於慶曆五年永叔因錢明逸之劾而降知滁州，治平四年因蔣之奇之劾而貶外知亳州，則小人飛語相污，終於昭雪，何能為賢者玷也。蘇軾〈祭文〉云：「公生於世六十有六年，民有父母，國有蓍龜，斯文有傳，學者有師，君子有所恃而不恐，小人有所畏而不為，譬如大川喬岳，雖不見其運動，而功利之及於物者，蓋不可以數計而周知。」雖師生知遇，感受語重，而風概可思矣。

古今評永叔文者，如韓琦〈歐陽公墓誌銘〉云：「仁宗景祐初，公與尹師魯專以古文相尚，而公得之自然，非學所至。超然獨騖，眾莫能及。譬夫天地之妙，造化萬物，動者植者，無細與大，不見痕跡，自極其工。於是文風一變，時人竟為模範。自漢司馬遷沒幾千年，而唐韓愈出。愈之後又數百年而公始繼之，氣焰相薄，莫較高下，何其盛哉！」蘇洵〈上歐陽內翰第一書〉云：「執事之文，紆餘委備，往復百折，而疏暢條達，無所間斷；氣盡語極，急言竭論，而容與閑易，無艱難勞苦之態。」曾鞏〈上歐陽學士第一書〉云：「深純溫厚，與孟子、韓吏部之書相為唱和，無半言片辭踳駁於其間。」王安石〈祭歐陽公文〉云：「公器質之深厚，知識之高遠，而輔以學術之精微。故形於文章，見於議論，豪健俊偉，怪巧瑰奇。其積於中者，浩如江河之停蓄；其發於外者，爛如日星之光輝。其清音幽韻，淒如飄風急雨之驟至；其雄辭閎辯，快如輕車駿馬之奔馳。」蘇軾〈居士集序〉云：「歐陽子論大道似韓愈，論事似陸贄，記事似司馬遷，詩賦似李白。此非予言也，天下之言也。」蘇轍〈歐陽文忠公神道碑〉云：「公之於文，天材有餘，豐約中度，雍容俯仰，不大聲色，而義理自勝；短章大論，施無不可。有欲效之，不詭則俗，不淫則陋，終不可及。是以獨步當世，求之古人，亦不可多得。」孫奕〈履齋示兒篇〉云：「歐陽文忠公，……觀其詞語豐潤，意思婉曲，俯仰揖遜，步驟馳聘，皆得韓子之體。……蓋其橫翔捷出，不減韓作，而平淡詳贍過之。」羅大經《鶴林玉露》云：「文章各有體，歐陽公所以為一代文章冠冕者，固以其溫雅醇正，藹然為仁人之言，粹然為治世之音；亦以其事合體合故也。」茅坤《唐宋八大家文鈔》云：「妄謂世之文人學士得太史公之逸者，獨歐陽子一人而已。」王世貞〈書歐陽文後〉云：「歐陽之文，雄渾不及韓，奇峻不及柳，而雅靚亦自勝之。」艾南英〈答陳中人論文書〉云：「昌黎摹史遷，尚有痕跡，吾姑不論。足下試取歐陽公碑誌之文，及《五代史》論、贊讀之，其於太史公，蓋得其風度於短長肥瘠之外矣，猶當謂之有跡乎？」〈與沈昆銅書〉：「至於歐公碑誌，則傳史遷之神矣。然天下皆慕韓之奇而不知歐之化。」黃宗羲《論文管見》云：「文以理為主，然而情不至，則亦理之郛廓耳。廬陵之志交友，無不嗚咽；子厚之言身世，莫不悽愴；郝陵川之處真州，戴剡源之入故都，其言皆惻惻動人。古今自有一種文章，不可磨滅，真是『天若有情天亦老』者。而世不乏堂堂之陣，正正之旗，皆以大文目之，顧其中無可移人之情者，所謂刳然無物者也。」方苞《古文約選》〈序例〉云：「永叔摹《史記》之格調，而曲得其風神。」姚範《援鶉堂筆記》云：「歐文黃夢升、張子野〈墓誌〉最工，而黃〈誌〉尤風神發越，興會淋漓。」袁枚《隨園詩話》云：「歐公學韓文，全不似韓，此八家中所以獨樹一幟也。」姚鼐〈復魯絜非書〉云：「鼐聞天地之道，陰陽剛柔而已。文者，天地之精英，而陰陽剛柔之發也。……且夫陰陽剛柔，其本二端，造物者糅而氣有多寡進絀，則品第億萬，以至於不可窮，萬物生焉。故曰：一陰一陽之為道。夫文之多變，亦若是已。糅而偏勝可也，偏勝之極，一有一絕無，與夫剛不足為剛，柔不足為柔者，皆不足以言文。……宋朝歐陽公、曾公之文，其才皆偏於柔之美者也。歐陽能取異己者之長而濟之；曾公能避所短而不犯。」包世臣《藝舟雙楫》云：「永叔奏議忼怛明暢，得大臣之體；翰札紆徐易直，真有德之言；而序記則為庸調。」劉熙載《藝概》云：「太史公文，韓得其雄，歐得其逸。雄者善用直捷，故發端便見出奇；逸者善用紆徐，故引緒乃覘入妙。」「歐陽公幾於史公之潔；而幽情雅韻，得騷人之旨為多。」「歐陽公《五代史》諸論，深得畏天憫人之旨。……公他文亦多惻隱之意。」陳衍《石遺室論文》云：「太史公則各傳贊皆以姿態見工，而〈五帝本紀〉、〈項羽本紀〉二贊尤有神；傳文則莫如〈伯夷列傳〉。世稱歐陽公為六一風神，而莫詳其所自出。世又稱歐公得韓文殘本，肆力學之。其實昌黎文有工夫者多，有神味者少。……歐公實多學《史記》，似韓者少。」錢基博《現代中國文學史》〈編首〉云：「唐宋八大家，韓、柳並稱；而繼往開來，厥推韓愈！獨愈之文安雅而奇崛。李翺學其安雅，皇甫湜得其奇崛。其衍李翺之安雅一派者，至則為歐陽修之神逸；不至則為曾鞏、蘇轍之清謹。其衍皇甫湜之奇崛一派者，至則為王安石之峻峭，不至則為蘇洵、蘇軾之奔放。」「蓋韓愈揚班、馬之長，字字造出奇崛。至歐陽修變為平易；而奇崛乃在平易之中。桐城諸老汲其流，乃能平易而不能奇崛；則才氣薄弱，勢不能復振起，此其失也！」諸家所論，除包世臣謂永叔「序記庸調」之語，錢基博高下荊公、東坡學韓之語，小節出入，不於茲處推較外；其餘大旨，可略窺永叔之文格焉。竊謂司馬遷之文，規模宏大，開合自由，深情勁氣，雄視千古，蓋兼具陽剛陰柔、氣勢風神之美。韓文得其陽剛與氣勢之美為多；歐文得其陰柔與風神之美為多。永叔善紹史公之一端，學韓變韓而不為形似，皆出於性情之所近與所異。退之負氣，永叔多情；退之急激，永叔寬和，其文之異也固宜。兩公遂以此而為八家中毗陽，毗陰兩宗之主；而後世論此兩種文風者，其典型亦莫逾於是矣。永叔文之特色，明允〈上書〉「紆徐委備」，「而疏暢條達」，「急言極論，而容與閑易」等語最能盡之；石遺之一再讚嘆「六一風神」，亦深有體會。先師呂誠之（思勉）先生《宋代文學》亦曰：「今觀歐公全集，其議論之文，如〈朋黨論〉、〈為君難論〉、〈本論〉，考證之文，如〈辨《易》〈繫辭〉〉，皆委婉曲折，意無不達，而尤長於言情。序跋如〈蘇氏文集序〉、〈釋秘演詩集序〉，碑誌如〈瀧岡阡表〉、〈石曼卿墓表〉、〈徂徠先生墓誌銘〉，雜記如〈豐樂亭記〉、〈峴山亭記〉等，皆感慨係之，所謂六一風神也。歐公文亦有以雄奇為尚者，如《五代史》諸表、志序是。然仍不失其紆徐委備之態，人之才性，各有所宜也。」曾鞏〈與王介甫第一書〉，述永叔教以「孟、韓文雖高，不必似之也，取其自然耳。」則永叔文之能尚「自然」而終造「自得」者，亦學者所不可不知。

## 賦

退之諸賦疏朗，已開宋代散賦之風。永叔繼之，厥體益遂。《居士集》之〈秋聲賦〉，意不出奇，而跌宕之態，鏗鏘之調，極優美動人。余少時，聞善誦古文者誦此賦，為之心醉不已；至老自誦之，亦輒心醉不異少時。嗚呼！「聲以引情」，於此見矣。茅坤評：「蕭瑟可誦，雖不及漢之雅，而詞致清亮。」儲欣評：「賦之別調，別有文情。」吳楚材等評：「秋聲，無形者也，卻寫得形色宛然，變態百出。末歸於人之憂勞，自少至老，猶物之受變，自春徂秋，凜乎悲秋之意，溢於言表。」《外集》之〈述夢賦〉，作於明道二年，是年嫡配胥夫人逝世，賦為夫人作也。時永叔年始二七，青年喪偶，傷痛深情，於短篇中出以曲折往復之筆、豐富真切之想像，故感人特深。惜此佳作，世人不甚知之。

## 論文

永叔議論文，《居士集》之〈正統論〉，謂「正者所以正天下之不正；統者，所以合天下之不一也。」其落腳處，尤在「合天下之不一」，即以能否統一天下為斷，所謂「德不足矣，必據其跡而論述之，所以息爭也。」據跡，故謂嬴秦、曹魏皆正統，不必論其德也。又謂正統有中斷而為偏安，偏安者不必強列為正統，無礙於史書記載之連續。又斥「五德始終」之說為「歷官術家」「繆妄之說」。凡此，皆見史觀通達，異乎迷信與守舊者之說。〈本論〉，謂佛教之傳入，乃乘中國政教闕廢之隙。「民之沉酣，入於骨髓，非口舌之可勝」。不能驟為操切之禁，如韓退之所謂「火其書，廬其居」者；「莫若修其本以勝之」，本者，朝廷之政教，此〈本論〉之名所由起也。修政教之本，又當「行之以勤，而浸之以漸，使民皆樂而趨焉。」此在當時，不愧探本之論。茅坤評：「歐陽公異日相略，當與王荊公〈萬言書〉參看。」沈德潛評：「昌黎〈原道〉篇，但言佛之謬於聖道；而所以勝之處，篇末明先王之道以道之，只作補足語，所謂含意未申也。此透發禮義為勝佛之本，論尤切實，文尤完密矣。韓、歐二篇故應合看。」宋仁宗景祐三年，范仲淹等以言事貶謫，宰相呂夷簡等造為「朋黨」之說以陷。慶曆三年，范仲淹參知政事，建言有所興革，夷簡等復興「朋黨」之說。時永叔亦已內召為諫官，乃進〈朋黨論〉。夫帝制時代之所謂「朋黨」，與今日之「政黨」，了不相同；然在當時，亦為朝野爭執之大事，政敵陷人之罪名，為人主所畏聞者。清世宗作〈朋黨論〉，猶力斥「朋黨」之非。永叔進此論，不避人主之疑忌，牽連之利害，坦然大呼曰：「臣謂小人無朋，惟君子則有之。」「故為人君者，但當退小人之偽朋，用君子之真朋，則天下可治矣。」可謂大膽。其引證舜、周武，與紂、漢獻帝、唐昭宗之事為證，尤覘言非無根。茅坤評：「破千古人君之疑。」林雲銘評：「范文正之貶，公與尹洙、余靖皆見逐，群邪目為黨人。及文正與公復用，乃進此論，以『小人無朋，君子則有』二句為主。其分引總繳處，筆法似涉大方，然對君之言，貴於明切，不得不如此。且有關世道之文，原不待奇幻也。」沈德潛評：「反反復復，說『小人無朋，君子則有朋』，末歸到人君能辨君子、小人。見人君能辨，但問其君子、小人，不問其黨、不黨也。因諫院所進，故文格近於方嚴。」張伯行評：「非惟不嫉君子之有朋，而直欲以其身與之為朋矣。其論小人無朋一段，善形容小人之情狀，真如鑄鼎象物。至君子之朋，則以堯之十六人、舜之二十二人、武王之千人為言，可謂創論而實至論。」〈為君難論〉，亦慶曆初作。文謂為君之難，「蓋莫難於用人」；又曰：「用人之難難矣，未若聽言之難也。」此為上下篇綱領。下篇又曰：「巧辯縱橫而可喜，忠言質樸而多訥，此非聽言之難，在聽者之明暗也。諛言順意而易悅，直言逆耳而觸怒，此非聽言之難，在聽者之賢愚也。」又曰：「是皆未足為難也。若聽其言則可用，然用之有輒敗人之事者；聽其言若不可用，然非如其言不能以成功者，此然後為聽言之難也。」前事舉趙王聽趙括之言為例，後事舉秦王聽王翦之言為例。又曰：「人主之好立功名者，聽勇銳之語則易合，聞持重之言則難入也。」「夫用人之失，天下之人，皆知其不可，而獨其主不知者，莫大之患也。」反之，則廣稽臣民之意，有兼聽之明，庶可以少除用人、聽言失誤之患乎？此點結處不明言，而前後文意可見。此篇根據史事，明切言之，不為矯激。姚鼐評：「歐公之論，平直詳切，陳悟君上，此體為宜。」〈縱囚論〉，論唐太宗貞觀六年縱死囚歸家，及期歸而赦原之事。文曰：「刑入於死者，乃罪大惡極，此又小人之尤甚者也。寧以義死，不苟幸生，而視死如歸，此又君子之尤難者也」。太宗之舉，「是以君子之難能，期小人之尤者以必能也。」上有所恃以求名而縱，囚有所冀以求免而歸，是「上下交相賊」，「可偶一為之爾」，不能「屢為之」。屢為之，「則殺人者皆不死，是可為天下之常法乎？」偶為之，非真有「所謂施恩德，與夫知信義者」；否則，「太宗施德於天下，於茲六年矣，不能使小人不為極惡大罪；而一日之恩，能使視死而歸而存信義，此又不通之論也。」結曰：「不可為常者，其聖人之法乎？是以堯、舜、三王之治，必本於人情，不立異以為高，不逆情以干譽。」層層剖析，窮事理而歸於人情，以斯為大經正常之道。永叔、東坡之論事理，皆欲與人情相通，尤非求異逆情以干譽者，此其大有逾於迂執不通之儒、矯激淺薄之士處，為讀二家文者所不可知也。茅坤評此文：「曲盡人情。」儲欣評：「好名二字，切中唐太宗骨髓。」沈德潛評：「『怨女三千放出宮，死囚四百來歸獄。』此太宗盛德事，歐公以為不近人情者。緣不可為常，恐後世藉口以行其好名之舉也。」

《外集》有〈原弊〉，指陳時政「不知務農為先」，「是未原為政之本末」；若只知務農，「而不知節用以愛農」，亦「是未盡務農之方」。「以不勤之農，贍無節之用」，「非徒不勤農，又為眾弊以耗之；非徒不量民力以為節，又直不量夫力之所任也」。弊端甚多，舉其最大者，一曰「有誘民之弊」，謂為僧與充禁、廂兵者之不耕；二曰「有兼并之弊」，謂富兼貧之酷；三曰「有力役之弊」，謂民力不勝賦役之重。論當時所養之兵，皆「驕惰無用之人。」全文綱領分明，論證圓密，類制科策文；然非出以懸擬而有切實感受，足令後世治史衡政者之考鏡，斯為可取。茅坤評：「中多切當時情弊，亦今當事者所宜知。」有〈賈誼不至公卿論〉，惜誼不受重用；〈三皇設言民不違論〉、〈夫子罕言利命仁論〉，皆早年應試之作，不能與其它論文等視也。

「經旨」之文及〈《易》童子問〉，亦有精義，如疑〈文言〉、〈說卦〉、〈繫辭〉非孔子作，不信《易》之筮占。然重在考經，故不論。

永叔之論，說理透闢而安詳，尤善於層層逼進，則明允所謂「往復百折」，羅大經所謂「藹然」、「粹然」者。韓奇矣，切實不及；柳峻矣，明暢不及。自成一宗，不愧二家。方苞云：「歐公敘事仿《史記》，諸體效韓文；而辯論法《荀子》，其反復盡意及復疊處皆似。」《荀子》博厚而不免繁冗，歐博厚或不如，繁冗則無之。韓、歐皆學《孟子》而貌有異同；不宜遂謂歐論僅似《荀子》也。

## 碑、狀、墓誌

永叔碑碣墓誌之文頗多，其卒前一年作〈江鄰幾文集序〉云：「余竊不自揆，少習為銘章，因得論次當世賢士大夫功行，自明道、景祐以來，名卿巨公，往往見於余文矣。至於朋友故舊，平居握手言笑，意氣偉然，可謂一時之盛，而方從其游，遽哭其死，遂銘其藏者，……逮今二十五年之間，……至二十人。」一時宰相樞使如陳堯佐、范仲淹、程琳、王旦、晏殊、王德用之〈神道碑〉，程琳、杜衍、王堯臣、吳育之〈墓誌銘〉，蔡齊之〈行狀〉，皆出其乎，其文之見重於世可知。諸公者皆不失為正人，故永叔之敘其生平，皆著重其謀國之忠，諫諍之勇，察事之明，愛民之切，立身之正，防邊、治水之宜，臨大故、斷大疑之果決。於其不足，亦微言見意。處紛繁而善概括，敘殊特則加詳備，故體大而不煩，言簡重而不板寂，得史家之妙筆。《宋史》諸公傳，多取資之，然減其詳備及去其行文之見風調處，則神味大減。其碑陳堯佐，敘其因敢言嫉惡，故在朝不久；而為地方官，則詳其賑飢，蠲稅，築錢塘滑州堤，闢太行路之績。而敘其才受帝知，知制誥不先試曰：「自國朝以來，不試而知制誥者，惟楊億及公二人而已。」實則永叔亦不試，謙不自舉；敘其兄堯叟、弟堯咨，皆舉進士第一，乃特筆也。其碑范仲淹，詳其家貧苦學而抱大志，爭明肅太后聽政及廢郭后，慶曆三年參知政事圖新政，守邊防夏之方略等事，所謂「著其繫天下國家之大者，亦公之志也。」而書微時常自誦曰：「士當先天下之憂而憂，後天下之樂而樂也。」「初西人籍其鄉兵者十數萬，既而黥以為軍，惟公所部，但刺其手，公去兵罷，獨得復為民。」亦特筆也。此碑作於永叔喪母時。〈與孫元規書〉云：「哀苦中無心緒作文字，然范公之德之才，豈易稱述？至於辨讒謗，判忠邪，上不損朝廷事體，下不避怨仇側目，如此下筆，抑又艱哉。」然文成之後，舉重若輕，於諸相臣碑文中，特為賅括嚴整。茅坤評：「歐公碑文正公，僅於四百言，而公之生平已盡。……得史遷之髓，故敘事處裁節有法，字不繁而體已完。」何焯評：「敘范、呂本末，特微而顯，公文之至者。」浦起龍評：「躊躇審局，毫髮無憾。」沈德潛評：「（范）公有志於平治天下，而屢起屢仆，以小人嫉妒之者眾，非天子知之深，幾不能保全始終矣。銘詞中蓋露其旨，無限婉惜，無限徘徊，令讀者於言外得之。」文中「自公坐呂公貶」至「故卒置群議而用之」數句，涉及呂夷簡晚年之待范，范子純仁刻石時刪去，永叔〈與杜訢書〉云：「范公家神刻，為其子擅自增損，不免更作文字發明，欲後世以家集為信。」朱熹〈致周益公書〉，論其原故頗詳；近人尚秉和云：「堯夫所刪碑文，皆歐公所最注意處。以事論，則持議公平，允為信史。以文論，則通篇氣脈非此不足以貫輸振動，而取宏遠之勢，此皆《史》《漢》中扼要文字，且於范公名德，固無礙也。而皆為堯夫鑱去，學者試讀原碑，由堯夫所刪，則文之生者死矣，曲者直矣，深厚者而淺薄矣。此誣為文耳，宜歐公恨恨不已也。」其碑與誌程琳也，則詳其抑契丹使者之遠慮，莅事應敵之鎮靜，折朋黨論及宦者皇甫繼明、拒禁中漫取財物之剛強，所謂「為人剛決明敏」，議論「奮勵無所迴避」是也。其碑王旦，則詳其「為人嚴重，能任大事，遠避權勢，不可干以私」；用人「不以名譽，必求其實」，「其所薦引，人未嘗知」，故曾為寇準所誤解；諫勿輕信祥瑞，勿以宦官為節度使；及受謗不辨而勇於為人白誣等事。浦起龍評：「詔撰元臣碑版，莊而不誇，贍而有制，所謂辭尚體要者如此。」「唐宋大家碑誌之文，宜以廬陵為正式。」沈德潛評：「每段中各有綱目，通體中有大綱目，此大將將兵、大匠造宮法也。端莊肅穆，亦得〈江漢〉、〈烝民〉氣象。」「文正生平，惟不諫天書為白璧之玷，然疾革時已顯言已失矣，在宋朝自應為大人物。」「錄歐文者，只及朋友誌文；碑版大文，俱見遺也。有此及晏元獻、范文正等篇，使學者知所楷式。」其碑晏殊，則詳其早慧，汲引群賢，劾張耆等事。其碑王德用，則詳其善撫士馭軍；而「狀貌雄偉動人，雖里兒巷婦，外至夷狄，皆知其名氏。」亦特筆。其志杜衍，則詳其治事精細而施於民則「簡而易行」，慶曆新政中力庇范仲淹、韓琦諸公，為相峻拒權幸之求恩澤等事；而「家故饒財，諸父分產，公以所得，悉與昆弟之貧者。俸祿所入，分給宗族，賙人急難。至其歸老，無屋以居，寓於南京寓舍者久之。」亦特筆。〈與杜訢書〉言為此志「止記大節，期於久遠。」「然所紀事，皆錄實有稽據，皆大節與人之所難者。其他常人所能者，在他人更無巨美，不可不書，於公為可略，皆不暇書。」其鄭重可知。其誌王堯臣，則詳其理財之識本末，防邊之辨情實，及諫仁宗廢郭后等事。其誌吳育，則詳其居外敢抑宗室、宦官與豪猾；在朝敢與賈昌朝爭論而不屈。其狀蔡齊，則詳其不附丁謂，拒為明肅太后作修景德寺記，諫尊楊太妃為太后及廢郭后，蠲租議鑾等事；而「公為人，神色明秀，鬚眉如畫，精學博聞，寬大沉默，一言之出，終身可復。」亦特筆。

為其他達官名臣作者，如〈尚書戶部郎中曾公（致堯）神道碑銘〉，詳其抑強暴，恤佃民；而敘其知壽州去任之時曰：「既去，壽人遮留數日，以一騎從二卒逃去；過他州，壽人猶有追之者。」敘其臨終，戒家人「無以佛污我。」敘其諫諍曰：「至其難言，則人有所不敢言者。予於其議論，既不能盡載，而亦有所不得載者。」皆特筆。〈度支郎中王公（質）神道碑銘〉，則詳其決獄之明及不進羨餘，所謂「其政知寬猛，必使吏畏而民愛」者；「公於榮利既薄，臨禍福不為喜懼，其視世事若無一可以動其心者。」亦特筆。〈贈刑部尚書余襄公（靖）神道碑銘〉則詳其「感激奮勵，遇事輒言」，以及「經制五管，前後十年，凡治六州，所至有惠政。雖在兵間，手不釋卷。」〈戶部侍郎簡肅薛公（奎）墓誌銘〉，則詳其治開封、秦州之政績；而「素剛毅，守節不苟合，既與政，尤挺立無所牽隨，然遂欲繩天下，無細大一入於規矩。往往不可其意，則歸卧於家，嘆息憂懼，輒不食。家人笑其何必若此，公曰：吾慚不及古人，而懼後世譏我也。」亦特筆。〈兵部員外郎謝公（絳）墓誌銘〉，則詳其敢言事，善制誥，辟方術，懲妖人等。〈翰林學士楊公（偕）墓誌銘〉，則詳其與夏竦爭論經略陝西，諫勿多拜外戚官職以強其族。〈兵部員外郎杜公（杞）墓誌銘〉，則詳其治宜州、慶州之有威愛。〈翰林侍講學士王公（洙）墓誌銘〉，則詳其博學強記，「能因其所學，為上開陳」。〈工部郎中許公（元）墓誌銘〉，則詳其善理財而非聚斂。〈刑部郎中孫公（甫）墓誌銘〉，則詳其「言宮禁事，他人猶須委曲開諷」，彼則敢直諫；與范仲淹論事「不少下，然退而未嘗不稱其賢」。〈端明殿學士蔡公（襄）墓誌銘〉，則詳其治外為能吏；為諫臣則「遇事感激，無所迴避」，以及善書畫文章。〈集賢學士劉公（敞）墓誌銘〉，則詳其博學，進言於朝廷多補益，及治三州皆有善政。〈太子賓客謝公（濤）墓誌銘〉，則詳其「常時溫和謙厚，真長者。及在官任事，見義喜為，過於勇夫，故所至必有能稱。」而薦舉州縣吏多，見疑宰相，願署連坐，「所舉後皆為能吏。奉使舉人連坐，自公始。」則特筆也。各篇所載事跡，皆可矜式後人，足以稱述，不同於泛泛虛美。至上文所稱「特筆」，乃其事看似不關重要，可以不述，而一經點綴，則其人之精神與特色倍顯，如為人畫頰上三毛，顧愷之有意增益者也。

其為學者、文人作者，則善敘其學與文，足為〈儒林〉、〈文苑〉列傳備史材；為親故或不得其志、不盡其用之士作者，則生卒盛衰之感，憐才傷世之意，低徊唱嘆，深於情致。〈胡先生（瑗）墓表〉、〈孫明復先生墓誌銘〉、〈徂徠石先生墓誌銘〉，善敘其人之學者也。〈胡表〉，沈德潛評：「文體樸茂」。「作文必尋一事作主。……此篇則以師道為主。蓋主意為幹，而枝葉從之，以能一線貫穿也。後人草誌傳，必期事事羅列，既表其言行，復揚其文章功業，本末巨細，一一兼賅，如散錢無索，宜識者貶為諛墓詞矣。」劉大櫆評：「敘安定之善於教學，而摹寫其弟子之盛且賢，淋漓生氣。末及東歸，而諸生執弟子禮，以為餘波。」〈孫誌〉，林紓評：「通篇一律到底，嚴淨無倫。」〈石誌〉，唐順之評：「此文極其變化。」方苞評：「筆陣酣恣，辭繁而不懈。」沈德潛評：「略位稱德，正是重先生處。此史氏書法也，亦有泰山巖巖氣象。」劉大櫆評：「反復推衍徂徠之獨立學古處，分明暢足，尤妙在起處十行，已盡其生平。」張裕釗評：「發端以遠得逸，而以雄直之氣行之，神氣蕭颯而兀岸，乃歐文所罕者。」吳汝綸評：「此歐文之極有氣勢者。」林紓評：「文開手敘徂徠之所以見稱，語語莊重，大類左氏之釋經，是公文之長處。其下須看其敘徂徠語，無句不有收束，主客為明。蓋誌既屬公，則以公言為主，而徂徠之言行轉似為客。此由駕馭靈活，故誌中之主人翁雖事跡繁夥，一經烹煉安頓，皆綽有餘地。俗手不知駕馭之法，專敘本人事跡，有同抄胥，此又豈成為大家耶！」〈梅聖俞墓誌銘〉、〈文安縣主簿蘇君（洵）墓誌銘〉，善敘其人之詩若文者也。明允文為唐宋八大家之一，聖俞詩轉移宋初風氣，誌中評之極高。林紓謂〈梅誌〉之評梅詩：「真知言哉！中又言『為懽而不怨懟』，僕搜索宛陵全集，果無怨懟之言，則公之知聖俞深矣。」又曰：「文精神全聚前半，入後則金石之例應爾。讀者當於前半篇涵泳，始知立言之得體親切處。」儲欣評〈蘇誌〉：「讀老泉〈上歐陽內翰書〉，知歐公之文，非先生不能品；讀此誌，又嘆先生之學，非歐公不能發。」〈張子野墓誌銘〉、〈黃夢升墓誌銘〉、〈河南府司錄張君（汝士）墓表〉，善敘交遊盛衰之感者也。〈張誌〉，茅坤評：「總寫交遊之情，而自任及樂善，宛然言外。」儲欣評：「悲激之言，千秋絕調。」浦起龍評：「全以平生朋友盛衰聚散提挈綱維，而一時名賢勝概，可指道其流風，廬陵獨絕也。」沈德潛評：「敘交遊聚散死生，有山陽聞笛之感，而子野可銘處自見。」劉大櫆評：「以交遊之聚散生死，感慨成文，淋漓鬱勃。」林紓評：「歐公一生本領，無論何等文字，皆寓撫今追昔之感。……當時河南故交，不及五十歲而死者多，公尤不能無慨。而子野亦只四十有八，若但敘其短年薄宦，亦足以動人；不如將己納入其中，引上堯夫諸人，寫得極熱鬧，結束得極荒涼，使人讀之慨然，此文字之容易動人也。文之長處，尤在寫盛時不審其衰，衰後始追其盛，此亦平常之結構，妙在寫居洛盛時，以為適然；及去洛貶時，即借洛人口中之慨嘆，用為弔挽之助，不惟文氣厚，而照顧之筆亦嚴細可取。至大結束處，則合希深、堯夫而並慨之，似有千波萬瀾，使人惝恍，此公文之本色也。凡銘誌中事實不多，不能不駕空；駕空時須就當時全局發議，出以撫今追昔之語，讀者方不能率然捨去。此法宜知。」〈黃誌〉，儲欣評：「公於故人黃夢升、張堯夫、子野表誌三篇大致彷彿，皆哀其賢而不遇，且早夭也，然夢升之辭尤悲。」沈德潛評：「以抱才之人而屈於下位，不遇知己，宜感慨激昂而不自已也。中寫醉酒起舞處，筆筆有神。」劉大櫆評：「歐公敘事之文，獨得史遷風神。此篇遒宕古逸，當為墓誌第一。」吳汝綸評：「此文音節之美，句句可歌。」〈張表〉，儲欣評：「感慨無窮。」方苞評：「空朗澄澈，無一滯筆。」林雲銘評：「讀來如雲氣空濛，絕無縫綴之跡。」浦起龍評：「文景在念昔，篇旨卻在有後。景繁而旨簡，繁者其波瀾，簡者乃其歸落也。何以故？表改葬也。」沈德潛評：「都向改葬著意，而敘堯夫生平，語復簡略，以有師魯之志可按也。中寫文僖賓佐僚吏宴遊文酒之盛，末段以二十五年情事收攝通篇。不啻讀士衡〈嘆逝賦〉，感慨淋漓，極文章之能事。」劉大櫆評：「歷敘交游，而俯仰身世，感嘆淋漓，風神遒逸，當與黃夢升、張子野，並為誌墓之絕唱。」林紓評：「歐文之多神韻，蓋得一追字訣。追者，追懷前事也。公於名山水中，寫生體物之筆固不如柳州之刻肖，然撫今追昔，俯仰沉吟，有令人涵泳不能自已者。」「自初至末，似為堯夫表墓，而中間涉及文僖與一時名士，較本事為多，此最難收束。看他說『惟為善者能有後』，敘其二子，即所以結堯夫。而『托於文字者可以無窮』，……把一切所敘者歸迸一語而括之，不惟韻佳，而且力傳。善讀歐文者，能於此處留意，自能生人無數悟境。」〈石曼卿墓表〉、〈集賢校理丁君（寶臣）墓表〉、〈尹師魯墓誌銘〉、〈湖州長史蘇君（舜欽）墓誌銘〉、〈給事中梅公（詢）墓誌銘〉，善為才志不獲盡展之士嘆其遭遇者也。〈石表〉，茅坤評：「以悲慨帶敘事。歐公得曼卿，如印在心，故描繪得會哭會笑。」儲欣評：「歐公說著曼卿，便勃勃有奇氣，讀墓表，真昂昂若千里之駒。」方苞評：「章法極變化，語亦不蔓。」浦起龍評：「『負奇難合』等句作骨，健筆足以配豪氣。」林紓評：「通篇發揮曼卿之能，不遺餘力，然開頭用四字『不合於時』，雖有無限之才，總歸烏有。處處咸寓惋惜之意，卻但敘述而不加議論，此善蓄文勢者也。至篇末始大加論斷，謂世能用不合於時之人，始是真能用才之人，然語氣仍縮入『其合愈難』，可見共大事之功，全是委諸夢想。筆筆著實在曼卿，卻筆筆脫化，不著紙上。於是歸轉曼卿身世，又著實替他惋惜。回顧不合於時，又不獲至中壽，似天心有意與曼卿為難者。不曾發憤肆詈，而言外節節代其不平。……文之細微處，在『趣舍大節，無一悖於理者』十字。似云世不知其才，而公獨知其行，故為之表墓，是為故人之賢表墓，非為狂生表墓也。」〈丁表〉，儲欣評：「洗雪最暢。」吳汝綸評：「荊公所為墓誌，代發不平之鳴，此則立言含蓄，尤為得體。蓋性氣不同，而年之老與壯亦異也。」〈尹誌〉，茅坤評：「歐公最得意友，亦歐公最著意文。」方苞評：「歐公志諸朋好，悲思激宕，風格最近太史公。」何焯評：「銘詞非公自言之，固未易測其用意之深至此也。」「謹嚴而淒婉。」沈德潛評：「敘忠義之節，或顯言，或隱言，際盛明世而未竟其用，真可惜也。文學、議論、材能，皆師魯所有，然只作陪襯，彌見節之可貴；若四項平列不分輕重，便是近人文字矣。」〈蘇誌〉，茅坤評：「悲咽」。沈德潛評：「子美一身，關係君子小人之進退，與朝局之盛衰，故於其被誣事，窮其根株言之。後諸君子復進用，而子美屈抑以死。作志銘者，宜悲憤不能自已也。著意處尤在中後兩段。」〈梅誌〉，茅坤評：「直敘逼太史公。」張裕釗評：「此文尤近史公，聲響節奏，無一不合。」〈都官員外郎歐陽公（曄）墓誌銘〉、〈胥氏夫人墓誌銘〉、〈楊氏夫人墓誌銘〉、〈瀧岡阡表〉，為叔父、二早逝夫人及其父作，善敘親情者也。二夫人誌，作於母制期內，依禮不能執筆，故屬之門人；然文收入集中，又得公風神，必出其手定，故可視為公作也。〈瀧岡阡表〉，與退之〈祭十二郎文〉，抒寫親情之哀與摯，千載無三，公集中碑誌第一大文也。儲欣評：「千百年墓表中有數文章，豈惟《居士集》之冠？」《唐宋文醇》載乾隆評：「朱子謂韓愈〈祭十二郎文〉後數百年，而本朝復有歐陽文忠〈瀧岡阡表〉，其為朱子所心折如此。然以兩文較之：其情致悱惻，能達所不能達之隱，所謂『喜往復，善自道』者，則果相伯仲；若夫垂萬世，使酷吏讀之，亦不覺泫然流涕者，歐文固專其美，而韓遜不如矣。」林雲銘評：「是作開口便擒『有待』二字，隨接以太夫人教言。其有待處，即決於乃翁素行。因以死後之貧驗其廉，以思親之久驗其孝，以治獄之嘆驗其仁。或反跌，或正敘，瑣瑣曲盡，無不極其斡旋。中敘太夫人，將治家儉薄一節重發，而諸美自見。末敘歷官贈封，以讚嘆結之，句句歸美先德；且以自己功名，皆本父母之垂裕，深得立言之體。此廬陵晚年用意合作也。」浦起龍評：「半山論禮，有知天知人之說，惟文亦然。天主性，人主學；天至則真，人至則純。必此文才可許為天人並至。」沈德潛評：「不特不鋪陳己之顯揚，並不實際崇公行事，只從太夫人口中傳述一二；而崇公之為孝子仁人，足以庇賴其子孫者，千載如見。此至文也，若出近代鉅公，必揚其先人為周孔矣。」林紓評：「此至文也。……蓋不能以文字目之，當以一團血性說話目之；而說話中，又在在有文法。文為表其父阡，實即表其母節，此不待言而知；那知通篇主意，注重即在一『待』字，佐以無數『知』字。公雖不見其父，而自賢母口中述之，則崇公之仁心惠政，栩栩如生。此孝子性情中發生之文花，俗手萬不能至者也。……至崇公口中平反死獄，語凡數折。……凡造句得知逆折之筆，自然刺目。至乳者抱兒數言，則繪形繪聲，自是歐公長技。……凡大家之文，自性情中流出者，不用文法剪裁，而自然成為文法。以手腕隨性情而行，所以獨立千古，如此篇是也。」

## 傳

集中傳文二篇：一〈六一居士傳〉，自敘歸休之志，閑適可喜；一〈桑懌傳〉，欲效太史公之傳游俠，顧歸於翔實，後世若〈大鐵錐傳〉一類文，則近之也。

## 記

永叔記文多務實而不失情致。〈泗州先春亭記〉、〈吉州學記〉、〈偃虹堤記〉，皆詳載興工之過程，所費人力資材之數目，可謂至實矣。然〈先春亭記〉謂「作大役而民不知」，是善為政；〈吉州學記〉謂善教者須「其勉於人者勤，其入於人者漸，然後有效」；〈偃虹堤記〉謂「夫事不患於不成，而患於易壞，蓋作者未始不欲其久存，而繼者常至於殆廢」，以議論貫串盤轉於其中，遂無質直之感。〈夷陵縣至喜堂記〉寫夷陵之風土民情，〈峽州至喜亭記〉寫岷江水流之險急，〈叢翠亭記〉寫登亭以望嵩山諸峰之景色，可謂善於寫實者也。〈畫舫齋記〉慨風濤商宦之險艱，〈湘潭縣修藥師院佛殿記〉敘李遷之論用力厚薄與食報豐約之貴當，〈王彥章畫像記〉讚彥章之忠勇及其用兵之能奇速與果而取勝，〈淅川縣興化寺廊記〉敘僧延遇之心境，〈李秀才東園亭記〉自敘童年遊園及十九年後重遊之感，可謂善以議論與抒情為記事生發者也。〈非非堂記〉、〈遊大字院記〉、〈伐樹記〉、〈戕竹記〉、〈養魚記〉，則短篇信筆之作；亦皆記敘有致，寓意匪微，為後人小品所宗者也。其工於鋪敘，以藻采音節之美傳誦不衰者，有〈醉翁亭記〉、〈真州東園記〉、〈有美堂記〉、〈相州晝錦堂記〉等篇。羅大經《鶴林玉露》云：「韓柳猶用奇字重字，歐陽惟用平常輕虛字，而妙麗古雅自不可及。」此諸記者，不但無奇重字，亦無奇重句；麗而雅，和易而往復曲折富情致。永叔子發撰其父〈事跡〉云：「〈醉翁亭記〉、〈真州東園記〉，創意立法，前世所未有。」〈醉翁亭記〉之奇創，在通篇皆用以「者」應「也」之句，共二十一處；〈東園記〉之奇創，在寫景一一以今昔對舉。前者善寫今日之事之景以寓意。「與民同樂」，太守之志；遭貶謫，志不得行，乃陶醉於山水，極寫其樂以忘其悲。後者善就今昔之變想像以生情；眼前之美，皆連乎昔日及未來之荒涼，極寫其樂以興其悲。永叔之記山水與園亭也，茅坤評曰：「風韻翛然。」劉大櫆評曰：「柳州記山水從實處寫景，歐公記園亭從虛處生情；柳州山水以幽冷奇峭勝，歐公園亭以敷娛都雅勝。」讀此二篇，庶幾概見。〈醉翁亭記〉，茅坤評：「文中之畫」。儲欣評：「其中有畫工所不能到處。」〈真州東園記〉，茅坤評：「有畫意。」林雲銘評：「前後照應埋伏，無不渾成高絕。」〈有美堂記〉，茅坤評：「胸次清曠，洗絕古今。」姚範評：「文雖宋世格調，然勢隨意變，風韻溢於行布，誦之鏘然。」沈德潛評：「不侈賜書之榮，不讚梅公之品；獨從都會之繁華，湖山之明麗著意。見他處不能兼者，而此獨兼之。逐層脫卻，累如置丸，筆下亦復煙雲繚繞。」林紓評：「梅摯既守錢塘，移宦金陵，而金陵舊為李氏，錢塘舊為錢氏，兩處皆江南之勝，而梅適守此兩處，歐公遂指金陵為錢塘之襯。……既將錢、李較量，復將錢塘與羅浮、天臺諸勝較量，文之精華朗潤，火色俱無。」〈晝錦堂記〉，韓稚圭蓋反項羽之意，不以仕於故鄉為榮，而以「進道確無倦」，「忠義聳大節」，「雖有前鼎鑊，死耳誓不變」為榮；故文中寫其志事，涉富貴而不落習俗。立意正大，時人稱為「天下文章，莫大於是」。茅坤評：「以史遷之煙波，行宋文之格調。」儲欣評：「氣調圓美。」張伯行評：「以窮厄、得志者相形，見超然出於富貴之上。用晝錦二字頗近俗，故為之出脫如是，文旨淺而詞調敷腴，最為人所愛好。」然最能以淡宕見風神者，莫如〈豐樂亭記〉，其次為〈峴山亭記〉。〈豐樂亭記〉，自「修嘗考其山川」至「而遺老盡矣」一段，其跌宕取神之妙，細味其音節便可得之。林雲銘評：「文之流動婉秀，雲委波屬，歐公得意之筆也。」陳衍評：「永叔以序跋雜記為最長，雜記尤以〈豐樂亭記〉為最完美。起一小段已簡括全亭風景，乃橫插『滁於五代干戈之際』，得勢有力。然後由亂說到治，與由治回想到亂，一波三折，將實事於虛空中摩盪盤旋，此歐公平生擅長之技，所謂風神也。『今滁介於江淮』一小段，與『修之來此』一段，歸結到太平可樂，與名亭之故，收煞皆用反繳筆為佳。」姚永概評：「宋代兵革不修，釀成積弱之禍，公蓋預見及此，特言之以諷當世，足見經世之略。而文情抑揚吞吐，絕不輕露，所以為高。」〈峴山亭記〉，起結數語，音節詞意，亦極跌宕縹緲。茅坤評：「風流感慨。」儲欣評：「發端九個字，已若圖畫。」林雲銘評：「看他拏個『名』字雙提，拏個『思』字單表，全在埋伏照應上閑閑布置，忽雙忽單，了無痕跡；末兩掃舊套作結。真化工大手筆。」沈德潛評：「跌宕多姿。」劉大櫆評：「歐公長於感嘆，況在古之名賢與遙集之思，宜其文之風流絕世也。」姚鼐評：「神韻縹緲，如所謂吸風飲露、蟬蛻塵寰者，絕世之文也。」林紓評：「文之超塵絕俗，如仙子步虛，翻空而愈奇，真神來之筆。」

## 序

永叔序文及贈序，可分二類。其一，以議論敘事為經緯，翔實謹密，而行文善為層遞回斡，又善取譬，間亦出以詠嘆；故雖議經論學、主於窮理考證之作，情致亦存焉。《詩譜》〈補亡後序〉、《集古目錄》〈序〉、《韻總》〈序〉、〈送楊置序〉、〈送曾鞏秀才序〉、〈送張唐民歸青州序〉、〈送王陶序〉、《孫子》〈後序〉、〈送秘書丞宋君歸太學序〉、〈廖氏文集序〉、〈仲氏文集序〉、〈送楊子聰戶曹序〉、〈送梅聖俞歸河陽序〉、〈送陳子履赴絳州翼城序〉、〈送孫屯田序〉、〈張令注《易》序〉、〈刪正《黃庭經》序〉、〈送王聖紀赴扶風主簿序〉、〈《傳易圖》序〉等篇是也。〈送張唐民歸青州序〉云：「則凡所謂賢者，其可貴於三代之士遠矣，故善人尤少。幸而有，則往往飢寒困踣之不暇；其幸者，或艱而後通。夫賢者豈必困且艱歟？蓋高世則難全，違俗則多窮，亦其勢然也。」〈送王聖紀赴扶風主簿序〉云：「以易知之近，言易見之事，告易惻之仁，然吏一壅之，幾不得達；況四海之大幾萬里，而遠事之難知，不若霖潦赤日之易見者。何數使上有惻之之心，不得達於下；下有思告之苦，不得通於上者，吏居其間而數壅之爾。可勝嘆哉！」此善層遞之例也。《集古目錄》〈序〉謂集古之錄，亦聚而終散，結忽轉云：「象犀金玉之聚，其果能不散乎？予固未能以此而易彼也。」〈送張唐民歸青州序〉，謂張生困而歸，「若歸而卒其業，則天命之理，人事之勢，窮達禍福，可以不動於其心。」結忽轉云：「若生者，豈必窮也哉？安知其不艱而後通哉？」《孫子》〈後序〉敘歷代及梅聖俞之注《孫子》，及聖俞之人為「眇然儒者」，結忽轉云：「後世之視其書者，與太史公疑張子房為壯夫何異。」此善回斡之例也。《詩譜》〈補亡後序〉云：「夫不盡見其書，而欲析其是非，猶不盡人之辭，而欲斷其訟之曲直。」《韻總》〈序〉云：「倕工於為弓而不能射，羿與逢蒙，天下之善射者也；奚仲工於為車而不能御，王良、造父，天下之善御者也。此荀卿子所謂藝之至者不兩能，信哉！」〈送楊置序〉狀琴聲云：「急者淒然以促，緩者舒然以和，如崩崖裂石，高山出泉，而風雨夜至也；如怨夫寡婦之嘆息，雌雄雍雍之相鳴也。其憂深思遠，則舜與文王、孔子之遺音也；悲愁感憤，則伯奇孤子、屈原忠臣之所嘆也。」此善取譬又善唱嘆之例也。〈送陳子履赴絳州翼城序〉結謂「然君子之於臨政也，欲果其行，必審其思；審而後果，則不可易而無悔。而學者，亦在一明其所趨，而後博其聞，其致思必精，其發辭必易，待其足於中而見於外。」又接云：「予友河南富彥國，常與予語於此。今彥國在絳，而子履往焉，又從而辨之，後之見子履者，豈特若前之見者乎？將有駭然者矣！」此善說理又善唱嘆之例也。至其精理名論之可取者，又如《集古目錄》〈序〉云：「物常聚於所好，而常得之於有力之強。有力而不好，好之而無力，雖近且易，有不能致之。……夫力莫如好，好莫如一。」〈送曾鞏秀才序〉謂主試者取士之失，號為「良有司」，亦「不過僅同眾人，嘆嗟愛惜，若取捨非己事者，諉曰有司有法，奈不中何？」〈廖氏文集序〉謂「河圖、洛書，怪妄之尤甚者。」〈仲氏文集序〉云：「嗚呼！語稱君子知命。所謂命，其果可知乎？貴賤窮亨，用舍進退，得失成敗，其有幸有不幸，有當然而不然，而不知其所以然者，則皆推之於天，曰有命。」〈送孫屯田序〉論御史之官云：「按章舉劾，發奸治獄，以清風軌，則朝廷之得失，御史繫焉。然過者為之，至有伺求以為察，剛訐以為直，驚愚激俗以速名譽，至於紀綱大政，則庶乎其無聞也。」〈張令注《易》序〉云：「《易》之為書，無所不備，故為其說者，亦無所不之。蓋滯者執於象數以為用，通者流於變化而無窮；語精微者務極於幽深，喜誇誕者不勝其廣大。苟非其正，則失而皆入於賊。」〈刪正《黃庭經》序〉，借無仙子之言，以闢服食求長生者之妄云：「道者，自然之道也。生而必死，亦自然之理也。以自然之道，養自然之生，不自戕賊夭閼，而盡其天年，此自古聖智之所同也。……故上智任之自然，其次養內以卻疾，最下妄意而貪生。」〈〈傳易圖〉序〉，嘆美孟子「盡信書不如無書」之說。〈送楊置序〉，茅坤評：「此文當肩視昌黎而直上之。」《唐宋文醇》載乾隆評：「真有琴聲發於紙上。」儲欣評：「千秋絕調。」

其二，敘自身或新故之遭際得喪，及彼此相與之離合變遷，撫今追昔，不勝其感慨，以情為經，而事與理繫焉，間亦及於景物之描寫；而行文之遞進、回斡與唱嘆，又有甚於前一類，情之摩盪於虛空而不盡者，蓋不為事理之翔實所限焉。此類篇章，感人較深，故傳誦亦廣。〈釋秘演詩集序〉、〈釋惟儼文集序〉、〈蘇氏文集序〉、〈梅聖俞詩集序〉、〈江鄰幾文集序〉、〈送田畫秀才寧親萬州序〉、〈送徐無黨南歸序〉其尤者也；《歸田錄》〈序〉、〈禮部唱和詩序〉、〈續思潁詩序〉、〈七賢畫序〉、〈送陳經秀才序〉、〈送梅聖俞歸河陽序〉，抑其次也。〈釋秘演詩集序〉，茅坤評：「多慷慨嗚咽之音，命意最曠而逸，得司馬子長之神髓矣。」林雲銘評：「篇中敘事感慨，無限悲壯，其行文又如雲氣往來，空濛繚繞，得史遷神髓矣。」浦起龍評：「曼卿為公友，秘演為曼卿友，故全以賓主搭間架。曼卿死，秘演老而別故人，以盛衰變易作激楚聲。」沈德潛評：「從己引出曼卿，從曼卿引出秘演，……盛衰死生之感，不勝嗚咽。」張裕釗評：「直起直落，直轉直接，具無窮變化，純是潛氣內轉，可與子長諸表序參看。」林紓評：「公既以奇男子加秘演，復稱其壯，見其盛，憫其志，均不以浮屠之禮待之；但指其為奇男子隱於浮屠耳。今為秘演作序，正所以賞其奇。……文頓挫伸縮，無不自如。入手極工細，寫秘演狀態極昂藏；到收局時，於衰颯中仍見昂藏。始終脫不去一個『奇』字，真有數之至文也。」〈釋惟儼文集序〉，沈德潛評：「同是借曼卿作引，而序秘演文以死生聚散著筆；序惟儼文以其有用世之志著筆。格局變化，略不相似。」劉大櫆評：「兩釋集序，俱以曼卿相經緯。此篇雖不及秘演之煙波，而忽起忽落，自有奇氣。」林紓評：「處處不釋曼卿，見得公重曼卿之故，並重其友，不是有心與方外往來。故敘秘演，則言其氣節；敘惟儼，則言其通儒術。……故有『惜其將老』一語，即惜其不能還俗以用世也，而語氣又極渾涵。結束數語，仍惜不見用於世，稱其能而傷其志。此『志』字，即包以上之議論。……文氣之舒徐閑靜，讀之醰醰有味。」〈蘇氏文集序〉，浦起龍評：「此序以廢斥之感融入文章，一段論文，一段傷廢，整整相間，恰好於贊服之下，承以痛惜，不經營而布置精能。」「中間述文章政理，盛衰參會，宜公自當之。」沈德潛評：「序中極言有文無命，徘徊惋惜，令後人讀之，猶覺悲風四起。」劉大櫆評：「沉著痛快，足為子美舒其憤懣。」高步瀛評：「嗚咽之音，千古如見。」〈梅聖俞詩集序〉，自「予聞世謂詩人少達而多窮」，至「然則非詩之能窮人，殆窮者而後工也。」極唱嘆之事矣；謂聖俞「自為童子，出語已驚其長老。既長，學乎《六經》仁義之說，其為文章，簡古純粹。不求苟悅於世，世之人徒知其詩而已。然時無賢愚，語詩者必求之聖俞；聖俞亦自以其不得志者，樂於詩而發之，故其平生所作，於詩尤多。世既知之矣，而未有薦於上者；昔王文康公嘗見而嘆曰：『二百年無此作矣！』雖知之深，亦不果薦也。若使其幸得用於朝廷，作為雅頌，以歌詠大宋之功德；薦之清廟，而追商、周、魯頌之作者，豈不偉歟！奈何使其老不得志，而為窮者之詩，乃徒發於蟲魚物類、羈愁感嘆之言。世徒喜其工，不知其窮而將老也，可不惜哉！」亦極層遞轉折之事矣。茅坤評：「絕佳。」儲欣評：「韓子云：愁苦之音易好。文不出此語，衍成一篇絕世文字。」沈德潛評：「往復容與，一片神行。」〈江鄰幾文集序〉，茅坤評：「江鄰幾文今不傳，當非其文之至者，而歐公序之，祇道其故舊凋落之意，隱然可見。」沈德潛評：「為亡友誌墓，為亡友序遺文，本人生極感傷事，故言言悲切。」劉大櫆評：「情韻之美，歐公獨擅千古，而此篇尤勝。」高步瀛評：「以聖俞、子美為鄰幾影子，感喟蒼涼，使人為之情移。」〈送田畫秀才寧親萬州序〉，茅坤評：「風韻跌宕。」沈德潛評：「從宋平蜀說入，似閑閑敘事，後忽借作收拾於寧親，意在隱躍間，布置高絕。」劉大櫆評：「歐公序文，惟此篇有蒼古雄邁之氣，不易得也。」吳闓生評：「專以風韻取姿態。」〈送徐無黨南歸序〉，沈德潛評：「先以三不朽並提，後說言事為輕，修身為重；後更說言為輕，直向文章家下一針砭。文情感喟歔欷，最足動人。」方展卿評：「反復感嘆，抑揚頓挫。」吳汝綸評：「波瀾出之自然，不見照應之跡，故佳。」尚秉和評：「須知此文句句言文之不可恃，實則句句嘆文之難工，而慮傳世之不易，所謂愛之深則言之切，乃歐文之最詼詭者。細細涵詠，自得其味。」〈送陳經秀才序〉，則借洛陽之遊覽及景物，以寫送別之情，詳賓略主，作法又異。

不在永叔集中，而為所作《五代史》之傳序如〈伶官傳序〉、〈一行傳序〉者，以其曲折尤甚，感慨尤深，理與情之俱至也，選家尤多錄之。〈伶官傳序〉，林雲銘評：「篇中以盛衰二字作線，步步發出感慨，而歸本於人事。」「其行文悲壯淋漓，可與子長、孟堅頡頏，《五代史》中有數文字也。」沈德潛評：「抑揚頓挫，得《史記》神髓，《五代史》中第一篇文字。」劉大櫆評：「跌宕遒逸，風神絕似史遷。」其起，汪份評：「盛衰二字是眼目，人事是主意。」高步瀛評：「橫空而來，神氣甚遠。」敘唐莊宗之盛，張裕釗評：「敘事華嚴處，得自《史記》，子固、介甫所稀。」李剛己評：「筆勢騫舉。」敘其衰，李評：「橫空而來，如風水相搏，洪濤巨浪忽起忽落，極天下之壯觀，而聲情之沉郁，氣勢之淋漓，與史公極為相近也。」後幅議論，李評：「歸重人事，是通篇主意所在，妙在用筆紆徐宕漾，不參死語，故文外有含蓄不盡之意。」「夫禍患常積於忽微」兩句，李評：「千古名言。」結句，李評：「推開作結，有煙波不盡之勢，所謂『篇終接混茫』者也。」汪份評：「推廣言之，更見包舉，要之不重在推廣，只是不肯用正筆、順筆作收耳。」〈一行傳序〉，茅坤評：「此一段議論，《史》、《漢》所未到者。」浦起龍評：「當文殘俗壞之餘，求為世道人心表率，俯仰情深，可以得作史之用心焉。」沈德潛評：「世教敗壞之後，不能苛求完人，有一節可以維繫人心、砥礪末俗者，必表而出之，此史氏之苦心也。低徊俯仰，頗近孟堅。」劉大櫆評：「慨嘆淋漓，風神瀟灑。」前幅，高步瀛評：「總敘立傳之旨，而一字百轉，淋漓感慨，悲涼嗚咽，最為歐公長技。」後幅，林紓評：「『僅得』者，非空前絕後之『僅』也；亦在『天地閉、賢人隱』之時，得此五人，亦慰情勝無之意。不能將『僅』字看得太重。通篇下字，皆有斟酌。」

## 祭文

永叔哀祭之文不多，其最動人者為〈祭石曼卿文〉。曼卿生平，已見於所作〈墓表〉，中謂「曼卿少以意氣自豪，讀書不治章句，獨慕古人奇節偉行非常之功，……其視世事，蔑若不足為，及聽其設施之方，雖精思深慮，不能過也。狀貌偉然，若不可繩以法度，退而質其平生趣舍大節，無一悖於理者。」已表裡盡抉其微矣，故文不復及，僅概言曰「生而為英」。其致祭也，又未親至其地，摹寫墓地之荒涼，出諸想像，知其當然而已。然則此文也，既未詳述死者之特點，又未實寫墓地之情況，何以感人特深耶？一曰其用情至深而聲調至美；二曰其述人之生死與墓葬之變化，可哀之狀又甚具形象性與甚具普遍性。人之共鳴，亦文中所謂知其「莫不皆然」者歟？茅坤評：「淒清逸調。」林雲銘評：「文情濃至，音節悲哀，不忍卒讀。」浦起龍評：「文雖極悲涼，卻能向已墟氣象，點出不朽精神。」張伯行評：「似騷似賦，亦愴亦達。」其它佳作，皆切入其人，經以議論，與此文作法不同。〈祭尹師魯文〉、〈祭杜祁公文〉，亦用長短句而叶韻，與此文同。師魯為人極方正廉潔，能文而又知兵，卒年僅四十六，身後極淒涼。文中極為其窮困攄不平，至述其臨死之從容曰：「方其奔顛斥逐，困屯艱難，舉世皆冤。而語言未嘗自及，以至窮死，而妻子不見其悲忻。用舍進退，屈伸語默，夫何能然？乃學之力。至其握手為訣，隱几待終，顏色不變，笑言從容。死生之間，既已能通於性命；憂患之至，宜其不累於心胸。」對照永叔為撰〈墓誌〉，知其「終身以貶死。一子三歲，四女未嫁，家無餘貲。」更為酸鼻，斯乃以曠達表哀而哀最甚者也。其風調與感人，最近前文。張伯行評：「抑揚跌宕，綽有情致。」高步瀛評起段「如風雨波濤之驟至」，汪份評此段妙在不「順敘」而「逆行」。祭祁公杜衍，則論其居高位而貧如陋士，至老歸休猶不忘憂國之為難，所謂「進不知富貴之樂，退不忘天下以為心」者。〈祭資政范公文〉、〈祭蘇子美文〉、〈祭梅聖俞文〉，皆四言韻語。妙在語語明暢，層層轉折，皆不為叶韻所限。祭范仲淹一文，寫事事正反相左，如云：「嗚呼公乎！學古居今，持方入圓。丘、軻之艱，其道則然。公曰彼惡，公為好訐；公曰彼善，公為樹朋。公所勇為，公則躁進；公有退讓，公為近名。讒人之言，其何可聽？先事而斥，眾議所排。有事而思，雖仇謂材。……舉世之善，誰非公徒？讒人既多，公志不舒。善不勝惡，豈其然乎？成難毀易，理又然歟？」以事理反常而生其憤激之情，發為逆折之文，彌覺奇峭。茅坤評：「公與范公同治同難，故痛特深。」

## 書啟

永叔書信，有散體，有四六體。其散體，氣較它文為盛，蓋徑直抒寫，拘忌較少；而說理之平實，行文之層遞曲達，又與它體同。〈與陳方之書〉評陳文云：「辯明而曲暢，峻潔而舒遲，變動往來，有馳有止，而皆中於節。」移以自評其書信文，亦甚當。其論為文者，如〈答吳充才秀書〉云：「大抵道勝者，文不難而自至也。」〈與樂秀才第一書〉云：「《易》之〈大畜〉曰：『剛健篤實，輝光日新。』謂夫畜於內者實，而後發為光輝者日益新而不竭也。故其文曰：『君子多識前言往行，以畜其德。』此之謂也。……今之學者或不然，不務深講而篤信之，徒巧其詞以為華，張其言以為大。……又其為辭，不規模於前人，則必屈曲變態，以隨時俗之所好，鮮克自立，此其充於中者不足，而莫知其所守也。」此惡文之虛中騖外與趨於怪異者。其論治經與治學者，如〈答李詡第二書〉，謂「性非學者之所急，而聖人之所罕言也。……性者與身俱生，而人之所皆有也。為君子者，修身治人而已，性之善惡不必究也。……不修其身，雖君子而為小人，《書》曰：『惟聖罔念作狂』是也；能修其身，雖小人而為君子，《書》曰：『惟狂克念作聖』是也。治道備，人斯為善矣，《書》曰：『黎民於變時雍』是也；治道失，人斯為惡矣，《書》曰：『殷頑民』，又曰：『舊染汙俗』是也。」〈答祖擇之書〉云：「某聞古之學者，必嚴其師。師嚴然後道尊，道尊然後篤敬，篤敬然後能自守。……學者當師經，師經必先求其意，意得則心定，心定則道純，道純則充於中者實，中充實則發為文者輝光，施於事者果毅。」〈答徐無黨第一書〉云：「凡今治經者，莫不患聖人之意不明，而為諸儒以自出之說汩之也。今於經外，又自為說，則是患沙渾水，而投土益之也。不若沙土盡棄，則水清而明矣。」其治經之法，重究經之本意而不囿後儒之訓釋，則有異乎漢儒，而自見宋儒門徑矣；其斥空言性而不知修身為本，則啟後來顧亭林〈與友人論學書〉之斥時人好「言心言性，舍多學而識，以求一貫之方；置四海之困窮不言，而終日講危微精一之說」矣。其論議政與為政者，如〈與張秀才第二書〉，戒「勿務高言而鮮事實」，而謂「孔子之後，惟孟軻最知道，然其言不過於教人樹桑麻，畜雞豚，以謂養生送死，為王道之本。……其事乃世人之甚易知而近者，蓋切於事實而已。……使賢者能之，愚者可勉，而至無過不及，而一本乎大中，故能亘萬世可行而不變也。」〈與田元均論財計書〉云：「建利害，更法制，甚易。若欲必其行而無沮改，則實難。裁冗長，塞僥幸，非難。然欲其能久而無怨謗，則不易。為大計，既遲久而莫待；收細碎，又無益而徒勞。」〈答徐無黨第二書〉，言身為諫臣云：「職在言責，值天下多事，常日夕汲汲為明天子求人間利病，無大小，皆躬自訪問於人。」此戒高言妄動而重實踐也；其歸本「大中」，尤與柳子厚後先合轍。

明道二年，永叔年二十七，為西京留守推官。是年，范仲淹自陳州通判內召為右司諫，為時不久，永叔有〈上范司諫書〉，即望其能勇於言事，無失天下之望，已而仲淹果以諫仁宗勿廢郭后，而重貶知睦州矣。其書之責望於范也甚至，而范亦果不負永叔所望。茅坤評：「勝韓公〈爭臣論〉。」乾隆評：「懍懍正氣，可薄日月。」沈德潛評：「文之往復曲折，步步相生，節節相引。」張伯行評：「公在諫院，諤諤敢言，不避忌怨。讀此書，可見其風節慷慨，非不審己而徒責人者。」及景祐三年，范仲淹權知開封府，上〈百官圖〉及〈帝王好尚〉、〈選賢任能〉、〈近名〉、〈推諉〉四論，忤宰相呂夷簡，貶知饒州。時高若訥為右司諫，迎合時相，誚詆范；永叔為館閣校勘，以范所為實正，不當貶，乃作〈與高司諫書〉，切責於高。書首言若訥舉進士，在同科中，「獨無卓卓可道說者」，「予固疑足下為何如人也」；次言若訥為御史里行，「俯仰默默」，「此不得使予之不疑也」；及為諫官，「侃侃正色」，「雖予亦疑足下真君子也」；乃轉而曰：「是予自聞足下之名及相識，凡十有四年，而三疑之。今者據其實跡而較之，然後知足下決非君子也。」實跡者何？以仲淹希文之貶，而若訥若第「懼飢寒而顧利祿」，不敢言，猶在可憫可恕之列；「今乃不然，反昂然自得，了無愧畏，便毀其賢以為當黜，庶乎飾己不言之過」；乃斷之曰：「夫力所不敢為，乃愚者之不逮；以智文其過，此君子之賊也。」又進而剖之，謂仲淹若不賢，方其驟用，高何以不諫？若果賢，今日之貶，又何以「隨而非之」？斷曰：「是則足下以希文為賢，亦不免責；以為不賢，亦不免責。」又引石顯、王鳳之陷蕭望之、王章事為難，以見若訥欲以巧詐欺人為不自量，又斷之曰：「是直可欺當時之人，而不可欺後世也。今足下又欲欺今人，而不懼後世之不可欺耶？況今之人未可欺也。」又進而謂當時朝廷「戒百官不得越職言事，是可言者惟諫臣爾。」因曰：「足下在其位而不言，便當去之，無妨他人之堪任者也。」仲淹貶，余靖安道、尹洙師魯為之進諫而遭貶斥，因曰：「昨日安道貶官，師魯待罪，足下猶能以面目見士大夫，出入朝中稱諫官，是足下不復知人間有羞恥事爾。所可惜者，聖朝有事，諫官不言，而使他人言之，書在史冊，他日為朝廷羞者，足下也。」復進而激之曰：「《春秋》之法，責賢者備。今某區區猶望足下之能一言者，不忍便絕足下而不以賢者責也。若猶以謂希文不賢而當逐，則予今日所言如此，乃是朋邪之人爾。願足下直攜此書於朝，使正予罪而誅之，使天下皆釋然知希文之當逐。」永叔之不畏禍如此，而若訥亦果「不復知人間有羞恥事」，上其書於朝而訟之，而永叔坐貶峽州夷陵令。此書辭嚴理正，甚於斧鉞；又極盡嘻笑怒罵、層層進逼之能事。不徒為永叔書信第一，即在其集中，亦可謂氣勢極盛之作；而作此書時，永叔年才三十，亦可謂難能矣。沈德潛評：「氣盛故言憤激，不暇含蓄。」張伯行評：「公此書探其隱而刺之，四面出擊，直令他無躲閃之路，蓋激於義憤，不自覺其言之過直也。至今讀之，猶使人增氣。」永叔貶夷陵，尹洙亦貶郢州，其作〈與尹師魯第一書〉，言赴夷陵之行程及到後之處境，殊曠達有情致。其述兩人遭貶之事云：「五六十年，天生此輩（按，指怯懦者），沈默畏慎，布在世間，相師成風，忽見吾輩作此事，下至灶間老婢，亦相驚怪，交口議之。不知此事，古人日日有也，但問所言當否而已。又有深相賞嘆者，此亦不慣見事人也。可嗟世人不見如往時事久矣。往時砧斧鼎鑊皆足烹斬人之物，然士有死不失義，則趨而赴之，與几案枕席之無異。有義君子在旁見有就死，知其當然，亦不甚嘆賞也。史冊之所以書之者，蓋特欲警後世愚懦者，使知事有當然而不得避爾，非以為奇事而詫人也。幸今世用刑至仁慈，無此物，使有一人而就之，不知作何等怪駭也。」則其亢厲之節，非激於一時之義憤，而素所蓄積者然也可知矣；而此文亦遂為永叔書信中敘議俱佳、耐人諷誦之作焉。乾隆評：「較韓愈〈爭臣論〉、柳宗元〈與蕭俛〉等書，不覺前賢畏後生矣。」

至於短篇簡札，多敘起居、存問慰，偶詳私事及隨感，亦惟為需要，不尚文藻。考生平、作年譜者宜細推究，論其文則可從略。惟皇祐五年〈與梅聖俞〉一札述學書不進；嘉祐二年又一札，述「取讀蘇軾書，不覺汗出，快哉快哉！老夫當避路，放他出一頭地也。可喜可喜！」則殊見風趣。四六之文，永叔入仕後已不自喜，偶以此體作書啟，亦隨俗應酬而已，文頗繁縟，〈上隨州錢相公啟〉、〈與晏相公書〉、〈亳州到任謝兩府書〉，則較高簡。

## 奏章

永叔奏議，遠多於韓、柳。其文為事而發，不如唐人之務修飾，重文采。然剴切周詳而明暢；其內容多有關朝政大端，於事實每反復推究，務求有效裨補；且復時時能稽考史實，與歸結為可資鑒戒之理論綱領。此則其獨到處，亦宋文之有異於唐文也。其〈通進司上書〉，分析西夏元昊侵宋之用兵，謂「彼能以上策而疲吾，吾不自知其已困；彼為久計以撓我，我無長策而制之」為不可。制之之術：一曰通漕運。謂水運宜浚汴渠以濟關西之糧；陸運宜求漢就南陽以通關中之故道。二曰盡地利。謂寬賦役，引有餘力之農以墾荒；行優貸，遣惰散之鄉兵以營田。三曰權商賈。謂勿奪商賈之利，使便於經營流通，收益實多於官營。茅坤評：「覽此書反復利害，洞悉事機，歐公少時，已具宰相之略如此，不可不知。」〈准詔言事上書〉，篇中首謂：朝廷「從來所患者夷狄，今夷狄叛矣；所惡者盜賊，今盜賊起矣；所憂者水旱，今水旱作矣；所賴者民力，今民力困矣；所須者財用，今財用乏矣。」而謂仁宗「用心雖勞，不知求致治之要」；「聽言雖多，不如力行之果斷」。次論時弊之大者有三：「一曰不慎號令，二曰不明賞罰，三曰不責功實。」末論救弊之大事有五：一曰兵。謂兵多而訓練不精，且多老弱虛數，徒耗民而不能拒敵。二曰將。謂選將之路太狹，不能於山林、行伍中選取奇傑之士。三曰財用。謂當去冗卒，減虛耗，以紓財困。四曰禦戎之策。謂須先擊元昊，以破契丹、西夏合兵之謀。五曰可任之臣。謂當明賞罰，別能否；不材之臣，為害不下於贓吏。茅坤評：「歐公經略，已具見其概矣。」唐順之評對仁宗之治：「蓋應病之藥也。」此二文作於任館閣校勘及集賢校理時，早歲未居要職，富於精力，又有閑暇，得從容經營，故綱領分明，事理兼至，在奏議中為最謹飭之作，亦有文采而便諷誦；其尤可貴者，蓋已顯示作者奏議一貫切實無策士氣之特色。及居諫垣以後，奏議甚多，不暇如此經營，出於需要，甚或覼覶各種數字與事件，近乎煩碎，然言益切實，筆益老蒼，不務文采而文采別具矣。其論內政，則最重慎選大臣，虛心納諫，嚴紀綱，去邪冗，恤民困，知民情，勿貪小利而傷民，勿不明利害而妄舉動，廣開用人之路，改善貢舉之法諸大端。如〈論包拯除三司使上書〉（以下仁宗時）云：「國家自數十年來，士君子務以恭謹靜慎為賢，及其弊也，循默苟且，頹惰寬弛，習成風俗，不以為非，至於百職不修，紀綱廢壞。」〈論臺諫官言事未蒙聽允書〉云：「自古人主，惟能改過而不敢自用，然後得為治君明主也。」而當時「綱紀日壞，政令日乖，國日益貧，民日益困，流民滿野，濫官滿朝，其亦何為而致此？由陛下用相不得其人也。近年宰相多以過失，因言者罷去。陛下不悟宰相非其人，反疑言事者好逐宰相。」〈論王舉正、范仲淹等劄子〉云：「中書乃是天下根本，萬事無不總治」，「柔懦不能曉事，緘默無所建明者」，必須罷之，更無論奸邪矣。〈論禦賊四事劄子〉云：「所謂古之智者，能慮未形之機。今之謀臣，不識已形之禍者也。」「大臣不肯峻國法以繩官吏，蓋由陛下不以威刑責大臣也。」〈論諫院宜知外事劄子〉，謂臺諫之官：「凡有論列，貴在事初。善則開端，惡則杜漸，言於未發，庶易回改。」茅坤評：「忠悃之識。」〈論乞令百官議事劄子〉，謂朝廷大事，須「下百官廷議，隨其所見異同，各令署狀，而陛下擇其長者而行之。」乾隆評：「國無賢才，則國空虛，濟濟多士，文王以寧。蒿目斯世，不能不讀此議而三嘆也。」〈論臺諫官唐介等宜早牽復劄子〉，謂諫官有「遇事必言，得罪不悔」，「進退一節，終始不變」者，尤難能可重；人主之聽言，在善辨公私忠邪，「凡言拙而直，逆耳違意，初聞若可惡者，此忠臣之言也。言婉而順，希旨合意，初聞若可喜者，邪臣之言也。」茅坤評：「歐公至言。」沈德潛評：「紆回婉切，論事者宜奉以為則。」張伯行評：「論聽言一段，詳盡明切，尤為千秋龜鑒。」〈論杜衍、范仲淹等罷政事狀〉云：「士不忘身不為忠，言不逆耳不為諫。」敢攖逆鱗之諫官固宜重，而忠貞之臣，則任之不可輕疑；「竊見自古小人讒害忠賢，其說不遠。欲廣陷良善，則不過指為朋黨；欲動搖大臣，則必須證以專權。其故何也？夫去一善人，而眾善人尚在，則未為小人之利，欲盡去之，則善人少過，難為一二求瑕，惟有指為朋黨，則可一時盡逐。至如大臣已被知遇而蒙信任，則難以他事動搖，惟有專權是上之所惡，故須此說方可傾之。」則可與〈為君難論〉、〈朋黨論〉相發明。方岳貢評：「力破朋黨、專權四字，舉其實事而明之，更為洞快。」儲欣評：「調護名賢，以致吾君，推此志也，雖與日月爭光可也。」沈德潛評：「言言動聽。」〈論任人之體不可疑劄子〉云：「凡任之道，要在不疑。寧可艱於擇人，不可輕任而不信。若無賢不肖，一例疑之，則人各心闌，誰肯辦事？」〈乞補館職劄子〉（以下英宗時）謂用人有「材能之士」，有「儒學之臣」。「善用人者，必使有材者竭其力，有識者竭其謀。故以材能之士，布列中外，分治百職，使各辦其事。以儒學之臣，置之左右，與之日夕謀議，講求其要而行之；而又於儒學之中，擇其尤善者，置之廊廟，而付與大政，使總治羣材眾職，進退而賞罰之。」張伯行評：「可謂深識治體之論。」〈又論館閣取士劄子〉云：「今兩府闕人，則必取於兩制；兩制闕人，則必取於館閣。然則館閣輔相養材之地也，材既難得而又難知，故當博采廣求而多畜之，時冀一得於其間，則傑然而出為名臣矣。」〈論臺官不當限資考劄子〉及〈再論劄子〉（以下又仁宗時），謂取諫官，宜「不限資例」，使舉者惟材廣舉，但「有不稱職，連坐舉主」，使不敢徇私妄舉，以防偽濫耳。〈論軍中選將劄子〉，謂當外敵入侵，求有「一二中材之將，叩頭效死，奮身請戰，誓雪君恥，少增國威」者而不可得，亟宜「盡棄循常之格」，自軍伍中考校、選拔將材。論「按察官吏」諸劄狀，謂宜嚴行按察，令下必行，黜汰老病昏謬「懦弱不材」、「貪殘害物」等官吏。論王倫叛變諸劄狀，謂宜嚴懲驕兵悍卒，以及畏賊、迎賊之罪臣。論更改貢舉諸劄，謂取士宜先試策，次試論，次試詩賦，試卷「鄙惡」者，可依次黜汰，既可先去不學無識者，又可減少閱卷昏勞不精之弊；且宜嚴防應試者挾帶。論湖南「蠻賊」作亂諸劄，謂宜「招降」，不可「盡殺」。出使河東河北、兼充羣牧司，論治河諸狀劄，則力主辦事須實地勘察，廣詢官民，詳較利害，然後定舉措，以免「謀於始也不精，則行於後也難久」，故主不廢麟州；論河決澶州商胡，不可復故道，不可開六塔河道，只可因水決所在，「增治堤防，疏其下流，浚以入海」。論「方田、均稅」諸劄，謂「均稅非以規利，本以便民」，而「俗吏貪功希賞，見小利忘大害」，務增攤派，反而「為國斂怨於民」；故雖是己先「建言」，亦不敢緘默遂非而請罷。至因水旱寇盜之災，請為民蠲減稅役，恤賑飢寒，以及許民多墾耕地者，所奏尤多。

其論外患，則力主對付西夏元昊、諒祚之侵擾，不宜急於求和，多增納銀帛茶；對契丹窺伺，則力主更宜注意防患。如〈論河北守備事宜劄子〉（以下仁宗時）云：「臣以謂天下之患，不在西戎，而在北虜」，「禦戎制勝，當在機先」，宜「精選材臣，付與邊郡，使其各圖禦備，密務修完」，而免「寇兵壓境，然後計無所出，空務張皇而已」。〈論契丹侵地界狀〉云：「臣又見朝廷常有懼虜之色，而無憂虜之心。夫憂之與懼，名近而意殊。憂者，深思極慮，而不敢暫忘；懼者，臨事惶惑而莫知所措。今邊防之事，措置多失其機者，懼虜之意過深也。若能察其強弱之形，得其情偽之實，則今日之事，誠不足懼；而將來之患，深有可憂。」〈論乞與元昊約不攻唃廝囉劄子〉，謂「值朝廷與西賊初議和好，臣當時首建不可通和之議」，「通和之事，為中國之患大，為二虜之利深」，「不和患輕，易為處置；和後患大，不可支梧」。〈論與西賊大斤茶劄子〉云：「昨與西賊議和之初，大臣急欲事就，不顧國家利害，惟恐許物不多。……然許物已多，不可追改。今天幸有此一事，尚可罷和。」〈論西賊占延州侵地劄子〉云：「今人無智愚，皆知和為不便，但患國家許物已多，難為中悔。若得別因他事，猶可絕和，何況此侵地是中國合爭之事，豈可不爭？……若緣此一事，得絕和議，社稷之福也。」〈言西邊事宜第一狀〉（英宗時），謂諒祚之叛，「未必不為中國利也」，「可因此時雪前恥，收後功」。蓋當元昊入侵時，「天下安於無事，武備廢而不修，廟堂無謀臣，邊鄙無勇將，將愚不識干戈，兵驕不識戰陣，器械朽腐，城郭隳頽」；而當諒祚時，「勇夫鋭將，亦因戰陣稍稍而出，數年之間，人謀漸得，武備漸修，似可支梧矣」。又謂往時邊防戰線甚長，不得不分兵而守，「而賊之出也，常舉其國眾，合聚為一而來。是吾兵雖多分而為寡，彼眾雖寡聚之為多。以彼之多，擊吾之寡。……夫兵分備寡，兵家之大害也，其害常在我；以逸待勞，兵家之大利也，其利常在彼，所以往年賊常得志也。今誠能反其事，而移我所害者予敵，奪敵所利者在我，則我當先為出攻之計，使彼疲於守御，則我亦得志矣。凡出攻之兵，勿為大舉，我每一出，彼必呼集而來拒。彼集於東，則別出其西；我歸彼散，則我復出，而彼又集。我以五路之兵，番休出入，使其一國之眾，聚散奔走，無時暫停，則無不困之虜矣。……蓋往年之失在守，方今之利在攻。」不徒洞悉大體，且深究用兵之道，亦公忠而難能矣。

其薦人、論人之狀劄，又備見其愛才與不阿之誠。愛才而薦者，如薦包拯、呂光著、王安石、胡瑗、蘇洵、梅堯臣、曾鞏、王回、蘇軾、劉攽、呂惠卿、司馬光等，皆極言其才可用。於王安石且兩薦；薦蘇軾應制舉，言尤鄭重，謂「如有謬舉，臣甘伏朝典」；呂惠卿後來為奸佞，則難料，薦其為館臣，似才可勝任。其不阿者，如甚尊韓琦、富弼，卻以韓琦薦鄭戩為非，以弼從李仲昌議主開六塔河道為非；友韓絳、尹洙，卻請斬絳兄韓綱，劉滬與尹洙爭修築水洛城事，卻是滬而非洙；奏呂夷簡為相有誤國大罪，卻屢薦其子光著德才可用。至向仁宗奏請須信任韓琦、富弼等；向英宗力辨不該惡疑蔡襄有廢立之議，皆不避「朋黨」之疑與觸人主之忌。永叔為晏殊所取進士，於殊屬門下。而當慶曆三年三月至四年九月晏殊同平章事兼樞密使時，奏事亦不避指陳二府不善之措置，此則如其奏贊臺官王陶時所云：「夫牽顧私恩，人之常情爾；斷恩以義，非知義之士不能也。」至〈論狄青劄子〉、〈論包拯除三司使上書〉，既為朝廷謀，亦為保全狄青、包拯二人計也。

永叔奏議最便諷誦而動人者，以〈論杜衍、范仲淹等罷政事狀〉為最。此外有〈論臺諫官言事未蒙聽允書〉、〈論修河第三狀〉、〈論狄青劄子〉、〈論包拯除三司使上書〉、〈論臺諫官唐介等宜早牽復劄子〉等。姚鼐《古文辭類纂》，林紓約選《類纂》，於永叔奏議，獨取〈論臺諫官言事未蒙聽允書〉，亦隘矣。茅坤評此文：「劾去陳執中，以好疑自用起眼目。以下六七層，委曲打擊，如川雲，如嶺月，其出無窮。」林紓評：「上下千年，把人主飾非拒諫之源頭，盡數揭之紙上。議論切實中卻含溫裕之氣，此歐公一生之本領也。」「前後關鎖嚴密，切摯和婉，此所以成為好奏議也。」〈論狄青劄子〉，茅坤評：「言人之所難言，見人之所不見。」〈論修河第三狀〉，沈德潛評：「真老成經國之論。」〈論包拯除三司使上書〉，乾隆評：「正人君子之心胸，類非俗士之所為歟？」至於四六表狀，體從時習，然善以散馭駢，以白描為對偶，亦有特色，視四六書啟為佳。所作多請降乞退之文，悱惻懇摯，亦見永叔體之早衰與性之淡泊也。如〈辭宣徽使判太原府劄子〉第六，文情甚美。宋吳子良《林下偶談》云：「本朝四六，以歐公為第一。……蓋四六與古文，同一關鍵也。然二蘇四六尚議論，有氣焰；而荊公以辭趣典雅為文。能兼之者，惟歐公耳。」陳善《捫虱新話》云：「以文體為詩，自昌黎始；以文體為四六，自歐陽公始。」按以文體為四六者，當以唐陸贄為始；永叔奏議；間得其佳處耳。清孫梅《四六叢話》云：「宋初諸公駢體，精敏工切，不失唐人矩矱。至歐公為古文，而駢體亦一變其格，始以排奡古雅爭勝古人。」

## 札記、題跋

永叔札記、題跋之文，如內集之〈雜說〉，外集之〈雜題跋〉、〈歸田錄〉、〈筆說〉、〈試筆〉等皆是。「雜題跋」之〈讀李翺文〉，謂翺〈幽懷賦〉不為「嘆老嗟卑」之辭，而「慮行道之猶非」為難得，論之曰：「嗚呼！使當時君子，皆易其嘆老嗟卑之心，為翺所憂之心，則唐之天下，豈有亂與亡哉？然翺幸不生於今時，見今之事，則其憂又甚矣，奈何今之人不憂也？」「嗚呼！在位不肯自憂，又禁他人，使皆不得憂，可嘆也夫！」則借翺文以譏時人，寄慨深矣；〈記舊本韓文後〉，文紆徐疏淡而有神；〈書《荔枝譜》後〉，善論物理。〈歸田錄〉記預浩造開寶寺塔、賣油翁觀陳堯咨射箭、錢惟演為家人所欺等則，極有意趣。凡上文字，實如蘇軾跋其〈試筆〉所謂：「銜口而得，信手而成，初不加意」，而文采「有自然絕人之姿」者也。

# 四
# 蘇洵文說

## 總說

明允之文，在唐宋八家中所存最少，然下筆皆經意，別有精光煥采。其〈上田樞密書〉云：「數年來退居山野，自分永棄，與世俗日疏闊，得以大肆其力於文章。詩人之優柔，騷人之精深，孟、韓之溫淳，遷、固之雄剛，孫、吳之簡切，投之所嚮，無不如意。」〈上歐陽內翰第一書〉云：「取《論語》、《孟子》、韓子及其他聖人、賢人之文，而兀然端坐，終日以讀之者七八年。方其始也，入其中而惶然；博觀於其外，而駭然以驚。及其久也，讀之益精，而其胸中豁然以明，若人之言固當然者，然猶未敢自出其言也。時既久，胸中之言益多，不能自制；試出而書之，已而再三讀之，渾渾乎覺其來之易矣。」〈仲兄字文甫說〉，謂行文當如「風行水上渙」，得之自然。其言曰：「然而此二物者（指風、水）豈有求乎文哉？無意乎相求，不期而相遭，而文生焉。是其為文也，非水之文也，非風之文也，二者非能為文，而不能不為文也；物之相使而文出於其間也，故曰：此天下之至文也。」此自述其文之所肆力與趣尚也。至評其文者，如張方平〈文安先生墓表〉云：「得其《權書》、《衡論》閱之，如大雲之出於山，忽布無方，倏散無餘；如大川之滔滔，東至於海源也，委蛇其無間斷也。因謂蘇君：左丘明、《國語》、司馬遷之善敘事，賈誼之明王道，君兼之矣。……永叔一見，大稱嘆，……目為孫卿子。」歐陽修〈故霸州文安縣主簿蘇君墓誌銘〉云：「君之文博辯雄偉，……大究《六經》、百家之說，以考質古今治亂成敗、聖賢窮達出處之際，得其精粹，涵蓄充溢，抑而不發。久之，慨然曰可矣。由是下筆頃刻數千言，其縱橫上下，出入馳驟，必造於深微而後止。蓋其稟也厚，故發之遲；志也慤，故得之精。」曾鞏〈蘇明允哀辭〉云：「少或百字，多或千言，其指事析理，引物托喻，侈能使之約，遠能見之近，大能使之微，小能使之著，煩能不亂，肆能不流。其雄壯俊偉，若決江河而下也；其輝光明白，若引星辰而上也。」朱熹《語類》云：「老蘇只就孟子學作文，不理會他道理，然其文亦實好。」「老蘇文雄渾。其父子為文，自史中《戰國策》得之，皆自小處起議論。」韓淲《澗泉日記》云：「老蘇文字，篇篇無斧鑿痕，蓋少作皆已焚之矣。」「老蘇晚年文字，多用歐公宛轉之態。」李塗《文章精義》云：「文字順易而逆難。《六經》都順，惟《莊子》、《戰國策》逆；韓、柳、歐都順（〈封建論〉一篇逆），惟蘇明允逆。子瞻或順或逆，然不及明允處多。」金履祥《蘇氏談藪》云：「曾子固之古雅，蘇老泉之雄健，皆文章之傑然者。」楊慎《丹鉛總錄》云：「若求其似，在孟、荀之間，《史》、《漢》之上，不可以文人論也。」茅坤《唐宋八大家文鈔》云：「蘇文公崛起蜀徼，其學本申、韓，而其行文雜出於荀卿、孟軻及《戰國策》諸家，不敢遽謂得古人六藝者之遺。然其鑱畫之議，幽悄之思，博大之識，奇崛之氣，非近代儒生所及。」「其文遒勁。」王世貞〈書三蘇文後〉云：「明允尤雄勁有奇氣，……蓋自《戰國》中得之。」朱彝尊〈與李武曾論文書〉云：「北宋之文，惟蘇明允雜出乎縱橫之說，故其文在諸家中為最下。」方苞評〈上韓樞密書〉云：「老蘇文勁悍恢奇或過於大蘇，而精細調適則不及。蓋由時過而學，僅探晚周諸子及《國策》之奧蘊，而出入於賈、晁、韓、柳數家，胸中實儉於書卷也。」范泰恒《古文範例》：「老泉之文老健沉著。」包世臣《藝舟雙楫》：「明允長於推勘，辨駁一任峻急。」劉開〈復陳編修書〉：「曾子固醇而不肆，蘇明允肆而不醇。」秦篤輝《平書》：「明允之一味生辣，永叔、子瞻皆間以甜熟矣。」劉師培《論文雜記》:「明允之文，最喜論兵，謀深慮遠，排奡雄奇。」呂誠之先生《宋代文學》云:「三蘇之文，雖大致相同，而亦各有特色。筆力蒼勁，自以老泉為最。然老泉好縱橫家言，恒以權譎自喜，而其言實不可用。」見仁見智，重文重道，抑揚不一。其揚之過甚者，若楊慎《丹鉛總錄》;抑之過甚者，若朱彝尊〈與李武曾論文書〉。惟茅坤之言，頗持平而能得其全，蓋明允文行氣騁情，得力於孟子與退之;論兵論事，得力於《孫子》與《國策》;希蹤在賈誼，而茂密時兼荀況;雖姿態英多，而要以明煉遒健為主云。

## 論文

明允《嘉祐集》中，以議論之作為多。篇首為〈幾策〉。《易》〈繫辭〉曰:「幾者，動之微。」又曰:「君子見幾而作，不俟終日。」故〈幾策〉所言，乃見微知著、急切待理之國家大事。其一曰〈審勢〉，論內憂。謂宋行中央集權，政令易行於全國，「勢強矣，然天下之病，常病於弱。」其故在「習於惠而怯於威也，惠太甚而威不勝也。」見之行事，則為「賞數而加於無功」,「刑弛而兵不振」。「官吏曠惰，職廢不舉，而敗官之罰，不加嚴也;多贖數赦，不問有罪，而典刑之禁，不能行也;冗兵驕狂，負力幸賞，而維護姑息之恩不敢節也;將帥覆軍，匹馬不返，而敗兵之責不加重也;羌胡強盛，陵壓中國，而邀金繒、增歲幣之恥不為怒也。」是「弱在於政，不在於勢」,「以弱政敗強勢」。然「政之弱，非若勢弱之難治也。」治之之道，在嚴用威刑，振法紀;勿拘於「任德不任刑」,以任刑為霸者之事。而斷之曰:「用刑不必霸，而用德不必王，各觀其勢之所宜用而已。」李東陽評:「論治體，論時弊，警切可誦。」王慎中評:「老泉此論，於宋煞是對症之藥，惜乎當時之不能用也。」茅坤評:「宋以忠厚立國，似失之弱，而蘇氏父子往往注議於此，以矯當世。看他回護轉換、救首故救尾之妙。」儲欣評：「〈審勢〉、〈審敵〉，賈生以來，一人而已。賞濫刑弛而兵不振，雖堯舜不能平治天下。」其二曰〈審敵〉，論外患。謂當時契丹之患，由「外憂」又轉為「內憂」，其故在重賂幣帛，使國日以貧。然觀當時之契丹，張欲戰之勢而實不欲戰，以其勢脅得重賂，利賂之久且厚，俟機一舉以亡中國。曰：「將以蓄其鋭而伺吾隙，以申其所大欲，故不忍以小利而敗其遠謀。」宋之對策，宜止賂修武而不惜與戰；當時契丹新君初立，國未安定，尤當緊握時機。故曰：「勿賂則變疾而禍小，賂之則變遲而禍大。」楊慎評：「篇中議論精明，且斷制斬切；文勢聯絡，且婉轉委曲；抑揚頓挫之妙，節節自見。」茅坤評：「揣料匈奴脅制中國之狀，極盡事理，非當時熟視而精筭者，安能道此？」「蘇氏父子之論虜情，大略本此。」錢豐寰評：「逐段發議論，剴切精明。中引七國事，最當人情。其後子瞻、子由兩公論虜情，往往如此。蓋當時宋室卑弱，每樂於賂而怯於戰，故蘇家父子之間，其說皆一轍也。」儲欣評：「老蘇先生，真宰相才也，吾於〈幾策〉二道決之。」沈德潛評：「〈幾策〉二篇，公之本領識見，已具於此。」

〈權書〉十篇，論兵之作，取用權通變以為名。自敘曰：「〈權書〉，兵書也，而所以用濟義之術也。」「然則權者，為仁義之窮而作也。」前五篇，論用兵之要道；後五篇，以史事證此道。宋初以不敢對外用兵而成積弱之勢，故明允兢兢於此，而自謂為「不得已而言之」也。前五篇，〈心術〉、〈法制〉二篇尤為其綱要。〈心術〉，論為將者必具之思想認識與修養也。其言曰：「為將之道，當先治心。泰山崩於前而色不變，麋鹿興於左而目不瞬，然後可以制利害，可以待敵。」「凡兵上義；不義，雖利勿動。……惟義可以怒士。士以義怒，可與百戰。」「凡戰之道，未戰養其財，將戰養其力，既戰養其氣，既勝養其心。」「凡兵之動，知敵之主，知敵之將，而後可以動於險。」「凡主將之道，知理而後可以舉兵，知勢而後可以加兵，知節而後可以用兵。」此皆正論；惟「凡將欲智而嚴，凡士欲愚。」則不免縱横家詭譎習氣矣。文之陳義精煉，甚近《孫子》；而其善喻處，則見明允文思之妙，非孫書所有。明允文之善喻，時時見之，不獨此篇為然；而此篇之結段，則可窺其一斑。文曰：「善用兵者，使之無所顧，有所恃。無所顧，則知死之不足惜；有所恃，則知不至於必敗。尺棰當猛虎，奮呼而操擊；徒手遇蜥蜴，變色而卻步：人之情也。知此者，可以將矣。袒裼而按劍，則烏獲不敢逼；冠冑衣甲，據兵而寢，則童子彎弓殺之矣。故善用兵者以形固。夫能以形固，則力有餘矣。」宋濂評：「《老子》、《孫子》，一句一理，如串八寶，珍瑰間錯而不斷，文字極難學，惟蘇老泉數篇近之，〈心術〉篇之類是也。」茅坤評：「此文中多名言，但一段段自為支節。蓋按古兵法與傳記而雜出之者，非通篇起伏開闔之文也。」楊慎評：「篇中凡七段，各不相屬。然先後不紊，由治心而養士，……段落鮮明，井井有序，文之善變化也。」姜寶評：「此文絕似《孫子》〈謀攻〉篇，而文采過之。老泉自謂『孫、吳之簡切，無不如意』，非誇辭也。」〈法制〉，論用兵審情度勢之法則也。其要義曰：「將戰必審知其將之賢愚。」「古之善軍者，以刑使人，以賞使人，以怒使人，而其中必有以義附者焉。」「兵或寡而易危，或眾而易叛。莫難於用眾，莫危於用寡。」「以眾入險阻，必分軍而疏行。」「兵莫危於攻，莫難於守，客主之勢然也。」「夫能靜而自觀者，可以用人矣。」「智者視敵有無故之形，必謹察之勿動。」楊慎評：「范老子胸中有數萬甲兵，今觀此論，則老泉先生亦然。」羅汝芳評：「非八陣五花、《六韜》、《三略》爛熟胸中，不能道片語隻字。」茅坤評：「與前篇並孫武之餘智。老泉之兵略，亦可概見矣。」〈強弱〉論兵之強弱有上中下三等，為將者善用之，乃能「以一致三」；〈攻守〉論攻守皆有正奇伏三道，亦在為將者之善運用；〈用間〉論用兵須慎於用間，其言曰：「夫兵雖詭道，而本於正者，終亦必勝。今五間之用，其歸於詐，成則為利，敗則為禍。且與人為詐，人亦將詐我。故能以間勝者，亦或以間敗。」此三篇雖亦論原理，而多以史事證之，故有說服力。茅坤評云：「通篇將古人行事立言，而經緯成文。」儲欣評〈強弱〉云：「證據詳明，如畫圖之易曉。」楊慎評〈用間〉云：「此篇議論甚正，筆仗甚爽。末引高祖、淮陰事，見上智之間，巧心妙手，可愛可誦。」後五篇：〈孫武〉，謂武書乃「言兵之雄」，然其人「用兵乃不能必克，與其書所言遠甚」。〈子貢〉，謂史稱子貢以亂齊、滅吳而存魯之事，乃「徒智而可以成也，而不可繼也」之事。〈六國〉，謂六國以賂秦而亡。〈項籍〉，謂籍救巨鹿，不若「急引軍趨秦，及其鋒而用之，可以據咸陽，制天下」。〈高祖〉，謂漢高之智，「明於大而暗於小」，其臨終以周勃為太尉，欲斬樊噲，皆其明也。五篇中以〈六國〉一篇托古傷時，作用最大，用情最痛。蓋以北宋之用歲幣賂契丹，猶六國之割地賂秦，皆有取亡之道也。其起首曰：「六國破滅，非兵不利，戰不善，弊在賂秦。賂秦而力虧，破滅之道也。」其結曰：「夫六國與秦皆諸侯，其勢弱於秦，而猶有可以不賂而勝之之勢。苟以天下之大，下而從六國破亡之故事，是又在六國下矣。」何景明評：「老泉論六國賂秦，其實借論宋賂契丹之事，而卒以此亡，可謂深謀先見之識矣。」茅坤評：「由《戰國策》縱人之說來，卻與《戰國策》相伯仲。」袁宏道評：「此論六國之所以亡，乃六國之成案。其考證處，開闔處，為六國籌畫處，皆確然正義。末論宋事尤妙。」儲欣評：「借古傷今，淋漓深痛。」劉大櫆評：「筆力簡老。」「淋漓」而「簡老」，明允文之長技，不獨此文然，它文亦然也。

〈衡論〉十篇，所以衡量國事之得失也。〈遠慮〉，謂天子宜有「腹心」之重臣；而「近世之君抗然於上，而使宰相眇然於下，上下不接，而其志不通矣。……宰相避嫌畏譏且不暇，何暇盡心以憂社稷？……百官泛泛於下，而天子煢煢於上，一旦有卒然之憂，吾未見其不顛沛而殞越也。」殆為寇準、韓、范諸人不安其位而發乎？茅坤評：「文如怒馬奔逸絕塵而不可羈制也。大略老蘇之文，有此一段奇邁奮迅之氣，故讀之往往令人心悼。」〈御將〉，謂將有賢將、才將，而才又有大小，當分別而善以禮信、術智御之。陳漢章評：「議論弘博，筆調清揚，引喻處尤見風逸。」〈任相〉，謂任相宜取「節廉好禮」之士，必「接之以禮」，然後可以「重其責」而使「忠於朝廷而不恤其私」。儲欣評：「慷慨不及賈生，讀之亦復可感。」〈重遠〉，謂邊遠之地，民情不易達於上，任官尤宜慎重。此文引證史事及時事，切實有遠見。茅坤評：「並切今世情事。」〈廣士〉，謂取才不宜限於科舉一途；吏胥之賢者，亦宜出之為長吏，使熟知民情者得以自奮。儲欣評：「入仕之途，宋隘於唐，明又隘於宋。老蘇先生〈廣士〉篇，所以救其隘也。」〈養才〉，謂「才難強而道易勉」，時未安治，不可不養奇傑之士。其有細過，宜「議其能而恕之」，「哀其才而貰其過，無使為刀筆吏所困」。沈德潛評：「議論發越，鋒芒四露，自是老泉本色。」〈申法〉，謂古者「任吏而不任法，故其法簡」；後世「任法而不任吏，故其法繁」。然「法明禁之，而明犯之」者多，不可不治。方苞評：「此篇鑿然有當實用。」〈議法〉，謂「古者以仁義行法律，後世以法律行仁義」；以法律行，則宜防法之不能無失與吏之為奸，而貴人近戚死罪輕贖之，弊尤當革。茅坤評：「贖金減罪兩端，深中宋時優柔之過之弊。而重贖一議，則古今來有識名言。」〈兵制〉，謂毋專用募兵，可取天下職分、籍沒之田，募願耕者，家三百畝，斂其租三分之一，而出一夫為兵；「三時縱之，一時集之，授之器械，教之戰法」，「毋黥其面，毋涅其手，毋拘諸營」；不欲者，聽歸其田而他募：兼用寓兵於農之制也。茅坤評：「老泉欲以職分、籍沒之田作養兵之費，不知當時通天下皆有是田否？其數亦可得幾何？若今之時，則此計又難行矣。」〈田制〉，謂井田之制不可復，「限民名田」之意略可師；舊田已過限者不追，限諸未來。儲欣評：「限田亦是舊說，獨將廢井田之弊與復井田之難，說得深切痛快，翻舊為新矣。」方苞評：「觀此篇及〈兵制〉，可知老泉之學出於晚周數子。然於法之疵，民之病，亦嘗悉心究切，而思所以改易之。其視諸記誦詞章者異矣，故於文章亦能卓然有立，學者於此等處宜警心。」此十篇者，皆針對時弊，冀時君有所補濟，雖所言或有臆想難行處，然能究心實際，指陳方法，非泛泛為文而文，有若方苞所評者，不能視同戰國策士求售聳聽之辭而輕之也。文辭之美，則見於諸家評語矣。

〈六經論〉，以諸經多為聖人以權變治天下之作；故後儒譏明允雜出縱橫家之學，有非聖人之旨者。歐陽修以為「荀卿子之文也」，茅坤評〈禮論〉，謂「老蘇以禮為強世之術，即荀子性惡之遺。」其論聖人之制作，頗以「禮」為首。〈易論〉，謂「聖人之道，得禮而信，得《易》而尊。」「作《易》以神天下之耳目」，亦「用其機權以持天下」者。〈禮論〉，謂聖人欲使民尊其君父兄，「厭服其心」之為難，故制禮而身踐率之，復以「恥之」之心激發之，亦行其「微權」也。〈樂論〉、〈詩論〉，謂樂與詩皆以濟禮之不足。〈樂論〉所謂「禮之所不及，而樂及焉」；〈詩論〉所謂「聖人之道，嚴於禮而通於《詩》」，通者，使禮不「強人」，而「不使人之情至於不勝也」。〈書論〉，謂《書》者，資以考見古代「風俗之變」之書也。「人之喜文而惡質與忠也，猶不肯避下而就高也」，故由質變而為文易，由文而返於質難，聖人不可逆時勢，而宜善「因風俗之變而用其權」。〈春秋論〉，謂《春秋》，魯史，非孔子之私書；「自魯而及於天下」，代君以行其賞罰，非孔子自行其賞罰，與後世「史臣」之作，「有是非而無賞罰」不同。此六篇言理之切實，不足與〈幾策〉、〈權書〉、〈衡論〉比，而文猶可觀。朱熹曰：「看老蘇〈六經論〉，則聖人全以術欺天下。」茅坤曰：「蘇氏父子兄弟於經術甚疏，故論《六經》處大都渺茫不根。」朱熹之言激，然明允六論不免有此病。茅坤之言泛，東坡兄弟經術何嘗皆疏？東坡貶黃州後，即著手作《易》、《書》之傳及《論語說》，子由貶筠州後，亦著手作《詩傳》、《春秋集傳》，可知也。明允六論作於早年，故不免有粗疏。若論文辭，則楊慎評〈易論〉云：「文勢轉折，曲盡其妙。」沈德潛評〈禮論〉云：「一氣相生，遞折而下，如泰山之雲，起於膚寸，不崇朝而彌漫六合，是為宇內宏觀。」劉大櫆評〈樂論〉云：「後半風馳雨驟，極揮斥之致，而機勢圓轉如轆轤。」康海評〈詩論〉云：「只以色怨二字反復成文，意多而不重，詞煩而不雜。中間轉入《詩》處，筆力更高。」茅坤評〈書論〉云：「此篇識見好，而行文法度亦勝。」謝枋得評〈春秋論〉云：「此文有法度，有氣力，有精神，有炎焰，謹嚴而華藻者也。讀得《孟子》熟，方有此文。」茅坤又總評六文云：「行文縱橫，往往空中布景，絕處逢生，令人有淩虛御風之態。」「裊娜百折，似屬煙波耳。」

〈太玄經〉上中下三篇、總例一篇，惟上篇可作文章看，餘皆詳論術數，屬學術著作。上篇謂楊雄「無心得」而強附孔子以著《太玄》、《法言》，不足取。首段有精采之論：「夫子之於《易》，吾見其思焉而得之者也；於《春秋》，吾見其感焉而得之者也；於《論語》，吾見其觸焉而得之者也。思焉而得，故其言深；感焉而得，故其言切；觸焉而得，故其言易。聖人之言得諸天，而不以人力參焉。故夫後之學者，可以天遇，而不可以人得也。方其為書也，猶其為言也；方其為言也，猶其為心也。書有以加乎其言，言有以加乎其心，聖人以為自欺。後之不得乎其心而為言，不得乎其言而為書，吾於楊雄見之矣。」明允之輕楊雄，與曾鞏、王安石之重楊雄大異；而明允、鞏、安石皆有論〈洪範〉之文，而以鞏之文為最切於人事。

「雜論」中之〈史論〉三篇，評論史書之作。上篇謂「經以道法勝，史以詞事勝。經不得史無以證其褒貶，史不得經無以酌其輕重。經非一代之實錄，史非萬世之常法；體不相沿，用實相資焉。」雖猶以史附經，不知史可離經而獨立，見解尚舊；然無「常法」、「不相沿」之論，亦知變矣。儲欣評：「綱繁目淨，公所自謂得孫、吳之簡切者。」中篇謂司馬遷、班固之史，尚得經意，故能「隱而章」、「直而寬」、「簡而明」、「微而切」。下篇謂司馬遷《史記》之病，在「喜雜說，不顧道所可否」；班固《漢書》之病，在「貴諛偽，賤死義」；范曄《後漢書》之病，在「列傳」名實去取不當，「是非頗與聖人異」；陳壽《三國志》之病，在「帝魏而臣視吳、蜀」；猶有尊經之意存焉。儲欣並評三篇為「敦陣整旅」，「裁決如流」，亦就行文論也。〈諫論〉上，謂諫者當「機智勇辯如古遊說之士」，但不當如遊說士之「以機智勇辯濟其詐」，而當以「濟其忠」。「說之術可為諫法者五，理論之，勢禁之，利誘之，激怒之，隱諷之之謂也。」皆列史實以證。又謂「五者相傾險詖之論，雖然，施之忠臣，則可成功。」又謂唐之魏徵，「其初實學縱橫之說。」「是以龍逢、比干，吾取其心，不取其術；蘇秦、張儀，吾取其術，不取其心，以為諫法。」此則明揭其不棄戰國縱橫家之智術矣。後人所譏，明允固自信而不自諱。鄒守益評：「此篇議論精明，文勢圓活，引喻典實如老吏斷獄，一字不可增減。」唐順之評：「老泉〈諫論〉上，可稱千古絕調。道有道術，仁有仁術，術字善看亦無病。」〈諫論〉下，謂上篇所陳五法，為使君能納諫之法；而君欲「使臣必諫」，必當其刑賞，後世「遷其賞於不諫，遷其刑於諫，宜乎臣之噤口卷舌，而亂亡隨之也」。郎曄評：「引喻極當。末世諫臣，刑賞異施。」陸粲曰：「余每讀此篇至顧見猛虎之論，輒為解頤。……以喻相形，悠揚爽逸，用意者當法之。」文以遇猛虎之逼，雖怯者亦能越淵谷「如康莊」，以喻「人豈有勇怯哉，亦在勢驅之耳」，君善以勢驅，則性怯之臣亦能諫。〈制敵〉，以孫臏教田忌之方立論。〈嚳妃論〉，斥史載帝嚳元妃履巨人跡而生稷、次妃簡狄吞燕卵而生契之說為誣。〈管仲論〉，謂齊不患有豎刁、易牙、開方三人，「而患無仲」，管仲臨終，告桓公勿近三人，而不能薦如仲者為不足。林雲銘以為薦賢之事頗難，桓公亦難聽受，「未必切當事情，惟文字高妙，層層翻駁不窮，確是難得。」似近之；沈德潛謂責仲「不能薦賢，自是正論，此老泉文之醇者。」則為明允之辯口所傾，後來林紓亦謂「極奪目」而「事實卻辦不到」也。〈明論〉，謂人之知明，「聖人以大知而兼其小知之功，賢人以其所及而濟其不及」；愚者「以其所不及喪其所及」。人能「從其易知而精之，則用心甚約而成功博」。錢豐寰評：「議論俱是縱橫之術，宜乎方正學非之。然筆勢蹁躚，姿態無窮，足稱神逸。」〈三子知聖人論〉，釋《孟子》〈公孫丑〉論宰我等三人「知聖人」之文，自為一說。〈辨奸論〉，張方平為明允作墓表，載此文，以為斥王安石之作。清李紱《穆堂初稿》、蔡上翔《王荊公年譜考略》以為他人偽作。夫此文既載於墓表，蘇軾〈謝張太保撰先人墓表書〉亦言及之，當非偽作。明允與安石，性格學術皆有異，故惡而言之過甚，安石何至「囚首喪面而談《詩》、《書》」乎？謂「合王衍、盧杞為一人」，比擬非倫。一時意氣，人以為先知預見，亦各取其所合耳。文中「凡事之不近人情者，鮮不為大奸慝」，則語足借鑒；末段不願「天下將被其禍，而吾獲知言之名」云云，文情尤旋轉有力也。〈利者義之和論〉，本《易》〈乾文言〉「利者義之和」、「利物足以和義」之語，以申「不能以徒義加天下」、「義利、利義相為用」之說。其糾「重義輕利」之偏，有進步意義；而謂苟「抗至正而行」之，則「義者，聖人戕天下之器也」，則過為聳人聽聞之辭，真帶策士習氣矣。

## 奏章

集中編為「上書」者，僅有〈上皇帝書〉一篇，仁宗嘉祐三年作，年五十，自托老病不願應試舍人院。復條陳十事：其一，論勿濫施爵祿，以激發天下士踴躍功名之心；其二，論「任子」之非；其三，論課官與行賞罰之法；其四，論待縣令及州縣之吏不可以卑禮，乃能「厲其廉隅，全其節概」，使有所作為；其五，論缺將帥，宜

「復武舉，而為之新制，以革其舊弊」；其六，論「以法制天下，法之所不及，天下欺之矣」，故宜「存其大略，而濟之以至誠」，不當以拘守繩墨待「兩制以上」之士；其七，不可輕以「名器許人」；其八，論宜培養出使人才，「稍寬其法，使得有所施」，不為敵國所輕與辱命；其九，論「因郊而赦，使天下之凶民，可以逆知而僥倖」之法當改；其十，論不可親信宦官。茅坤評：「此書反復數千言，如抽藕中之絲，段段有情緒，可愛。而中間指陳時政處，又往往深中宋嘉祐間事宜。老泉一生文章政事，略見於此矣。」明允上此書，與王安石〈上仁宗皇帝言事書〉為同年。時安石年三十八，明允差老，仍有經世志，論時弊亦有灼見；然意氣之盛，及文之體大而綱整，則不及安石矣。

# 書

編為「書」者，二十一篇，雖多自述心跡，亦有為己與為人而干求之作，作用非大；然筆皆遒健，曲折伸縮之致多可觀。其最佳者，為〈上歐陽內翰第一書〉、〈上韓樞密書〉。前一書論孟子、韓愈、歐陽修文甚精；敘范仲淹、富弼、歐陽修、余靖、蔡襄、尹洙六人之用舍離合，亦具深意。茅坤評：「此書凡三段：一段敘諸賢之離合，見己慕望之切；二段稱歐陽公之文，見己知公之深；三段自敘平生經歷，欲歐公之知之也。情事婉曲周折，何等意氣，何等風神！」沈德潛評：「從諸賢之或離或合，百折千回，轉到歐公身上，極轉換脫卸之妙。以下稱歐陽公之文，並自道所得，末以一語收拾通篇，何等章法！」後一書謂「今之所患，大臣好名而懼謗。好名則多樹私恩，懼謗則執法不堅。是以天下之兵豪縱至此，而莫之制也。」請韓嚴於治兵，「厲雄武以振其惰」。有識有膽。樓昉評：「議論精切，筆勢縱横，開闔變化，曲盡其妙。」陸釴評：「此文似西漢書疏，雄辯可喜。」儲欣評：「以馭驕兵責樞臣，以威武多殺為樞臣馭驕兵之策，亦猶良醫之用烏喙、大黃，非此則頑疾不治也。」劉大櫆評：「雄放當屬宋人書中第一。」沈德潛評：「老泉議論，每近雜霸，而行文如刀斬亂絲，讀一段輒見痛快。」此外如〈上田樞密書〉，論聖賢之仕為行道：「如此而生，如此而死，如此而貧賤，如此而富貴。升而為天，沉而為淵，流而為川，止而為山，彼不預吾事，吾事畢矣。」〈上余青州書〉，述余靖之功績。〈上韓昭文論山陵書〉，諷韓琦治仁宗陵宜從儉，謂當時府庫「空虛無有，一金以上非取於民則不獲」，從儉則「上以遂先帝恭儉之誠，下以紓目前百姓之患」，「不可坐視百姓艱難而重改令之非」。〈與梅聖俞書〉、〈答雷太簡書〉，皆述老不應舍人院試之故。〈與梅書〉云：「今以五十衰病之身，奔走萬里以就試，不亦為山林之士所輕笑哉？自思少年嘗舉茂才，中夜坐起，裹飯攜餅，待曉東華門外，逐隊而入，屈膝就席，俯首據案。其後每思如此，即為寒心。今齒日益老，尚安能使達官貴人復弄其文墨，以窮其所不知邪？」〈答雷書〉謂向者既已進〈權書〉、〈衡論〉、〈幾策〉於朝廷，「苟朝廷以為其言之可信，則何所事哉？苟不信其平居之所云，而其一日倉卒之言，又何足信邪？」皆見精采。〈上田樞密書〉，唐順之評：「文字峻絕，豪宕不羈。」宗方域評：「此文氣力大，朗誦一過，令人文思勃勃。」〈上余青州書〉，王守仁評：「一意到底，氣勢弘放，有一瀉千里之態。」茅坤評：「論出處多奇崛處。」〈上韓昭文論山陵書〉，儲欣評：「此書急欲救山陵配率之科，與前人諫厚葬者，詣歸有別。其原本先帝處最動人。」沈德潛評：「莊厚悱惻，最足動人。」又康熙評〈上富丞相書〉：「右縈左拂，極文章之勝。入正意處隱躍不露，更覺深婉。」茅坤評〈上歐陽內翰第三書〉：「風旨翛然。」評〈上王長安書〉：「運峭險之思，以為鑱畫之文，故其鋒鍔不可嚮邇。」評〈上韓舍人書〉：「告知己者之言，情詞可涕。」

## 雜文

有關《族譜》諸文不述。編為「雜文」者，文體頗多。有記，〈張益州畫像記〉，起段敘傳言蜀中有寇警，舉朝驚慌，仁宗謂此事「不可以文令，又不可以武警。」乃詢於眾而派張方平知益州。蓄勢甚佳。中段明允自論：「未亂，易治也；既亂，易治也；有亂之萌，無亂之形，是謂將亂。將亂難治，不可以有亂急，亦不可以無亂弛。」又述方平之言：「民無常性，惟上所待。人皆曰蜀人多變，於是待之以待盜賊之意，而繩之以繩盜賊之法，重足屏息之民，而以碪斧令。於是民始忍以其父母妻子之所仰賴之身，而棄之於盜賊，故每每大亂。夫約之以禮，驅之以法，惟蜀人為易。至於急之而生變，雖齊、魯亦然。吾以齊、魯待蜀人，而蜀人亦自以齊、魯之人待其身。若夫肆意於法律之外，以威劫其民，吾不為也。」識見深遠。樓昉評：「辭氣嚴正有法度。」宗方域評：「其文勁悍渾深，有西漢人筆力。詩衍文義，有幹有華。」茅坤評：「詞氣嚴重，極有法度。……此記自司馬子長之後，殆不多得。」儲欣評：「持重若挽百鈞之弓，不遺餘力。詩亦樸雅入情。」康熙評：「措詞高渾，而精采光芒，溢於毫楮。」乾隆評：「橫目之民，其性一也。任邊疆大吏者，當書此文於座右。」〈木假山記〉，敘木生幸而不腐不爛，受用於人者不多；其家得「彷彿於山」之木為假山；山有三峰，人以為托寓其父子三人。黃庭堅評：「往嘗觀明允〈木假山記〉，以為文章氣旨似莊周、韓非，恨不得趨拜其履舄間，請問作文關紐。」茅坤評：「即木假山看出許多幸與不幸來，有感慨，有態度。」「凡六轉入山。末又一轉，有百尺竿頭之意。」林希元評：「說一木假山，必經歷許多磨折跌宕……文字嚴急峻整，無一句懈怠，愈讀愈不厭。」楊慎評：「大意謂天下生材甚難，而公父子乃天意所與。如此切磋琢磨，自為師友。

此公所以自重，不偶然也。」沈德潛評：「前半以幸不幸歸本『數』字，後從『數』字轉出『理』字。極變幻中，自成章法。儲同人先生評『累碁之勢，轉丸之手』，良然。」林紓評：「明允自喻，並喻其二子也。……前半用筆歷落如管夫人寫竹石。歷落而遠，此為老泉得意之筆。」〈極樂院造六菩薩記〉，作於嘉祐四年，明允年五十一，奉召令，將再攜二子入京前。述家人死喪之狀，身將去家遠適之感，愴惻動人。明允「雜文」中，有說、引而無序，姚鼐云：「蘇明允之考名序，故蘇氏諱『序』，或曰引，或曰說。」〈仲兄字文甫說〉，謂風水相遭而成文，故文宜得之自然；狀相遭之變，妙善形容。樓昉評：「狀物最妙，所謂大能使之小，遠能使之近。此等文字，古今自有數。」茅坤評：「風水之形，人皆見之，老泉便描出許多變態來，令人目眩。」儲欣評：「體物之工，詞賦家當有慚色。」劉大櫆評：「極形容風水相遭之態，可與《莊子》言風比美；而其運詞，卻從〈上林〉、〈子虛〉得來。」〈名二子說〉，述為子軾、轍取名之旨。楊慎評：「字數不多，而婉轉折旋，有無限意思，此文字之妙。觀此，老泉所以料二子終身，不差毫釐，可謂深知二子矣。」茅坤評：「字僅百，無限宛轉，無限情思。」劉大櫆評：「凡作數行文字，不可使一平直之筆，須下筆有嶔崎之致，惟昌黎能之。老蘇此作，幾並昌黎。」沈德潛評：「文共八十一言耳，讀之如有濤瀾動蕩、不可遏抑之勢，大奇。」浦起龍評：「兩片各四折，幅窄神遙。」「命名在兩公少時，卻似逆睹其後者，此老何等識鑒。」〈送石昌言使北引〉，昌言名揚休，居蜀，年長於明允；嘉祐元年，將出使契丹。此引述自幼及壯，與昌言交接之狀，曲折有情致；勉昌言勿為契丹所震懼，引彭任從富弼出使之經驗以告之，亦生動。樓昉評：「議論好，筆力頓挫而雄偉，曲盡事物情狀。」楊鼎評：「此作敘與昌言相遇本末，而離合悲歡具見。末敘彭任之言，似說開去，乃是欲教昌言。其曰虜無能為，尤見自負不小。立意既高，文字復詰屈而蒼古，真巨手也。」茅坤評：「文有生色，直當與韓昌黎〈送殷員外〉等序相伯仲。」沈德潛評：「末段強而示之弱，弱而示之強，深於兵法。」劉大櫆評：「其波瀾跌宕，極為老成；句調聲響，中窾合節。幾並昌黎，而與〈殷員外序〉，實不相似。」墓誌銘僅一篇，應酬之作，極簡短。祭文五篇，〈祭史彥輔文〉最用力。彥輔名經臣，眉山人，慶曆六年，與明允同舉制策，皆不中，兩人交游久，相知深。嘉祐二年，彥輔卒，無子，明允為立後，治喪，並為文祭之。文為四言韻語，三句一韻，寫兩人交游及性格，頗生動有深情，欲效退之，而無其奇崛。〈祭亡妻文〉，亦四言韻語。明允妻程氏甚賢，文述少年時身感程氏之憂而折節向學；及蘇軾兄弟同舉進士喜有以慰母心而母亡，痛楚有情。

# 五
# 曾鞏文說

## 總說

曾子固少年之文，似頗發越尚氣，故歐陽修〈送吳生南歸〉詩稱：「我始見曾子，文章初亦然。昆崙傾黃河，渺漫盈百川。」秦觀〈秋懷〉詩稱：「昔者曾中書，門戶實難瞰。筆勢如長淮，初源可觴濫。」宋元豐間王震作《南豐先生文集》〈序〉亦稱：「異時齒髮壯，志氣銳，其文章之慓鷙奔放，雄奇瓌偉，若三軍之朝氣，猛獸之決怒，江湖之波濤，煙雲之姿狀，一何奇也。」慶曆元年子固二十三歲，遊京師及歐陽修門，獻所為文並上書於修，修稱賞之餘，於子固為文有所啟導，〈送吳生南歸〉詩云：「決疏以道之，漸斂收橫瀾。東溟知所歸，識到路不難。」子固亦誠受其教，後作〈祭歐陽少師文〉，乃有「憨直不敏，早蒙振拔。言由公率，行由公誨」之語。應試落第後，子固又家居力學，文境遂變。子固卒，弟肇為作〈行狀〉云：「世謂其辭於漢、唐可追司馬遷、韓愈，而要其歸，必止於仁義，言近指遠，雖《詩》、《書》之作者，未能遠過也。」韓維作〈神道碑〉云：「自唐衰，天下之文變而不善者數百年。歐陽文忠公始大正其體，一復於雅。其後公與王荊公介甫相繼而出，為學者所宗，於是大宋之文章，炳炳然與漢唐侔盛矣。」「發揮奧雅，揀斥浮累。巍然高山，為眾仰止。」林希作〈墓誌銘〉云：「其議論古今治亂得失賢不肖，必考諸道，不少貶以合世。其為文章，句非一律，雖開合馳騁，應用不窮，然言近旨遠，要其必歸止於仁義，自韓愈氏以來，作者莫能過也」。歐陽修〈寄曾舍人書〉稱曾文：「筆力雅贍，……而引經據古，明白詳盡。」呂本中《童蒙詩訓》云：「文章紆徐委曲，說盡事理，惟歐陽公得之。至曾子固加之，字字有法度，無遺恨矣。」朱熹《南豐先生年譜》〈序〉稱曾文「簡嚴靜重」。《跋南豐帖》云：「予年二十許時，便喜讀南豐先生之文，而竊慕效之，竟以才力淺短，不能遂其所願。」《語類》云：「歐公文字敷腴溫潤。曾南豐文字更峻潔，雖議論有淺近處，然卻平正好。」呂祖謙《古文關鍵》：「（曾文）專學歐，比歐文露筋骨。」李塗《文章精義》：「平平說去，亹亹不斷，最淡而古。」《宋史》本傳：「曾鞏立言於歐陽修、王安石間，紆徐而不煩，簡奧而不晦，卓然自成一家，可謂難矣。」陳造〈題六君子古文後〉稱其文「密而古」。元姜洪〈重刊《元豐類稿》序〉云：「南豐先生天資高，學力超詣，其所得宏博無津涯，所趨則約守而恕行之。其言之而為文，亦雄偉奔放，不可究極。要其歸，則嚴謹醇正，推其所從來，實嘗師友於歐公之門，而其所自負，則先正謂其要似劉向，不知韓愈氏為何如。」劉塤《隱居通義》稱子固：「議論文章，根據性理。論治道則必本於正心誠意，論禮樂則必本於性情，論學必主於務內，論制度則必本於先王之法。……此朱文公評文，專以南豐為法者，蓋以其於周、程之先，首明理學也。」「公之文自經出，深醇雅淡，故非靜心探玩，不得其味。」明方孝孺《張彥輝文集》〈序〉：「子固儼爾儒者，故其文粹白純正，出入禮樂法度中。」王一夔《元豐類稿》〈序〉云：「昔濂溪周子曰：文以載道也，不深於道而文焉，藝焉而已。聖賢者，深於道者也。《六經》之文，所以載道也。……必如是，而後可以謂之文焉。第以文辭為能，而不深於道，雖奔放如遷、固，沉著縱肆如歐、蘇，亦不免周子『藝焉』之譏，尚得謂之文哉？若南豐先生之文，其庶幾於道者歟？」寧瑞鯉〈重刻《南豐先生文集》序〉云：「蓋先生之文至矣，乃《六經》之羽翼，人治之元龜，自孟軻氏以來，未有臻斯盛者也。……先生生昆體浸淫之後，洛學未興之前，識抱靈珠，神超象帝，致知誠意之說，率先啟鑰，功良偉矣。……嘗試取先生書詳讀之，……罔不溫潤舂容，可絃可誦。」羅汝芳〈重修南豐先生祠堂記〉云：「前以續孟學於不傳，後以開程學於未顯。」何喬新〈又過嘉禾懷南豐先生〉云：「學術自應超董、賈，文章元不讓韓、歐。」鄭瑗《井觀瑣言》云：「曾子固文敦厚凝重，如秦碑漢鼎。」茅坤《唐宋八大家文鈔》云：「南豐之文，大較本經術，祖劉向，其湛深之思，嚴密之法，自足與古作者相雄長。」「曾子固之才焰，雖不如韓退之、柳子厚、歐陽永叔及蘇氏父子兄弟，然其議論，必本於《六經》，而其鼓舞剪裁，必折衷於古作者之旨。朱晦庵稱其文似劉向，向之文於西京為最爾雅。」清儲欣《唐宋十大家全集錄》云：「世謂曾文開濂洛之先，或又謂其開南宋迂冗之弊。斯二說皆非也。……其文沉雄典博，郁郁乎西京之遺。」沈德潛《唐宋八家文讀本》云：「南豐深湛經術」，「較之漢儒學術，義醇乎醇矣」。張伯行《唐宋八大家文選》云：「南豐先生之文，出入司馬遷、班固之書，視歐陽廬陵幾欲軼而過之，蘇氏父子遠不如也。……深於經，故確實無遊談；濯磨乎《史》《漢》，故峻而不庸，潔而不穢。」袁枚〈書茅氏八家文選後〉云：「曾文平鈍，如大軒駢骨，連綴不得斷，實開南宋理學一門，又焉得與半山、六一較伯仲也？」范泰恒《古文範例》云：「南豐文多實語，少變動。」劉大櫆《唐宋八家文百篇》引方苞語云：「南豐之文長於道古，故序古書尤佳。」「淳古明潔，所以能與歐、王並驅，而爭先於蘇氏也。」姚鼐〈復魯潔非書〉云：「宋朝歐陽、曾公之文，皆偏於陰柔之美者。歐公能取異己者之長而時濟之；曾公能避所短而不犯。」惲敬〈《大雲山房文稿》二集目錄敘說〉云：「曾子固、蘇子由自儒家、雜家入，故其言溫而定。」包世臣〈再與楊季子書〉云：「子固茂密安和，而雄強不足。」劉開〈復陳編修書〉云：「曾子固醇而不肆。」劉熙載《藝概》云：「昌黎文意思來得硬直，歐曾來得柔婉。硬直見本領，柔婉見涵養。」「曾文窮盡事理，其氣味爾雅深厚，令人想見碩人之寬。」劉師培〈南北文學不同論〉云：「歐、曾之文，雖沉靜詳整，茂美淵懿，訓詞深厚，然平弱之譏，曷克云免？」呂誠之先生《宋代文學》云：「宋代六家中，歐、曾二家性質尤相近。故晁公武謂『歐公門下士，多為世顯人，議者獨以謂子固為得其傳，猶學浮屠者所云法嗣』云。清桐城派之文，實以法此二家為最多。然歐、曾之文，仍各有特色：歐文妙處，在於風神；曾文則議論醇正，雍容大雅，實於劉向為近。今所傳劉向校書之敘，固多偽作，《戰國策》〈序〉，論者多以為真，余尚未敢深信，然其文自極佳。而曾氏《戰國策》〈目錄序〉，陳古刺今，語重心長；〈先大夫集後序〉，委曲感慨，而氣不迫晦，尤為傑作；〈宜黃縣學記〉、〈筠州縣學記〉兩篇，文字尤為質實厚重。要之南豐之文，可謂頗得《戴記》之妙也。」夫宋人散文，未有不受司馬遷、韓愈之影響者，然子固於遷之思想，有所不解，《南齊書》〈目錄序〉謂遷「蔽害天下之聖法，是非顛倒而采摭謬亂者，亦豈少哉？」實誤；其於韓文及三蘇文風格亦頗異，於此暫不較量。其文境變後近歐陽修，然氣勢情韻有不如，不能謂之「超軼」於修也。其文氣固不雄，然雍容醇雅而嚴密，自有佳處在。其佳處，在八家中為不可取代，亦不可無，固不宜以「冗弱」、「平鈍」概之也。曾氏立論，折衷於群經、儒術，以「明道」為歸，尤重正心誠意之內省修養，欲窮「天地事物之變，古今治亂之理」(〈宜黃縣學記〉)，於理學家之旨趣為較近。然曾氏重道而不輕文，如〈學舍記〉云：「不得專力盡思琢雕文章，以載私心難見之情，而追古今之作者為並，以足予之所好慕，此予之所自視而嗟也。」視理學家以為文為「玩物喪志」者大不相同；且其所謂理，一般事物之理耳，與理學家欲建立天人主客合為一體之理，實亦不同。故曾氏為文人而非理學家，其思想雖守儒道而亦非迂腐不達者也。

## 論文

子固《元豐類稿》中之議論文五篇：〈公族議〉論公族世祿不可絕，說最舊；〈為人後議〉為申歐陽修〈濮議〉之說而作，〈講官議〉為非王安石為「侍講」爭坐而作，皆限於一事。〈救災議〉論救大災，逐日施賑，救死且不能賙；宜集中糧食、資財一次而給賑之，使百姓「得錢以完其居，得粟以給其食，則農得修其畎畝，商得治其貨賄，工得利其器用，閑民得轉移執事，一切得復其業，而不失其常生之計。」殊有獨特識見，則文中所謂「深思遠慮，為百姓長計者也。」其通判越州，曾肇〈行狀〉云：「歲饑，度常平不足仰以賑給，而田野居處之人，不能皆至城郭，至者群聚，有疾癘之虞。前期喻屬縣召富人，使自實粟數，總得十五萬石，視常平價稍增以予民，民得從便受粟，不出田里而食有餘，粟價為平。又出錢粟五萬貸民為種糧，使隨歲入官，農事賴以不乏。」具體而微，亦其實踐之效。茅坤評：「子固大議，其刻析利害處最分明。」《唐宋文醇》載康熙評：「計較利害得失處，經畫最周，可補《周禮》之不足。」可見子固治學立論之能深究實際，非徒依托經傳為陳言也。然文辭最為整飭美密者，莫如〈唐論〉。此論謂唐太宗有治「天下之志」，治「天下之材」，治「天下之效」；而又指出其政有「擬諸先王未備也」，有「非先王之所尚也」：皆綱領分明，申論概括。末段謂民生「文武之後」，遇「極治」之難為不幸，往復有致；又歸結於作論之旨：「故述其是非得失之跡，非獨為人君者可以考焉，士之有志於道而欲仕於上者可以鑒矣。」《唐宋文醇》載乾隆評：「此論上下千古，非止較唐太宗之得失也。」「若其纏綿悱惻，夭矯變化，則固文之雄矣。」何焯《義門讀書記》評其「峻潔」。劉大櫆評：「後半上下古今，俯仰慨然，而淋漓遒逸，有百川歸海之致。」第此為文章而非政書，故就唐政而論其得失，於所謂先王之政，未遑闡述。然子固集中，有〈洪範傳〉者，則借釋經而詳論先王之政焉。〈洪範〉在今文《尚書》中，述箕子告武王以天錫「洪範九疇」於禹之事，兼及天象五行與政治，蓋古之政書與宗教哲學合一之篇也；子固乃側重人事而傳述之。其釋「九疇」之「五行」，以「稼穡」為大。釋「五事」，以「思」為重；又謂人君不當「自任其視聽」，而當「因人之視聽以為聰明」。釋「八政」，以「使民養生送死無憾為王道之始」，「然後教之，教之不率，然後刑之」；教之之道，則以為當本於《大學》之說，始於正心誠意與修身，然後齊家治國平天下，又須「養之於學」，循舜「敬敷五教，在寬」之旨。釋「五紀」，則曰：「正時，然後萬事得其敘」。釋「皇極」，則以「建中」為「歸極」之道，故曰：「中者民所受以生，而保中者不失其性也。」「無所過，無所附，故能惟大作中也。」釋「三德」，則曰：「正直者，常德也。剛克者，剛勝也；柔克者，柔勝也。」剛克、柔克所以救八性「之偏」，而「正直則無所偏，無所救。凡此者，所以治己與人也。」釋「稽疑」，則曰：「凡謀先人者，盡人事也；從逆先卜筮者，欽鬼神也。」〈洪範〉於此明言「卜筮」，故子固亦及於「鬼神」。釋「庶徵」，則曰：「王與卿士師尹，當省民之得失，而知己之所以致之者也。……故省民者，乃所以自省也。其所以反復如此者，所以畏天變，盡人事也。」釋「五福」、「六極」，則曰：「此人君所以考己之得失於民者也。……福之在於民，則人君之所當向；極之在於民，則人君之所當畏。」結謂「九疇」為「二帝三王治天下」之「大法」，「萬世之所不能易」。此乃子固法先王之政治理想之系統表述，為研究其思想者所當重視，蓋不乏進步之民本思想也。

清顧崧齡所刊《集外文》，錄子固議論十一篇，當為少作，識見文字皆平庸；中有〈書魏鄭公傳〉一篇則佳。此篇不以孔光及後世之去稿焚草為然，而以魏徵以諫草示史官為不足非。其言曰：「夫以諫諍為當掩，是以諫諍為非美也，則後世誰復當諫諍乎？況前代之君有納諫之美，而後世不見，則非惟失一時之公，又將使後世之君，謂前代無諫諍之事，是啟其怠且忌矣。」又謂周公若削棄諫書，「成區區之小諒，則後世何所據而諫，又何以知其賢且良歟？」此非君主所喜聞之言，言之蓋有膽識。沈德潛評：「賢魏鄭公以破焚稿者之謬，此借題立論法。其博辯英偉，又曾文中之變者。」浦起龍評：「讀〈魏鄭公傳〉見『諫草付史官』一語，特地拈出，為其足以破孔光焚草之奸，而窒后世諫臣之藉口，乃著此篇。彼泛謂表直諫者，未辨眉宇。」張伯行評：「其文逶迤曲到，足以發後人識見，而正其心術，非苟作者。」姚鼐評：「其言深切，足以感動人主，又繁復曲盡而不厭，此自為傑作。熙甫愛之，非過也。」皆可參；惟乾隆評：「鞏文以此篇為第一。」則過矣。今人又編有《輯佚》，其中議論之作，最佳者莫如〈議倉〉一文，其文辭整飭之美不遜〈唐論〉，而識見且過之。蓋子固之為文，常援古據經以衡後世之事，其最甚者如〈黃河〉起段之言：「知今者莫若考古，知古者莫若師經。經者，萬世之法也。自教學廢而經術不盛行於天下，言理者各師其意，此後世之患也。」而此文則曰：「世之言治法者，莫不以三代、唐、虞為之本而兩漢、隋、唐為之末。然三代、唐、虞之法未必行於今而皆得其便，兩漢、隋、唐之法未必行於今而皆失其利也。故善言治者，不在乎援古高論，在乎當而已矣；善言法者，不在乎超世邁俗，在乎宜而已矣。」可謂通達而不泥於師經矣。又曰：「夫昔（指唐）之所謂義倉者，以義為本而行乎賑恤者也；今之所謂義倉者，以義為名而務乎誅求者也。……昔之義倉，則立倉於社，聚穀於眾，年豐則取之，民飢則與之，不令而民從，不督而民勤，故曰以義為本而行乎賑恤也。今之義倉，則有倉之號而無倉之制，有義倉之名而無義倉之實，約租之多寡而增其數，計人之豐約而定其籍，年豐則有以取之，年飢則無以賑之，故曰義為名而務於誅求者也。」可謂能洞察時弊矣。其次若

〈為治論〉，欲裁冗兵，重農耕，興學校，肅官職，廢僧道，號為「修先王之法度」，其言曰：「或謂先王之法度去今千有餘歲，不可行也。夫修先王之法度，非必服古衣冠，乘車出入，席地而坐，用俎豆之器、儷皮之聘，然後為治也。復農於田，復士於學，復官於職，復兵於耕，復佛、老於無，以正民之業；制禮節用以養民之財，修仁義之施以教民之俗；先王之法度，大者莫過乎此。而因今之器，順今之變以行之，歸之乎不失其所為之本，不務其末而已，時之相去雖萬世可行也。」以「順今之變」而復古道，說亦不迂；文之整飭復不下於〈唐論〉與〈議倉〉。〈太學〉篇謂學校設而教化不興，乃「官師之過」，非「太學之過」；〈議茶〉篇、〈議酒〉篇反對官榷，主由民間私營而官收其稅；〈議錢〉篇論錢缺銅寡之原因，並反對鑄大錢、鑄鐵錢；〈財用〉篇謂「荀卿言富國而先及民者，知本歟？」見解亦可取。

## 序

世於子固文，甚美其館閣校書諸序，如姚鼐《古文辭類纂》云：「向、歆奏校各書有序，世不盡傳，傳者或偽。……其後目錄之序，子固獨優已。」子固任館閣校勘、集賢校理，自嘉祐五年四十二歲至治平四年四十九歲，正在壯年，然文已婉曲安詳，顯其深醇功夫。如《新序》〈目錄序〉，王慎中評：「原本經術處，多用董仲舒、劉向也。」茅坤評：「見極正大，文有典型。」康熙評：「『慎取』二字，真讀書要訣，此論文所獨粹。」張伯行評：「敘世教盛衰處，歷歷源委。」林紓評：「此篇初讀之，似甚平衍無味；然其語氣之醇，文氣之厚，筆路之嚴重有體，亦純學更生。蓋以步武勝者，細觀之自得。」《列女傳》〈目錄序〉，王慎中評：「宋人敘古人集，及古人所著書，往往有此家數。然多以考訂次第，為一篇之文而已。不能如先生更有一段大議論以成其篇也。」康熙評：「閨門之內，王化之原，暢達其辭，足以茂明風教矣。」儲欣評：「深探經術，懸為日月，不刊之書。」劉大櫆評：「深入理奧，而文亦粲然成章。」沈德潛評：「文之淵茂，不減中壘。」浦起龍評：「述女德而推本教化，使程、朱執筆持論，無以過之。且如此始得校書陳誠之體，正恐子政說不出。」《說苑》〈目錄序〉，沈德潛評：「一結餘波，翻屬正論。」張伯行評：「此篇之評（劉向）當矣。」《中論》〈目錄序〉，茅坤評：「子固於建安七子，獨取徐幹，得之。而序文亦屬典型。」乾隆評：「偉長抱道守節於亂世，著書述孔子之旨，殆其人歟？此鞏所以發潛德之幽光而若不及也。」沈德潛評：「知古人於千百年以下。」張伯行評：「得表微闡幽之意矣。」《陳書》〈目錄序〉，儲欣評：「序《陳書》而概想其安貧樂義之士，取人之周也，尚友之廣也，學者所當取法也。」沈德潛評：「一唱三嘆，能移我情，此文之以神韻勝者。」然自今日觀之，此諸序者，固陳言多而新意少也。若《戰國策》〈目錄序〉，獨尊先王之道，概以戰國遊士之說為邪說，固有局限。然謂邪說不當禁絕，其言曰：「君子之禁邪說也，固將明其說於天下，使當世之人皆知其說之不可從，然後以禁則齊；使後世之人皆知其說之不可為，然後以戒則明，豈必滅其籍哉？放而絕之，莫善於是。」不以禁錮異說為然，則通達。其謂戰國遊士「偷為一切之計」之言；「莫不有利焉，而不勝其害也；有得焉，而不勝其失也。」若據以衡天下事得失常有兩端，片面迷信其一端，利常為害，得常為失，擴大範圍看，則此言之精微與辯證，為古今所少見，雖老子與德人黑格爾之言，無以逾之矣。又曰：「二帝三王之治，其變固殊，其法固異，而其為國家天下之意，本末先後，未嘗不同也。……蓋法者所以適變也，不必盡同；道者所以立本也，不可不一。」能辨道與法之不同，因之子固雖處處主法先王，然能知宜法其意，不必法其跡。先王之意為何？〈洪範傳〉固稍發之，以民為本，以使民得其「養生送死」為先，其法自正心誠意以至於修齊治平也。《梁書》〈目錄序〉，謂先王之道，自用「思」而「致知」，而「窮理」，得其道則「好之」、「樂之」、「安之」，使人「全其性」、「盡其性」，「循理」、「應物」，一出於自然，可「大」可「化」，「莫不一出乎人情」，「一出乎人理」，是為「天下之通道」。至於法制之跡宜順時變遷，則《禮閣新儀》〈目錄序〉亦暢言之曰：「然而古今之變不同，而俗之便習亦異。則法制數度，其久而不能無弊者，勢固然也。故為禮者，其始莫不宜於當世，而其後多失而難遵，亦其理然也。失則必改制以求其當。故自羲、農以來，至於三代，禮未嘗同也。」「古今之變不同，而俗之便習亦異，則亦屢變其法以宜之，何必一二以追先王之跡哉？其要在於養民之性，防民之欲者，本末先後能合乎先王之意而已，此制作之方也。」合此三文以觀之，則子固論道與法之變與不變，其旨可概見矣，學者亦宜探其微意而勿拘其片言之跡，庶不枉失乎子固也。《戰國策》〈目錄序〉，呂祖謙評：「此篇節奏從容和緩，且有條理，又藏鋒不露。」王慎中評：「此序與《新序》序相類，而此篇為英爽軼宕。」「何等謹嚴，而雍容敦博之氣宛然。」歸有光評：「無一奇語，無一怪字，讀之如太羹玄酒，不覺至味存焉，真大手筆也。」乾隆評：「末了知其即是戰國之史，不得以其邪說暴行而議存廢者，則亦不無小失云。」《禮閣新儀》〈目錄序〉，王慎中評：「此類文皆一一有法，無一字苟，觀者不可忽此。」茅坤評：「按子固所論經術及典禮之大處，往往非韓、柳、歐所及見者。」儲欣評：「卓卓有見。」康熙評：「論聖人因時制禮處，原本經術，此見南豐為學本領。」乾隆評：「鞏論禮與軾之語如出一人。軾之文雄快；至於縝密純粹，固遜於鞏也。」張英評：「禮因人情，能為之節而不能變，此實確論。出入經史，其言典雅濃縟，閎博淵雅，南豐之所擅長也。」沈德潛評：「通篇大旨，禮以養人為本作主，而紆徐往復，抑揚唱嘆，荊川所謂一意翻作數層者耶？南豐文往往本此。」《南齊書》〈目錄序〉，評《史記》固未當；而謂：「古之所謂良史者，其明必足以周萬事之理，其道必足以適天下之用，其智必足以通難知之意，其文必足以發難顯之情。」雖曰論史，而實子固自挈其治學為文之要領，可據以觀子固之文，亦可據以觀古今之著作者也。

它自為序，若《王季容文集》〈序〉，謂經書之深微，「測之而益深，窮之而益遠」；推楊雄為孟子後一人，左丘明、司馬遷、韓愈皆不及。子固與王安石皆以經術見稱，其尊經過甚則迂泥宜防。兩人皆甚尊楊雄，屢為辯護，亦相近。《李白詩集》〈後序〉，考證簡要。《類要》〈序〉，贊晏殊之為學勤而博，嘆「士之不素學而處從官大臣之列，備文儒之任，其能不餒且病乎？」而謂殊能「得於內者深」，故能「應於外者不窮」，與〈相國寺維摩寺聽琴序〉謂聽琴亦貴在「得之於內」，又皆子固平日論養心之旨。《王平甫文集》〈序〉，唐順之評：「文一滾說，不立間架。」張伯行評：「迅筆疾書，在子固文中，別是一格。」〈齊州雜詩序〉，儲欣評：「足見公吏治之優，誰謂政事不如文學耶？」張伯行評：「敘次歷落，而南豐之政事文學，風流儒雅，悠然可思。」〈序〈越州鑒湖圖〉〉詳述鑒湖之水勢，感慨占湖為田之患害，概括治湖眾說之得失，似瑣碎而實極精密，與子固最工諸記可相媲美。茅坤評：「擘畫如指掌。……而其經世之略，亦概見矣。」方苞評：「子固記敘文為第一，歐公以下無能頡頏者。」浦起龍評所敘：「一一如披圖指畫而出，偉哉經國之文章也。……文章造極，後有條陳世務者，定屬不祧之式。」張伯行評：「章法筆力極可玩。」而後世所最推許者，為〈先大夫集序〉、〈范貫之奏議集序〉兩文。前篇序其祖致堯之集，以「勇言當世之得失」、「長於諷諭」為主脈。王慎中評：「先生之文，如此篇之委曲感慨，而氣不迫晦者，亦不多有。」茅坤評：「子固闡揚先世所不得志處有大體，而文章措注處極渾雄。」儲欣評：「精思極構，曾序第一。」康熙評：「層層曲折以抒其情，使人忠孝之心，油然而生。」劉大櫆評：「稱述先人之忠諫，而反復致慨於當時朝臣之齟齬及天子優容之盛德，渾然磅礴。」

沈德潛評：「惟勇言得失，故遭逢明聖，極知遇之隆，而卒以齟齬終，見直道之難行於世也。闡揚先人，使讀者忠孝之心，油然而興。」林雲銘評：「挈定見知於天子，見抑於大臣二意串講，……穿插變換，無不極其自然。此有體有格之文，其落筆布置，曲盡良工苦心矣。」林紓評：「文氣雄直中，卻無抑塞不平之氣，自是南豐文集中長處。」「此文盛道其祖道直不見容，實自方也。讀者當能辨之。」後篇，朱熹評：「氣脈渾厚。」王慎中評：「沉著頓挫，光采自露。且序人奏議，發明直氣切諫，而能形容聖朝之氣象，治世之精華，真大家數手段。」儲欣評：「宋至熙寧，而公議廢斥，無一足存；揚厲仁宗，義猶〈魚藻〉。」康熙評：「歸重仁宗，識高得體，典貴之文。」劉大櫆評：「子固集序，當以此篇為第一，其妙則王遵巖所論盡之。」沈德潛評：「范公之忠直；仁宗朝之太平無事，能受直言，一齊傳出。有生枯雙管齊下之妙。行文典重紆徐，則又公所獨擅。」至於〈館閣送錢純老知婺州詩序〉，《類稿》不列在「贈序」類，而劉大櫆則評：「子固贈送之序，當以此為第一，敷陳暢足，而藹然溫厚。」茅坤評：「文之典型，雍容雅頌。」林紓評：「文極雍容，無激烈語。」

子固贈序之文，實較平弱。〈贈黎、安二生序〉，短篇中照應嚴密，「知信乎古而不知合乎世，知志乎道而不知同乎俗」，子固自嘲其迂之語，固子固平生自信篤而行之不懈者也。其〈送趙宏序〉謂息寇亂，根本在官吏平日之行義，不在一時之用兵，此為古訓，然時人不能信，其言曰：「今之言古書者往往曰迂，然書之事乃已試者也。事已試而施之治，與時人之自用，孰為得失耶？」此其別有體會，亦他人所尠知。〈贈黎、安二生序〉，唐順之評：「議論謹密。」茅坤評：「子固作文之旨，與其自任處，並已概見，可謂文之中尺度者也。」儲欣評：「升韓吏部之堂而入於室，亦曾文之至者。」林雲銘評：「嚴中帶婉，真有德之言。」張伯行評：「子固借題自寓，……真維持世教之文。」林紓評：「文近昌黎，惟層次少簡，不及昌黎之能作千波萬瀾也。」〈送江任序〉謂士之赴遠方為官吏者，道途辛苦而不習其水土民情，「多愁居惕處，嘆息而思歸。及其久也，所習已安，所蔽已解，則歲月有期，可引而去矣。」故多苟且應付，而吏治不振。江任所仕近其鄉，無遠涉之病，有熟悉之利，宜肆力求治。文之主意在後者，而敘述遠涉之苦與近治之利，則情狀描摹極細，為子固贈序中之最有文采者。茅坤評：「古來未有此調，出子固所自為機軸。」儲欣評：「吏治莫盛於漢，而漢法尤合於人情，以郡人典郡守者不可勝數也。唐、宋亦然；至明始竊竊以私疑之。越省命官，猜防愈深，吏治愈不古若矣，奚益耶？」沈德潛評：「雖兩段分說，一賓一主，正意只在後段。……勉勵之旨，自在言外。」林紓評：「入手氣派，大近柳州。一路突兀寫來，如崩崖墜石，賦色結響均佳。」「收束處，……筆墨蕭閑，是南豐本色。」此外如〈送蔡元振序〉，唐順之評：「此文入題後照應獨為謹密，異於南豐諸文。」〈送李材叔知柳州序〉，沈德潛評：「氣清調逸，此南豐一體，近時學曾文者多尚之。」

## 書

子固年十八，王安石年十六，相見於京師，自是為相知。子固於安石極推許，〈上歐陽舍人書〉、〈上蔡學士書〉，力薦其文行。後兩人情好之深，屢見於詩文。及安石執政，子固似與見解不一，諍之不納。〈過介甫歸偶成〉一詩，蔡上翔《王荊公年譜考略》系於熙寧二年，中云：「結交謂無嫌，忠告期有補。直道詎非難，盡言竟多忤。知者尚復然，悠悠誰可語？」跡象可見。今人欲為兩人諱者，乃謂子固與安石始終無芥蒂，實不然。《宋史》載子固以安石「吝於改過」之語答神宗，縱不足信；然自安石執政，子固即自請補外，歷久不內調，以後屢乞移京師近郡，或充京師主判閑慢曹局，以便侍母（時繼母朱氏居京），皆不得朝廷允許，得猶謂為志道猶合而不能臂援乎？況其弟肇所作〈行狀〉，又明言：「公於是時，既與任事者不合」，而乃「轉徙六州，更十餘年」乎？《輯佚》有〈喜似贈黃生序〉一文，作於安石簽書淮南判官時。黃生從安石於淮南，言行學安石，作字尤似之，子固喜而以文贈黃，文中謂安石：「方駕周、孔之道，行乎百代之下，而追於百代之上者也。」推許之至，又逾於上歐、蔡書。

子固書信最刻意者：有〈上歐陽學士第一書〉，慶曆元年初獻其文於歐陽修，而致其仰慕之忱者也。時修僅官館閣校勘，而子固稱之：「往者推吐赤心，敷建大論，不與高明，獨援摧縮，俾蹈正者有所稟法，懷疑者有所問執，義益堅而德益高，出乎外者合乎內，推於人者誠於己，信所謂能言之，能行之，既有德而且有言也。韓退之沒，觀聖人之道者，固在執事之門矣。」可謂有識。而自述其立身為學云：「常斐然有扶衰救缺之心，非徒嗜皮膚，隨波流，搴枝葉而已也。」故張伯行評：「讀此書，知其所樹立者，不偶然矣。」〈上歐陽學士第二書〉，則述別後途中所見民生之艱苦，自念雖落第而尚可「求簞食瓢飲，以支旦暮之飢餓，比此民綽綽有餘裕，是亦足以自慰矣。」張伯行評：「師生道義之愛，娓娓動人。中間寫道中所見，忽然生出煙波，筆墨之妙，何其淋漓無際也。」〈寄歐陽舍人書〉，慶曆七年書謝歐公為其祖致堯作墓誌銘。中云：「千百年來，公卿大夫至於里巷之士，莫不有銘，而傳者蓋少，其故非他，托之非人，書之非公與是故也。」惟「有道德者之於惡人，則不受而銘之，於眾人則能辨焉。而人之行，有情善而跡非，有意奸而外淑，有善惡相懸而不可以實指，有實大於名，有名侈於實。猶之用人，非畜道德者惡能辨之不惑，議之不徇，不惑不徇，則公且是矣。而其辭之不工，則世猶不傳，於是又在其文章兼勝也。故曰非畜道德而能文章者無以為也。」而修之「道德文章，固所謂數百年而有者也。」得其銘為必傳。言理入微，用情亦深。茅坤評：「此書紆徐百折，而感慨嗚咽之氣，博大幽深之識，溢於言外。」康熙評：「矜貴莊嚴，而氣自迂迴不迫。讀此等文，當細玩其轉折脫卸之法。」張英評：「以畜道德而能文章歸美歐陽，足見作銘之不易。以此一義回旋轉折，灑灑洋洋，極唱嘆泳游之致，想見行文樂事。」儲欣評：「層次如累丸，相生不絕如繭絲。渾涵光芒，其議論也；溫柔敦厚，其情文也。曾文至此，豈後人所能沿襲擬議？」方苞評：「必發人所未見之義，然後其文傳；而傳之顯晦，又視其落筆時精神機趣。如此文，蓋兼得之。」劉大櫆評：「文亦雍容溫雅；而前半歷敘作銘源流，不免鈍拙駮蹇。」林雲銘評：「是善於闡揚先德者，不特文詞高妙，議論精確也。」沈德潛評：「逐層牽引，如春蠶吐絲，春山出雲，不使人覽而易盡。」浦起龍評：「南豐第一得意書。乞言者，立言者，皆當三復。」張伯行評：「通篇命脈，在畜道德而能文章一句，……行文之妙，無法不備，卻又片片從赤心流出。此南豐之文，所以能使人往復嗟誦而不能已者也。」林紓評：「此書起伏伸縮，全學昌黎，妙在欲即仍離，將茹故吐。」「至於結構之精嚴，實為南豐集中有數文字。」〈謝杜相公書〉，慶曆七年，子固從父客行至南京（今河南商丘），父病卒，醫藥喪斂之費皆得杜衍資助，服除後作書以謝，所敘情景逼真。茅坤評：「感慨深湛，雍容典則，有道者之文也，豈淺儇者所及？」劉大櫆評：「溫雅中有雄直之氣。」〈與王介甫第二書〉，近人以為作於嘉祐四年，時安石任提點江東刑獄，以「謗議紛然」為嘆，而子固廣之曰：「夫我之得行其志而有為世於，則必先之以教化，而待之以久，然後可以為治，此不易之道也。蓋先之以教化，則人不知其所以然，而至於遷善而遠罪，雖有不肖，不能違也。待之以久，則人之功罪善惡之實自見，雖有幽隱，不能掩也。故有漸磨陶冶之易，而無按致操切之難；有愷悌忠篤之純，而無偏聽摘抉之苛。己之用力也簡，而人之從也博。」安石「顧反不然。不先之以教化，而遽欲責善於人；不待之以久，而遽欲人之功罪善惡之必見。故按致操切之法用，而怨憤違背之情生，偏聽摘抉之勢行，而譖訴告訐之害集。己之用力也愈煩，而人之違己也愈甚。」此由「思之不審」，未能「達人言而廣視聽」。此與〈答袁陟書〉言：「足下說介甫事，或有以為矯者，……然介甫者，彼其心固有所自得，世以為矯不矯，彼必不顧之，不足論也。」合觀之，則子固於安石執政之前，雖甚重其學識，而於其操切自是之性，則有所覺察而諍戒矣；而此文見解文辭俱佳，儲欣評：「子固可謂有道之士矣。」〈上歐、蔡書〉，作於慶曆五年，憤范仲淹等推行新政之失敗，歐陽修、蔡襄之去諫職。中言：「自長以來，則好問當世事，所見聞士大夫不少，人人惟一以苟且畏懼陰拱默處為慎，未嘗有一人見當世事僅若毛髮而肯以身任之，不為迴避者。況所繫安危治亂有未可立睹，計謀有未可立效者，其誰肯奮然迎為之慮而已當之耶？」范、歐、蔡諸公敢當任之，卒不安其位，宜子固憤之深也。唐順之評：「敘論紆徐有味。」張伯行評：「文字曲曲折折，愈勁愈達，如水之穿峽而出，不知其所以然，而適與之相赴，能言人人所不能言之意，亦是能言人人所欲言之意。」〈福州上執政書〉，以《詩經》篇什證「先王之跡」，述其治閩之事。唐順之評：「南豐之文，純出於道古，故雖作書亦然，蓋其體裁如此也。」茅坤評：「反復詠嘆，藹然盛世之音。此固子固之文所以上擬劉向，而非近代之所及也。」儲欣評：「較劉子政引經，乃更精采煥發，後來居上矣。」康熙評：「出入風雅之中，自有溫柔敦厚之氣，知其本乎性情者深也。」沈德潛評：「本風雅以陳情，紆徐往復，蘊藉深厚，匡、劉遺風也。」張伯行評：「用筆如鸞鶴之盤旋於霄漢，將集復翔，到末一段，神完情足。」〈與孫司封書〉，謂「天下可憂者甚眾，而當世之患，莫大於人不能言與不肯言，而甚者或不敢言也。」〈上田正言書〉，謂「天下自天寶以來，上下汲汲，以謀相傾，材力相長，雄兵相制服。百姓靡靡，日入於困窮。生於困窮，欲勿為罪戾，不可得也。今刑日煩，而民愈薄；利愈竭，而用不足；人益困，而斂未休，可為太息。」亦可見其憂時之忱。茅坤評前文：「反復千餘言，句句字字，嗚咽涕洟。」至〈答王深父論楊雄書〉，以楊雄之仕新莽，合於箕子之「明夷」，其為〈美新〉之文，箕子亦可能為之，此為後世所譏，則子固於雄之書，所謂「測之而愈深，窮之而愈遠」者，亦不能無惑乎？

## 記

世人知重子固館閣校書諸序，是矣；而余尤善其記文。子固之記幾於篇篇皆工。其敷愉跌宕處，頗近歐陽修，至於詳記細節，能簡潔而不傷質木，則有其獨至。〈分寧縣雲峰院記〉記分寧之地理民俗，〈繁昌縣興造記〉記繁昌設縣後之荒陋及縣令夏希道興建城治之程功，〈學舍記〉記子固出遊與治生之所歷，〈洪州新建縣廳壁記〉敘縣令與縣吏一舉事而「其罪易求，其勢易撓」，受制上官而甚難，〈瀛州興造記〉敘瀛州遇地震之災及知州李肅之因災變以築新城，〈廣德湖記〉敘鄞縣廣德湖之興廢及縣令張峋之治湖，〈齊州二堂記〉考齊州歷山、濼水之方位而敘其流泉，〈齊州北水門記〉記齊州城北水門之改築，〈襄州宜城縣長渠記〉考襄州長渠之來歷而敘其修治，〈洪州東門記〉考城門古制及洪州東門之興修，〈越州趙公救災記〉記趙抃在越救災治疫之種種設施，皆極細詳簡潔而條理明密；而〈救災記〉一文尤古今所共推讚而廣於流傳者。明之王遵巖、歸有光，清之桐城諸老，最心摹手追此種文字之雅潔神致而避其敢為質實之數目記載者也。〈越州趙公救災記〉，茅坤評：「絲理髮櫛，而無一不入於機杼及其髻總。」乾隆評：「趙抃救災之法，盡善盡美；而鞏所記，又復詳盡明晰。司牧之臣，案間必致之書。」儲欣評：「此政非趙公不能行，非子固不能記。」方苞評：「敘瑣事而不俚，非熟於經書及管、商諸子，不能為此等文。」劉大櫆評：「詳悉如畫，有用之文，起處用《管子》〈問〉篇，文法極古。」沈德潛評：「救荒之法，井井有條，不但可行於一方一時，實天下萬世之利也。清獻實政，得此文傳出之後，為政者可仿而行之。經濟賴文章以傳，不得視為兩事。」浦起龍評：「竟是一通災賑遺規，法旋致而立效，文歷劫而不刊。」〈學舍記〉，王慎中評：「此亦是先生獨出一體，在韓、歐未有。然大意亦自〈醉翁亭〉、〈真州東園〉二篇佳處中變出，又自不同也。」〈齊州二堂記〉，浦起龍評：「約旨具首尾數言，其通幅圖經考異，即是二堂釋名，能令浮游鹵莽以為能者立窮也。近代操觚家，無能方軌前哲。」姚鼐評：「作考證文字，可以為法。」張伯行評：「考山川圖記，分別是非，如淄澠涇渭，文定公之長技。」〈醒心亭記〉為歐陽修在滁州築此亭而作，中言：「吾君優游而無為於上，吾民給足而無憾於下，天下學者皆為材且良，夷狄鳥獸草木之生者皆得其宜，公樂也。一泉之旁，豈公樂哉？」〈墨池記〉，敘臨川所傳王羲之墨池，中言：「羲之之書晚乃善，則其所能，蓋亦以精力自致者，非天成也。然後世未有能及者，豈其學不如彼耶？則學豈可以少哉？況欲深造道德者耶？」〈宜黃縣縣學記〉，闡述子固一貫重視鄉學能使士民自幼受教，養深習成，「馴之以自然，而待之以積久」之思想，而慨嘆當時學校之廢，使「以不學未成之材，而為天下之吏，又承衰弊之後，而治不教之民，仁政之所以不行，賊盜刑罰之所以積，其不以此也歟！」〈南軒記〉自言其立身旨意曰：「養吾心以忠，約守而恕行之。其過也改，趨之以勇，而至之以不止，此吾所以求於內者。得其時則行，守深山窮谷而不出者，非也。不得其時則止，僕僕然求行其道者，亦非也。吾之不足於義，或愛而譽之者，過也。吾之足於義，或惡而毀之者，亦過也。彼何與於我哉？此吾之所任乎天與人者。然則吾之所學者雖博，而所守者可謂簡；所言雖近而易知，而所任者可謂重也。」〈思政堂記〉云：「夫接於人者無窮，而使人善惑者，事也。推移無常，而不可以拘者，時也。其應無方而不可以易者，理也。知時之變而因之，見必然之理而循之，則事者雖無窮而易應也，雖善惑而易治也。故所以由之，必人之所安也；所以違之，必人之所厭也。如此者，未有不始於思，然後得於己。得於己，故謂之德。正己而治人，故謂之政。政者，豈止於治文書、督賦斂、斷獄訟而已乎？」〈飲歸堂記〉云：「天下之事大者固可以兼小，未有小不治而能大也。」〈尹公亭記〉云：「君子之於己，自得而已矣，非有待於外者也。……內有以得諸己，外有與人同其好惡，此所以為先王之道，而異乎百家之說也。」〈筠州學記〉慶筠州學校之設，有裨於教化；而謂治經宜「不蔽於傳疏」，修齊之道，「必本於先致其知。」〈徐孺子祠堂記〉謂漢末黨人之堅厲不屈，為世爭義，「漢能以亡為存，蓋其力也。」而徐稚不仕與守義之官亦可嘉，「蓋忘己與為人，與獨善於隱約，其操雖殊，其志於仁一也。在位士大夫，抗其節於亂世，不以生死動其心，異於懷祿之臣遠矣，然而不屑去者，義在於濟物故也。」〈撫州顏魯公祠堂記〉謂顏真卿時：「唐之在朝之臣，多畏怯觀望。能居其間，一忤於世，失所而不自悔者寡矣。至於再三忤於世，失所而不自悔者，蓋未有也。若至於起且仆，以至於七八，遂死而不悔者，則天下一人而已，若公是也。……故公之能處其死，不足以觀公之大。何則？及至於勢窮，義有不得不死，雖中人可勉焉，況公之自信也與？維歷忤大奸，顛跌撼頓，至於七八而終始不以死生禍福為秋毫顧慮，非篤於道者不能如此，此足以觀公之大也。」〈閬州張侯廟記〉為州人築蜀漢張飛廟而作，不得不言神靈事，然又謂：「智足以周於事，而辨至於不惑，則理之微妙皆足以盡之。……聖人者，豈用其聰明哉？善因於理之自然而已。……故古之有為天下者，盡己之智，而聽於人；……謂神之為理者信然，則過矣，蔽生於其智之不周，而過生於其所惑也。」皆善言名理，於見儒之道亦有其親切體驗者也。其為佛寺、道觀所作之記，又不忘其闢佛與道之意，不異罵其題且罵其主之作，丐文者之能否承受與取用，所不計也，則〈墓誌〉

所謂子固「不少貶以合世」者，亦可見矣。故〈分寧縣雲峰院記〉僅美僧道常之能勤生事而斥散餘財；〈仙都觀三門記〉，則諷當時道觀之繁侈；〈菜園院佛殿記〉，則慨佛徒能「用力也勤，刻意也專，不肯苟成，不求速效」，以成其興作，而儒者少「勤行之意，堅持之操」，相習以苟且，「反不及佛之學者」；〈金山寺水陸堂記〉，由僧瑞新之修築潤州金山寺，而慨：「夫廢於一時，而後人不能更興者，天下之事多如此。至於更千百年，委棄鬱塞而不得振於天下者，吾之道也」；〈鵝湖院佛殿記〉，更明言：「學佛之人，不勞於謀議，不用其力，不出賦斂，食與寢自如也。資其宮之侈，非國則民力焉，而天下皆以為當然，予不知其何以然也。」〈兜率院記〉，亦明言僧道：「飛奇鉤貨以病民，民往往嚬呻而為途中瘠者。以此治教信讓，奚而得行也？」為之作記，乃欲使其徒「知已之享利也多，而人蒙病已甚，且以告有司，而諗其終何如焉」。〈宜黃縣縣學記〉，茅坤評：「子固記學，所論學之制與所以成就人材處，非深於經術者不能，韓、歐、三蘇所不及處。」乾隆評：「朱熹未冠而喜讀南豐先生之文，愛其詞嚴而理正，居常以為人之為言，必當如此，乃為非苟作。朱子之景企如是，是以朱子之文絕類之，此篇更為水乳。篇中發明古者學校教人之法，格物致知之要，實為程、朱開先。」方苞評：「觀此等文，可知子固篤於經學，頗能窺見先王禮樂教化之意，故朱子愛而仿效之。」劉大櫆評：「源流備悉，抒寫明暢，是大文字。」姚鼐評：「隨筆曲注，而渾雄博厚之氣，鬱然紙上。」沈德潛評：「漢代以來，能見及此者，罕矣。行文不用間架，每段收住處含蘊無窮。後惟朱子之文肖其神味；王遵巖學曾，不免有形跡也。」林紓評：「文立意高，及收束到本位，又極恰好。惜抱謂有雄渾博厚之氣，信然。」〈筠州學記〉，朱熹評：「南豐作筠州、宜黃二學記好，說行古人教學意出。」姚鼐評：「宜黃、筠州二記論學皆精。……〈筠州記〉體勢方幅，氣力亦稍弱矣。」「子固此文及諸序，皆模子政《戰國策》〈序〉而得其神理者。」〈墨池記〉，乾隆評：「寥寥短章，而使人味之雋永，此曾、王之所長也。」沈德潛評：「用意或在題中，或在題外，令人徘徊賞之。」張伯行評：「小中見大，得此意者，隨處皆可悟學。」浦起龍評：「面面闢通，故切。徒曰小中見大，直捫籥取形耳。」〈醒心亭記〉，張伯行評：「〈豐樂亭記〉，歐公之自道其樂也；〈醒心亭記〉，子固能道歐公之樂也，然則所謂『後天下之樂而樂』者。結處尤一往情深。」〈南軒記〉，乾隆評：「言有本末矣。……豈徒文之雄哉？」張伯行評：「南豐之學，殆所謂博觀眾說以會其通者，故能所守簡而所任重，讀〈南軒記〉而知其人矣。」〈思政堂記〉，乾隆評：「今人視子產何如，而所行之政，皆屬不思而得，然則民生何由而厚？國計何由而是？讀鞏文，能不蒿目於斯世哉！」沈德潛評：「清峭遒折，轉近半山。近日望溪方氏專學此種，已足跨越一時矣。」〈尹公亭記〉，茅坤評：「蘊思鑄辭，動中經緯。」張伯行評：「一起便識踞題巔，此非苟作。」〈撫州顏魯公祠堂記〉，茅坤評：「魯公之臨大節而不可奪處，凡四五，而曾公之文亦足以畫一而點綴之，令人讀之而泫然涕洟不能自已。」儲欣評與柳宗元〈段太尉逸事狀〉：「皆具眼也，皆定論也。」張伯行評：「歐陽公於王彥章之忠則略之，而獨言其善出奇；曾子固於顏魯公之捍賊則略之，而獨言忤奸而不悔，此是文之微婉闡幽處。」〈仙都觀三門記〉，張伯行評：「此記當是齊犨曉夢裡一聲晨鐘。」〈分寧縣雲峰院記〉，沈德潛評：「借道常以激眾人，何等酌量盡善。」〈擬峴臺記〉、〈道山亭記〉則善於寫景者。茅坤評前篇云：「此記大略本柳宗元〈訾家洲〉、歐陽公〈醉翁亭〉等記來。」王慎中評：「繁弦急管，促節會音，喧動嘈雜，若不知其宮商之所存，而度數齊自皦如，使聽者激悚，加以歡悅，此文之謂矣。」儲欣評：「骨力雄剛，溪山如畫，宋記特勍。」張伯行評：「景象歷歷如畫，而歸宿在民康物阜，上下同樂，有典有則之文。」林紓評：「此篇文氣極張，較平日曾文頗不相類。體近李華、杜牧，絕不類柳州。子固之〈道山亭記〉，頗有得柳州風骨，蓋稍能凝染，而融以古澤之筆。此篇則一力奔瀉而下，幾於一發莫收。然工夫在用無數『也』字，為之一駐。讀者先領其氣，當留意於其收煞處，則不至於奔突如不羈之馬。」〈道山亭記〉子固治福州時作，意在表彰前守程師孟之政績，而精彩處則在前幅寫福建山川之險阻，中幅寫州治之交通建築，皆極逼真。前幅云：「其路在閩者：陸出則阸於兩山之間，山相屬無間斷，累數驛乃一得平地，小為縣，大為州，然其四顧亦山也。其途或逆坂如緣絙，或垂崖如一髮，或側徑鉤出於不測之溪上，皆石芒峭發，擇然後可投步。負戴者雖其土人，猶側足然後能進。非其土人，罕不躓也。其溪行，則水皆自高瀉下，石錯出其間，如林立，如士騎滿野，千里下上，不見首尾。水行其隙間，或衡縮蟉糅，或逆走旁射，其狀若蚓結，若蟲鏤，其旋若輪，其激若矢。舟溯沿者，投便利，失分毫，輒破裂。雖其土長川居之人，非生而習水事者，不敢以舟楫自任也。」全文之氣體近永叔，寫景處真得「柳骨」矣。沈德潛評：「建一亭無甚關係，故只就山川險遠上著筆，此做枯寂題法，前水陸二段，何減韓、柳？」〈歸老橋記〉起段自武陵、梁山、白馬湖，逶迤而敘及采菱澗、歸老橋，亦效子厚記永州山水之法，儲欣評：「前段序景，可入圖畫，惜詞遜韓、柳。」〈禿禿記〉敘高密人孫齊，妻居高密，外出為吏，又給娶他婦與納娼，為掩其過，扼殺所生五歲兒禿禿。後有掘地得兒骨者，以其事告子固，子固憤而記之，且曰：「禽獸夷狄於其配合孕養，知不相禍也」，若孫齊，則「禽曾夷狄」之不若。此文信筆而書，然生動處不下古小說，故反為今人所重。

## 奏章

子固奏疏最主要者有五篇：〈熙寧轉對疏〉，作於熙寧二年補外辭朝時；〈自福州召判太常寺上殿劄子〉，作於元豐元年，後改明州不果上；〈移滄州過闕上殿劄子〉，作於元豐三年；〈請令長貳自舉屬官劄子〉、〈清令州縣特舉士劄子〉，作於元豐三年勾當三班院時。子固素重《周官》，與王安石同，元豐元年作之〈乞登對狀〉，仍尊此書；元豐二年守亳州時擬而未上之〈申明保甲巡警盜賊劄子〉，見其推行保甲之制頗力；〈齊州北水門記〉載其治齊修北水門，「僦民為工」，行雇役法，故於安石新法，有未為扞格者。然〈轉對疏〉諷神宗「從善」而無為「邪說」所亂；未果上之〈上殿劄子〉諷神宗宜廣視聽，謂「寡聞則無約，寡見則無卓」；〈奏乞回避呂升卿狀〉謂升卿為京東路察訪，「多端非理」，欲求子固在齊過失；〈乞出知潁州狀〉謂「有見嫉之積毀，無借譽之私援。在外十有二年，更歷七郡。雖有愛君向國之心，無路自通」；〈再乞登對狀〉謂「流離漂泊，藐在外服。有深忌積毀深之莫測，無游談私黨可因轉之，徙八州，推移一紀」：於新黨執政諸人有不滿，亦可窺見。〈請令長貳自舉屬官劄子〉，請酌采陸贄所主由主管長官自舉僚屬之法；〈請令州縣特舉士劄子〉，請於科舉外，兼用州學而太學、而禮部逐級薦舉取士法：皆主於敘明辦法，不求文采。〈熙寧轉對疏〉、〈自福州召判太常寺上殿劄子〉、〈移滄州過闕上殿劄子〉，作於緊要時機，文字較長，頗有反復周詳而整飭之致。然第一篇謂行政宜先正本，正本先求「致知」以「得之於心」，「致知」在「學焉而已矣」，然後「能盡天下之理，則天下之事接於我者，無以累其內；天下之以言語接於我者，無以蔽其外。夫然則循理而已矣，邪情之所不能入也；從善而已矣，邪說之所不能亂也。」否則，「恐欲法先王之政，而智慮有所未審；欲用天下之智謀材諝之士，而議論有所未一，於天下國家愈無補，而風俗綱紀愈以衰壞也。」第二篇亦謂人主之「成德」、「莫不由學」，博學多聞，「知要」、「知奧」之後，乃可以「守約」，「審能是，則存於心者，有以主於內；天下之事，雖其變無窮，而吾所以待之者，其應無方。」第三篇比較自夏、商至宋之政治，祈神宗主政宜「寅畏」，「處之以兢競。」所陳皆子固平日研幾儒術，服膺《大學》，分內外、修齊為兩步所得所持之大道；於時政之得失，雖有微辭見意處，終未能直截為可否，較之歐陽永叔及東坡兄弟奏疏之昌言無畏，氣概有不如矣。〈熙寧轉對疏〉，乾隆評：「此疏在神宗初政，勸以稽古，雖若老生常談，然使神宗果納其言，學於古訓，則所謂『天變不足畏，祖宗不足法，人心不足順』等議論，必不能入於耳而遜於心矣。想當時只作一通文字閱過耳。〈移滄州過闕上殿劄子〉，繁文勝而實意微，不如此疏遠甚。」張伯行評：「文字層層脫換，步步回環，如川增雲升，多少奇觀；而尋其關鍵，只是一線到底耳。朱子謂南豐文峻潔有法度，當於此觀之。」〈移滄州過闕上殿劄子〉，方苞評：「自唐以前，頌美之文，皆琢雕字句，文采豐蔚，以本無義理故也；最上者如《封禪書》，亦不過氣格較古而已。是篇稱引皆本於義理，而又緣飾以經術，遂覺特出於眾，後世文體有跨越前古者，此類是也。」儲欣評：「前美後戒，奏疏中獨創一格。其深厚逼匡、劉，而又廓而大之。此宋文之極盛，歐、蘇所不能為也。」沈德潛評：「原本經術，氣質醇厚，宜下筆時不知有劉向，無論韓愈也。」「同是點竄二典，塗改雅頌，而韓則奇峭，曾則溫醇，各造其極。」「長篇文字，最易筋慵肉緩。文中節節關鎖，層層提挈，重規疊矩，脈絡關通，絕無慵緩之病，學者宜究心焉。」浦起龍評：「深味之，而廣川條對之旨，中壘言事之忱，溢於詞表焉。」〈自福州召判太常寺上殿劄子〉，張伯行評：「文氣敷腴，細讀之則字字濯煉而出，此子固之文所以質實深厚而有味也。」

## 祭文

子固所作哀祭之文，多四言韻語。此體韓退之已窮奇極變，難於方追。子固之作，蘊藉清穩而已，尠能動人。〈祭歐陽少師文〉、〈祭宋龍圖文〉、〈朝中祭錢純老文〉、〈祭亡妻晁氏文〉，其最佳者。〈祭王平甫文〉，用散體，起勢甚佳。平甫為安石弟安國，與兄政見不合；文中極讚平甫而不及安石，似可稍窺子固與安石晚年關係。〈蘇明允哀辭〉，讚蘇洵之文與人亦甚至。子固與洵治學為文路數多不同，而子固極口推服，能見異量之美，器度亦不可及也。〈祭王平甫文〉，儲欣評：「（平甫）文章議論，臨川王氏一門，無出其右。」軒弟而輊兄也。張伯行評：「其文學人品，具見於尺幅中。」〈蘇明允哀辭〉，張伯行評：「古人文字，不溢美一詞，而其人精神愈見，此類是也。」儲欣評：「雄峻。」

## 墓誌、碑、狀

子固誌墓之文，多為循良愛民之吏、潔身好學之士而作，故文亦安詳平正而已，求如韓愈之雄奇而多變，歐陽修之恢閎而豐情，不可得也。前者如為戚舜臣、陳樞、孔延之、曾誼等所作之墓誌銘是也；後者如為王冋、胥元衡、范端、劉伯聲及兄曄、弟宰、侄覺等所作之墓誌銘是也。為錢藻純老作者，其人稍顯達；為王逵仲達作者，其行稍魁傑矣。王安石父益、母吳氏、祖母謝氏之墓誌，蘇軾祖父序之墓誌，皆以屬子固，其文固亦為賢者所重。其誌次妹、九妹、長妹墓，及所作〈亡妻宜興縣君文柔晁氏墓誌銘〉、〈二女墓誌〉，則可與柳子厚之〈亡姊崔氏夫人墓誌蓋石文〉、〈亡姊前京兆府參軍裴君夫人墓誌〉、〈亡妻弘農楊氏誌〉、〈下殤女墓磚記〉、〈小侄女墓磚記〉相伯仲；而歸有光之〈女二二壙誌〉、〈女如蘭壙誌〉，則顯效柳、曾者也。〈虞部郎中戚公（舜臣）墓誌銘〉曰：「蓋世之為聰明立聲威者，雖荒諼悖冒無不遇於世，至恭讓質直不能馳騁而遇困蹶者，獨不可稱數。」〈庫部員外郎知臨江軍范君（端）墓誌銘〉曰：「當是之時，天下之主財利者，方務於急聚斂，治民者以立聲威為賢，交四方之賓客者，又往往向意於卑辭貌、煩饗燕贈送之禮，以其故能傾士大夫，以干天下之譽。」〈刑部郎中致仕王公（逵）墓誌銘〉曰：「君為人好為奇計，欲以功名自顯，不肯碌碌。所至威令大行，遠近皆震。然當是時，天下久平，世方謹繩墨，蹈規矩，故其材不得盡見於事。而以其故，亦多齟齬，至老益窮。」則自不同方面以書當時官風士習之惡陋。〈都官員外郎曾君（誼）墓誌銘〉曰：「楚（州）飢，四方之船粟至者，市易吏定取價賤，予價貴，計其贏取於民，而粟未嘗出納也，販者為不行，人以乏食。又取民之食其技者錮於官禁，不得私鬻，市里騷然。」此則以親歷而書行「市易法」官吏之殃民者，子固友安石，又未嘗明非新法，其言不能視為矯誣矣。〈都官員外郎胥君墓誌銘〉，為胥元衡作。元衡偃子，偃為翰林學士，歐陽修元配之父也，胥夫人早卒。《宋史》云：「偃糾察刑獄，范仲淹尹京，偃數糾其立異不循法者。修方善仲淹，因與偃有隙。」〈志〉中云：「蓋天聖之間，翰林君方處顯，好收獎天下之士，而名能知人。士之出於其時，有盛名於天下者，多翰林君發之。」於受知者，不舉修名，蓋亦有所為云。〈虞部郎中戚公墓誌銘〉，張伯行評：「文字蒼勁峻潔，全學太史公來。」為軾祖序作之〈贈職方員外郎蘇君墓誌銘〉，乾隆評：「鞏金石文字簡貴得史法如是，則其他語複詞重，人所詬病為多者，蓋亦必有義矣。昔人謂學古文者有二弊：一為減字法，一為換字法，切中貌古者之病。鞏豈不能為減字耶？」碑狀文如〈太子賓客致仕陳公（巽）神道碑銘〉、〈秘書少監贈吏部尚書陳公（世卿）神道碑銘〉、〈故尚書刑部郎中充天章閣待制兼侍讀孫公（甫）行狀〉，為大臣作，頗典重有則。

# 六
# 王安石文說

## 總說

介甫於神宗朝翊創「新法」，譽之者謂其見識為三代以後一人，毀之者謂其肇「靖康亡國」之禍；今且有以贊同「新法」與否，為劃分時人政治態度是否進步之界域者：此皆不得其平。夫「新法」於今日為旁觀之推理，似皆可以補救時弊，且非不可施行。然當日施行，其效果多與神宗、介甫之素願相違，事實不可抹殺。蓋政治理想，其利似甚顯明者，亦往往有弊伏焉，此其弊有可預見而主者慮之不周，有不易預見雖旁人亦料之不及者。「新法」之行，弊伏利中，有介甫本人慮所不周，不能更為斟酌損益；亦有他人料所不及，而或先是後非者。此乃各種社會因素複雜交錯之原故，非可率意孤行與定奪是非。其次為君主時代，一切良法美政，苟執行不得其人，皆可資官吏上下其手以謀私利，所謂有治法必有治人是也。「青苗」之法，介甫自行於知鄞縣時，有治人矣，民得其利；推行於全國，不能得治人，而官吏抑借邀功以禍民之事騷然矣。介甫自信過堅，目一切異己之見為流俗，不能虛懷納言，故端人不能久與共事，所倚多奸佞之徒，「新法」終致失敗，介甫亦不免為人所賣，富強之效未達，新舊之爭迭起，國事益不可問矣。故今日論史，不能唯「新法」之行是美，而謂指陳厥弊者，辭皆片面不實，人皆保守落後也。余論介甫文，不欲詳論「新法」之得失，然今日評論歐陽永叔及三蘇者，每為此事所溷，於論介甫亦然，故於此不能不稍一言及焉。

宋劉塤《隱居通義》謂介甫文有「抑揚有味，簡古而蔚」者。元吳澄《臨川王文公集》〈序〉云：「荊國文公，才優學博而識高。其為文也，度越流輩。其行卓，其志堅，超超富貴之外，無一毫利欲之汩，少壯至老死如一。其為人如此，其文之不易及也固宜。」方孝孺《張彥輝文集》〈序〉：「介甫狹中少容，簡默有裁制，故其文能以約勝。」王宗沐《臨川文集》〈序〉：「（荊）公文章根柢《六經》，而貫徹三才，其體簡勁精潔，自名一家。生平展措，無出於使還一書。」茅坤《唐宋八大家文鈔》：「王荊公湛深之識，幽渺之思，大較並本之古六藝之旨，而於其中別自為調，鑱刻萬物，鼓鑄群情，以成一家之言也。」「荊公之雄不如韓，逸不如歐，飄宕疏爽不如蘇氏父子兄弟，而匠心所注，意在言外，神在象先，如入幽林邃谷而杳然洞天，恐亦古來所罕者。」艾南英〈再答楊惟節書〉：「竊謂表傳文字最難措手。以三蘇之才，長於議論，而不長於序事，使韓歐獨有千古。次則荊國之簡嚴，觀其剪裁詳略，輕重去取，其許人也，甚簡其條；著大節也，常汰其細瑣；然後知古人用心苦處，有不必盡存其人者，乃所以深存其人也。」清儲欣《唐宋十大家全集錄》：「介甫之人勿具論，論其文。世之品王文者，吾聞其說矣，曰幽以遐，曰峭以刻，此見其委耳。……蓋介甫有高於千古之才，有博於千古之學，有奇於千古之癖，面垢不洗，衣垢不浣，致志並力，以肆其學而成其才，是以能化也，此所謂源也。由之抑之而峭然以幽，舒之而邈然以遐，激發之而峭，固存之而刻；施之議論、紀載，大篇短章，無不可者，所謂左右逢源者，其委也。」方苞《古文約選》〈序例〉：「序事之文，義法備於《左》、《史》。退之變《左》、《史》之格調而陰用其義法，永叔摹《史記》之格調而曲得其風神，介甫變退之之壁壘而陰用其步伐。」姚範《援鶉堂筆記》：「王荊公堅瘦，又昌黎一節之奇。」袁枚〈答平瑤海書〉：「雖王半山措施不當，致禍宋室，而其平生稷、契是命，欲有所建立之志，何嘗不矜矜自持？故所為文勁折遒峭，能獨往獨來於天地間。」姚鼐《古文辭類纂》哀祭類：「楚人之辭至工，後世惟退之介甫而已。」劉大櫆《論文偶記》:「文辭奇峭,推闡入深。」范泰恒《古文凡例》:「王介甫文敘事遜歐,而議論勝之,其遒折處,文品尤貴,更非曾所及也。」梁章鉅《退庵隨筆》:「唐宋諸家如歐、蘇、王,皆深於經學,著有成書,……且皆夙負經濟,如韓之〈論淮西事宜〉及〈論黃家賊狀〉,歐公、王荊公之奏疏,蘇之奏疏及策論,豈可以模仿剽竊為之者。」《初月樓古文緒論》載吳德旋語:「古來博洽而不為積書所累者,莫如王介甫。渠作文直不屑用前人一字,此所以高。其削盡膚庸,一氣轉折處,最當玩。」包世臣《藝舟雙楫》:「介甫詞完氣健,饒有遠勢。」「介甫鷙驁,能往復自成其說。」劉熙載《藝概》:「王介甫文取法孟、韓。」「介甫文之得於昌黎,在陳言務去。」「介甫文似荀、揚。荀好為其矯,揚好為其難。」「荊公文能以品格勝者,看其人取我棄,自處地位盡高。」「半山善用揭過法,只下一二語,便可掃卻他人數大段,是何簡貴!」「介甫之文長於掃。」「謝疊山評荊公文曰:『筆力簡而健。』余謂南人文字失之冗弱者十常八九,殆非如荊公者不足以矯且振之。」「半山文瘦硬通神,此是江西本色,可合黃山谷詩派觀之。」「荊公〈遊褒禪山記〉云:『入之愈深,其進愈難,而其見愈奇。』余謂深、難、奇三字,公之學與文,得失並見於此。」「介甫文每言及骨肉之情,酸惻嗚咽,語語自肺腑中流出,他文卻未能本此意擴而出之。」近人梁啟超《王安石評傳》:「其理之博大而精闢,其氣之淵懿而樸茂,實臨川之特色。」「集中碑誌之類,殆二百篇,而結構無一同者。……昌黎而外,一人而已。」劉師培《論文雜記》:「介甫之文最為峻削,而短作尤悍厲絕倫,且立論極嚴,如其為人。」陳衍《石遺室論文》:「大約宋六家之文,歐陽公最長於層累舖張,多學漢人晁錯〈貴粟重農疏〉、淮南王安〈諫伐越閩越書〉、班孟堅《漢書》各傳而濟以太史公傳贊之抑揚動盪;曾子固專學匡、劉一路;蘇明允揣摩子書,與長公多得力於《孟子》;荊公除《萬言書》外,各雜文皆學韓,且專學其逆折處。

桐城人之自命學韓，專學此類。」吳闓生《古文苑》:「荊公崛起宋代，力追韓軌，其倔強之氣，峭折之勢，樸奧之詞，均臻閫奧；獨其規模稍狹，故不及韓之縱橫排蕩，變化噴薄，不可端倪。然戛戛獨造，亦可謂不離其宗者矣。」姚永樸《文學研究法》:「臨川王氏差近退之，要亦不過峭折而已，未能雄渾也。」呂誠之先生《宋代文學》:「荊公文格，在北宋諸家中為最高；或謂八家中除韓文公外，即當推荊公云云。荊公為文，與歐公異，歐公之文，皆再三改削而成。荊公則運筆如飛，初若不經意，既成，見者皆服其精妙，蓋其天分，實有不可及者在也。荊公文世皆賞其拗折，其實其不可及處，乃在議論之正大，識解之高超，筆力之雄峻。具此三者，拗折則自然而致。……〈上皇帝書〉，實為宋代第一大文。當時堪與方比者，惟蘇東坡之〈上皇帝書〉。然坡公襲用當時文體，雖論者稱其高朗雄偉，為宣公所不及，然較之荊公此篇，則氣格卑下矣。其說理之文，如〈原性〉、〈性情論〉等，皆謹嚴周匝。細讀之，真覺如生鐵鑄成，一字不可易。《周禮義》〈序〉、〈度支廳題名記〉，不啻政見之宣言書，苞蘊宏富，而皆百許字盡之。讀之只覺其精湛，不覺其艱深，此則雖韓公不能，他家勿論也。敘事之作，亦因物賦形，曲盡其妙。即就誌銘一體觀之，或則隨筆鋪敘，或則提挈頓挫，或寓議論感慨，或敘離合死生，數十百篇，無一篇機杼相同者，真可謂筆有化工矣。」評論其人與其文，抑揚皆略有出入；而謂介甫文為廉悍勁折，則差可得其大同云。

## 奏章

介甫奏章，以〈上仁宗皇帝言事書〉為第一。此文長八千二百餘字，自提點江東刑獄入為度支判官時作。李燾《續資治通鑑長編》、《宋史》本傳、沈欽韓《王刑公文集注》、蔡上翔《王荊公年譜考略》，皆繫仁宗嘉祐三年。李壁《王荊公詩集注》，則繫嘉祐四年，以授官在三年，入朝在四年，高步瀛《唐宋文舉要》以李說為合，今從之。時介甫年三十九，治經治學，所積已多；任外官數任，閱歷亦不淺；初入朝堂，得機便以陳其懷抱，不欲約之使短也。此文於當時政事之利弊，縱系橫連，涉及雖多，然中心主旨，在謂當時可用之「人才不足」，而其故在「陶冶而成之者非其道」，非其道，見於「教之養之取之任之」四端；改革之道，亦必並行於此四端，且須「慮之以謀，計之以數，為之以漸」，「勉之以成，斷之以果」。分層申敘，綱舉目張，可謂能以一線貫串到底，而又旁推交通，使論理暢達而又論證充分者也。在介甫文中，為最充沛暢直之作，而廉悍勁折之勢，亦時時見之。書中所論，頗能切中時病。然謂：「所謂士者，又非特使之不得見異物而已，一示之以先王之道，而百家諸子之異說，皆屏之而莫敢習者焉。」欲定思想於一尊近董仲舒；「惟其創立法制之艱難，而僥倖之人，不肯順悅而趨之，故古之人欲有所為，未嘗不先之以征誅而後得其意。」欲以強制行改革近申、韓；「因人情之患苦，變更天下之弊法，以趨先王之意甚易也。」「斯為合於當世之變，而無負於先王之道，則天下之人才不勝用矣。人才不勝用，則陛下何求而不得，何欲而不成哉？」視改革為甚易收效之事，而自忘篇首所引孟子「徒法不能以自行」之言：皆與後來推行「新法」自用過甚而致敗，不無關係。茅坤評：「荊公以王佐之學，與王佐之才自任，故其一生措注，已盡於此書中。」「此書幾萬餘言，而其絲牽繩聯，如提百萬之兵，而鈎考部曲，無一不貫。」儲欣評：「荊公此書，只是要改制變法，大肆更張耳。胸中有無數見解，無數話頭，卻尋出『人才不足』四字統之。架堂立柱，將胸中所欲言者，盡數納入，隨機大發，故議論愈多，頭緒愈整，由其以一線貫千條也。」「昌黎〈原道〉，論之絕也；〈平淮西碑〉，碑之絕也；老泉〈審勢〉，策之絕也；介甫〈言事書〉，書之絕也。」方苞評：「歐、蘇諸公上書，多條舉數事，其體出於賈誼〈陳政事疏〉。此篇只言一事，而以眾法之善敗經緯其中，義皆貫通，氣能包舉，遂覺高出同時諸公之上。」劉大櫆評：「其行文曲折暢達，極文章之能事，而局設分析，不及古人之高渾變化。」沈德潛評：「陶冶人才，以立先王之政，此立言大意也。前提出『教之、養之、取之、任之』四綱，先用正說以申之；又用反說以行之，總束前文。又生出『慮之以謀，計之以數，為之以漸』三項；又轉出『勉之』、『斷之』以作歸宿；末又勸人主排眾議以行己說。他日變更我法，以毒禍天下，隱兆於此矣。然其行文，部勒有方，如大將將數十萬兵而不亂，中間絲聯繩牽，提挈變化，起伏照應收繳，動嫺法則，則極長篇之能事。」「紀綱頹靡以後，固須振攝一番。介甫特振攝太過，未免矯枉而戾乎人情，所以紛更兆禍耳。若謂其言全無足取，恐未必然。」張伯行評：「介甫胸中原將一代弊政看得爛熟，欲取先王法度來改易更革一番，其志其才，皆是不可一世。惜其所講求者，皆先王法度之跡，而本領則未之知也。程子曰：『有〈關雎〉、〈麟趾〉之意，然後可以行《周官》之法。』介甫不知此意，而徒講求於法，又以堅僻之意見，主張其間，其貽害不亦甚哉！此書滾滾萬言，援據經術，操之則在掌握，放之則彌六合，誠千古第一文字。讀者要覷破介甫學術本領，則得之矣。按呂東萊曰：『介甫變法之蘊，略見於此書。』特其學不用於嘉祐，而盡用於熙寧，道之升降，蓋有在也。」「新法」得失，不宜輕評。若謂「高出時人」，盡掩歐、蘇奏疏；或陳一事逾於陳眾事，欲求「高渾」而以不用綱目條舉之法為更優，則亦一偏之見也。嘉祐四年六月，介甫直集賢院，冬奉命送契丹使北歸，回朝後有〈擬上殿劄子〉，所述旨意與〈上仁宗皇帝言事書〉同，特提挈其要，不加詳論而已。〈上時政疏〉，嘉祐六年知制誥時作。謂當時「官亂於上，民貧於下，風俗日以薄，財力日以困窮」，天下之安，僅「可以徼幸於一時，而不可以曠日持久」；宜下〈書〉所言「藥不瞑眩，厥疾弗瘳」之決心，「大明法度」、「眾建賢才」，然後有濟。雖論之未詳，而辭頗激切，故蔡上翔評：「當仁宗享國日久之年，直舉晉、梁、唐三帝為戒而無所忌諱。非公不能為此言也。」神宗朝重要奏疏，僅存〈本朝百年無事劄子〉、〈進戒疏〉、〈上五事劄子〉三通。〈本朝百年無事劄子〉，據楊仲年《皇宋通鑑長編紀事本末》：「神宗熙寧元年四月乙已，詔新除翰林學士王安石越次入對，上問王安石：祖宗守天下，能百年無大變，粗致太平，以何道也？」安石退而書奏，乃此文。前述宋王朝之帝德，後述當時政治之積弊。曰：「賴非夷狄昌熾之時，又無堯湯水旱之變，故天下無事，過於百年。雖曰人事，亦天助也。」此以太平無事出於天幸為不足恃，示諷戒也。「農民壞於徭役，而未嘗特見救恤，又不為之設官，以修其水土之利。」「其於理財，大抵無法。故雖儉約而民不富，雖憂勤而國不強。」變法之微意也。茅坤評：「此篇精神骨髓，荊公所以直入神宗之脅，全在說仁廟處。可謂搏虎屠龍手。」吳汝綸評：「綱舉目應，章法高古。自首至尾，如一筆說。所謂瑰瑋雄放也。」〈進戒疏〉作於熙寧二年五月參加政事時，謂「不淫耳目於聲色玩好之物，然後能精於用志；能精於用志，然後能明於見理；能明於見理，然後能知人，能知人，然後佞人可得而遠，忠臣良士與有道之君子，類進於時，有以自竭：則法度之行、風俗之成甚易也。」神宗既有「聖人之材」，當施「聖人之澤」，「自愛以成德，自強以赴功」。亦變法者之語氣。儲欣評：「聽其言也，雖皋、禹陳謨，亦復何別？」沈德潛評：「頗得大臣格心之義，此孔子所謂不以人廢言也。亦且典要通明，不須枝葉。」張伯行評：「荊公此篇，極得格心之道。」〈上五事劄子〉，作於熙寧五年，時同中書門下平章事，主持「新法」，言「和戎」之策已見效，「青苗」之令已行；惟「免役」、「保甲」、「市易」尚須緩圖，苟「得其人」而行之，「免役之法成則農時不奪而民力均矣；保甲之法成則寇亂息而威勢強矣；市易之法成則貨賄通流而國用饒矣。」核之於史，當時三法已宣布施行，而文頗輕描淡寫，未見諸法擘畫之端、施行之跡。余讀介甫諸疏，所感有二：其一，其論宋帝之德，論學校養士之效，論為政必先「見理」，尤以〈上仁宗皇帝言事書〉、〈擬上殿劄子〉反復言：「臣以謂當今之失患在不法先王之政者，以謂當法其意而已。」與曾子固平日奏疏序論之言相合甚多，則子固早年上書永叔，推服介甫極至，宜無足異也。其二，在仁宗朝，介甫未執政，有萬言疏。神宗朝，介甫執政，於「新法」之推行，反無長篇奏疏以闡明厥旨，駁斥異論，與史載雙方之激烈爭執，大不相符；且此劄論行「三法」須「得其人」及「緩而圖之」云云，又與反對者口吻相近。則沈氏《王荊公文集注》所引陳瓘《尊堯集》〈序〉，謂介甫退居金陵之後，奏疏多所刪削，於「理財為先務」之說盡去之，且有「他人極論之辭，掠為己有」者。倘非盡攻擊之辭歟？蔡上翔《年譜考略》評〈上五事劄子〉云：「保甲為萬世良法，而役法至宋時而大弊。數者得其人行之則為大利，非其人行之則為大害，公固自言之如此。曷嘗有意於任用小人？而議者動以挾管、商之術誚之，惡足以知經營天下之大計哉？」楊希閔《熙豐知遇錄》評：「玩此劄子，利害之數，公早熟計於胸，亦深戒用小人，而尤意在於緩謀。可知汲汲謀之者，出上（神宗）之意；信用惠卿者，亦上專之。諸家記載，影響附會，顏淵拾塵，陳平盜嫂，古且慨之，矧又多恩怨之私乎？必存此劄子，人乃是非了然，故是論公生平一大節目處。」則是為介甫辯護者。

介甫駢體諸表，對仗必工，而字句長短不拘四六，以散為駢，以直馭曲，蓋自宣公之靈動，永叔之和暢變而為簡勁者。其謝執政、請罷政諸表最工，如熙寧三年〈除平章事監修國史謝表〉云：「矧以拙直而見知，遂為奸回之所忌。」謂神宗「數加獎勵之恩，每辨讒誣之巧。」「樂古訓之獲而忘其勢，惡邪辭之害而斷以心。」望其「勿貳於任賢，務本以除惡」。熙寧七年〈乞罷政事表〉第一道謂神宗：「收於眾惡之中，諉以萬機之事。構讒誣而交至，輒賜辨明；推孤拙以直前，每蒙開納。」〈乞退表〉第二道云：「當循名責實之時，故任怨特多於前輩；兼譏令改制之事，故服勞尤在於一身。」第三道云：「忠或不足以取信，而事事至於自明；義或不足以勝奸，而人人與之為敵。」第四道云：「臣以羈孤，旁無攸助。一言竊意，特見甄收。適遭欲治之盛時，實預扶衰之大義。事或乖於眾口，而陛下力賜辨明；言有逆於聖心，而陛下常垂聽納。此臣所以履艱虞而不忌，服勤苦而不辭。雖百度搶攘，未就平成之敘；然四年黽勉，非無夙夜之勞。」多以奸回責人，而忠鯁自恃。惟〈乞罷政事表〉第二道云：「志欲補於休明，失在信書；事浸成於迂闊，每煩眾論。」雖似自責，猶譏眾論。此皆負氣過人，而語則可誦矣。儲欣評〈乞罷政事表〉第一道：「用成語若臆出。」評〈乞退表〉第二道：「一氣旋轉似韓吏部。」〈朱炎傳聖旨令視事謝表〉，元豐初再罷相之作，中云：「有能必獻，未嘗擇事而辭艱；無力可陳，乃始籲天而求佚。」儲欣評：「音節淒楚。」〈賀韓魏公啟〉，氣象煌煌，可誦之句亦多。

## 論文

《臨川集》「論議」之文，論性、情、命有〈揚孟〉、〈命解〉、〈性情〉、〈原性〉、〈性說〉、〈對難〉、〈推命對〉諸篇。〈揚孟〉篇謂揚、孟論性與命，「各有所當」，「非有異也」。孟子主性善，楊雄主性善惡混。《孟子》〈盡心〉謂：「盡其道而死者，正命也；桎梏死者，非正命也。」「莫非命也，順受其正。」楊雄《法言》〈問明〉謂：「命者，天之命也，非人為也。人為不為命。」介甫謂：「孟子之所謂性者，正性也；揚子之所謂性者，兼性之不正者言之也。揚子之所謂命者，正命也；孟子之所謂命者，兼命之不正者言之也。」〈命解〉謂孔子欲行道而不得，然「不以弱而離道」；孟子欲行禮而不得，然「不以賤而失禮」，以其知「有命」故不畏乎「困」也。人欲

「正命」，則不能「離道以合世，去禮以從俗」。其起筆曰：「先王之俗壞，天下相率而為利。則強者得行無道，弱者不得行道，貴者得行無禮，賤者不得行禮。」以慨所謂「命」者之不正，語極沉痛。〈性情〉篇謂：「喜怒哀樂好惡欲未發於外而存於心，性也；喜怒哀樂好惡欲發於外而見於行，情也。性者情之本，情者性之用。」故曰：「性情一也。」「如其廢情，則性雖善，何以自明哉？」「誠如今論者之說，無情者善，則是若木石者尚矣。」「蓋君子養性之善，故情亦善；小人養性之惡，故情亦惡。故君子之所以為君子，莫非情也；小人之所以為小人，莫非情也。」此斥主「性善情惡」，墜佛、老之枯寂而抑情者之論也。〈原性〉云：「性者，有生之大本也。」「性生乎情。有情而後善惡形焉，而性不可以善惡形也。」「則善惡者，情之成名而已矣。」故於孟子性善、荀子性惡、楊雄「性善惡混」、韓愈性「三品」之說皆不以為然。謂「諸子之所言，皆吾所謂情也，習也，非性也」。篇中謂「吾所安者，孔子之言而已」。而其論實近告子，告子謂「生之謂性」，「性無善無不善」。〈性說〉重申主孔子「性相近也，習相遠也」之說。謂「上智」者習於善，「下愚」者習於惡，「中人」者習兼善惡，「其卒也命之而已矣」。卒者，「習」之後果；命者，「上智」等三者之名。孔子所謂「不移」者，介甫以為指「習」之不移，故云：「皆於其卒也命之，非夫生而不可移也。」以性為天生而無善惡之旨亦顯然。告子論性，為孟子所斥；後儒並尊孔、孟，故論性異孟而近告者，亦不敢明言其近告，特歸宗於孔而已，介甫與東坡兄弟皆如此。〈對難〉，設為答疑其〈揚孟論〉者之辭。介甫論「命」，實本孟子；《孟子》〈盡心〉之「立命」，朱熹釋為「以全其天之所付，不以人為害之」。則「命」亦天之所付。故篇中云：「所謂命者，蓋以謂命之於天云耳。」「又豈惟禍福哉？凡人之聖賢不肖，莫非命矣。」《孟子》〈盡心〉又言：「聖人之於天道也，命也，有性焉，君子不謂命也。」篇中本之而言曰：「是以聖人不言命，教人以盡乎人事而已。」此主以「盡人事」為習善、合道、順天、正命之要，則有積極意義。以上諸篇，為哲理之闡釋；〈推命對〉則切近行事。本篇謂「善推命知貴賤禍福者」之術為「誕謾虛怪」不足信，介甫不迷信天道術數之言也。文云：「夫貴若賤，天所為也；賢不肖，吾所為也。吾所為者，吾自知之；天所為者，吾獨懵乎哉？」賢不肖與貴賤禍福之常與不常，「此吾知之無疑，奚率彼（指術士）者哉？」「故君子修身以俟命，守道以任時，貴賤禍福之來，不以沮也。」《宋史》謂介甫嘗言：「天變不足畏，祖宗不足法，人言不足恤。」以譏其狂悖。介甫非直接為此言，而其思想固實際如此；此言不足以定介甫之狂悖，而適以見介甫之進步思想與強毅精神。本篇非術數，特介甫「不畏天命」之一端，而其進步思想在當時亦足貴矣，讀介甫〈汴說〉，可知當時京師權貴迷信卜相推命之術為如何嚴重也。其它論哲理與德性者，尚有〈大人論〉、〈致一論〉、〈九變而賞罰可言〉、〈勇惠〉、〈仁智〉、〈中術〉、〈行術〉、〈太古〉、〈原教〉、〈原過〉諸篇。〈大人論〉謂「神、聖、大人」三者，「皆聖人之名」，「由其道而言謂之神，由其德而言謂之聖，由其事業而言謂之大人。」「故所謂神，當在於盛德大業。」「神之用在乎德業之間。……神非聖則不顯，聖非大則不形。」斥世人「以為德業之卑，不足以為道，道之至，在於神耳，於是棄德業而不為」。以高談「神聖」而輕「德業」為不足取。〈致一論〉，謂聖人窮理至精，在能「致乎一」，「天下之理，皆致乎一，則莫能以惑其心也。」致一，求「精義」也。「語道之序，則先精義而後崇德；及喻人以修養之道，則先崇德而後精義。蓋道之序則自精而至粗；學之之道，則自粗而至精。」故致一窮理，非「寂然不動」，將以「致用」也。學者之養，宜求於《易》所謂「安身」與「崇德」；「而又能致其用於天下」。「苟欲安其身崇其德，莫若藏器於身，待時而後動也。」「致用於天下者，莫善乎治不忘亂，安不忘危；莫不善乎德薄而位尊，智小而謀大。」文中於「一」者為何物，未能明言，此其不足；然窮理而欲歸於致用，致用而及於天下治亂安危之事，則不為蹈虛矣。《莊子》〈天道〉云：「先明天而道德次之，道德已明而仁義次之，仁義已明而分守次之，分守已明而形名次之，形名已明而因任次之，因任已明而原省次之，原省已明而是非次之，是非已明而賞罰次之。」自「明天」至「賞罰」，由知理而行政，其演進之序有九，名之曰「九變」，故介甫據以作〈九變而賞罰可言〉。介甫宗儒，然於道家之言以為足取者亦取之，非拘墟者可比。文中云：「莊周，古之荒唐人也，其於道也，蕩而不盡善。……其言之若此者，聖人亦不能廢。」然介甫為此文，非為申莊而申莊，非為明天而明天，其用意在借莊言以斥後世之君逆天道，不修德，是非不明而濫行賞罰耳。其言曰：「吾（指後世之君）為吾之所為而已，安取彼（指天）？於是遂棄道德，離仁義，略守分，慢形名，忽因任，而忘原省；直信吾之是非，而加人以其賞罰。於是天下始大亂，而寡弱者號無告。」〈勇惠〉篇，謂世人以為「惠者輕與，勇者輕死」，而疑孟子「可以與，可以無與，與傷惠；可以死，可以無死，死傷勇」之言為誤，實自誤。介甫謂「君子之行」，「其未發也，慎而已矣；其既發也，義而已矣。」「必於義無所疑而後發」，「蓋不苟而已也」。故孟子之言為然，而可云「惠者重與，勇者重死。」重者，不苟。此文申度義而後行之旨，而無取於「過」與「不及」之行也。〈仁智〉謂本其所有，「發之於事而無不當於仁也」為仁；本其所思，「發之於事而無不當於仁也」為智；能盡仁道而化民則為聖。故曰：「仁者，聖之次也；智者，仁之次也。」〈中述〉謂「聖人所求於人者薄，所以取人者厚」。然「辨是與非無所苟也。」孔子罪宰予，又取其入「言語」之科；罪冉有，又取其入「政事」之科。罪者，辨是非，取者，求薄取厚也。文云：「故薄於責人，而非匿其過；不苟於論人，所以求其全。聖人之道，本乎中而已。《春秋》之旨，豈易於是哉？」〈行述〉，謂孔子僕僕然周遊列國，非不知道之不行，特如子路所云：「君子之仕，行其義也。道之不行，已知之矣。」知而求之不已，為行義也；行雖困而不餒，知立命也。〈太古〉，謂「太古之人，不與禽獸朋者幾何？聖人惡之也，制作焉以別之。」後世之放侈為惡者，「蕩然復與禽獸朋矣」；然救世之弊，當「言所以化之之術」，不能復「歸之太古」，為「非愚則誣」之舉。其論聖人之教民制作與治生，與韓愈〈原道〉之旨同，今人多斥韓愈之說，不知此為儒者之共同局限，其肇始在儒經，而《易》〈繫辭〉言之尤詳。此其局限，雖今人所尊之介甫亦不能免。今人橫分介甫與退之為落後與進步之兩類人，不知兩人皆宗儒，其根本思想何曾截然有別？何曾為對立之兩類人？此文明斥道家之復古則難得，其言曰：「昧者不知所以化之之術，顧引而歸之太古。太古之道果可行於萬世，聖人惡用制作於其間？……顧欲引而歸之，是去禽獸而之禽獸，奚補於化哉？」〈原教〉，謂「善教者藏其用，民化上而不知所以教之之源；不善教者反此，民知所以教之之源，而不諴化上之意」。善教者，謂以德化民；不善教者，謂繁於「法令誥戒」；化上，謂受上所化。此儒家之旨又兼取黃、老之術者也。其主「以道擾民」，而斥「以道強民」之虐政，則有為而發。此處「擾」之為訓，謂安撫馴養，非謂擾亂也。〈原過〉謂天地有災變，亦天地之過。「天地舉有過，卒不累覆且載者何？善復常也。人介乎天地之間，則固不能無過，卒不害聖且賢者何？亦善復常也。」復常，為改過遷善；既復常矣，而又曰：「非其性，是率天下而戕性也。」刺迂儒之絕人改過自新也。

其論禮樂政事者，有〈諫官論〉、〈材論〉、〈禮論〉、〈禮樂論〉、〈三不欺〉、〈非禮之禮〉、〈王霸〉、〈進說〉、〈取材〉、〈興賢〉、〈委任〉、〈知人〉、〈風俗〉等。〈禮論〉，謂「禮始於天而成於人」，「始於天」，謂順人之性。人之性有「善」端，故聖人可「因其性之欲而為之制（禮）焉」。荀子〈性惡〉篇曰：「人之性惡，其為善者偽也。」

又曰:「聖人化性而起偽。」其所謂「偽」，指「人為」；介甫誤認其指「作偽」。故文之起段即云:「嗚呼！荀卿之不知禮也。其言曰:聖人化性而起偽。吾以是知其不知禮也。知禮者，貴乎知禮之意，而荀卿盛稱其法度節奏之美，至於言化，則以為偽也，亦烏知禮之意哉？」所謂「盛稱其法度節奏之美」者，指荀卿所作之〈禮論〉。文謂「制禮雖有以強人，而乃順其性之欲也」。「以謂天性無是而可化之使偽耶？則狙猿亦可使為禮矣。」以制禮須順人性，則言似辯而實正也。〈禮樂論〉，謂先王「體天下之性而為之禮，和天下之性而為之樂。……是故大禮之極，簡而無文；大樂之極，易而希聲。簡易者，先王建禮樂之本意也。」「禮樂所以養人之性也。」自其意失傳，「天下之言養生修性者」，乃「歸於浮屠、老子」矣。《孟子》〈離婁〉云:「非禮之禮，非義之義，大人不為。」介甫以為禮之是非，有古今之變，「跡同而實異」者，在乎行者之能權變而得其宜。本此以作〈非禮之禮〉，發揮其略跡求實、注重時變之革新思想，其言曰:「古之人以是為禮，而吾今必由之，是未必合於古之禮也；古之人以是為義，而吾今必由之，是未必合於古之義也。夫天下之事，其為變豈一乎哉？固有跡同而實異者矣。今之人諰諰然求合於其跡，而不知權時之變，是則所同者古人之跡，所異者其實也。事同於古人之跡而異於其實，則其為天下之害莫大矣。此聖人所以貴乎權時之變者也。」〈諫官論〉，謂當時諫官職微而責重；又不能與丞弼俱進於君前，以先知得失而「救之於將然」，必待命出乃能知能諫，設置非其道。〈材論〉，謂:「天下之患，不患材之不眾，患上之人不欲其眾；不患士之不欲為，患上之人不使其為也。」然國不得其材，材不得其用，天下不能治。故人君必「盡其道以求而試之。試之之道，在當其所能而已。」「如能用天下之材，則能復先王之法度。」〈三不欺〉，謂論者言「君任德則下不忍欺，君任察則下不能欺，君任刑則下不敢欺。」此非「聖人為政之道」，蓋三者可「兼用」未可「獨任」；「聖人之政，仁足以使民不忍欺，智足以使民不能欺，政足以使民不敢欺。」〈王霸〉，謂「仁義禮信，天下之達道，而王霸之所同也。」王者「以仁義禮信修其身而行之政，則天下莫不化之也。」「霸者之心為利，而假王者之道以示其所欲」，其惠不能廣。其「心異」，其「事異」，則「其功」亦「異」，〈進論〉，謂古者行「井田」制，士家有所養，不必汲汲求仕進；後世「井田」廢，士之家或不能得其養，故多汲汲求進，不能「自重以有恥」。文曰：「使今之士不若古，非人則然，勢也。勢之異，聖賢之所以不得同也。」又謂當時士之進，必合科舉之「法度」，「又重以有司之好惡不可常」；科舉取士以其「言」，又「不得其所謂言」，其進與取皆不得其道。此則為病進士科以詩賦取士而發，為「新法」改試策論張本也。其以「勢」論世變，誠通達；而論「井田」之制，信古過甚矣。〈取材〉，明言當時進士科以文辭試士、明經科以記誦試士之無用；而主試進士必以明時務，試經學必以通經義，改革思想言之亦更明。〈興賢〉，謂「國以任賢使能而興，棄賢專己而衰。」「今之天下亦古之天下，今之士民亦古之士民。」古者得賢能之士眾；今則不然，取之用之不得其道也。其道維何？曰必「博詢眾庶」，「不有忌諱」，「不邇小人」，「不拘文牽俗」，「不責人以細故」。〈委任〉，謂「人主以委任為難，人臣以塞責為重。任之重而責之重，可也，任之輕而責之重，不可也。」後世臺閣之臣，「位卑事冗。而奪於眾多之口」，因循而已，不足以任重，為「任輕責重之敝」。〈知人〉，謂「貪人廉，淫人潔，佞人直」，「規有濟也」。「以廉濟貪」、「以潔濟淫」、「以直濟佞」，一時之偽，「非終然也」，故知人為難。〈風俗〉，謂「安利之要，不在於它，在乎正風俗而已。故風俗之變，遷染民志，關之盛衰，不可不慎也。」主禁奢靡之俗，是固然矣；惟謂「有作奇技淫巧以疑眾者，糾罰之；下至物器饌具，為之品制以節之；工商逐末者，重租稅以困辱之。民見末業之無用，而又為糾罰困辱，不得不趨田畝；田畝闢則民無饑矣。」則不知自農業社會至工商社會之演進，商不能困抑，「奇技淫巧」無可為禁之理，亦思想之局限。此如道家重自然，又主返樸復古，棄絕文明；而不知欲行此二者，適大反人類「自然」之性而不能得其效者也。子固有〈洪範傳〉，介甫亦作〈洪範傳〉，旨趣相近，介甫文稍詭譎矣。〈議茶法〉，作於嘉祐四年，主罷「榷茶之法，而使民得私販」。謂宜知「與之為取」，勿與民爭「毫末」之利；「苟修其法度，以使本盛而末衰，則天下之財不勝用」。似與其後來理財之實施有不同。〈乞制置三司條例〉，本奏疏，熙寧二年二月參知政事時上，集編入「論議」。此文為均輸、市易諸法立論，顧所言甚簡，未能細辨利害、細究施行之方，可見介甫於「新法」之考究，誠不免有粗疏處。夫議論粗疏可，而欲作大政，付實行，粗疏則不可也。

其評論人物者，有〈伯夷〉、〈三聖人〉、〈周公〉、〈子貢〉、〈夫子賢於堯舜〉、〈荀卿〉、〈楊墨〉、〈老子〉、〈莊周〉上下、〈祿隱〉等。〈伯夷〉，謂《史記》載伯夷扣馬諫武王伐紂及恥食周粟之說為非，韓愈據以作〈伯夷頌〉亦非；論伯夷當本孔孟之說。孔子謂伯夷「求仁得仁」；孟子謂伯夷「不立惡人之朝」，「避紂居北海之濱」；則紂亡周興，伯夷當不反對。〈三聖人〉，謂孟子並目伯夷、伊尹、柳下惠三人以「聖」。蓋伊尹以天下為任，主「治亦進，亂亦進」；伯夷矯所為「任」者末流之弊以「清」；柳下惠又矯所為「清」者末流之弊以「和」。文曰：「此三人者，因時之弊而救之，非天下之中道也，故久必弊。至孔子之時，三聖人之弊，各極於天下矣，故孔子集其行而制成法於天下曰：可以速則速，可以久則久，可以仕則仕，可以處則處。然後聖人之道大具，而無一偏之弊矣。」〈周公〉，謂荀卿書載周公之得士，如「春申、孟嘗之行」耳，豈「周公待士之道」耶？「荀卿生於亂世，而遂以亂世之事量聖人。後世之士，尊荀卿以為大儒而繼孟子者，吾不信也。」〈荀卿〉，謂《荀子》〈法行〉載孔子與子路、子貢、顏回論「仁、智」之言為不可信。介甫謂智者始於知己，仁者始於愛已；然必推而知人、愛人，更推而使人皆能知已知人、愛已愛人。「今荀卿一切反之」，「謂知已者賢於知人者」，「愛已者賢於愛人者」，「吾以是知其非孔子之言，而為荀卿之妄也。」前此不久，或謂周公、孔、孟為儒家，荀卿、介甫為法家，而儒法之爭不可調和。夫介甫推重《周官》，有其信古泥古之弊，亦有其「托古改制」、「以復古為革新」之作用，不能以一端論；然其於周公，始終尊之為聖人，何嘗有非之之辭？其論性論禮以及論政之文，莫不歸本於孔、孟，何嘗有反之之辭？其於荀卿，則一再非之矣，讀其論性、論禮、論周公、論荀卿之文，可概見矣。則前此之論儒法者，不獨其說荒謬；其以耳為目、掩書不讀，為大言以欺人之伎倆，亦至可驚詫矣！〈子貢〉，謂《史記》載齊伐魯，子貢說齊伐吳，說吳救魯，又說晉、越，使五國交兵，卒以存魯之說為不可信。文曰：「豈有憂患而謀為不義哉？」「子貢之行，雖不能盡當於道，然孔子之賢弟子也，固不宜至於此；矧曰孔子使之耶？」〈楊墨〉，謂「楊子知為已之為務，而不能達於大禹之道也，則亦可謂惑矣。墨子者，廢人物親疏之別，而方以天下為已任，是以所欲以利人者，適所以為天下害患也，豈不甚過哉！故楊子近於儒，而墨子遠於道。」又曰：「楊子之道，雖不足以為人，固知為已矣；墨子之志，雖在於為人，吾知其不能也。」介甫所謂「由已」，指修已，本也；自本而之末，乃能為人。夫楊朱之「為已」，欲利已，非修已，其本如此，其末豈足利人哉？墨翟務為人，何嘗不知修其本哉？介甫右楊而左墨，且不言楊之害，獨指墨之行能為「天下患害」，則偏失明矣。《老子》，謂「道有本有末。本者，萬物之所以生也；末者，萬物之所以成也。本者，出之自然，故不假乎人之力，而萬物以生也；末者，涉乎形器，故待人力，而後萬物以成也。夫其不假人之力而萬物以生，則是聖人可以無言也，無為也；至於有待於人力而萬物以成，則是聖人之所以不能無言也，無為也。」又曰：「老子獨不然，以為涉乎形器者，皆不足言也，不足為也。故抵去禮樂刑政，而唯道之稱焉，是不察於理而務高之過矣。」「如其廢轂於車，廢禮樂刑政於天下，而坐求其無之為用也，則亦近於愚矣。」以儒說破老說，頗簡而有力。〈莊周〉上，謂《莊子》〈天下〉篇，有「《詩》以道志，《書》以道事，《禮》以道行，《樂》以道和，《易》以道陰陽，《春秋》以道名分」之說，能「存聖人之道」。其為「同是非，齊彼我，一萬物」之說，則欲以「矯天下之弊」；其「言之不得不為邪說比者，蓋其矯之過矣」。〈莊周〉下，謂周不知「中人之所及者」，宜「詳說而謹行之」，中人之所不及者，宜「藏乎心而言之略」；乃譊譊不休，以入於悠謬。夫介甫於老、莊，亦頗恕莊而嚴老，蓋《老子》之義一貫；而《莊子》之書駁雜，介甫樂取其近儒說者而是之。實則就整體觀，莊之尚虛無，何嘗在老子下也？觀介甫之論楊、墨、老、莊四子，知其於諸子之學用心未至也。〈祿隱〉，謂「孔子敘逸民，先伯夷、叔齊而後柳下惠；……孟子敘三聖人者，亦以伯夷居伊尹之前。」楊雄遂以為孔子「高餓隱，下祿顯」，誤也。介甫謂「聖賢之言行，有所同，而有所不必同，不可以一端求也。同者，道也；不同者，跡也。」蓋「權時之變」。「餓隱」、「祿顯」，「皆跡矣」，苟「宗於道則同」，聖賢未嘗為之高下也。觀介甫「論議」之文，多積極入世之思，矯變弊俗之情。其動言古道，言先王，一以孔、孟之旨為歸，然知別「道」之與「跡」，謂行先王之道，師其意，不必守其跡；又明乎「時勢」與「權變」之作用，則其有意於革新宋法者，宜矣。其論學論政，亦未嘗無粗疏處，則其革新之不能無弊，亦宜矣。甚矣！見識周全之為難也，雖諸子百家之籍籍，亦多僅執其一端，何獨苛求於介甫哉？

介甫「論政」之文，多一氣貫注。其起也，或從高遠處落墨，或直標題旨，或徑為斷案，或明揭要旨之定義界說，既善取勢，又極簡煉。其善從高遠處落墨者，如〈材論〉、〈命解〉、〈非禮之禮〉、〈中述〉、〈老子〉之起筆，余既摘其言於前矣，不重錄；又如〈伯夷〉之起云：「事有出於千載之前，聖賢辨之甚詳而明，然後世不深考之，因以偏見獨識，遂以為說，既失其本，而學士大夫共守之不為變者，蓋有之矣，伯夷是已。」直標題旨者，如〈楊孟〉起云：「賢之所以為賢，不肖之所以為不肖，莫非性也；賢而尊榮壽考，不肖而厄窮死喪，莫非命也。論者曰：人之性善，不肖之所以為不肖，豈性也哉？此學乎孟子之言性，而不知孟子之旨也。又曰：人為不為命也。不肖而厄窮困死，豈命也哉？此學乎楊子之言命，而不知楊子之旨也。」〈致一論〉起云：「萬物莫不有至理焉，能精其理，則聖人也。精其理之道，在乎致其一而已。」〈王霸〉起云：「仁義禮信，天下之達道，而王霸之所同也。夫王之與霸，其所以用者則同，而其所以名者則異，何也？蓋其心異而已矣。」徑為斷案者，如〈周公論〉起云：「甚哉！荀卿之好妄也。」〈禮論〉起云：「嗚呼！荀卿之不知禮也。」〈楊墨〉起云：「楊、墨之道，得聖人之一而廢其百者是也；聖人之道，兼楊、墨而無可無不可者是也。」明揭要旨之定義界說者，如〈九變而賞罰可言〉起云：「萬物待是而存者，天也；莫不由是而之焉者，道也；道之在我者，德也；以德愛者，仁也；愛而宜者，義也。仁有先後，義有上下，謂之分；先不擅後，下不侵上，謂之守。形者，物此者也；名者，命此者也。」其中幅，多用排比之法以申論，或長排，或短排，幾於篇皆有之。如〈三聖人〉，連用「此其流風末俗之弊也」三段為排比；〈子貢〉，連用夏禹、顏回之事為排比；〈三不欺〉，連用「豈可獨任也哉」三段為排比。又如〈楊孟〉云：「夫人之生，莫不有羞惡之性。有人於此，羞善行之不修，惡善名之不立，盡力乎善以充其羞惡之性，則其為賢也孰禦哉？此得乎性之正者，而孟子之所謂性也。有人於此，羞利之不厚，惡利之不多，盡力乎利以充羞惡之性，則其為不肖也孰禦哉？此得乎性之不正，而楊子之兼所謂性者也。有人於此，才可以賤而賤，罪可以死而死，是人之所自為也，此得乎命之不正者，而孟子之所兼謂命者也。有人於此，才可以貴而賤，德可以生而死，是非人之所為也，此得乎命之正者，而揚子之所謂命也。」四以「有人於此」為排比，其用之亦甚顯。文中又善為層層轉，層層進；其結尾之用簡潔語句而忽為出人意外之層轉層進者尤多而善。文中之層轉層進，如〈三聖人〉論孔子之行異於伊尹、伯夷、柳下惠云：「然後聖人之道大具，而無一偏之弊矣。其所以大具而無弊者，豈孔子一人之力哉？四人者相為始終也。故伯夷不清，不足以救伊尹之弊；柳下惠不和，不足以救伯夷之弊：聖人之所以能大過於人者，蓋能以身救弊於天下耳。如皆欲為孔子之行，而忘天下之弊，則惡在其為聖人哉？是故使三人者，當孔子之時，則皆足以為孔子也。然其所以為之清，為之任，為之和者，時耳；豈滯於此一端而已乎？苟在於一端而已，則不足以為賢人也，豈孟子所謂聖人哉？孟子之所謂隘與不恭，君子不由者，亦言其時耳。」如〈子貢〉云：「夫二人（指夏禹、顏回）者，豈不同道哉？所遇之時則異矣。蓋生於禹之時，而由回之行，則是楊朱也；生於回之時，而由禹之行，則是墨翟也。故曰：賢者用於君則以君之憂為憂，食於民則以民之患為患。在下而不用於君，則修其身而已矣，何憂患之與哉？夫所謂憂君之憂、患民之患者，亦以義也。苟不義而能釋君之憂，除民之患，賢者亦不為矣。」其結尾之為突兀之伸轉者，如〈諫官論〉結云：「臣不得其言，士制命而君聽，二者，上下所以相悖而否亂之勢也。然且為之，其亦不知其道矣。及其諄諄而不用，然後知道之不行，其亦辨之晚矣。」意已足矣，忽又伸轉云：「或曰：《周官》之師氏、保氏、司徒之屬，而大夫之秩也。曰：嘗聞周公為師，而召公為保矣；《周官》則未之學也。」〈伯夷〉結云：「紂之為君，不仁也；武王之為君，仁也。伯夷固不事不仁之紂，以待仁而後出，武王之仁焉，又不事之，則伯夷何處乎？余故曰：聖賢辨之甚明，而後世偏見獨識者之失其本也。」意已足矣，忽又伸轉云：「嗚呼！使伯夷之不死以及武王之時，其烈豈獨太公哉？」〈禮論〉結云：「故曰：禮始於天而成於人。」意已足矣，忽又伸轉云：「天則無是，而人欲為之者，舉天下之物，吾蓋未嘗見也。」〈原性〉結云：「其不移（指上智、下愚）明矣。」意已足矣，忽又伸轉云：「或曰：四子（指孟、荀、楊、韓）之云爾，其皆有意於教乎？曰：是說也，吾不知也。聖人之教，正名而已。」〈行述〉結云：「蓋孔子之心云耳。」意已足矣，忽又伸轉云：「然則孔子無意於世之人乎：曰：道之將興歟？命也；道之將廢歟？命也。苟命矣，則如世之人何！」其文既一氣貫注，取勢高遠而明煉；善排比，使言之有物，義不孤伸；又能層層轉折而遞進：則其勁直之氣，蓋得之《孟子》；而開合盤旋之勢，又有似於韓退之。論者謂介甫之文，最近退之，誠不為過；特介甫獨為瘦硬精悍，退之則兼渾厚恣肆，斯為異耳。其所以然，介甫多務說理，理足鋒銳，可以奪人，斯足矣；退之則兼挾其情趣以行，故彌有感人怡人之姿致也。前人選介甫「論議」之文者，多選〈原過〉、〈復讎解〉一類。〈復讎解〉，今已無關宏旨，故余不述。〈原過〉，〈唐宋文醇〉選之，又醜詆介甫德言之不一。沈德潛評此文，謂其「新穎」能「務去陳言」，復不敢違異《文醇》君上之旨，亦謂介甫為「怙過之人」。茅坤評：「文不逾三百字，而轉折變化無窮。」儲欣評：「創甚醒甚，得韓最深。」茅又評〈周公論〉云：「論確而辨亦儘圓轉。」評〈原教〉云：「大類韓文」。沈又評〈性情〉云：「此本《中庸》首章及《孟子》『乃若其情』節，以疏解駁辨之，其說乃不墜於雲霧。」評〈周公論〉云：「篇中攻去荀卿之論，借喻意透發正意，醒快絕倫。」評〈莊周論〉上云：「以莊子為矯世之說，正中肯綮。立論不掃莊子，不傷聖道，筆筆折，面面圓，此極經營匠心之作。」儲欣又評〈伯夷論〉云：「鑿空之談，其理較正。」評〈性情論〉云：「性學大明，介甫與有功焉耳。」評〈性論〉云：「於韓真入室之文。」

## 雜著

《臨川集》所編「雜著」之文，以〈讀〈孟嘗君列傳〉〉為最佳。全文九十字，為四大轉折，其論孟嘗君養士事，無懈可擊，如老吏斷獄，如生鐵鑄鼎。其關鍵，在「不然，擅齊之強」等二十八字，以不可推倒之事說不可翻駁之理，有理有據，勝人千百矣。介甫文之精悍、拗峭、瘦硬、勁直諸勝，莫不見於此文。儲欣評：「荊公短制，並駕河東，希風《史記》論贊，奇美特絕。」沈德潛評：「語語轉，筆筆緊，千秋絕調。」劉大櫆評：「寥寥數言，而文勢如懸崖斷壁，於此見介甫筆力。」林雲銘評：「百餘字中，有起承轉合在內，警策奇筆，不可多得。」李剛己評：「此文筆勢峭拔，辭氣橫厲，寥寥短章之中，凡具四層轉變，真可謂尺幅千里者矣。」吳闓生評：「此文乃短篇中之極則，雄邁英爽，跌宕變化，故能尺幅中具有萬里波濤之勢。後人多摹之，莫能擬似萬一，前人亦無似者。雖荊公他長篇文字，亦未有能似此者也。使其篇篇至此，豈不與昌黎並駕爭雄哉？」〈書〈刺客傳〉後〉、〈〈孔子世家〉議〉，亦短篇精悍。前者理勝；後者理偏一端矣，太史公之世家孔子，豈無原故與特識哉？〈書《李文公文集》後〉，以剽悍曲折勝；〈讀《江南錄》〉，則較從容說理。茅坤評前者云：「讀王文公文字，須識他筆力天縱處。」儲欣評後者云：「此文攻擊，若鷹隼之鷙。」〈傷仲永〉，敘事簡潔，而議論天然。乾隆評：「宛轉切至，為弟子學者所宜誦。」儲欣評：「弟子有志者，宜各書一通，當韋弦之佩。」林紓評：「末段用天人比較，極言天之不可恃。天不可恃，恃學耳。仲永唯不學，所以並沒其天。逼進一層，即無天資，復不恃學，並眾人亦不得為。造語極危悚，又極精切。」〈同學一首別子固〉，排比中呼應頗密。茅坤評：「文嚴而格古。」張伯行評：「略朋友離別之情，而敘道義契合之雅，使人讀之，油然有感。」

# 書啟

介甫書信，多就事發論，少言情者；敘私事及友人間相存問，語亦極簡約。其善為轉折及峭勁盤旋處，亦如其議論文。其氣之盛與辭之簡，足資為文者取法；而情趣之能動人者則甚少矣。茅坤云：「荊公之書，多深思遠識，要之於古之道。而行文處往往遒以婉，鑱以刻」。近今人所最推崇者，為〈答司馬諫議書〉。熙寧三年，介甫參知政事。司馬光為翰林侍讀學士，致書介甫，言新法之弊，約三千餘言，介甫答以此書。書之擲掃有力，剽悍無倫，與〈讀〈孟嘗君傳〉〉，為介甫集中短篇精采之最，吳汝綸評：「固由傲兀性成，亦理足氣盛，故勁悍廉厲無枝葉如此。」吳闓生評：「傲岸倔強，荊公天性，而其平生志量政略，亦具見於此。」自文辭論，則此書誠為佳作；自內容論，則所言皆政治原則，而於事實乃盡迴避。夫政治之事，只言原則之正確，而不顧事實之負反，見利忘害，往往有不良之後果。此書言政事，既有此弊，竊謂其僅能以氣勢奪人，而不能真以事理服人者也。書駁司馬光曰：「蓋儒者所爭，尤在於名實。名實已明，天下之理得矣。今君實所以見教者，以為侵官生事，征利拒諫，以致天下怨謗也。某則以謂受命於人主，議法度而修之於朝廷，以授之於有司，不為侵官。舉先王之政，以興利除弊，不為生事。為天下理財，不為征利。闢邪說，難壬人，不為拒諫。」固能自圓其說。然「制置三司條例司」之所主，本可屬諸「三司」；不屬之「三司」，亦可由宰相主之。其設立之重疊與分權，謂之「侵官」，未嘗不可也。為朝廷「興利除弊」而行新法，有宜者、可行者，難保其無不宜與不可行者，又難保官吏之不資之以為奸，則「生事」與「征利」之弊豈能保其必無乎？言其有不便者如司馬光輩，豈皆「壬人」而作「邪說」之流乎？於不便者之言，皆斷然「闢」之「難」之，豈能保其不曾「拒」可取之「諫」乎？執政者之稱「名」，常取一端以為「實」，「名」似可通，「實」不盡符，所見亦多矣。此余所以知介甫此書文辭雖美，而不敢隨今之囂囂眾口，以其言為盡美盡善也。同年又有〈答曾公立書〉，中云：「示及青苗事。治道之興，邪人不利。……政事所以理財，理財乃所謂義也。一部《周禮》，理財居其半，周公豈為利哉？奸人者，因名實之近，而欲亂之。」夫官吏之「理財」，豈能胥保其合「義」？《周禮》是否為周公之書？學者已多疑之；王莽最信此書，欲效之以「理財」，乃不能得其「利」，於「義」更無論矣。周公不為國求「利」，又何以「理財」為？事不在財之當理與否，而在理之之道與理之之效何如耳。當時言「青苗」之「理財」有弊者，如韓琦、歐陽修，固皆嘗稱賞薦拔介甫之人也，豈亦存心欲「亂」政之「邪人」、「奸人」哉？讀此兩書，介甫之偏執自是，顯然流露。當時與介甫最相得之人若呂惠卿，介甫稱為「同朝紛紛，公獨助我」者，後來亦不免交惡。元豐三年，介甫作〈答呂吉甫書〉，中云：「然公以壯烈，方進為於盛世；而某茶然衰疢，特待盡於山林。趣舍異路，則相呴以濕，不如相忘之愈也。」口氣決絕，則介甫所視為忠奸者，真偽果何常哉？〈上邵學士書〉，讚美「誠發乎文，文貫乎道，仁思義色，表裡相濟者。」又云：「某嘗患近世之文，辭弗顧於理，理弗顧於事。以襞積故實為有學，以雕繪語句為精新，譬之擷奇花之英，積而玩之，雖光華馨采，鮮縟可愛，求其根柢濟用，則蔑如也。」〈上人書〉云：「且所謂文者，務為有補於世而已矣。所謂辭者，猶器之有刻鏤繪畫也，誠使巧且華，不必適用；誠使適用，亦不必巧且華。要之以適用為本，以刻畫為之容而已。不適用，非所以為器也；不為之容，其亦若是乎否也？然容亦未可已也；勿先之，其可也。」此介甫論文之旨也。慶曆中，知鄞縣，有〈上運使孫司諫書〉，諫孫勿「下令吏民出錢購人捕鹽」，謂「奸人」將乘此勢以擾沿海「艚戶使不得成其業」，甚且可使「大戶」有由此而「破產失業者」。中云：「天下之吏，不由先王之道而主於利，其所謂利者，又非所以為利也。非一日之積也，公家日以窘，而民日以窮而怨。」「在閣下之勢，必欲變今之法令，如古之道，固未能也。非不能也，勢不可也。循今之法，而無所變，有何不可？則必欲變之乎？」「今之時，士之在下者，浸漬成俗，苟以順從為得。而上之人，亦往往憎人之言，言有忤己者，輒怒而聽之，故下情不得自言於上，而上不得聞其過，恣所欲為。」與後來議論介甫行新法者之言，抑何其相似也！又介甫生平積極用世，崇信周公、孔孟之言，不信佛，晚年〈答曾子固書〉，已為讀佛經辯；〈答蔣穎叔書〉，則大談佛理矣。於此，亦可覘人之思想，因時因勢而有變；而梁啟超所謂「不惜以今日之我，與昨日之我戰」者，雖賢哲亦不能免。前人論介甫書又重其議論者，為〈答韶州張殿丞書〉，論史官記事之難公。茅坤評：「中多名言。」儲欣評：「確極快極。」劉大櫆評：「中間慨古今作吏之不同，曲折淋漓，介甫僅見之作。」沈德潛評：「從來史書之過，痛切言之」。張裕釗評：「文有風霜之氣，字句亦覺鋒棱隱起。」重其氣勢者，為〈上田正言書〉，責諫官進言之不勇。唐順之評：「直而勁。」茅坤評：「直而不阿，義形於辭。」康熙評：「書意從韓昌黎〈爭臣論〉得來，筆自伉爽。」儲欣評：「筆力矯悍，窺其意中，直欲盡掩前人。」沈德潛評：「入手據正言對策作案，以下層層翻駁。」重其短篇矯峭者，為〈答姚闢書〉，病學者之專治章句名數。吳闓生評：「勢重語急，而用筆煞有停頓，簡核老當，無一枝辭贅字，且能涵茹意思於筆墨之外，最可法。」

## 記

介甫諸記，多以議論勝。若〈度支副使廳壁題名記〉，著重議「理天下之財者法，守天下之財者吏也。吏不良則有法而莫守，法不善則有財而莫理。」不獨轉折多，而氣亦盛。茅坤評：「何等識力，何等筆力！」儲欣評：「議論宏大，顧盼偉如。」吳汝綸評：「筆力豪悍，有崩山決澤之觀。」若〈芝閣記〉，著重議物與士之得時與不得時，而敘祥符間上好祥瑞，「山農野老，攀緣徂杙，以上至不測之高，下至澗溪壑谷」以采芝之事，亦善刻畫。茅坤評：「荊公本色之佳處。」李光地評：「與〈墨池記〉同一機軸，蓋曾、王文極有相似者，峭而折，用意多在題外。」若〈慈溪縣學記〉，著重論古代學校之制宜復，蓋不滿於隋、唐以後務以科舉取士者，可謂有深心獨識。一起兩句：「天下不可一日而無政教，故學不可一日而亡於天下耳。」籠蓋有力。中謂後代學校：「或存或廢，大抵所以治天下國家者，不復皆出於學；而學之士群居族處為師弟子之位者，講章句課文字而已。至其陵夷之久，則四方之學者廢，而為廟以祀孔子於天下，斲木摶土如道士法為王者象。……蓋廟之作出於學廢，而近世之法然也。」為眼目所在，亦詼諧有趣。茅坤評：「余覽學記，曾王二公為最。非深於學不能記其學如此。」沈德潛評：「論所以立學處，詳明醇備，與〈宜黃縣學記〉相同。而曾則醇厚，此則奇峭，並為名作。」若〈揚州龍興講院記〉，著重議僧人能冒艱難以興寺院，而士多不耐好學以行道。其末段言之至為曲折而深沉；「孔氏之道易行也，非有苦身窘行、離性禁欲若彼之難也。而士之行可一鄉、才足一官者常少，而浮屠之寺廟被四海。則彼所謂材者，寧獨禮（指僧慧禮）耶？以彼之材，由此之道（指儒道），去至難而就甚易，宜其能也。嗚呼！失之此而彼得焉，有以也夫！」〈漣水軍淳化院記〉著重議：「道之不一也久矣。……後世之學者，或徇乎身之所然，或誘乎世之所趨，或得乎心之所好，於是聖人之大體，分裂而為八九。」而僧人之「不忮似仁，無求似義」，轉勝於當世「誇漫盜奪，有己而無物者」之士。而議論有教益於世，又敘事簡而明、情致婉而深者，莫如〈遊褒禪山記〉。起段至「蓋言謬也」，末段自「余於仆碑」起，情致婉而深者也；中段自「其下平曠」至「於是予有嘆焉」，敘事簡而明者也。此段「其進愈難，而其見愈奇」，為下文議論之眼目；而議論又一一自此段之事實來，融合貼緊，出以自然，彌為可貴。議論之有教益於人者如：「夫夷以近則游者眾，險以遠則至者少，而世之奇偉瑰怪非常之觀，常在於險遠，而人之所罕至焉。故非有志者，不能至也。有志矣，不隨以止也；然力不足，亦不能至也。有志與力，而又不隨以怠；至於幽暗昏惑而無物以相之，亦不能至也。然力足以至焉而不至，於人為可譏，而在己為有悔。盡吾志也，而不能至者，可以無悔矣，其孰能譏之乎？此予之所得也。」茅坤評：「逸興滿眼而餘音不絕。」李光地評：「借題說己，深情高致，窮工極妙。」沈德潛評：「借題發意，文人之常，然必說破正旨。此只於言外遇之，又是一法。」浦起龍評：「此遊所至殊淺，偏留取無窮深至之思，真乃貽遺不盡，當持此為〈勸學〉篇。而洞之窅渺，亦使人神遠矣。」林紓評：「此文足以概荊公之生平。」「文字千盤百轉，盡伸縮之能事。」

## 序

介甫《周禮義》〈序〉、《詩義》〈序〉、《書義》〈序〉三篇，晚年之作，和易淵雅，有矜平氣釋之概。《周禮義》〈序〉，茅坤評：「荊公所自喜在讀《周禮》，而其相業所由自誤處亦在《周禮》。」儲欣評：「莊重古茂，氣體頗仿班孟堅。」方苞評：「介甫於《周官》僅見其粗跡。……而其文實清深高雅，宜分別觀之。」沈德潛評：「不用鋪排，簡而能莊，諸經序中，以此篇為最。」汪份評：「莊重謹言，一字不可增損。」「順逆反復，筆法圓緊之極。」《詩義》〈序〉，儲欣評：「抑損處得體。」吳汝綸評：「自然采藻，不得移之他經。」吳闓生評：「此等文字，意量神韻，殆不作三代下想。虛心而諷詠之，自爾釋躁平矜，怡然理順，而渙然意解，淵淵乎金聲玉振之文也。」《書義》〈序〉，茅坤評：「其詞簡，而其法度自典則。」儲欣評：「真名貴。」吳闓生評：「情詞粹美。」方苞又曰：「三經義序，指意雖未盡應於義理，而辭氣芳潔，風味邈然，於歐、曾、蘇氏諸家外，別開戶牖。」贈序，〈送孫正之序〉、〈送陳興之序〉、〈送陳升之序〉，議論情采皆佳。〈送孫正之序〉，茅坤評：「兩相箴規、兩相知己之情可掬。」張伯行評：「巉刻極矣。」林紓評：「處處用縈復之筆，骨力堅凝，自是臨川本色。」〈送陳興之序〉，儲欣評：「以避嫌相感慨，愈婉愈峭。」

## 哀祭文

祭文之佳者，若〈祭范潁州（仲淹）文〉，茅坤評：「奇崛之氣，悲愴之思，令人讀之，不能不掩卷而涕洟。」方苞評：「祭韓、范諸公文，此為第一。」沈德潛評：「此敘文正公生平，即可作墓誌看。」林紓評：「此文似昌黎，用字造語，皆奇創動人。中間敘事，亦能揭文正公之大節。……所舉多非細事，音節亦高亢異常。」若〈祭歐陽文忠公文〉，茅坤評：「歐陽公祭文，當以此為第一。」儲欣評：「祭文入聖之筆。」林雲銘評：「可與本傳相表裡，而一氣渾成，漸成自然。」沈德潛評：「一氣奔馳，不可控抑。」〈祭周幾道文〉，茅坤評：「文多淘洗，字字琳琅。」〈祭曾博士易占文〉，茅坤評：「悲戚。」儲欣評：「刻意峻削，矯潔哀宕，此子固所以傾心也。」吳汝綸評：「層折無盡。」吳闓生評：「議論驚創出色。」〈祭高師雄主簿文〉，茅坤評：「奇崛之文。」〈祭丁元珍學士文〉，茅坤評：「情痛而吐辭激昂。」吳闓生評：「四言之體，自退之後，惟介甫為工。不及韓之瑰怪恣肆，而矜煉崛屼，句法亦極錯綜變化，奧樸入古，最為可觀。其訣專在多用逆折之筆也。」〈祭王回深父文〉，茅坤評：「交深而言戚，可裂肺肝。」劉大櫆評：「受母命而為友，哭友因以哭母，入骨之痛。」〈祭歐陽文忠公文〉述歐文部分，已摘錄於歐文總說中。〈祭曾博士易占文〉所謂「驚創」之論如：「地大天穹，有時而毀。日星脫敗，山傾國圮。人居其間，萬物一偏。固有窮通，世數之然。至其壽夭，尚何憂喜？要之百年，一蛻以死。方其生時，窘若囚拘。其死以歸，混合空虛。以生易死，死者不祈。唯其不見，生者之悲。」

## 碑、誌

介甫集中碑誌之文最多，後人亦以為工，如茅坤云：「歐陽公誌表敘事，多得太史公逸調。荊公獨自出機軸，多鑱畫曲折之言。」儲欣云：「墓誌銘歐、王多用感慨取勝，然歐以婉轉，王以峭塹，各足動人。」其敘事簡要，「鑱畫」處能瘦硬通神；然最長仍在議論，其「曲折」多層次，亦如它文，不為金石之體所限也。其敘事之善者，如〈太子太傅致仕田公（況）墓誌銘〉、〈給事中孔公（道輔）墓誌銘〉、〈廣西轉運使蘇君（安世）墓誌銘〉、〈贈光祿少卿趙君（師旦）墓誌銘〉、〈兵部員外郎馬君（遵）墓誌銘〉、〈曾公（致堯）夫人萬年縣君黃氏墓誌銘〉。其議論之善者，如〈王深甫（回）墓誌銘〉、〈泰州海寧縣主簿許君（平）墓誌銘〉、〈亡兄王常甫（安仁）墓誌銘〉、〈王逢原（令）墓誌銘〉、〈寶文閣待制常公（秩）墓表〉。〈田況墓誌銘〉，茅坤評：「此等誌韓、歐所不及。」劉大櫆評：「直敘作一氣奔騰之勢，而中有提掇起伏，故情事屈曲而氣勢直達。」〈孔道輔墓誌銘〉，茅坤評：「荊公第一首誌銘，須看他頓挫紆徐、往往敘事中伏議論、風神蕭颯處。」「於序事中一一點綴，而風韻煥發，若順江流而看兩岸之山，古人所謂應接不暇。」儲欣評：「臨川墓誌用變格者始佳，若歐陽公則無所不可，材分所至，不可掩也。」方苞評：「北宋誌銘，歐公外惟介甫為知體要。此尤長篇中最著稱者，其鈎勒摹劃處學《史記》，而風神不逮；造語質健學韓文，而深古不逮。於是益嘆子長、退之之文乃天授也。」沈德潛評：「請太后還政及爭郭后之廢，皆大節所關，故特詳之。後出知五州，皆用虛敘；天子受知後，屢見抑於執政，故隱約其詞；末以佚事作收。位置極佳，用筆亦復清剛簡質。」吳汝綸評：「筆筆騰躍，句句逆折，故峭勁百倍。」〈蘇安世墓誌銘〉，茅坤評：「感慨中有法度。」儲欣評：「精神傾注起一段，敘事議論，頓挫入神。」劉大櫆評：「敘事簡潔，議論高遠。」〈趙師旦墓誌銘〉，茅坤評：「此篇如秋水可掬。」「王公文斂散曲折處有法，皆得之天授，非人力所及。」儲欣評：「絕不矜張，而趙公之節烈自見，所以為難。」〈馬遵墓誌銘〉，茅坤評：「機圓。」儲欣評：「結構精能，人知其調逸，不知其法嚴也。」林紓評：「文之力爭上游處，元人決無此幹力。銘之音節，尤高厲可誦。」〈曾公（致堯）夫人黃氏墓誌銘〉，茅坤評：「通篇虛景語，如貫珠，如連環。」吳汝綸評：「整齊變化，廉悍勁健。」〈王回墓誌銘〉，茅坤評：「通篇以虛景相感慨，而多沉鬱之思。」儲欣評：「悲惜之至。」張伯行評：「所以致惜其人者，深矣。」吳汝綸評：「究極筆勢，跌宕自喜。」林紓評：「此文嗚咽欲絕，真巧於敘悲者也。」「文吞吐含蓄，力追昌黎，是臨川魄力過人處。」〈許平墓誌銘〉，林雲銘評：「主簿一散員耳，且無政績可紀，即以負才應薦，不能大用為哀，數語已畢。中忽插入無心用世一流人，與對勘一番，見得古今來多少英雄豪傑，奮而不成，皆無去處討消息。隨以『無心用世者能知此理』掉轉，一語詘然便止，隱隱謂用不用，非人所能，與彼無心用世者，反占許多便宜，悲慨之極也。銘詞四句，亦含蓄不盡，如啖橄欖，回味甚長。」沈德潛評：「中間藏過一命字，鬱屈瑰奇，空中發論，誌銘中別闢一體。」方苞評：「墓誌之有議論，必於敘事纓帶而出之。此文及〈王深父誌〉，則全用議論，以絕無仕跡可紀，家庭庸行又不足列也。然終屬變體，後人不可仿效。」劉大櫆評：「以議論行敘事，而感嘆深摯，跌宕昭朗，荊公此等誌文最可愛。」姚鼐評：「按《宋史》〈許元傳〉，元固趨勢之士，平蓋亦非君子，故介甫語含譏刺。」吳汝綸評：「張廉卿初見曾文正公，公為引聲讀此文，抑揚抗墜，聲斂侈無不中節，使文章意態精神盡出。廉卿頓語，不待講說而明。此固見廉卿識解過人，亦見文字高，能助學人神智，全在乎精讀也。」「廉卿……自此研討王文，筆端日益精進。」林紓評：「明明點醒許生平之不滿人意處，譏其不足與語道也。劉海峰謂其感嘆深摯，信哉！」吳闓生評：「從橫開闔，用筆有龍跳虎卧之勢，學韓之文，此為極則。」〈王安仁墓誌銘〉，茅坤評：「以虛景相感慨，而令人讀之愈有餘悲。」儲欣評：「真至。」〈王令墓誌銘〉，茅坤評：「通篇無事跡，獨以虛景相感慨。」張伯行評：「以楊雄與孔孟夷惠並稱，此擇焉不精之故。」〈常秩墓表〉，茅坤評：「通篇無一事，特點綴虛景百數十言，當屬別一調。」姚鼐評：「常公既已秩為諫臣，而無所獻替，雖介甫親之，求為解嘲，而安可得耶？」吳汝綸評：「愈排偶愈古勁，獨公文為然。」按蔡上翔《王荊公年譜考略》，頗為介甫、常秩辨其交往及常之行跡，與姚鼐之說異，可參閱。

# 七
# 蘇軾文說

## 總說

子瞻性格強毅，襟懷超曠，文才卓絕。世謂其思想為儒道釋兼資，實則其立身濟世之志節，以儒家思想為本；道釋思想乃順達時取以淡泊利名、困逆時取以解脫憂苦之所資，因時為用；則今語所謂「精神自我調節」，於此三者能為優化之選擇者也。故蘇轍撰其〈墓誌〉，稱其處人所不堪之境，「胸中淡泊無所蒂芥」，而「臨事必以正，不能隨俗俯仰」，「見義勇於敢為，而不顧其利害，用此數困於世」；《宋史》本傳謂其「器識之宏偉，議論之卓犖，文章之雄雋，政事之精明，四者皆能以特立之志為之主，而以邁往之氣輔之，故意之所向，言足以達其有猷，行足以遂其有為；至於禍患之來，節義足以固其有守，皆志與氣所為也。」而子瞻謫居黃州後，〈與子明兄書〉自言：「世事萬端，皆不足介意，……胸中廓然無一物，即天壤之內，山川草木蟲魚之類，皆是供吾家樂事也。」〈與千之侄書〉言「人苟知道，無適而不可，初不計得失也。」〈與李公擇書〉又言：「吾儕雖老且窮，而道理貫心肝，忠義填骨髓，直須談笑於死生之際。若見僕困窮便相於邑，則與不學道者大不相遠矣。」

宋文至子瞻為一變，境界敞新。不獨其文工，而其論文亦甚精。所論自所為得來，所為亦本於所論，相因相成，互為促進。其論文最要者：（一）論作用則致用與抒情兩不相廢。如《鳧繹先生文集》〈序〉，讚文能「言必中當世之過，鑿鑿乎如五穀必可以療饑，斷斷乎如藥石必可以伐病」，而非「游談以為高，枝辭以為美觀」者；〈與元老侄孫書〉謂「務令文字華實相副，期於適用乃佳」。而《江行唱和集》〈序〉則謂詩文乃情之「充滿勃鬱於內而見於外」，「雖欲無有」而不可得者；〈答程全父推官〉，謂詩文隨身，「陶寫伊鬱，正賴此耳」。（二）論寫作則其一主刻畫與自然兩不相廢。如〈答謝民師書〉謂文求「大略如行雲流水，初無定質，但常行於所當行，常止於所不可不止，文理自然，姿態橫生」，須能「求物之妙，如繫風捕影」，「了然於心」，且能「了然於口與手」；〈自評文〉亦謂：「吾文如萬斛源泉，不擇地皆可出。在平地滔滔汩汩，雖一日千里無難。及其與山石曲折，隨物賦形，而不可知也。所可知者，常行於所當行，常止於不可不止。如是而已矣。其他雖吾亦不能知也。」〈書吳道子畫後〉讚吳畫即兼文理，謂能「以燈取影，逆來順往，旁見側出，橫斜平直，各相乘除」，而「出新意於法度之中，寄妙語於豪放之外」。其二主平淡與絢麗兩不相廢。如〈評韓、柳詩〉云：「所貴乎枯淡者，謂其外枯而中膏，似淡而實腴，淵明、子厚之流是也。」〈書《黃子思詩集》後〉云：「獨韋應物、柳宗元發纖濃於簡古，寄至味於淡泊，非餘子所及也。」蘇轍〈《子瞻和陶淵明詩集》引〉引其言云：「吾於詩人無所好，獨好淵明之詩。淵明作詩不多，然其詩質而實綺，癯而實腴，自曹、劉、鮑、謝、李、杜諸人，皆莫及也。」〈與二郎侄書〉云：「凡文字，少時須令氣象崢嶸，采色絢爛，漸老漸趨平淡，其實不是平淡，絢爛之極也。汝只見爺伯而今平淡，一向只學此樣；何不取舊日應舉時文字看，高下抑揚，如龍蛇捉不住，且當學此。」其三主怪奇須自平和中來。〈答黃魯直〉：「凡人文字，當務使平和。至足之餘，溢為奇怪，蓋出於不得已也。」其為文開創之最著者：（一）機趣獨豐。八家文字，退之以氣勝，子厚以理勝，永叔以情勝，而子瞻於情理氣外，又獨饒機趣。蓋其析物說理，常始於日常細故，又善觸悟於禪機道諦，故取譬甚妙，風趣獨多也。（二）境界獨宏。李塗《文章精義》評四家文，謂「韓如海，柳如泉，歐如瀾，蘇如潮」。其實韓文氣最盛，當謂如潮；子瞻文境最宏闊，當謂如海。世人習稱「韓潮蘇海」之說不誤也。（三）解放獨顯。八家中其他七家，古文皆作傳統格調，不用爛漫口語與疏放之結構，故只能為正統古文家如明之王（慎中）唐（順之）歸（有光）茅（坤）一派，清之「桐城派」所尊。而子瞻之文自少年即能為嚴密雄偉之作，中年後之短書小記，又敢於雜用口語，打破尋常框架而歸於疏放。故有為上述兩派所尊者；亦有為明代文求解放、雜語錄之李贄及「公安派」所尊，為現代白話散文家所樂於取法者。

世之評子瞻文者，如蘇轍〈亡兄端明子瞻墓誌銘〉:「公之於文，得之於天。少與轍皆師先君。初好讀賈誼、陸贄書，論古今治亂，不為空言。既而讀《莊子》，喟然嘆息曰:『吾昔有見於中，口未能言，今見《莊子》，得吾心矣。』乃出〈中庸論〉，其言微妙，皆古人所未喻。……既而謫居於黃，馳騁翰墨，其文一變，如川之方至，……後讀釋氏書，深悟實相，參之孔、老，博辯無礙，浩然不見其涯也。」釋惠洪《石門文字禪》:「東坡蓋五祖戒禪師之後身，以其理通，故其文渙然如水之質，漫衍浩蕩，則其波中亦自然而成文，蓋非語言文字也，皆理故也。自非從般若中來，何以臻此？其文蓋自孟軻、左丘明、太史公而來，一人而已。」王十朋〈雜說〉:「子厚之文溫雅過班固，退之之文雄健過司馬子長，歐公得退之之純粹而乏子厚之奇；東坡馳騁過諸公，簡嚴不及也。」「唐宋之文，可法者四：法古於韓，法奇於柳，法純粹於歐陽，法汗漫於東坡。」張戒《歲寒堂詩話》:「子瞻文章從《戰國策》、陸宣公奏議中來，長於議論而欠雄麗。」洪邁《容齋隨筆》:「韓、蘇二公為文章，用比喻處，重複連貫，至有七、八轉者。」宋孝宗《蘇軾文集》〈序〉:「忠言讜論，立朝大節，一時廷臣無出其右。負其豪氣，志在行其所學，放浪嶺海，文不少衰。力斡造化，元氣淋漓；窮理盡性，貫通天人；山川風雲，草木華實，千匯萬狀，可喜可愕，有感於中，一寓於文。雄視百代，自作一家，渾涵光芒，至是而大成矣。」朱熹〈答程允夫〉:「蘇氏議論切近事情，固有可喜處，然亦譎矣。」《語類》:「至歐公文字，好底便十分好，然猶有甚拙底，未散得他和氣。到東坡文字，便已馳騁，忒巧了。」「歐公文章及三蘇文好，說只是平易說理，初不曾使差異底字，換卻尋常底字。」「前輩文字有骨氣，故其文壯浪。歐公、東坡皆於經術本領上用功，今人只是於枝葉上粉澤耳。」「歐、蘇文字，皆說不曾盡。東坡雖是宏闊瀾翻，成大片滾將去，他裡面自有法。今人不見得他裡面藏得法，但只學他一滾滾將去。」樓鑰《攻愧集》:「東坡先生英特之氣，行乎患難，高掩前人。」韓淲《澗泉日記》:「蘇子瞻自雪堂後，文字殊無制科氣象。」李塗《文章精義》:「退之雖時有譏諷，然大體醇正。子厚發之以憤激，永叔發之以感慨，子瞻兼憤懣感概而發之以諧謔。」魏了翁〈楊少逸《不欺集》序〉:「人知蘇氏為詞章之宗也，孰知其忠清鯁亮，臨死生利害而不易其守，此蘇氏之所以為文也。」羅大經《鶴林玉露》:「韓、柳猶用奇重字，歐蘇惟用平常輕虛字，而妙麗古雅，自不可及。」「《莊子》之文，以無為有；《戰國策》之文，以曲為直。東坡平生熟此二書，故其為文，橫說豎說，憶意所到，俊辯痛快，無復滯礙。」劉埙《隱居通義》:「老泉之文豪健，東坡之文奇縱。」《宋史》〈蘇軾傳〉:「雖嬉笑怒罵之詞，皆可書而誦之。其體渾涵光芒，雄視百代，有文章以來，蓋亦鮮矣。」方孝孺《張彥輝文集》〈序〉:「子瞻魁梧宏博，氣高力雄，故其文常驚絕一世，不可婉昵細語。」《三蘇文範》引楊士奇語:「高山巨川，巉岩萬狀，浩漫千頃，可望而不可竟者，蘇之大也；名園曲檻，繞翠環碧，十步一停，百步一止，而不欲去者，蘇之細也；疏雨微雲啜清茗，白雲濃淡總相宜者，蘇之閑雅也；風濤煙樹，曉夕百變，剡蠻夷曲，轉入轉佳，令人驚顧錯愕，而莫可控揣者，蘇之奇怪也。」楊慎《丹鉛雜錄》:「歐陽公之文，粹如金玉；蘇公之文，浩如江河；歐之模寫事情，使人宛然如見；蘇之開陳治道，使人惻然動心，皆前無古人矣。」茅坤《唐宋八大家文鈔》:「予少謂蘇子瞻之於文，李白之於詩，韓信之於兵，天各縱之以神仙超軼之才，而非世間之學問所及者。及詳覽其所上神宗皇帝及代張方平、滕甫諫兵事等書，又如論徐州、京東盜賊事宜並西羌、鬼方等劄子，要之於漢賈誼、唐陸贄不知為何如者。……入哲宗朝，召為兩制及謫海南以後，殆古之曠達遊方之外者已。」茅維《蘇文忠公全集》〈序〉:「蓋長公之文，猶雲霞在天，江河在地，日遇之而日新，家取之而家足。若無意而意合，若無法而法隨。其亢不迫，其隱無諱，淡而腴，淺而蓄，奇不詭於正，激不乖於和。」焦竑〈刻蘇長公集序〉:「肆筆而書，無非道妙，神奇出之淺易，纖穠寓於淡泊，讀者人人以為己之所欲言而人人之所不能言也。……蓋其心遊乎六通四辟之途，標的不立，而物無留鏃焉。迨感有眾至，文動形生，役使萬景而靡所窮盡。」又刻《外集》序:「至於忠國惠民，鑿鑿可見之實用。絕非詞人哆口無當者之所及。」袁宏道〈答陶石簣〉:「夫詩文之道，至晚唐而益小，歐、蘇矯之，不得不為巨濤大海。至其不為漢唐人，蓋有能之而不為者，未可以妾婦之恒態責丈夫也。」鍾惺《東坡文選》〈序〉「今且有文於此，能全持其雄博高逸之氣，紆回峭拔之情，以出入於仁義道德禮樂刑政之中，取不窮而用不敝，體屢遷而物多姿，則吾必舍戰國之文從之，其惟東坡乎？」錢謙益〈讀蘇長公文〉:「吾讀子瞻〈司馬溫公行狀〉、〈富鄭公神道碑〉之類，平鋪直敘，如萬斛水銀，隨地湧出，以為古今未有此體，茫然不得其涯涘也。晚而讀《華嚴》，稱心而談，浩如煙海，無所不有，無所不盡，乃喟然而嘆曰：子瞻之文，其有得於此乎？文而有得於《華嚴》，則事理法界，開遮湧現，無門庭，無牆壁，無差擇，無擬議，世諦文字固已蕩然纖塵，又何自而窺其淺深、議其工拙乎？」儲欣《唐宋十大家全集錄》:「東坡先生議論，縱橫無敵，似有天授。而序事冗沓，乃大遜於韓、柳、歐陽。」沈德潛《唐宋八家文讀本》:「東坡之才大，一瀉千里，純以氣盛。」

王昶〈與沈果堂論文書〉:「蘇文忠公不喜為墓誌碑銘，惟富鄭公、范蜀公、司馬溫公、張文定公數篇。其文感激豪宕，深厚宏博無涯涘，使頑者廉，懦者立，幾為韓、柳所不逮，無他，擇人而為之，不妄作故也。」范泰恒〈書蘇東坡文選本〉:「八家之文，敘事議論兼長者，昌黎也；歐公則敘事長議論短，東坡則議論長敘事短。」〈古文凡例〉:「子瞻諸策，筆太直而少變化，氣太縱而少停蓄，識見固高，文品較下。」《初月樓古文序論》載吳德旋語:「蘇長公晚年之作有隨筆寫出，不待安排，而自然超妙者。非天資高絕，不能學之。其少年之作，滔滔數千言，才氣真不可及，然精義究不能多。若賈長沙之篇，則事理本多，所以不可刪節；長公只論一事，而波瀾層出，故間有可節處。」蔣湘南〈與田叔子論古文第二書〉;「宋代諸公，變峭厲而為平暢。永叔情致紆徐，故虛字多；子瞻才氣廉悍，故間架闊。後世功令文之法，大半出於兩家，即作古文者，亦以兩家為初祧。」包世臣《藝舟雙楫》:「子瞻機敏神妙，比及暮年，心手相忘，獨立千載。」劉熙載《藝概》:「歐文優游有餘，蘇文昭晰無疑。」「東坡文，亦孟子，亦賈長沙，亦陸敬輿，亦莊子，亦秦、儀。心目窒隘者，可資其博達以自廣，而不必概以純詣律之。」「東坡文只是拈來法，此由悟性絕人，故處處捉著耳。至其理有過通而難守者，固不及備論。」「東坡文固打通後壁，然立腳自在穩處，譬如舟行大海之中，把柁未嘗不定，視敏言而不中權者異矣。」「老子言:『信言不美，美言不信。』東坡文不乏信言可采，學者偏於美言嘆賞之，何故?」「坡文多微妙語，其論文曰快，曰達，曰了，正為非此不足以發微闡妙也。」「介甫之文長於掃，東坡之文長於生。掃，故高；生，故贍。」劉師培〈論文雜記〉:「子瞻之文，以粲花之舌，運捭闔之詞，往復卷舒，一如意中所欲出，而屬詞比事，翻空易奇，縱橫家之文也。」呂誠之先生《宋代文學》:「東坡則見解較老泉為高，雖亦不脫縱橫之習，然絕去作用處，時或近於道家，非如老泉一味以權術自矜也。要之老泉皆私智穿鑿之談，而東坡實能見事理之真，故其冰雪聰明處，實非老泉所及，尤妙在能以明顯之筆達之。……其罕譬而喻，深入顯出，幾可謂獨步古今矣。」「東坡文字，當分少年與晚年觀之。少年文字，如〈策略〉、〈策斷〉等，氣勢極盛，然體格多有未成處；晚年文字，則心手相忘，獨立千載。議論文字，如〈志林〉；敘事文字，如〈徐州上皇帝書〉是也。」「東坡自言少年文字極絢爛，晚乃歸於平淡，可謂自知其功候矣。又曰：『吾文如萬斛泉源，不擇地而施。及其與山石曲折，則隨物賦形，有不可知者。』『文字無定形，惟行乎其所不得不行，止乎其所不得不止。』可謂能自道其晚年之勝境矣。」《唐宋文舉要》引吳闓生曰：「東坡天仙化人。其於文章，驅使雄心，無不如志，是為流俗所愛慕，學者紛紛摹擬，徒滋流弊。不知公文天馬行空，絕去羈絆，固無軌轍之可尋也。」子瞻之文，初如其父，得力於《孟子》、《戰國策》、賈誼、韓愈諸家；然後來取資甚宏，儒道釋之書無不能心獲而手運，而於陸贄、莊周之書，得力亦多。謂其文為縱橫家之文，誠隘之矣。謂其文欠含蓄，品不高，或陳義不精；則或別拘繩墨，或殊其體察，非真能從子瞻文風與學識之整體衡量者。謂其不善敘事，則王昶固已辨之。子瞻文確兼豪邁恣肆與雋逸疏放兩體；然豪中有逸，逸中有豪，又皆有開闊曠遠、超然自得之致。確有前後兩期之異，前期結構嚴整之作較多，後期機調疏放之作較多；然兩期亦皆非截然不相兼。至於分期之時，用子由之言，則以黃州之貶為界。子瞻貶黃州，在熙寧三年，年四十五；其成進士年二十二，卒年六十六，則四十五歲正其入仕生涯之一半也。子瞻文之風格，誠不可以一端盡，然要其主體，則「超曠」兩字或「豪邁恣肆」四字，庶幾可以為概乎？

# 賦

茲論蘇文，據《東坡七集》及中華書局新版《蘇軾文集》。

後人稱宋賦為「散賦」或「文賦」，以其平易暢達類散文也。歐陽修於此體為先驅，已有佳構；子瞻繼之，體益解放多姿，佳構更多，立此體之一高峰矣。袁宏道〈與江進之書〉云：「唐賦最明白，至子瞻直文耳。然賦體日變，賦心益工，古不可優，後不可劣。」「近日讀古今名人諸賦，始知蘇子瞻、歐陽永叔輩，見識真不可及。」子瞻賦最佳者，當推前後〈赤壁賦〉，此兩文，可稱「散賦」之絕調。此外，詠物之作頗多，其中〈黠鼠賦〉寫鼠入橐不得出，為嚙聲以致人啟橐；及啟，乃佯死出人不意而逃逸，狀鼠之黠而感人智之易為外物所移；〈颶風賦〉狀颶風之狀，因感「大小出於相形，憂喜因於相遇」，如蟻蚋遇微吹則墜散，大鵬遇大風則飄舉；〈灩滪堆賦〉，謂世以灩滪堆為至險，舟多覆於此，不知江水驕逞，至此逼窄遇堅，乃「安行而不敢怒」，而感於「物固有以安而生變兮，亦有以用危而求安」：皆描寫工細而有精義。〈通其變使民不倦賦〉，以賦說理而非泥古之論則可取，如云：「乃知制器者皆出於先聖，泥古者蓋生於俗儒。昔之然今或以否，昔之有今或以無。……王莽之復井田，世滋以惑；房琯之用車戰，眾病其拘。是知作法何常，視民所便。」〈前赤壁賦〉筆調飄逸，而悠揚之音節極美，朗誦得宜，可使人情移而心醉，此點最不可忽。「逝者如斯」八句，不覺有合於「物質不滅」之說，與夫「辯證法」之律，尤神奇。結尾之言對待造物，識悟情趣俱不可當矣。〈後赤壁賦〉轉用冷峭之筆，體物見工；結以寫夢，尤極迷離恍惝之妙。此兩賦皆天仙化人之筆，又作於貶謫黃州困苦時，其筆調，其襟懷，不愧人之稱「坡仙」也。前賦，謝枋得評：「此賦學《莊》、《騷》之法，無一句與《莊》、《騷》相似，非超人之才，絕倫之識，不能為也。瀟灑神奇，出塵絕俗，如乘雲御風而立於九霄之上，俯視六合，何物茫茫，非惟不掛之於齒牙，亦不足以入其靈臺也。」「余嘗中秋夜泛舟大江，月色水光與天宇合而為一，始知此賦之妙。」茅坤評：「余謂東坡文章仙也，讀此二賦，令人有遺世之意。」浦起龍評：「其托物也不粘，其感興也不脫，純乎化機。」方苞評：「所見無絕殊者，而文境邈不可攀，良由身閑地曠，胸無雜物，觸處流露，斟酌飽滿，不知其所以然而然。豈惟他人不能摹效，即使子瞻更為之，亦不能如此調適而暢遂也。」張伯行評：「以文為賦，藏叶韻於不覺，此坡公工筆也。憑弔江山，恨人生之如寄；流連風月，喜造物之無私。一難一解，悠然曠然。」吳汝綸評：「此所謂文章天成、偶然得之者。是知奇妙之作，通於造化，非人力也。」「胸襟既高，識解亦夐絕非常，不得如方氏之說，謂所見無絕殊也。」後賦，虞集評：「坡公〈前赤壁賦〉，已曲盡其妙；後賦尤精於體物，如『山高月小，水落石出』，皆天然句法。末用道士化鶴之事，尤出人意表。」茅坤評：「蕭瑟。」浦起龍評：「刷盡文章色相矣。來不相期，游仍孤往，向後空空，人境俱奪。」儲欣評：「寄托之意，悠然言外者，與前賦初不殊也。」張伯行評：「猶是風月耳，上文字字是秋景，此文字字是冬景。體物之工，其妙難言。」

## 論文

子瞻論文，或自大而小，自小而大；或自遠而近，自近而遠，變化多端而照應嚴密。其氣象之軒爽，文辭之酣暢，見識之超卓，音節之洪亮，機勢之洋溢，以及取證之宏博，取喻之巧妙，皆已見於應試之文。其論文之規模，實已奠定於少年時期。嘉祐二年二十二歲時應進士試，省試作〈刑賞忠厚之至論〉，所謂：「過乎仁，不失為君子；過乎義，則流而入於忍人。故仁可過也，義不可過也。古者賞不以爵祿，刑不以刀鋸。賞以爵祿，是賞之道，行於爵祿之所加，而不行爵祿之所不加也；刑之以刀鋸，是刑之威，施於刀鋸之所及，而不施於刀鋸之所不及也。先王知天下之善不勝賞，而爵祿之不足以勸也；知天下之惡不勝刑，而刀鋸之不足以裁也，是故疑則舉而歸之於仁。以君子長者之道待天下，使天下相率而歸於君子長者之道，故曰忠厚之至也。……《春秋》之義，立法貴嚴，而責人貴寬。因其褒貶之義以制賞罰，亦忠厚之至也。」為儒家仁政探本之言，而子瞻居官臨民，終身守之而不背。二十六歲應制科試，所作試文，如〈禮以養人為本論〉，所謂：「夫禮之初，緣諸人情，因其所安者，而為之節文。凡人情之所安而有節者，舉皆禮也，則是禮未始有定論也；然而不可以出於人情之所不安，則亦未始無定論也。」「夫法者末也，又加以慘毒繁難，而天下常以為急。禮者本也，又加以和平簡易，而天下常以為緩。」此亦探求之論。夫今人強調法治，然法禁於已然，禮教於未然，致治之本，仍在於禮；特以今語易之，禮者，文明教育之謂。是子瞻所見之本末，至今猶不能廢。其論禮必本於人情，與子瞻平生論事重情之思想蓋相貫。「凡人情之所安而有節者，舉皆禮也。」古今論禮之性質，似少如此簡要中肯而痛快者。其謂人之急法而緩禮也，曰：「平居治氣養生，宣故而納新，其行之甚易，其過也無大患，然皆難之而不為；悍藥毒石，以搏擊去其疾，則皆為之，此天下之公患也。」則善以細故喻大道之一例。〈刑賞忠厚之至論〉，茅坤評「悠揚宛宕」，沈德潛評「文勢如川雲嶺月，其出不窮」，張伯行評「東坡自謂文如行雲流水，即應試論可見。」〈禮以養人為本論〉，乾隆評為「固古今要論，亦足見其所述之知所擇也」。儲欣云：「公應制文字，如火如潮，如花際春，如霞散綺，使人目眩神移，吟詠流連而不知止也。驚才絕艷，一至於此！」非過為推許之辭也。制科御試之對策，亦有精義，方苞評：「皆鑿然不異於宿構，是作者姿材傑特處。」如云：「言之於無事之世者，足以有所改為，而常患於不信；言之於有事之世者，易以見信，而常患於不及改為。」「夫天下者，非君有也，天下使君主之耳。」

應制科試時所進之策，曰〈策略〉、〈策別〉、〈策斷〉，最有系統。其〈總序〉曰：「臣聞有意而言，言盡而止者，天下之至言也。……三代之衰，學校廢缺，聖人之道不明，而其所以猶賢於後世者，士未知有科舉之利。故戰國之際，其言語文章，雖不能盡通於聖人，而皆卓然近於可用，出於其意之所謂誠然者。自漢以來，世之儒者，忘己以徇人，務射策決科之學，其言雖不叛於聖人，而皆泛濫於辭章，不適於用，臣嘗以為晁、董、公孫之流，皆有科舉之累，故其言有浮於其意，而意有不盡於其言。今陛下承百王之弊，立於極文之世，而以空言取天下之士，繩之以法度，考之於有司，臣愚不肖，誠恐天下之士，不獲自盡。」謂漢以後應舉之策，立言不誠，不能如戰國諸子，所見誠卓；於應舉之時，言應舉之文多不足取，而天子所求，可能為無用之「空言」，又可謂不顧利害而膽甚大。〈策略〉，論當時安治之總體方略，共五篇，篇各獨立，又相連接。〈策略一〉，謂當時「天下有治平之名，無治平之實；有可憂之勢，而無可憂之形。」形不易察，君主必須本「天行健」之道，有以動而運萬物，「自斷而欲有所立」之心以求治，乃免誤於宴安。以扁鵲、倉公之切脈觀色，乃能知疾病之存於人所不自知者為喻，巧喻之例也。〈策略二〉，謂外患在賂二虜，而無專司外事之官，使宰相勞於此而不能「總持其大綱」，宜特建此官，「重任而厚責之」。以越敗於吳，賂吳甚費而終能滅吳復國，在范蠡、文種分治外交、內政之收功，因進而斷曰：「國之為患」尚「不在費」。在費而事又「不立」。此博證之例也。〈策略三〉，謂天下之患，「有立法之患，有任人之失。二者疑似而難明」，故常「不知法之弊，而移咎於其人。及其用人之失也，又從而尤其法。」此而不明，必致於亂。當時天下之弊，主要在於任人。蓋任大臣且有「用而不行其言，行其言而不盡其心」之弊。以湯用伊尹、周用太公、蜀漢用諸葛、苻秦用王猛為正面可法之例；以慶曆用范仲淹諸人行變革，「百未及一二，而舉朝喧嘩，以至逐去，曾不旋踵」，為反面無效之例；又引奏樂以喻立法之難盡善，此亦博證巧喻之例。而大聲疾呼曰：「居今之勢，而欲納天下於至治，非大有矯拂於世俗，不可以有成也。何者？天下獨患柔弱而不振，怠惰而不肅，苟且偷安而不為長久之計。」又見子瞻少年時大有改革政治之勇氣。至於中年以後經歷更富，見識更深，稍事持重，亦非真持「保守」之庸見也。〈策略四〉，謂「天子與執政之大臣，既已相得而無疑，可以盡其所懷，直己而行道」之後，則當「破庸人之論，以開功名之門」，使天子不致誤於「務為寬深不測之量」之論，而「隔絕上下之情」；誤於「中庸」之論，而失有意功名之豪傑。其言曰：「古之所謂中庸者，盡萬物之理而不過，故亦曰皇極。夫極，盡也。後之所謂中庸者，循循焉為眾人之所能為，……此孔子、孟子之所謂鄉原也。」亦精義也。近今人所詈中庸之道，何嘗非子瞻所謂「鄉愿」之中庸而非孔、孟之中庸乎？〈策略五〉，謂天子當「深結天下之心」，「去苛禮而務至誠，黜虛名而求實效」，「以鼓動天下久安怠惰之氣」，末又舉宜付施行「以備采擇」之五事，不徒空言其理而已。以有器能用不能用為喻；以漢初豪傑不能取高祖之天下，而秦二世、唐德宗、西漢末天下之易危亡為證，又皆博證、巧喻之例。〈策別〉有總有別，具體分別以論施政之方。其總有四：曰課百官，曰安萬民，曰厚貨財，曰訓兵旅。課百官之別有六篇：一曰〈厲法禁〉。辨「刑不上大夫」之義，主行法不當「鹵莽於公卿之間，而纖悉於州縣之小吏」，當「厲法禁自大臣始」。二曰〈抑僥倖〉。謂宜「慎爵賞，愛名器」，不妨效「古之用人者，取之至寬，用之至狹，故不肖者無所容。」三曰〈決壅蔽〉。謂「天下不能無訴，訴而必見察；不能無謁，謁而必見省。使遠方賤吏，不知朝廷之高；而一介之小民，不識官府之難。」然後「百官之眾，四海之廣，使其關節脈理，相通為一。」「天下可使為一身。天子之貴，士民之賤，可使相愛，憂患可使同，緩急可使救」。四曰〈專任使〉。亦以操器之習與否為喻，以漢文之政為證，謂任官任吏，「不可以倉卒而求其成效」，尤以為「省府之重，其擇人宜精，其任人宜久」。五曰〈無責難〉。請革「舉官連坐」之弊，以時日久，則人之善惡情偽之變不易知；惟使職司守令，各察其郡縣之所屬則事易。六曰〈無沮善〉。謂用人之道，宜「使天下無必得之由，亦無必不可得之道」，「絕之則不用，用之則不絕」，使「一介之賤吏，閭閻之匹夫」，皆得「奔走於善」。安萬民之別有六篇：一曰〈敦教化〉。謂世風已偷，教化惟在務實，當自官吏之守信、守義、戒貪始；不可以詐欺民，「求利太廣，而用法太密。」二曰〈勸親睦〉。謂欲使民相親睦，風俗和厚，宜復「五世則遷」之小宗宗子，使糾率其宗人。此論於當日或有用，於今日則為過時之芻狗矣。三曰〈均戶口〉。謂當時各地戶口不均：一由於上之「賤農而貴末」，使百工游食之民，「擇其所樂而居之」；二為災荒，民轉徙異地者不易還鄉。而主遷「吏仕至某者」，居荊、襄、唐、鄧、許、汝、陳、蔡諸州間，以為民先；逃荒而願還鄉之農，「皆授其田，貸其耕耘之具，而緩其租」。此恐為迂闊難行之計。四曰〈輕賦役〉。謂當時「兩稅」之法已弊，天下田畝、賦稅之情已不得其實，「有兼併之族而賦甚輕，有貧弱之家而不免於重役」，欲重新「按行其地之廣狹瘠腴，而更制其賦之多寡」，則恐奸吏為奸，其患益深；故只能責民易田書契，必實書其值，就值覘田，而酌定其賦。此法恐亦難以避免豪民奸吏之作弊也。五曰〈教戰守〉。謂與西北兩敵國，遲速必出於戰，不可使民「知安而不知危，能逸而不能勞」，宜以「秋冬之隙，致民田獵以講武」，使聞變不驚，欲戰能戰。以唐天寶間官民宴安而遇變倉皇，以及人之習勞苦與居安逸者適應寒暑變化能力之不同，證喻其事。又謂惟使「平民皆習於兵」，乃能抑當時當兵者之「驕豪」。六曰〈去奸民〉。謂宜制小奸小惡，以防大奸大惡之萌生，「宜明敕天下之吏，使以歲時糾察凶民」。厚貨財之別有二篇：一曰〈省費用〉。謂當時「天下之利，莫不盡取」，而國用猶感不足。如郊祭之賞賜，飾老、佛之宮與設祠宮之使，治河不由地方官吏又別設都水監，有轉運使又設發運使等「無益之費」，皆可去。二曰〈定軍制〉。評論三代漢、唐以來之兵制，而謂當時集禁兵於京師過多，地方之「士兵」劣弱，「不耕之兵聚於內，而食四方之貢賦」，「有漢、唐之患，而無漢、唐之利，擇其偏而兼用之，是以兼受其弊而莫之分也。」宜革其弊。訓兵旅之別有三篇，一曰〈蓄材用〉。謂以武舉、方略之試求將材，僅「虛名」耳，當試之以「治兵」之實。二曰〈練軍實〉。謂當時之募兵，兵民既分，民不知兵，而兵既驕悍又多老弱不能用；宜收民三十以下之願為兵者，「限以十年而除其籍」，兵民更換，知兵能戰者多，緩急乃有濟。三曰〈倡勇敢〉。謂將領平日必須鼓士氣，倡勇敢，厚蓄有材而勇者，因其求功名之「私」而成其敢於為國力戰之「公」，不可泛泛然漠待一切士卒，而「天子無同憂患之臣，而將軍無心腹之士」之患乃可變。〈策斷〉者，策文終結之論斷，由內憂外患之分析而歸結重點於對外。〈策斷一〉，歷舉古事及當時形勢，謂對外戰和，在於爭取主動，名此主動為「權」，而曰：「欲天下之安，莫若使權在中國」。〈策斷二〉，論「制御西戎之略」。謂大小之國，用兵各有長短。宋大西戎小，分兵而數出，用大之長，可以困小，可以制「權」。〈策斷三〉，「論北狄之勢」。歷舉古代北方外患之事，謂外敵之勝中國，常利游牧「無法」之靈動勝中國農耕「有法」之固守，今契丹據有廣土，頗效中國之政制，亦「有法」矣。然有可乘之勢三，當細思利用而制之：其官制不善而官吏可間也；其領土中之漢民思漢而可用也；其效漢制亦有守備之累而不能盡逞游動之利也。評論子瞻策文者，如李覯評：「二十五策，霆轟風飛，震伏天下。」〈策略一〉，沈德潛評：「痛切言之，先言其病，後救以方，比於長沙痛哭。」〈策略四〉，茅坤評：「破庸人之論，有奇氣。」沈德潛評：「前伏後應，一氣相生，文之最嚴紀律者。」〈策略五〉，儲欣評：「創業守成之說，千古不刊。」沈德潛評：「行文反復曲折，說盡蒙業養安之失，千古龜鑒。」〈歷法禁〉，唐順之評：「分明四件事，說得甚變化。」〈決壅蔽〉，沈德潛評：「洞若觀火。」茅坤評：「省事厲精二者，亦切中今日之蔽。」〈無沮善〉，茅坤評：「文甚錯綜。」〈敦教化〉，茅坤評：「看他行文紆徐婉轉、將言不言處。」沈德潛評：「剴切詳明，議論亦復醇正。」〈教戰守〉，宗臣評：「此篇文字絕好，詞意之玲瓏，神髓之融液，勢態之翩躚，各臻其妙。」唐文獻評：「坡翁此策，說破宋室膏肓之病，其後靖康之禍，如逆睹其事者，信乎有用之文也。」陳繼儒評：「見析懸鏡，機沛湧泉。」沈德潛評：「一用引喻，便覺切理饜情。」〈去奸民〉，茅坤評：「論利害處刺骨。」〈定軍制〉，茅坤評：「經國之言。」〈蓄材用〉，沈德潛評：「前虛後實，一氣相生，蘇策每用此法。」〈練軍實〉，茅坤評：「精悍之色，博達之才。此等文須看承上連下字眼。」〈倡勇敢〉，唐順之評：「此篇體方而意圓。」茅坤評：「氣之一字，極中兵情，而通篇行文如虬龍之駕風而撼山谷，而杳不可測。」沈德潛評：「連綴相生，縱橫豪宕，自是老泉家數，而其源出於韓子。」林紓評：「寫宋人之懦，歷歷如繪。術近雜霸，文則奇警異常。」〈策斷一〉，儲欣評：「述往事，詔來者，此策與天地相終可也。後半料敵揣情，亦是西漢初年文字。」〈策斷二〉，茅坤評：「此文論大小情事刺骨。」〈策斷三〉，茅坤評：「蘇氏父子之論敵情，一一深中。」

子瞻應制科試「進論」之文不及其「策」，何耶？「策」論時政，多有切身感受，平居熟慮於胸中者；「進論」論古事，遙然揣摩，不免有臆測而強為之者。〈秦始皇帝論〉，斥始皇「一切出於便利」，「決壞聖人之藩籬」；而論「禮」之通達，則不如〈禮以養人為本論〉。〈漢高帝論〉，謂漢高祖生平不知禮義，惟「善原人情而深識天下之勢」，晚年欲廢太子立如意，則失其明。〈魏武帝論〉，謂「魏武長於料事，而不長於料人」，欲以「聲勢」恐嚇孫權乃致敗。〈伊尹論〉，謂伊尹敢於廢立太甲，孟子謂非道與義，雖「祿之天下，弗受也」。則其「素所不屑者，足以取信於天下也」。〈周公論〉，謂周公之居攝與誅管蔡，皆出於不得已，故為「居禮之變，而處聖人之不幸也」。〈管仲論〉，謂仲善「變古司馬法」而為「簡略速勝之兵」。〈孫武論〉，謂武「智有餘而未知其所以用智」，用智在「善擇」，在「不役於利」；使天下能「樂戰而不好戰」，亦非武所能。〈子思論〉謂孟子性善說出子思，而子思不明言性之善惡，為近於孔子。〈孟子論〉，謂「王化之本，始於天下之易行」，「不觀於《詩》，無以見王道之易；不觀於《春秋》，無以見王道之難。」孟子「可謂深於《詩》而長於《春秋》矣」，故「其道始於至粗，而極於至精」。〈樂毅論〉，謂毅攻齊數歲不能下兩城，「非其智力不足，蓋欲以仁義服齊之民，故不忍於急攻而至於此」；又不知退兵取勝之方，王霸之道，兩無所歸。雖無騎劫之代，亦終致敗。〈荀卿論〉，謂荀卿之主性惡，「敢為非常可喜之論」，「李斯之所以事秦者，皆出於荀卿」。〈韓非論〉，謂老、莊毀棄仁義禮樂而商鞅、韓非竊其「輕天下齊萬物之術，敢為殘忍而無疑」，與司馬遷論韓非學說之「慘刻少恩，皆原於道德之意」，大旨相同。〈留侯論〉，謂張良之善忍，乃所以成其大勇。〈賈誼論〉，謂誼有才而不能善用其才，故不能待機，不能處窮。〈晁錯論〉，謂七國之亂，錯欲使天子自將，而己居守，「欲求建非常之功」，又「務為自全自計」，故召殺身之禍。〈霍光論〉，謂光「才不足而節義有餘」，故受武帝之托而能立大功。〈楊雄論〉，謂性無善惡，才有高下，孔子所謂「上智」，「下愚」與「中人」者以才言，非以性言；孟、荀、楊雄、韓愈論性之說皆非。〈諸葛亮論〉，謂亮之待劉表、劉璋，皆非仁義之道，故效忠漢室，不能得「天下之響應」，「仁義詐力雜用」，此其所失。〈韓愈論〉，謂聖人非「兼愛」之說，而愈之〈原人〉，以聖人於「夷狄禽獸」，皆「一視同仁」；喜怒哀樂之情，亦性之所有，愈之說，不免「離性以為情」：皆見道不精處。凡上諸論，大抵著眼於一事，有欠全面、深刻與成熟者，故與後來見解，往往有出入；子瞻誠早慧早成矣，其學問見識，固亦與年俱進，非一成不變者也。其中辭氣最沛，音調最美者為〈留侯論〉；次為〈伊尹論〉、〈賈誼論〉。〈留侯論〉，〈三蘇文範〉評：「東坡文如長江大河，一瀉千里，至其渾浩流轉，曲折變化之妙，則無復可以名狀，而尤長於敘事。留侯一論，其立論超卓如此。」王慎中評：「此文若斷若續，變幻不羈，曲盡文家操縱之妙。」儲欣評：「博浪沙擊秦，一事也；圯橋進履，又一事也。於絕不相蒙處，連而合之，可以開拓萬古之心胸。」康熙評：「以『忍』字作骨，而出以快筆。豈子瞻胸中先有此一段議論，乃因留侯而發之耶？」《古文淵鑒》評：「意實翻空，辭皆證實。讀者信其證據，而不疑其變幻。」《晚村精選八家古文》評：「此篇善於用虛，……文情縹緲，千丈游絲。至今合著實處，亦如雄搏鷙擊。」林雲銘評：「卓識不刊，可喚醒世人狂惑；文字之佳，又其餘事耳。」劉大櫆評：「忽出忽入，忽主忽賓，忽淺忽深，忽斷忽接；而納履一事，止隨文勢帶出，更不正講，尤為神妙。」浦起龍評：「此與〈管仲〉篇，非慧業人無著手處。」沈德潛評：「太白於博浪沙擊秦，許以智勇；此又翻出子房之不能忍，而老人教以能忍，議論正大。且『其意不在書』一語，實際掀翻，如海上潮來，銀山蹴起。」〈伊尹論〉，王世貞評：「論伊尹者，無逾此篇。」茅坤評：「讀此而可以自信於天下，而成不踰之功，而行文斷續不羈。」康熙評：「推極根柢，妙有發揮。」浦起龍評：「此公一出世時，自寫其志概之作，非局定伊尹，更非敷衍《孟子》成文也。志曠才高，嘐嘐自負，其本在立大節，其不落空疏，在『節立而事辦』。一筆揮灑，行止自由。」劉大櫆評：「從《孟子》生出議論，疏爽暢足。」沈德潛評：「此蘇論之極平正通達者。」「其才在辨大事，而其本由於立大節，論伊尹，公亦自抒其志概也。」張伯行評：「東坡此論，可謂透快。亦可想見此老平生名節不污，非徒能言而已。」〈賈誼論〉，王慎中評：「文字飛翻變幻，無限煙波。」唐順之評：「不能深交絳、灌，不能默默自待，本是兩柱，而文字渾融，不見蹤跡。」茅坤評：「試觀此文，子瞻高於賈生一格。」乾隆評：「史稱英宗欲驟用軾，韓琦不欲壞成例，沮之，軾以此終身德琦。嗚乎！若軾者，真可謂自愛其身者歟？作〈賈誼論〉，宋人謂其在晚年（按，當誤）。試觀軾流離顛沛，至挑菜度日，夕宿樹下，而若將終身，怡然自得，與賈誼之賦鵩鳥，為文弔屈原者異矣。……軾雖知命不憂乎，然篇末數語，仰俯古今，自傷而傷人者至矣。」浦起龍評：「惜其不善用才，正是深於惜才。讀此文，須賈生當作者前身看。間世一出，曠世相感，所以輾轉惜之，神味綿邈如此。」林雲銘評：「篇中層層責備，卻帶悲惜意，筆力最高。」劉大櫆評：「長公筆有仙氣，故文極縱蕩變化，而落韻甚輕。」沈德潛評：「中間實翻出用漢文處，是蘇氏經緯。責備中語語惋惜，筆力最高絕。」「讀此文，須知言外有漢文負生意。」《應詔集》中之〈大臣論〉，《前集》（即《七集》中之《東坡集》）中之〈思治論〉（注嘉祐八年作）、〈正統論〉（注至和二年作），亦早歲經意之論。〈思治論〉最佳，為仁宗時欲革新政治而中廢作也，其警語曰：「其規模不先定也，用舍系於好惡，而廢興決於眾寡。故萬全之利，以小不便而廢之者有之矣；百姓之患，以小利而不顧者有之矣。所用之人無常責，而所發之政無成效。此猶千里不賫糧而假丐於途人，治病不知其所當用之藥，而百藥皆試，以僥倖於一物之中。」「今世之舉事者，雖甚小，而欲成之者常不過數人，欲壞之者常不可勝數。可成之功常難形，若不可成之狀常先見。」茅坤評：「首尾二千五百言，如一串念佛珠。其深入人情處，如川雲嶺月。」《續集》中有〈續歐陽子〈朋黨論〉〉，稍後作，論君子與小人爭，小人必勝，亦刺骨之談。茅坤評：「通篇轉折處皆如遊龍。」

《後集》中之〈志林〉，後期所作，郎曄〈經進東坡文集事略〉

云：「或謂之海外論」。有史論十三篇，視前期之「進論」，結構之嚴整不如，而筆更放，論一事而廣引多事以為參較，錯落有致；識亦更老，然頗有較前期為保守者。茅坤云：「予覽〈志林〉十三首，按《年譜》，子瞻由南海後所作。公於時經歷已久，故上下古今處，識見尤別。」沈德潛云：「〈志林〉十三首，皆南海作，為公極得意文字，幾乎天雨粟，鬼夜哭。」張裕釗云：「子瞻〈志林〉諸篇，卓識偉論，獨有千古；而其文奇縱高妙，變化於自然，實為傑作。」吳汝綸云：「子瞻〈志林〉、歐公〈金石跋尾〉，皆振筆直書，得大自在，文家之樂境也。」作用較大者，如〈論平王東遷〉，謂避寇畏敵而遷都，「雖不即亡，未有能復振者。」茅坤評：「此以『遷』字為案，以無畏而遷者五，以有畏而不果遷者二，以畏而遷者六，共十三國，以錯正存亡處，如貫線矣。」沈德潛評：「雜援古事，近於碎矣，而條理故自秩然。此不拘法而法自生者。宋高南渡，若預知之，長公之識，豈近於文人游談者耶？」〈論封建〉，謂「封建」之制不可復，「李斯、始皇之言，柳宗元之論，當為萬世法也。」如〈論始皇、扶蘇〉，謂秦法甚密，然「天之亡人國，其禍必出於智之所不及。聖人為天下，不恃智以防亂，恃吾無以致亂之道耳。」扶蘇之死，而不敢請，蓋秦法「威信之過也。故夫以法毒天下者，未有不反中其身及其子孫者也。」方苞評：「議論精鑿，文亦通體不懈。」吳汝綸評：「雄奇萬變，當為〈志林〉第一篇文字。」

蘇轍「經論」入《應詔集》；子瞻〈中庸論〉亦入《應詔集》，《五經》論未收，當亦應制舉試時作。〈易論〉、〈書論〉、〈詩論〉、〈禮論〉、〈春秋論〉、〈中庸論〉上中下，就經論經，未必為準確之見；惟謂讀經皆宜從「人情」上考究，則子瞻論事之本色，殊有可取。如〈詩論〉云：「夫《六經》之道，惟其近於人情，是以久傳而不廢。而世之迂學，乃皆曲為之說，雖其義之不至此者，必強牽合以為如此，故其論牽合而難通也。」〈禮論〉，謂後世制禮，不可復用古器，但師古人之意可也；「唯其近於正而易行，庶幾天下之安而從之」。〈春秋論〉，謂讀《春秋》，於聖人之言，不可「求之太過」。〈中庸論〉云：「夫聖人之道，自本而觀之，則皆出於人情。」

## 奏章

子瞻奏議，多詳究民生國本，不計私人利害，剛忠敢言。如熙寧初年奏不必更改詩賦取士，諫買浙燈；知密州時奏盜賊逼於飢寒，宜開其謀生之路；知徐州時奏請整頓管理冶鐵及獄囚病死之法；知登州時奏請整頓水軍，乞罷登萊榷鹽；元祐元年入朝，論免役、差役之利弊，請寬減「青苗」欠款；知杭州乞浚治西湖，減免「市易」、「和買」欠款，賑恤浙西災荒，度開石門河；元祐六年回朝後奏治吳中水患；知潁州時奏陳勿開八丈溝，請制止淮南閉糴；知揚州時奏請寬豁民間積欠，廢止新頒「倉法」，論「綱梢欠折利害」；元祐七年再回朝後請罷修宿州城，「乞免五穀力勝稅錢」，郊祭天地之禮宜合併舉行；知定州時請加強「弓箭社」防邊能力，「減價糴常平倉米賑濟」等。雖文為應用之體，作法不同於尋常文章；其辭理高妙，復不遜其議論之文。且如〈徐州上皇帝書〉寫徐州之山川礦冶，〈乞相度開石門河狀〉寫錢塘龍山、浮山一帶之江潮，〈再論積欠六事四事劄子〉寫蘇、湖、秀三州人民之死於飢疫，穿插文中，又成極為精彩之記敘筆墨。其論治體固洞達古今，論民情尤深明委曲，故精義極多。如〈論河北京東盜賊狀〉云：「今中民以下，舉皆闕食，冒法而為盜則死，畏法而不盜則飢。飢寒之與棄市，均是死亡，而賒死之與忍飢，禍有遲速，相率為盜，正理之常。」「臣會勘密州鹽稅，去年一年，比祖額增二萬貫，卻支捉賊賞錢一萬一千餘貫，以此較之，利害得失，斷可見矣。」〈奏浙西災荒第一狀〉云：「有司之常態，古今之通患」，為「豐熟不須先知，人人爭奏；災傷正合預備，相顧不言。」〈論積欠六事并乞檢會應詔所論四事，一處行下狀〉云：「臣每屏去吏卒，親入村落，訪問父老，皆有憂色。云：『豐年不如凶年。天災流行，民雖乏食，縮衣節口，猶可以生。若豐年舉積催欠，胥徒在門，枷棒在身，則人戶求死不得』。……臣聞之孔子曰：『苛政猛於虎。』昔常不信其言，以今觀之，殆有甚者。水旱殺人，百倍於虎；而人畏催欠，乃甚於水旱。」「每州催欠吏卒不下五百人，以天下言之，常有二十餘萬虎狼，散在民間。」〈乞增修弓箭社條約狀〉云：「（河朔沿邊）禁軍大率貧窘，妻子赤露飢寒，十有六七，屋舍大壞，不庇風雨，體問其故，蓋是將校不肅，斂掠乞取，坐放債負，習以成風。」「驕惰既久，膽力耗憊，雖近伐短使，輒與妻子泣別。被甲持兵，行數十里，即便喘汗。」〈論邊將隱匿敗亡，憲司體量不實劄子〉云：「秦二世時，陳勝、吳廣已屠三川，殺李由，而二世不知。陳後主時，隋兵已渡江，而後主不知。此皆昏主，不足道。如唐明皇親致太平，可謂明主，而張九齡死，李林甫、楊國忠用事，鮮於仲通以二十萬人沒於雲南，不奏一人，反更告捷，明皇不問；以至上下相蒙，祿山之亂，兵已過河，而明皇不知也。今朝廷雖無此事，然臣聞去歲夏賊犯鎮戎，所殺掠不可勝數，或云至萬餘人，而邊將乃奏云野無所掠。」〈徐州上皇帝書〉云：「古者不專以文詞取人，故得士為多。黃霸起於卒史，薛宣奮於書佐，朱邑選於嗇夫，丙吉出於獄吏，其餘名臣循吏，由此而進者，不可勝數。唐自中葉以後，方鎮皆選列校以掌牙兵，是時四方豪傑，不能以科舉自達者，皆爭為之，往往積功以取旄鉞。雖老奸巨盜，或出其中，而名卿賢將如高仙芝、封常清、李光弼、來瑱、李抱玉、段秀實之流，所得亦已多矣。王者之用人如江河，江河所趨，百川赴焉，蛟龍生之。及去而之他，則魚鱉無所還其體，而鯢鰍為之制。」

〈辯試館職策問劄子〉云：「臣聞聖人之治天下也，寬猛相資；君臣之間，可否相濟。若上之所可，不問其是非，下亦可之：上之所否，不問其曲直，下亦否之：則是晏子所謂『以水濟水，誰能食之？』孔子所謂『惟予言而莫予違，足以喪邦』者也。臣昔於仁宗朝舉制科，所進策論及所答聖問，大抵皆勸仁宗勵精庶政，督察百官，果斷而力行也。及事神宗，蒙召對訪問，退而上書數萬言，大抵皆勸神宗忠恕仁厚，含垢納汙，屈己以裕人也。臣之區區，不自量度，常欲希慕古賢，可否相濟，蓋如此也。」子瞻兩朝策奏，見解有時出入，固緣閱歷變遷；而其濟偏補廢之苦心有以致之，亦不能忽視。今人謂其後期奏議，思想保守，倘亦所見不審乎？〈徐州上皇帝書〉之論取材，屢爭新法「免役」之不可輕廢，得謂之保守乎？〈因擒鬼章論西羌、夏人事宜劄子〉云：「然竊度朝廷之間，似欲以畏事為無事者，臣竊以為過矣。夫為國不可以生事，亦不可畏事，畏事之弊，與生事均。譬如無病而服藥，與有病而不服藥，皆可以殺人。夫生事者，無病而服藥也；畏事者，有病而不服藥也。」又得謂之保守乎？熙寧四年二月〈上神宗皇帝書〉，為集中奏議第一，論「新法」之弊，亦今人所譏以為保守者。夫「新法」利病，不能簡單為判斷，余於論介甫文時已略述之。今且不論此文內容之是非如何，而就文章論，竊以為有勝於介甫之〈上仁宗皇帝言事書〉者。蓋介甫之書，多從正面立論，直陳已見；而子瞻此書，兼舉反面以相形，及反復稽勘史實民情處勝之，一也。介甫之書，氣盛矣，然只限於說理；子瞻則說理之中，情感洋溢，其悱惻動人處勝之，二也。煌煌六千餘言，情辭音節無不美，使人讀之，輒為唏噓感喟而不能已。其精義如：「聚則為君民，散則為仇讎，聚散之間，不容毫釐，故天下歸往謂之王，人各有心謂之獨夫。由此觀之，人主之所恃者，人心而已。」「夫人輕而權重，則人多不服，或致侮慢以興爭；事少而員多，則無以為功，必須生事以塞責。陛下雖嚴賜約束，不許邀功，然人臣事君之常情，不從其令而從其意。」「成功則有賞，敗事則無誅。……格沮之罪重，誤興之過輕。人多愛身，勢必如此。」「今有人為其主牧牛羊，不告其主，而以一牛易五羊。一牛之失，則隱而不言；五羊之獲，則指為勞績。」「議者必謂民可以樂成，難以慮始。……此乃戰國貪功之人，行險僥倖之說。」「古之聖人，非不知深刻之法可以齊眾，勇悍之夫可以集事；忠厚近於迂闊，老成初若遲鈍。然終不肯以彼而易此者，知其所得小而所喪大也。」「自古用人，必須歷試。雖有卓異之器，必有已成之功。一則使其更變而知難，事不輕作；一則待其功高而望重，人自無辭。」「大抵名器爵祿，人所奔趨。必使積勞而後遷，以明持久而難得，則人各安其分，不敢躁求。今若多開驟進之門，使有意外之得，公卿侍從，跬步可圖。其得者既不肯以僥倖自名，則不得者必皆以沉淪為恨。使天下常調，舉生妄心，恥不若人，何所不至？」「然而養貓所以去鼠，不可以無鼠而養不捕之貓；蓄狗所以防奸，不可以無奸而蓄不吠之狗。」「是以知為國者，平居必常有忘軀犯顏之士，則臨義庶幾有殉義死節之臣。若平居尚不能一言，則臨難何以責其死節？」所指雖屬一時一事，而皆有歷久不刊之普遍意義也。〈乞校正陸贄奏議上進劄子〉，理足辭暢，聲情亦甚美；〈朝辭赴定州論事狀〉，語重心長，則似已預見紹聖政局之變化。〈上神宗皇帝書〉，黃震評：「東坡之文，如長江大河，一瀉千里，至其渾浩流轉，寓排比於散行之中，極愷摯，亦極婉曲。賈長沙之雄姿，陸宣公之整頓，兼而有之。」茅坤評：「長公、次公（蘇轍）當神廟時，朝廷方變更法令，亟富強，故其言大較勸主上務省紛更，持寬大。然次公之言猶紆徐曲巽，而長公之言似覺骨鯁痛切矣。……長公更勝，其指陳利害似賈誼，明切事情似陸贄。」儲欣評：「王氏得君，亦且數年，新法之行，日出無艾。……蘇長公首擊之，豈不知負隅之虎莫敢攖哉？念不忘君，忠之至也。『思之經月，夜以繼晝，表成復毀，至於再三。』余每讀此，未嘗不嗚咽流涕。」劉大櫆評：「雖自宣公奏議來，而筆力雄偉，抒詞高朗，宣公不及也。」沈德潛評：「正意未足處，都以喻醒之。」

表啟之文，為例行故事，又為駢儷之體，非子瞻所措意。然其才識所騁，驅駢如散，大暢陸宣公、歐陽永叔以來之體，亦為「宋四六」留其典型佳作。如〈徐州謝上表〉云：「向者屢獻瞽言，仰塵聖鑒。豈有意於為異，蓋篤信其所聞。顧慚迂闊之言，雖多而無益；惟有樸忠之素，既久而彌堅。遠不忘君，未忍改其常度；言之無罪，實深恃於至仁。」〈杭州謝放罪表〉云：「伏念臣早緣剛拙，屢致憂虞。用之朝廷，則逆耳之奏形於言；施之郡縣，則疾惡之心見於政。雖知難每以為戒，而臨事不能自回。」又表云：「觀祖宗信任之意，以州郡責成於人。豈有不擇師帥之良，但知繩墨之馭？若平居僅能守法，則緩急何以使民？」〈英州謝上表〉云：「雖幼歲勤學，實學聖人之大道；而終身窮薄，常為天下之罪人。先帝全臣於眾怒必死之中，陛下起臣於散官永棄之地。……累歲寵榮，固已太過；此時竄責，誠所宜然。瘴海炎陬，去若清涼之地；蒼顏素髮，誰憐衰暮之年？……頑戾如斯，生存何面？臣敢不噬臍悔過，吞舌知非，革再三而不改之慚，庶萬一有善終之望。」不獨語皆可誦，亦可見其倔強之態矣。〈賀歐陽少師致仕啟〉，謂永叔「功存社稷，而人不知；躬履艱難，而節乃見。」自謂「軾受知最深，聞道有自。雖外為天下惜老臣之去，而私喜明哲得保身之全。」則外示欣慰，中藏哀痛矣。

## 序

子瞻序文不多，避其祖諱，「序」多易字，如其父然。文善說理，然不若永叔善以淒婉之情感人也。《王定國詩集》〈敘〉，敘定國以子瞻故貶海外五年，喪其二子，其身亦幾死，可謂情極痛切，然美定國之達觀，澆自身之壘塊，文亦遂變而為和暢灑脫矣。其最肆力者，為《樂全先生文集》〈敘〉、《六一居士集》〈敘〉二篇，為張安道（方平）及歐陽永叔作。二公皆為子瞻恩遇之人。感恩知己，出以重筆莊論。其敘安道曰：「世遠道散，雖志士仁人，或少貶以求用，公獨以邁往之氣，行正大之言，……上不求合於人主，故雖貴而不用，用而不盡；下不求合於士大夫，故悅公者寡，不悅者眾。」敘永叔以為轉移文運，韓退之後一人，且論定其文。讚揚而非阿私，蓋張、歐二公皆足當其言。其次如《范文正公文集》〈敘〉，歷敘自慶曆三年八歲時聞范仲淹之為人，直至元祐四年五十四歲時為作此序，中間四十餘年對范氏之認識，與范子之交住，曲折而來，至結尾乃大處著墨，言簡而要。序《居士集》，唐順之評：「體大而思精，議論如走盤之快，文之絕佳者。」茅坤評：「蘇長公乃歐陽文忠公極得意門生，此序卻不負歐公。」張伯行評：「說得歐公身份盡高，所謂言大非誇也。」序《范集》，茅坤評：「識度自遠。」儲欣評：「情文並妙，雙收謹嚴，尤與范公切合。」沈德潛評：「為歐公作序，應從道德立論；為范文正公作序，應從事功立論，各有所屬。不似近人文字，將道德、文章、事功一齊稱讚，漫無歸著也。」贈序亦多說理，如〈明正送于伋失官東歸〉，謂悲喜不得其正則惑，惟深察自知，不惑而得其正者乃能常樂。〈稼說送張琥〉，以種稼「不及時，而斂之常不待其熟」，以喻人為學入仕急於求成之非。〈太息一章贈秦少章秀才〉，以「士如良金美玉，市有定價」，以喻不當以世俗之「愛憎口舌」為意。〈日喻贈吳彥律〉，以盲者扣盤、捫燭以求日，南人沒水之事，以喻「不學而務求道」之非，其設想之奇，設喻之妙，非絕等聰明人不能為，實為古今有數之妙文。楊慎評：「根及道理，確非漫然下筆。」茅坤評：「公之以文點化人，如佛家參禪妙解。」浦起龍評：「『求』字作意揣解，『學』字作身習解。兩喻相濟不相復。求道而不務學，針砭自來講學家膏肓不少。」沈德潛評：「未嘗見而求之人，是一意；不學而強求其得，是一意。前後兩意，俱用設喻成文，妙悟全得《莊子》，所云『每下愈況』者耶？」張伯行評：「兩喻俱有理趣，思之令人警目。」〈送人序〉云：「王氏之學，正如脫槧，案其形模而出之，不待修飾而成器耳。求為桓璧彝器，其可乎？」譏介甫用人取士之求主張一致也。

## 記

子瞻之記，亦擅說理，而善就近取譬，增其風趣。生平為佛道殿閣所作之記頗多，且有戲效佛經文體者，然其最佳之作，並不在此。世所傳誦者，若〈喜雨亭記〉、〈淩虛臺記〉、〈超然臺記〉、〈放鶴亭記〉，模仿者多，讀之有腔調太熟之感，然此自後來之事，不能以此病其初創。〈喜雨亭記〉，嘉祐七年任鳳翔判官時，喜天旱得雨築亭而作。其妙在結段，謂得雨之功，天子與造物皆不敢居，而歸諸太空，「太空冥冥，不可得而名，吾以名吾亭。」意思杳冥恍惝，不可捉摸。〈淩虛臺記〉，嘉祐八年作於鳳翔，寫東西南北四面之景以生情，而主旨歸於事物之廢興無常，妙在「蓋世有足恃者，而不在乎臺之存亡也。」結不明言足恃者為何物，使人自思而得之。〈超然臺記〉，知密州時作，謂「自錢塘移守膠西，釋舟楫之安，而服車馬之勞；去雕墻之美，而庇采椽之居；背湖山之觀，而行桑麻之野。」能超然物外，自得其樂。亦以寫東西南北四面之景為生發。〈放鶴亭記〉，元豐元年為彭城人張天驥作，謂衛懿公好鶴以亡國，而天驥野人好鶴則無害，所居之位不同，可樂亦不同。起段「彭城之山，岡嶺四合，隱然如大環，獨缺其西十二，而山人之亭適當其缺。春夏之交，草木際天。秋冬雪月，千里一色。風雨晦明之間，俯仰百變。」寫景甚妙。此外，若〈墨妙亭記〉，為孫莘老作，論物之成壞有必然，惟須盡人事：「物之有成必有壞，譬如人之有生必有死，而國之有興必有亡也。雖知其然，而君子之養身也，凡可以久生而緩死者無不用；其治國也，凡可以存存而救亡者無不為，至於不可奈何而後已。此謂之知命。」則儒家自強不息、死而後已之積極精神也。〈墨寶堂記〉，為張希元作。論為學從政之理足以警世：「余蜀人也。蜀之諺曰：『學書者紙費，學醫者人費。』此言雖小，可以喻大。世有好功名者，以其未試之學，而驟出之於政，其費人豈特醫者之比乎？」〈醉白堂記〉，為韓忠彥作，以紀念韓琦者。文較韓琦、白居易仕履之異同，頗刻意。末段云：「古之君子，其處己也厚，其取名也廉，是以實浮於名。……後之君子，實則不至，而皆有侈心焉。」有深慨焉。〈思堂記〉，為章質夫作。謂用思宜得當云：「是故臨義而思利，則義必不果；臨戰而思生，則戰必不力。」深中人心之利病。〈文與可畫篔簹谷偃竹記〉，為文與可作。其論畫竹之理已為藝苑所必知：「竹之始生，一寸之萌耳。而節葉自具焉。自蜩腹蛇蚹以至於劍拔十尋者，生而有之也。今畫者乃節節而為之，葉葉而累之，豈復有竹乎？故畫竹必得成竹於胸中，執筆熟視，乃見其所欲畫者，急起從之，振筆直遂，以追其所見，如兔起鶻落，少縱則逝矣。與可之教予如此，予不能然也，而心識其所以然。」然不可節節而畫之說，自不可拘，如陳撰《玉幾山房畫外錄》引石濤語云：「坡公畫竹不作節，此達觀之解。其實天下之不可廢者無如節。風霜凌厲，蒼翠儼然，披對長吟，請為坡公下一轉語。」論畫理者，尚有〈淨因院畫記〉，謂「余嘗論畫，以為人禽宮室器用皆有常形。至於山石竹木，水波煙雲，雖無常形，而有常理。常形之失，人皆知之；常理之不當，雖曉畫者有不知。故凡可以欺世而取名者，必托於無常形者也。」〈畫水記〉，論孫位、孫知微、蒲永升畫水之工；〈傳神記〉，發明顧愷之論畫之旨。為佛道殿閣作而有勝義者，如〈清風閣記〉，為僧應符作，曰：「符！而所謂身者，汝之所寄也。而所謂閣者，汝之所以寄所寄也。」〈中和勝院記〉，刺僧人語云：「剟其患，專取其利，不如是而已，又愛其名。治其荒唐之說，攝衣升坐，問答自若，謂之長老。吾嘗究其語矣，大抵務為不可知，設械以應敵，匿形以備敗，窘則推墮滉漾中，不可捕捉，如是而已矣。吾遊四方，見輒反復折困之，度其所從遁，而逆閉其途。往往面頸發赤，然業已為是道，勢不得以惡聲相反，則笑曰：『是外道魔人也。』吾之於僧，侮慢不信如此。」〈勝相院經藏記〉，作偈語云：「不知真覺者，覺夢兩無有。我觀大寶藏，如以蜜說甜。眾生未喻故，復以甜說蜜。甜蜜更相說，千劫無窮盡。」〈廣州東莞縣資福禪寺羅漢閣記〉云：「眾生以愛，故入生死。……本所從來，唯有一愛，更無餘病。佛大醫王，對病為藥。唯有一舍，更無餘藥。」〈南華長老題名記〉云：「方其迷亂顛倒流浪苦海之中，一念正真，萬法皆具。及其勤苦功用，為山九仞之後，毫釐差失，千劫不復。嗚呼！道固如是也，豈獨佛乎？」片言隻語，可以知子瞻固善援佛以得解脫而不能為佛所溺者也，又得謂其晚年思想為真消極乎？子瞻諸記，最為刻意者，莫如〈雪堂記〉，此文熙寧四年謫居黃州時作，堂築於東坡，四壁繪雪無容隙，以求淒凜其身，洗滌其心。設為主客對答之辭，篇幅長，層次多，說理幽微，讀者轉因難入而罕所諷誦。末段作歌答客，結數語極有神：「是堂之作也，吾非取雪之勢，而取雪之意。吾非逃世之事，而逃世之機。吾不知雪之為可觀賞，吾不知世之為可依違。性之便，意之適，不在於他，在於羣息已動，大明既升，吾方輾轉，一觀曉隙之塵飛。」雖逃陷人之「機」，而不逃世事；在逆境中，猶不與世為依違；寄情於雪，而意在「大明」之既升。其堅強志節與灑脫胸懷，又可概見矣。〈石鐘山記〉，非刻意之作，然在諸記中，當數第一。文章天成，妙手偶得，緣於觸境，不待一一刻意也。此文不獨寫景為絕妙，而「事不目見耳聞而臆斷其有無可乎」一斷語，尤為千秋萬世、震聾發聵之大鐘音。楊慎評：「通篇討山水之幽勝，而中較李渤、寺僧、酈元之簡陋，又辨出周景王、魏獻子之鐘音；其轉折處，以人之疑起已之疑；至中流見大石，始釋已之疑，故此記遂為絕調。」《蘇長公合作》評：「平鋪直敘，卻自波折可喜，此是性靈上帶來文字，今古所希。」「千古文人，唯南華老仙、太史公、蘇長公字字挾飛鳴之勢。」茅坤評：「風旨亦自《水經》來，然多奇峭之興。」呂留良評：「文章奇致，古今絕調。」林雲銘評：「篇中辨駁過而敘事，敘事過而議論，議論過而斷制，按節而下。其起落轉換，融成一片，無跡可尋。此等筆力，惟髯蘇能之，以天分最高，非可學而能也。」方苞評：「瀟灑自得，子瞻諸記中特出者。」劉大櫆評：「以『心動欲還』，跌出『大聲發於水上』，才有波折，而興會更覺淋漓。鐘聲二處，必取古鐘二事以實之。具此詼諧，文章妙趣洋溢行間，坡公第一首記文。」沈德潛評：「記山水并悟讀書觀理之法。……通體神行，末幅尤極得心應手之樂。」俞樾《春在堂隨筆》，記彭玉麟語，謂上下鐘山，皆有大洞，風水相遭，發而為聲。山中空如鐘覆地，故其得名，「當以形論，不當以聲論」。子瞻雖不知山中有大洞，而謂「山下皆石穴罅，不知其淺深，微波入焉，涵淡澎湃」而為鐘聲，則大旨不異。「以形得名」抑「以聲得名」，亦猜測之辭，不能視為確論；蓋山固非形真如鐘，特以其上覆中空而指實之耳。題跋中之〈記承天寺夜遊〉，短篇入化。儲欣評：「仙筆也，讀之覺玉宇瓊樓，高寒澄澈。」〈記遊垂虹亭〉、〈記遊定惠院〉、〈記遊白水岩〉、〈記遊松風亭〉，抑其次矣。

## 傳、狀、碑、誌

子瞻撰〈陳公弼傳〉，中云：「軾生平不為行狀墓碑，而獨為此文。」公弼，名希亮，知鳳翔時，子瞻為其簽判，受禮遇；「為人清勁寡欲，……生平不假人以色」，有足述者；且於明允「為丈人行」，故傳之。為其子慥字季常者，作〈方山子傳〉，不如此文刻意，而傳誦大過於此文，以季常輕富貴而食貧，變遊俠為棲隱，其行奇；且與子瞻意外相遇於謫居黃州時，以為異人而實故人，事亦奇；稍一點綴，遂有情趣。茅坤以為「煙波生色處，往往能令人涕洟」，蓋遭際無常之嘆見於言外故也。集中傳文實少，〈杜處士傳〉、〈萬石君羅文傳〉、〈江瑤柱傳〉、〈黃甘、陸吉傳〉、〈葉嘉傳〉，仿韓愈〈毛穎傳〉，為藥、筆、食物等而作，遊戲筆墨，無足觀也。

〈辭免撰趙瞻神道碑狀〉云：「臣生平不為人撰行狀、埋銘、墓碑，士大夫所共知。近日撰〈司馬光行狀〉，蓋為光曾為亡母程氏撰埋銘；又為范鎮撰墓誌，蓋為鎮與先臣洵平生交契至深，不可不撰。及奉撰司馬光、富弼神道碑，不敢固辭，然終非本意。」故行狀、碑文之作亦極少。偶有破例者，如為張方平撰〈張文定公墓誌銘〉，感恩知己，義不願辭。敘方平居官之功績品操甚備；而「凡書皆一讀，終身不再讀，屬文未嘗起草」，則顯其異能。自為司馬光作之〈司馬溫公行狀〉、為范鎮作之〈范景仁墓誌銘〉；奉詔為光作之〈司馬溫公神道碑〉、為趙抃作之〈趙清獻公神道碑〉、為富弼作之〈富鄭公神道碑〉，文皆甚長。後人以為子瞻不善敘事，故冗長如此。噫！子瞻豈不能為節制哉？特以諸公者皆朝廷大臣與正人，其行事有關朝政得失與足以垂範將來，故不憚煩而詳敘之，為史家備史材，為後人備取法耳。不獨敘諸公之大節甚備，且不廢各人之特色。其志范鎮，則顯其「清明坦夷，表裡洞達，遇人以誠，恭儉慎默，口不言人過。及臨大節，決大議，色和而語壯，常欲繼之以死，雖在萬乘前無所屈。」其狀司馬光，則顯其「忠信孝友，恭儉正直，出於天性。自少至老，語未嘗妄。其好學如飢渴之嗜飲食，於財利紛華，如惡惡息，誠心自然，天下信之」，及「博學無所不通，音樂、律曆、天文、書數，皆極其妙」。其碑趙抃，則顯其為政待人，皆寬而厚，「至論朝政事，分別邪正，慨然不可奪。」其碑富弼，則顯其謀國之識見與材功。其碑司馬光，則著重敘其為民所信愛，如云：「元豐之末，臣自登州入朝，過八州以至京師，民知其與公善也，所在數千人，聚而號呼於馬首曰：『寄謝司馬丞相，慎毋去朝廷，厚自愛以活百姓。』如是者，蓋千餘里不絕。至京師，聞士大夫言，公初入朝，民擁其馬，至不得行；衛士見公，擎跽流涕者，不可勝數，公懼而歸洛。……其後公薨，京師之民，罷市而往弔，鬻衣以致奠，巷哭以過車者，蓋以千萬數。上命戶部侍郎趙瞻、內侍省押班馮宗道，護其喪歸葬。瞻等既還，皆言民哭公哀甚，如哭其私親。四方來會葬者，蓋數萬人。而嶺南封州父老相率致祭，且作佛事以薦公者，其詞尤哀。炷薌於手頂以送公葬者，凡百餘人。而畫像以祠公者，天下皆是也。」今之以光反對「新法」而詆之不休者，見此倘或足以一助反思乎？不然，猶得指愛光之人非有切身之利害感受，而皆為愚氓或者皆為大地主階層之人乎？或得指子瞻所言皆捕風捉影、阿私不足信之言乎？

為子由婿適作之〈王子立墓誌銘〉、為祖父序作之〈蘇廷評行狀〉，及〈亡妻王氏墓誌銘〉、〈乳母任氏墓誌銘〉、〈保母楊氏墓誌銘〉、〈朝雲墓誌銘〉，誼涉親人，皆短而有情。〈蘇廷評行狀〉載「然軾之先人（指蘇洵）少時獨不學，已壯，猶不知書，公未嘗問。或以為言，公不答，久之，曰：『吾兒當憂其不學耶？』既而，果自憤發力學，卒顯於世。」真所謂「知子莫若父」者，明允非常人，序亦非常人矣。為廟觀而作之碑，世所稱者，為吳越王錢鏐、錢俶等作之〈表忠觀碑〉，為韓愈作之〈潮州韓文公碑〉。〈韓文公碑〉論定韓退之，真大手筆；銘語亦瑰奇，勝於〈表忠觀碑〉。王世貞評：「自始至末，無一懈怠，佳言格論，層見迭出。」沈德潛評：「文亦以浩然之氣行之，故縱橫揮灑，而不規規於聯絡照應之法。合以神，不必合以跡也。」儲欣評：「歌詞悲壯，竟爽韓詩。」〈表忠觀碑〉，林雲銘云：「世人止知東坡小品可喜，此等篇輒以平常置之。不知文有看來平常，捉筆做不出一字者，此等篇是也。」吳汝綸評：「雄遠是子瞻本色。至氣體堅蒼古厚，則當為集中第一篇文字。」又銘贊多短篇韻語，於文體無大關係，今不論。

## 祭文

哀祭之文，祭大臣者，有〈祭歐陽文忠公文〉、〈祭劉原父文〉、〈祭司馬君實文〉、〈祭范蜀公文〉、〈祭張文定公文〉、〈祭韓忠獻公文〉等。原父文述其才德，蜀公文敘先世交情，忠獻文敘受恩遇，皆可觀。〈祭張文定公文〉，述張與子瞻最後一面之語，情極痛。〈祭歐陽文忠公文〉，為子瞻祭文中第一。其用力不啻作〈韓文公廟碑〉，一氣傾瀉，雄厚昌大中情極嗚咽，不得謂此文不及介甫祭歐之文。介甫之作，以論歐文勝；此文則論歐之全人，且及於恩私，作用更大，情亦更深。茅坤評：「歐陽文忠知子瞻最深，而子瞻為此文以祭之，涕入九泉矣。」沈德潛評：「朝無君子，斯文失傳，為天下慟也；敘兩世見知於公，哭私也。末語收拾通體。而情韻幽咽，自然惻惻動人。」為文忠次子奕卒作之〈祭歐陽仲純父文〉、長子發卒作之〈祭歐陽伯和父文〉，及〈潁州祭歐陽文忠公夫人文〉，皆因思文忠故而有情；〈祭文忠夫人〉一文，述見文忠於汝陰及其後再弔於其第云：「公曰『子來實獲我心。我所謂文，必與道俱。見利而遷，則非我徒。』又拜稽首，有死無易。公雖云亡，言如皎日。……凡二十年，再升公堂，深衣廟門，垂涕失聲。白髮蒼顏，復見潁人。潁人思公，曰此門生。雖無以報，不辱其門。」論文忠對文行關係之主張者不可不知；論歐、蘇之師生風誼者亦可以增其感受。祭親友者，如〈祭柳子玉文〉、〈祭文與可文〉、〈祭張子野文〉、〈祭黃幾道文〉、〈祭刁景純墓文〉、〈祭陳君式文〉、〈祭柳仲遠文〉、〈祭亡妻同安郡君文〉，亦可觀。

## 書啟

中華版《蘇軾文集》編子瞻稍長之書信入「書」類，短者入「尺牘」類。子瞻之書，除少作〈上富丞相書〉、〈應制舉上兩制書〉稍事經營外，餘皆稱心而談，自然入於情理，真所謂「行雲流水」之作。〈上富丞相書〉、〈上韓太尉書〉，想望富弼、韓琦之風采。〈上梅直講書〉、〈謝歐陽內翰書〉、〈謝梅龍圖書〉，第進士時謝梅堯臣、歐陽修、梅摯知己之感；〈謝歐陽內翰書〉，且評自韓愈之文，降而為皇甫湜、孫樵之體而日趨於衰微。〈應制舉上兩制書〉謂當時之患；「其一曰用法太密而不求情，其二曰好名太高而不適實。」論其一云：「夫人勝法，則法為虛器；法勝人，則人為備位；人與法並行而不相勝，則天下安。今自一命以上至於宰相，皆以奉法循令為稱其職，拱手而任法，曰吾豈得自由哉？……其成也，其敗也，其治也，其亂也，天下皆曰非我也，法也。法之弊豈不亦甚矣哉！」論其二云：「仕者莫不談王道，述禮樂，皆欲復三代，追堯舜，終於不可行，而世務因以不舉。學者莫不論天人，推性命，終於不可究，而世教因以不明。自許太高，而措意太廣。太高則無用，太廣則無功，是故賢人君子布於天下，而事不立。聽其言，則侈大而可樂；責其效，則汗漫而無當。此皆好名之過。」〈上曾丞相書〉云：「凡學之難者，難於無私。無私之難者，難於通萬物之理。故不通萬物之理，雖欲無私，不可得也。」〈上韓魏公論場務書〉，謂「竊以為古人之所以大過人者，惟能於擾擾急逼之中，行寬大閑暇長久之政，此天下所以不測而大服也。」所見深切。〈上韓丞相書〉，向韓絳陳知密州所見新法之弊；〈上文侍中論榷鹽書〉，請文彥博阻行章惇「乞榷河北、京東鹽」之議；〈上呂僕射論浙西災害書〉，請呂大防建言朝廷恤治浙西災害事；〈與朱鄂州書〉，請朱壽昌設法禁民溺女，皆為民請命者。其尤難能，則諸書皆作於外放及謫居時。〈與王庠書〉，居海南時作，謂為文而「辭至於達，止矣，不可以有加矣。」深惡以弔詭艱深文淺陋者。自謙「少時好議論古人，既老，涉世經變，往往悔其言之過」；而讚嘆賈誼陸摯之學，「殆不傳於世」。〈答陳師仲主簿書〉、〈答劉沔都曹書〉，述其文散失及編集之事。〈答李端叔書〉，自謙少時文為應舉而作，養成「妄論利害，攙說得失」之「制科人習氣」，而人待之過重，並以此獲罪。又云謫居黃州後，「扁舟草屨，放浪山水間，與漁樵雜處，往往為醉人所推罵，輒自喜漸不為人識。」皆見灑落胸懷。〈與張文潛縣丞書〉，論及子由文。其評當時文風云：「王氏（指安石）之文，未必不善也，而患在於好使人同己。自孔子不能使人同，顏淵之仁，子路之勇，不能以相移。而王氏欲以其學同天下！地方美者，同於生物，不同於所生。惟荒瘠斥鹵之地，彌望皆黃茅白葦，此則王氏之同也。」此及〈與謝民師推官書〉論文之語，皆吾國文學批評史籍所常稱引而為學者所熟悉矣。

子瞻之文與字皆工，寸縑片紙，人皆重之，故集中所收「尺牘」極多，〈與元老侄孫書〉之論文，〈與子明兄書〉、〈與千之侄書〉、〈與李公擇書〉之述胸懷，已稱引於篇首。此外，述懷胸之佳什，如〈與司馬溫公（三）〉（在黃州）云：「寓居去江干無十步，風濤煙雨，曉夕百變；江南諸山，在几席上，此幸未始有也。雖有窘乏之憂，顧亦布褐藜藿而已。」〈與范子豐（七）〉（在黃州）云：「因以小舟飲赤壁下，……坐念孟德、公瑾，如昨日耳。」又（八）云：「臨皋亭下不數十步，便是大江，其半是峨眉雪水，吾飲食沐浴皆取焉，何必歸鄉哉？江山風月，本無常主，閑者便是主人。」〈與王定國（三十二）〉（離潁州時）云：「雞豬魚蒜，遇著便吃；生病老死，符到便奉行，此法差似簡要也。」〈與陳季常（十三）〉（在黃州）云：「又惠新詞，句句警拔，詩人之雄，非小詞也。但豪放太過，恐造物者不容人如此快活。一枕無礙睡，輒亦得之耳。」〈與王元直（一）〉（在黃州）云：「或聖恩許歸田里，得款段一僕，與子眾丈楊宗文之流，往來瑞草橋，夜還何村，與君對坐莊門吃瓜子炒豆，不知當復有此日否？」〈與程正輔（十三）〉（在惠州）云：「某睹近事，已絕北歸之望，然心中甚安之。未說妙理達觀，但譬如元是惠州秀才，累舉不第，有何不可？」〈與王敬仲（十六）〉（在惠州）云：「某垂老投荒，無復生還之望，昨與長子邁訣，已處置後事矣。……生不挈棺，死不扶柩，此亦東坡之家風也。」〈與毛維瞻〉云：「歲行盡矣，風雨淒然。紙窗竹屋，燈火青熒。時於此間，得少佳趣。無由持獻，獨享為愧，想當一笑也。」〈與參寥子（十七）〉（在惠州）云：「某到貶半年，凡百粗遣，更不能細說。大略只似靈隱、天竺和尚退院後，卻住一個小村院子，折足鐺中，罨造糙米飯便吃，便過一生也得。其餘，瘴癘病人，北方何嘗不病？是病皆得死人，何必瘴氣？但苦無醫藥，京師國醫手裡死漢尤多。參寥聞此一笑，當不復憂我也。」〈與言上人〉（在黃州）云：「此間但有荒山大江，修竹古木。每飲村酒，醉後曳杖放腳，不知遠近，亦曠然天真，與武林舊遊，未易優劣也。」有可見其謫居之艱難處境者，如〈與王定國（八）〉（在黃州）云：「廩入雖不繼，痛自節儉。每日限用百五十，自月朔日取錢四千五百足，系作三十塊，掛屋梁上，平明以畫叉子挑取一塊，即藏去叉子，以大竹筒別貯用不盡者。」〈與王定國（十三）〉（在黃州）云：「近於側左得荒地數畝，買牛一具，躬耕其中，今歲旱，米甚貴。近日得雨，日夜墾闢，欲種麥，雖勞苦卻亦有味。」〈與子安兄（一）〉（在黃州）云：「近於城中得荒地十數畝，躬耕其中。作草屋數間，謂之東坡雪堂。種蔬接果，聊以忘老。」〈與程全父（九）〉（在海南）云：「初至，僦官屋數椽，近復遭迫逐，不免買地結茅，僅免露處，而囊為一空。困厄之中，何所不有？置之不足道也。」〈與程秀才（一）〉（在海南）云：「此間食無肉，病無藥，居無室，出無友，冬無炭，夏無清泉，然亦未易悉數，大率皆無耳。惟有一幸，無甚瘴也。近與小兒子結茅數椽居之，僅庇風雨，然勞費已不貲矣。賴十數學生助工作，躬泥水之役，愧之不可言也。尚有此身，付與造物，聽其運轉，流行坎止，無不可耳。故人知之，免憂。」〈與鄭靖老（一）〉（在海南）云：「近買地起屋五間一龜頭，在南污池之側，茂木之下，亦蕭然可以杜門面壁少休也。但勞費窘迫爾。此中枯寂，殆非人世，然居之甚安。」有見其在患難中猶不忘憂國憂民者，如〈與滕達道（二十）〉（在黃州）云：「雖廢棄，未忘為國家慮也。」〈與程正輔（三十）〉（在惠州）為無營房軍人議解困之方；〈與程正輔（四十七）〉（在惠州）為嶺南民請紓納稅時米賤錢荒之害；〈與王敏仲（十一）〉（在惠州）為惠州民請設竹筒引水，以免食鹹苦水之患。有可見其於新舊法皆不隨意附和者，如〈與楊元素（十七）〉（在翰林）云：「昔之君子惟荊（指王安石）是師；今之君子，惟溫（指司馬光）是隨。所隨不同，其為隨一也。老弟與溫相知至深，始終無間，然多不隨耳。致此煩言，蓋出於此。然進退得喪，齊之久矣，皆不足道。」子瞻書信皆達觀人語，獨元符三年六十五歲時自海南召還，四年即卒於常州，其中〈與子由弟（八）〉、〈與徑山維琳（二）〉、〈與陳輔之〉等之述老病流離，不遑寧處；〈與歐陽元老〉、〈答李端叔（三）〉、〈答廖明略（一）〉、〈答蘇伯固（一）〉等之哀秦觀等同貶友人之逝世，則情頗淒咽，令人讀之傷感耳。

## 題跋、雜記

子瞻題跋亦甚多，皆簡淡蕭散，俊逸有致。兼魏晉之閑遠、宋人之明暢，又有獨擅之妙悟與諧趣，亦與其尺牘同。其考證之什，如謂李陵〈與蘇武書〉、蔡琰〈悲憤詩〉、李白〈懷素草書歌〉、〈笑矣乎〉等詩為後人所作，皆近理。評詩文、書畫之語，為後人所常徵引者，如評陶淵明、柳宗元、韋應物詩語；評顏真卿、蔡襄書語；評王維、吳道子畫語，皆甚精。其它精彩者，如〈跋王晉卿所藏《蓮花經》〉云：「凡世之所貴，必貴其難。真書難於飄揚，草書難於嚴重，大字難於結密而無間，小字難於寬綽而有餘。」〈書唐氏六家書後〉云：「今世稱善草書者或不能真、行，此大妄也。真生行，行生草。真如立，行如行，草如走，未有未能行立而能走者。」〈跋錢君書《遺教經》〉云：「人貌有好醜，而君子小人之態不可掩也；言有辯訥，而君子小人之氣不可欺也；書有工拙，而君子小人之心不可亂也。」〈試筆自書〉云：「吾始至南海，環視水天無際，淒然傷之，曰：『何時得出此島耶？』已而思之，天地在積水中，九州在大瀛海中，中國在少海中，有生孰不在島者？覆盆水於地，芥浮於水，蟻附芥，茫然不知所濟。少焉水涸，蟻即徑去，見其類，出涕曰：『幾不復與子相見，豈知俯仰之間，有方軌八達之路乎？』念此可以一笑。戊寅九月十二日，與客飲酒小醉，信筆書此紙。」〈書〈孟德傳〉後〉，記小兒坐沙上及醉人不為虎所食之傳說，以補充子由〈孟德傳〉敘孟德山居而不死於猛獸事。

「雜記」有記事者；亦有記神異傳說如小說家言及道士服食之方者，於此可以勿論。〈艾子雜說〉、〈漁樵閑話錄〉，體裁亦異，且真偽猶待評考，皆不論。

# 八
# 蘇轍文說

## 總說

蘇子由〈上樞密韓太尉書〉自云:「轍生好為文，思之至深，以為文者氣之所形。然文不可以學而能，氣可養而致。」其孫籀〈欒城先生遺言〉記其言云:「子瞻之文奇，吾文但穩耳。」「余少年苦不達為文之節度。讀〈上林賦〉，如觀君子佩玉冠冕，還折揖讓，音吐皆中規矩，終日威儀無不可觀。」「余少作文，要使心如旋床，大事大圓成，小事小圓轉，每句如珠圓。」「余作〈黃樓賦〉，學〈兩都〉也。晚年不作此工夫之文。」籀云:「貢父嘗謂公所為訓詞，曰:『君所作強於令兄。』」「作夏、商、周論時，才年十六，古人所未到。」蘇軾〈答張文潛縣丞書〉:「子由之文實勝僕，而世俗不知，乃以為不如。其為人深不願人知之，其文如其為人。故汪洋淡泊，有一唱三嘆之聲，而其秀傑之氣，終不可沒。」秦觀〈答傅彬老書〉:「中書（指東坡）之道如日月星辰，經緯天地，有生之類皆知仰其高明。補闕（指子由）則不然，其道如元氣，行於混淪之中，萬物由之而不知。故中書嘗自謂『吾不如子由』，僕以為知言。」張耒〈贈李德載〉:「長翁波濤萬頃陂，少翁巉秀千尋麓。」韓淲《澗泉日記》:「子瞻、子由文學，於晚年所述見之。子瞻傷於精明，《志林》方就實。子由〈歷代論〉、〈古史論〉之屬文，極平心，但道理泥於莊、老，不能有所發明。子瞻雖間取莊、老，然於議論理事處，極忠壯，此子由不及也。」「子由文字晚年，多泥老、佛之說，筆勢緩弱無統。東坡海外所作，愈雅健精當不可及。」任長慶《三蘇全集》〈序〉:「初，老泉

〈權書〉諸篇，好談兵事，頗近揣摩。二子仿其為文，雖奔放橫溢，而言必快心，語必破的，未免荀、孟、賈、陸，雜儀、秦而用之，故讒者指以為縱橫好勝，卒被困屈。晚年以刀俎魑魅之餘生，悉舉其感憤雄壯者淘汰之，……故風節益峻潔而不露，學問益醇深而不雜。」劉塤《隱居通議》：「老泉之文豪健，東坡之文奇縱，而穎濱之文深沉，差不逮其父兄，故世之讀者鮮焉。惟進卷中如夏、商、三國、東晉數篇，卻自精采有味。……然其所作《古史》，議論高絕，又非坡所及。」《宋史》本傳：「蘇轍論事精確，修辭簡嚴，未必劣於其兄。……轍寡言鮮欲，……若是者，軾宜若不及。然至論英邁之氣，閎肆之文，轍為軾弟，可謂難矣。」楊慎《丹鉛總錄》：「評三蘇者，以奇崛評文安，以雄偉評文忠，以疏宕評文定。又謂子得之父，弟受之兄。而不知三賢之文，其致一也。奇正相生，冥明互藏，虛實代投，疾徐錯行，歧合迭乘，順逆旋追，方圓遞施，有無相君。倘亦五行之無常勝耶？而其變又如神無跡而水無創耶？」鄧光《欒城集》〈跋語〉：「於政事書、條例司狀，見公入朝之始，揆事中遠，如漢賈誼。議河流、邊事、茶役法，分別君子小人之黨，反復利害，深入骨髓，竊比之陸宣公贄。」劉大謨《欒城集》〈序〉：「若文定公者，天性高明，資稟渾厚，既有父文安以為之師，又有兄文忠以為之友，故其文章，遂成大家。議者謂其深醇溫粹，似其為人。文忠亦嘗稱讚之，以為實勝於己，信不誣也。」王珩《欒城集》〈序〉：「文定之文與詩，又素稱沖雅，不事艷麗。」茅坤《唐宋八大家文鈔》：「蘇文定公之文，其巉削之思或不如父，雄傑之氣或不如兄；然而沖和淡泊，遒逸疏宕，大者萬言，小者千餘言，譬之片帆截海，澄波不揚，而洲渚之紛錯，雲霧之蔽虧，日星之閃爍，魚龍之出沒，並席之掌上而綽約不窮者已，西漢以來之別調也。其〈君術〉、〈臣事〉、〈民政〉等篇，尤為卓犖。」又曰：「子由之文，其奇峭處不如父，其雄偉處不如兄，而其疏宕裊娜處，亦自有一片煙波，似非諸家所及。」儲欣

《唐宋十大家全集錄》:「東坡之文，極言盡意。穎濱之文，渟蓄渾涵。」「人之言曰：眉山父子兄弟之文，逮子由而薄；唐宋諸大家魁宏奇怪、不可方物之氣，逮子由而衰。竊謂子由之文，好淡好紆。淡似薄而非薄也，紆似衰而非衰也。文章利病，唯老於文者能辨之，章句之徒能乎哉？」惲敬《大雲山房文稿》〈二集目錄敘說〉:「曾子固、蘇子由自儒家、雜家入，故其言溫而定。」包世臣《藝舟雙楫》:「子瞻機神敏妙，比及暮年，心手相忘，獨立千載。子由差弱，然其委婉敦縟，一節獨到，亦非父兄所能掩。」劉熙載《藝概》:「蘇老泉云：『風行水上渙，此天下之至文也。』余謂大蘇文一瀉千里，小蘇文一波三折，亦本此意。」呂誠之先生《宋代文學》:「穎濱之文，氣象不如其父之雄奇；才思橫溢，亦非乃兄之敵。然議論在三家中最為平正，文亦較有夷猶淡宕之致，則非父兄所能也。然此亦在三家中云爾，較之他家，則仍有駿發蹈厲之勢，故又非歐、曾之倫。」子由天資英卓，少年治經子史之學，根柢已厚，文知養氣，又出入辭賦，十六歲能為夏、商、周論，二十前後，即能為《應詔集》諸作，故其文既有「駿發」之氣，「圓轉」之筆，復有深沉之思，不徒「高明」，且能「沉潛」，故東坡稱其「汪洋」，《宋史》稱其「簡嚴」。然性既寧靜灑落，故其文又有「淡泊」、「疏宕」之美，「裊娜」、「紆徐」之態。晚歲益造「深醇溫粹」之境，猶不掩「秀傑」之氣。然較之東坡，氣力差遜，豪情不如。故子由自知「奇」處不如，《宋史》謂其「英邁」、「閎肆」有不如，茅坤謂其「雄偉」有不如，呂誠之先生謂其「才氣橫溢，亦非乃兄之敵」，皆是也。東坡自謂文遜子由，乃友愛謙遜之辭，他人信之，誤矣。欲概其風格，則「汪洋而兼淡泊」，或「秀傑而兼疏宕」，其庶幾乎？

子由之文，五十三歲時所編者為《欒城集》，六十八歲時所編者為《後集》，七十三歲時所編者為《三集》，《應詔集》為二十三歲及其前之作。就其經歷，可略分四期：自少年至熙寧三年三十二歲，應試與初仕，為第一期；自熙寧四年三十三歲至元豐八年四十七歲，偃蹇任地方官，為第二期；自元祐元年四十八歲至八年五十五歲，任朝官，為第三期；自紹聖元年五十六歲至政和二年七十四歲卒，貶謫與閑居，為第四期。第一、三期意氣發皇，多議論朝政及史事之作。第二、四期處境艱難，無言責，多抒情、紀事之作；然涉世所感，亦恒借論史之文發之。生平論事從政，皆務實而不偏執，守義理而又主順時調節，重剛健而又主剛柔相濟，尊儒道而又不拘泥故跡。其主義理須順人情，宜就人情以覘行事之難易順逆，與東坡同。文章前後有異，而宗旨不變。此於第一期應試、應詔之文已可見之。蓋思想雖大成於晚年，而基礎恒奠於早歲，此古今大學問家、大思想家所以過人之一端。二蘇兄弟，殆亦如此。茲論子由文，仍分文體而依其集為序，略著其先後之異焉。

## 論文

子由文章，以史論、政論及奏疏為多。史論、政論，有第一期應試、應詔之作。應試者，成於風檐寸晷中，而學識之富贍，才思之敏捷，辭理之完密，儷之東坡，真「二難」矣。無怪仁宗見其兄弟試文，以為可得二賢宰相以遺子孫也。〈劉愷、丁鴻孰賢論〉，以為二人皆無故讓爵以盜名，鴻「讓而不終」，猶賢於愷。而推論之曰：「嗟夫！世之邪僻之人，盜天下之大利，自以為人莫吾察，而不知君子之論有以見之，故為國者不可不貴君子之論也。」〈形勢不如德論〉，以《易》理證司馬遷「故形勢雖強，猶不如德也」之論。〈禮以養人為本論〉，以「君子之為政」，「不以輕害重」，「不以小妨大」，發揮劉向「禮以養人為本」之言。皆卓爾可觀。〈御試對策〉，應制科試作，直言「自西方解兵，陛下棄置憂懼之心而不復思者二十年矣。古之人無事則深憂，有事則不懼。夫無事而深憂者，所以為有事之不懼也。今陛下無事則不憂，有事則大懼，臣以為陛下失所憂矣。」「陛下自近歲以來，宮中貴姬至以千數，歌舞飲酒，歡樂失節，坐朝不用咨謨，便殿無所顧問。夫三代之衰，漢唐之季，其所以召亂之由，陛下已知之矣。久而不正，百蠹將由之而出。」朝臣以為「不遜」，幾致被黜取禍，幸賴司馬光、楊畋等之解救，得仁宗寬恕，乃降等錄取。其無畏氣概，尤所難能。

《應詔集》之「進論」，計十五篇。論歷代興衰者：〈夏論〉，謂禹易禪賢為傳子，順乎事勢，非好為「立異」。〈商論〉，謂商之賢君多於周而祚短於周，蓋商政「駿發嚴厲」，「其後世有以自振於衰微」，然其勢「易折」；周道「優柔和易」，「可以久存而常困於不勝」，互有長短。「當其盛時，長用而短伏；及其衰也，長伏而短見。夫聖人惟能就其所長而用之也，是故當其盛時，天下惟其長之知，而不知其短之所在；及其後世，用之不當，其長日以消亡，而短日出。故夫能久者常不能強，能以自奮者常不能久。此商之所以不長，而周之所以不振也。」〈周論〉，謂周之「尚文」，對先民之教化與文明之推進，作用甚大，「自周以下，天下習於文，非文則無以安天下之不足」。〈六國論〉，謂「韓、魏塞秦之衝，而蔽山東之諸侯」，諸侯不知助韓、魏，「背盟敗約，自相屠戮」，使韓、魏「折而入於秦，然後秦人得通其兵於諸侯」，而六國以亡。〈秦論〉，謂秦之速亡，蓋以「疾戰定天下」，「舉累世之資，一用而不復惜」，立國之時，其民力已耗，「民心已散」故也。〈漢論〉，謂漢之得天下，「能收天下之英雄而不失其心」，「而英雄之士，因其君之資以用力於天下，功成求得而不敢為背叛之心，故上下相守」，其勢可久；及其衰，則「君臣相戾，而不能相用」，王莽竊權以取代，旋踵而亡，蓋天下已安於「君臣之分」，一旦易之，「其不平者眾」，故「爭心囂然」而不可制。〈三國論〉，謂三國之君，「智勇相遇」，爭而不易取勝；漢高則以「智勇獨高天下而得之」，其人勇不如項羽，其初勢亦不如，然能堅忍，善用人，善避項氏之鋒，「夫人之勇力，用而不已，則必有耗竭；而其智慮久而無成，則亦必有所倦怠而不舉。彼欲就其所長以制我於一時，而我閉而拒之。使之失其所求，逡巡求去而不能去，而項籍固已敗矣。」〈晉論〉，謂「治天下之道，休之以安，動之以勞，使之居安而能勤，逸豫而能憂。」晉之士大夫，習於安逸，「無慷慨感激之操」，「不習寒暑之勞」，「畏兵革之事」，遇強悍之五胡，遂無以抗之。〈七代論〉，謂南朝五姓、北朝之魏與周、齊，分爭不能合，惟劉裕北伐，有統一之機，惜急於南下謀奪帝位而失之。〈隋論〉，謂隋以定天下之難，「而重失其定」，「制為嚴法峻令以杜天下之變，謀臣舊將誅滅略盡」，其失類於秦，故其亡之速亦類於秦。「古之聖人，其取天下，非其驅而來之也；其守天下，非其劫而留之也。使天下自附，不得已而為之長。吾不役天下之利，而天下自至。……故夫智者或可以取天下矣，而不可以守天下，守天下則必有大度也。何者？非有大度之人，則常恐天下之去我，而以術留天下。以術留天下，而天下始去之矣。」〈唐論〉，謂天下之治，內重外重，調劑當得其宜。「外重之弊，諸侯擁兵，而內無以制」，周之失是也；「內重之弊，奸臣內擅而外無所忌，匹夫橫行於四海而莫之能禁」，秦之失是也。然「內無重，則無以威外之強臣；外無重，則無以服內之大臣而絕奸民之心。此二者，其勢相持而後成，而不可一輕者也。」唐太宗為政，「有周、秦之利，而無周、秦之害，形格勢禁，內之不敢為變，而外之不敢為亂」，其制最善。然不得賢君以守，其善亦不能持久，故天寶之亂，起於內輕而外重，唐室遂不振矣。〈五代論〉，謂五代之君，「皆僥倖於一時」，以「易」取天下，「欲求天下而求之於易，故凡事之可以就天下者，無所不為也。無所不為而就天下，天下既安而不之改，則非長久之計也」。就文氣論，則〈商論〉、〈周論〉、〈六國論〉、〈三國論〉、〈唐論〉為最茂美。就識見論，則〈商論〉論事物長短之起伏，〈三國論〉論智勇久用之易失，〈隋論〉、〈五代論〉論取天下與守天下之難易，為最深刻，蓋其理頗具普遍之規律，非適用於一朝之事而已也。〈商論〉，茅坤評：「此文如天馬行空，而識見亦深到。」沈德潛評：「行文紆徐婉折，以氣度勝。視父兄文，亦有剛柔之別。」〈周論〉，茅坤評：「獨見之論。」〈六國論〉，唐順之評：「此文甚得天下之勢。」茅坤評：「識見大而行文亦妙。」儲欣評：「老泉論六國之弊在賂秦，蓋藉以規宋也，故其言激切而淋漓。潁濱論天下之勢在韓、魏，直設身處地，為六國謀矣，故其言篤實而明著，未易論優劣也。」林雲銘評：「行文一氣流轉，且確切不易，東坡真難為兄矣。」浦起龍評：「自次公揭醒，大勢了然。篇體虛實陪正，備具天巧。」〈三國論〉，儲欣評：「名論，但其責劉備有過當處。」沈德潛評：「蘇氏父子，每不足於昭烈、武侯，而以漢高帝為千古之英傑，此亦事後論成敗之見也。」〈隋論〉，儲欣評：「以『慘急』二字斷秦、隋之所以速亡，持論醇正。」〈唐論〉，唐順之評：「深究利害，是大文字。」茅坤評：「此等文古今有數。」儲欣評：「光明俊偉，百復不厭。」沈德潛評：「前通論古今大勢，而唐制之有得無失自見。具此卓識，自能發為高文。」〈五代論〉，茅坤評：「有近利者必有遠憂，豈獨帝王之取天下？」

論人物者：〈周公論〉，謂周公攝政，雖受謗議，然足以「破天下讒慝之謀，而絕其爭權之心，是以其後雖有管、蔡之憂，而天下不搖。」實善慮遠。〈老聃論〉，謂楊、墨之道有偏；孔、老善處中行，無可無不可。然孔子之道，「處於可不可之際，而遂從而實之，是以其說萬變而不可窮。老聃、莊周從而虛之，是以其說汗漫而不可詰。蓋天下固有物也，有物而物物相遭，則亦固有事矣。是故聖人從其有而制其御有之道，以治其實有之事，則天下亦何事之不可為？而區區焉求其有以納之無，則其用力不亦已甚勞矣哉！夫老聃、莊周亦嘗自知其窮矣。夫其窮者何也？不如從其有而有之之為易也。故曰『常無欲以觀其妙』，而又曰『常有欲以觀其徼』；既曰『無之以為用』，而又曰『有之以為利』。而至於佛者，……則既曰『斷滅』矣，而又恐『斷滅』之適以為累。則夫其情可以見矣。」此蓋尊儒學之重實有，而闢佛老之趨虛無，「有物」、「有事」之說，肯定客觀存在，樸素唯物之理也，實可貴。其謂闢佛、老當以理論，不當持所尊聖人之言為權衡，如里人論事，動以其父之然否而強人相從為可笑；故「以規矩辨天下之不方不圓，則不若求其至方至圓，以陰合於規矩」，亦甚通達。茅坤評〈周公論〉:「其文往往如空中游絲，起伏裊娜而不可羈。」評〈老聃論〉:「只看子由行文，如神龍乘雲而遊於天之上，風雨上下，不可捉摸，不可測識，不可窮詰。學者能靜坐几窗間，將此心默提出來，打成一片，忽焉而飛於九天之上，忽焉而逐於九淵之下，且令自我胸中，亦頓覺變幻飄蕩而不可羈制，則文思之懸，一日千里矣。當其思起氣溢，如急風驟雨，噴山谷，撼丘陵；及其語竭氣盡，如雨散雲收，山青樹綠，塵無一點。嗟乎！此則學者當自得之也。」惜世之讀子由文者，罕能致意於此類。

論《五經》者:〈禮論〉，謂:「古今風俗變易」，後人不必拘古禮。〈易論〉，謂《易》為「卜筮之書」，「挾策布卦」，乃「日者之事而非聖人之道」;「聖人之道，存乎其爻之辭而不在其數」。〈書論〉，謂三代之書，「所以告諭天下者，常丁寧激切，亹亹而不倦」，使人讀之，以為「近於濡滯而無決」，然能「使天下樂從」。商君立法，以為「世俗之不足以慮始，而可與樂終」，無以告諭於天下，使人驚其「勇而有決」。然前者固王道，後者則霸道。〈春秋論〉，謂聖人之情，無以異乎人，其喜怒褒貶亦見於「辭氣」，後人勿「求之太過」。此皆通達之論。然最通達者為〈詩論〉，其文氣亦最茂盛。如曰:「自仲尼之亡，《六經》之道遂散而不可解，蓋其患在於責其義之太深，而求其法之太切。夫《六經》之道，惟其近於人情，是以久傳而不廢。而世之迂學，乃皆曲為之說，雖其義不止於此者，必強牽合以為如此，故其論委曲而莫通也。夫聖人為《經》，惟其於《禮》、《春秋》，然後無一言之虛而莫不可考，然猶未嘗不近人情。至於《書》，出於一時語言之間；而《易》之文，為卜筮而作，故亦有所不可前定之說。此其法度已不如《禮》、《春秋》之嚴矣。而況《詩》者，天下之人，匹夫匹婦、羈臣賤隸，悲憂愉快之所為作也。夫天下之人，自傷其貧賤困苦之憂，而自述其豐美盛大之樂；其言上及於君臣父子、天下興亡治亂之跡，而下及於飲食床笫、昆蟲草木之類，蓋其中無所不具，而尚何以繩墨法度，區區而求諸其間哉？」特其理解「比興」之性質，與後人不同，於此尚未臻於分明耳。

論當時地域、國防者：〈燕趙論〉，謂燕趙之俗，「勁勇而沉靖，椎魯而少文」，不似吳、楚之「輕揚而剽悍，好利而多變」；然苟失其教，則「勁勇近於好亂，而其稚鈍近於無知」，亦易為亂。〈蜀論〉，謂「天下之人，知夫至剛之不可屈，而不知夫至柔之不可犯也。故天下之亂，常至於漸深而莫之能止也」。蜀之常亂，蓋起於此。其言曰：「故夫秦、晉之俗，有一朝不測之怒，而無終身戚戚不報之怨也。若夫蜀人，辱之而不能竟，犯之而不能報，循循然而無言，忍詬而不驟發也。至於其心有所不可復忍，然後聚而為群盜，散而為大亂，以發其憤憾不泄之氣。雖有秦、晉之勇，而其為亂也，志近而禍淺；蜀人之怯，而其為變也，怨深而禍大。此其勇怯之勢必至於此，而無足怪也。是以天下之民，惟無怨於其心，怨而得償以快其怒，則其為毒也猶可以少解；惟其鬱鬱而無所泄，則其為志也遠，而其毒深，故必有大亂以發其怒而後息。夫古之君子之治天下，強者有所不憚，而弱者有所不侮，蓋為是也。《書》曰：『無虐煢獨，而畏高明。』《詩》曰：『不侮鰥寡，不畏強禦。』此言天下之匹夫匹婦，其力不足以與敵，而其智不足以與辯，勝之不足以為武，而徒使之怨以為敵故也。嗟夫！安得斯人而與之論天下哉？」此蓋善探人情之委曲，而企當道者之解親民。〈北狄論〉，謂北狄之人，以游牧之剽悍，「輕死而樂戰，故常以勇勝中國」。中國非不能制之，「要在養兵休士，而集其勇氣，使之不懾而已。」戰與守，關鍵皆在「養氣」。「今之士不戰而氣已盡矣，此天下之所以大憂者也。」「今尊奉夷狄無知之人，交歡納幣以為兄弟之國，奉之如驕子，不敢一觸其意，此適足以壞天下義士之氣，而長夷狄之勢耳。今誠養威而自重，卓然特立，不聽夷狄之妄求，以為民望，而全吾中國之氣，如此數十年之間，天下摧折之志復壯，而北狄之勇，非吾之所當畏也。」〈西戎論〉，謂北狄強，西戎必折而附之，中國將被侵略。對付之道，亦唯「兵精而食足，據險阻，明烽燧，吏士練習而不敢懈」。〈西南夷論〉，謂夷人「族類不一」，「輕合易散」。其為亂，常因受邊民、官吏之陵侮欺謾，故須設校尉，通關節，戢吏民，「待之如中國之人」，使「其強者不能內侵，而弱者不為中國之所侮」。此皆善於分析民情與敵情，而嘆當道者對內不能因勢利導；對外則畏強而侮弱，不能養氣而治兵也。

「進策」有〈君術〉五道，〈臣事〉上下各五道，〈民政〉上下各五道。〈君術〉：第一道，謂「治天下者，必明於天下之情，而後得御天下之術。術者，所謂道也，得其道而以智加焉，是故謂之術。」則此術乃本道而施之謂，有異於權詐之為。故〈隋論〉反對留天下以術，此處論君道乃以術名，其術蓋守儒家所謂正道，易詞而言耳。其言曰：「臣常以為天下之事，雖甚大而難辦者，天下必有能辦之人。蓋當今之所為大患者，不過曰四夷強盛而兵革不振，百姓凋弊而官吏不飭，重賦厚斂而用度不足，嚴法峻刑而奸軌不止。此數者，所以使天子坐不安席，中夜太息而不寐者也。然臣皆以為不足憂。何者？天下必有能為天子出力而為之者。」其術在於得其臣而善用之。第二道，謂得其臣之術，在善於辨君子、小人之善惡情偽，「天子明知君子之情，以養當世之賢公名卿；而深察小人之病，以絕其自進之漸。」其抉發小人、奸臣之用心，能探細微；論善惡，謂「天下之善固有可以謂之惡，而天下之惡固有可以謂之善者。彼知吾之欲為善，則或先之以善，而終之以惡；或有指天下之惡，而飾之以善。」尤辨之甚精。第三道，謂天子毋「自信以為善，欲以一人之私好而破天下之公義」，使大臣能「交濟其所不足，而彌縫其闕」，然後能治。第四道，謂君之待臣，宜「推之以至誠，而御之以至威，容之以至寬，而待之以至易。」寬與易，謂無苛責，使人臣得「安意肆志以自盡於上」；威謂人臣縱恣無忌，則依法治之。第五道，謂「事有若緩而其變甚急者，天下之勢也。」故天子宜善察先機而為引導，「觀天下之勢而制其所向，以定其所歸」，毋使橫決潰壞而不可復制。於宋代君主集權之弊，皆有所針砭。

〈臣事上〉：第一道，謂宜別「權臣」與「重臣」，「後世之君，徒見天下之權臣，出入唯唯，以其有禮，而不知此乃所以潰其國；徒見天下之重臣，剛毅果敢，喜逆其意，則以為不遜，而不知其有社稷之慮。」時政之急，在防權臣而養重臣。第二道，謂執法宜「剛」，而「剛」出於能「公」。其言曰：「《詩》云：『人亦有言，柔則茹之，剛則吐之。唯仲山甫，柔亦不茹，剛亦不吐。不侮鰥寡，不畏強禦。』夫人能不侮鰥寡也，而後能不畏強禦。臣故曰：惟無私者能以剛服天下，此其勢然也。」第三道，謂宜重武臣以弭外患，其言曰：「今天下有大弊二：以天下之治安，而薄天下之武臣；以天下之冗官，而廢天下之武舉。」第四道，謂不宜因懲五代奸臣悍將擁兵而不可制之病，而不敢任將，使兵將不相知，不相親，不得用兵之利。蓋「天下之事，有此利者，則必有此害。」「聖人所能，要在不究（盡）其利。利未究而變其方，使其害未至而事已遷，故能享天下之利而不受其害。」又曰：「天下之患無常處也，惟見天下之患而去之，就其所安而從之，則可久而無憂。」辨別利害之矛盾統一與轉變，深合哲學之「辯證」原理，第五道，謂當時統兵設官不當，「宜略如漢制，設為諸校，使常處軍中，既以撫之，且常誅其豪橫，而訓之知理」，使將卒親附，教訓有常，臨戰乃易得致兵之力。〈臣事下〉：第一道，謂當時官吏「各安其所而不願有所興作，故天下漸以衰憊不振」，宜督責其荒怠，鼓勵其進取。第二道，謂當時人臣，「內肅而外不振。千里之外，貪吏晝日取人之金而莫之或禁」，故宜「使兩府大臣詳察天下刑漕之官」，升降得當，俾得勉為忠良，收「內嚴而外明」之效。第三道，謂當時官吏，「考足而無過，且有舉者」，可安坐以升遷，故其得祿，不感德於天子，不能為天子盡力，宜變更常法，破格提拔真才，「收天子之權利而歸之於上」。第四道，謂當時官吏，不得近其鄉里，必遠地任職，風俗不習，生活不便，任事不安，此不順人情之事，宜有以變易。其文指著小而引之從大處立論，如曰：「昔生民之初，生而有飢寒牝牡之患。飲食男女之際，天下之所同欲也。而聖人不絕其情，又從而為之節文，……是以天下安其法而不怨。」「聖人不能有所特設以驅天下，蓋因天下之所安，而遂成其法，如此而已。如使聖人而不與天下同心，違眾矯俗以自立其說，則天下幾何不叛而去也？今之說者則不然，以為天下之私欲必有害於國家之公事，而國家之公事亦有拂於天下之私欲。分而異之，使天下公私之際，譬如吳越之不可以相通。不卹人情之所不安，而獨求見其所謂至公而無私者，蓋事之不通，莫不由此之故。」此有見於情理、公私之對立統一，勝於只見對立，不見統一，務欲以公理抑私情多矣。東坡兄弟之重視人情，在宋儒中，實不可多得。元祐時所謂「洛黨」之攻「蜀黨」，思想深處之分歧，殆亦啟其一端乎？第五道，謂「大人之道，行之而可名，名之而可言；布之於天下而無疑，施之於後世而無愧；堂堂乎立於四海，雖一介之士，而無所不安。」此道不行，官吏之得祿，有出於無名不順而夤緣為奸者，宜革其弊。

〈民政上〉：第一道，謂宜擇「孝悌無過，力田不惰」之民，如古「三老嗇夫」之責，以掌勸教，使民力田而減勞怨之意，明禮義而有相愛之心。第二道，謂科舉之外，宜兼使州郡舉孝悌之士，使士自勵其德，不專趨文辭、記問之學。第三道，謂宜嚴善惡賞罰之報，明敬先敦親之誼，使民減其迷信佛道鬼神冥報之說。第四道，謂內地宜教練鄉兵；邊地宜多用土兵以代戍卒。第五道，謂宜用茶鹽酒鐵榷稅之一種，以助常平糴糶之資；於邊地宜募願耕之卒，漸復屯田之利。〈民政下〉：第一道，謂宜使工商遊閑之民，亦出庸調之費，以減輕農民負擔，勸民務農。第二道，謂宜募地少人多之民，徙耕地廣而荒之公田，行官貸以賙民之急，使民無得專受豪民富賈之制而疏於天子。第三道，謂天下不少肥沃平曠之地，因喪亂而廢為荒野，此而不復，猶割地與人。事久不舉，皆因循苟且之故，其言曰：「嘗以為方今之患，生於太怯，而成於牽俗。太怯則見利而不敢為，牽俗則自愛其身。」宜用果敢之官，稍久其任，使得盡力與民復修其陂澤田畝之利。第四道，謂對遼、夏兩國，宜暫外示弱而內圖強，驕其心而俟其怠；有充足之武力，然後用兵，使賄敵之費與恥可免。第五道，謂對付遼、夏，勿以內郡之兵，更番輪戍；而宜募求樂於戍邊者充之，稍厚其待而專其役，作其氣。

子由進論，其涵蓋面過於東坡；而進策之系統性則遜。蓋東坡之策，有綱有目，層次嚴明；子由僅分篇作連貫之申敘而已。兄弟兩人，避免形式相同故也。子由論策皆有獨到見解。文之逸才浩氣，沛然莫禦，遜於東坡；而其逶迤起伏、曲折詳明及煙波不盡處，自擅其勝，亦東坡所謂「汪洋」、「秀傑」也。此種氣勢，後來之論，轉有消減。唐順之評〈君術（三）〉：「仁宗寬仁之過，故當時有識之論每如此。」評〈民政下（一）〉：「此篇之妙，全在說國病與民病二者，夾雜渾融。」茅坤之評，推許尤至。如評〈君術（一）〉：「通篇行文如怒馬奔濤，於千里之間，馳驟澎湃而不可羈制也。」評〈臣事上（一）〉：「古人嘗云：文至韓昌黎，詩至杜子美，古今能事畢矣。予獨以為人臣建言，感悟君上，如子由〈重臣〉一議，則千古絕調也。」評〈臣事上（二）〉：「通篇多曲折而透。」評〈臣事上（三）〉：「通篇如流風掣雲。」「紆徐百折。」評〈臣事上（四）〉：「文章疾徐頓挫，可以呼盪胸臆。」評〈臣事下（三）〉：「子由此文，有大將麾兵之勢，縱橫闔闢，無不如意，第一等科場文字。」評〈臣事下（五）〉:「行文如風行水上。」評〈民政上（一）〉:「讀此等文章，如看李龍眠畫，愈入細，愈入玄，不忍釋手。」評〈民政上（二）〉:「行文紆徐而暢。」評〈民政下（一）〉:「敘事細密，而文一一如畫。」評〈民政下（二）〉:「運勢如指掌，煉句如抽絲。」評〈民政下（三）〉:「行文如輕風細浪，柔婉可愛。」評〈民政下（四）〉:「絕世之才，故其為文雄偉。」評〈民政下（五）〉:「其文甚佳。」儲欣評〈君術（二）〉:「格法整齊，最利時策。」評〈民政上（一）〉:「蔚然漢風。」方苞評〈臣事上（一）〉:「所論極當。」沈德潛評:「痛切之言。」浦起龍評〈民政上（一）〉:「氣味醇厚，血脈靈通。」姚鼐評:「中間引詩一段，文字甚佳。」劉大櫆評〈民政上（二）〉:「子由之文，其正意不肯一語道破，紆徐百折而後出之，於此篇可見。」沈德潛評:「文之紆徐委折，不使人一覽盡之。」張伯行評〈民政上（一）〉:「湛深經術，意味深長，而通篇文法舒展，尤可熟誦。」

二十四歲時作〈新論〉三篇，囊括制科進策之旨而補充之，條理井然。上篇謂當時之弊，「紀綱粗立而不舉，無急變而有緩病」，「欲治天下而不立為治之地。」「五霸之略，富強之利，是為治之具而非為治之地」。為治之地，在立民生教化之本，使民「生有以養，死有以葬，歡樂有以相愛，哀戚有以相弔」，即所謂「長幼之節，養生之道」。中篇謂當時天下有三不立:「由三不立故百患並起，而百善並廢。何者？天下之吏偷盜苟且，不治其事，事日已敗而上不知使，是一不立也；天下之兵驕脆無用，召募日廣而臨事不獲其力，是二不立也；天下之財出之有限而用之無極，為國百年而不能以富，是三不立也。」須革除因循之病，「無私而果敢，果敢而強力，以是三者治天下之三不立」。下篇謂三事之立，重在實施得其人，奠基於「為治之地」。其所言「為治之地」，與東坡論為國先定規模之說合；所言治吏偷、兵冗、財絀三事，亦東坡所常建議者。兄弟之見常同也。

《欒城後集》有〈孟子解〉二十四章，自謂為少作，「後失其本」，近復得而錄之。得後或有所修改，而頗存少作氣象，亦議論之文也。《孟子》〈離婁〉曰：「天下之言性者，則故而已矣。故者以利為本。」孫奭疏：「蓋故者，事也，如所謂『故舊無大故』之故同。意以其人生之初，萬理已具於本性矣，但由性而行，本乎自然，固不待於有為則可也，是則為性矣。今天下之人，皆以待於有為為性。是行其性也，非本乎自然而為性耳，是則為事矣。」「人之行事，必擇其利然後行之矣。」朱熹《集解》：「性者，人物所以得生之理也；故者，其已然之跡，若所謂天下之故也。利猶順也，語其自然之勢也。言事物之理，雖無形而難知，然其發見之已然，則必有跡而易見，故天下之言性者，但言其故而理自明。」「天下之理，本皆利順。」所釋小有異同，皆本於「性善」。子由之釋曰：「故，非性也。無所待之謂性，有所因之謂故。物起於外，而性以應之，此豈所謂性哉？性之所有事也。性之所有事之謂故。方其無事也，無可而無不可。及其有事，未有不就利而避害者也。知就利而避害，則性滅而故盛矣。」《孟子》〈公孫丑〉以「四端」證人性之善，子由則曰：「人信有是四端矣。然而有惻隱之心而已乎？蓋亦有忍人之心矣。有羞惡之心而已乎？蓋亦有無恥之心矣。有辭讓之心而已乎？蓋亦有爭奪之心矣。有是非之心而已乎？蓋亦有蔽惑之心矣。……是八者，未知其孰為主也？均出於性而非性也，性之所有事也。今孟子則別之曰：此四者性，彼四者非性也，以告於人而欲人信之，難矣。……方其無物也，性也。及其有物，則物之報也。惟其與物相遇而物不能奪，則行其所安而廢其所不安，則謂之善；與物相遇而物奪之，則置其所可而從其所不可，則謂之惡。皆非性也，性之所有事也。」子由固極尊孟子者，此其論性，似本於孔子「性相近也，習相遠也」之說，不明主孟子之「性善」，而有近於告子者，故後來理學家詆其學為不純。其敢為「不純」，今人則有取焉。《孟子》〈盡心〉曰：「盡其心者，知其性也。知其性，則知天矣。存其心，養其性，所以事天也。殀壽不貳，修身以俟之，所以立命焉。」又曰：「莫非命也，順受其正。」子由解曰：「天者，莫之使然而自然者也。命者，莫之致而自至者也。」「君子修其在我，以全其在天。天與人不相害焉而得之，是故謂之正。」《欒城三集》之〈易說三首〉，亦云：「中者，性之異名也；性者，道之所寓也。道無所不在，其在人為性。性之未接物也，寂然不得其朕。……及其與物接，而後喜怒哀樂更出而迭用。出而不失節者，皆善也。」說與〈孟子解〉同；而釋「天」與「命」，一語破的，又異乎「天有意志」與「命為宿命」之說。蓋儒家論天論命，本有多義；其謂「天志」與「定命」者，特一端耳。

《後集》有〈歷代論〉，其〈引〉文云：「元符庚辰，蒙恩歸自嶺南，卜居潁川。身世相忘，俯仰六年，洗然無所用心，復自放於圖史之間，偶有所感，時復論著。然已老矣，目眩於觀書，手戰於執筆，心煩於慮事，其於平昔之文，益以疏矣。然心之所嗜，不能自已，輒存之於紙，凡四十有五篇，分五卷。」蓋自六十二歲至六十七歲時之作。時東坡及元祐諸臣多亡；蔡京兄弟及安惇輩當道。子由蒼茫獨立，政治之風波久歷，身世之艱難備嘗；書又成於修畢《詩》、《春秋》集傳與《古史》之後，治經治史之心得更多。俯仰古今，其識廣，其感多，其情痛。所論自堯、舜以及於當代，史上大事，多所涉及，意在借古以垂戒後人，用意深矣，所謂「洗然無所用心」者，蓋謙抑與避禍之辭耳。其為文，取證據充實，足以明理而止；篇章簡短，不務矜飾。以視少作，益造平實，而氣亦少衰矣。茅坤《唐宋八大家文鈔》評云：「〈歷代論〉四十五首，蓋子由罷官潁上，時其年已老，其氣已衰，無復向所為飄搖馳驟，若雲之出岫，馬之下坡者之態。然而閱世既久，於古今得失，參驗已深，雖無心於為文，而其折衷於道處，往往中肯綮，切情事，所謂老人之言是已。」頗得其概。

〈歷代論〉涉及哲理者：如〈王衍〉云：「聖人之所以御物者三：道一也，禮二也，刑三也。《易》曰：『形而上者謂之道，形而下者謂之器。』禮與刑皆器也。」「夫道以無為體，而入於羣有。……惟其非形器也，故目不可以視而見，耳不可以聽而知，惟君子得之於心，以之御物，應變無方，而不失其正，則所謂時中也。……故孔子不以道語人，其語人者，必以禮。禮者，器也。……由禮以達道，則自得而不眩；由禮以達器，則有守而不狂。……若其下者，視之以禮而不格，然後待之以刑辟，三者具而聖人之道備矣。」「三代已遠，漢之儒者雖不聞道，而猶能守禮，……至魏武始好法術，而天下貴刑名；魏文始慕通脫，而天下賤守節。相乘不已，而荒唐放蕩之論盈於朝野。……而王衍兄弟卒以亂天下。要其終，皆以濟邪佞，成淫欲，惡法理之繩其奸也，故蔑棄禮法，而以道自命，天下小人便之。」〈梁武帝〉云：「自五帝、三王以形器治天下，導之以禮樂，齊之以刑政，道行於其間，而民莫知也。」「老子體道而不嬰於物，孔子至以龍比之，然卒不與共斯世也。舍禮樂刑政而欲行道於世，孔子固知其難哉！」「東漢以來，佛法始入中國，其道與老子相出入，皆《易》所謂形而上者。」「老、佛之道，非一人之私說也，自有天地，而有是道矣。古之君子，以之治心養氣，其高不可嬰，其潔不可溷，天地神人，皆將望而敬之。聖人之所以不疾而速、不行而至者，一用此道也。……道之於物，無所不在，而尚可非乎？雖然，蔑君臣，廢父子，而以行道於世，其弊必有不可勝言者。誠以形器治天下，導之以禮樂，齊之以政刑，道行於其間而民不知，萬物並育而不相害，道並行而不相悖，泯然不見其際而天下化，不亦周、孔之遺意也哉？」其論道，尊佛、老治心之高潔，而病其出世之虛無。以為行道必寓之於形器，施之於禮樂刑政，不廢形下乃有功於形上。二蘇不廢佛、道之學，而終以儒學為主體，皆如此。涉及政治者：則謂人君須能修德明道，善於任人；人臣須能審機守正，忠於謀國。〈三宗〉云：「古之賢君，必志於學，達性命之本，而知道德之貴。」〈漢昭帝〉云：「語曰：『君子學道則愛人，小人學道則易使。』故人必知道而後知愛身，知愛身而後知愛人，知愛人而後能保天下。」〈唐太宗〉云：「唐太宗之賢，自西漢以來，一人而已。任賢使能，將相莫非其人；恭儉節用，天下幾至刑措。然傳子至孫，遭武氏之亂，子孫為戮，不絕如線。後世推其原故而不得，以吾觀之，惜乎其不聞大道也哉？」「苟不知道，則凡所施於世，必有逆天理、失人心而不自知者。」於禮樂之作用，尤三致意。〈王導〉云：「齊景公以貪暴失民。田氏以寬惠得眾。公問之晏嬰，求所以救之，嬰曰：『惟禮可以已之。在禮，家施不及國，民不遷，農不移，工賈不變，士不濫，官不諂，大夫不收公利。』公嘆曰：『善哉！吾今而後知禮之可以為國。』嬰曰：『禮之可以為國也久矣，與天地並。』而景公不能用，田氏遂代呂氏。」〈宋武帝〉云：「孔子曰：『智及之，仁不能守之，雖得之，必失之。智及之，仁能守之，不莊以臨之，則民不敬。智及之，仁能守之，莊以涖之，動之不以禮，未善也。』古之為國，必具此四者，而後能成大功。」〈堯舜〉云：「世之君子，凡有志於治，皆曰：『富國而強兵。』患國之不富而侵奪細民，患兵之不強而陵虐鄰國，富強之利終不可得，而謂堯、舜、孔子為不切事情。於乎殆哉！」〈三宗〉云：「人君之富，其倍於人者千萬也。膳服之厚，聲色之靡，所以賊其躬者多矣。朝夕於其間而無以御之，至於夭死者，勢也。幸而壽考，用物多而害民久，矜己自聖，輕蔑臣下，至於失國，宜矣！」〈周公〉云：「古之聖人，因事立法以便民者有矣，未有立法以強人者也。立法以強人，此迂儒之所以亂天下也。」〈五伯〉云：「五伯，桓、文為盛。然觀其用兵，皆出於不得已。」〈漢文帝〉云：「於乎！為天下慮患，而使好名貪利小丈夫制之，其不為晁錯者鮮矣。」〈漢景帝〉云：「漢之賢君皆曰文、景。文帝寬仁大度，有高帝之風。景帝忌刻少恩，無人君之量，其實非文帝比也。……原其所以全身保國，與文帝俱稱賢君者，惟不改其恭儉耳。……如景帝之失道非一也，而猶稱賢君，豈非躬行恭儉，罪不及民耶？此可以為不恭儉者戒也。」〈武帝〉云：「天下利害不難知也。士大夫心平而氣定，高不為名所眩，下不為利所怵者，類能知之。人主生於深宮，其聞天下事至鮮矣，知其一不達其二，見其利不睹其害。而好名貪利之臣，探其情而逢其惡，則利害之實亂矣。」〈漢昭帝〉云：「人主不幸，未嘗更大事而履大位，當得篤學深識之士日與之居，示之以邪正，曉之以是非，觀之以治亂。使之久而安之，知類通達，強立而不反，然後聽其自用而無害。此大臣之職也。不然，小人先之，悅之以聲色犬馬，縱之以馳騁田獵，侈之以宮室器服，志氣已亂，然後入之讒說，變亂是非，移易黑白，紛然無所不至。小足以害其身，而大足以亂天下。大臣雖欲有言，不可及矣。……至漢昭帝，惜其有過人之明，而莫能導之以學，故重論之，以為此霍光之過也。」〈漢光武〉云：「人主之德在於知人，其病在於多才。知人而善用之，若已有焉，雖至堯、舜可也。多才而自用，雖有賢者，無所復施，則亦僅自立耳。」謂漢高帝善用人，尤善屬大事於大臣；光武則「專以一身任天下」，「而不知用人之長，以濟不足」，尤不善用大臣，「夫人君不能皆賢，君有不能而屬之大臣，朝廷之正也。事出於正，則其成多，其敗少。歷觀古今，大臣任事而禍至於不測者，必有故也。今畏忌大臣而使他人得乘其隙，不在外戚，必在宦官。外戚、宦官更相屠滅，至以外兵繼之。嗚呼殆哉！」〈賈詡〉云：「用兵之難，蓋有怵於外而動者矣。力之所不及，而義不可，君子不為也；義之所可，而力不及，君子不強也。」〈祖逖〉云：「敵國相圖，必審於知己。將強敵弱，則利於進取；將弱敵強，則利於自守。違此二者而求成功，難矣！……（祖逖）方將經略河北，而（晉元）帝使戴若思擁節直據其上，逖怏怏不得志死。蓋敵強將弱，能知自守之利者，唯狄一人。夫唯知自守之為進取，而後可以言進取也哉？」〈唐玄宗、唐憲宗〉云：「二君皆善其始而不善其終。……方其困於憂患之中，知賢人之可任以排難，則勉強而從之，然非其所安也。及其禍難既平，國家無事，則其心之所安者佚樂」，遂用好言利及諛佞之臣，而「禍發皆不旋踵」。〈姚崇〉云：「唐史官稱姚崇善應變，以成天下之務；宋璟善守文，以持天下之正。斯固言二人之所長也。然應變者要不失正而後可。」〈宇文融〉云：「群臣爭為聚斂，以迎帝心。天寶之亂，實始於此。」〈牛李〉云：「唐自憲宗以來，士大夫黨附牛、李，好惡不本於義，而從人以喜慍，雖一時公卿將相，未有能傑然自立者也。牛黨出於僧孺，李黨出於德裕，二人雖為黨人之首，然其實則當世之偉人也。蓋僧孺以德量高，而德裕以才氣勝。德與才不同，雖古人鮮能兼之者。使二人各任其所長而不為黨，則唐末之賢相也。」於當時君上之偏蔽與侈佚，士大夫之急功近利與相互傾軋，實寄其深慨焉。

## 奏章

子由奏疏之文亦多。《前集》有〈上皇帝書〉，熙寧二年三十一歲，父喪滿自蜀入京時作。謂「今世之患，莫急於無財而已」，然「所謂豐財者，非求財而益之也，去事之所以害財者而已矣」。事之害財者三，曰冗吏、冗兵、冗費。何以去之？頗進其方策。書上，以為制置三司條例司檢詳文字。議事與王安石、呂惠卿不合，有〈制置三司條例司論事狀〉，於水利、均輸、差役諸法，主張宜詳校利害，不可驟行；又謂遣使按行天下，不如責成守令之免於生事。安石見而大怒，乃乞外任，明年出為陳州教授。六年，改齊州掌書記。九年，自齊州回京，有〈自齊州回論時事書〉，亦言青苗、保甲之害。〈上皇帝書〉，茅坤評：「凡讀先秦、史、漢，往往言簡而意盡，固古人所不可及處。及讀子由之文，往往如游絲之從天而下，裊娜曲折，氤氳蕩漾，令人讀之，情暢神解，而猶不止，亦非今人所及處。此書專言理財，中多名言；但冗吏一節，未見的確。」儲欣評：「此書當熙寧之初，介甫未用事，言利之害未著明，故子由此書，灑灑萬言，一切以豐財為主。」〈制置三司條例司言事狀〉，茅坤評：「通達治體之言。」儲欣評：「利害若別黑白，後此排新法者，總莫能出其範圍。」乾隆評：「論新法害民，兩蘇文字為最矣。然軾之文，於言國命人心處雖極纏綿沉摯；而剖析事之利害，則不若轍之確實明白也。」〈自齊州回論時事書〉，茅坤評：「忠悃之言，類兩漢書疏。」沈德潛評：「新法之弊，子瞻爭於前，子由爭於後，而子由所陳尤剴切。」

熙寧十年，出為應天府簽判。元豐三年，又因兄軾案貶監筠州鹽酒稅；七年，遷績溪令。哲宗元祐元年入朝，至紹聖元年再貶知汝州。在朝八年，即篇首所謂其生平經歷之第三期，亦即其任職最高之在朝時期也。此時期，歷右司諫、中書舍人、戶吏兩部侍郎、翰林學士、御史中丞、尚書右丞、門下侍郎等職，為諫臣，至宰執，參與大政，感激奮身。除為朝廷作制詔外，所作奏議，存於集中及今人補遺者，達一百五十餘篇。言事之果敢，不異少年，而深沉有加；志在經國，不務文辭，而文辭固剴切而嚴峻。呂光著見其進言，嘆曰：「只謂蘇子由儒學，不知吏事精詳至於如此。」（見《欒城先生遺言》）奏議之重要內容，摘錄於《潁濱遺老傳》中，《宋史》本傳多本之。其事至棼。淳熙間，章謙撰子由〈謚議〉，概括之云：「及元祐新政（指「舊黨」執政），公居言路，首陳神宗變法本欲利民，為社稷長久之計，而民力顧因之以凋弊者，其原皆起於朝臣蔽塞聰明之所為，由是蔡（確）、呂（惠卿）之徒黨皆貶竄。然新政既孚，事勢一定，大臣乃有欲引用熙、豐舊臣為自全計者，公手疏千餘言，極言君子小人之不可並處而爭，小人必勝，非朝廷之福。蓋是時公之所爭議，大者唯黃河、西邊二事，次則差雇役法也。深知黨臣（指「新黨」）之撼搖在位者，幸四弊之不去，以藉口而已。故又為之論奏，願詔大臣正己平心，無生事要功之意；因弊修法，為安民靜國之術。民心既得，異議自消。至於論詩賦、經義之兼行未可遽，合祭天地之禮所當復，三司利權之不可分，皆反復精詳，未嘗不以謀國體、便人情為慮也。此其安民大慮之深遠者。」何萬撰〈復議〉云：「初，王荊公之以執政領三司條例也，公為其屬，不為屈，歷疏其不便，謝去。元祐初既為諫官，取前日所為弊與其人悉奏論之。然司馬光為相，欲盡變雇役法；文潞公繼之，又欲回河於東。二公清德重望，最知公者，公亦不以為便。蓋進退得喪，好惡怨德，一不以留胸中；而視百姓有由此以重困失職，則惄焉若無以安也。為侍從不粗辦一職，以塞責而止。以為天子所使以論思天下事，當無不言。凡冬溫大旱，水潦陰雪，必建言某政有闕失，某事當罷行，有罪而不誅幾人，無功而受賞又有幾。賞責已當，求言以開廣上意。及在政府，日至上前與宰相爭用人邪正、邊議曲直，與行事當否。退而批語，有不如奏，對吏辯詰。雖休謁出，而見所舉或未善，必追論之。未嘗曰事不出於我，非吾咎，不顧也。勢移事異，猶懇懇論治道，至謫逐不悔。此其心豈擇所趨避，委時於危不救者？是以九年之間，朝廷尊，公路辟，忠賢相望，貴倖斂跡，邊陲綏靖，百姓休息。君子謂公之力居多焉，信也。自公之貶，紹聖以權臣用事，崇、觀以奸臣執柄，皆公所累疏數言，不足倚以事者。使公不去，其言用，寧有後日之禍？」《宋史》本傳云：「元祐秉政，力斥章、蔡，不主調停；及議回河、雇役，與文彥博、司馬光異同；西邊之謀，與呂大防、劉摯不合。君子不黨，於轍見之。」可以覘其大概。此時奏議如是之多，何能盡述？若以文辭圓美、耐人諷誦者論，當推〈乞責降韓縝第七狀〉、〈乞誅竄呂惠卿狀〉、〈再言役法劄子〉、〈申三省請罷青苗狀〉、〈論西事狀〉、〈再論分別邪正劄子〉、〈論所言不行劄子〉、〈論用臺諫劄子〉諸篇為最。〈論所言不行劄子〉，自謂：「上牾大臣，下牾邊吏，其所以再三論列，不為身計者，誠以外可以利民，而內可以報國也。」非粉飾之詞矣。茅坤評

〈冬溫無冰劄子〉:「此等劄子，自西漢書疏以下，不可及。」評〈乞分別邪正劄子〉:「文定分別之中，猶以調停為說，此所以元祐之政失之弱。」評〈再論〉劄子:「再上劄更覺議論詳悉。」評〈再論熙河劄子〉:「論當時邊事極痛快。」評〈開孫村河利害劄子〉:「利害明悉。」評〈再論回河劄子〉:「子由所論回河，已而一一皆驗。」評〈論西事狀〉:「此狀情狀本末及制勝處，元祐第一劄子。」儲欣評〈乞貶竄呂惠卿狀〉:「宋有二蘇，窮奇、檮杌，應手虀碎。」評〈論西事狀〉:「情事透徹，胸中有無數甲兵。」乾隆評〈乞罷左右僕射蔡確、韓縝狀〉:「疏言確、縝誠退，則小臣非建議造事之人，可一切不治，使得革面從事，竭力自效，最得大體。」評〈乞招河北保甲充役以消盜賊狀〉:「言散財乃所以富國，其說確乎其不可拔，可為天下法也。若其回護神宗聚財處，立言有體；至招保甲補禁軍，挹彼注茲，轉禍為福，可謂能經國矣。」評〈論西事狀〉:「此文所論，可謂得其本矣。」沈德潛評〈乞罷左右僕射蔡確、韓縝狀〉:「(寫蔡、韓)庸劣心事如繪。」評〈乞責降韓縝第七狀〉:「真覺一字一快。」評〈乞誅竄呂惠卿狀〉:「筆下秋霜烈日，足以落奸人之膽。」評〈乞復英州別駕鄭俠狀〉:「語雖不多，而層層都到，令讀者惻然。」

## 書啟

子由書信，最傳誦者為《前集》之〈上樞密韓太尉書〉，顧此文作年最早，乃十九歲時入京應進士試時作。言見歐陽修之後又願見韓琦；書中論文以「養氣」為主，及「太史公行天下，周覽四海名山大川，與燕趙間豪傑交游，故其文疏宕，頗有奇氣」等語，乃傳誦所在。茅坤評:「胸次博大。」林雲銘評:「文本於氣一語，千古正諦。」「其行文錯落奔放，數百言中，有千萬言不盡之勢，想落筆時正當意氣激發之後也。」浦起龍評:「英邁無雙，一洗自薦窠臼。」

劉大櫆評：「文亦有疏宕之氣。」沈德潛評：「雖以孟子、司馬遷並舉，然通篇文字，多從太史公周遊天下數語生出，一往疏宕之氣，亦如太史公之文。」張伯行評：「顧盼自喜，英氣勃勃。」《前集》之〈上昭文富丞相書〉、〈上兩制諸公書〉，皆二十三歲應制科試時作。上富弼書，於「天下不聞慷慨激烈之名，而日聞敦厚之聲」，有諷有期。茅坤評：「托諷富公處，全在任人與篇末『萬全之過』四字。」用筆婉也。上兩制書，自述治學心得。茅坤評：「覽其文，如廣陵之濤，砰磕汹悍而不可制。」辭氣盛也。又有〈為兄軾下獄上書〉，元豐二年，東坡因「詩案」下御史臺獄，子由願以己官為兄贖身而作。沈德潛評：「情辭哀惻，如赤子牽衣呼籲於慈父。」情摯也。有〈答黃庭堅書〉，因兄案貶居筠州時作，述得黃書時所感，則如茅坤所評：「雅致」也。《後集》、《三集》皆不收書信。

## 記

《前集》有記十八篇，皆作於熙寧、元豐間，則前文所謂第二期偃蹇任地方官時之作也。〈廬山棲賢寺新修僧堂記〉，起段寫棲賢寺之景甚勝：「元豐三年，余得罪遷高安，夏六月過廬山，知其勝而不敢留。留二日，涉其山之陽，入棲賢谷。谷中多大石，岌嶪相倚。水行石間，其聲如雷霆，如千乘車行者，震悼不能自持，雖三峽之險不過也，故其橋曰三峽。渡橋而東，依山循水，水平如白練，横觸巨石，匯為大車輪，流轉汹湧，窮水之變。院據其上游，右倚石壁，左俯流水，石壁之趾，僧堂在焉。狂峰怪石，翔舞於檐上。杉松竹箭，横生倒植，蔥蒨相糾。每大風雨至，堂中之人疑將壓焉。問之習廬山者，曰：茲山之勝，棲賢蓋以一二數矣。」東坡作跋云：「讀之如在堂中，見水石陰森，草木膠葛。」不虛也。〈東軒記〉，起段寫居筠州東軒事亦佳：「余既以罪謫監筠州鹽酒稅，未至，大雨，筠水泛溢，蔑南市，登北岸，敗刺史府門。鹽酒治舍俯江之滑，水患尤甚。既至，弊不可處，及告於郡，假部使者府以居。郡憐其無歸也，許之。歲十二月，乃克支其欹斜，補其圮缺，闢聽事堂之東為東軒，種杉二本，竹百個，以為晏休之所。然鹽酒稅舊以三人共事，余至，其二人適皆罷去，事委於一。晝則坐市區鬻鹽沽酒，稅豚魚，與市人爭尋尺以自效。暮歸筋力疲廢，輒昏然就睡。不知夜之既旦。旦則復出營職，終不能安於所謂東軒者。每旦莫出入其旁，顧之，未嘗不啞然自笑也。」茅坤評：「其怡曠之趣不如文忠公之〈超然臺記〉，而亦自愴惻可誦。」儲欣評：「結頓挫有餘悲。」〈武昌九曲亭記〉、〈黃州快哉亭記〉，皆東坡謫居黃州，子由過黃與之同遊時作。九曲亭，東坡所修；快哉亭，張夢得所築。兩文寫景、抒情皆勝，傳誦更廣，故不引錄。前文，茅坤評：「情興心思，俱入佳處。」儲欣評：「小品之冠。」沈德潛評：「筆墨悠然。後半言樂因平心，而不因平境，雖未道出孔顏之樂，而與子瞻〈超然臺記〉，已兩心相印。當時『四海一子由』，不洵然耶？」後文，儲欣評：「反掉佳。」張伯行評：「有瀟灑閑放之致。」《後集》收記二篇，《三集》收四篇。《三集》所收，皆元符三年六十二歲後貶謫及閑居時作，即第四期文也。〈遺老齋記〉，居穎時以潁濱遺老自號，而以「遺老」自名其齋也。〈藏書室記〉、〈待月軒記〉，亦自記所築。〈墳院記〉，為其父洵墳側院舍而作。皆造平淡而情致婉轉。〈遺老齋記〉，謂「樂莫善於如意，憂莫慘於不如意。」其家居較仕宦時「如意」，故為「平生之樂」之最。〈書室記〉，謂「老子曰：『為學日益，為道日損。』以日益之學，求日損之道，而後『一以貫之』（孔子語）者，可以見也。孟子論學道之要曰：『必有事焉而勿正，心勿忘，勿助長也。』心勿忘則莫如學，必有事焉則莫如讀書。」善統儒、道兩家不同之旨而一之。〈待月軒記〉，借記昔日廬山老僧喻性與身如日與月之相依語，以論佛理；而妙在一結只寫玩月之樂，不致其理之可否，使人自思焉。〈墳院記〉，敘院於兄弟謫居海南時為官所沒，北歸後乃蒙放還，而兄軾已病歿，情殊痛。

## 序跋

序跋，《前集》有三篇：〈洞山文長老語錄敘〉，言禪理頗不墜空寂，如云：「小中見大，大中見小，一為千萬，千萬為一，皆心法爾。然而非有所造也。……蓋事無非法者。」《後集》有序三篇，引及書後八篇。序如〈元祐會計錄敘〉，歷敘自宋太祖至哲宗時財政之盈縮，而參究前代理財之得失，歸於修德與節用，出入有法；以為反此則民力竭而國用猶匱也。茅坤評：「此子由經國之文，須細尋之。」康熙評：「本是專言會稽，卻語語欲其安養生息，用意深遠，而文勢紆徐。」乾隆評：「讀〈會計錄敘〉，宋德盛衰，不具可鑒哉？」儲欣評：「百餘年國計盈縮，指掌如話，文氣雍容頓挫，尤跨建武而上之。」沈德潛評：「篇中雖管領會計，而戒禱祀，防用兵，咎新法，以修德立法為主。此老成謀國之言，與剝民富國者，有忠佞之分也。文氣雍容，近於六代以上。」〈民賦敘〉，亦議新法理財之不當。唐順之評：「平正通達，不求為奇，而勢如長江大河，是亦小蘇之所長也。」茅坤評：「此等文並子由經濟處，直寫胸臆而非以為文，文之至者也。」引如〈子瞻《和陶淵明詩集》引〉，引子瞻評陶詩信，世常稱舉其中語。茅坤評：「文不著意，而神理自注。」張伯行評：「潁濱此序，又寫得東坡面目出。」〈書《楞嚴經》後〉、〈書《金剛經》後〉，談佛理。〈書《白樂天集》後〉，謂「樂天死於會昌末年，而文饒之竄在大中之初。」辨聞李德裕竄崖州詩非白作。《三集》只〈書《傳燈錄》後〉一篇，摘錄《傳燈錄》數則而加評語，亦談佛理；又有取《老子》、《易》說與相發明者。

# 墓誌、碑、傳

誌銘、碑傳，《前集》六篇，《後集》八篇。前集〈伯父墓表〉，元祐三年為伯父渙作；〈歐陽文忠公夫人薛氏墓誌銘〉，元祐四年為歐陽修夫人薛氏作；〈全禪師塔銘〉、〈閑禪師塔銘〉，皆元豐三年令績溪時作。〈伯父墓表〉最嚴謹有情。〈孟德傳〉，敘神勇軍逃卒孟德入居華山二年，食草根木實不死，遇猛獸不動而不被噬。〈丐者趙生傳〉，敘高安狂生趙某於東坡謫黃州時，訪之留半歲不去，後死於興國。元祐中蜀僧法震遇之於雲安，歸告子由；坐上人轉告其父，發墓「空無所有，惟一杖及兩脛在」。皆異事，後文兼近小說家言，而文則動人。《後集》之〈亡兄端明子瞻墓誌銘〉、〈歐陽文忠公神道碑〉，為東坡、永叔而作，集中紀事之大文也。敘二公生平，於其立朝之志節，愛民之情懷，議論之正大，治事之精明，尊國體，持朝綱，去錮蔽，存正氣，推賢才，嫉奸佞，與夫襟懷之灑脫，文章之過人，皆詳略得當，莊重肅穆，使其人之風采昭然，而作者之文章亦秩然。〈潁濱遺老傳〉，子由自傳，集中紀事最長文。其摘錄生平重要奏疏，有裨史材。雖刻意剪裁，不若前二文，亦備見其生平與時政之委曲。惜此三文皆作於危疑患難之中，使其沉痛憤激之情，忍而不能盡發，強作冷靜而損其雄傑之氣。〈巢谷傳〉，敘眉州人巢谷，生平好義。與東坡兄弟本不相識，聞二人竄嶺外，年七十三矣，獨徒步萬里至梅州見子由；又將至海南見東坡，道卒於新州。此為義士作傳，故雖暮年老筆，猶鬱勃氣凜。茅坤評：「敘谷豪舉處，有生氣可愛。」〈亡姊王夫人墓誌銘〉，為伯父次女適王東美者作。謂與東坡北歸時，同輩親人惟此仲姊在，將歸掃先塋而見之，不幸東坡旋卒，仲姊亦卒，曰：「手足盡矣，何以立於世！」呼慟深矣。其餘有為僧人辯才、僧聰、海月而作之塔銘。

## 祭文

哀祭之文，《前集》十七篇，《後集》十八篇，皆用四言韻語，平鋪直敘，求矜莊，不著情感湧溢之筆。《前集》：〈祭歐陽少師文〉，述父子兄弟之受知，情較摯；述永叔司貢舉時之改變文風及其節行影響之大，頗曲折。茅坤評：「子由祭（歐陽）文不如子瞻，亦師生故人之情，泠然可掬。」〈代三省祭司馬丞相文〉，述司馬光元祐回朝及病卒，民極喜哀之狀，簡而古。朱熹評：「祭溫父文，只有子由好。」茅坤評：「文有典則。」其次有〈祭范蜀公文〉，為范鎮作；〈祭忠獻韓公文〉，為韓琦作。《後集》：〈祭亡兄端明文〉、〈再祭亡兄端明文〉，兄弟誼深，顛沛與共，臨老遽訣，簡淡中自然惻愴。〈祭張宮保文〉，述生平受知及張方平之為人，短而要；〈再祭張宮保文〉，四言中獨雜以長短句，亦善論其人。〈祭亡嫂王氏文〉，述東坡婦之善處患難；〈祭八新婦黃氏文〉，述竄雷州時、循州時，三子遜及其婦黃氏相從，黃病瘴而卒於循。中云：「卒無一言，嘆恨流落。逮啟手足，脫然而逝。惟我夙業，累爾幼稚。興言涕落，呼天何益？」自咎因身負罪而累幼媳相從患苦，以至遽死遐荒，脫然無怨，痛可知矣。

## 辭賦、贊

辭賦，《前集》八篇。〈超然臺賦〉，為東坡知密州時，「因其城上之廢臺而增葺之」，名曰「超然」，以忘其勞頓而作。謂「惟所往而樂易兮，此其所以為超然。」東坡〈書子由〈超然臺賦〉後〉云：「子由之文，詞理精確，有不及吾；而體氣高妙，吾所不及。雖各欲以此自勉，而天資所短，終莫能脫。至於此文，則精確高妙，殆兩得之，尤為可貴也。」〈黃樓賦〉，為東坡知徐州治水災後，修州城東樓而名

「黃樓」作，寫景、議論皆可觀。東坡〈答張文潛書〉謂子由文：「秀傑之氣，終不可沒。作〈黃樓賦〉，稍自振厲，若欲以警發憒憒者，而或者便謂僕代作，此尤可笑。」〈墨竹賦〉，為文同與可作，善敘與可畫竹之狀。東坡〈與文與可書〉：「近見子由作〈墨竹賦〉，意思蕭散，不復在文字畛域中，真可以配老筆（指與可畫）也。」〈御風賦〉，述列子御風之理，富想像力；最後稱：「風未可乘，姑乘傳而東乎？」又一掃前文空虛之想，突兀有遠致。茅坤評：「多曠達之音。」此四篇最佳。《後集》「雜文」類中，有〈和子瞻〈沉香賦〉〉、〈和子瞻〈歸去來詞〉〉，較平。《三集》有〈卜居賦〉，七十三歲時作，述思鄉與悼念亡兄，雖簡短，然情深於《後集》二賦。「雜文」類中有〈管幼安畫贊〉，七十四歲時作，有感於三國管寧幼安隱居遼東三十七載，「明於知時，審於處己」，欲尚友之，頗饒感憤之忱。茅坤評：「子由涉世難後，故其文如此。」

# 附錄

# 錢基博評八家文

本書削稿待刊，適錢子泉基博先生遺著《中國文學史》出版，老成之見，有足重者。因為掇錄其評「八家」文語數則於後。書中已引及先生《韓愈志》文，故此處於評韓之語稍略。倘有裨於學者，吾亦何嫌為抄胥？會心不遠，別擇在人。評上加評，幸恕勿逮。癸酉十月，陳祥耀又識。

「愈之為文，論說敘事，兼能並擅；而相其論說，不外二端：其一托物取譬，抑揚諷諭，為詩教比興之遺，如〈雜說〉、〈獲麟解〉、〈師說〉、〈伯夷頌〉是也。」「其一論事析理，軒昂洞豁，汲《孟子》七篇之流，如〈原道〉、〈原性〉、〈原毀〉、〈原人〉、〈原鬼〉、〈對禹問〉、〈守戒〉是也。……而細意籀誦，蓋有兩種筆力：〈雜說〉、〈守戒〉，筆能奔放，如風發雷湧，筆力之能雄肆者也。〈伯夷頌〉、〈對禹問〉，語有斷制，筆力之能嶄峭者也。其後王安石嶄峭而不能雄肆，蘇軾奔放而欠嶄峭，各得韓愈之一體。」「記事之文，愈所尤擅，或詼詭以發奇趣，或直書以垂鑒戒。……碑傳文有兩體。……而愈之所以為文者有二：有煉語拗舌，而故為遲重生奧者。有振筆直書，而發以坦夷爽朗者。……隨事賦形，各肖其人；其氣渾灝以轉，其辭鑄煉以凝，氣載其辭，辭凝其氣；奇詞奧句，不見滯筆，豪曲快字，不見佻意，骨重氣駛，章妥句適，各體之中，此為第一。」（以上評韓愈）

「宗元少聰警絕眾，尤精西漢詩騷，下筆構思，與古為侔。……既罹竄逐，益自刻苦，……而自肆於山水間。……其堙厄感鬱，一寓諸文，讀者咸悲惻。……所為〈封建論〉，囊括古今，筆勢縱放，惟賈生〈過秦論〉足與相當，體大而思精，實天下之奇作；而原本生人之初，義與〈貞符〉相發；惟〈貞符〉雅健，而〈封建論〉則雄深；〈貞符〉肅穆，而〈封建論〉則恣肆；奧如曠如，各臻其妙。」「議論之文，韓愈雄肆而盡，宗元辯核而裁；若持之有故，言之成理，則韓不如柳。何者？韓愈善用奇以暢氣勢，宗元工為偶以相比勘。韓愈急言竭論，孤行一意以發其辭；宗元比事屬辭，巧設兩端以盡其理。韓愈辭勝於理，宗元理勝於辭。昔賢以為辯者，別殊類，使不相害；序異端，使不相亂：柳子有焉。」「碑誌之文，韓愈事多實敘而駛以奇，乃太史公之傳體；宗元語為虛美以凝駢，厥承蔡伯喈之碑制；顧亦頗有襲徐庾體者，〈南府君睢陽碑〉、〈張公舟墓誌銘〉，是也。而〈南府君廟碑〉特奇偉；入後震蕩以議論，堆砌化為煙雲，筆力橫恣，徐庾之所未逮焉。韓愈服膺儒者，而宗元兼通佛學，……（宗元為僧人作碑）談空顯有，深入理奧，難在虛無寂滅之教，寫以宏深肅括之文。其氣安重以舒，其筆辨析而肆，鈎賾索隱，得未曾有，此固韓愈之所不屑為，而亦韓愈之所不能為者也。」「韓愈軼蕩雄肆，氣運而化；宗元雋傑廉悍，辭辯以核。韓愈刻畫人物，工於敘事；宗元冥搜物象，獨擅寫景。韓愈碑傳，隨事肖形，萬怪惶惑，非宗元所能。而宗元記永柳山水，博攬物態，逸趣橫生，而字矜句煉，語語如鑄；窮態極妍，刻意鏤畫，而清曠自怡，蕭閑出之；心凝形釋，有在筆墨蹊徑之外，亦豈韓愈所及哉。」（以上評柳宗元）

「（歐陽修）其學推韓愈孟軻以達於孔氏，著禮樂仁義之實，以合於大道。其文引物連類，折之於至理，辨明而曲暢，峻潔而舒遲，變動往來，有馳有止，而皆中於節，使人喜慕而不厭，天下翕然推以為宗師。」「其文學韓愈而能自出變化。韓愈之不可及者，在雄快而發以重難；而修之不可及者，在俊邁而出之容易。韓愈雄其辭，沛其氣，舉重若輕；修則舒其氣，暇其神，以重馭輕。韓愈風力高騫，修則風神駘蕩；然備眾體，變化開闔，因物命意，各極其工，而不可以一格拘，此其所以不可及也。」「碑傳之文，隨事曲注，而工為提掇，大含細入，不矜愈之奇辭奧句。……韓愈碑誌，蒼堅邁古，然文而非史。獨修據事直書，詞無鉤棘，不乖傳體，而可入史；特出筆坦易，而下語極矜慎。……《宋史》將相大臣如王旦、陳堯佐、晏殊、胡宿、范仲淹、王德用、杜衍、王堯臣、吳育、余靖、杜杞、蔡襄；儒林宿學如孫復、石介、胡瑗、石延年、尹源、尹洙、劉敞、蘇舜欽諸傳，多采修文。」「論說之文，因事抒議，而工於辨析，條達疏暢，理愜情饜，……互殊類使之相勘，序異端使不相亂。……寓辨析於激昂，辨之明，引之達。」「然修之為文，尤工唱嘆。或低徊往復，發人深慨，……或雍容揄揚，系人思慕；……悲愉如量，因事抒感，神韻欲流，最曠而逸。」（以上評歐陽修）

「（蘇洵）其學原本兵家之權謀，法家之刑名，而抒以縱橫家之捭闔，切事情，明是非，其筆力一出一入，王安石目為戰國之文，可謂知言。特以清暢辨析，而不為《國策》蘇張之瑰奓。同一抵掌而談，縱橫跌宕，而一雄麗，一清遒；縱筆所之，風馳雨驟，極揮斥之致，而機勢圓轉如轆轤。同韓愈之馳騁雄邁，而無其沉浸醲郁；此所以為宋人之文也。然洵之文，有學韓愈而極神似者；……知其用力於韓者深也。特其所以異軍突起而成一家之言者，自在〈策論〉；觀之上古，驗以當世，參以人事，而察盛衰之理，審權勢之宜，洞爽軒辟。」「洞明世故，愜理饜情，而行文縱橫，往往空中布景，絕處逢生，令人有凌風御雲之意。歐陽修態有餘妍，洵則筆有餘勁。……引物托喻，侈能使之約，遠能見之近，大能使之微，小能使之著，煩能不亂，肆能不流，而要由於筆力之勁以躋乎此。」（以上評蘇洵）

「歐陽修之風神駘宕，蘇氏父子之辭筆雄駿，咸以所能擅雄宋代。其有駿爽不如蘇，淵永尤遜歐；而特以醇粹明白，得西漢劉向、董仲舒之意，而開南宋朱熹理學之文者，曾鞏、王安石也。」「（鞏）

其為文欲為果銳而不達，所以不如蘇（軾）之發人意；欲為茹涵而不沉，所以不如歐之耐人味。方其肆意有作，隨筆曲注，從容渾涵，不大聲以色，而波瀾老成，自然渾厚；……而記事之作，取舍廉肉不失法，尤善部勒，簡以馭繁，詳而有紀，三蘇之所不及，而足與歐陽相頡頏；特有筆法而無筆情，不能如歐之餘味曲包，風神駘宕耳。」「理學家之古文仿焉，亦以其不矜才使氣，醇實明白，易為依仿也。蘇氏父子善於論兵，而曾鞏獨明水利荒政，如〈救災議〉、〈越州鑒湖圖序〉、〈襄州宜城縣長渠記〉、〈越州趙公救災記〉，語繁不殺，詳悉如畫，可以為後世法。仁人之言，其利溥哉！」「（碑誌）只為其人未有功業可見，寫其生平，正於虛處著神；每從諸人旁襯見身份，不以細瑣處事刻畫，卓然大方，正與蔡邕〈郭有道〉、〈陳太丘〉兩碑同一機杼。惟蔡邕以雅練勝，以淡遠見風度；鞏則以跌宕勝，以議論為波瀾；即有敘事，亦如畫龍之一鱗一爪，出以烘托，無意鋪排。王安石碑誌亦多乃爾，亦文章得失之林也。」（以上評曾鞏）

「大抵王安石與曾鞏學術相同，意氣相投，文章不期而似，人只知南豐文字平正，而朱熹卻道『更峻潔』；人盡說荊公文字精悍，而朱熹卻道『似南豐』；驟聽不解，而朱熹實見其深。」「（安石文）所以為難能者，為其簡老嚴重，而無害於筆力天縱，以折為峭，特峻而曲，辭簡而意無不到，格峻而筆能駛轉，愈峭緊，屢頓挫；……安石之文，亦有洋洋大篇，渾灝流轉，而抒以雋傑廉悍之筆，沉著頓挫者，……其他如〈上仁宗皇帝書〉、〈上時政疏〉、〈復讎解〉、〈太子太傅致仕田公墓誌銘〉、〈廣西轉運使屯田員外郎蘇君墓誌銘〉、〈太常博士曾君墓誌銘〉、〈兵部員外郎馬君墓誌銘〉、〈度支郎中葛君墓誌銘〉，勢盡寬衍，氣自峻遒；……曾鞏、王安石嚴氣正性，而所為文，莊厲謹潔，類其為人。」「（經義之文）瘦硬而出以辨析，駿快而務為曲達，往復百折，筆筆駛轉，而筆以折而入深，義以顯而發奧；議論之文，必從此下手，而後辭祛膚庸，理必明當，無模糊影響之

談，亦無飣餖瑣碎之習；所謂文理察密，足以有別；斯誠說理之示範，豈特制義之開山。」（以上評王安石）

「（蘇軾）初好賈誼、陸贄書，論古今治亂，不為空言。既而讀《莊子》，喟然嘆曰：『吾昔有見於中，口未能言；今見《莊子》，得吾心矣！』既以刺新法流弊而謫居黃州，杜門深居，馳騁翰墨，其文一變，如川之方至。而後讀釋氏書，深悟實相，參之孔孟，博辯無礙，浩然其無涯也。其思想出入佛老，旁參名法縱橫。而為文章不拘一格，大體可得而論者有二：其一調適而鬯遂，抒其胸次之高曠；……博覽物態，清曠自怡。而短札小記，涉筆成趣，著墨不多，自然韻流；……蓋歐陽修工於唱嘆，雖頌美之文，亦發以唱嘆；而軾則好為嬉笑，雖羈愁之文，亦出以嬉笑；蕭然物外，逸趣橫生，栩栩焉神愉而體輕，令人欲棄百事而從之遊焉。其一深切以往復，發其議論之宏辯，……指陳利害，議論出入今古，事核理當，而筆力雄偉，抒詞高朗，極縱橫變化之能，不可羈勒；而落韻甚輕，若行所無事；……其長處在援引史實，屬辭比事，尤善譬喻，巧於構想。他人所百思不到者，既讀之，而適為人人意中所有。軒爽洞達，如與曉事人語，表裡粲然，中邊俱澈。蘇洵以申韓之峭刻，變蘇張之縱橫，其氣放，其筆拗；軾則以莊生之駘宕，化孟子之激切，其辭達，其勢曠。蘇洵瘦硬通神，軾則瀟灑自得。」「歐陽修之容與閑易，蘇軾之條達疏暢，雖是急言竭論，而無艱難勞苦之態，以自在出之，行所無事，是則宋人之所特長，而開前古未有之蹊徑者也。」「昔韓愈喜稱楊雄，為文章力摹心追；而軾則以『艱深』『文淺易』譏之，不以奇字奧句為尚，此宋文之所以異於唐文，而軾別出於韓愈以自名家者也。然軾之文，工於策論，疏於碑傳。策論則橫放側出，實能以條鬯臻雄恣，焯有波瀾。碑傳則平鋪直敘，未能振提出精神，實傷冗絮。」（以上評蘇軾）

「今觀其（蘇轍）文疏於敘事，而善於議論，辨明古今治亂得失，出以坦夷，抑揚爽朗，語無含茹，而亦不為鈎棘；策論特其所長，碑傳則其所短，與軾蹊徑略同，而波瀾不如；氣不如軾之舒，筆不如軾之透。」「策論至蘇氏父子，原原本本，述往事，思來者，有以見天下之賾，古今之變，而觀其會通，持之有故，言之成理，直與周秦諸子同為一家之言，固不僅文字之工。而觀轍之所為，其學兼綜兵農儒法，其文出入莊、孟、蘇、張，雖不如洵之勁峭廉悍，而頗追軾之條達疏暢，意到筆隨，無愧難弟也。……然軾轍之文，有餘於汪洋，不足於淡泊；工於用盡，而不善於用有餘；可振厲以警發憒憒之意，而未能唱嘆以發人悠悠之思。」「二蘇經義，頗多傳誦，而轍為勝。蓋論與經義同原。論，才氣勝者也；經義，理法勝者也。軾則長於才者疏於理，雄於氣者軼於法；轍之經義，亦論也，而其理較醇。……與安石同一機杼，遂為元明兩代舉業之所托始焉。」（以上評蘇轍）

中國古典詩歌叢話

# 原書序*

此書寫作意圖，有宜申敘者：（一）篇章以傳統「詩話」為名，非效其作零散之紀錄，而取其能靈活表達作者之見解；故書中對我國古代詩歌實作系統之評述，企望成一具有作者個人面目之詩史縮影，為大輅之椎輪。所作或未副所期，而中心嚮往在是。（二）書中評述，詳於各代大家，而略於中小名家，蓋私意以為歷史無限延長，詩人不斷增加，淘汰所存，必以大家為主。此事取捨抑揚，自古以來，尚不盡一致；而瞻顧未來，主次宜明，且其中問題，又復大有商榷闡發之餘地，非以陳見相因也。（三）作「詩話」或「詩史」者之功力，恒見於對詩人代表作品之選擇與佳句之標舉。苟此而不當，雖華辭滿紙，實不足以表現詩人之成就與精神。本書於此，頗加致意，期於一書能兼起詩評與詩選二者之作用。（四）余弱歲治詩，白頭成此，涉獵既久，甘苦粗嘗，心境庶幾趙雲崧晚年之作《甌北詩話》，故於古今評詩言論，雖力求博採，而必折衷於己見，非敢妄為模稜調和之論，實欲力求平心全面之旨。識見所限，今賢後賢，必能匡而正之；是非公道，不可久誣也。書成，得臺灣李亦園院士為之盛情紹介，乃得以問世。又蒙陳冠甫教授，采為教材，並代校正若干錯字。感荷良深。歲在庚午陳祥耀自序，時年六十有九。乙未病後，年已九四，又為增刪數語。

---

* 此序為《中國古典詩歌叢話》原書序。

# 一

# 先秦至南北朝詩話

論詩當辨「意境」。意指思想感情，境指藝術形象。形象經作者之思想感情以熔鑄，作者之思想感情藉形象以體現，此則主客融會，情辭統一，內容形式，無所偏廢者也。

王國維《人間詞話》標舉「境界」以論詞，其所謂境界，實質近意境，然詞義未若意境包含之周匝與分明，故其《人間詞乙稿》〈序〉又改而標舉「意境」。舊題王昌齡撰之《詩格》，謂詩有三境，曰物境，曰情境，曰意境。其實意兼情、境兼物也。司空圖〈與王駕評詩書〉，謂「思與境偕，乃詩家之所尚者。」思即意也。〈東坡題跋〉謂陶詩「采菊東籬下，悠然見南山」，「境與意會，此句最有妙處。」明朱承爵《存餘堂詩話》:「作詩之妙，全在意境融徹，出音聲之外，乃得真味。」此已意境合舉。宋釋普聞《詩論》云:「天下之詩，莫出於二句，一曰意句，二曰境句。境句易琢，意句難製。」明王會昌《詩話類編》云:「詩先境而入意，或入意而後境。」此則歧意境而二之，且強分難易先後，流為支離膠滯之見矣。清沈德潛、袁枚皆嘗拈「意境」以論詩，而用之最多者，推紀昀。紀氏之後，此詞已頗通用，故標舉不始王于氏。王氏《人間詞話》云:「境非獨謂景物也，喜怒哀樂亦人心中之一境界。故能寫真景物、真感情者，謂之有境界，否則謂之無境界。」此說最精亦最新，蓋前人每誤境惟指景物。所謂「有境界」，謂有「佳境界」，亦即有「佳意境」。意境之佳者可以八事概之:曰高，曰真，曰新，曰顯，曰豐富開闊，曰深沉含蓄，曰情景交融，曰自然入化。內容前人論之綦多，特未盡標意境一詞耳。

詩言情志，《尚書》〈堯典〉:「詩言志」。《莊子》〈天下〉:「詩以道志。」《荀子》〈儒效〉:「詩，言其志也。」〈詩大序〉:「詩者，志之所之也。在心為志，發言為詩。情動於中而形於言。」《文心雕龍》〈明詩〉:「詩者持也，持人性情。」《詩經》抒愛慕之情者，如「周南」之〈關雎〉、〈漢廣〉，「邶風」之〈靜女〉，「衛風」之〈木瓜〉，「王風」之〈采葛〉，「鄭風」之〈將仲子〉、〈有女同車〉、〈山有扶蘇〉、〈狡童〉、〈褰裳〉、〈子衿〉、〈出其東門〉、〈溱洧〉，「陳風」之〈月出〉、〈澤陂〉；抒思念之情者，如「衛風」之〈伯兮〉，「王風」之〈君子于役〉，「秦風」之〈蒹葭〉；抒怨恨之情者，如「召南」之〈小星〉，「邶風」之〈北門〉、〈谷風〉，「衛風」之〈氓〉，「王風」之〈兔爰〉，「小雅」之〈鴻雁〉、〈小明〉、〈苕之華〉、〈何草不黃〉；抒哀痛之情者，如「邶風」之〈燕燕〉、〈凱風〉，「王風」之〈黍離〉，「唐風」之〈鴇羽〉、〈葛生〉，「秦風」之〈黃鳥〉，「小雅」之〈小弁〉、〈蓼莪〉；抒憤怒之情者，如「鄘風」之〈相鼠〉，「魏風」之〈伐檀〉、〈碩鼠〉，「小雅」之〈巷伯〉、〈青蠅〉；抒諷刺之情者，如「邶風」之〈新臺〉，「鄘風」之〈墻有茨〉、〈君子偕老〉、〈鶉之奔奔〉，「陳風」之〈株林〉，「檜風」之〈隰有萇楚〉；抒愉悅之情者，如「周南」之〈桃夭〉、〈芣苢〉，「唐風」之〈綢繆〉，「小雅」之〈鹿鳴〉；抒悲喜交集之情者，如「召南」之〈草蟲〉，「鄭風」之〈風雨〉，「豳風」之〈東山〉，「小雅」之〈常棣〉；抒堅貞之情者，如「召南」之〈行露〉，「邶風」、「鄘風」之〈柏舟〉；抒慷慨之情者，如「秦風」之〈無衣〉。「二雅」與「頌」辭出頌禱者，情較淡泊，蓋偏於議論與敘事矣。憂傷政事之作，如「小雅」之〈正月〉、〈十月之交〉、〈雨無正〉、〈小旻〉、〈小宛〉、〈巧言〉、〈大東〉、〈北山〉，「大雅」之〈民勞〉、〈板〉、〈桑柔〉、〈瞻卬〉，率多議論；保存史事者，如「大雅」之〈緜〉、〈生民〉、〈公劉〉，率多敘事。敘事、抒情結合者，如「豳風」之〈七月〉；敘事、寫景結合者，如「小雅」之〈采薇〉；抒情、寫景結合者，如「小雅」之〈庭燎〉。善於寫人者，如「衛風」〈碩人〉之寫容貌，〈氓〉之寫性格，「小雅」〈賓之初筵〉之寫醉態；善於狀物者，如「小雅」〈無羊〉之狀畜牧，〈斯干〉之狀屋宇；對答之辭，如「齊風」之〈雞鳴〉；象徵之體，如「豳風」之〈鴟鴞〉。

「國風」之詩，情務真率，辭多和諧圓轉，感發力強；「雅、頌」之詩，事涉鋪陳，辭較典重板質，條理已具。「豳風」〈七月〉，有錯綜變化之妙；「大雅」之〈蕩〉，啟排比傾瀉之機；「大雅」之〈抑〉與〈桑柔〉，「魯頌」之〈閟宮〉，已成數百言之長篇巨製。

「周南」〈桃夭〉：「桃之夭夭，灼灼其華。」「小雅」〈采薇〉：「昔我往矣，楊柳依依。今我來思，雨雪霏霏。」「衛風」〈伯兮〉：「其雨其雨，杲杲出日。」「小雅」〈角弓〉：「雨雪瀌瀌，見晛曰消。」「周南」〈葛覃〉：「黃鳥于飛，集于灌木，其鳴喈喈。」「召南」〈草蟲〉：「喓喓草蟲，趯趯阜螽。」「王風」〈大車〉：「謂予不信，有如皦日。」「召南」〈小星〉：「嘒彼小星，維參與昴。」「周南」〈關雎〉：「參差荇菜，左右流之。」「衛風」〈氓〉：「桑之未落，其葉沃若。」《文心雕龍》〈物色〉曰：「是以詩人感物，聯類不窮，流連萬象之際，沉吟視聽之區。寫氣圖貌，既隨物以宛轉；屬采附聲，亦與心而徘徊。故灼灼狀桃花之鮮，依依盡楊柳之貌，杲杲為日出之容，瀌瀌擬雨雪之狀，喈喈逐黃鳥之聲，喓喓學草蟲之韻。皎日嘒星，一言窮理；參差沃若，兩字窮形；并以少總多，情貌無遺矣。雖復思經千載，將何易奪？」

王士禛《漁洋詩話》云：「《宋景文筆記》：《詩》『蕭蕭馬鳴，悠悠旆旌。』顏之推愛之：『昔我往矣，楊柳依依。今我來思，雨雪霏霏。』謝玄愛之；『訏謨定命，遠猶辰告。』安石以為佳語。」《池北偶談》：「《詩》『國風』如〈燕燕〉、〈蒹葭〉，『豳風』〈東山〉、〈七月〉諸篇，述情賦景，如化工之肖物，即如『小雅』〈無羊之什〉

云：『或降于阿，或飲于池，或寢或訛。爾牧來思，何蓑何笠，或負其餱。……麾之以肱，畢來既升。』即使史道碩、戴嵩畫手擅場，未能至此，後人如何著筆。」沈德潛《說詩晬語》：「予最愛〈東山〉三章『我來自東，零雨其濛。鸛鳴于垤，婦嘆于室。』末章『其新孔嘉，其舊如之何！』後人閨情胎源於此。又愛『蒹葭蒼蒼，白露為霜。所謂伊人，在水一方。』蒼涼瀰渺，欲即轉離，名人畫本，不能到也。」此描寫細緻之見賞於人者；至描寫簡單，亦有情致極佳而見賞者，如方玉潤《詩經原始》之評〈芣苢〉云：「此詩之妙，在其無所指實而愈佳也。夫佳詩不必盡皆徵實，自鳴天機，一片好音，尤足令人低回無限。若實而按之，興會索然矣。讀者試平心靜氣，涵詠此詩，恍聽田家婦女，三三五五，於平原綠野，風和日麗中，群歌和答，餘音裊裊，若遠若近，忽斷忽續，不知情之何以移，神之何以曠，則此詩可不必細繹而自得其妙焉。即漢樂府〈江南曲〉一首『魚戲蓮葉』數語，初讀之亦毫無意義，然不害其為千古絕唱，情真景真故也。知乎此，則可與論是詩之旨矣。……今世南方婦女登山採茶，結伴謳歌，猶有此遺風焉。」

《史記》〈孔子世家〉：「古者，《詩》三千餘篇。及至孔子，去其重，取可施于禮義者，……三百五篇，孔子皆弦歌之。」又曰：「孔子語魯太師：『……吾自衛反魯，然後樂正，〈雅〉、〈頌〉各得其所。』」此孔子刪詩、弦詩之說也，後人疑之者多。然《詩經》上起西周初年至春秋中期，歷時五百餘年，地跨十有餘國，朝歌風謠，俱成華夏共通之書面雅言，用韻亦基本統一，非有人為之整理潤色不能成。整理潤色之主名為誰？以文獻及史事推考，自當以孔子為最可信。

《論語》〈陽貨〉述孔子論《詩》之「興、觀、群、怨」，今人韙之；〈為政〉載孔子言：「《詩》三百，一言以蔽之，曰思無邪。」《禮記》〈經解〉載孔子言：「溫柔敦厚，詩教也。」今人多非之。謂「無邪」者，以統治階級觀點繩；「溫柔敦厚」者，排斥反抗性強之作。

惟廣義言之，《詩》無鄙倍醜惡、淺薄險詐及諂諛奸佞之言，其思想感情，統謂之「無邪」，未嘗不可也。《史記》〈自序〉曰：「《詩》三百篇，大抵聖賢發憤之所為作也。」《公羊傳》宣十五年何休〈解詁〉謂古者「男女有所怨恨，相從而歡。飢者歌其食，勞者歌其事。」其深怨極憤之作，固不能盡出於溫柔，前文所舉憤怒諸詩，殆屬此類；然視其性情之篤，意境之深，則謂之本質敦厚亦未嘗不可。《論語》〈八佾〉所謂「〈關雎〉樂而不淫，哀而不傷。」《史記》〈屈原列傳〉所謂「〈國風〉好色而不淫，〈小雅〉怨悱而不亂。」亦溫柔敦厚之義也。

《詩經》齊言為主，為吾國詩歌初祖。《楚辭》直接演為辭賦，澤文者深。其影響於《詩》，先在內容；迨七言、雜言之體興，形式之影響始大。〈離騷〉眷懷君國，悼念生民，堅貞繾綣，九死不疏；上下天地，驅策風雲，神靈接語，動植喻人：不徒高情越世，亦且奇緒無端。與〈天問〉之設疑史事，托寄玄思：皆篇章宏偉，辭采矞皇，似亂實整，奇而有則。餘若〈哀郢〉、〈懷沙〉，哀痛述志；〈湘君〉、〈湘夫人〉，悱惻言情；〈涉江〉細寫景色之幽淒，〈山鬼〉曲傳人物之窈窕；〈國殤〉氣饒慷慨，〈招魂〉辭善鋪陳；以較《詩經》之結構描寫，猶局於單純簡樸者，發展可謂重大。《史記》〈屈原列傳〉稱原作：「其文約，其辭微，其志潔，其行廉，其稱文小而其指極大，舉類邇而見義遠。」王逸《楚辭章句》稱：「〈離騷〉之文，依詩取興，引類譬喻，故善鳥香草以配忠貞，惡禽臭物以比讒佞，靈修美人以媲于君，宓妃佚女以譬賢臣，虬龍鸞鳳以托君子，飄風雲霓以為小人。其辭溫而雅，其義皎而朗。」《文心雕龍》〈辨騷〉則稱〈離騷〉為「風雅寢聲」後之「奇文鬱起」，稱《楚辭》為「敘情怨，則鬱伊而易感；述離居，則愴怏而難懷；論山水，則循聲而得貌；言節候，則披文而見時。」「故能氣往轢古，辭來切今，精彩絕艷，難與并能矣。」可以見其規模與特色焉。

《詩經》所寫，多生活之本相；《楚辭》所寫，多幻想之內容，故《文心》〈辨騷〉稱《楚辭》之「自鑄偉辭」，乃兼重其「詭異之辭」、「譎怪之談」，今人由是而稱前者為吾國現實主義詩歌之祖，後者為浪漫主義詩歌之祖。〈辨騷〉又稱讀《楚辭》須「酌奇而不失其真，玩華而不墜其實。」以今語言，則賞味《楚辭》之浪漫主義精神，須體會其中有深厚之現實基礎也。

《詩經》意境單純，所能有歷久常新之感者，以其真切耳。單純固無雕鏤造作之跡，然其長中有短，亦猶希臘神話，以「童年」之幼稚，而擅久遠之魅力。尊經崇古之徒，揚其長而諱其短，奉之如神，以為後來之詩，皆望塵莫及，則昧於進化之理矣。漢魏古詩，描寫之分明複雜，視《詩經》已有進展；然渾沌初鑿，元氣未漓，較之後來之詩，猶有渾涵之勝。論者徒感其勝，而不覺精工細緻之猶有待，推許淪為絕對，其昧於進化之理亦一也。嚴羽《滄浪詩話》曰：「唐人尚意興而理在中；漢魏之詩，詞理意興，無跡可求。」王世貞《藝苑卮言》曰：「西京建安，似非琢磨可到；要在專習，凝領之久，神與境會，忽然而來，渾然而就，無歧級可尋，無聲色可指。」胡應麟《詩藪》曰：「兩漢之詩，所以冠古絕今，率以得之無意。」夫「無跡可求」、「無聲色可指」，信其然矣，亦未必盡勝於有跡可求、有聲色可指者；「得之無意」，信其然矣，亦未必可斷為「冠古絕今」也。

漢代五言，後人多尊《古詩十九首》及所謂蘇、李古詩。鍾嶸《詩品》評《十九首》云：「文溫以麗，意悲而遠，驚心動魄，可謂幾乎一字千金。」王士禛《古詩選》評云：「《十九首》之妙，如無縫天衣，後之作者顧求之針縷襞積之間，非愚則妄。」沈德潛《說詩晬語》評云：「《古詩十九首》，不必一人之辭，一時之作，大率逐臣棄妻，朋友闊絕，游子他鄉，死生新故之感，或寓言，或顯言，或反覆言，初無奇闢之思，驚險之句，而西京古詩，皆在其下，是為國風之遺。」陸時雍《詩鏡總論》評蘇、李詩云：「蘇李贈言，何溫而戚也！多唏涕語，而無蹶蹙聲，知古人之氣厚矣。古人善於言情，轉意象於虛圓之中，故覺其味之長而言之美也。後人得此則死做矣。」沈德潛《古詩源》評云：「蘇李詩一唱三嘆，感寤俱存。無急言極論，而意自長、言自遠也。故知龐言繁稱，道所不貴。」實則二者之長，亦在意境之真率渾涵耳。惟其真故，若「蕩子行不歸，空牀難獨守。」「何不策高足，先據要路津。無為守窮賤，轗軻長苦辛。」「不如飲美酒，被服紈與素。」情似鄙陋，亦覺可喜。

漢樂府單純簡樸如「國風」者，〈戰城南〉、〈有所思〉、〈上邪〉、〈平陵東〉、〈東門行〉之類是也；〈陌上桑〉、〈羽林郎〉則頗圓熟華麗矣。〈大風歌〉、〈垓下歌〉、〈秋風辭〉，短調楚歌，慷慨纏綿，各極其勝。

〈古詩為焦仲卿妻作〉，敘事如見，寫情如訴，纏綿反覆，聲口畢肖，真率中又有曲折妍細之描寫。蔡琰〈悲憤詩〉情極酸楚，筆則樸健，《古詩源》評為「段落分明，而減去脫卸轉接痕跡。若斷若續，不碎不亂。少陵〈奉先詠懷〉、〈北征〉等作，往往似之。」一為民間樂府，一為文人創作，篇幅筆力，並為漢代五言巨擘。

後世論詩，推重「建安風骨」。風骨謂何？《文心雕龍》〈時序〉論建安曰：「觀其時文，雅好慷慨。良由世積離亂，風衰俗怨，并志深而筆長，故梗概而多氣也。」陳子昂〈與東方左史虬修竹篇序〉以為「可使建安作者相視而笑」，合於「漢魏風骨」之作，要在「骨氣端翔，情韻頓挫」。李白〈宣州謝朓樓餞別校書叔雲〉：「蓬萊文章建安骨。」《古風》云：「自從建安來，綺麗不足珍。」以對待於「綺麗」者為建安骨。范溫《潛溪詩眼》曰：「建安詩辯而不華，質而不俚，風調高雅，格力遒壯。其言直致而少對偶，指事情而綺麗，得風雅騷人之氣骨，最為近古者也。」所謂饒悲涼之音、遒壯之氣是矣。鍾嶸《詩品》，首標「建安風骨」，顧於「甚有悲涼之句」之曹操詩，反列為下品何耶？殆由《詩品》衡詩，不專重氣骨，兼重辭采，乃曰詩歌「幹之以風力，潤之以丹采」乎？其論詩最重曹植，列之上品，且曰：「粲溢古今，卓爾不群。嗟乎！陳思之於文章也，譬人倫之有周孔，鱗羽之有龍鳳，音樂之有琴笙，女工之有黼黻。」推許溢量，殆亦愛其所謂「骨氣奇高，詞采華茂，情兼雅怨，體被文質」者乎？子建詩若〈雜詩〉、〈贈白馬王彪〉、〈怨歌行〉、〈名都篇〉、〈美女篇〉、〈白馬篇〉、〈野田黃雀行〉，固不愧《文心雕龍》〈明詩〉所謂「慷慨以任氣，磊落以使才。造懷指事，不求纖密之巧；驅辭逐貌，惟取昭晰之能」者。辭采華美昭晰，勝於乃父；而情怨既深，氣能飆舉，亦不墜風力。然其氣骨之雄霸堅勁，終有不及孟德處。孟德之〈短歌行〉、〈觀滄海〉、〈龜雖壽〉，氣概無敵；〈蒿里行〉、〈苦寒行〉，亦最足代表建安悲涼之音。子桓雖有深情秀韻，氣概不如父弟矣。「七子」中欲論悲涼之音，則無出王粲〈七哀〉之右；三曹中亦唯孟德之〈苦寒行〉堪與頡頏。

《文心雕龍》〈明詩〉評魏詩云：「嵇志清峻，阮旨遙深。」嵇詩遜阮遠甚，其四言〈贈兄秀才入軍〉之「目送歸鴻，手揮五弦」句頗傳誦，五言佳者，亦唯〈述志二首〉。阮籍身際魏祚將移，司馬氏肆行殺戮之時，〈詠懷〉八十二章，「雖志在譏刺，而文多隱蔽。」（《文選》注）欲使「雄猜之渠長，無可施其怨忌。」（王夫之《古詩評選》）宜其旨之「遙深」也。其處境危於屈原，故比興用心苦於《楚辭》。忽整忽散，忽此忽彼，務為游離閃爍，《詩品》評為「言在耳目之內，情寄八方之表」，得之矣。其言人生得喪及自傷者，較明顯；言朝廷政事及刺當道者，最隱晦。然如屢言白日將淪，草木已憔，以喻魏亡岌岌，「徘徊蓬池上」、「駕言發魏都」兩章，以戰國事喻曹魏，意亦明顯；「趙女媚中山，謙柔愈見欺。」以喻司馬氏以柔媚謀取天下，「是時鶉火中，日月正相望。」以喻曹芳受廢之月，「王子年十五，游衍伊洛濱。」以喻曹奐即位之齡，尤不避賈禍矣。

兩晉詩人，《詩品》前推「三張二陸，兩潘一左」；後推郭景純

「用雋上之才」，劉越石「仗清剛之氣」。《文心雕龍》〈明詩〉曰：「晉世群才，稍入輕綺。張潘左陸，比肩詩衢。采縟於正始，力柔於建安。」太沖〈詠史〉諸什，史跡與時事化渾，論古與抒情結合，與後世之作客觀評史者不同，慷慨超拔，有「振衣千仞崗，濯足萬里流」之概，不宜與張潘陸並提，而謂之「力柔於建安」也。況復〈招隱〉寫山水之清音，引人入勝；〈嬌女〉狀童稚之憨態，刻劃入微。景純馳幻想於仙界，無屈子之沉哀，雖遐舉之辭頗華，惟興發之情猶淺。越石詩元好問謂可「橫槊建安」，實則摧藏悲愴，多失路哀音，有「清剛」之氣者，亦唯〈贈盧諶〉一章。故衡量諸家，惟當推左氏為冠冕。

淵明為八代詩人第一。昔人有以曹植為第一者，植詩尚多華飾，焉得如陶詩皆流自肺腑乎？當時士大夫迷信道教求仙之術，淵明則曰：「運生會歸盡，終古謂之然。世間有松喬，於今定何間？」迷信佛家「神不滅」之說，淵明則曰：「形骸久已化，心在復何言？」迷信鬼神，又惡談死，淵明則曰：「天道幽且遠，鬼神茫昧然。」「既來孰不去？人理固有終。」衣食寄生，恥言稼穡，淵明則曰：「人生歸有道，衣食固其端。孰是都不營，而以求自安？」依托玄遠，菲薄修治，淵明則曰：「汲汲魯中叟，彌縫使其醇。」「高操非所攀，謬得固窮節。」其高出不在尋常之間矣。「憶我少壯時，無樂自欣豫。猛志逸四海，騫翮思遠翥。」天真如見。「日月擲人去，有志不獲騁。念此懷悽悲，終曉不能靜。」壯志可懷。「目倦川塗異，心念山澤居。望雲慚高鳥，臨水愧游魚。」「靜念園林好，人間良可辭。當今詎有幾？縱心復何疑。」歸隱之情何切？「夏日抱長飢，冬夜無被眠。造夕思雞鳴，及晨願烏遷。」「貧居依稼穡，戮力東林隈。不言春作苦，常恐負所懷。」固窮之節何堅？「大鈞無私力，萬物自森著。」「大象轉四時，功成者自去。」「貞剛自有質，玉石乃非堅。」「貧富常交戰，道勝無戚顏。」見道何明？「夸父誕宏志，乃與日競走。」

「餘跡寄鄧林，功竟在身後。」「精衛銜微木，將以填滄海。刑天舞干戚，猛志固常在。」抗暴何勇？「豈期過滿腹，但願飽粳糧。」「菽麥實所羨，孰敢慕甘肥。」真淡泊也。「親戚或餘悲，他人亦已歌。死去何所道，托體同山阿。」真曠達也。「春蠶收長絲，秋熟靡王稅。」何設想之高耶？「落地為兄弟，何必骨肉親。」何懷抱之廣也？「中觴縱遙情，忘彼千載憂。」「日醉或能忘，將非促齡具？」「但恨多謬誤，君當恕酒人。」知飲酒之不得已也。「種桑長江邊」、「重離照南陸」、「燕丹善養士」、「巨猾肆威暴」，知世事之非真忘也。「涼風起將夕，夜景湛虛明。」「日暮天無雲，春風扇微和。」何寫景之美耶？「傾耳無希聲，在目浩已潔。」「平疇交遠風，良苗亦懷新。」何體物之工耶？「少無適俗韻」、「種豆南山下」、「結廬在人境」、「孟夏草日長」四章，則物我共適，情景交融，天機湊泊，意境入化，其詩最佳之作矣。

《詩品》列陶詩於中品，謬矣。然評為「篤意真古，辭興婉愜。」則當。蕭統序陶集云：「文章不羣群，辭采精拔。跌宕昭彰，獨超眾類。抑揚爽朗，莫之與京。」蘇軾〈與子由書〉評云：「質而實綺，癯而實腴。」楊時《龜山語錄》云：「沖淡深粹，出於自然。」辛棄疾〈鷓鴣天〉詞云：「更無一語不清真。」元好問《論詩絕句》云：「豪華落盡見真醇。」沈德潛《說詩晬語》云：「陶詩胸次浩然，其中一段淵深樸茂不可到處。唐人祖述者，王右丞有其清腴，孟山人有其閑遠，儲太祝有其樸實，韋左司有其沖和，柳儀曹有其峻潔，皆學焉而得其性之所近。」朱庭珍《筱園詩話》云：「蓋根底深厚，性情真摯，理愈積而愈精，氣彌煉而彌粹。醞釀之熟，火色俱無；涵養之純，痕跡並化。天機洋溢，意趣活潑。誠中形外，有觸即發；自在流出，毫不費力。故能興趣玲瓏，氣體高妙，高渾古淡，妙合自然。所謂絢爛之極，歸於平淡也。」此言其真醇也。朱熹《語類》云：「淵明詩，人皆說平淡。據某看，他自豪放，但豪放得來不覺耳。」顧炎武《日知錄》云：「淡泊若忘於世，而感憤之懷，有時不能自止，而微見其情緒者，真也。」施補華《峴傭說詩》云：「陶公詩，一任真氣自胸中流出，字字雅淡，字字沉痛。蓋繫心君國，不異《離騷》，特變其面目耳。」「後來王孟韋柳，皆得陶之雅淡，然其沉痛處率不能至也。境遇使然，故曰是以論其世也。」龔自珍《己亥雜詩》云：「莫信詩人竟平淡，二分梁父一分騷。」此識其憂憤也。合而觀之，庶得其全。

《文心雕龍》〈明詩〉：「宋初文詠，體有因革。莊老告退，而山水方滋。儷采百字之偶，爭價一句之奇，情必極貌以寫物，辭必窮力而追新，此近世之所競也。」陸時雍《詩鏡總論》謂「詩至於宋」，「體制一變，便覺聲色俱開」。聲色之開，山水詩其權輿也；山水詩之作，謝靈運其先驅也。皎然《詩式》稱謝詩云：「其格高，其氣正，其體貞，其貌古，其詞深，其才婉，其德宏，其調遙，其聲諧。」私其祖輩，一至於此！方東樹《昭昧詹言》稱：「謝公氣韻沉酣，精嚴法律，力透紙背，似顏魯公書。」亦阿好過甚。靈運山水詩，未脫當時詩歌習氣，仍多言玄理，亦雜抒情，並非專寫景物。體雖整飭，辭傷雕鏤，又乏動人情致。故雖有佳句可摘，終少完篇可求。佳句可摘者，如〈過始寧墅〉之「白雲抱幽石，綠篠媚清漣。」〈登池上樓〉之「池塘生春草，園柳變鳴禽。」〈游南亭〉之「密林含余清，遠峰隱半規。」〈登江中孤嶼〉之「亂流趨正絕，孤嶼媚中川。雲日相輝映，空水共澄鮮。」〈石湖精舍還湖中作〉之「林壑斂瞑色，雲霞收夕霏。」〈石門岩上宿〉之「瞑還雲際宿，弄此石上月。」〈從斤竹澗越嶺溪行〉之「猿鳴誠知曙，谷幽光未顯。巖下雲方合，花上露猶泫。」〈入彭蠡湖口〉之「春晚綠野秀，巖高白雲屯。」〈歲暮〉之「明月照積雪，朔風勁且哀」等。

《宋書》〈謝靈運傳〉：「靈運之興會標舉，延之之體裁明密，並方軌前秀，垂範後昆」。《南史》〈顏延之傳〉：「延之嘗問鮑照己與靈運優劣，照曰：謝五言如初發芙蓉，自然可愛；君詩若鋪錦列綉，亦雕繪滿眼。」《詩品》:「湯惠休曰:『謝詩如芙蓉出水，顏如錯采鏤金。』顏終身病之。」鮑湯之言，或傳聞兩出，或後先相襲。顏謝齊名，顏詩鏤錯者不多，如〈贈王太常僧達〉、〈北使洛〉、〈五君詠〉等篇，亦頗具筆力，然比之於謝，終有不如。蓋謝詩雖不足盡當「初日芙蓉」之語，然山水興會，佳句流傳，影響大非顏之可匹。

讀鮑照辭賦文章，可見才思贍逸，文辭遒麗，高出當代。其〈擬行路難〉、〈梅花落〉、〈代白紵歌辭四首〉、〈代白紵曲二首〉等篇，為七言歌行奠基之作，對唐代七言古之發展，影響極大。《南齊書》〈文學傳論〉稱其詩:「發唱驚挺，操調險急，雕藻淫艷，傾炫心魂。」以狀其七言為最切，損抑中不能掩其光焰也。五言騁才鋪敘，多作儷辭，雖極巧思，猶少韻味，《詩品》所評:「善製形狀寫物之詞」,「貴尚巧似，不避危仄，頗傷清雅之調」，不為偏見。樂府，則沈德潛《說詩晬語》推其〈代東門行〉、〈代放歌行〉，以為「抗音吐懷，每成亮節」；方東樹《昭昧詹言》，最推〈代白頭吟〉，以為「名理奔赴，觸處悟道」。鄙意亦以〈代白頭吟〉為最佳。五言佳句，如〈日落望江贈荀丞〉之「亂流灇大壑，長霧匝高林。」〈上潯陽還都途中〉之「客行惜日月，崩波不可留。鱗鱗夕雲起，獵獵晚風遒。騰沙鬱黃霧，翻浪揚白鷗。」〈行京口至竹里〉之「高柯危且竦，鋒石橫復仄。複澗隱松聲，重崖伏雲色。」「君子樹令名，小人效命力。不見長河水，清濁俱不息。」〈發後渚〉之「涼埃晦平皋，飛湖隱修樾。」〈冬日〉之「瀉海有歸潮，衰容不還稚。」〈望孤石〉之「江南多暖谷，雜樹茂寒峰。朱華抱白雪，陽條熙朔風。」「泄雲去無極，馳波往不窮。」〈山行見孤桐〉之「未霜葉已肅，不風條自吟。」

《詩品》稱謝脁詩:「善自發詩端，而篇末多躓。」故其雋句之情韻超過大謝，而全篇氣體之矜煉不如。然六朝山水詩之精華，固至小謝而盡出；對後世之影響，二謝相伯仲矣。《南齊書》載沈約云：

「朓長五言詩，二百年來無此詩也。」《談藪》載梁武帝云：「不讀謝朓詩三日，覺口臭。」李白〈城西樓月下吟〉：「解道澄江淨如練，令人長憶謝玄暉。」杜甫〈寄岑嘉州〉：「謝朓每篇堪諷誦。」可見其詩之動人。讀〈游敬亭山〉之「茲山亘百里，合沓與雲齊。」〈游東田〉之「魚戲新荷動，鳥散餘花落。」〈答王世子〉之「飛雪天山來，飄聚繩欞外。蒼雲暗九重，北風吹萬籟。」〈暫使下都夜發新林至京邑贈西府同僚〉之「大江流日夜，客心悲未央。」〈酬王晉安德元〉之「南中榮橘柚，寧知鴻雁飛？」〈別王丞僧孺〉之「首夏實清和，餘春滿郊甸。花樹雜為錦，月池皎如練。」〈新亭渚別范零陵雲〉之「雲去蒼梧野，水還江漢流。」〈之宣城郡出新林浦向板橋〉之「天際識歸舟，雲中辨江樹。」〈休沐重還丹陽途中〉之「雲端楚山見，林表吳岫微。」〈晚登三山還望京邑〉之「灞涘望長安，河陽視京縣。白日麗飛甍，參差皆可見。餘霞散成綺，澄江淨如練。」〈觀朝雨〉之「朔風吹飛雨，蕭條江上來。」〈宣城郡內登望〉之「寒城一以眺，平楚正蒼然。」〈高齋視事〉之「餘霞映青山，寒霧開白日。暖暖江村見，離離海樹出。」〈移病還園示親屬〉之「葉低知露密，崖斷識雲長。」〈新治北窗和何從事〉之「池北樹如浮，竹外山猶影。」〈和徐都曹出新亭渚〉之「日華川上動，風光草際浮。」〈送江水曹還遠館〉之「高館臨荒途，清川帶長陌。」〈臨溪送別〉之「葉上涼風初，日隱輕霞暮。荒城迥易陰，秋溪廣難渡。」〈後齋迴望〉之「夏木轉成帷，秋荷漸如蓋。」覺《古詩源》評「玄暉靈心秀口。每誦名句，淵然泠然，覺筆墨之中，筆墨之外，別有一段深情妙理。」《昭昧詹言》評「駘蕩之情，圓滿之輝，令人魂醉。」有以也。

庾信詩有「宮體」浮艷之作，亦有杜甫所謂「清新」者。及江關流滯，暮年蕭瑟，若〈哀江南賦序〉所謂「不無危苦之辭，惟以悲哀為主」，「窮者欲達其言，勞者須歌其事」者，不惟辭賦，於詩亦然。〈擬詠懷二十七首〉、〈別張洗馬樞〉、〈慨然成詠〉、〈寄王琳〉、〈重別周尚書二首〉，皆多危苦動人之句。

南北朝樂府，〈木蘭〉之剛健，固已萬口流傳；〈西洲〉之婀娜，亦覺百讀不厭。此外明轉天然，當推〈子夜〉、〈讀曲〉；蒼涼嗚咽，則有〈敕勒〉、〈隴頭〉。

讀淵明之詩，覺漢魏有所不及；讀太沖之詩，覺風骨未墜；讀鮑謝之詩，覺聲色可嘉：論詩而甚薄兩晉六朝，亦偏廢之見。

# 二
# 唐詩話

有唐一代，詩集先秦八代之大成，開創宏偉之新貌，為吾國古典詩史最輝煌燦爛之時期。嚴羽《滄浪詩話》分唐詩為五體，合其大曆體與元和體為一期，猶高棅《唐詩品彙》初唐、盛唐、中唐、晚唐四期之說，惟高氏以元和詩屬晚唐，則不當。詩之盛，不必盡時之盛，開元時盛而詩亦盛，天寶及大曆初年，時衰而詩猶盛，蓋文學發展，與政治、經濟之發展，有平衡與不平衡兩途，其理固今人所習知也。

初唐之始，上官儀之軟媚，虞世南之堆砌，揚南朝「宮體」之餘波，頹勢未挽。故魏徵〈述懷〉、王績〈野望〉之類，詩境雖平，一時竟成殊異。沈佺期、宋之問詩多應制，仍出「宮體」。然其究心聲對，粗奠近體之基；偶有佳章，略見創新之境，於唐詩之轉變、發展，初作貢獻。沈佺期五律如〈雜詩〉之「聞道黃龍戍」，七律如〈古意〉之「盧家少婦」，摘句如〈游少林寺〉之「雁塔風霜古，龍池歲月深」，〈興慶池侍宴〉之「漢家城闕疑天上，秦地山川似鏡中」；宋之問五律〈題大庾嶺北驛〉、〈靈隱寺〉，五絕〈渡漢江〉，皆不失為佳構。

對唐詩有較大之開創與發展者，當推「四傑」與陳子昂。「四傑」自六朝之聲色入，而氣勢時追魏晉，且能別創歌行新體；陳子昂自漢魏風骨入，欲紹風騷之興寄，趨向較高，而聲色稍遜。兩者各有所長，而貢獻略均；今人多揚子昂而抑「四傑」，則不自覺之「崇古」思想作怪也。「四傑」詩之內容，近人聞一多《唐詩雜論》謂能「由宮庭走到市井」，「從臺閣移至江山與塞漠」，則其意境之視沈、宋為開拓，可以概見。楊炯序王勃集，謂當時詩體，「氣骨都盡，剛健不聞」，王氏「思革其敝，用光志業」，所作乃使「積年綺碎，一朝廓清」。「四傑」五言近體之佳者，能以藻麗融剛健，綺而不纖，清而不弱，若王勃〈杜少府之任蜀州〉、〈餞韋兵曹〉、〈散關晨度〉、〈麻平晚行〉，楊炯〈從軍行〉、〈折楊柳〉，盧照鄰〈隴頭水〉、〈入秦川界〉，駱賓王〈在獄詠蟬〉、〈秋日送侯四〉，皆其選也。七言歌行，若盧照鄰之〈行路難〉、〈長安古意〉，駱賓王之〈從軍中行路難〉、〈帝京篇〉，篇幅甚長，取近體之音節諧婉，為古體之鋪張揚厲，轉接多頂針之格，敘述多儷偶之句，規格不見於其前，影響復深於其後，人稱「四傑歌行」，志所獨也。王勃〈滕王閣詩〉，在此體中，篇幅較短，而神韻特佳，故流傳亦廣。

羽翼於沈、宋、「四傑」者，有李嶠、蘇味道、崔融、杜審言，稱「四友」。其詩最佳者，推杜審言，五律若〈和晉陵陸丞早春游望〉、〈旅寓安南〉、〈夏日過鄭七山齋〉、〈經行嵐州〉，七絕若〈贈蘇綰書記〉、〈渡湘江〉，藻思發越，境益動人，莫怪其高自位置，鄰於狂妄。

陳子昂詩屏棄齊梁，以恢復古道自任。當猰貐磨牙之日，敢於譏陳弊政，風調高亢。振起唐詩之氣骨，其力為大。然議論較多，用筆過質，有興象不足之憾。〈感遇〉諸章，頗效阮籍〈詠懷〉；惟〈詠懷〉力韜其旨，〈感遇〉不避昌言，故前者韻高於後，後者義切於前。〈登幽州臺歌〉，結用文句，式異常詩，直抒懷感，不資物相，顧感人之力轉強何耶？蓋如黃周星《唐詩訣》所謂「胸中自有萬古，眼底更無一人」，興會所至，大氣控摶，物相難泯，曠懷自在。

張九齡〈感遇〉十二章，世亦視為子昂詩之羽翼。刺時之勇、風骨之高不及，而蘊藉之情勝焉。張詩短章若〈自君之出矣〉、〈望月懷遠〉，尤富情韻。然初唐歌行，若論情韻，實無出張若虛〈春江花月夜〉右者。張詩以朦朧之美景，寫綿邈之幽情，以人心之常感，叩宇宙之神奇。六朝無此雅韻，「四傑」遜其清機，真切處實覺光景常新。毛先舒〈詩辨坻〉稱為「不著粉澤，自有腴姿」。劉希夷〈代悲白頭翁〉格律似之，而意境淺薄多矣。

詩主意境，意境之表現，有二大宗：一以氣勢勝，富陽剛之美，近於西方所謂壯美；一以情韻勝，富陰柔之美，近於西方所謂優美。惟兩宗交融，千差萬異：不徒一人之中，能陰陽遞擅；且一篇之內，亦能氣韻常兼。宏觀顯其大同，微觀見其細異，宏微並用，斯無膠執之病。盛唐詩亦有二大宗：一曰山水田園詩派，以情韻勝；一曰邊塞詩派，以氣勢勝。此其大較，而交融兼擅，固不能以一端盡。且二派詩人，非專長厥類，惟主要特色在是，故論其詩姑以此二類為主耳。

山水田園詩之主要作者，推王維、孟浩然、儲光羲三人。或曰山水田園詩皈向自然，為逃避現實之作，不應重視。噫！是何言歟？夫自然之愛，為人類審美感情發展必至之一境；且漫長之古代社會，政治之清明幾何？士有厭宦途之奔競，復不能廁揭竿之行列，則尋精神之淨土，投自然之母抱，亦有不得而已者。「物色之動，情亦搖焉。」寄山水田園以為吟詠，植藝苑之芳葩，陶審美之高操，其有裨於人心世道，亦非淺鮮。輕而誚之，徒見不知文學效用之全。盛唐前期，承平日久，士復得暇豫以為此，故山水田園之詩，承前緒而有突出之發展。

王維早年高第，才藝精多，繪畫音樂，皆所擅長。運用於詩，則畫理以調濃淡，樂理以調宮商。其詩合淵明之田園與二謝之山水而為一：涵世情之深厚，不及淵明，而寫景大有開拓；其視二謝，則自古體演至近體，不徒意境開拓，而刻劃亦精進多矣。詩實兼富情趣聲色之美。世謂維山水田園詩善寫寂靜淡泊之境，淡而彌旨，寂而不枯，是固然矣；然此特其詩之一境，若〈青溪〉、〈渭川田家〉、〈輞川閑居贈裴迪秀才〉、〈冬晚對雪憶胡居士家〉、〈過香積寺〉、〈華子岡〉、〈鹿柴〉、〈竹里館〉、〈辛夷塢〉諸章是也。〈早入滎陽界〉、〈渡河到清河作〉、〈終南山〉、〈漢江臨眺〉、〈送邢桂州〉，則烜赫宏壯矣。〈木蘭柴〉、〈桃源行〉，及〈送綦毋潛落第還鄉〉之「遠樹帶行客，孤城當落暉。」〈新晴野望〉之「白水明田外，碧峰出山後。」〈冬日游覽〉之「青山橫蒼林，赤水團平陸。」〈曉行巴峽〉之「水國舟中市，山橋樹杪行。」〈田園樂〉之「桃紅復含宿雨，柳綠更帶朝烟。」亦絢麗多姿，何嘗盡作水墨淡畫耶？其氣機最為流轉自然，意境又極淡遠有味者，厥推〈終南別業〉之「興來每獨往，勝事空自知。行到水窮處，坐看雲起時。」〈山居秋暝〉之「空山新雨後，天氣晚來秋。明月松間照，清泉石上流。」〈歸嵩山〉之「流水如有意，暮禽相與還。荒城臨古渡，落日滿秋山。」〈送梓州李使君〉之「山中一夜雨，樹杪百重泉」等句。山水田園詩外，若〈使至塞上〉、〈渭城曲〉、〈隴頭吟〉、〈老將行〉，則出色之邊塞詩；〈西施詠〉、〈洛陽女兒行〉，則出色之諷世詩；「九天閶闔開宮殿，萬國衣冠拜冕旒。」「雲里帝城雙鳳闕，雨中春樹萬人家。」又公推善寫盛唐氣象之作。其歌行體近「四傑」，篇幅較短，工麗有加。「四傑」尚多蹇躓膚弱之累，維則竟體和諧，抒情絕句若南國紅豆、綺窗寒梅、九日登高，以及「相思似春色」之類，皆不讓太白、龍標專美。殷璠《河岳英靈集》稱其詩「詞秀調雅，理新興愜。在泉為珠，著壁成繪。」司空圖〈與李生論詩書〉稱其「典麗靚深」，李東陽《懷麓堂詩話》稱其「豐縟而華美」。蘇軾〈書摩詰藍田烟雨圖後〉則謂：「味摩詰之詩，詩中有畫；觀摩詰之畫，畫中有詩。」淡泊而兼豐麗，詩中最得畫理，知此可以味摩詰之詩。

王維詩取材不狹，諸體皆工；孟浩然惟山水田園詩為工，且〈夜歸鹿門歌〉七古一章外，亦惟五言古近體為工。孟終身未仕，其視王維，窮達有異。入京應試前情稍暢適，落第後則漫游棲隱，多抑鬱寂寞之感，詩境之寬愉，亦不及王。詩篇竟體皆佳者。有〈晚泊潯陽望廬山〉、〈宿業師山房期丁大不至〉、〈秋登萬山寄張五〉、〈與諸子登峴山〉、〈過故人莊〉、〈宿建德江〉諸首。〈望廬山〉一首，王士禛《分甘餘話》謂「色相俱空，政如羚羊掛角，無跡可尋。」贊其神韻之妙。摘句則「戶外一峰秀，階前眾壑深。夕陽連雨足，空翠落庭陰。」「我家江水曲，遙望楚雲端。鄉淚客中盡，孤帆天際看。」「亭臺明落照，井邑透通川。澗竹生幽興，林風入管弦。」「風鳴兩岸葉，月照一孤舟。」「荷花送香氣，竹露滴清響。」「檣出江中樹，波連海上山。」「平田出郭少，盤隴入雲長。」「微雲淡河漢，疏雨滴梧桐。」等，雖未足為夥頤沈沈，固亦富逾二謝矣。昔人評者，多以清新、閑淡、閑遠等目之。敖陶孫《詩評》謂如「洞庭始波，木葉微脫。」則清而帶寒矣。《河岳英靈集》謂「雅調」之外，復有「高唱」；胡震亨《唐音癸籤》引《吟譜》謂「沖淡中有壯逸之氣」。所謂「高唱」與「壯逸」者，實不多覯，若〈彭蠡湖中望廬山〉之「中流見匡阜，勢壓九江雄。」「香爐日初上，瀑布噴成虹。」〈與顏錢塘登樟亭望潮作〉之「照日秋雲迴，浮天渤海寬。驚濤來似雪，一座凜生寒。」〈早發漁浦潭〉之「日出氣象分，始知江路闊。」〈入峽寄弟〉之「壁立千峰峻，潨流萬壑奔。」〈望洞庭湖寄張丞相〉之「氣蒸雲夢澤，波撼岳陽城。」殆庶幾耳，然主要風格，固不在是。

儲光羲投獻之作甚多，語皆拙俗；〈效古〉二首寫安史叛前幽燕人民之苦痛，較有意義。寫山水無佳句；寫田園影響較大，然農民隱士，混雜不分，實感不足，如敘勞動辛勤，忽雜以仙道出世，唐突可笑。〈田園雜興八首〉，惟其二自敘一首較真；其三「落日照秋山，千岩同一色。」寫景較佳；其六「築室既相鄰，向田復同道。糗糒常共飯，兒孫每更抱。忘此耕耨勞，愧彼風雨好。蟪蛄鳴空澤，鶗鴂傷秋草。日夕寒風來，衣裳苦不早。」頗切老農生活，顧開頭指出乃為「楚山有高士，楚國有遺老」而作，又大殺風景。《河岳英靈集》評其詩「格高調逸，趣遠情深，削盡常言，挾風雅之道，得浩然之氣。」蘇轍《欒城遺言》評「高處似陶淵明，平處似王摩詰。」《四庫提要》評「源出陶潛，質樸之中，有古淡之味，位置於王維、孟浩然之間，殆無愧色。」皆執貌忘實。《唐詩品彙》評為「素樸」，《說詩晬語》評為「樸實」，稍近似。李慈銘《越縵堂讀書記》評為「遠遜王、韋，次慚孟、柳。」非苛論也。

唐代自貞觀至開元之間，文治武功並盛，邊疆開拓，關係複雜，與沿邊國族，有和平交往，亦有干戈戰鬥。戰爭有正義之防禦，亦有非正義之侵略。天寶年間，政治窳敗，然邊境戰守，仍為國家大事。當時文人，或因功名蹭蹬，或慕異域風光，不乏投身戎幕及漫游塞上者；出其感觀，或寫將士之衛國精神及自身之愛國思想，或寫戰爭之慘酷及邊事之腐敗，或寫戍卒生活之艱苦悲涼，或寫異域風光之瑰奇壯麗，而邊塞詩派以成。此派詩人，若高適、岑參，皆親佐戎幕；王翰、王之渙、王昌齡等，亦嘗身至塞上；下筆資乎身歷，與南北朝至初唐邊塞詩之出於懸想摹擬者，實感浮辭，高下迥殊。詩中之盛唐精神，後世引為美談。所謂盛唐精神，乃表現當時歷史上升與夫國勢文明發展之盛概，人民志氣之煥發與胸懷之開闊，熱愛祖國與民族之自豪；其後國勢寖衰，則追求理想與堅持正義之強毅精神亦與焉。其在文學形式，則氣勢、情韻與聲色並茂。山水田園詩派，以情韻與聲色之美表現盛唐精神；邊塞詩派，以氣勢與聲色之美表現盛唐精神。青山綠水，窮荒大漠，各為盛唐詩壇顯其怡情適性與驚心動魄之不同異采。

高適邊塞詩，若〈營州歌〉寫邊人之尚武，〈薊中作〉寫邊事之可憂，〈登百丈峰〉其一寫邊塞之風物，〈薊門五首〉其四、五寫漢兵之奮戰，皆佳。然最佳者則為〈燕歌行〉。詩寫行軍陣容極雄偉，大漠苦戰極蒼涼，征人征婦相思極細膩，「戰士軍前」一聯寫官兵對比極鮮明，結四句寫戰士渴望良將、不畏死節之苦心極悲壯；全詩融敵我矛盾與官兵矛盾為一體，而偶對工整，聲色諧美，氣勢亦極雄壯，可謂盛唐邊塞詩奠基之作。

岑參邊塞詩佳者最多，又最善寫邊塞風物。〈輪臺歌奉送封大夫出師西征〉寫戰爭極悲壯；〈走馬川行奉送出師西征〉寫風沙之大、行軍之苦極警策，「一川碎石大如斗，隨風滿地石亂走。」「半夜軍行戈相撥，風頭如刀面如割。」形象突出；〈天山歌送蕭治歸京〉、〈白雪歌送武判官歸京〉，以遒健瑰麗之筆寫大雪，「忽如一夜春風來，千樹萬樹梨花開。」於嚴霜暴雪中忽出此奇思美景，尤見盛唐人之樂觀氣概。〈熱海行〉之「海上眾鳥不敢飛，中有鯉魚長且肥。岸旁青草常不歇，空中白雪遙旋滅。蒸沙鑠石燃虜雲，沸浪炎波煎漢月。」〈火山雲歌〉之「火雲滿山凝未開，飛鳥千里不敢來。平明乍逐胡風斷，薄暮還隨塞雨回。」寫熱海火山極奇特，既有可畏之酷熱，又有暢遂之生機，豈局處域中、未臨塞上者所能想像耶？其詩不但意境奇；如〈走馬川行〉多以一韻三句成片段，戛然轉煞，奇而不偶，結構亦奇。昔人常以「奇」字評岑詩，以其邊塞詩論，誠不愧此評。

王昌齡七言絕句，在盛唐與李白齊名。陸時雍《詩鏡總論》謂為「深情苦恨，襞積重重，使人測之無端，玩之無盡。」王世貞《藝苑卮言》謂王李二家，「爭勝毫釐，俱是神品。」其邊塞詩亦多七言絕句，〈從軍行〉七首，鏗鏘悲壯，氣韻俱佳；〈出塞二首〉之「秦時明月漢時關」一首，纏綿曲折，意境尤深，李攀龍推為唐人七絕壓卷。謂壓卷之一則可，謂唯一則不可也。

王之渙、王翰兩首〈涼州詞〉，悲涼慷慨，為盛唐陰暗邊事與時人豪邁精神複雜關係之曲折反映，聲色之美與意境之深，不減王昌齡〈出塞〉。李頎〈古從軍行〉，風調流美，富於情韻；「年年戰骨埋荒外，空見葡萄入漢家。」善刺黷武；「胡雁哀鳴夜夜飛，胡兒眼淚雙雙落。」同情胡兵，表現盛唐人之廣闊胸懷與作者之人道精神，尤為可貴。

盛唐邊塞詩，以氣勢勝，又富藻采，蓋吸收漢魏風骨與六朝聲色之精華，發展初唐以來七言歌行之成就，為吾國古典詩歌注入新內容，開拓新境界。漢人邊疆廣闊，有其社會條件，無其文學水準；中晚唐與兩宋，邊疆縮小，有其文學水準，無其社會條件。前乎盛唐，後乎盛唐，皆不能有其邊塞詩。故更完整言之：盛唐邊塞詩，實為盛唐社會背景與詩中漢魏風骨、六朝聲色三結合之產物，幾於空前絕後，可長為盛唐詩之驕傲者也。

盛唐山水田園詩與邊塞詩，反映當時社會及自然之新面貌，兼氣勢、情韻、聲色之美，內容形式，皆遠超其前，蓋古典詩歌描寫藝術之一次大綜合、大開展也。此已充分顯示唐詩之超越八代。而李白之詩篇，則不但能為大綜合、大開展，且能為大解放也。

李詩上繼詩騷之興寄，兼曹植、阮籍、左思之超曠，鮑謝之揮霍，樂府民歌清之清真，前代英華，咀含殆遍。五古拓疆陳子昂，七絕媲美王昌齡，五言近體媲美王維；除寫邊塞風光不及岑參外，其餘歌行，奄有初盛唐諸家之長，踵事增華，工妙有加。且其詩寫及對濟世理想與精神自由之追求，對朝政敗壞與奸邪當道之憤嫉，對祖國與人民之熱愛，對權貴與禮法之蔑視，對名山大川之怡悅，內容之廣闊亦超過盛唐諸家。此其所以為大綜合、大開展也。其過人處，又有二端：一曰感情強烈，二曰用筆自然。蓋抒寫任何題材，皆挾強烈之感情以行，如熱火燃燒，溶岩噴發。詩中之社會現實及自然面貌，激動之主觀抒情，多於冷靜之客觀摩狀；復以繽紛之幻想，熱切之追求，倔強之反抗，融合而成以積極浪漫主義為主之創作精神，蔚為屈原以降浪漫主義詩歌新高峰。且性格豪放，才力敏贍，適興舒卷，不煩慘淡經營，故詩筆特為自然。嚴羽《滄浪詩話》云：「觀太白詩，要識太白真處。太白天才豪逸，語多率然而成者，學者於每篇中要識其安身立命處可也。」率爾而成，又真能妙造自然，此殆其安身立命處乎？其自然之表現為豪邁雄偉者：則以長短不齊之語句，起伏無常之思路，參差錯綜之結構，恣肆渾灝之氣機，以瀉其傾河注海之奔放感情，抒其憤世蔑俗之浩蕩胸懷，發其上天下地之瑰異想像，奮其搖山撼岳之強大筆力，飛揚跋扈，蓋世空前。內容形式，相適相生。若〈襄陽歌〉、〈江上吟〉、〈蜀道難〉、〈行路難〉、〈梁甫吟〉、〈梁園吟〉、〈鳴皋歌送岑征君〉、〈夢遊天姥吟留別〉、〈答王十二寒夜獨酌有懷〉、〈將進酒〉、〈遠別離〉、〈宣州謝朓樓餞別校書叔雲〉、〈江夏贈韋南陵冰〉、〈廬山謠贈盧侍御虛舟〉之類是也。此如元稹〈杜工部墓系銘〉所謂：「壯浪縱恣，擺去拘束。」韓愈〈贈張籍〉所謂「想當施手時，巨刃摩天揚。垠崖劃崩豁，乾坤擺雷硠。」皮日休〈劉棗強碑〉所謂：「言出天地外，思出鬼神表，讀之則神馳八極，測之則心懷四溟。磊磊落落，真非世間所有。」楊載《詩法家數》所謂：「如江海之波，一波未平，一波復起。又如兵家之陣，方以為正，又復為奇；方以為奇，忽復是正。出入變化，不可紀極。」陸時雍《詩鏡總論》所謂：「落想天外，局自變生。」「驅走風雲，鞭撻海岳。」王世貞《藝苑卮言》所謂：「杳冥惝恍，縱橫變化，極才人之致。」《唐宋詩醇》所謂：「風雨爭飛，魚龍百變。又如大江無風，波浪自湧；白雲從空，隨風變滅。」趙翼《甌北詩話》所謂：「神識超邁，飄然而來，忽然而去，不屑於雕章琢句，亦不勞於鏤心刻骨，自有天馬行空，不可羈勒之勢。」方東樹《昭昧詹言》所謂：「發想超曠，落筆天縱，章法承接，變化無端，不可以尋常胸臆摸測。」此其所以為大解放也。表現為清新俊逸者：或語意真率，或興象渾然，行所無事，而自覺情韻邈綿，意境深厚，幾乎人巧不至，天籟自鳴。若〈峨嵋山月歌〉、〈渡荊門送別〉、〈望天門山〉、〈黃鶴樓送孟浩然之廣陵〉、〈客中作〉、〈金陵酒肆留別〉、〈蘇臺覽古〉、〈越中覽古〉、〈送友人入蜀〉、〈寄東魯二稚子〉、〈獨坐敬亭山〉、〈夜泊牛渚懷古〉、〈贈汪倫〉、〈送友人〉、〈早發白帝城〉、〈宿五松山下荀媼家〉、〈哭宣城善釀紀叟〉、〈把酒問月〉、〈山中答問〉、〈靜夜思〉、〈楊叛兒〉、〈長干行〉、〈關山月〉，以及〈子夜吳歌〉之「長安一片月」、〈秋浦歌〉之「白髮三千丈」、〈塞下曲〉之「五月天山雪」、〈陪侍郎叔遊洞庭醉後〉之「刬卻君山好」、〈望廬山瀑布〉之「日照香爐」等章是也。此則如其詩所謂「清水出芙蓉，天然去雕飾」，胡應麟《詩藪》所謂「無意求工而無不工」，「興會標舉，非學可至」，沈德潛《說詩晬語》所謂「妙於神行」，「只眼前景、口頭語，而自有弦外音、味外味，使人神遠」。

李詩亦有極樸質者，如〈丁都護歌〉、〈戰城南〉、〈豫章行〉；有氣雖豪逸而層次齊整者，如〈上李邕〉、〈憶舊遊寄譙郡元參軍〉、〈經亂離後天恩流放夜郎書懷贈江夏韋太守良宰〉；〈古風〉五十九首，抒懷諷世，寫實與比興相兼，意境宏富。此三類稠疊佳章，亦多過人之處，然終不若上述兩體之最具特色也。其人身跨盛唐之盛衰兩期，先則匡濟之志屢挫，危機之感日增；後則親歷戰亂及下獄流放之苦。詩之表現盛唐精神，有樂觀奮發者，亦有悲壯蒼涼者，後來則多歸於追求理想與堅持正義之強毅精神矣。要之，以詩境之宏闊，詩格之恢張為主，固不限於顯示承平昌盛之國運。其後杜甫之表現盛唐精神，彌益如此。

杜甫詩為《詩經》以降現實主義詩歌之高峰，與李白之浪漫主義高峰，千秋並峙。其詩各體兼工，諸法畢具，元稹為作〈墓系銘〉，已謂「盡得古今之體勢，而兼人人之所獨專矣」。夙指為唐詩集大成之代表，其為大綜合，固不待言。較諸李詩，又有進者。為開展與創新之統一，解放與精工之統一，統觀則諸體皆具此特色；分別則五古、五律之開展為顯，樂府、七律、排律之創新為顯，絕句之解放為顯，七古之精工為顯。其五古有長至五七百字者，熔鑄多材，描寫窮神極態，驚心動魄；結構則七縱八橫，伸縮開合，無施不可。五律，《詩藪》云：「盛唐一味秀麗雄渾。杜則精粗、巨細、巧拙、新陳、險易、淺深、濃淡、肥瘦，靡不畢具。」「且言理近經，敘事兼史，尤詩家絕睹。」此其開展，實屬空前。樂府多自製新題，直陳時事，為中唐元白張王新樂府先導，元稹〈樂府古題序〉稱為「即事名篇，無所依傍」。盛唐諸家所作七律極少，格調未純。老杜有七律百五十首，不徒格調純熟，內容廣闊，變化多端，且創嚴密之聯章，實奠斯體之宏觀。《唐詩別裁》云：「杜七律有極不可及者四：學之博也，才之大也，氣之盛也，格之變也。五色藻繪，八音和鳴，後人如何彷彿？」杜詩首創百韻排律，〈墓系銘〉贊其「鋪陳始終，排比聲韻，大或千言，次猶數百，辭氣豪邁而風調清深，屬對律切而脫棄凡近」者，實指此體，《詩藪》亦稱「擴之以宏大，浚之以沉深，鼓之以變化，排律之能事盡矣。」此謂創新，亦無誇大。絕句前人頗有貶抑，楊慎《升庵詩話》云：「杜子美詩諸體皆有絕妙者，獨絕句本無所解。」《詩藪》亦謂其五七言絕，「俱無所解」。杜絕句多作於入蜀之後，此時詩既有「晚節漸於詩律細」（〈遣悶戲呈路十九曹長〉）之精工，復有「老去詩篇渾漫與」（〈江上值水如海勢聊短述〉）之解放，故絕句既多對偶近律，又多拗調近古，有蘊藉工麗者，然以樸質老放者為主，前人以為「無所解」，乃謂其風調與太白、龍標、摩詰之為和諧婉約者不同。實則其體雖不免或傷率易，而自製新調，饒有特色，如李東陽《懷麓堂詩話》所云：「有古〈竹枝〉詞意，跌宕奇古，超出詩人蹊徑。」固別有解放精神也。七古境極開拓，語極錘煉，且少用長短句，多一韻到底，真力彌滿，嚴整過人。王世貞《藝苑卮言》謂其「以意為主，以獨造為宗，以奇拔沉雄為貴」，讀之「使人慷慨激烈，歔欷欲絕」；《唐詩別裁》則云：「沉雄激壯，奔放險幻，如萬寶雜陳，千車競逐，天地渾奧之氣，至此盡泄」，「如建章之宮，千門萬戶；如鉅鹿之戰，諸侯皆從壁上觀，膝行而前，不敢仰視；如大海之水，長風鼓浪，揚泥沙而舞怪物，靈蠢畢集。別於盛唐諸家，而獨稱大宗」；《昭昧詹言》謂其「悲涼抑鬱」、「磊落跌宕」中，又多「文外遠致」。此其精工，又何待言？夫所謂各體皆特色並具者，如五古、五律之開展，七古之精工，樂府、七律、排律之創新，皆以規模格法之大解放為基礎；而開展、創新與解放，又皆以精工為基礎也。

宋人多謂杜詩似《史記》。夫司馬遷之作《史記》，所謂「發憤」之作，非以筆書，以血書、以生命書者也。其血性過人，見識過人，才力過人。杜詩根本，亦在於是。顧宸《辟疆園杜詩注解》云：「人知龍門之史，拾遺之詩，千秋獨步；而不知皆自至性絕人處，激昂慷慨，悲憤淋漓而出也。」以「致君堯舜上，再使風俗淳」，「各使蒼生有環堵」，「大庇天下寒士盡歡顏」之抱負；屬「不眠憂戰伐，無力正乾坤」之遭際；有「留滯才難盡，艱危氣益增」，「濟時敢愛死」，「臨危莫愛身」之意志；為「蒼生未蘇息，胡馬半乾坤」，「朱門酒肉臭，路有凍死骨」，「亂世誅求急，黎民糠籺窄」，「富家廚肉臭，戰地骸骨白」而悲憤，此所謂血性過人。其詩云：「兵戈猶在眼，儒術豈謀身？」「不成誅執法，焉得變危機？」「必若救瘡痍，先應去蝥賊。」「萬邦但各業，一物休盡取。」「君臣節儉足，朝野歡娛同。」「文王日儉德，俊乂始盈庭。」「無貴賤不悲，無富貧亦足。」「誰能叩君門，下令減征賦？」「兵革日久遠，興衰看帝王。」「不過行儉德，盜賊本王臣。」「願戒兵猶火，恩加四海深。」「眾寮宜潔白，萬役但平均。」「易識浮生理，難教一物違。水深魚極樂，林茂鳥知歸。」此所謂見識過人。《新唐書》本傳評其詩：「渾涵汪茫，千匯萬狀，兼古今而有之。他人不足，甫乃厭餘，殘膏剩馥，沾丐後人多矣。」魯訔〈編次杜工部詩序〉云：「遇物為難狀之景，抒情出不說之意。」《甌北詩話》云：「其思力沉厚，他人不過說到七八分者，少陵必說到十分，甚至十二三分者。其筆力之豪勁，又足以副其才思之所至，故深人無淺語。」此所謂才力過人。杜詩冶抒情、敘事、寫景、說理於一爐，既擅鋪陳，亦多比興。性情所溢，悱惻激昂；筆力所至，浩蕩飛揚。其敘玄、肅、代三朝之國祚盛衰，民生利病，無愧「詩史」；敘黃河兩岸、大江南北之山川風物，有逾「圖經」，敘畫家，舞伎之絕藝，成不朽之紀傳；敘風雲晴雨、駿馬鷙禽以及草木蟲魚之細，皆極托興、寫真之能事。真如韓愈〈薦士〉詩所謂：「萬類困陵暴。」杜詩所謂：「筆落驚風雨，詩成泣鬼神。」「精微穿溟涬，飛動摧霹靂。」「意愜關飛動，篇終接混茫。」「思飄雲物動，律中鬼神驚」者矣。

杜詩風格，以「沉鬱頓挫」為主。沉者，沉雄、沉深，返虛入渾，積健為雄，力透紙背是也；鬱者，盤鬱、憂鬱，屈伸磅礴，憂國憂民是也；頓挫者，凝重抑遏，音節激揚是也。〈望岳〉、〈奉贈韋左丞丈二十二韻〉、〈同諸公登慈恩寺塔〉、前後〈出塞〉、〈自京赴奉先縣詠懷五百字〉、〈塞蘆子〉、〈述懷〉、〈北征〉、〈羌村三首〉、〈彭衙行〉、〈留花門〉、〈贈衛八處士〉、〈三吏〉、〈三別〉、〈夢李白二首〉、〈發秦州〉、〈發同谷縣〉諸紀行詩、〈枯椶〉、〈遭田父泥飲美嚴中丞〉、〈壯遊〉、〈客從〉、〈兵車行〉、〈麗人行〉、〈高都護驄馬行〉、〈投簡咸華兩縣諸子〉、〈醉時歌〉、〈奉先劉少府畫山水障歌〉、〈哀王孫〉、〈悲陳陶〉、〈悲青坂〉、〈哀江頭〉、〈洗兵馬〉、〈乾元中寓居同谷縣作歌七首〉、〈茅屋為秋風所破歌〉、〈冬狩行〉、〈憶昔二首〉、〈丹青引〉、〈負薪行〉、〈古柏行〉、〈觀公孫大娘弟子舞劍器行〉、〈短歌行贈王郎司直〉、〈歲晏行〉、〈蠶谷行〉，〈房兵曹胡馬〉、〈畫鷹〉、〈月夜〉、〈春望〉、〈喜達行在所〉、〈秦州雜詩〉、〈江漢〉、〈泊岳陽城下〉、〈登岳陽樓〉、〈送鄭十八貶台州司戶〉、〈蜀相〉、〈恨別〉、〈野望〉、〈聞官軍收河南河北〉、〈登樓〉、〈宿府〉、〈白帝城最高樓〉、〈白帝〉、〈諸將五首〉、〈詠懷古跡五首〉、〈秋興八首〉、〈閣夜〉、〈又呈吳郎〉、〈登高〉、〈奉留贈集賢院崔于二學士〉、〈秋日夔府詠懷一百韻〉、〈釋悶〉、〈三絕句〉等，殆其最有代表性或最生動之作。此外，則雄偉如「浮雲連海岱，平野入青徐。」「大聲吹地轉，高浪蹴天浮。」「地平江動蜀，天闊樹浮秦。」「星臨萬戶動，月傍九霄多。」「黃牛峽靜灘聲轉，白馬江寒樹影稀。」「指麾能事回天地，訓練強兵動鬼神。」「返照入江翻石壁，歸歸雲擁樹失山村。」「高江急峽雷霆斗，古木蒼藤日月昏。」「楚天不斷四時雨，巫峽常吹萬里風。」

「白帝高為三峽鎮，瞿塘險過百牢關。」「紫氣關臨天地闊，黃金臺貯俊賢多。」富麗如「日月低秦樹，乾坤繞漢宮。」「叢篁低地碧，高柳半天青。」「關塞三千里，烟花一萬重，」「遲日江山麗，春風花草香。」「花動朱樓雪，城凝碧樹烟。」「山河扶繡戶，日月近雕梁。碧瓦初寒外，金莖一氣旁。」「旌旗日暖龍蛇動，宮殿風微燕雀高。」「雷聲忽送千峰雨，花氣渾如百和香。」「絕壁過雲開錦繡，疏松夾水奏笙簧。」及絕句「兩個黃鸝」等。細膩如「細雨魚兒出，微風燕子斜。」「卑枝低結子，接葉暗巢鶯。」「綠垂風折筍，紅綻雨肥梅。」「細葛含風軟，香羅疊雪輕。」「圓荷浮小葉，細麥落輕花。」「幽花欹滿樹，細水曲通池。」「紅入桃花嫩，青歸柳葉新。」「隨風潛入夜，潤物細無聲。」「仰蜂粘落絮，行蟻上枯梨。」「芹泥隨燕嘴，蕊粉上蜂鬚。」「遠鷗浮水靜，輕燕受風斜。」「岸花飛送客，檣燕語留人。」「風輕粉蝶喜，花暖蜜蜂喧。」「魚吹細浪搖歌扇，燕蹴飛花入舞筵。」「香飄合殿春風轉，花覆千官淑景移。」「落花游絲白日靜，鳴鳩乳燕青春深。」「穿花蛺蝶深深見，點水蜻蜓款款飛。」「林花著雨燕支濕，水荇風牽翠帶長。」「風含翠篠娟娟靜，雨裛紅蕖冉冉香。」巉刻如「聲吹鬼神下，勢閱人代速。」「近淚無乾土，低空有斷雲」「震雷翻幕燕，驟雨落河魚。」「水靜樓陰直，山昏塞日斜。」「路危行木杪，身迴宿雲端。」「江碧鳥逾白，山青花欲燃。」「築城依白帝，轉粟上青天。」「雪嶺界天白，錦城曛日黃。」「兩行秦樹直，萬點蜀山尖。」「亂雲低薄暮，急雪舞回風。」「峽雲籠樹小，湖日落船明。」「竹光團野色，山影漾江流。」「眾水會涪萬，瞿塘爭一門。」「薄雲巖際宿，孤月浪中翻。」「雲嶂寬江北，春耕破瀼西。」「遠水兼天淨，孤城隱霧深。」「行色遞相見，人烟乍有無。僕夫穿竹語，稚子入雲呼。」「風起春燈亂，江鳴夜雨懸。晨鐘雲外濕，勝地石堂煙。」渾成如「可惜歡娛地，都非少壯時。」「塞雲多斷續，邊日少光輝。」「關雲常帶雨，塞水不成河。」「蜀星陰見少，江雨夜聞多。」「四更山吐月，殘夜水明樓。」「寒風疏草木，旭日散雞豚。」「卷簾惟白水，隱几亦青山。」「已近苦寒月，況經長別心。」「露從今夜白，月是故鄉明。」「重露成涓滴，稀星乍有無。暗飛螢自照，水宿鳥相呼。」「慣看賓客兒童喜，得食階除鳥雀馴。」「春水船如天上坐，老年花似霧中看。」沉痛如「世人皆欲殺，吾意獨憐才。」「文章憎命達，魑魅喜人過。」閑適如「水流心不競，雲在意俱遲。」「勳業頻看鏡，行藏獨倚樓。」幽秀如「誰憐一片影，相失萬重雲。」「燈影照無睡，心清聞妙香。」「陰壑生虛籟，月林散清影。天闕象緯逼，雲臥衣裳冷。」曲折如〈和裴迪登蜀州東亭送客逢早梅相憶見寄〉、〈野人送朱櫻〉、〈題桃樹〉、「更為後會知何地，忽漫相逢是別筵。」「春酒杯濃琥珀薄，冰漿碗碧瑪瑙寒」；別致如〈飲中八仙歌〉、〈曲江三章章五句〉、〈桃竹杖引贈章留後〉；拗峭如〈崔氏東山草堂〉、〈九日〉；老放如〈絕句漫興九首〉、〈江畔獨步尋花七絕句〉；疏朗如〈樂遊園歌〉、〈送孔巢父謝病歸江東兼呈李白〉；風趣如〈縛雞行〉、〈別李校書始興寺所居〉；含蓄如〈江南逢李龜年〉；俊逸如〈春日寄李白〉，統一中之多樣也。然麗者不靡，細者不纖，雄者不栝，渾者不膚，自然者不薄，刻劃者不詭，意境畢歸於深厚，本質無乖乎沉鬱，又多樣中之統一也。

《滄浪詩話》云：「盛唐人有似粗而非粗處，有似拙而非拙處。」杜詩尤其如此。張戒《歲寒堂詩話》云：「世徒見子美詩粗俗，不知粗俗在詩中最難。非粗俗，乃高古之至也。」杜詩才力大，敢放手寫，故易滋此疑惑。浦起龍《讀杜心解》云：「讀杜須耐拙句、率句、狠句、質實句、生硬句、粗糙句。」劉熙載《藝概》云：「杜詩高大深俱不可及。吐棄到人所不能吐棄，為高；涵茹到人所不能涵茹，為大；曲折到人所不能曲折，為深」「杜詩只有無二字足以評之。有者，但見性情氣骨也；無者，不見語言文字也。」「少陵云：『詩清立意新。』又云：『賦詩分氣象。』作者本取意與氣象相兼，而學者往往奉一以為宗派焉。」「杜陵五七古敘事，節次波瀾，離合斷續，從《史記》得來，而莽蒼雄直之氣，亦逼近之。」「少陵以前律詩，枝枝節節為之，氣斷意促，前後或不相管攝，實由於古體未深耳。少陵深於古體，運古於律，所以開闔變化，施無不宜。『細筋入骨如秋鷹，字外出力中藏棱。』《史記》杜詩其有焉。」皆知甘苦之言。

元結詩，介盛唐、中唐間。其〈舂陵行〉、〈賊退示官吏〉，有「憂黎庶」、「念誅求」之深情，語淺意厚，故杜甫譽為「詞氣浩縱橫」。〈示官吏〉後半頗曲折，一叶虛詞，有古文筆致。它作質勝於文，近乎樸訥。

中唐前期，大戰平息，而國勢一蹶不振。士得安居，而喪盛唐奮發之氣。詩壇以描寫日常生活、追求秀雅風調自足，琢削雖勤，元氣則漓，雄篇傑構，不得而睹。韋應物、劉長卿成就較高。「大曆十子」，其名說者不一。錢起五言最著，句如「山色不厭遠，我行隨趣深。」「竹憐新雨後，山愛夕陽時。」「曲終人不見，江上數峰青。」「牛羊上山小，烟火隔雲深。」「鳥道掛疏雨，人家殘夕陽」；李益五七絕最著，如〈夜上受降城聞笛〉、〈從軍北征〉、〈江南曲〉；一以景勝，一以情勝。益有五律〈喜見外弟又言別〉，起有七絕〈歸雁〉，並風調秀雅。司空曙五言：「乍見翻疑夢，相悲各問年。」「雨中黃葉樹，燈下白頭人。」盧綸七律〈晚次鄂州〉，七絕若韓翃〈寒食〉、郎士元〈柏林寺南望〉、司空曙〈江村即事〉，格亦相類。綸五絕〈和張僕射塞下曲〉，稍雄健。「十子」之外，五言若皇甫冉之〈歸渡洛水〉、戴叔倫之〈除夜宿石頭驛〉、嚴維之「柳塘春水漫，花塢夕陽遲。」七言若張繼之〈楓橋夜泊〉、皇甫冉之〈送魏十六還蘇州〉、戴叔倫之〈蘇溪亭〉、〈湘南即事〉，不遜十子佳作。叔倫〈女耕田行〉、顧況〈囝〉、戎煜〈苦哉行〉，反映現實，頗具新意。

韋應物詩，有諷諭及反映現實者，如〈雜體〉其三、〈廣德中洛陽作〉、〈采玉行〉、〈鼙鼓行〉、〈驪山行〉、〈王母歌〉等，然非其至；其至者乃在上效淵明、下承王孟儲之田園山水及個人抒情詩。其風格，白居易〈與元九書〉謂為「高雅閑淡」，司空圖〈與李生論詩書〉謂為「澄淡精緻」，蘇軾〈書黃子思詩集後〉謂為「韋應物、柳宗元，發纖穠於簡古，寄至味于淡泊」，近之矣。朱熹《語類》謂「蘇州詩無一字造作，直是自在氣象近道；其高於王維、孟浩然諸人者，以無聲色臭味也。」則蹈虛而過之論也。五言古若〈觀田家〉、〈與友生野飲效陶體〉、〈效陶彭澤〉、〈聽江陵江水聲寄深上人〉、〈初發揚子寄元大校書〉、〈寄全椒山中道士〉、〈有所思〉、〈端居感懷〉、〈東郊〉、〈夏日園廬〉、〈幽居〉等首，頗得陶之真樸，復時有二謝、摩詰色澤，最有味。句如「兵衛森畫戟，燕寢凝清香。」「喬木生夏涼，流雲吐華月。」「同心忽已別，昨事方成昔。」「窗夕含澗涼，雨餘愛筠綠。」「夜霧著衣重，新苔侵履濕。」「風淡意傷春，池寒花斂夕。」「游絲正高下，啼鳥還斷續。」「新禽弄喧節，晴光泛嘉木。」「景煦聽禽響。雨餘看柳重。」「一與清景遇，每憶平生歡。」「寒雨暗深更，流螢度高閣。」近體佳者亦相類，句如:「浮雲一別後，流水十年間。」「雲淡水容夕，風微荷氣涼。」「寧知風雪夜，復此對床眠。」「澗樹含朝雨，山鳥哢餘春。」「漠漠帆來重，冥冥鳥去遲。」「寧知故園月，今夕在茲樓。」「春風偏送柳，夜景欲沉山。」「綠陰生晝靜，孤花表春餘。」皆自然高妙。七言律如〈寄李儋元錫〉，絕如〈滁州西澗〉，句如「寒樹依微遠天外，夕陽明滅亂流中」，亦佳。

劉長卿生年早於元結，而詩多作於大曆以後，與「十子」等人，貌又相近，故《詩藪》謂「詩至錢劉，遂露中唐面目」，「劉即自成中唐與盛唐分界矣」，賀貽孫《詩筏》謂「劉長卿詩能以蒼秀接盛唐之緒，亦未免以新雋開中晚唐之風」。長卿自稱五言長城；《詩藪》又謂中唐七律，「莫過文房」。其近體最工，頗善白描，格法工整嚴密，氣機疏暢流美，研煉之功，有所發展；所不及盛唐者，取境較窄，氣勢骨力不充也。高仲武《中興間氣集》評為「甚能煉飾」，《懷麓堂詩話》評為「淒惋清切」，《詩鏡總論》評為「體物情深，工於鑄意」，《藝概》評為「以研煉字句見長，而清贍閑雅，蹈乎大方」，可以覘其概矣。佳作五律如〈新年作〉、〈穆陵關北逢人歸漁陽〉、〈餘干旅舍〉、〈北歸次秋浦界清溪館〉、〈松江獨宿〉、〈餞別王十一南遊〉，七律如〈送李錄事兄歸襄鄧〉、〈長沙過賈誼宅〉、〈自夏口至鸚鵡洲夕望岳陽樓寄元中丞〉、〈別嚴士元〉，五絕如〈逢雪宿芙蓉山主人〉、〈送靈澈上人〉、〈江中對月〉，七絕如〈七里灘重送〉、〈尋盛禪師蘭若〉、〈過鄭山人所居〉、〈昭陽曲〉，數量遠過於「十子」。

中唐後期，外有吐蕃、回紇之患，內有藩鎮宦官之患；然順憲兩朝，頗思振作。韓愈、白居易為一時豪傑之士，有志於匡危救衰。兩人皆不饜大曆以來詩境之局促，致力為轉變與開拓；韓與柳宗元振興古文，又有裨於詩歌之發展，而詩壇中興之局以成。韓氏思想主要見於文中，白氏主要見於詩中，故韓成為「古文運動」之領袖，白則成為「新樂府運動」之領袖。

白居易詩，長篇古體與排律甚多，規模大。然其開拓處，主要在意境，不在篇幅，以「諷諭詩」為最顯著。新樂府為「諷諭詩」之主體，原受李紳、元稹之影響而作，李此類詩失傳，元作大不相及。「諷諭詩」揭發時弊，指斥凶邪，有計劃，有目的，取材切要，立意高遠。其感情激烈，語言通俗，題旨明確，善用對比，形式亦殊有特色。佳者既有動人之形象感染力，復有過人之邏輯說服力。〈秦中吟〉之〈重賦〉、〈輕肥〉、〈歌舞〉、〈買花〉，對比皆一針見血，說服力強，而形象不弱；〈宿紫閣山北村〉、〈采地黃者〉，新樂府之〈杜陵叟〉、〈賣炭翁〉、〈折臂翁〉、〈縛戎人〉、〈西涼伎〉、〈繚綾〉、〈紅線毯〉，形象生動，感染力強，而或卒章顯志，或事理並到，邏輯之說服力亦強。蓋運用適宜，所謂邏輯思維與形象思維，原有內在之統一。白氏〈與元九書〉自謂新樂府能使「眾口籍籍」，「眾面脈脈」，權要者不徒「變色」，且至於「扼腕」、「切齒」。《藝概》謂其能代「匹夫匹婦」，言其「雖告人且不知」之「飢寒困頓之苦」，「不但如身入閭閻，目擊其事，直如疾病之在身者無異。」可見其有大開創、大特色矣。〈新樂府序〉自謂「其辭質而徑，欲見之者易諭也；其言切而直，欲聞之者深戒也；其事核而實，使采之者傳信也；其體律而順，可以播於歌曲也。」唯質徑與律順，故氣體坦易而少拗峭。張戒《歲寒堂詩話》以「淺俗」與「卑弱」概之，則見珷玞而失連城之璧。不知其淺俗得自鍛煉，中本深厚；其坦易力能高舉，實非卑弱。

白氏「諷諭詩」之一部，以及前集「閑適詩」、前後集「格律詩」之大部，長於說理而興象不足。〈和答詩十首序〉，亦自言其詩有「意太切而理太周」之病。此其短長，與吸收文理以為詩有關。「以文為詩」，韓愈為著，不知白氏於事亦同，特貌異耳。夫詩所重者情，事與理須融於情中，其用筆貴含蓄，多跳脫，不務周詳；文則可僅敘事或說理，不必處處有情，用筆以明密為貴，不盡求含蓄，不多取跳脫。此其異亦人所共喻。然詩苟意境不薄，又能吸收文理之長而倍增明密，亦有其偏勝。白氏之「切」與「周」，蓋得力於文理，故明密之功，實超乎盛唐，中唐古文，固亦超乎盛唐，得所資借也。然長處所在，短處亦伏乎其中，兩全之難，要在後人之善見所長、善取所長耳。翁方綱《石洲詩話》云：「詩至元、白，針線鈎貫，無乎不到。」「伸縮抽換，至於不可思議，一層之外，又有一層。」趙翼《甌北詩話》云：「蓋香山主於用意，……而出之以古詩，則惟意所之，辯才無礙。且用筆，快如并剪，銳如昆刀，無不達之隱，無稍晦之詞，工夫又鍛煉至潔，看似平易，其實精純。劉夢得所謂：『郢人斤斫無痕跡，仙人衣裳棄刀尺』者，此古體所以獨絕也。」此可謂善見所長。表現此長者：古體如〈閑居〉、〈適意二首〉其二、〈詠拙〉、〈題座隅〉、〈把酒〉、〈覽鏡喜老〉、〈逸老〉、〈遇物感興因示子弟〉；近體如〈放言五首〉之「周公恐懼流言日」一首。

白氏「感傷詩」中之〈長恨歌〉與〈琵琶行〉，則敘事與抒情極佳之結合。其詩承「四傑」與盛唐歌行而特加細膩，世號「長慶體」。感情濃摯，描寫熨貼，音律諧美，可謂唐代最細膩之敘事詩，亦吾國古典詩歌描寫愛情悲劇與音樂藝術最細膩之作。其特色，其興發感動力，皆獨有千古，故至今傳誦最廣，魅力不衰。其理意含蓄不露，故〈長恨歌〉之主題，至今猶耐人尋繹，體會不一。《唐宋詩醇》評〈琵琶行〉云：「其意微以顯，其音哀以思，其辭麗以則。」以評〈長恨歌〉，亦未始不然。「哀」與「麗」，情采之動人也；「微」而「顯」，「顯」而有「則」，亦深於文理之效，特痕跡不若說理者之易窺耳。

張為《詩人主客圖》稱白氏為「廣大教化主」。「廣大」斯打破中唐前期之局促，而可見敘事、抒情、說理之能多而格宏也。其即事即興之短篇，亦坦易不作小家步驟，惟微傷顯露；然若〈勤政樓西老柳〉、〈問劉十九〉、〈醉中對紅葉〉、〈邯鄲冬夜思家〉、〈暮江吟〉等絕句，非含蓄有味乎？《滹南詩話》評白詩：「情致曲盡，入人肝脾，隨物賦形，殆與元氣相侔。」《唐宋詩醇》評：「根六義之旨，而不失溫厚和平之意。變杜甫雄渾蒼勁，而為流麗安詳。」馮班《鈍吟雜錄》評：「周詳明直，娓娓動人。」毛奇齡《詩話》評：「意能發攄，力能控捖……所在周洽。」能得其風格特徵矣。善夫張鎡〈讀白樂天詩〉曰：「詩至香山老，方無斧鑿痕。目前能轉物，筆下盡逢源。學博才兼裕，心平氣自溫。隨人稱白俗，真是小兒言。」

元稹、張籍、王建之樂府詩，足為白氏新樂府之羽翼。元氏之作，情欠深摯，調多謇澀，不徒不及白氏，且有遜於張、王之真樸。張籍樂府〈征婦怨〉、〈野老歌〉、〈築城詞〉、〈牧童詞〉、〈隴頭行〉，王建樂府〈涼州行〉、〈簇蠶詞〉、〈水夫謠〉、〈田家行〉、〈羽林行〉皆佳，結語尤多警策。元氏長篇古、律，長於鋪敘，〈連昌宮詞〉最可觀；近體短章，亦有佳者，自然暢適，近於白氏；艷詩略有情韻，李戳惡之雖過甚，實不免媟褻。張籍古律格秀；王建〈宮詞〉材新。三家它作亦有佳者，然皆無巨大之創獲。

白居易「以文為詩」，在肌理細密，猶欲遺貌而取神；韓愈「以文為詩」，則恣意顯著其貌，不獨脈理然，且及於取材與遣辭命句，怪奇有甚於常文。韓詩取材，一不避粗醜，他人以為不宜入詩之粗醜事物，常取之以入詩；二不避拉雜，去題旨句意遠，他人思所不及或難以驅遣者，能挽而使之近，雜取以為用。辭句一不避生硬，他人以為聱牙詰屈，似文不似詩者，皆放手為之；三不避險僻，他人鮮用之僻字險句，喜用而勇造之；用韻則如《六一詩話》所云：「其得韻寬則波瀾橫溢，泛入旁韻，乍還乍離，出入回合，殆不可拘以常格」，「得狹韻則不復旁出，而因難見巧，愈險愈奇」。如是者，非惟文才高越，稟性倔強之主觀因素使然；亦盛唐詩能事多極，非創新不可之客觀趨勢使然也。《甌北詩話》云：「至昌黎時，李杜已在前，縱極變化，終不能再闢一徑。惟少陵奇險處，尚可推廣，故一眼覷定，欲從此開山闢道，自成一家。此昌黎注意所在也。」別無它徑之說，過於絕對；而謂韓詩有非變不可與逼而求險之勢，則有見地。

韓愈以非詩之材、非詩之句為詩，故其詩有險怪堆砌過甚者，有粗硬質直乏味者。《後山詩話》引蘇軾語，謂「退之於詩，本無所解，以才高而好爾。」無所解者，當謂不知詩語之貴圓融含蓄有情味，不宜一味使才縱筆，致有時淪為叶韻之文也。王夫之《薑齋詩話》亦斥韓詩有背「含情而能達，會景而生心，體物而得神」之旨，「於心情興會，一無所涉」，謂缺情韻、乏興會感發之力。然韓詩有上述之病者，僅部分而非全體。韓氏〈答李翊書〉言為文宜「陳言之務去」，「氣盛則言之短長與聲之高下者皆宜」。其為詩亦肆力於此，故氣勢特盛，語皆戛戛獨造。其〈薦士〉詩謂孟郊「受材實雄驁」，詩能「冥觀洞今古，象外逐幽好。橫空盤硬語，妥帖力排奡。敷柔肆紆餘，奮猛卷海潦。」移以自評其詩則更當。「妥帖力排奡」五字，尤為勝事所在。雄鷔奮猛，硬語盤空，他人不能到之「排奡」；紆餘幽好，韓氏亦時自見於「妥帖」中。再以其詩為喻：排奡者，〈盧郎中雲夫寄示送盤谷詩兩章歌以和之〉所謂「字向紙背皆軒昂」，〈送無本師歸范陽〉所謂「狂詞肆滂葩，低昂見舒慘」；妥帖者，前詩所謂「奸怪窮變得，往往造平淡」，〈石鼓歌〉所謂「安置妥帖平不頗」。韓氏化非詩之材與句以為詩，有過人之膽力與才力。古體若〈南山詩〉、〈山石〉、〈八月十五夜贈張功曹〉、〈謁衡岳廟遂宿寺題門樓〉、〈苦寒〉、〈赴江陵途中寄贈翰林三學士〉、〈薦士〉、〈雙鳥詩〉、〈贈張籍〉、〈寄崔二十六立之〉、〈聽穎師彈琴〉、〈此日足可惜一首贈張籍〉、〈岳陽樓別竇司直〉、〈雉帶箭〉、〈歸彭城〉、〈題炭谷湫祠堂〉、〈送靈師〉、〈縣齋有懷〉、〈鄭羣贈簟〉、〈赤籐杖歌〉、〈送無本師歸范陽〉、〈石鼓歌〉、〈贈劉師服〉、〈感春四首〉其四，則排奡而妥帖；〈鳴雁〉、〈杏花〉、〈李花贈張十一署〉、〈題合江亭寄刺史鄒君〉、〈秋懷詩十一首〉、〈東都遇春〉、〈辛卯年雪〉、〈李花二首〉其二、〈桃源圖〉、〈華山女〉、〈南溪始泛〉，則妥帖而兼紆餘幽好。此二者，雄奇中時有奇姿異韻。近體有姿韻者，若〈湘中酬張十一功曹〉、〈郴口又贈〉、〈別盈上人〉、〈和歸工部送僧約〉、〈榴花〉、〈井〉、〈晚春〉、〈落花〉、〈過襄城〉、〈晚次宣溪酬張使君絕句二首〉其一、〈過始興江口感懷〉、〈奉使鎮州行次承天營奉酬裴司空〉、〈早春呈張十八員外二首〉其一、〈左遷至藍關示侄孫湘〉，皆是。故頌其長者，如司空圖〈題柳柳州集後〉云：「韓吏部詩歌數百首，其驅駕氣勢，若掀雷挾電，撐抉於天地之間，物狀奇怪，不得不鼓舞而徇其呼吸也。」張戒《歲寒堂詩話》云：「大抵才氣有餘，故能擒能縱，顛倒崛奇，無施不可。放之則如長江大河，瀾翻洶湧，滾滾不窮；收之則藏魂匿影，乍出乍沒。姿態橫生，變怪百出，可喜可愕，可畏可服也。」《唐宋詩醇》云：「風骨嶒峻，腕力矯變，得李杜之神而不襲其貌，則又拔奇於二子之外，而自成一家。」葉燮《原詩》云：「唐詩為八代以來一大變，韓愈為唐詩之一大變，其力大，其思雄，崛起特為鼻祖。宋之蘇梅歐蘇王黃，皆愈為之發端，可謂極盛。」方東樹《昭昧詹言》云：「韓公當思其如潮處，非但義理層見疊出，其筆勢湧出，讀之攔不住，望之不可極，測之來去無端涯，不可窮，不可竭。當思其『腸胃繞萬象』，精神驅五岳，奇崛戰鬥鬼神，而又無不文從字順，各識其職，所謂『妥帖力排奡』也。」陳衍《石遺室詩話》云：「元和以降，各人各具一種筆意，昌黎則兼有清妙、雄偉、磊砢三種筆意。」當其得意處，則真如〈調張籍〉所謂：「刺手拔鯨牙，舉瓢酌天漿。騰身跨汗漫，不著織女襄。」

元白抑李揚杜；韓則李杜並重，因其詩多直敘現實，而浪漫主義氣息頗濃，其表現在想像力之豐富，若〈雙鳥詩〉、〈陸渾山火和皇甫湜用其韻〉，其突出者。聞一多〈英譯李太白詩〉一文，嘗慨外人譯李白律絕詩之不能傳神。夫以民族語言特色之限制，吾國最簡短、最含蓄之近體詩，譯之最難傳神，最難為外人所賞識；若〈陸渾山火〉、〈雙鳥〉、〈南山〉譯為外文，其奇幻複雜之想像，轉易為外人所驚嘆。宋人爭論〈北征〉、〈南山〉之短長，今日國人讀詩，必多以〈北征〉為長；外人之讀譯詩，恐將以〈南山〉為長也。韓、白二家，豐富唐詩之表現能力，白達意之明密，韓想像之豐奇，固宜特加注重也。

韓愈〈送孟東野序〉謂孟郊詩「高出魏晉，不懈而及於古，其他浸淫漢氏矣。」〈貞曜先生墓誌銘〉謂孟詩「劌目鉥心，刃迎縷解，鉤章棘句，掐擢胃腎，神施鬼設，間見層出。」〈醉留東野〉詩，且比東野為龍，自比從龍之雲，可謂傾倒備至。東野詩確極嘔心劌鉥，又多用比興，其佳者於鉤棘中別有瑰情古韻，骨力堅蒼，語不猶人，若《四庫提要》所謂「托興深微，而結體古奧」，錢振鍠《謫星詩話》所謂「其色蒼然以深，其聲皦然以清，用字奇老精確」，殆亦接近；其與退之聯句，鍾幽鑿險，尤能旗鼓相當。光焰既頗灼然，氣味亦復相投，退之推之，理有宜然，非盡阿好。特東野詩多自寫窮愁，戰亂民困，偶有觸及，深刻者亦僅見；論古諷世，並少新意；獻酬官吏及贈僧道之作尤無可觀。常有起調高而續接鬆懈者，用頂真句法而變換空洞者。意境不免狹窄，而平板淺俗之作亦復不尠。蘇軾〈讀孟郊詩〉云：「要當鬥僧清，未足當韓豪。」《滄浪詩話》評「孟郊為詩刻苦」，又評「憔悴枯槁」，元好問〈論詩絕句〉云：「東野窮愁死不休，高天厚地一詩囚。江山萬古潮陽筆，合在元龍百尺樓。」謂郊雖刻苦為詩，顧境界狹窄，未足敵韓之恢詭，此亦確切；特郊詩佳者外憔悴而中膏腴，未可以「枯槁」概之耳。其語淺易而格高厚者，殆亦無出〈遊子吟〉、〈寒地百姓吟〉二章右者，以視退之，不免寒傖矣。

柳宗元存詩不多，皆深加淘汰而成，故張戒《歲寒堂詩話》謂為「字字如珠玉」。其惻愴幽邃，有近《騷》處；鍛煉字句，頗如謝客。故元好問〈論詩絕句〉自注，有「柳子厚唐之謝靈運」語；姚瑩〈論詩絕句〉，有「史潔騷幽並有神，柳州高詠絕嶙峋」之句。蘇軾〈東坡題跋〉謂與韋應物同出於陶，殆以所謂「外枯而中膏，似淡而實美」乎？王士禛〈論詩絕句〉亦並推二家為「風懷澄淡」。楊萬里《誠齋詩話》謂柳詩「句雅淡而味深長」，曾季貍《艇齋詩話》謂「蕭散簡遠」，指論亦同。惟軾與許顗《彥周詩話》、嚴羽〈與吳景仙書〉，並主柳高於韋；王世貞《藝苑卮言》、王士禛〈論詩絕句〉，則主韋高於柳。方回《瀛奎律髓》云：「柳柳州詩，精緻工絕，古體尤高。世言韋柳，韋詩淡而緩，柳詩峭而勁。」李東陽《懷麓堂詩話》云：「韋應物稍失平易，柳子厚過於精刻。」雖仍有抑揚，然更能指示特點。沈德潛《說詩晬語》謂韋得陶之「沖和」，柳得陶之「峻潔」，「皆學焉而得其性之所近」，指示特點最明，而又不輕為高下，審慎而又探微之論也。「峻潔」或「峭潔」，乃柳詩真髓所在。五古如〈田家三首〉、〈南澗中題〉、〈晨詣超師院讀禪經〉、〈首春逢耕者〉、〈溪居〉、〈秋曉行南谷經荒村〉，皆見此格；句如「壁空殘月曙，門掩候蟲秋。」張耒以為集中第一（見《石林詩話》）。七古〈行路難〉、〈寄韋珩〉、〈跂烏詞〉、〈籠鷹詞〉、〈放鷓鴣詞〉，七律〈登柳州城樓寄漳汀封連四州〉、〈別舍弟宗一〉，絕句〈與浩初上人同看山寄京華親故〉、〈江雪〉及排律諸篇亦然。特排律典稍多，故精工中稍嫌晦澀；七律如所舉二章，峭潔中極潛氣內轉、意深情摯之致，王安石、陳與義深得其法乳。七古如〈漁翁〉、〈楊白花〉，七律如〈衡陽與夢得分路贈別〉、〈柳州峒氓〉，絕句如〈詔追赴都二月至灞亭上〉、〈柳州二月榕葉落盡偶題〉、〈酬曹侍御過象縣見寄〉，或氣稍舒緩，或神極駘蕩，猶不失「潔」字特點。

劉禹錫才學不下於白居易、柳宗元，然為詩洗削之用心似不及；故其詩鋪敘能瀾翻不竭，佇興亦雋語繽紛，最工者七言近體，佳句可誦者多於白、柳，而風格之統一純粹則不及也。七律〈西塞山懷古〉、〈酬樂天揚州初逢席上見贈〉，氣骨高騫，情韻不匱，壓卷之作。七絕如兩游玄都觀及〈石頭城〉、〈烏衣巷〉等篇，比興之工，情韻之富，無愧盛唐佳作；〈竹枝詞九首〉、〈楊柳枝九首〉、〈浪淘沙九首〉、〈竹枝詞二首〉、〈踏歌詞四首〉、〈堤上行三首〉，效法民歌，代兒女寫其悲愉，有神態宛然、心口畢肖處，尤別開生面。「休唱貞元供奉曲」、「舊人惟有何戡在」兩章，深於情韻；〈望夫石〉之「望來已是幾千載，只似當時初望時。」〈秋扇詞〉之「當時初入君懷袖，豈念寒爐有死灰。」用意深人一層；〈秋詞〉之「晴空一鶴排雲上，便引詩情到九霄。」〈酬樂天詠志見示〉之「莫道桑榆晚，為霞尚滿天。」同能掃除悲秋、嗟老之舊調，皆警策。五言句如：「興廢由人事，山川空復情。」「日午樹陰正，獨吟池上亭。」「楓林社日鼓，茅屋午時雞。」「千金買絕境，永日屬閑人。」「每行經舊處，卻想似前身。」「興情逢酒在，筋力上樓知。」「風碎竹間日，露明池底天。」「唯有達生理，應無治老方。」「從來離別地，能使管弦悲。」「歸心渡江勇，病體得秋輕。」「涼鐘山頂寺，暝火渡頭船。」皆意境精新。古體如〈效阮公體三首〉、〈聚蚊謠〉、〈飛鳶操〉，深於托興；〈洞庭秋月行〉、〈九華山歌〉，善於寫景；猶不僅古今人所推〈插田歌〉、〈畬田行〉、〈平蔡州三首〉之以敘事為工也。

李賀年二十七而卒，涉世未久，然其詩已有深刻反映現實者：〈老夫采玉歌〉、〈感諷五首〉其一，哀生民之疾苦也；〈艾如張〉、〈公無出門〉，悲世途之險惡也；〈猛虎行〉，斥藩鎮之橫行也；〈呂將軍歌〉，譏宦寺之統軍也；〈黃家洞〉，憤官兵之禍民也；〈宮娃歌〉，憫宮女之怨曠也；〈貴主征行樂〉、〈秦宮詩〉、〈榮華樂〉，諷權貴之腐化也；〈拂舞歌辭〉、〈官街鼓〉、〈昆侖使者〉，嘆求仙之愚妄也；〈馬詩〉「吾聞果下馬」、「午時鹽坂上」、「須鞭玉勒吏」、「廐中皆肉馬」等章，慨賢才之不得其用也。〈雁門太守行〉、〈秦王飲酒〉、〈金銅仙人辭漢歌〉、〈公莫舞歌〉、〈巫山高〉等詩，詠古托興，或暗涉時事；然若效姚文燮《昌谷集注》之詮釋，欲一一牽合史實，又恐不免穿鑿。以上諸詩，內容可取，文辭亦美，固讀賀詩者所重。此外，則以感嘆遭際不偶、抱負不酬、年光短促、世事無常，以及刻劃藝事、景物之作為多，雖內容習見，而筆調則新；其有涉於天界之幻想，境界尤美。惟受齊梁「宮體」影響之艷詞，常庸靡無可觀，若〈惱公〉之類，且媟褻不異元稹之〈會真詩〉。賀詩好鋪陳華艷事物，又好用啼泣鬼血等字，艷麗陰冷，皆過於人；且聞見之官常出以「通感」，動狀之詞喜取夫堅重；常以成羣之意象，疊舉交織而成篇，復時時泯其時空與人物替換之跡象，故其風格，兼具冷艷與奇詭。其長處，為用筆巉刻，形象富麗，結構奇特，在唐人中別闢蹊徑。昔人以鬼才譏賀，然其戛戛獨造，創盛唐大家未見之格調，如杜牧《李賀集》〈序〉所云「求取情狀，離絕遠去筆墨蹊徑間」，李商隱〈李長吉傳〉所云「未嘗得題然後為詩，如他人思量牽合以及程限為意」，《舊唐書》本傳所云「其文思體勢，如崇巖峭壁，萬仞崛起，當時文士從而效之，無能彷彿者」，嚴羽《滄浪詩話》所云「長吉之瑰詭，天地間自欠此體不得」，沈德潛《唐詩別裁》所云「天地間不可無此種文筆，有樂天之易，不可無長吉之難」者，不謂之天才不可也。惟賀天才雖高，而享年過短，得於後天者不豐，故其詩功，猶覺深純不足。其短處，即用詞時涉生硬，層次脈絡時有未安，隱晦費解處頗多。若張表臣《珊瑚鈎詩話》所云「怪險蹶趨」、「牛鬼蛇神太甚」，李東陽《懷麓堂詩話》所云「過於劌鉥」、「有山節藻棁而無梁棟」，黃子雲《野鴻詩的》所云「能鑿幽而不能抉明」者，亦非少見。長吉詩固以冷艷奇詭為主，然若〈南園十三首〉之「可憐日暮嫣香落」、「請君直上淩烟閣」、「不見年年遼海上」三章，〈馬詩〉之「向前敲瘦骨」、「何當金絡腦」、「夜來霜壓棧」等章，〈昌谷北園新筍四首〉之「更容一夜抽千尺」、「無情有恨何人見」二章，或婉約，或瘦勁；〈感諷五首〉，高亢軒爽處近曹植、左思，深厚質樸處近子美、淵明；〈榮華樂〉之「將迴日月先反掌，欲作江河惟畫地」、「誰知花雨夜來過，但見池臺春草長」、「當時飛去逐彩雲，化作今日京華春」三聯，轉接收束，極具神力，則又見其格之非止一端，才之不可限量。佳作尚有〈天上謠〉、〈李憑箜篌引〉、〈夢天〉、〈浩歌〉、〈秋來〉、〈羅浮山人與葛篇〉、〈致酒行〉、〈贈陳商〉、〈楊生青花紫石硯歌〉、〈苦晝短〉、〈江南曲〉、〈高軒過〉、〈將進酒〉、〈聽穎師彈琴〉等篇，辭甚美而意不甚晦。是知隱晦者，賀詩之缺點而非其優點。今人有囿於西方「現代派」之旨趣，專以賀詩之隱晦自文者，亦何所補益哉！

晚唐國勢益衰微，詩多嘆惋之音，乏雄渾之氣。惟初期之杜牧，論詩頗重氣，其〈答莊充書〉謂文章：「以意為主，以氣為輔，以辭采章句為之兵衛。」故陳振孫《直齋書錄解題》謂：「杜紫薇才高，俊邁不羈，其詩有氣概，非晚唐人所及。」所不及者，「氣概」而已，其詩固非晚唐之最工者。論風格：劉克莊《後村詩話》、胡震亨《唐音癸籤》引徐獻忠語、楊慎《升庵詩話》，皆目為「拗峭」，所指以七律為主；胡應麟《詩藪》目為「俊爽」；翁方綱《石洲詩話》目為「筆力回斡」；宋人有評其「豪而艷，宕而麗」者，李調元《雨村詩話》亦謂「杜牧之詩，輕倩秀艷，在唐賢中另是一種筆意，故學詩者，不讀小杜詩必不韻」；劉熙載《藝概》目為「雄姿英發」。竊謂以「俊爽」之評為近。蓋牧之艷麗語亦疏宕，其詩雖豪而不雄，氣則軒爽；「拗折」、「回斡」惟七律間有之；有「韻」者在七絕佳作。若五古與五言排律，雖頗肆力鋪排，然靡麗語與質直語，時相夾雜，厥體不純；七言古或語豪而意淺，或起調工而承結鬆懈；五言律絕佳作亦少。最工者七言律絕。七律若〈河湟〉、〈潤州二首〉、〈西江懷古〉、〈題宣州開元寺水閣〉、〈自宣城赴官上京〉、〈登池州九峰樓寄張祜〉、〈齊安郡晚秋〉、〈九日齊山登高〉、〈八月十二日得替後移居霅溪館因題長句四韻〉、〈早雁〉、〈湖南正初招李郢秀才〉，皆俊邁亢爽，晚唐詩之以「氣概」勝者。七絕抒情寫景有韻味者，如〈將赴吳興登樂遊原一絕〉、〈江南春絕句〉、〈題齊安城樓〉、〈初冬夜飲〉、〈題禪院〉、〈寄揚州韓綽判官〉、〈送隱者一絕〉、〈贈別〉、〈山行〉、〈清明〉；感時詠古，以議論勝而韻味亦佳者，如〈過華清宮絕句三首〉其一、〈登樂遊原〉、〈讀杜韓集〉、〈赤壁〉、〈泊秦淮〉、〈題桃花夫人廟〉、〈題烏江亭〉、〈金谷園〉。

晚唐詩最工者，當推李商隱。商隱詩最有特色者，亦為七言律絕。五言近體佳作較少；五古若〈驕兒詩〉、〈行次西郊作一百韻〉，七古若〈韓碑〉，雖膾炙人口，然模仿左思、杜甫與韓愈，不能顯示其獨創之風格。七律佳作有二類：一為感時詠史或明顯之抒懷詩。〈隋師東〉，寫敬、文朝討橫海節度使李同捷之戰也；〈重有感〉，寫文宗時昭義節度使劉從諫表請誅宦官也；〈馬嵬二首〉其一、〈曲江〉，哀馬嵬與「甘露」之變也；〈富平少侯〉，諷敬宗或貴冑也；〈杜工部蜀中離席〉，憂吐蕃之擾蜀也；〈楚宮〉、〈茂陵〉、〈籌筆驛〉、〈南朝〉其二、〈隋宮〉其二，詠史也；〈安定城樓〉、〈潭州〉、〈春日寄懷〉、〈深宮〉、〈寫意〉、〈二月二日〉、〈梓州罷吟寄同舍〉，抒懷也；

〈七月二十九日崇讓宅讌作〉、〈九日〉，則抒懷又兼憶內與寄望於令狐綯矣。一為艷情詩。此類詩聚訟最多，或謂以艷情為主，或謂以寄托為主。李氏〈上河東公啟〉自謂：「至於南國妖姬，叢臺妙伎，雖有涉於篇什，實不接於風流。」〈有感〉云：「一自〈高唐〉賦成後，楚天雲雨盡堪疑。」〈梓州罷吟寄同舍〉云：「楚雨含情皆有托」，故前人主寄托為主者多，若馮浩《玉溪生詩詳注》所謂「實有寄托者多，直作艷情者少」是也。鄙意以為艷情為主之說近是，何耶？蓋以艷情寄托政治遭際之詩，大抵於艷情只能表面泛寫，始便雙關；若所寫過於逼真細緻，則旨為事迷，何能兩適？商隱此類艷情詩，描寫逼真細緻，於題材又注情深摯，不似言在此而意在彼，事為虛表而旨匿其後者。〈無題〉之「昨夜星辰」、「來是空言」、「颯颯東風」、「相見時難」、「鳳尾香羅」、「重幃深下」等章，及〈重過聖女祠〉、〈昨日〉、〈碧城三首〉、〈春雨〉，皆似艷情也；惟〈一片〉較近於寄托。若艷情諸詩，皆為寄望令狐父子而作，則淒切殷望之深，豈非熱中過甚、自視過卑乎？商隱為人，不當如此。艷情詩非一時之作，亦不必專為一人而作。今人所考為早年「學仙玉陽」之女冠而作宜最可能與最多；亦未必不雜有為「妖姬、妙伎」，與思慕王夫人之作也。其中如「春蠶到死」、「神女生涯」、「風波不信」諸聯，則可作較廣泛之引喻與較近身世之托興，欲如王國維引晏殊、柳永等艷詞以喻治事治學，或譚獻所謂「作者未必然，讀者何必不然」之解者，較適合矣。七律中聚訟最甚者，尤推〈錦瑟〉一詩，元好問所謂「獨恨無人作鄭箋」，王士禛所謂「一篇〈錦瑟〉解人難」是也。眾說中，以自傷、悼亡二說為最近。起聯如紀昀所謂「借錦瑟起興」；竊謂「思華年」三字實為題眼，不可忽視。若作自傷解：頷聯則前塵如夢，傷心難解；頸聯則失意與得意相形。作悼亡解：頷聯則舊事淒迷，悼傷情苦；頸聯亦泣珠、埋玉之痛。結聯曲折倒筆，情味特佳，與絕句「巴山夜雨」兩句，同一機杼。詩所以能作兩解者，以其意象與含義，有如西方所謂有「多義性」與「多層性」在。此為商隱詩特擅之妙，亦其索解為難之一因也。

七絕佳作：〈初食筍呈座中〉、〈漢宮詞〉、〈謁山〉，自喻也；〈海上〉、〈華岳下題西王母廟〉、〈瑤池〉、〈賈生〉、〈槿花〉、〈楚宮詞〉、〈為有〉，諷世也；〈齊宮詞〉、〈東阿王〉、〈南朝〉其一、〈隋宮〉其一、〈詠史〉（北湖南埭）、〈北齊二首〉、〈嫦娥〉，詠史也；〈宿駱氏園亭寄懷崔雍崔袞〉、〈寄令狐郎中〉、〈花下醉〉、〈夜雨寄北〉、〈初起〉、〈有感〉（非關宋玉）、〈正月十五夜聞京有燈恨不得觀〉、〈霜月〉，明白抒情也；〈驪山有感〉、〈龍池〉、〈馬嵬二首〉其一、〈李衛公〉，直詠唐事也。

宋蔡啟《寬夫詩話》引王安石語，謂：「唐人知學杜，而得其藩籬者，惟義山一人而已。」葉夢得《石林詩話》云：「唐人學老杜，惟商隱一人而已。」商隱學杜，主要在七律，變杜詩之雄渾勁健而為綿密婉麗，貌不襲而神理深契。在七律中造綿密婉麗之境者，自商隱始也。七絕則承盛唐李、王之風調，而境益開拓，辭益淒婉。晚唐絕句，亦得牧之之雋爽，義山之婉麗，而風神乃出，此其開創之績，亦不可沒。葛立方《韻語陽秋》引楊億評義山詩為「包蘊密致」，「味無窮而炙愈出」；范溫《潛溪詩眼》評為「高情遠意」；《石林詩話》評為「精密華麗」；朱弁《風月堂詩話》評詩有「置杜集中亦無愧」者，「然未似杜沉涵汪洋，筆力有餘也」；劉克莊《後村詩話》評為「鍛煉精粹」；敖陶孫《詩評》評為「綺密瑰妍」；辛文房《唐才子傳》評為「言深旨遠」；范梈《木天禁語》評為「微密閑艷」；《唐詩品彙》評為「隱僻」；《詩藪》評為「精深」；賀裳《載酒園詩話》評為「綺才艷骨」，「妙於纖細」；何焯《義門讀書記》評為學杜「頓挫曲折，有聲有色，有情有味」；朱鶴齡《李義山詩集箋注》〈序〉評為「沉博絕麗」；宋犖《漫堂說詩》評為「造意幽邃，感人尤深」；《四庫提要》評為「詞皆縟麗」，而「感時傷事，尚得風人之旨」；馮浩

《玉溪生詩詳注》〈序〉評為「設采繁艷，吐韻鏗鏘，結體深密」，而「旨趣遙深」；姚鼐《今體詩鈔》評為「第以矯敝滑易，用思太過，而僻晦之病又生」；施補華《峴傭說詩》評為「穠麗之中，時露沉鬱」；翁方綱《石洲詩話》評為「微婉頓挫，使人迴腸蕩氣」；方東樹《昭昧詹言》評為「藻飾太甚，則比興隱而不見」；劉熙載《藝概》評為「深情綿邈」。合而參之，可以略見其風格特點與利病所在矣。

溫庭筠詩與李商隱齊名，其相近者在近體，然語較清疏薄弱，無義山之沉摯，相去頗遠。惟七律〈過陳琳墓〉、〈經五丈原〉、〈蘇武廟〉三首，精工渾厚，筆調介牧之、義山間，堪與二人佳作比高下。五律惟「雞聲茅店月，人跡板橋霜。」「高風漢陽渡，初日郢門山」等聯為佳。樂府歌行最艷麗，遠效齊梁，近欲取法李賀而變其幽冷。然多艷而傷骨，意溺於詞，若《文心雕龍》所謂「豐藻克贍，風骨不飛」者，諷諭之力，殆不及賀。惟其形式之穠艷，在唐詩中確有特色。

胡應麟《詩藪》謂杜牧、溫、李及許渾四家，為「晚唐之錚錚者」，又評許詩為「整密」；范晞文《對床夜語》亦甚美許詩。許之《丁卯集》，除少數絕句外，餘皆五七律及五言排律，全集無古體，故人輕其氣格不宏，如《韻語陽秋》稱其「源不長」、「流不遠」。其詩佳句，時有重用，故姚鼐《今體詩鈔》疑其有「似先得句然後加題附合者」；《韻語陽秋》、《桐江詩話》又譏其用詞常複。七律〈金陵懷古〉、〈咸陽城東樓〉、〈朝臺送客有懷〉、〈登尉佗樓〉四首最高亢，餘淺弱，故《唐詩品彙》評其長於懷古；句如：「一樓酒盡青山暮，千里書回碧樹秋。」「病來送客難為別，夢裡還家不當歸。」亦佳。五律佳句頗多，抒情如：「管弦愁裡老，書劍夢中忙。」「家貧為客早，路遠得書稀。」「久病先知雨，長貧早覺秋。」「獨愁秦樹老，孤夢楚山遙。」「無計延春日，可能留少年？」「旅遊知世薄，貧別覺情深。」及「繁華水不回」、「心孤易感恩」、「求人顏色盡」等句；寫景如「雁來秋水闊，鴉盡夕陽沉。」「地窮山盡處，江泛水寒時。」「山形朝闕去，河勢抱關來。」「落帆秋水寺，驅馬夕陽山。」「鳥喧羣木晚，蟬急眾山秋。」「簟涼初熟麥，枕膩乍經梅。」「烟晴和草色，夜雨長溪痕。」「鄉連雲外樹，城閉月中花。」「楊柳北歸路，蒹葭南渡舟。」「鐘韻花猶斂，樓陰月向圓。」「高窗雲外樹，疏磬雨中山。」「葦花迷夕棹，梧葉落秋砧。」「春橋懸酒幔，花柵集茶檣。」「薄烟楊柳路，微雨杏花村。」「早霜雞喔喔，殘日馬蕭蕭。」及「山明夜燒雲」、「溪雨豆花肥」、「涼露花斂夕」等句。大抵七律機調之圓，不及劉長卿，而善白描似之；五律琢句之功，有類「十子」，而佳作過之。絕句如〈謝亭送別〉、〈途經秦始皇墓〉、〈過湘妃廟〉等，較有味。

晚唐詩人頗多，多作近體詩，雖有佳篇佳句流傳，然觀其全集，則格多卑弱猥雜；或氣體命意較佳，如聶夷中，則存詩無多，高者亦無出傳誦之〈詠田家〉右。昔時最著名者，尚有皮日休、陸龜蒙、韓偓三家；今人則又尊杜荀鶴。皮日休、陸龜蒙近體淺俗；古體及排律僻怪。皮詩可觀者惟〈三羞〉、〈七愛〉、〈正樂府十篇〉及絕句〈汴河懷古〉其二；陸詩可觀者惟〈築城詞二首〉及絕句〈白蓮〉、〈吳宮懷古〉。杜荀鶴詩全為近體，亦淺俗。五律〈春宮怨〉，一作周樸；七絕〈旅舍遇雨〉、〈聞子規〉，稍有味。〈山中寡婦〉、〈亂後逢村叟〉、〈題所居村舍〉、〈再經胡城縣〉、〈蠶婦〉、〈田翁〉等篇，為集中最有現實意義者，惜形象猶欠豐滿，有近於今人所謂「概念化」處。

韓偓《香奩集》多艷薄語，為後世〈疑雲〉、〈疑雨〉一類詩濫觴，不足望李商隱，其格且在溫庭筠近體之下。《翰林集》氣體較佳，然亦有近《香奩》者。《香奩》最傳誦者為「已涼天氣未寒時」、「一生贏得是淒涼」兩章，後者則有句無篇矣。《翰林》中佳作當推七律〈登南神光寺塔院〉之「中華地向邊城盡，外國雲從海上來。四序有花長見雨，一冬無雪卻聞雷。」〈春盡〉之「細水浮花歸別浦，斷雲含雨入孤村。人閑易得芳時恨，地迴難招自古魂。」〈三月〉之「四時最好是三月，一去不回惟少年。吳國地遙江海接，漢陵魂斷草連天」等句及絕句〈騰騰〉、〈初赴期集〉等。

# 三
# 宋詩話

顧炎武《日知錄》云:「三百篇之不能不降而《楚辭》,《楚辭》之不能不降而漢魏,漢魏之不能不降而六朝,六朝之不能不降而唐也,勢也。」唐詩之不能不降而為宋,亦勢也。《滄浪詩話》謂唐詩「透徹玲瓏」,「言有盡而意無窮」,宋詩則有「以文字為詩,以才學為詩,以議論為詩」之病;劉克莊〈竹溪詩序〉謂宋詩多「經義策論之有韻者爾,非詩也」;楊慎《升庵詩話》謂「唐人詩主言情,去三百篇近,宋人詩主言理,去三百篇卻遠矣」,是輕宋詩也。吳之振《宋詩鈔》〈序〉謂「宋人之詩,變化於唐,而出其所得,皮毛落盡,精神獨存」;葉燮〈原詩〉以圖畫作譬,謂「盛唐之詩,濃淡遠近層次,方一一分明,能事大備。宋詩則能事益精,諸法變化,非濃淡遠近層次所得而該,刻劃變化,無所不極」;翁方綱《石洲詩話》謂「詩至宋人而益加細密,蓋刻抉入裡,實非唐人所能囿也」,是重宋詩也。夫詩乃語言文字之藝術,文字何能不工?無才無學,則魯鈍空疏,又何能為詩?此不待辯而明,滄浪何得不知?其意殆斥徒逞才炫博,弄奇於文字,致傷詩之性情興會與含蓄耳。至宋詩議論之多,為社會背景與文學流變二者所演成,則滄浪諸人,不能盡明。蓋宋代立國,勢成積弱;而其擴大科舉制,以文人知軍政,士以應試入仕,不乏居高位有吏責者,究心時事,必深入實際,不能徒托空言;且承儒道釋三家思想爭昌競盛之後,學者於此,不能不思所以取捨,故有宋為一士人深入思考政治與哲理之時代。緣此思考,而詩文遂多其議論。況唐詩既完成古近各體,且舉國計民生、仕宦隱逸、征戍亂離、山川勝跡、邊庭風物、閨情旅況諸端無不言，邁越前古而呈極盛。宋人繼之，體裁無所創造，題材難於開拓，亦唯有求新變於技巧與議論。其後金蒙入侵，國土淪喪，危亡岌岌，反映民族矛盾，乃有唐人所不及見之內容。欲加比較，則唐詩善攄情，以韻味勝；宋詩工言理，以意趣勝。唐詩較渾厚，宋詩工委曲。唐詩以氣魄雄偉勝，宋詩以意態閒遠勝。唐人豪邁者，宋人欲變之以幽峭；唐人粗疏者，宋人欲加之以工緻；唐人流利者，宋人欲出之以生澀；唐人平易者，宋人欲矯之以艱辛；唐人藻麗者，宋人欲還之以樸淡；唐人白描者，宋人欲益之以書卷；唐人酣暢者，宋人欲抑之以婉約；唐人多煉實字，宋人兼煉虛字。唐詩多情事交融、情景交融之作，宋詩更多情理交融之境。所謂技巧與議論之新變，大體如是。面目既不能無異，得失亦自有不同。惟所比較，乃著其兩端，中間相似，亦自不少，無能截然分割。

宋初徐鉉、李昉、王禹偁詩效白居易，魏野、林逋、九僧詩效晚唐，體多柔弱；王禹偁氣格較高，然傷直致；楊億、錢惟演、劉筠等效李商隱，為《西崑酬唱集》，間有佳作，而不免敷衍典實，流為獺祭，失商隱涵情綿邈之勝。逮蘇舜欽出，始以雄邁之筆，轉移五代以來卑弱之風；梅堯臣出，始以古勁之姿，開創宋詩新面目。蘇梅齊名，而詩風有異。歐陽修〈水谷夜行寄子美聖俞〉云：「子美氣尤雄，萬竅號一噫。有時肆顛狂，醉墨灑滂沛。譬如千里馬，已發不可殺。盈前盡珠璣，一一難柬汰。梅翁事清切，石齒漱寒瀨。作詩三十年，視我猶後輩。文詞愈清新，心意雖老大。譬如妖韶女，老自有余態。近詩尤古硬，咀嚼苦難嘬。初如食橄欖，真味久愈在。蘇雄以氣轢，舉世徒驚駭。梅窮我獨知，古貨今難賣。」善狀其異同。〈答子美離京見寄〉又稱蘇氏：「其於詩最豪，奔放何縱横。間以險絕句，非時震雷霆。」舜欽古體若〈慶州敗〉、〈己卯冬大雪有感〉、〈吳越大旱〉、〈哭師魯〉，近體若〈過蘇州〉、〈淮中晚泊犢頭〉，酣恣豪逸，為最佳。然負才馳氣，常一往不復；又早卒，不得如梅之長年寢饋，刻意琢磨，故創獲為遜。

梅堯臣詩所以開創宋詩新貌者，效杜詩拗樸之一體，衍韓孟峭硬之緒端，變唐調之諧美渾涵而為宋詩之質實演迤，鋪敘則暢辭語之縱放，澡心則求意趣之生新是也。其作用則如《宋詩鈔》引元人龔嘯語：「去浮靡之習於崑體極弊之際，存古淡之道於諸大家未起之先，此所以為都官詩也。」葉夢得《石林詩話》評其詩：「盡變崑體，獨倡生新。必辭盡於言，言盡於意，發揮鋪寫，曲折層累以赴之，竭盡乃止。」歐陽修《六一詩話》評：「覃思精微，以深遠閒淡為宗。」〈梅聖俞墓誌銘〉評：「其初喜為清麗閒肆平淡，久則涵衍深遠，間亦琢刻以出輕巧，然氣完力餘，益以老勁。其應於人者多，故辭非一體。」梅氏亦自言：「因吟適性情，稍欲到平淡。」「作詩無古今，欲造平淡難。」綜其特色：一曰善用平淡澀硬之筆，於拙樸中見深厚悠遠，如〈陶者〉、〈田家語〉、〈汝墳貧女〉、〈悼亡三首〉、〈書哀〉、〈戊子三月二十一日殤小女稱稱三首〉、〈岸貧〉、〈村豪〉、〈小村〉、〈淘渠〉、〈東溪〉諸作。一曰善用紆餘委備之筆，於瑣屑中見生新婉曲，如〈寄永興招討夏太尉〉、〈初冬夜座憶桐城山行〉、〈寄滁州歐陽永叔〉、〈大風〉、〈東城送運判馬察院〉、〈寧陵阻風雨寄都下親舊〉、〈依韻和丁元珍見寄〉、〈得王介甫常州書〉、〈永叔內翰見索謝公游嵩書感嘆希深師魯子聰幾道皆為異物獨公與余二人在世因作五言以敘之〉、〈送弟禹臣〉諸作。若〈黃河〉之雄渾，〈龍女祠祈順風〉之清雋，殆亦「辭非一體」之類乎？惟過求生新古拙，故時有粗糙惡俗語；又多尋常酬答及詠食物用具等乏味之作。古今人有過於推求其疵者，亦有過揚其美而掩其疵者，皆不得其平。朱自清《宋五家詩鈔》云：「平淡有二。韓詩云：『艱窮怪變得，往往造平淡。』梅平淡是此種。朱子謂：『陶淵明詩平淡出於自然。』此又是一種。」於梅詩之平淡，體會頗真。

與梅堯臣並時，而詩之影響大於堯臣者，為歐陽修。蘇軾序《居士集》，謂其「詩賦似李白」，堯臣〈和永叔澄心堂紙答劉原甫〉，謂其詩似韓愈。永叔之似李白，不在筆墨之恣肆，而在風情之灑脫；其似韓愈，不在辭語之險詭，而在氣格之恢振。《石林詩話》謂其詩「多平易疏暢」，然「專以氣格為主」；《宋詩鈔》亦謂「其詩如昌黎，以氣格為主。昌黎時出排奡之句，文忠一歸之於敷愉，略與其文相似也」。永叔詩得力昌黎，然不襲其貌，而得其用筆之伸縮離合；變其恢詭而為舒暢和易，即所謂「敷愉」也。古體若〈食糟民〉、〈奉答子華學士安撫江南見寄之作〉、〈送張洞推官赴永興經略司〉、〈邊戶〉、〈答揚辟喜雨長句〉、〈南獠〉、〈答朱寀捕蝗詩〉之議論政治，〈水谷夜行寄子美聖俞〉、〈洛陽牡丹圖〉、〈啼鳥〉、〈百子坑賽龍〉、〈鞏縣初見黃河〉之狀物態，〈豐樂亭小飲〉、〈寄聖俞〉、〈讀書〉、〈綠竹堂獨飲〉、〈書懷感事寄梅聖俞〉、〈送張屯田歸洛歌〉、〈春日西湖寄謝法曹歌〉之抒情懷、述經歷，皆從實處出發，熨貼條達，而立意用筆，又時有曲折清峻之致；以議論見長，又時有深情行乎其中；叶險韻僻韻，皆工穩無艱難勉強之病。其議論政治，反覆申敘，又能提出具體主張，得其政論文之精神脈理；既顯宋詩之切實，又不失唐人風致，質而不枯，既見學識，又不失性情，尤具特色。《石林詩話》又載其最得意〈廬山高贈同年劉中允歸南康〉、〈明妃曲和王介甫作〉、〈再和明妃曲〉三詩。〈明妃曲〉格調不異上述諸詩；〈廬山高〉句法過於似文，不免做作，實非其至。其古體短章之以風致勝者，尚有〈風吹沙〉、〈晚泊岳陽〉、〈眼有黑花戲書自遣〉等篇。近體疏暢中擅風致者，如〈戲答元珍〉、〈豐樂亭遊春〉其一其三、〈畫眉鳥〉、〈別滁〉、〈夢中作〉、〈唐崇徽公主手痕和韓內翰〉、〈集禧謝雨〉諸章是也；疏暢中見氣格者，〈招許主客〉、〈贈王介甫〉諸章是也。

早歲受知歐陽修，修以李詩韓文期之者，為王安石。然安石生平論詩，尊杜而不喜太白，故受杜影響深。《冷齋夜話》謂：「舒王言歐公，今代詩人未有出其右者。」實亦尊崇韓、歐，濡染其格調。《漫叟詩話》謂王作〈歲晚〉詩，嘗自比謝靈運；而柳宗元稱為唐之謝靈運，故其詩又受康樂、柳州之影響。根柢所在，為此數家；然又博覽唐人詩，融通變化，自成一宗。安石議政之詩，見解時有泥古之病，通達不如永叔；〈兼并〉、〈收鹽〉、〈省兵〉、〈發廩〉、〈感事〉諸作，說理過於抽象質直，不如永叔之能兼賫情事。長篇敘事之作，過於繁冗，亦不如永叔之疏暢；其詩好談禪理，永叔無此病。此其不如永叔處。然其工者之矜煉精緻，工於嗟嘆，淒婉含蓄，饒有餘味，則勝於永叔，此亦其詩風格特色之所在也。《宋詩鈔》評：「精嚴深刻，皆步驟老杜所得。而論者謂其有工緻，無悲壯，讀之久則令人筆拘而格退。余以為不然。安石遺情世外，其悲壯即寓閒淡之中。獨是議論過多，亦一病爾。」頗得其要。其詩好點竄前人佳句。變化其意境，有工有拙；至於獨運匠心，修辭煉字，刻意大謝；命意煉句，師法杜陵，所得有非同時他家可及者。古近體皆五言不如七言。五古〈獨臥有懷〉、〈鳳凰山〉、〈道人北山來〉、〈客至當飲酒〉其二、〈強起〉較佳。七古〈明妃曲〉二首、〈純甫出釋惠崇畫要予作詩〉、〈桃源行〉、〈陳橋〉、〈彭蠡〉、〈牛渚〉、〈書任村馬舖〉、〈葛蘊作巫山高愛其飄逸因亦作兩篇〉其二、〈眾人〉諸篇為最佳。五律〈半山春晚即事〉、〈定林〉、〈送鄧監簿南歸〉、〈東陽道中〉、〈壬辰寒食〉、〈次韻沖卿過睢陽〉較佳。七律〈次韻酬龔深甫二首〉其二、〈次韻酬朱昌叔五首〉其二、〈登寶光塔〉、〈送彥珍〉、〈示長安君〉、〈思王逢源三首〉其二、〈次韻平甫金山寄親友〉、〈予求守江陰未得酬昌叔江陰見及之作〉、〈次韻答平甫〉、〈葛溪驛〉、〈寄友人〉、〈讀史〉、〈除夜寄舍弟〉諸篇為最佳；〈除夜寄舍弟〉，清空一氣，瘦勁盤折，又復含思淒婉，則深得杜陵〈送路六侍御還朝〉、柳州〈別舍弟宗一〉諸作之骨力，而神情益為淡宕悵惘，尤為宋人七律新能事。絕句五言佳者如〈題齊安壁〉、〈雜詠四首〉其一、〈梅花〉；六言如〈題西太一宮壁〉。七絕佳作最多，如〈題畫扇〉、〈元日〉、〈初晴〉、〈南蕩〉、〈南浦〉、〈竹里〉、〈木末〉、〈初夏即事〉、〈北陂杏花〉、〈北山〉、〈出郊〉、〈中年〉、〈書湖陰先生壁二首〉、〈泊船瓜洲〉、〈金陵即事三首〉其一、〈烏塘〉、〈柘岡〉、〈賜也〉、〈送和甫至龍安微雨因寄吳氏女子〉、〈過外弟飲〉、〈題張司業詩〉、〈懷鍾山〉、〈夜直〉、〈愍儒坑〉、〈暮春〉、〈登飛來峰〉皆是。世謂安石詩最工絕句。如《誠齋詩話》:「五七字絕句最少而最難工，雖作者亦難得四句全好。晚唐人與介甫最工於此。」《竹莊詩話》引黃庭堅語：「荊公暮年作小詩，雅麗精絕，脫去流俗，每諷味之，便覺沆瀣生牙頰間。」《滄浪詩話》:「公絕句最高，其得意處高出蘇黃陳之上，而與唐人尚隔一關。」所見有相同處。惟誠齋謂絕句以晚唐為工，未免無視盛唐；滄浪謂東坡絕句不如王，未免偏頗；唐宋人絕句格趣有異，出於時世推移，不能強同，「終隔一關」之語，不免為專唐昧變之成見。又謂安石詩暮年方妙，如《石林詩話》:「王荊公晚年詩律尤精嚴，造語用字，間不容髮，然意與言會，言隨意遣，渾然天成，殆不見有牽率排比處。」「王荊公少以意氣自許，故詩語惟其所向，不復更為含蓄。」「後為羣牧判官，從宋次道盡假唐人詩集，博觀而約取，晚年始盡深婉不迫之趣。」《漫叟詩話》:「荊公定林後詩精深華妙，非少作之比。」《賓退錄》:「王荊公詩至知制誥乃盡善，歸蔣山乃造精絕，其後比少作如天淵相絕矣。」前後有深淺，而「天淵相絕」，則言之太過。

王令逢源，高才耿介，極為王安石所重。詩學韓孟，惜年二十八即卒，未能大就。近體粗獷，句如〈良農〉之「歉歲糠糟絕，高門犬馬肥。」〈和洪與權逃民〉之「常得民愚猶是幸，不然死等竟何為？」亦沉痛警拔。古體〈偶聞有感〉、〈龍興雙榆〉、〈原蝗〉、〈張巡〉、〈餓者行〉，皆奇氣縱橫；〈過揚子江〉，學韓尤肖；若〈暑旱苦熱〉，立意高，設想妙，既極警拔，又甚軒豁，求之昌黎、東野集中，亦不可得，真一時天才興會之傑作也。

曾鞏為唐宋古文八大家之一，然宋人彭淵材謂其不能詩，為江南第五恨；蘇軾〈記少遊論文〉謂秦觀以為「曾子固以文名天下，而有韻者輒不工」，此殆不然。鞏近體固多板質，佳句如〈楚澤〉之「盜賊恐多從此始，經綸空健與誰論？」〈閒行〉之「轉覺所憂非己事，盡從多難見人情。」〈甘露寺多景樓〉之「雲亂水光浮紫翠，天含山氣入青紅。」寥寥無幾。然古體則寓曲折峭勁於平實幽淡之中，與永叔、介甫，貌殊而工匹，亦得力於其文，〈謝章伯益惠硯〉、〈雪詠〉、〈山茶花〉、〈辛亥三月十五日〉、〈追租〉、〈路中對月〉、〈聽鵲寄家人〉，可見其情致。

蘇軾詩出入八代有唐，尤得力於陶、李、杜、韓、白、柳及韋應物、劉禹錫諸家，於宋亦復借鑒歐、梅，故為李杜後又一大綜合宗匠，宋詩氣焰，至其詩而大張。其人才學既富，性又豪邁，於儒道釋三家之思想，善為取捨融會，故詩境恣肆開闊，高遠超曠；而言情狀物，行所無事，又無不曲折條達，機趣橫生。議論較多，有近於偈語，不免禪障者；然佳者皆理與情事景交融之作。〈李杞寺丞見和臘日遊孤山復用原韻答之〉、〈雨中遊天竺靈感觀音院〉、〈八月十五日看潮〉其四、〈湯村開運鹽河雨中督役〉、〈畫漁歌〉、〈吳中田婦嘆〉、〈山村五絕〉、〈答呂梁仲屯田〉、〈五禽言〉其二、〈陳季常所蓄朱陳村嫁娶圖〉其二、〈漁蠻子〉、〈連江雨漲〉其一、〈荔枝嘆〉、〈和陶勸農六首〉，關心民瘼，譏諷時政，皆發乎見聞，不落空洞。至於諦觀宇宙人生，述其感觸，若所謂「腐儒亦解愛聲色，何用白首談孔姬？」「富貴本無定，世人自榮枯。囂囂好名心，嗟我豈獨無？不能便退縮，但使進少徐。」「崎嶇世事人應笑，冷淡為歡意自長。」「鳥囚不忘飛，馬繫常念馳。靜中不自勝，不若聽所之。君看厭事人，無事乃更悲。」「平生傲憂患，久矣恬百怪。」「耕田欲雨刈欲晴，去得順風來者怨。若使人人禱輒遂，造物應須日千變。」「仁義大捷徑，詩書一旅亭。相夸綬若若，猶誦麥青青。」「視下則有高，無前孰為後？達人千鈞弩，一弛難再彀。下士沐猴冠，已繫猶跳驟。欲將駒過隙，坐待石穿溜。」「覺來俯仰失千劫，回視此水殊委蛇。君看岸邊蒼石上，古來篙眼如蜂窠。但應此心無所住，造物雖駛如吾何？」「我生天地間，一蟻寄大磨。區區欲右行，不救風輪左。」「一歡難把玩，回首了無在。欲渡來時溪，斷橋呼淺瀨。」「欲除苦海浪，先乾愛河水。」「細看造物初無物，春到江南花自開。」「才大古難用，論高常近迂。……浮雲無根蒂，黃潦能須臾。知經幾成敗，得見真賢愚。」「治生不求富，讀書不求官。譬如飲不醉，陶然有餘歡。」「小人營餱糧，墮網不知羞。我亦戀薄祿，因循失歸休。不須論賢愚，均是為食謀。」「泰山秋毫兩無窮，巨細本出相形中。大千起滅一塵裡，不知杭潁誰雌雄？」「江左風流人，醉中亦求名。淵明獨清真，談笑得此生。」「周公與管蔡，恨不茅三間。……禽魚豈知道，我適物自閒。」「教我同光塵，月固不勝燭。」「力惡不己出，時哉非汝爭。」「少壯欲及物，老閒餘此心。」「只知楚越為天涯，不知肝膽非一家。此身如線自縈繞，左旋右轉隨繅車。誤拋山林入朝市，平地咫尺千褒斜。」「一氣混淪生復生，有形有心即有情。共見利欲飲食事，各有爪牙頭角爭。爭時怒發霹靂火，險處直在嵌岩坑。人偽相加有餘怨，天真喪盡無純誠。徒自取先用極力，誰知所得皆空名。」「糴米買束薪，百物資之市。不緣耕樵得，飽食殊少味。」「當歡有餘樂，在戚亦頹然。淵明得此理，安處故有年。」「老馬不耐放，長鳴思服輿。故知根塵在，未免病藥俱。」「老雞臥糞土，振羽雙瞑目。倦馬驟風沙，奮鬣一噴玉。垢淨各殊性，快愜聊自沃。」「萬物互起滅，百年一踟躇。漂流四十年，今乃言卜居。且喜天壤間，一席亦吾廬。」「朝陽入北林，竹樹散疏影。短籬尋丈間，寄我無窮境。」「人間無正味，美好出艱難。……此心苟未降，何適不間關。」「上天不難知，好惡與我一。方其未定間，人力破陰騭。小思待其定，報應真可必。」「軒裳大爐鞲，陶冶一世人。縱橫落模範，誰復甘飢貧？」「浮雲時事改，孤月此心明。」「自從半夜安心後，失卻當前覺痛人。」則體察深切，妙悟過人，六通四辟，大能益人知慧；雖略偏於說理，情趣寓焉，固無損其興發感動之力量。此其境域有陶李杜韓所未闢者，又得謂宋詩無新開創乎？其詩俯拾諸鄰，最善取譬，或博喻聯翩，或奇妙驚人。〈百步洪〉其一，為博喻之代表；「欲知垂盡歲，有似赴壑蛇。修鱗半已沒，去意誰能遮。」「人生到處知何似？應似飛鴻踏雪泥。泥上偶然留指爪，鴻飛那復計東西？」「城市不識江湖幽，如與蟪蛄語春秋。試令江湖處城市，卻似麋鹿遊汀洲。」「美人如春風，著物物未知。羈愁似冰雪，見子先流澌。」「詩從肺腑出，出輒愁肺腑。有如黃河魚，出膏以自煮。」「人似秋鴻來有信，事如春夢了無痕。」「君家蜂作窠，歲歲添漆汁。我身牛穿鼻，卷舌聊自濕。」「枯松強鑽膏，枯竹欲瀝汁。兩窮相值遇，相哀莫相濕。」「春風如繫馬，未動意先騁。」「千山動鱗甲，萬竹酣笙鐘。」「百年不易滿，寸寸彎強弓。」「萎人常念起，夫我豈忘歸？」「我觀大瀛海，巨浸與天永。九州居其間，無異蛇盤鏡。」則其奇妙者。軾詩論藝，如〈書鄢陵王主簿所畫折枝〉云：「論畫以形似，見與兒童鄰，賦詩必此詩，定知非詩人。」〈子由新修汝州龍興寺吳畫壁〉云：「細觀手面分轉側，妙算毫釐得天契。始知真放本精微，不比狂生生客慧。」則傳神與寫真並重，故其詩之狀物抒情，有極生動逼真，詳略自由，雖雜以議論無害者。如〈江上看山〉、〈辛丑十一月十九日既與子由別於鄭州西門之外馬上賦詩一篇寄之〉、〈石鼓歌〉、〈王維吳道子畫〉、〈真興寺閣〉、〈病中聞子由得告不赴商州〉其一、〈題寶雞縣斯飛閣〉、〈出潁口初見淮山是日至壽州〉、〈泗州僧伽塔〉、〈遊金山寺〉、〈戲子由〉、〈望湖樓醉書五絕〉其一、二、五，〈孫莘老求墨妙亭詩〉、〈法惠寺橫翠閣〉、〈飲湖上初晴雨後〉其二、〈於潛女〉、〈有美堂暴雨〉、〈無錫道中賦水車〉、〈與毛令方尉遊西菩寺〉、〈雪後書北臺壁〉、〈送春〉、〈南園〉、〈和晁同年九日見寄〉、〈韓幹馬十四匹〉、〈讀孟郊詩二首〉、〈送參寥師〉、〈舟中夜起〉、〈大風留金山兩日〉、〈初到黃州〉、〈定惠院東海棠〉、〈南堂〉其、〈棲賢三峽橋〉、〈題西林壁〉、〈郭祥正家醉畫竹石壁上〉、〈同王勝之遊蔣山〉、〈書王定國所藏烟江疊嶂圖〉、〈遊寶雲寺送唐坰赴鄂州〉其二、〈白水山佛跡岩〉、〈遷居〉、〈白鶴峰新居欲成夜過翟秀才〉其一、〈夜夢〉、〈汲江煎茶〉、〈六月二十日夜渡海〉，皆是。蘇詩在諸大家中，氣機最為流走，譬敘最為靈活，又嚴密明暢而不弱，此宋詩之最見才學與工於驅使文字者，在古典詩史上，獨創一種大規模與一種新風格。其激越沉鬱不及李杜，則處境不同，感應不同，不能強似。然過恃才學，掉以輕心，信手漫成，輕滑率易之病亦時見之，貽譏嚴滄浪輩，非盡無故。絕句如〈東欄梨花〉、〈中秋月〉、〈梅花二首〉其二、〈東坡〉、〈金山夢中作〉、〈惠崇春江曉景〉其一、〈贈劉景文〉、〈食荔枝二首〉其二、〈被酒獨行遍至子云威徽四黎之舍〉其一、〈縱筆三首〉、〈澄邁驛通潮閣〉其二，或神韻天然，或意境清真，皆有含蓄不盡之妙，可與唐人及王安石佳作較量長短。昔人評蘇詩者，如《彥周詩話》云：「詞源如長江大河，飄沙卷沫，枯槎束薪，蘭舟綉鷁，皆隨行矣。」《竹莊詩話》引《蔡百衲詩評》云：「天才宏放，宜與日月爭光，凡古人所不到處，發明殆盡。萬斛泉源，未為過也。然頗恨似方朔極諫，時雜滑稽，罕逢蘊藉。」王士禛《古詩選》〈凡例〉謂其「七言長句之妙，自子美、退之後，一人而已」，《漁洋詩話》謂其詩「似《莊子》」，〈題東坡集〉謂為「字字《華嚴》法界來」。《宋詩鈔》云：「氣象宏闊，鋪敘宛轉，子美之後，一人而已。然用事太多，不免失之豐縟，雖其學問所溢，要亦洗削之功未盡也。」《說詩晬語》云：「蘇子瞻胸有洪爐，金銀鉛錫，皆歸熔鑄。其筆之超曠，等於天馬脫羈，飛仙遊戲，窮極變化，而適如意中所欲出，韓文公後又開闢一境界也。」《甌北詩話》云：「以文為詩，自昌黎始，至東坡益大放厥詞，別開生面，而成一代之大觀。今試平心論之，大概才思橫溢，觸處生春，胸中書卷繁富，又足以供其左旋右抽，無不如志。其尤不可及者，天生健筆一枝，爽如哀梨，快如并剪，有必達之隱，無難顯之情，此所以繼李杜後為一大家也。而其不如李杜處，亦在此。蓋李詩如高雲之遊空，杜詩如喬岳之矗天，蘇詩如流水之行地。讀者於此處著眼，可得三家之真矣。」「坡詩不尚雄傑一派，其絕人處，在乎議論英爽，筆鋒精銳，舉重若輕，讀之似不甚用力，而力已透十分。」「坡詩實不以鍛鍊為工，其妙處在乎心地空明，自然流出，一似全不著力，而自然沁入心脾，此其所獨也。」「昌黎之後，放翁之前，東坡自成一家，不可方物。……昌黎放翁，多從正面鋪張，而東坡則反面旁面，左縈右拂，不專以鋪敘見長。昌黎放翁，使典亦多正用；而東坡則驅使書卷入議論中，穿穴翻簸，無一板用者。此數處，似東坡較優。然雄厚不如昌黎，而稍覺輕淺；整麗不如放翁，而稍覺率略。此則才分各有不同，不能兼長也。」《昭昧詹言》謂蘇詩「隨意吐屬，自然高妙，奇氣峰兀，情景湧現」，「然其才學太富，用事奔湊，亦開俗人流易滑輕之病」。《藝概》云：「東坡詩打通後壁說話，其精微超曠，真足以開拓心胸，推倒豪傑。」「東坡詩推倒扶起，無施不可，得訣只在能透過一層及善用翻案耳。」「滔滔汩汩說去，一轉便見主意，《南華》、《華嚴》最長於此。東坡古詩慣用其法。」「東坡〈題與可畫竹〉云：『無窮出生新』，余謂此句可為蘇詩評語。」較能得其氣概。

蘇門四學士，黃庭堅別樹一幟，為「江西派」宗主，當別論。餘三家，晁補之詩骨力最堅蒼，張耒詩情趣最暢適，而後世得名不如秦觀。觀五古受「選體」影響頗甚，七古律詩機調俱平，實不及二家；獨七絕如〈泗州東城晚望〉之「林梢一抹青如畫，應是淮流轉處山。」〈春日〉之「有情芍藥含春淚，無力薔薇臥曉枝。」〈秋日〉之「菰蒲深處疑無地，忽有人家笑語聲」等句，風韻勝於二家耳。

《滄浪詩話》所譏以議論、書卷為詩者，最集矢於黃庭堅。庭堅詩在宋人中，議論實不為最多，且頗剪裁含蓄，不為直截語；其不足處在內容多儒道常理及禪門機鋒，少新鮮創闢之談。其用典可厭處，在詠物饋餉之作，中乏深意，徒資故事為搬弄；其意境佳者，固不因用典而病。其抒情詩亦頗務曲折含蓄，但意境深厚，真能使人腸迴魄動者亦鮮。敘事詩除〈流民嘆〉、〈上大蒙籠〉、〈勞坑入前城〉、〈按田〉等篇外，並少觸及民間疾苦、國家大政。其人之才學，並不特見雄富；其詩之意境，並不特見高妙，所以獨享盛名，幾欲匹配蘇軾者，特以具有獨到之功力技法。功力技法，要在煉氣與煉句二者。蓋能合杜詩律句之拗調，絕句之橫放，後期古體之樸老；韓詩之排奡與險硬；義山之琢句與用典，而一爐烹煉之。多使逆筆，多用峭起、猛轉、硬煞法，氣內斂而橫出，調拗折而澀硬，奧衍勁峭之中，時復有嫵麗晶瑩之韻，故常語能抑遏為艱辛，理語或不失乎情致。此其所擅，已足為後人立一法門，資其繼續開拓，故亦獨有千古也。〈東坡題跋〉云：「魯直詩文如蝤蛑江瑤柱，格韻高絕，盤餐盡廢；然不可多食，多食則動風氣。」《昭昧詹言》云：「入思深，造句奇崛，筆勢健，足以藥滑俗，山谷之長也。」「山谷之不如韓杜，無巨刃摩天，乾坤擺蕩，渾茫飛動，浩然沛然之氣。而沉頓鬱勃，深曲奇兀之緻，亦所獨得，非意淺筆懦調弱者可到也。」「山谷死力造句，專在句上弄遠，成篇之後，意境皆不甚遠。」曾國藩〈題彭旭詩集後即送其南歸〉謂黃詩：「造語追無垠，琢辭辦倔強。伸文揉作縮，直氣摧為枉。」陳三立〈為濮青士丈觀察題山谷老人集〉云：「我讀涪翁詩，奧瑩出嫵媚。冥搜貫萬象，往往天機備。」可略窺其得失。五古佳者如〈宿舊彭澤懷陶令〉、〈贛上食蓮有感〉、〈子瞻詩句妙絕一世，乃云效庭堅體，蓋退之戲效孟郊、樊宗師之比，以文滑稽耳。恐後生不解，故次韻道之〉、〈晁張和答秦觀五言予亦次韻〉、〈題竹石牧牛〉、〈次韻答斌老病起獨遊東園二首〉、〈過家〉、〈跋子瞻和陶詩〉；七古如〈送王郎〉、〈雙井茶送子瞻〉、〈次韻子瞻和子由觀韓幹馬因論伯時畫天馬〉、〈王充道送水仙花五十枝欣然會心為之作詠〉、〈武昌松風閣〉、〈次韻文潛〉、〈書摩崖碑後〉、〈觀劉永年團練畫角鷹〉；律詩如〈寄黃幾復〉、〈次韻柳通叟寄王文通〉、〈題落星寺〉、〈登快閣〉，句如「世上豈無千里馬，人間難得九方皋。」「故人相見自青眼，新貴即今多黑頭。」「青春白日無公事，紫燕黃鸝俱好音。」「黃流不解涴明月，碧樹為我生涼秋」；絕句如〈六月十七日晝寢〉、〈竹枝詞二首〉、〈病起荊江亭即事十首〉、〈雨中登岳陽樓望君山二首〉、〈寄賀方回〉、〈夜發分寧寄杜澗叟〉。

呂本中早歲為詩，私淑黃庭堅，作〈江西詩派圖〉，推黃為宗主，其下列陳師道、洪芻、徐俯、韓駒、洪朋、洪炎等二十五人於派中（見《苕溪漁隱叢話》），而「江西派」之名以成。此二十五人者，或籍非江西，或作風有異，或不願廁身派中，固無統一明確之趨向。特以師友因緣所關；或其詩嘗作拗澀之調，或好烹詞煉句，有近黃處而被列。楊萬里〈江西宗派序〉曰：「江西詩者，詩江西也，人非皆江西人也；而詩曰江西者何？系之也。系之者也？以味不以形也。」就味而論，亦有近有不近；而諸人詩之功力，皆不及庭堅，其成就較高者，為陳師道。此為初期之「江西派」詩人。其後呂本中固自居為本派詩人；而曾幾、陳與義、楊萬里等，亦曾被舉為此派代表。曾幾江西人，論詩與呂本中契合，且曾與徐俯、韓駒游；楊萬里《荊溪集》〈自序〉云：「余之詩，始學江西諸君子，繼又學后山五字律」，其被稱舉也較宜。然二人後期詩，有自家面目，又與庭堅不同。方回《瀛奎律髓》推杜甫為一祖，黃庭堅、陳師道、陳與義為三宗。實則與義詩重意境，重白描，與「江西派」詩之重造語，重用典者不同；其不當列名派中，固不僅非籍隸江西已也。

陳師道苦吟近於郊島，詩刻意鍛鍊，常於虛處傳神，澀處得韻，寬處作對，冷峭清空，頗見宋人能事。黃庭堅〈答王子飛書〉謂其「得老杜句法」，師道〈答秦觀書〉自謂「及一見豫章，盡焚其稿而學焉」。師道詩頗學庭堅，然用典較少而白描較多，詠物較少而抒情寫景較多，境清於黃，筆力迴斡及規模開闊不及；其得於杜者，近體句法之清真凝煉耳，杜之渾涵汪茫，雄渾飽滿，所不能望也。其反映時事之作，若〈追呼行〉、〈田家〉等，僅見而薄弱。古體有得古樂府神味者，如〈妾薄命〉、〈送內〉、〈別三子〉、〈憶少子〉、〈示三子〉；其餘則力求刻劃中見清空新迥，五言佳者如〈次韻答秦少章〉、〈次韻蘇公題歐陽叔弼息齋〉、〈寄答王直方〉、〈平翠閣〉、〈奉酬應物〉、〈贈魯直〉、〈梁山泊〉，七言如〈次韻蘇公西湖徙魚三首〉、〈寄晁載之兄弟〉、〈舟中二首〉。所作以五七律為最多，亦最工，紀昀《陳后山詩鈔》〈序〉謂其「古不如律」則是；謂其「律又七言不如五言」，則未必然。蓋師道五律常嫌空過而弱，起勢充而末意竭，佳者如〈寄外舅郭大夫二首〉其一、〈和王子安至日三首〉、〈除夜醉酒贈秦少章〉、〈九月十三日出善利門〉、〈寄答顏長道〉、〈夏日書事〉、〈病起〉、〈次韻夏日江村〉。七律佳者如〈九日寄秦觀〉、〈次韻李節推九日登南山〉、〈次韻鄭彥能題端禪師丈室〉、〈次韻寇秀才寄下邳家兄〉、〈東山謁外大父墓〉、〈和魏衍同登快哉亭〉、〈和酬施和叟宣德〉；絕句如〈迎新將至漕城暮歸遇雨〉、〈贈太素庵軻律師〉、〈放歌行〉、〈絕句四首〉其四。

南宋初年詩人，當以陳與義為第一。自宋胡穉、劉克莊以下，皆謂其詩學杜。《後村詩話》云：「元祐後詩人迭起，一種則波瀾富而律句疏，一種則鍛煉精而性情遠，要之不出蘇黃二體而已。及簡齋出，始以老杜為師。……建炎以後，避地湖嶠，行萬里路，詩益奇壯。……造次不忘憂愛，以簡潔掃繁縟，以雄渾代尖巧。第其品格，故當在諸家之上。」《瀛奎律髓》云：「黃（庭堅）陳（師道）學老杜者也，嗣黃陳而恢張悲壯者，陳簡齋也。」「簡齋詩氣勢渾雄，規模閫大。」《四庫提要》云：「其詩雖源出豫章，而天分絕高，工於變化，風格遒上，思力沉摯，能卓然自闢蹊徑。……至於湖南流落之餘，汴京板蕩以後，感時撫事，慷慨激越，寄托遙深，乃往往突過古人。」與義詩雄渾悲壯近杜者，多作於南渡之後，其數匪夥，七律〈登岳陽樓〉其一、〈巴丘書事〉、〈傷春〉為最近。其餘律詩多瘦刻清峭，頗得柳宗元、王安石、陳師道之長；惟前期詩色澤頗勝，後期詩家國之感較深，諸家所不能限，律詩意境佳而格又清峭有銳力者，且較三家為多。五言如政和八年及宣和七年之兩首〈雨〉詩，靖康亂後所作之〈除夜〉；七言如宣和間作之〈謝表兄張元東見寄〉、〈次韻樂文卿北園〉、〈雨晴〉，靖康亂後作之〈再登岳陽樓感慨賦詩〉、〈除夜〉。古體七言氣較弱，佳作較少；五言如〈夏日集葆真池上以「綠陰生晝靜」賦詩得「靜」字〉、〈休日早起〉，煉字煉句，於白描中見鑱刻幽細，發展大謝、柳州之工巧，益開生面；後來又為阮大鋮、厲鶚一派所祈嚮，有獨特之影響。張嵲〈陳公資政墓誌銘〉評其詩：「體物寓興，清邃超特，紆餘宏肆，高舉橫厲，上下陶謝韋柳之間。」馮煦《增廣箋注簡齋詩集》〈序〉評云：「一種蕭寥逋峭之致，譬之寥㵎邃壑，遠絕塵壒。」指此種古體而言則尤近。《四庫提要》以為擬與義詩於謝柳為非，實未然。絕句逋峭中常有遠韻：前期〈墨梅〉五首，知名於世，餘如〈秋夜〉、〈中牟道中二首〉其一、〈西省酴醾架上殘雪可愛戲同王元忠席大光賦詩〉、〈春日二首〉其一，亦佳；後期佳者如〈鄧州西軒書事十首〉其五、〈衡岳道中〉四首其二、〈將至杉木鋪望野人居〉、〈觀雪〉。

南宋江西派詩人呂本中、曾幾，皆先與義生而後與義卒。呂氏序《夏均父詩集》，主「好詩圓美如彈丸」及「活法」之說。故為詩機栝較活，然氣體較粗，不能如山谷之矜煉。如〈又寄無逸信民〉、〈張褘秀才乞詩〉、〈寄琦監院〉諸七律，皆作山谷拗調，然勁氣冷韻，大不及矣。曾幾詩渾健處不如本中，而秀淡過之。其秀淡變江西黃陳之逆折而為自然閒遠，故自具特色。趙庚夫《讀曾文清公集》謂其詩：「新如月出初三夜，淡似湯烹第一泉。」陸游〈追懷曾文清公呈趙教授趙近示詩〉亦謂:「律令合時方妥帖，工夫深處卻平夷。」頗極推崇。五古佳者如〈贈空上人〉、〈尋春次曾宏甫韻〉、〈東軒小室即事五首〉;七古如〈春晴〉、〈三次蘇字韻〉;五律如〈春日即事次韻〉、〈南歸題揚州竹西亭〉;七律如〈雪中陸務觀數來問訊用其韻奉贈〉、〈信衢道中溪流不通全家遵陸〉、〈壬戌歲除作明朝六十歲矣〉;絕句如〈尋梅至楊家見數株盛開〉、〈雪晴〉、〈途中二首〉。

陸游詩，痕跡消融不如陶，橫放恣肆不如李，盤鬱頓挫不如杜，旁伸側出不如蘇;然能合杜之雄渾、李之豪逸、蘇之流暢、陶之閒適、白之明密，以至岑參、王維之高華，宛陵、江西之烹煉而為一，以自成其圓洽雄厚之詩格;既饒宋法，又富唐音，蓋東坡後宋詩又一集大成之聖手。其身處南宋偏安之際，憤中原不復，國勢陵夷，內容多前代所未見，又可謂古代表現民族矛盾最突出之偉大愛國詩人也。其詩數逾萬篇，殊難摘舉，略分四類以概之:一曰憂憤國勢，悼傷民瘼，激昂沉痛之作。古體若〈山南行〉、〈太息〉、〈三月十七日夜醉中作〉、〈觀大散關圖有感〉、〈金錯刀行〉、〈胡無人〉、〈曉嘆〉、〈長歌行〉、〈夏夜大醉醒後有作〉、〈關山月〉、〈樓上醉書〉、〈弋陽道中遇大雪〉、〈長安道〉、〈秋懷〉、〈醉歌〉、〈僧廬〉、〈首春連陰〉、〈農家嘆〉、〈村飲示鄰曲〉、〈書懷〉之「蕭颯先秋鬢」篇、〈隴頭水〉、〈秋懷十首〉其十、〈甲申雨〉、〈十二月二十八日夜風雨大作〉、〈客從城中來〉、〈賞小園牡丹有感〉;近體若〈次韻季長見示〉、〈聞雁〉、〈夜泊水村〉、〈感憤〉、〈題海首座俠客像〉、「早歲那知世事艱」及「清汴逶迤貫舊京」、「山河自古有平分」之〈書憤〉三篇、〈縱筆〉之「行省當年駐隴頭」篇、〈夜登千峰榭〉、〈北望〉、〈鄰曲有未飯被追入郭者憫然有作〉、〈秋夜將曉出籬門迎涼有感〉其二、〈夜讀范至能攬轡錄〉、〈十一月四日夜風雨大作〉其二、〈感事〉之「堂堂韓岳兩驍將」篇、〈太息〉之「書生忠義與誰論」及「自古高才每恨浮」二篇、〈秋穫歌〉、〈追感往事〉之「諸公可嘆善謀身」篇、〈客去追記坐間所言〉、〈太息〉之「北陌東阡有故墟」篇、〈示兒〉。二曰述懷論事，評詩談藝，見其豪情卓識之作。古體如〈醉後草書歌詩戲作〉、〈對酒〉之「閑愁如飛雪」篇、〈題醉中所作草書卷後〉、〈白鶴館夜坐〉、〈後春愁曲〉、〈感興〉之「文章天所秘」篇、〈夜坐示桑甥十韻〉、〈五更讀書示子〉、〈九月一日讀詩稿有感走筆作歌〉、〈與兒輩論李杜韓柳文章偶成〉、〈讀杜詩〉、〈讀前輩詩文有感〉、〈入秋游山賦詩略無缺日戲作五字七首識之〉其一、〈壯士吟次唐人韻〉、〈自勉〉、〈讀李杜詩〉、〈示子遹〉、「文章當以氣為主，莫怪今人不如古。」「文章最忌百家衣，火龍黼黻世未知。誰能養氣塞天地，吐出自足成虹霓。」「天下本無事，庸人實擾之。」「天下不難一，孰能凝使堅？自古功已成，或散如飛烟。」「文章本天成，妙手偶得之」；近體如〈花時遍游諸家園〉、〈獨酌有懷南鄭〉、〈冬夜讀書示子聿〉其三、〈寓言〉之「濟劇人才易」篇、〈老學庵〉、「人才衰靡方當慮，士氣崢嶸未可非。萬事不如公論久，諸賢莫與眾心違。」「懷才所忌多輕用，學道當從不自欺。」「憶在錦城歌吹海，七年夜雨不曾知。」「夢裡都忘閩嶠遠，萬人鼓吹入平涼。」「只要閭閻寬箠楚，不須亭障肅弓刀。」「安得驊騮三萬匹，月中鼓吹渡桑乾？」「行客自朝暮，青山無古今。」「直令貧到骨，未害氣如虹。」「浮生亦念古有死，壯氣要使胡無人。」「孤舟鏡湖客，萬里玉關心。」「此生竟出古人下，有志還如年少時。」「登高臨遠雖多感，嘆老嗟卑卻未曾。」「乾坤均一氣，夷狄亦吾人。朋黨消廷論，鋤耰洗戰塵。」「議論孰能忘忌諱，人材正要越拘攣。」「天理直須閑處看，人謀常向巧中疏。」「末路已悲身是客，此心猶與物為春。」「平生所學為何事，後世有人知此心。」「唐虞不是終難致，自欠皋夔一輩人。」「外物不移方是學，俗人猶愛未為詩。」「孤忠要有天知我，萬事當思後視今。」「常使屏風寫〈無逸〉，應無峰火照甘泉。」「黨禍本從名輩出，弊端常向盛時生。」「至論本求簡編上，忠言乃在里閭間。」三曰敘事寫景，或健筆遒深，或清辭腴美之作。古體若〈瞿塘行〉、〈風雨中望峽口諸山奇甚戲作短歌〉、〈漁翁〉、〈鏡湖女〉、〈稽山行〉；近體若〈度浮橋至南臺〉、〈望江道中〉、〈黃州〉、〈劍門道中遇微雨〉、〈楚城〉、〈登賞心亭〉、〈過靈石三峰〉其一、〈登擬峴臺〉、〈故山〉、〈戲詠山陰風物〉、〈秋晚閑步鄰曲以余近嘗臥病皆欣然迎勞〉、〈紀夢〉其三、「白髮無情侵老境，青燈有味似兒時。」「山重水複疑無路，柳暗花明又一村。」「偶呼快馬迎新月，卻上輕輿馭晚風。」「斷橋烟雨梅花瘦，絕澗風霜槲葉深。」「十年去國悲霜鬢，六月登樓望雪山。」「纔破繁華海棠夢，又驚搖落井梧秋。」「秋鴻陣密橫江去，暮角聲酣戰雨來。」「妍日漸催春意動，好風時卷市聲來。」「江山重復爭供眼，風雨縱橫亂入樓。」「清夢初回窗日曉，數聲柔櫓下巴陵。」「戲招西塞山前月，來聽東林寺裡鐘。」「夢到畫堂人不見，一雙輕燕蹴箏弦。」「天垂繚白縈青外，人在紛紅駭綠中。」「正欲清言聞客至，偶思小飲報花開。」「斷虹低飲澗，落日遠含山。」「湖水綠于染，山花紅欲燃。」「志士淒涼閑處老，名花零落雨中看。」「風遞鐘聲雲外寺，水搖燈影酒家樓。」「小樓一夜聽春雨，深巷明朝賣杏花。」「風聲初卷野，雨氣已吞山。」「雲歸時帶雨數點，木落又添山一峰。」「最憶定軍山下路，亂飄紅葉滿戎衣。」「久別名山憑夢到，每思舊友取書看。」「青旆酒家紅葉寺，相逢俱是畫中人。」「桃花夢破劉郎老，燕麥搖風別是春。」「寒雨似從心上滴，孤燈偏向枕邊明。」「楓葉欲殘看愈好，梅花未動意先香。」「舊交只有青山在，壯志皆因白髮休。」「風光最愛初寒候，懷抱殊勝未老時。」「家貧輕過節，身老怯增年。」「何方可化身千億，一樹梅花一放翁。」「湖平波不起，天闊月徐行。」「暖日生花氣，豐年入碓聲。」「花氣襲人知驟暖，鵲聲穿樹喜新晴。」「暮烟迷草色，宿雨壯溪聲。」「豐年觀米價，霽色聽禽聲。」「故交零落形弔影，陳跡淒涼口語心。」「櫓搖漁浦蒼茫月，帆帶松江浩蕩秋。」「山遠往來雙白鷺，波平俯仰兩青天。」「溪從灘瘦愈刻厲，山自木落增嶙峋。」「能追無盡景，始見不凡人。」「欹枕舊游來眼底，掩書餘味在胸中。」「風月定交殊耐久，烟波得意可忘歸。」「城市尚餘三伏熱，秋光先到野人家。」「微生天際月，半掩水邊門。」「平羌江上月，伴我故山來。」「醉中光景似得志，夢裡朋儕如少時。」「游蜂粘落蕊，輕燕接飛蟲。」「騏驥志千里，鷦鷯棲一枝。」「新泥添燕壘，細雨濕鶯衣。」四曰觀生感遇，或含蓄邈綿，或灑然閒適之作。如〈散吏〉、〈禹跡寺南有沈氏小園四十年前嘗題小闋壁間偶復一到而園已易主刻小闋于石讀之悵然〉、〈雪中至近村〉、〈小舟游近村舍舟步歸〉、〈沈園〉、〈貧甚戲作絕句〉其八、〈十二月二日夜夢游沈氏園亭〉、「梅花樹下黃茅丘，古人當復愛花否？」「行遍天涯千萬里，卻從鄰父學春耕。」「駿馬寶刀俱一夢，夕陽閑和飯牛歌。」「草烟牛跡西山口，又臥旗亭送夕陽。」「歸來每羨農家樂，月下風傳打稻聲。」「平生不喜凡桃李，看了梅花睡過春。」「物我原須各安穩，自苦牛屋織雞棲。」「醉覺乾坤大，閑知日月長。」「時人正作市朝夢，老子已成雲水身。」「賤貧安淡泊，老鈍耐嘲譏。」「放逐尚非餘子比，清風明月入臺評。」「如今歷盡風波惡，飛棧連雲是坦途。」「飯香貧始覺，睡味老偏知。」「曠懷牛屋下，美睡雨聲中。」「幽人耐冷倚門久，送月墜湖歸去來。」「萬里安西無夢到，卻尋僧話破殘光。」「莫怪草堂清到骨，一梳殘月伴新霜。」「蘭亭禹廟渾如昨，回首兒時似隔生。」「一世不知誰後死，四時可愛是新涼。」「已將窮博健，更賴學忘憂。」「門前西走都城道，臥看無窮來往人。」「都人百萬今誰在，惟有西湖似昔年。」「客途南北雁，世事雨晴鳩。」「客從謝事歸時散，詩到無人愛處工。」「心愧石帆山下叟，一生不識浙江潮。」「絕知雪鬢宜蓑笠，分付貂蟬與黑頭。」「老眼厭看南北路，流年暗換往來人。」「生涯數畦菜，心事一溪雲。」「冤親同一妄，魔佛兩皆平。」「禽魚皆遂性，草木自吹香。」「不因豐歲人情樂，淡殺溪頭老病人。」「小詩閑淡如秋水，病後殊勝未病時。」

劉克莊《後村詩話》:「近世詩人，雜博者堆對仗，空疏者窘材料，出奇者費搜索，縛律者少變化。惟放翁記問足以發越，氣魄足以陵暴，南渡而後，故當推為大宗。」《四庫提要》:「游詩清新刻露，而出以圓潤，實能自闢一宗，不襲黃陳之舊貌。」沈德潛〈放翁詩選例言〉:「放翁出筆太易，氣亦稍粗，是其所短；然胸懷磊磊明明，欲復國大仇，有觸即動，老死不忘，時無第二人也。上追少陵，志節略同，勿第以詩人目之。」「詩人說理，易入於腐。篇中時有理趣，而不染巾箱之氣，故為獨絕。」趙翼沈氏《放翁詩選》評識:「其筆氣豪橫，才調富有，琢句必未經人道，使事則如自己出。晚年閱歷益深，見理益透，明白如話，而百嚼不厭，此尤韓蘇所不及矣。」翁方綱《石洲詩話》:「平生心力，全注國是，不覺以杜公之心為心，於是乎言中有物，又迥出誠齋、石湖上矣。然在放翁，則自作放翁之詩，初非希杜作前身者。」劉熙載《藝概》:「詩能於易處見工，便覺親切有味。白香山、陸放翁擅場在此。」此總論游詩也。《說詩晬語》:「放翁七律對仗工整，使事熨貼，當時無比埒。」姚鼐《今體詩鈔》:「放翁激發忠憤，橫極才氣，上法子美，下攬子瞻，裁制既富，變增亦多，其七律固為南渡後一人。」《甌北詩話》:「放翁以律詩見長，名章俊句，層見迭出，令人應接不暇。使事必切，屬對必工，無意不搜而不落纖巧，無語不新而不事塗澤，實古來詩家所未見也。」舒位《瓶水齋詩話》:「嘗論七律而至少陵始盛且備，為一變；李義山瓣香於杜而易其面目，為一變；至宋陸放翁專工此體而集其大成，為一變。」此重其七律也。《甌北詩話》又云:「律詩之工，人皆見之；而古體則莫有言及者。抑知其古體詩，才氣豪健，議論開闢；引用書卷，皆驅使出之，而非徒以數典為能事；意在筆先，力透紙背；有麗語而無險語，有艷詞而無淫詞；看似華藻，實則雅潔；看似奔放，實則謹嚴。此古體之工力，更深於近體也。」「放翁功夫精到，出語自然老潔，他人數言不能瞭者，只用一二語瞭之。此其煉在句前，不在句下，觀者並不見其煉之跡，乃真煉之至矣。試觀唐以來古詩，多有至千餘言四五百言者；放翁古詩，從未有至三百言以外，而渾灝流轉，更覺沛然有餘，非其煉之極工哉！」此重其七古也。要之，游詩古近體皆工，特七古之凝煉，七律之多姿，尤為特出耳。

與游齊名一時者，楊萬里〈千巖摘稿序〉:「余嘗論近世詩人，若范石湖之清新，尤梁溪之平淡，陸放翁之敷腴，蕭千巖之工緻，皆余之所畏者云。」是范成大、尤袤、蕭德藻與游並舉；方回跋尤袤詩，則稱尤范陸及楊萬里四家。尤蕭詩並佚，存者以德藻〈古梅二首〉其一為最工，以奇特設想及粗硬字面寫梅花，獨具神情，古今詠梅詩所僅見。《瀛奎律髓》稱尤詩「圓熟」、蕭詩「苦硬頓挫而極工」，亦貼切。

楊萬里《荊溪集》〈序〉，自謂其詩「始學江西諸君子，既又學後山五字律，既又學半山老人七言絕句，晚乃學唐人」，終「乃辭謝王陳江西諸君子」，而自為其誠齋體詩。其詩寫愛國思想及民生疾苦者，數量較少，又多側面描寫，不似陸游之正面疾呼。此類詩佳者如〈曉立普明寺門時已過立春除夕三日爾將歸有嘆〉、〈憫農〉、〈宿龍回〉、〈插秧歌〉、〈題曹仲本出示譙國公迎請太后圖〉、〈白紵歌舞四時辭〉、〈過揚子江〉、〈舟過揚子橋遠望〉、〈初入淮河四絕句〉、〈後苦寒歌〉、〈雪霽曉登金山〉、〈跋丘宗卿侍郎見贈使北詩〉、〈發孔鎮晨炊漆橋道中紀行〉其五、〈江天暮雨有嘆〉、〈宿牧牛亭秦太虛庵〉。大量詩作，自寫生活感受，其特色為善寫瞬間顯示之具體景象，用意曲折，筆調靈活，富有巧思諧趣；缺點為典型性不足，意境或欠深厚。楊氏〈和李天麟二首〉謂「學詩須透脫」，張鎡贊楊詩善用「活法」，活而脫固楊詩所擅也。褒之者，如周必大稱為「狀物姿態，寫人情意，則鋪敘纖悉，曲盡其妙」，姜夔稱為「痛快」，方回稱為「奇峭」，宋濂稱為「清刻」，陳訏稱為「矯矯拔俗」、「雄傑排奡」，《四庫提要》稱為「才思健拔，包孕萬有」，陳衍極贊其曲折，錢鍾書稱為善「化生為熟」、「如攝影之快鏡：兔起鶻落，鳶飛魚躍，稍縱即逝而及其未逝，轉瞬即改而當其未改；眼明手捷，蹤失躡風」。貶之者，如李東陽稱為「細碎」，朱彝尊稱為「鄙俚」，田雯稱為「腐俗」，蔣鴻翮稱為「粗直生硬」，王昶稱為「淺俗」，翁方綱稱為「俚俗」，李慈銘稱為「槎枒拗澀」、「粗硬油滑」。平心而論，楊詩新巧中不免有細碎輕滑之病，然其過人之性靈，固卓爾不容忽視。古體如〈釣雪舟中霜夜望月〉、〈濠原路中〉、〈登烏石寺〉、〈望雨〉、〈觀小兒戲打春牛〉、〈四月十三日度鄱陽湖〉、〈羲娥謠〉、〈重九後二日同徐克章登萬花川谷月下傳觴〉、〈夏夜玩月〉，皆曲而有致，諧而不俗。《鶴林玉露》謂楊自稱〈登萬花川谷〉詩「彷彿李太白」；以視太白，豪或不及，曲則有加也。近體如「三月風光一歲無，杏花欲過李花初。柳絲自為春風舞，竹尾如何也學渠？」「已是霜林葉爛紅，那禁動地晚來風。寒鴉可是矜渠黠，踏折枯梢不墮空？」「稚子相看只笑渠，老夫也復小盧胡。一鴉飛立鈎闌角，仔細看來還有須。」「船擱寒沙待晚潮，行人舟子各相招。銀山一朵三千丈，隔海飛來對面消。」「嶺下看山似伏濤，見人上嶺旋爭豪。一登一陟一回顧，我腳高時他更高。」「坐看西湖落日濱，不是山銜不是雲。寸寸低來忽全沒，分明入水卻無痕。」「漁郎艇子入重湖，老眼殷勤看著渠。看去看來成怪事，化為獨雁立橫蘆。」「霽天欲曉未明間，滿目奇峰總可觀。卻有一峰忽然長，方知不動是真山。」「曉烟橫抹碧山隅，只在松梢匹練如。作意行前尋一看，遠濃近淡忽都無。」「沙鷗數個點山腰，一足如鈎一足翹。乃是山農墾斜崦，倚鋤無力正無聊。」「天上雲烟壓水來，湖中波浪打天回。中間不是平林樹，水色天容拆不開。」「籬落疏疏一徑深，樹頭新綠未成陰。兒童急走追蝴蝶，飛入菜花無處尋。」「一葉漁舟兩小童，收篙停棹坐船中。怪生無雨都張傘，不是遮頭是使風。」「路入宣城山便奇，蒼虬活走綠鸞飛。詩人眼毒已先見，卻旋褰雲作翠幃。」「才近中秋月已清。鴉青幕挂一團冰。忽然覺得今宵月，元不粘天自在行。」所謂寫生妙技也。「天齊浪自說浯溪，峽與天齊真個齊。未必峽山高爾許，看來只恐是天低。」「一灘過了一灘奔，一石橫來一石蹲。若怨古來天設險，峽山不到也由君。」「萬石中通一線流，千盤百折過孤舟。灘頭未下人猶笑，下了灘頭始覺愁。」「不但先生倦不蘇，僕夫也自要人扶，青松數了還重數，只是從前八九株。」「柳條百尺拂銀塘，且莫深青只淺黃。未必柳條能蘸水，水中柳影引他長。」「初疑夜雨忽朝晴，乃是山泉終夜鳴，流到前溪無半語，在山做得許多聲。」「曉翠妨人看遠山，小風偏入客衣單。桃花愛做春寒信，只恐桃花也自寒。」「河岸前頭松樹林，樹林盡處見行人。行人又被山遮斷，風颭酒家青布巾。」「飽喜飢嗔笑殺儂，鳳凰未可笑狙公。儘逃暮四朝三外，猶在桐花竹實中。」「更無一個子規蹄，寂寂空山花自飛。啼得春歸他更去，元來不是勸人歸。」「月光雪色兩清寒，見月初疑是雪團。看得雪花還似月，原來雪月一般般。」「月色還將雪色同，雪光卻與月光通。都將大地作月窟，仍榜碧天名雪宮。」「五日姑蘇一醉中，醉中看盡牡丹紅。阻風只怕松江渡，過了松江卻阻風。」「只見春晴道是晴，不知夜半嫩寒生。疾風吹落林間雨，細雨還成大雨聲。」「三處西湖一色秋，錢塘潁水更羅浮。東坡原是西湖長，不到羅浮便得休？」「十日都無一日晴，牽船客子總斜行。三川黃犢朝朝飽，岸草何曾減寸青。」所謂曲折過人也。句若「波卷青中白，霞翻紫外黃。」「斜陽白鷺影，疏雨子規聲。」「山刻霜餘骨，梅横水底枝。」「亂眼船離岸，關心山見棱。」「江欲浮秋去，山能渡水來。」「晴江明處動，遠樹看來齊。」「青天何處了，白鳥入空無。」「村酒淳春綠，林花倦午紅。」「一來梅嶺外，三見木棉花。」「人誰長健底，老有頓來時。」「綠語鶯邊柳，青眠水底山。」「一眉畫天月，萬粟種江星。」「人趁村中市，雞鳴擔上籠。」「只有三更月，知余萬古心。」「高閣連雲壓潮白，前山倒影入杯青。」「春染萬花知未了，雲偷千嶂忽何之？」「愁心自對春無味，老面可能花似紅？」「不知竹外長江近，忽有高桅出寸竿。」「眼中俗物只添睡，別後故人何似癯。」「莫問早行奇絕處，四方八面野香來。」「拼卻老紅一萬點，換將新綠百千重。」「平田漲綠村村麥，嫩水浮紅岸岸花。」「日長睡起無情緒，閒看兒童捉柳花。」「竹深樹密蟲鳴處，時有微涼不是風。」「落松滿地金釵瘦，遠樹粘天菌子孤。」「天借晴光與桃李，更將剩彩弄游絲。」「晚寒正與花為地，曉雨能令水作天。」「閉門獨琢春寒句，只有輕風細雨知。」「一眼平疇三十里，際天白水立青秧。」「忽驚平地化成水，乃是月華光滿庭。」「隔樹漏天青破碎，驚風度竹碧匆忙。」「枕底蘆邊俱綠水，腳跟頭上兩青天。」「今歲明年纔隔夕，人情物態頓趨新。」「青山面目何曾改，清曉看來別樣奇。」「好山萬皺無人見，都被斜陽拈出來。」「越王歌舞春風處，今日春風獨自來。」「似青如白天濃淡，欲墮還飛絮往來。」「乍暖柳條無氣力，淡晴花影不分明。」「接天蓮葉無窮碧，映日荷花別樣紅。」「西風儘有東風手，柿葉楓林別樣春。」「平野無山遮落日，西窗紅到月來時。」「動地風來覺地浮，拍天浪起帶天流。」「白鷗池沼菰蒲影，紅棗村莊雞犬聲。」「晚雨纔收山盡出，暮天似水月如流。」「兩岸萬山如走馬，一帆千里送歸舟。」「茅屋破時偏入畫，布衫洗了晒枯桑。」「萬里青天元是水，半輪皎月忽成冰。」「海棠紅饠飛成雪，楊柳金濃染作青。」亦戛戛獨造，活脫而不失深厚，可使讀者知楊詩之有真實本領也。

周必大為范成大作〈神道碑〉，稱其文章「贍麗清逸」；楊萬里序范詩，稱其兼有「清新婉麗」與「奔逸雋偉」之美；姜夔《白石道人詩集》〈自序〉稱范詩「溫潤」；清費經綸：《雅倫》稱「清新藻麗」，王昶〈論詩絕句〉稱「清遠」，皆頗得之。早年絕句如〈秋日二絕〉其一、〈浙江小磯春日〉、〈橫塘〉，婉而多風，已甚見清遠嫵麗；古體〈姑惡〉、〈繰絲行〉、前後〈催租行〉，則善言民生疾苦。中歲使北，如〈雙墓〉、〈宜春苑〉、〈護龍河〉、〈相國寺〉、〈州橋〉、〈宣德樓〉、

〈市街〉、〈邢臺驛〉、〈安肅軍〉、〈出塞路〉、〈龍津橋〉諸作，宗社之思，哀痛亦深；入蜀諸作，如〈鑽天三里〉、〈蛇倒退〉、〈勞畬耕〉、〈灩澦灘〉，寫景敘事，切實巉刻，功力則如《四庫提要》所謂「婉峭」者矣；離蜀之作，如〈崇德廟〉、〈荊渚中流回望巫山無復一點戲作短歌〉，則簡煉輕靈，而〈鄂州南樓〉，又飽滿俊逸近陸游矣。晚歲以〈四時田園雜興〉及〈臘月村田樂府十首〉為最有特色；〈枕上有感〉、〈夜坐有感〉、〈雪中聞牆外鬻魚菜者求售之聲甚苦有感三絕〉、〈詠河市歌者〉、〈田園嘆四絕〉、〈牆外賣藥者九年無一日不過吟唱之聲甚適雪中呼問之家有十口一日不出即飢寒矣〉，乃仁者之音；句如「歲晚陽和歸稻把，夜來霜力到楓林。」「人情舊雨非今雨，老境增年是減年。」「縱有千門鐵門限，終須一個土饅頭。」「僚舊姓名都健忘，家人長短總佯聾。」「月從雪後皆奇夜，天向梅邊有別春。」亦清而有味，意境不薄。

繼尤楊范陸四家而起者，有「四靈」、「江湖」二派。「四靈」境界狹窄，筆力萎弱，即其最自許之五律，偶有秀句，亦少新意。「江湖」流品甚雜，庸調為多，較可觀者，為姜夔、戴復古、劉克莊三家。姜夔七絕，佳者能兼得晚唐之秀淡與江西之清峭，如〈除夜自石湖歸苕溪〉、〈過垂虹〉、〈平甫見招不欲住〉，皆是。七律〈京口留別張思順〉，亦善白描。〈昔游詩〉諸五古，頗刻意為工細之摹寫，惜機調平弱，未臻高格。戴復古詩，亦傷於平弱，然運思清刻處，佳作頗多。五古〈大熱五首〉、〈松江舟中四首〉，七古〈會稽山中〉、〈織婦嘆〉，較可觀；五律佳句如「瓶餘殘臘酒，梅老隔年花。日與愁為地，時憑夢到家。」「客愁茅店雨，詩思柳橋春。」「梅花丈人行，柳色少年時。」「雲為山態度，水借月精神。」「寒士糟糠腹，豪民鐵石心。」「利名雙轉轂，今古一憑闌。野水渡旁渡，夕陽山外山。」「曉烟滋柳色，晨露發荷香。」「客程官路柳，心事故園梅。」七律〈鄂渚煙波亭〉、〈春日二首呈黃子邁大卿〉、〈讀陸放翁劍南詩草〉、〈括蒼石門瀑布〉、〈都中懷竹隱徐淵子直院〉、〈衡陽度歲〉，通首皆佳；句如「笑從滄海白雲際，來到黃州赤壁邊。」「燈火船窗深夜話，江山客路早冬詩。」「一庭花影三更月，萬壑松聲半夜風。」「道義欲灰傷世變，利名如海溺人深。」「十年浪跡游淮甸，一枕高眠到鄂州。」「江水長流無盡意，夕陽雖好不多時。」絕句如〈江陰浮雲堂〉、〈揚州端午呈趙帥〉、〈巾子山翠微閣〉、〈戲題詩稿〉，亦通首皆佳；〈論詩十絕〉，頗有見地。劉克莊詩在三家中規模最闊，時有窠臼游戲語，然不乏清新及感慨深沉之作。《宋詩鈔》謂其詩「刻琢精麗」，其後則「涉歷老練，布置闊遠」；《四庫提要》謂其「詞病俚質，意傷淺露」，「然其獨到之處，要亦未可盡廢」；陳衍《宋詩精華錄》謂其「專工近體，寫景言情論事，絕無一習見語，絕句尤不落舊套。」詩之利病不一，故評者亦抑揚互異。古體若〈開壕行〉、〈運糧行〉、〈苦寒行〉、〈從軍行〉，以唐人新樂府筆調寫宋末民族矛盾與階級矛盾之交錯，最有意義；七律〈感昔〉、〈題繫年錄〉，七絕〈戊辰即事〉、〈贈防江卒〉其六、〈端嘉雜詩〉其三與其五、〈天塹〉，痛心國事，冷雋善刺，亦為佳作。近體抒懷寫景，最為清新者，如〈雲〉、〈聖賢〉、〈衛永道中〉其一、〈即事〉、〈入浙〉、〈題硯〉、〈泉州南郭二首〉其一、〈送強甫赴漳倅〉等。

晚宋亡國，詩人哀號痛哭，如謝翱〈讀文山集〉、〈過杭州故宮二首〉、〈重過二首〉、〈梅花〉、〈書文山卷後〉，鄭思肖〈陷虜歌〉、〈和文丞相六歌〉、〈畫蘭〉、〈墨蘭〉、〈寫憤四首〉、〈偶成二首〉、〈德祐二年歲旦二首〉、〈德祐六年歲旦歌〉，林景熙〈夢中作四首〉、〈冬青花〉、〈題陸放翁詩卷後〉、〈天柱峰〉、〈哭郭同舍〉、〈西湖〉，文天祥〈紀事〉、〈使北〉、〈過零丁洋〉、〈登樓〉、〈贛州〉、〈泰和〉、〈發吉州〉、〈金陵驛〉、〈六歌〉、〈平原〉、〈自述二首〉，皆血淚淋漓之作，幾不能以尋常詩篇計工拙；而天祥之〈正氣歌〉，論內容，為天地間不可無之作，論格力亦渾灝天成，非區區以文字為詩者之所能措手也。

# 四
# 金元明詩話

金為割據之邦，元明為統一之朝，顧詩壇巨擘，反挺生於前者。所謂巨擘，即《遺山集》之作者元好問是也。

好問詩不獨為金源一朝之冠，且可接軌唐宋諸大家，而俯視元明作者。其所以能致此者，殆有三端：一曰博取前人之所長，兼師而不守一，學古而不摹古。早歲所作絕句〈論詩三十首〉，已見其眼界之廣，識見之高。其詩自漢魏至唐宋諸大家，無不吸取精華，轉益多師，不區區於一朝一派一家之中，植基既厚，鎔鑄以出，自立新貌，出於功候之自然。視硜硜立門戶，劃地自牢；或徒以淺學賣弄一己之靈慧而自足者，廣狹高下不同矣。二曰才力富健，又能運以精思。好問天資超邁，才力健舉，生平亦治文治史，而精力所萃，以詩為主。天資學識並至，加以用力甚專，用思甚精，故《甌北詩話》謂其「生長雲朔，其天稟本多豪邁英傑之氣」，又能「專以精思銳筆，清煉而出，故其廉悍沉摯處」，特為突出。三曰丁國祚危亡之際，傷時愍亂之作，用情既深，內容之意義亦大。好問詩寫金朝衰亡之情者，痛楚處感人極深，其現實意義，又與徒吟弄風月，或寫一己之生活小圈者不同。趙翼〈題遺山詩〉所謂「國家不幸詩家幸，賦到滄桑句便工」者，亦慨乎言之。且元好問本出元魏北族，與漢人之仕金元而悼念本朝者，徒有忠君之思，渾忘種族之誼，又截然不同。元明詩人，能兼此三端者蓋寡，故論卓爾挺出，不能不推好問。

徐世隆序好問集，謂「詩祖李杜，律切精深，而有豪放邁往之氣。」郝經誌其墓，謂詩「巧縟而不見斧鑿，新麗而絕棄浮靡。」

《四庫提要》評為「興象深邃，風格遒上。」其詩高騫勁拔，沉鬱蒼涼，以骨力勝。五古多得力漢魏，亦兼陶韋，〈潁亭留別〉之「寒波淡淡起，白鳥悠悠下。」〈飲酒五首〉之「舉杯謝明月，蓬蓽肯相臨。願將萬古色，照我萬古心。」〈豐山懷古〉之「開門望吳楚，鳥起天無窮。」〈北邙〉之「粵人惟靈物，生也與道俱。」〈示侄孫伯安〉之「讀書誤人多，疏闊亦天資。」〈雜詩四首〉之「世事如大弩，人若材官然。乘勢發機弩，非時勞控弦。又如大水中，置彼萬斛船。雖有帆與檣，亦須風動天。」〈萬化如大路〉之「萬化如人路，物我適相遭。」〈看山〉之「無窮閱有限，萬期亦須臾。」則為四者之遺貌取神，且兼東坡之超悟，而成獨得之意境；〈宿菊潭〉、〈雁門道中書所見〉，則近元次山。七言古，《說詩晬語》謂「氣旺神行，平蕪一望時，常得峰巒高插、動地瀾翻之概，又東坡後一作手。」《甌北詩話》謂佳作「十步九折，愈折而愈深，味愈雋。」皆是。惟後者謂「專以單行，絕無偶句。」則不確，好問此體詩用偶句亦不少也。〈赤壁圖〉、〈范寬秦川圖〉、〈天井關〉、〈讀書雪山中〉、〈過晉陽故城書事〉、〈泛舟大明湖〉、〈涌金亭示同游諸君〉、〈天門行〉，最佳。五律渾厚；七律益以頓挫，最近老杜。五律句如〈陽翟道中〉之「千山分晚照，萬籟入秋聲。」〈落魄〉之「行役魚赬尾，歸期烏白頭。」〈十二月六日二首〉之「白骨丁男盡，黃金甲第高。」〈短日〉之「風霜侵晚節，天地入歸心。」〈送母受益自潞府歸嵩山〉之「正須謀獨往，何暇計群飛。」〈己亥元旦〉之「漸稀頭上髮，別換鏡中人。」〈送楊次公兼簡秦彥揚李天成〉之「時危頻虎穴，路絕更羊腸。」〈送田益之從周帥西上〉之「天日伸眉後，江山洗眼中。」〈九月晦日玉村道中〉之「烟光藏落景，山骨露清秋。」〈劉子中夢庵〉之「如何夢中境，不屬覺時人？」〈酬中條李隱君邦彥〉之「蟲沙非故國，人物自名流。」七律以〈岐陽三首〉、〈壬辰十二月車駕東狩後即事五首〉、〈癸巳四月二十九日出京〉、〈橫波亭〉、〈潁亭〉、〈甲午除夜〉、〈眼中〉、〈衛州感事二首〉、〈出都〉、〈鬱鬱〉、〈秋日載酒光武廟〉諸首為高。句則《甌北詩話》所舉之外，如〈春日〉之「忽驚此日仍為客，卻想當年似隔生。」〈張主簿草堂賦大雨〉之「長江大浪欲橫潰，厚地高天如合圍。」〈雨後丹陽門登眺〉之「長虹下飲海欲渴，老雁叫群秋更高。」絕句凝重中綽有風神，唐宋諸大家外，自具一格。七言如詠杏花諸作及〈論詩三十首〉、〈癸巳五月三日北渡〉、〈俳體雪香亭雜詠〉、〈濟南雜詩〉、〈游天壇雜詩〉、〈自題《中州集》後〉、〈黃花峪〉、〈邯鄲〉諸組詩，皆多佳章；餘不備舉。五言〈山居雜詩〉、〈乙巳九月二十八日作〉，亦甚佳。

好問錄金詩為《中州集》。集中所載初期被迫仕金詩人若宇文虛中、張斛、吳激之作，有懷念宋室之愛國思想；中期詩人以趙秉文、劉迎、蔡松年及子珪為著；後期詩人以麻九疇、李汾、辛愿為著。此書不錄生人詩，故李俊民之作雖著而未入選；俊民晚為元世祖所辟，故清顧嗣立錄其詩入《元詩選》。諸家成就不同，要非好問之匹。

宋詩流弊，為粗硬質直；元詩多轉而宗唐，以求綺麗秀淡，古詩亦多偶句麗詞，惟氣體傷弱。清張景星《元詩別裁》，多選秀麗之作，頗可窺見一朝風氣。

初期作者，以耶律楚材、郝經、袁桷，趙孟頫，劉因為著。楚材詩粗糙，惟陰山，西域諸詠，題材稍新。郝經詩格較雜，古體〈乙卯秋七月十九日登太平頂〉、〈化城〉諸作頗見功力；七律〈落花〉則為元詩綺麗之典型。袁桷、趙孟頫五古皆近《選》體，七古及近體皆學唐，頗有蘊藉清遠之致；孟頫〈岳鄂王墓〉一律，在詠岳詩中為上乘，雖仕元，而出身天水宗室，固不能無宗國之思也。劉因詩筆力雄勁，各體皆可觀，成就為最高，李東陽《懷麓堂詩話》推劉與虞集詩為元代詩人之最，頗有見地。五古如〈韓魏公祠〉、〈仙臺〉、〈黃金臺〉、〈泛舟西溪〉，七古〈桃源行〉、〈塞翁行〉、〈飲後〉、〈西山〉、〈觀雷溪〉、〈采石圖〉、〈浙江潮圖〉、〈山行見馬耳峰〉，五律〈除夕〉、〈滿城道中〉、〈鄉郡南樓懷古〉、〈野興〉、〈早發濡上〉，七律〈登雄州城樓〉、〈南樓〉、〈野亭會飲〉、〈過鎮州〉、〈易臺〉、〈白溝〉、〈會飲北山〉、〈城樓待雨〉，皆見功力；和陶諸作，不勉強摹陶，能有自家面目及新意。

中葉詩人，有稱「四大家」之虞集、楊載、范梈、揭傒斯及薩都剌。「四大家」中以虞集詩為最高；而薩都剌詩則最能代表元詩之風格。集為文章巨公，學問博洽；學古《選》唐人之外，又能兼師宋代之歐蘇，不用心雕鏤，而格調自視諸家為高遠，肌理自視諸家為細密。元明人，集中多題畫及贈送和答之作，此風不謂自集開，亦可謂自集而廣之，故其詩題材局限頗甚。七古筆力較銳，王士禛《古詩選》選其詩二十六首，亦題畫居多。近體摘句不見佳，整首則頗有氣韻，七律如〈挽文山丞相〉、〈拜歐陽文忠公遺像〉、〈孟莊〉、〈舟泊湖口二首〉、〈子昂秋山圖〉；五律如〈林皋亭〉、〈題子昂長江疊嶂圖〉、〈代眾仲作〉、〈出東山郭〉、〈暮春溪上作示涂振鐸〉；絕句如〈聽雨〉、〈洞庭湖〉、〈晚過金山〉、〈溪橋踏雪〉。〈懷麓堂詩話〉評其詩：「藏鋒斂鍔，出奇制勝，如珠之走盤，馬之行空，始若不見其妙；而探之愈深，引之頗長。」較近是。翁方綱《石洲詩話》評：「兼有六朝人蘊藉，而全於含味不露中出之，所以其境高不可及。」「七律精深，自王荊公以後，無其匹敵。」「伯生七古，高妙深渾，所不待言。至其五古，於含蓄中吐藻韻，乃王龍標、杜牧之以後所未見也。」則溢美矣。

薩都剌詩清倩綺麗，風情佚宕，元人標格，斯為出色；較之宋人，則骨力為遜。五言秀淡可觀者，古如〈度閩關二首〉其二、〈題茶陽驛飛亭〉、〈晝臥雲際寺〉；律如〈九月七日舟次寶應縣雨中與天與弟別〉、〈夜泊洪塘〉、〈閩中苦雨〉、〈大別山〉、〈題蜀山驛〉、〈宿龍潭二首〉其一，頗得力於王孟詩派。七言在唐人中，則近溫庭筠、李賀、杜牧、許渾。七古有欲慷慨抒情而不免綺弱傷氣者，如〈登高風臺〉、〈走筆贈燕孟初〉、〈相逢行贈別舊友治將軍〉；有詞意較清新有味者，如〈清明日偕曹克明登北固樓〉、〈芒鞋〉、〈高郵阻風〉、〈過嘉興〉、〈皂林道中〉、〈過桐廬〉、〈曉上石壁灘〉、〈黯淡灘歌〉；有詞艷而意復可取者，如〈鬻女謠〉、〈江南樂〉、〈江南怨〉、〈燕姬曲〉、〈織女圖〉。律詩頗多雋句秀語，惟描寫不能銳入；絕句景物描寫較具體，此優於律詩處，亦頗擅風韻。律如〈春日登北固多景樓奉即休長老二首〉、〈過五溪〉、〈秦郵驛〉、〈平望驛道〉、〈次王侍御游西湖韻〉；絕如〈過江後書寄成居竹〉、〈贈彈箏者〉、〈題范陽驛〉、〈寒食馬上〉、〈上京即事五首〉、〈夜發龍潭二首〉、〈閶城歲暮〉、〈過揚州〉、〈常山紀行五首〉。虞集《清江集》〈序〉稱薩詩：「最長於情，流麗清婉」，瞿佑《歸田詩話》稱：「清新婉麗，自成一家」，沈德潛《說詩晬語》稱：「穠艷耀麗」，皆得其一端。

末葉詩人，以楊維楨、吳萊為著。維楨樂府，陽擬昌谷，陰染飛卿，惟詞艷而詭，多佻滑墜入魔道；氣稍淋漓者，惟〈鴻門宴〉、〈虞美人〉、〈題夏氏槐夢軒〉、〈自題鐵笛道人像〉、〈五湖游〉、〈廬山瀑布謠〉、〈登華峰頂〉、〈綠珠行〉諸篇。吳萊七古，入選於王士禛《古詩選》，筆力較銳，亦不免有傷詭傷艷處；五古繁冗，近體少情韻。倪瓚及王冕詩頗為古今人所稱，亦惟間得古淡之趣而已。

明初詩人，劉基古體較渾厚，然新意不多；近體多平淺。袁凱學杜不近，惟間有動人篇什。「閩中十子」，步趨清雅，不免窘弱；臺閣諸公，誦法雍容，亦淪膚廓。中葉吳中沈周、唐寅、祝枝山、文徵明，務求適性，率易是傷；蜀中楊慎，頗富麗藻，瑕疵時見。末葉「公安」、「竟陵」二派，亦病輕淺狹窄。初期詩成就較高者，當推高啟、李東陽二家。中期前、後「七子」，以模古高自標榜，世論毀譽不一，然一朝中聲氣最盛、影響最大，故茲論中葉詩，乃復以「前七子」領袖李夢陽、何大復，「後七子」領袖李攀龍、王世貞為代表。

高啟詩高朗豪逸，才藻風調皆佳。惟早歲以日課為詩，擬古之跡顯然，尤以樂府、五古為甚。五古自得之作，如〈龍門〉、〈太湖〉、〈天平山〉，最為劖刻；〈見花憶亡女書〉、〈夢姐〉，最見性情；〈過硤石〉、〈登竹竿嶺〉，則短篇而韶秀。七古多用偶對，俊逸圓美，能以豪氣驅使元人之旖旎，下開梅村之風調，最見才華功力，〈唐昭宗賜錢武肅王鐵券歌〉、〈題韓長司所藏山水圖〉、〈次韻周誼秀才對月見寄〉、〈姑蘇臺〉、〈穆陵行〉、〈題周希逸畫宋杭京萬松圖〉、〈偃松行〉、〈題美人對鏡圖〉、〈張中丞廟〉、〈登金陵雨花臺望大江〉，可為代表。近體雖風調流美，亦如七古，然烹煉不足，故意境深厚者較少。壯年殺身，奪其猛進，惜哉！五律句如〈早出鐘山門未開立候久之〉之「可憐同候者，多是未閑人。」〈京師寓廨〉之「綠樹城通苑，青山寺對扉。」〈牧〉之「但知牛背穩，應笑馬蹄忙。」及「亂世難為客，流年易作翁。」「客散春城酒，人登暮雨船。」「愁邊長夜雨，夢裡少年春。」「人情貧後見，客況醉中忙。」「渡江船載馬，到館燭驚鴉。」較有味。七律〈送沈左司從汪參政分省陝西〉、〈清明呈館中諸公〉、〈寄題安慶城樓〉、〈吳山感舊〉、〈梅花九首〉其一其二；七絕〈聞教坊舊人歌〉、〈山中別寧公歸西塢〉、〈秋柳〉、〈送賈麟歸江上〉、〈送陳秀才歸沙上省墓〉、〈夢歸二首〉、〈東歸至楓橋〉等，為最佳。《詩藪》評啟詩：「格調體裁不甚逾勝國，而才具瀾翻，風骨穎利，則遠過元人。」《明詩別裁》評：「上自漢魏盛唐，下至宋元諸家，靡不出入其間，一時推為大作手。特才調有餘，蹊徑未化，故一變元風，未能直追大雅。」《四庫提要》評：「天才高逸，實據明一代詩人之上。」「摹仿古調，自有精神意象存乎其間。」《甌北詩話》評：「才氣超邁，音節響亮。」「挫籠萬有，學無常師。」汪端《明三十家詩選》評：「才氣豪健而不劍拔弩張，辭采秀逸而不字雕句繪，俊亮之節，醇雅之音，施於山林、江湖、臺閣、邊塞，無所不宜。有明一代，學古而化，不泥其跡者，惟此一人。」所評或稍偏高，然特色於中可覘。世謂啟詩善學唐，然於盛唐大家，能得李之豪逸而不能得杜之沉鬱，《明詩別裁》謂「未能直追大雅」者，或指是而言。《別裁》不免過於株守一宗，故《明三十家詩選》，又非之也。

李東陽歷仕憲宗、孝宗、武宗三朝，迴翔館閣者四十年，為一時大老。錢謙益《列朝詩集小傳》謂：「其詩有少陵，有隨州、香山，有眉山、道園，而其為西涯者自在。」堂廡較寬，胎息頗厚，雖未能盡去「臺閣」之病，而亦頗能轉移其茶弱，稍振氣格，有中興之功焉。惜居朝日久，鮮出國門，故《詩前稿》、《詩後稿》中，多題畫贈送和答之作，題材局限，大似元之虞集。擬古樂府，頗自得意，然語太質而意亦多迂，殊少興發之力。其餘各體，落筆從容閑暇，而時有深入情理之語，清而老，淡而旨，蓋讀書多而閱世深也。五古如〈十一月十七日夜夢樓居風雨中得句云卷簾看風樹時亡妻在側覺而有感續成一章〉、〈送顧憲成教諭〉、〈墨菊二首〉；七古如〈苦熱行〉、〈題清明上河圖〉、〈雪用坡翁聚星堂禁體韻〉；五律如〈次韻答若虛提學〉、〈種竹〉、〈山行十首〉其五，〈雪後〉；七律如〈春寒二首〉其一、〈寄彭民望〉、〈己亥中元陪祀山陵道中奉和楊學士先生韻十首〉其九、〈幽懷四首〉其四、〈鶴林書巢疊諸君韻二首〉其二、〈西山十首〉其三、〈哭女菱〉、〈用韻答邵國賢〉、〈月下賞菊限韻柬邃庵太常先生〉、〈春興八首〉其三其四、〈聞孔氏女至〉；五絕如〈西涯雜詠十二首〉之〈稻田〉、〈雜畫四絕〉之〈畫鬼〉；七絕如〈題畫二絕〉其二、〈畫菜〉、〈春草〉、〈題畫芥〉。至歸湖南省墓之〈南行稿〉，赴南京試士歸程之〈北上錄〉，奉命赴曲阜祀孔之〈東祀錄〉，路途所經，鄉里所見，有實際生活感受，篇章視前二集為少，佳作比例則大為多出。〈南行稿〉佳作如〈揚州懷古〉、〈江上望金陵〉、〈登雨花臺〉、〈與謝寶慶擬登匡山至九江阻雨和韻〉、〈道士洑夜泊次韻〉、〈過黃州〉、〈登岳陽新樓〉、〈競渡謠〉、〈浮居廬〉、〈長沙竹枝歌十首〉、〈茶陵竹枝歌十首〉、〈發南昌宿東湖口〉、〈過錢塘江〉、〈西湖曲五首〉、〈杭嘉道中四首〉、〈游金山二首〉；〈北上錄〉佳作如〈與何王二侍御登報恩寺塔絕頂〉、〈登清涼寺後臺〉、〈九日渡江〉、〈歸夢〉、〈宿遷道中〉、〈見月二絕〉、〈沛縣懷古〉、〈觀趙村閘〉、〈夜過仲家淺閘〉、〈七里灣〉、〈呂梁洪二十韻〉、〈武城懷古〉、〈舟子〉、〈夜泛〉、〈蒙村〉、〈通州道中〉;〈東祀錄〉佳作如〈憂旱辭〉、〈次日大雨至夜喜而有作〉、〈歸至張家灣舟中作〉。

二李何王四家，景明才最高，詩最俊秀，惜享年苦短，未臻大造；世貞年最永，學最博，規模最宏，惜貪多而欠洗煉；夢陽、攀龍，才學不及何、王，而錘煉字句，張皇格調，用力最勤，此其所得，過於二家，而生硬造作亦最甚。二李五言宗漢魏，下及大謝，七古及近體則標榜盛唐；而景明古近體皆兼初中唐，世貞晚年曾玩繹蘇詩。四家模古最甚者，為樂府及五言古，二李之食古不化，生搬硬套，尤令人生厭。獨世貞五古〈寓懷三十首〉、〈後雜言六首〉之若干篇章，及〈二月渡淮即事〉、〈將游漆塘山泛舟五里湖作〉、〈將至建業大風雨作〉等，意境較可取；樂府〈鈞州變〉、〈太保歌〉、〈袁江流鈐山岡當廬江小婦行〉，能揭露權貴，指摘時政。

七言古，景明明尊「四傑」，見於〈明月〉篇序；三家者皆標榜李杜，實亦近「四傑」及高、岑、王維、李頎者多，近李杜者少。蓋太白七古之勝在奔放自然，老杜七古之勝在沉鬱頓挫，具體深入；三家敘事抒情，既雕飾欠自然，復不能具體深入；調求高昂，詞多偶儷，雖欲抑揚抗墜，而沉鬱頓挫之真力實響則不能逮。既失李杜之充實內容與情感，亦難乎徒為形式之模仿也。夢陽之〈石將軍戰場歌〉、〈林良畫角鷹歌〉，形式最近杜；然前詩疵累，既為《列朝詩集》所毛舉，後詩寫鷹鳥雖有勁句，而結尾誦美「今皇」，意亦未高。景明〈明月篇〉、〈哭幼女行〉、〈大梁行〉、〈津市打魚歌〉，情韻差勝。夢陽之〈冰車行〉、〈鹽井行〉、〈豆莝行〉、〈玄明宮行〉，景明之〈盤江行〉、〈大石關行〉、〈歲晏行〉、〈點兵行〉、〈冬雨行〉、〈京倉行〉，世貞之〈征西將軍行〉、〈苦旱行〉、〈張將軍歌〉、〈從軍篇〉、

〈民兵行〉、〈海上行〉，較有現實意義；攀龍於此頗闕然。夫漢魏人生於唐宋，將為唐宋詩；李王生於明而學盛唐，古體且不能踵盛唐人之具體描寫，故雖反映現實，亦不免求簡古而失真切，遠離盛唐精華，以至退而趨初唐，趨漢魏。倒行卻步，逆文學演進之勢向，拘墟刻鵠而不自覺其誤，此所以流為摹古與贋古，而不能真正收學古之效也。

五七言律，乃諸子自謂用心獨到，最為矜持自喜之作；實則多用廣闊或大小正反相形之字面，以構造一種氣象雄渾之語句而已。驟觀頗有涵蓋之概，細玩則乏充實之境。且此類字面句法，層見迭出，窠臼顯然。此種得失，諸子頗共同之。論其差別，則景明較安雅秀逸而不免於弱，好尚稍殊；其餘三家，風格相近，世貞才藻橫溢而不免於率，二李氣象雄勁而不免於粗。至其合作，亦有高華駿美可誦者；若謂得髓老杜，猶形貌爾而情實不爾也。五言律佳作，夢陽如〈汴河東樓夏登〉、〈泰山〉、〈浮江〉；景明如〈沅州道中〉、〈百戰〉、〈武關〉；攀龍如〈登黃榆馬陵諸山是太行絕頂處〉、〈黃河〉、〈廣陽山道中〉；世貞如〈見德州李帥談邊事有感〉、〈新河道中〉、〈亂後初入吳舍弟小酌〉。七言律佳者，夢陽如〈艮岳篇〉、〈秋望〉、〈潼關〉、〈出塞〉；景明如〈安莊道中〉、〈岳陽〉、〈九日黔國後園二首〉、〈春興〉；攀龍如〈初春元美席上贈謝茂秦得關字〉、〈懷子與〉、〈平涼〉、〈杪秋登太華絕頂〉；世貞如〈登西山〉、〈盤山〉、〈登岱〉、〈重登金山作〉。

絕句佳作，則夢陽、景明較少；攀龍、世貞較多。夢陽如〈夏口夜泊別友人〉、〈汴中元夕五首〉其三；景明如〈元夕懷都下之游五首〉其五、〈諸將入朝歌十二首〉其五；攀龍如〈席上鼓飲歌送元美〉其四其五、〈塞上曲四首送元美〉其三其四、〈於郡城送明卿之江西〉其二、〈寄明卿十首〉其三、〈訪劉山人不值〉其一、〈和聶儀部明妃曲〉其三；世貞如〈計偕道中四絕句〉其二、〈即事偶成二首〉其一、〈再贈子相十絕〉其七、〈感懷二首〉其一、〈客談庚戌事〉、〈井陘署中偶成〉、〈阻風安慶〉、〈戲題赤壁〉、〈泊樊口〉、〈清源雜詠〉其一、〈弘治宮詞十二首〉、〈正德宮詞二十首〉、〈西城宮詞十二首〉，諸宮詞刺武宗之荒唐沉湎，孝宗、世宗之迷信道教、摧殘宮女，頗有婉而多風者。

世貞論詩，最尊二李，《藝苑卮言》言：「李獻吉如金鳷擘天，神龍戲海；又如韓信用兵，眾寡如意，排蕩莫測。李于鱗如峨眉積雪，閬風蒸霞，高華氣色，罕見其比；又如大商船，明珠異寶，貴堪敵國，下者亦是木難、火齊。」「獻吉才高氣雄，風骨遒利，天授既奇，師法復古，手闢草昧，為一代詞人之冠。」「國朝習杜者凡數家，……唯夢陽具體而微。」「于鱗擬古樂府，無一字一句不精美。……五言古，出西京建安者，酷得風神。……出三謝以後者，峭峻過之，不甚合也。七言歌行，初甚工於辭，而微傷其氣，晚節雄麗精美，縱橫自然，燁然春工之妙。五七言律，自是神境，無容擬議。絕句亦是太白、少伯雁行。」「五七言律至仲默而暢，至獻吉而大，至于鱗而高。絕句俱有大力，要之有化境在。」明薛蕙詩：「俊逸終憐何大復，粗豪不解李空同。」於「前七子」，軒何而輊李。《詩藪》則最尊王，其言曰：「李以氣骨勝，微近粗；何以丰神勝，微近弱；濟南可謂兼之，而古詩歌行不競。」「信陽之俊，北地之雄，濟南之高，琅琊之大，足可雄視千古。然仲默為大家不足，于鱗為名家有餘。」「李饒幻化而乏莊嚴，何極整秀而寡飛動，風質龍變，弇州其謂耶？」「弇州《四部稿》，古詩枚、李、曹、劉、阮、謝、鮑、庾以及青蓮、工部，靡所不有，亦鮮所不合。歌行自青蓮、工部以至高、岑、王、李、玉川、長吉，近獻吉、仲默，諸體畢備，每效一體，宛出其人，時或過之。樂府隨代遣詞，隨題命意。詞與代變，意逐題新，從心不逾，當世獨步。五言律宏麗之內，錯綜變化，不可端倪。排律百韻以上，滔滔莽莽，杳無際涯。五七言絕句，本青蓮、右丞、少伯，而多自出結構。奇逸瀟洒，種種絕塵。七言律高華整栗，沉著雄深，伸縮排宕，如黃河渤海，宇宙偉觀，又如龍宮海藏，萬怪惶惑。」錢謙益《列朝詩集小傳》，則抨擊李何而於世貞有恕詞。其評夢陽、景明云：「獻吉生休明之代，負雄鷙之才，僩然謂漢後無文，唐後無詩，以復古為己任。信陽何仲默起而應之。自時厥後，齊吳代興，江楚特起，北地之壇坫不改，近世耳食者至謂唐有李杜，明有李何，自大曆以迄成化，上下千載，無餘子焉，嗚呼！何其誖也，何其陋也！夷考其實，平心而論之，由本朝之詩，溯而上之，格律差殊，風調各別，標舉興會，舒寫性情，其源流則一而已矣。獻吉以復古自命，曰古詩必漢魏，必三謝；今體必初盛唐，必杜；舍是無詩焉。牽率模擬，剽賊於字句之間，如嬰兒之學語，如桐子之洛誦，字則字，句則句，篇則篇，毫不能吐其心之所有，古之人固如是乎？天地之運會，人世之景物，新新不停，生生相續，而必曰漢後無文，唐後無詩，此數百年之宇宙日月盡皆缺陷晦蒙，直待獻吉而洪荒再闢乎？……國家當日中月滿，盛極孳衰，粗才笨伯，乘運而起，雄霸詞壇，流傳譌種，二百年來，正始淪亡，榛蕪塞路，先輩讀書種子，從此斷絕，豈細故哉！」評攀龍云：「僻學為師，封己自是，限隔人代，揣摩聲調，論古則判唐《選》為鴻溝，言今則別中盛為河漢，謬種流傳，俗學沉錮，昧者視舟壑之密移，愚人求津劍於已逝，此可為嘆息者也。七言今體，承學師傳，三百年來，推為冠冕。舉其字則五十餘字盡之矣，舉其句則數十句盡之矣。百年萬里，已憎迭出；周禮漢官，何煩洛誦？刻劃雄詞，規模秀句，沿李頎之餘波，指少陵為頹放，昔人所以笑撫帖為從門，指偷句為鈍賊也。」評世貞云：「元美之才，實高於于鱗，其神明意氣，皆足以絕世。少年銳氣，為于鱗輩撈攏推挽，門戶既立，聲價復重，譬之登峻坂、騎危墻，雖欲自下，勢不能也。迨乎晚年，閱世日深，讀書漸細，虛氣銷歇，浮華解駁，於是乎澳然汗下，蘧然夢覺，而自悔其不可復解矣。」沈德潛《明詩別裁》，貌似折衷，實多左袒四子之辭，其言曰「空同五言古宗法陳思、康樂，然過於雕刻，未極自然。七言古雄渾悲壯，縱橫變化。七言近體開合動盪，不拘故方，準之杜陵，幾於具體，故當雄視一代，邈焉寡儔。」「北地詩以雄渾勝，信陽詩以秀朗勝，同是憲章少陵，而所造各異。」「洪宣以後，詩教日衰，雖李西涯起而振之，終未能力挽頹俗。向微李何二家，蛙聲紫色，竊據壇坫，流極何所底耶？凡信口掎摭者，其論吾不敢取。」「歷下詩，……古樂府及五言古體，臨摹太近，痕跡宛然。七言律及七言絕句，高華矜貴，脫去凡庸，去短取長，不存成見，歷下之真面目出矣。」「七言律已臻高格，未及變態。七言絕句，有神無跡，語近情深，故應跨越余子。」「弇州天分既高，學殖亦富，自珊瑚木難及牛溲馬勃，無所不有。樂府古體，高出歷下，何啻數倍？七言近體，亦窺大家，而鍛煉未純，故華贍之餘，時露淺率。」諸家抑揚，相去懸遠，令人驚詫。平心而論，復古諸公，於理論認識既誤，寫作實踐，毛病亦多；然本其獨探冥搜，所得亦有佳處。世貞、應麟、德潛之論，門戶之見實深，過情之譽，殊不能掩，然其衡量諸家各體詩之得失，亦有洞見細微處；謙益之言，不無過激，然其默察文學演進之原理，放眼古今，大端不誤。四子者，其詩之特色及影響，實論明詩者所不能外。余既本管見以述其得失於前，復略舉諸家異同之論於後，庶治詩者，得參互考鏡焉。

# 五
# 清詩話

清詩懲元明之失，又吸收其所得，兼學唐宋，取資最廣。詩論發達，作者不乏有自覺之理論指導。此其條件，成就似應居唐宋之上，顧事實猶不能然。其一為清代之思想鉗制政策，影響詩人不能深入反映現實，揭發社會矛盾，發為實大聲宏之時代強音。中葉以後，政局變化，鉗制之力減弱，文人又焦思奔走於救亡維新與革命，不暇從容以推敲吟詠。其二為文人消磨泰半精力於宦途政事以及制藝學術之研治，不能以全部或主要精力從事寫詩，故詩歌技巧雖較唐宋有創新，乃不能產生若唐宋時李杜蘇陸之偉大詩人。總之，清詩為吾國古典詩歌之後勁，足以繼承唐宋詩而不能超越唐宋者也。

清初詩壇，當以明遺民之愛國詩歌為主流，顧其先轉移晚明詩膚狹、模擬之格局，而開清詩獨創、宏闊之規模者，不能不推錢謙益為最初一人。謙益以其縱橫博厚之才調，力矯明前後「七子」及「公安」、「竟陵」之詩風。於古大名家，皆學焉而不拘守，轉益多師而又獨來獨往。鄒式金序其集云：「其為詩也，擷江左之秀而不襲其言，並草堂之雄而不師其貌，間出入於中晚宋元之間，而雄渾流麗，別具爐錘。」金俊明選其詩而題詞云：「托旨遙深，庀材宏富。情真而體婉，力厚而思沉，音雅而節和，味濃而色麗。其於歷代百家都不沾沾規擬，而能並有其勝。」語或溢量而頗窺大貌。古體如游黃山諸作，排律如〈王師〉、〈有美〉、〈哭留守相公〉諸作，皆甚見才力。然最工者七言近體，絕句佳者富情韻，猶不若律詩之獨步一時。七律佳作，能以杜陵、遺山植骨幹，以義山、致堯調藻采，以東坡、放翁行氣機，合哀感頑艷與蒼涼沉鬱而為一，〈後秋興〉十三疊，〈西湖雜感〉、〈病榻消寒雜詠〉，其規模最大者也。

與謙益並稱「江左三大家」者有吳偉業、龔鼎孳。偉業詩，《四庫提要》評之甚精：「其少作，大抵才華艷發，吐納風流，有藻思綺合，清麗芊眠之致。及乎遭逢喪亂，閱歷興亡，激楚蒼涼，風骨彌為遒上。暮年蕭瑟，論者以庾信方之。其中歌行一體，尤所擅長。格律本乎四傑，而情韻為深；敘述類乎香山，而風華為勝。韻協宮商。感均頑玩艷，一時尤稱絕調」。其歌詠明末清初史事之歌行若〈雒陽行〉、〈雁門尚書行〉、〈永和宮詞〉、〈鴛湖曲〉、〈聽女道士卞玉京彈琴歌〉、〈蕭史青門曲〉、〈松山哀〉等，內容有意義；又如《甌北詩話》所云：選聲作色，「華艷動人」，指事類情，「婉轉如意」。其中〈圓圓曲〉一篇，為八百餘年中足與〈長恨歌〉、〈琵琶行〉鼎足而三之此體傑作。近體腴縟有餘，堅蒼不足，五律最所經意自得，似又不若自言身世悲痛諸七律感人之深也。

龔鼎孳為詩甚敏捷，酒筵歌席，對客揮毫，千言立就。托於文酒風流，不敢明為興亡之嘆；又好次古人韻，不免敷衍。故意境刻深，不若錢吳。律詩俊逸瀏亮，佳句頗多。吳偉業序其詩，贊其「選詞之縟麗，使事之精切，遣詞之雋逸，取意之超詣」，以指此體，殆或不愧。

遺民詩人甚多，若王夫之詩之排奡，閻爾梅之激昂，黃宗羲之樸質，錢澄之之淡遠，傅山之險勁；杜濬五律之清鬱，歸莊七律之綿麗，申涵光絕句之幽秀，皆卓爾可觀。然成就最高者，推顧炎武、吳嘉紀、屈大均、陳恭尹四家。

炎武詩抒寫匡復故國之情，行己有恥之誼，語不蹈虛，詞必愜切，不為鋪敘，自然典重，佳者神情骨力皆高，為清詩中最為堅蒼簡摯之作，五言凝煉質厚，古近體皆然。七言調稍流轉，情更動人；古體若〈井中心史歌〉、〈潼關〉、〈驪山行〉，絕句若〈塞下曲〉、〈楚僧元瑛談湖南三十年來事〉、〈悼亡〉，律詩若〈海上〉、〈偶來〉、〈贈朱監紀四輔〉、〈賦得秋柳〉、〈永平〉、〈又酬傅處士次韻〉，其尤也。朱彝尊《明詩綜》稱其「詩無長語，事必精當，詞必古雅」；沈德潛《明詩別裁》稱其「風霜之氣，松柏之質，兩者兼有。就詩品論，亦不肯作第二流人」；潘德輿《養一齋詩話》稱其「字字皆實，此修辭立誠之旨也」；汪端《明三十家詩選》稱其「憑弔滄桑，語多激楚。茹芝采薇之志，黍離麥秀之悲，淵源樸茂，直合靖節、浣花為一手」。

吳嘉紀蓬門寒士，終生貧苦，不能博涉群籍，故其詩純以白描取勝。內容多寫東海揚郡人民之疾苦，與夫亡國之痛、身世之悲，出於切身感受，真情實感，刻劃又頗深入沉摯，故雖白描，不害意境之深厚。陸廷掄序其集云：「數十年來，揚郡之大害有三：曰鹽筴，曰軍輸，曰河患，讀《陋軒集》，則淮海之夫婦男女，辛苦墊隘，疲於奔命，不遑啟處之狀，雖百世而下，瞭然在目。甚矣吳子之以詩為史也！……吳子詩自三事而外，懷親憶友，指事類情，多纏綿沉痛，而於高岸深谷，細柳新蒲之感尤甚。」〈絕句〉、〈過史公墓〉、〈風潮行〉、〈朝雨下〉、〈江邊行〉、〈鄰翁行〉、〈海潮嘆〉、〈挽船行〉、〈難婦行〉、〈哭妹〉、〈吾兒〉、〈七歌〉、〈泊船觀音門〉、〈李家娘〉等，可為代表。汪懋麟〈陋軒詩序〉謂其兼有「幽峭冷逸」與「痛鬱樸遠」；夏荃《退庵筆記》謂其「幽淡似陶，沉痛似杜，孤峭嚴冷似賈孟」；《四庫提要》謂其「風骨頗遒，運思亦復巉刻」；《清史稿》謂其「工為危苦嚴冷之詞，嘗撰今樂府，淒急幽奧，能變通陳跡，自為一家」。

屈大均、陳恭尹、梁佩蘭並稱「嶺南三家」。佩蘭仕清，非遺民，詩亦遜色。屈大均、陳恭尹交誼深，間關流亡、逃避仕清之志行亦同。惟恭尹詩頗磨礱圭角、掩遏情志；大均則仗才使氣，鋒芒顯露。二家絕句皆較直致，少佳作。大均自謂師法屈原、太白，故其古體，恣肆奇詭，富於浪漫主義色彩；恭尹則蘊藉和易，惟氣較弱。二家皆擅律詩。大均七律亦奔放；然不如五律雄勁渾厚，氣勢聲色之勝在清人中無其儔匹，如〈秣陵〉、〈雲州秋望〉、〈魯連臺〉、〈塞上曲〉、〈通州望海〉、〈登潼關懷遠樓〉、〈平型〉、〈邊夜〉、〈渡江〉、〈秋郊燕集作〉等是也。恭尹五律亦蘊藉如古體；七律則用思曲折奇迴，風調清新流美，情致極佳，〈虎丘題壁〉、〈懷古十首〉、〈崖門謁三忠祠〉、〈九日登鎮海樓〉等是也。大均五律，《明詩紀事》評：「雋妙圓轉，一氣相生，有明珠走盤之妙。」似不切；不如《筱園詩話》之評：「忽而高渾沉著，忽而清蒼雅淡。氣既流盪，筆復老成，不拘一格，時出變化，蓋得少陵、右丞、襄陽、嘉州四家之妙，真神技也。」譚獻《復堂日記》評：「由奇得剽，噴薄處鬱鬱有至性。」恭尹〈獨漉堂詩自序〉謂所作「取諸胸臆者為多」，〈次韻答徐子凝〉謂作詩「只寫性情流紙上，莫將唐宋滯胸中。」彭士望序其集云：「隨物肖形，以應其類，渾渾莫窺其際。間有刑天舞戚、銜木填海之思，躍冶迸出，隨即遮掃，滅去爪跡。」《明詩紀事》評：「元孝詩，溫雅有則。身際滄桑，多感憤之言，而音調仍歸和平，則澤古者深」。

順康雍朝應試、出仕之詩人，最著者有「南施北宋」。施謂施閏章，五言律意最清遠；宋謂宋琬，七言古近體氣頗盛。王士禛《池北偶談》稱施之五言近體為「溫柔敦厚，一唱三嘆，有風人之旨。」稱宋「浙江後詩，頗擬放翁，五古歌行，時闖杜韓之奧。」楊際昌《國朝詩話》較其異同云：「施骨清，宋才俊。施古今體擅長尤在五言，宋古今體擅長尤在七言。施如良玉之溫潤而栗，宋如豐城寶劍，時露光氣。」有與王士禛齊名，被推為「南朱北王」之朱彝尊。彝尊詩評價不一，《四庫提要》之評頗得其要，謂朱早年詩，「規模王孟，未盡所長，至其中歲以還，則學問愈博，風骨愈壯，長篇險韻，出奇無窮。……惟暮年老筆縱橫，天真爛漫，惟意所適，頗乏剪裁。」查慎行《騰笑集》〈序〉其「稱詩最早，格亦稍稍變，然終以有唐為宗，語不雅馴者勿道。」《北江詩話》則謂其「始學初唐，晚宗北宋，卒不能自成一家。」梁章鉅《退庵隨筆》亦病其「通集中格調未能一律」。有宋犖，其《漫堂說詩》自謂：「初接王李之餘波，後守三唐之成法，於古人精意，毫未窺見，乃轉而學宋，肆力東坡。」《國朝詩話》稱其「心摹手追於眉山，得其清放之氣，各體亦秀，以臺閣人成山林格者也。」有趙執信，陳恭尹序其集，謂「自寫性真，力去浮靡」；吳雯序其集，謂「結體清真，脫去凡近」；《清詩別裁》謂其「奔放有餘，不取蘊藉」；《四庫提要》謂其「思路巉刻」，然「末派病於纖小」；《筱園詩話》謂其「筆力沉摯，意主刻露，殊少含蓄蘊藉之功」。諸家者，創新與影響之大，皆不及王士禛與查慎行。

士禛處清廷統治漸趨鞏固與表面承平之世，詩多模山範水，抒懷弔古之作，不能多寫可歌可泣之社會矛盾，今人以此少之，實為苛求。清人亦有病其才力薄或性情不真者，亦不足以沒其所長。蓋士禛講求神韻，其造詣之妙，有古大名家所未至者，即此一端，已足獨有千古。其詩善於融情入景，好整以暇，慘淡經營而出之以平易，涵情綿邈而出之以紆徐，音節清遠，神韻悠然，如初寫《黃庭》，天工人力，恰到好處；初不待詞藻之華艷，議論之新奇，氣勢之強健，運思之巉刻，而自覺意境深厚，滋味不薄。彼以羚羊挂角，香象渡河，華嚴樓閣詔人，實則不度金針，在此而已。質言之，即一為善以從容搖曳之音節見風神，一為善以沖和閑適之態度表情意。故刻意修飾，而痕跡消融；絕代銷魂，而語詞淡泊。此其金針之得來與運用，實別有妙悟孤詣，足以補充前賢，沾溉後學，於古典詩歌藝術之發展，非為一種新貢獻乎？其神韻最佳之作為七絕，其次為五絕，《漁洋精華錄》中所錄佳作不勝枚舉也。七律若〈秋柳〉、〈雨後觀音門渡江〉、〈晚登燕子磯絕頂〉、〈潼關〉、〈題趙承旨畫羊〉等，於蒼茫感慨中，亦饒神韻。七古氣較弱，然音節神韻亦佳，如〈宣和御墨枇杷圖歌〉、〈海門歌〉、〈丹徒行弔宋武帝〉、〈南廟將軍行〉、〈故明景帝陵懷古〉、〈送洪昉思由大梁之武康〉、〈元祐黨籍碑〉。五律、五古，早期所作，皆近王孟一派；《蜀道集》以後，淡宕中又致意刻劃，增強骨力，由王孟而兼師老杜矣。

士禛詩重唐音，貴含蓄；慎行詩最得力於東坡，放翁二家，力求清新刻露，則宋格矣。然東坡、放翁詩，音節不遜唐人，慎行效之，亦宋格而不失唐音。清初學宋詩派，自黃宗羲、吳之振、宋犖以來，至慎行而收功最大。慎行《初白庵詩評》云：「詩之厚，在氣不在直；詩之靈，在空不在巧；詩之淡，在脫不在易。」此其心得與趨向所在。士禛序其集，謂「以近體論，劍南奇創之才，夏重或遜其雄；夏重綿至之思，劍南亦未之過。」袁枚〈答李少鶴書〉：「他山是白描高手，一片性靈，痛洗阮亭敷衍之病，此境談何容易。」《甌北詩話》：「梅村後，欲舉一家列唐宋諸公之後者，實難其人。惟初白才氣開展，工力純熟，鄙意欲以繼諸賢之後。」「要其功夫之深，則香山、放翁後，一人而已。」「初白近體最擅長，放翁以後，未有能繼之者。」「以初白詩與放翁相較：放翁使事精工，寫景新麗，固遠勝初白。然放翁多自寫胸膈，非因人因地，曲折以赴，往往先得佳句，而足成之。初白則隨事隨人，各如其量，肖物能工，用意必切，其不如放翁之大在此，而較放翁更難亦在此。」「初白古詩，微嫌冗長，其遒煉者，……豪健爽勁，氣足神完，宋以來無此作也。」慎行詩各體皆可觀，七言近體尤勝。五古如〈連下銅鼓、魚梁、龍門諸灘〉、〈飛雲岩〉、〈清江浦〉、〈石鐘山〉、〈送女詞〉、〈李氏外孫女歸寧其母於南昌，詩以示之〉；七古如〈麻陽運船行〉、〈水西行〉、〈中秋夜洞庭對月歌〉、〈曉渡鄱陽湖〉、〈夾馬營〉、〈五老峰觀海棉歌〉；五律如〈渡百里湖〉、〈河間道中〉、〈早過大通驛〉、〈趙北口喜晴〉、〈渡黃河〉、〈晚泊韓莊閘〉；七律如〈汴梁雜詩〉、〈過湖口作〉、〈雨過桐廬〉、〈池河驛〉、〈渡青弋江〉、〈滑縣〉、〈秦郵道中即目〉；五絕如〈青溪口號八首〉；七絕如〈三江口苦雨〉、〈早過淇縣〉、〈曉過鴛湖〉、〈舟中即目〉、〈珠江權歌詞〉、〈桂江舟行口號〉、〈早發嘉興〉、〈延平晚泊〉。其詩運思深入，用筆沉著，表達必求明顯條暢，清詞麗句，時見新境。其新處細處有出乎東坡，放翁境外者，其高處大處固不及；較之士禛，巉刻勝矣，蘊藉不及。古今人時勢不同，同時人造詣各異，各取所善，勿拘泥一端而強為高下可也。

乾嘉兩朝，早期力倡唐音之詩人為沈德潛。蓋揚明「七子」餘波，提倡「格調」。德潛詩有反映民間疾苦者，然多應制與頌揚禮教朝廷之作，欲歸於「溫柔敦厚」而不免缺乏生氣。其眼界藩籬廣於「七子」，評詩語亦頗精，集中〈金陵懷古十首〉最雄健。弟子王昶，輯《湖海詩傳》以繼其《清詩別裁》，論詩宗旨亦承沈氏，惟較重視宋之蘇黃，不專主唐，所作求雅正而頗清疏。二家皆吳人，世稱「吳派」。

與「吳派」同時之「浙派」詩人，最著者為厲鶚與錢載。二家詩本出唐人，但筆調更近宋人，故厲氏又被歸諸宗宋詩派。蓋其人精治宋詩宋史，作《宋詩紀事》，濡染者深，故得力於宋者轉過於唐。五古最有特色，淵源唐之王孟韋柳，而於宋陳與義〈夏日葆真池上〉詩為尤近。詞必淘滌，字極烹煉，力求雅潔幽秀，寫景之工，頗有突破，如〈曉登韜光絕頂〉、〈曉至湖上〉、〈游攝山棲霞寺，留止三宿，得詩三首〉其二、〈溪上巢泉上作〉、〈冷泉亭月夜〉。七古及近體，冶中晚唐風神及宋人姜夔，戴復古一流之秀韻而為一：琢削雖不如五古，亦饒幽淡妍秀之勝。七古如〈雨中泛舟三潭同確士作〉、〈曉過梁溪有感〉、〈西湖采蓴曲〉、〈春湖夜泛歌〉；五律如〈靈隱寺月夜〉、〈題青溪寓樓〉、〈西溪山莊曉起看梅〉、〈同讓師泛湖看新柳〉；七律如〈渡河〉、〈富春〉、〈月夜泊吳江〉、〈口占待得成詩雪已消，足成一律〉；絕句如〈寶應舟中月夜〉、〈春寒〉、〈湖樓題壁〉、〈歸舟江行望燕子磯作〉、〈淮城使風暮抵揚州〉。其詩務求幽細，又好用冷僻典故，所短為纖弱。王昶《蒲褐山房詩話》評：「所作幽新雋妙，刻琢妍煉，大抵取法陶謝及王孟韋柳，而別有自得之趣，瑩然而清，窅然而邃，擷宋詩之精詣，而去其疏蕪。」

錢載詩，《近代詩鈔》云：「有清一代，詩宗杜韓者，嘉道以前，推一錢籜石侍郎。」《石遺室詩話》云：「籜石齋詩，造語盤硬，專於句法上爭奇，而罕用僻字僻典，蓋學韓而力求變化者。」錢詩之應制與頌美禮教朝廷，與沈德潛同；而反映民間疾苦之作少於沈。學杜，學其老放拗體；學韓，學其硬語險韻。其詩又兼取古樂府之天真，黃山谷之生新，楊誠齋之俚趣；於俚拙中見渾厚真樸，滯澀荒率中見莽蒼沉著，時有至性語、幽冷語，自成一種新風格。看似不衫不履，率爾而成，實則頗費經營，有意出奇。五古如〈僮歸〉、〈興隆店〉、〈岳頂夜起〉、〈懷婦病〉、〈並洞庭東岸行〉；七古如〈登燕子磯望金陵〉、〈天柱峰出雲歌〉、〈過弋陽六七十里，江山勝絕，即目成歌〉、〈後下灘歌〉；五律如〈夜泊昆山〉、〈發靈川〉、〈廣信舟中夜起〉、〈陶靖節墓碣〉；七律如〈城隅〉、〈到家作四首〉其一其二、〈夜行將至柳前作〉；七絕如〈望石湖〉、〈葑門口號三首〉其一、〈梅心驛南山行二首〉其二、〈觀王文簡公所題馬士英畫二首〉其二；五絕如〈橫塘曲〉、〈江浦見收早稻四首〉。

繼王士禛「神韻」說，沈德潛「格調」說而有「肌理」說之翁方綱。「肌理」者欲合文理與義理而為一，於詩求內容質實而形式雅茂。翁氏所作多以學問議論為之，時雜考據及評書畫金石之語，堆積過甚，有失詩之虛靈與情韻；闡揚宋詩最力，為典型之宗宋詩派。然其治蘇軾時頗有心得，故集中清疏朗秀之作亦不少。如〈雲片石〉、〈望羅浮〉、〈趙北口〉、〈韓莊閘〉、〈宿松至黃梅道中雨〉、〈建昌縣道中〉、〈樂化早發〉、〈彭門懷古〉、〈贛江舟中除夕呈諸友〉。《晚晴簃詩話》謂其「深厚之作，魄力既充，韻味亦厚。」

當宗唐宗宋，「神韻」、「格調」、「肌理」諸詩派詩說形成門戶時，有「性靈」詩派興起，強調詩之個性與靈感，代表人物為袁枚與趙翼。袁枚敢於反傳統禮教，反迷信，反崇古泥古，論事論情，多務平恕，有民主性進步思想。其才調本高，學問亦博。詩以自寫其思想性情為主，不作贋古，不求險奧，語意明密，氣機靈利，音調和諧，無不達之情，無不穩之句。蔣士銓題其集云：「意所欲到筆隨之，筆所未到意孳孳。好風搖曳春雲姿，雷雨卷空分疾遲。」「難達之情息息吹，難狀之境歷歷追。」白傅暢達，小杜風情，相兼而益進，風調流美，故七言勝於五言，七古句法尤靈活多變。七律如〈落花〉十五首，寄托翰林散館落第外放之感慨，句句寫落花，句句切心事，極熨貼圓洽，意亦清新不俗，可徵詩歌技巧之發展；它如〈博浪城〉、〈銅雀臺〉、〈澶淵〉、〈荊卿里〉、〈抵金陵〉、〈杜牧墓〉、〈詠錢〉六首其三、〈遣懷〉三首其二，亦佳。七絕多新鮮議論，如〈琵琶亭〉、〈西施〉、〈孫夫人〉、〈張麗華〉、〈馬嵬〉四首其二、〈再題馬嵬驛〉四首其四、〈閱歷〉、〈題李後主百尺樓〉、〈謁岳鄂王墓作〉、〈湖上雜詩〉、〈桐江作〉。七古佳者，如〈同金十一沛恩游棲霞寺望桂林諸山〉、〈登泰山〉、〈觀大龍湫作歌〉、〈獨秀峰〉、〈銅駝街〉、〈黃金臺〉、〈瓊林曲〉、〈汴梁懷古〉、〈題柳如是畫像〉、〈雨花臺懷古〉等。五古〈苦災行〉、〈征漕嘆〉、〈歸家即事〉、〈哭阿良〉，善於敘事抒情；〈卮言〉、〈秋夜雜詩〉、〈惡老〉、〈不飲酒〉中，多議論通達之作。其過於倚仗「性靈」、疏於提煉者，時有滑易之病，作者為人風流放誕，故內容亦有流為猥下者。然所得大於所失，其詩於思想內容與表現形式，皆大有解放之精神也。

趙翼為史學家，亦有進步之哲學思想，文學重創新。其詩五言古最有特色，以其中議論，思考宇宙人生問題，多樸素唯物思想，參透人情物理，合哲人之智慧與詩人之風趣而為一；且例證充實，語意亦極明暢。袁枚評：「《擊壤集》、《讀書樂》，一經儒家說理，便有頭巾氣。甌北此等詩，穿天心，入月脅，說理愈精，英光愈覺迸露，真足為天地間另闢一境。」張舟評：「諸作多醒世名言，筆極蒼辣。昆吾之刀，切玉如泥。」李保泰評：「詩以道性情，罕有說理者。甌北五言，論史論事，已獨闢一境。茲更以詩說理，橫說豎說，皆未經人道語，如昆刀并剪。無一腐語，無一俚詞，尤是一獨絕處。」《甌北詩鈔》中，〈古詩十九首〉、〈讀史二十一首〉、〈閑居讀書作六首〉、〈雜題八首〉、〈偶得十一首〉、〈後園居詩〉、〈書所見〉、〈山行雜詩〉、〈偶書所見〉、〈靜觀二十五首〉，皆不乏此類佳作，難在有「理趣」無「理障」也。七古格調較雜，〈題閻典史祠〉、〈高黎貢山歌〉、〈土歌〉、〈將至朗州作〉、〈書所見〉、〈颶風歌〉，較見「性靈」。七言近體流美不及袁枚，而較樸質沉著。七律所作最多，頗用心於使典煉句，惟渾成醇厚尚不足；〈過文信國公祠同舫葊作〉最佳，餘如〈和友人洛陽懷古四首〉、〈西湖詠古〉、〈赤壁〉、〈莪洲以陝中游草見示和其六首〉、〈題元遺山集〉、〈題袁子才小倉山房集〉、〈袁州城外石橋最雄麗，相傳為嚴世蕃造〉、〈西湖晤袁子才喜贈〉，亦佳。七絕佳者如〈題吟薌所譜蔡文姬歸漢圖〉、〈野菊〉、〈曉起〉、〈論詩五首〉、〈紅梅〉、〈野步〉、〈山行看紅葉〉、〈看山〉等。

與袁枚、趙翼並稱「乾隆三大家」者為蔣士銓。蔣詩好歌頌節孝，禮教觀念濃，詩受山谷影響，避輕便，與袁趙頗有不同。其解放精神不及袁趙，而筆力較堅勁。吳嵩梁《石溪舫詩話》，推為「五百年來第一家」，誠太過。袁枚序其集，謂其為人「神鋒森然」，故所作「搖筆措意，橫出銳入」；舒位《瓶水齋詩話》評「詩才橫絕，鮮所儔伍」。《蒲褐山房詩話》亦甚推許：「苕生諸體皆工，然古詩勝於近體，七古又勝於五古。莽莽蒼蒼，不主故常，正如昆陽夜戰，雷雨交作；又如洞庭君吹笛，海立雲垂。信足以開拓萬古之心胸，推倒一時之豪傑。」其〈擬秋懷詩七首〉其三云：「文字何以壽？身後無虛名。元氣結紙上，留此真性情。讀書確有得，落筆當孤行。數語立堅壁，寸鐵排天兵。苟非不朽物，誰復輸精誠？入隱出以顯，卓犖為光明。庶幾待來者，神采千年生。」於作詩根本，體會甚精，故不作聊爾語也。七古如〈三峽澗〉、〈開先瀑布〉、〈京師樂府詞十六首〉、〈驅巫〉、〈題表忠觀碑後〉、〈沈氏園弔放翁〉、〈題文信國遺像〉；五古如

〈浮洲寺〉、〈擬秋懷詩七首〉、〈辨詩〉、〈順風過大小孤山〉、〈荻港守風登鳳凰山四首〉、〈論詩雜詠三十首〉；七律如〈薦福寺〉、〈潤州小泊〉、〈南池杜少陵祠堂〉、〈梅花嶺弔史閣部〉、〈烏江項王廟〉、〈看書〉；五律如〈康郎山〉、〈曉過峽江縣〉、〈歲暮到家〉、〈望廬山積雪〉、〈到鉛山有作二首〉其一，〈江泛二首〉；絕句如〈湖口縣守風〉、〈茂苑〉、〈金陵雜詠三首〉、〈垂鞭〉、〈極目〉、〈五更〉、〈濁酒〉。尚鎔《三家詩話》總論三家得失云：「子才筆巧，故描寫得出；苕生氣傑，故撐駕得住；雲松典贍，故鋪敘得工。然描寫而少渾涵，撐駕而少磨礱，鋪張而少鎔裁，故皆未為極詣也。」

黃景仁年三十五而卒，享年甚短而詩之成就甚高，為清代之天才詩人。詩多直寫性情；天才駿發，不高談「性靈」而為真「性靈」詩也；多自寫遭際，抑塞不平，尠直接揭露現實，而現實之痼弊從中可見也。洪亮吉為撰〈行狀〉，謂其詩自漢魏樂府入手，「後始稍變其體，為王李高岑，為宋元祐諸君子，又為楊誠齋，卒其所詣，與青蓮最近。」景仁《詩評》剩稿云：「愚見欲以岑嘉州與李昌谷、溫飛卿三家詩匯刻，似近無理。然讀之爛熟，試令出筆，定有絕妙過人處，亦惟解人能知之也。」景仁不獨為「解人」，且為妙手，含咀英華，相反相成，匯合諸家以成其一家之詩，最近青蓮，又不為青蓮所限。王昶為撰〈墓誌〉云：「至其詩，上自漢魏，下逮唐宋，無弗效者，疏瀹靈腑，出精入能，刻琢沉摯，不以蹈襲剽竊為能。」吳蔚光《兩當軒詩鈔》〈序〉云：「其用思則游魚含鈎，而出重淵之深也；其用筆則翰鳥嬰繳，而墜層雲之峻也。平無不能使之奇也，直無不能使之曲也。而又能反正開闔，抑揚頓挫，以極盡其致。」張維屏《國朝詩人徵略》云：「眾人共有之意，入之此手而獨超；眾人同有之情，出之此手而獨雋。」此狀其詩才也。吳序又謂其詩「如霽曉孤吹，如霜夜聞鐘。」《蒲褐山房詩話》謂如「淚流鮫客，悉化明珠；米擲麻姑，盡成丹粒。」《北江詩話》謂如「咽露秋蟲，舞風病鶴。」此狀其風格也。以論風格，則《國朝詩人徵略》所言：「黃生抑塞多苦語，要是飢鳳非寒蟲。」最見本質；吳錫麒〈與劉松嵐書〉所言：「清窅之思，激哀於林樾；雄宕之氣，鼓怒於海濤。」最為全面。其詩語意清新迴拔，動人心目；音節悠揚激楚，盪人魂魄，感染之力甚強。七言工於五言。古體雄壯者如前後〈觀潮行〉、〈登衡山看日出用韓韻〉，奔放者如〈太白墓〉、〈笥河先生偕宴太白樓醉中作歌〉，沉鬱者如〈虞忠肅墓〉，奇迴者如〈圈虎行〉，細緻者如〈獻縣汪丞座中觀伎〉，淒婉者如〈寒夜曲〉、〈春晝曲〉。近體激楚蒼涼者，如〈和仇麗亭〉其二、〈途中遘病頗劇，愴然作詩〉、〈武昌雜詩〉其一其二、〈別老母〉、〈金陵雜感〉、〈金陵別邵大仲游〉、〈雜感四首〉、〈癸巳除夕偶成〉、〈飢烏〉、〈將之京師雜別〉其一其二、〈移家來京師〉、〈都門秋思〉、〈與稚存話舊〉；纏綿悱惻者，如〈感舊〉、〈感舊雜詩〉、〈綺懷〉。

張問陶亦鼓吹「性靈」，其初期詩有一集名《推袁》者，經袁枚辭謝而改。七古多長短句，然最粗疏，〈眉州〉、〈蒯通墓〉等較佳。五古勝於七古，亦精煉不足，〈入劍閣〉、〈冬夜飲酒偶然作〉等較佳。五律稍工，然竟體清疏空靈者多，竟體雄厚飽滿者少。其詩規模狹於袁趙，然七律最工，頗能兼袁之氣機流美與趙之刻意煉句，佳章佳句頗多；七絕次之。七律如〈醉後登李氏寓樓望月〉、〈蘆溝〉、〈煎茶坪題壁〉、〈途中見鸚鵡〉、〈詠懷舊游十首〉之〈九江〉及〈陝西〉、〈懷人書屋遣興〉其七、〈成都夏日與田橋飲酒雜詩〉其四、〈寶雞縣題壁十八首〉其六其七其十、〈懷古偶然作〉其一其二其六、〈十六日雪中渡江〉；七絕如〈過黃州〉、〈出棧〉其一、〈醉後口占〉、〈讀桃花扇傳奇偶得十絕句〉其一、〈夏日家居即事〉其一、〈萬流驛〉、〈出峽泊宜昌府〉其一、〈論詩十二絕句〉其三其十二、〈題畫〉四絕、〈晚泊鎮江京口驛〉、〈陽湖道中〉。洪亮吉、袁枚皆推重其詩，吳嵩梁《石溪舫詩話》稱其七律：「述懷敘事，沉透能到十分；吐屬清新，音節悲壯，忽如猛將斫陣，忽如高士參禪，忽如舞女簪花，忽如仙人吹笛，別有一種悟境。」《國朝詩人徵略》亦稱：「其近體則極空靈，亦極沉鬱；能刻入，亦能清超。大包名理，細闡物情。」就整體觀，問陶詩格不甚高；而七言近體開拓不少新鮮意境，則不能抹殺其為一時名手也。

舒位、孫原湘、王曇被推為繼袁趙蔣而起之「後三家」，亦稱「三君」。三家中，孫原湘夫婦稱袁枚弟子，最近「性靈」派，詩秀麗多巧思，然傷薄弱；王曇詩奔放奇詭，然傷粗獷；舒位成就最高。位詩重才氣，倜儻華豔，善於鎔鑄成語典故，務求句法奇迴。近體句多曲折濃密，情稠氣盛；古體才藻發越，亦富銳力。陳裴之為作〈行狀〉，謂位言：「人無根底學問，必不能為詩；若無真性情，即能為詩亦不工。」位所作《瓶水齋詩話》及集中論詩之作，亦多發揮此義。王曇序其集，謂詩如「千岩競秀，萬怪惶惑。」蕭掄撰其〈墓誌〉，謂「詩才奇偉恣肆」，「興酣落筆，往往如昆陽之戰，風雨怒號，當者無不披靡」；撰其集〈序〉則謂「以幽并之慷慨，雜吳越之歈吟」。趙翼題辭云：「開徑如鑿山破，下語如鑄鐵成，無一意不奇，無一句不妥，無一字無來歷。是真能於長吉、玉溪、八叉之外，別成一家。」法式善題辭云：「非浸淫於三李二杜者不能。」位詩於辭句上見才力，而思想之豐富則不及袁趙。七律如〈昭君詩〉、〈讀三李二杜集竟，歲暮各題一首〉、〈東阿城下作〉、〈白馬湖訪陳琳墓〉、〈楊花詩〉、〈汴梁尋宋故宮遺址〉、〈臥龍岡作〉、〈抵貴陽作〉、〈向讀文選愛此數家，不知其人可乎？因論其世，凡作者十人詩九首〉、〈虎丘二姜先生祠〉、〈題黃仲則悔存詩鈔後〉；五律如〈花落〉、〈魏塘歸舟〉、〈觀演長生殿樂府〉、〈夜發湘陰縣〉、〈惠山道中〉；五古如〈陡河〉、〈轉斗灣〉、〈自安順赴鎮寧，黔路之平者，止此六十里〉、〈自玉山登舟，水淺且涸，日纔行十餘里〉、〈與甌北先生論詩，并奉題見貽續鈔詩後〉、〈答孟楷論詩三首〉；七古如〈夜抵邗關戲成〉、〈趙北口曉行〉、〈放牐〉、〈趙州逢雨，過憩雨花庵即事〉、〈舟行望襄郡諸山作〉、〈甲秀樓諸葛武侯祠〉、〈蒙山歸雲歌〉、〈梅花嶺弔史閣部〉；絕句如〈題柳〉、〈西南門楊柳枝詞〉、〈登滕王閣眺望雜詩〉其三、〈除夕泊衢州城外〉、〈泊舟菜花涇作〉、〈月夜出西太湖作〉。

上述諸家詩，多昌明諧暢之音，於時有為孟郊澀體，融以幽香冷艷，描摹山水亦時雜以鑱刻峭拔者為黎簡。簡學問行踪及詩材皆不廣，獨善於深思作拗峭幽雋語。其悼亡婦及念幼女詩，至情語最感人。秀出嶺南，別挺孤芳。《國朝詩人徵略》評云：「生平擅詩書畫三絕。其詩由山谷入杜，而取煉於大謝，取勁於昌黎，取幽於長吉，取艷於玉溪，取瘦於東野，取僻於閬仙。錘焉鑿焉，雕焉琢焉，於是成其為二樵之詩。」簡〈答同學問仆詩〉自云：「霜警鐘鳴侯，悲壯秋清爽。草暖蟲細吟，幽咽春駘蕩。」幽咽清警得之，而悲壯駘蕩似不足也。五古描寫西江峽灘諸作如〈龍門灘〉、〈飛龍灘〉等皆佳；此外如〈夏夜溪步〉、〈月下戲詠〉、〈述哀一百韻〉、〈代書示二女〉、〈示女〉、〈春寒〉等亦佳。七古如〈寫景〉、〈春江吟〉、〈雨嘆〉，幽雋；〈短歌行〉、〈人日嘆〉、〈溪後嘆桃花〉，悲愴。近體佳者：五律如〈瀟瀟江上雨〉、〈亡妹生日〉、〈往事〉、〈鬱鬱〉、〈渡口〉、〈春郊〉；七律如〈邕州〉、〈村飲〉、〈野步〉、〈落花〉、〈過黃虛舟城根書屋話舊作〉；絕句如〈春江吟〉、〈畫二絕句〉、〈留別內子絕句〉、〈題畫贈彭明府〉、〈江堤桃花四絕〉。

乾嘉詩人，能發皇者常欠沉著，能藻麗者常欠清刻。其末葉有陳沆者，發皇藻麗有不如，而沉著清刻獨後來居上。其〈雜詩二首〉云：「文字非苟作，有物乃足尊。拙速輸巧遲，真簡勝偽繁。兩間粲已爛，元氣為之根。」以元氣為根，以有物為尚，求真簡而不務繁富，故稿數刪易，存詩不多，存者亦力去浮冗。包世臣跋其詩，以為嗣響韋柳；姚學塽跋以為「沖淡者其神，真樸者其質。詩品在蘇州、道州間」；吳嵩梁評「天才亮拔」，「氣斂而理深」；周錫恩撰其傳評

「思力刻懵」，「所作皆高奇華妙，卓然為一大宗」。沆詩胎息，有漢魏陶謝；而風格最近者為唐之柳子厚、宋之王介甫、陳簡齋，律詩氣體深厚者，則由諸家以窺杜；樂府有得樂天及張王之筆意者。《石遺室詩話》云：「蘄水陳太初《簡學齋詩》四卷、《白石山館手稿》一卷，字皆人人能識之字，句皆人人能造之句，及積字成句，積句成韻，積韻成章，遂無前人已言之意，已寫之景，又皆後人欲言之意，欲寫之景。」狀其詩之語淺顯而意深新，甚辯而精。佳作五古如〈出都詩六首〉、〈靈泉寺〉、〈寒谿寺〉；七古如〈河南道上樂府四章〉；七律如〈有感〉、〈濮州道中〉、〈揚州城樓〉、〈除日抵京〉、〈岳陽樓〉、〈赤壁〉；五律如〈孝感道中〉、〈漢江歸舟夜行〉、〈江夜〉、〈洞庭舟中望君山〉、〈獨夜〉、〈汝寧早行〉；絕句如〈寧鄉山中早行〉、〈汝寧夜雪〉、〈登琵琶亭望匡廬出雲〉、〈雨後舟行〉、〈盧生祠試題二絕句〉、〈輿中作〉。

此外重要作家，有七言絕句風神卓越之黃任；詠古七律雄邁新穎之嚴遂成；五古善於反映現實之鄭燮；古體洞精駭矚之胡天游；師法蘇黃，氣格清迴之姚鼐；得力放翁，而風調雋雅之吳錫麒；寫天山山水，極饒奇氣之洪亮吉；善將古詩筆法，運於律詩句中之宋湘；以及詞藻艷麗，篇什富贍之吳嵩梁、陳文述等。

道咸之世，清政窳敗，已入於龔自珍〈乙丙之際著議第九〉之所謂「衰世」。龔自珍者，於此「衰世」感之最敏，惡之最深，而預期其必變也亦最切。〈著議〉謂：「痺癆之疾，殆於癰疽；將萎之華，慘於枯木。」其〈平均篇〉則謂：「人畜悲痛，鬼神思變置。」〈尊隱〉則望：「有大音聲者起，天地為之鐘鼓，神人為之波濤矣。」於思想為先覺，而性復多情。詩喜「童心」之「來復」，又言「少年哀樂過於人，歌泣無端字字真。」〈宥情〉亦云：「許慎曰：『情，人之陰氣有欲者也』……龔子閒居，陰氣沉沉而來襲心，不知何病。……一切境未起時，一切哀樂未中時，一切語言未造時，當彼之時，亦嘗陰氣沉沉而來襲心。」不獨多情，且饒俠氣。詩屢言「俠」，言「劍簫」，如「亦狂亦俠亦溫文」，「江湖俠骨恐無多」，「一簫一劍平生意」，「氣寒西北何人劍，聲滿東南幾處簫」。以敏銳過人之思力，倜儻自喜之性格，憤時嫉俗，發而為詩，哀樂無端，幽光狂慧，真有「來何洶湧」、「去尚纏綿」之概。《己亥雜詩》七絕三百十五首，為其代表作。夫七絕至乾嘉時，神韻、性靈、議論諸端，無不窮極發展。自珍繼起，又有特色，蓋以議論為主，而貫注濃厚之深情與奇氣於其中，使其拗怒者、傾瀉者、澀硬者，亦皆有動人之瀏亮音節，過人之縹緲情韻存焉，如梁啟超《清代學術概論》所謂使人讀之「如受電然」；題名新安女士程金鳳所謂「變化從心，倏忽萬匠」，「行間璀燦，吐屬瑰麗」，「聲情沉烈，如萬玉哀鳴」者。內容有憂時志士語，有風流名士語，有儒墨濟世語，佛家出世語，俠客蔑世語，而要歸於抨擊「衰世」，有如今人所謂追求個性解放、思想自由，為新時代之啟蒙者，直欲鼓盪風雷，抖擻沉痯。其豪邁奔放之熱情與浪漫主義之瑰思，皆大類太白；惟一主要以古體行之，一主要以七絕行之，斯其異耳。《己亥雜詩》外，〈歌哭〉、〈午夢初覺悵然詩成〉、〈三別好詩〉、〈漫感〉、〈夢中述願作〉、〈歌筵有乞書扇者〉、〈夢中作〉、〈猛憶〉、〈夢中作四截句〉，亦佳。律詩所存不多，五言佳者如〈乙酉臘見紅梅一枝，思親而作，時小客昆山〉、〈乙酉除夕夢返故廬，見先母及潘氏姑母〉；七言如〈懺心一首〉、〈夜坐〉、〈詠史〉之「金粉東南」一首，〈秋心三首〉。古體多於律詩，然時有過於汗漫鬆散者，遜於近體。五古〈冬日小病寄家書作〉、〈寒月吟〉、〈自春徂秋偶有所觸，拉雜書之漫不詮次，得十五首〉較佳；七古〈十月廿夜大風不寐，起而書懷〉、〈元日書懷〉、〈西郊落花歌〉較佳。自珍古律兩體，雖不如絕句，然情思之相類也，亦能使人迴腸盪氣；其七絕之獨放異采，則對近世詩人有極大之影響。

龔自珍卒於道光二十一年，時「鴉片戰爭」尚在進行，《南京條約》猶未簽訂。其友人魏源，卒於咸豐七年，則及見《南京條約》簽訂及太平天國起義，英法聯軍將發之歷史巨變。由此巨變，吾國志士普遍煥發反對列強侵略之愛國精神，而詩中對侵略者之暴行與清廷之屈辱求和，亦有鮮明之反映。魏源詩最有時代意義者，亦在「鴉片戰爭」後反對侵略、憤慨屈辱求和之作，古體如〈秦淮燈船引〉，近體如〈寰海〉十一首、〈寰海後〉十首、〈秋興〉十一首。源詩多以才思行，不甚講究音節格律與情韻。故近體遜於古體；古體亦多議論過甚，傾瀉有餘而韻味不足者。然生平好遊覽，有小印刊曰：「州有九，涉其八；岳有五，登其四。」頗以自豪，所作山水詩，最為致力，才思湧發，時亦情韻兼佳，既用其所長，復能補其所短。故或氣勢磅礴，雄偉恣肆；或鑱刻奇險，窮盡形相；或入幽出妙，冷雋清迴。其長尤在善於比較各處山水之異同而彌顯其特色；敘奇詭難狀之境象而出語皆能豁達，在當時實大有創獲。郭嵩燾序其集云：「游山詩，山水草木之奇麗，雲烟之變幻，滃然噴起於紙上，奇情詭趣，奔赴交會。蓋先生之心，平視唐宋以來作者，負才以與之角。將以極古今文字之變，自發其嶔崎歷落之氣。每有所作，奇古峭厲，倏忽變化，不可端倪。又深入佛理，清轉華妙，超悟塵表。而其脈絡之輸委，文辭之映合，一出於溫純質實，無有幽深扞格使人疑眩者。」五古如〈華山詩〉其三、〈出峽詞〉、〈廬山和東坡詩〉、〈布水臺下同僧觀瀑〉、〈天臺紀游〉其一其五、〈四明山中峽詩〉其二、〈武林紀游十首呈錢尹庵居士〉其二其四其六其十、〈湘江舟行〉其二、〈粵江舟行〉其六；七古如〈游山後吟〉其一其二、〈衡岳吟〉、〈廬山高效歐陽體〉、〈廬山紀游〉其二、〈雁蕩吟〉、〈天臺石梁雨後觀瀑歌〉、〈桂林陽朔山水歌〉其一、〈西湖夜月吟〉、〈三湘棹歌〉。

道咸朝，詩以寫窳政民瘼及反侵略戰爭著者，尚有張維屏、張際亮、朱琦、魯一同、姚燮、貝青喬諸家。張維屏著《國朝詩人徵略》及《聽松廬詩話》，眼界頗寬，詩善白描，〈三元里〉、〈三將軍歌〉。

傳誦最廣。張際亮詩詞藻艷麗，本以弔古詠物之作知名；〈傳聞〉、〈諸將〉、〈定海哀〉、〈鎮海哀〉、〈寧波哀〉諸作，則反映時事者。朱琦詩勁健厚重，〈感事〉、〈王剛節公家傳書後〉、〈狼兵收寧波失利書憤〉、〈朱副將戰歿，他鎮兵遂潰，詩以哀之〉、〈關將軍挽歌〉等，表彰忠烈，憂憤戰局，皆慷慨有力。魯一同詩寫民瘼者如〈荒年謠〉，甚沉摯；寫外患者如〈三公篇〉、〈崖州司戶行〉、〈讀史雜感五首〉、〈重有感〉，亦不落凡近。姚燮詩於漢魏樂府及唐宋諸大家，致力甚深，形式多樣，各體皆工，在諸家中，才氣最橫溢。山水之作，格調介黎簡、魏源間，佳什甚多；寫鴉片戰禍諸作，多出親歷，既真且夥，淋漓盡致，出色之歷史圖卷也。貝青喬之〈咄咄吟〉，組成絕句百二十首，系統反映戰起後英軍之殘暴，清軍之昏聵，愛國軍民之英勇奮戰，亦有價值。抗英主持者林則徐，其詩工整嚴密，雖少直接詳述戰事，然貶謫後出塞諸作，抒發感慨，開新意境，綿深雅健，亦反映山川時局真切之佳作也。金和工于以文為詩，古詩敘事頗生動，《清代學術概論》稱為晚清「元氣淋漓，卓然稱大家」者之一。寫「鴉片戰爭」之〈圍城紀事六詠〉，頗見才力與愛國思想；然後期詩多詆太平天國，今人常因其政治立場而否定其詩焉。

龔魏姚張諸家詩，猶重詞藻色澤，鋪張發越，繼乾嘉餘風。另有一派，宗杜之樸老，韓之排奡，與山谷之峭硬，重骨力而輕色澤，務矜歛而少鋪張，遠唐音而邇宋格，被稱為近代之尊宋詩派，於乾嘉詩風有明顯之轉變焉。其倡始者為程恩澤、祁寯藻、曾國藩。程祁皆治樸學，謂治詩當以訓詁為本，欲合學人與詩人之詩而一之；國藩古體雄勁，近體稍粗。而何紹基、鄭珍、莫友芝皆出程恩澤之門，受其影響，此派詩人成就最高者，當推鄭珍。

鄭珍《巢經巢詩》，翁同書序云：「古近體詩簡穆深淳，時見才氣，亦有風致，其在詩派，於蘇黃為近，要之才從學出，情以性鎔。」莫友芝序：「盤盤之氣，熊熊之光，瀏漓頓挫，不主故常。」

陳夔龍序：「奧衍淵懿，黝然深秀，屹然為道咸間一大宗。近人為詩，多祧唐而禰宋，號為步武黃陳，實則《巢經》一集，乃枕中鴻寶。」《近代詩鈔》云：「竊謂子尹歷前人所未歷之境，狀人所難狀之狀，學杜韓而非摹仿杜韓，則多讀書故也，此可與知者道耳。」同時諸公，亦皆深於學問，多讀書，何以為詩必讓珍獨出頭地？陳評前數語，固已觸及，茲更具體言之：其一，珍家境貧寒而性情甚摯，終身慕父母，篤於骨肉之情，故言及親情及日常境遇，一下筆便愴惻動人。其二，其人僻處西南，身經離亂，其所寫山水情狀與當地人民所受戰亂苛政之苦，皆外人所少見，彼親歷之，又能逼真以言之，故詩中境界，實有他人所未至者。其三，珍之學杜，能從性情中學，其學昌黎山谷，亦有變化，故詩中雖有生僻字詞、質硬語句，入於生澀奧衍者，然通體讀之，又常覺自然而非造作。故其詩之大部分，頗能以杜韓之骨力兼香山之平易與亭林之雅潔，風格渾厚真樸，又深於情。積此三者，故與倚賴學問、歉於性情者之所謂學人之詩不同，真正成為詩人之詩也。胡先驌〈讀鄭子尹《巢經巢詩集》〉云：「卓然大家，為有清一代冠冕。縱觀歷代詩人，除李杜蘇黃外，鮮有能遠駕乎其上者。」珍詩題材仍不甚廣，格法亦偏一派，「冠冕」之說，容或過當，然其詩之見重於後人，由此可見。五古如〈芝女周歲〉、〈清浪灘〉、〈正月陪黎雪樓舅游碧霄洞〉、〈三月初十沙洋〉、〈已過武陵〉、〈平夷生〉、〈寄答莫五〉、〈出門十五日初作詩黔陽郭外〉、〈完未場卷矮屋無聊，成詩數十韻，揭曉後因續成之〉、〈下灘〉、〈觀上灘者〉、〈度歲寄澧州山中四首〉、〈愁苦又一歲寄郘亭〉、〈厓塹口〉、〈吳公嶺〉、〈雲門墱〉、〈游南泉山〉、〈論詩示諸生時代者將至〉、〈臘月十七日馮氏姊還甕海〉、〈避亂紀事九十韻〉；七古〈留別程春海先生〉、〈屋漏詩〉、〈捕豺行〉、〈武陵燒書嘆〉、〈望鄉吟〉、〈晨出樂蒙冒雪至郡，次東坡江上值雪詩韻寄唐生〉、〈追寄莫五北上〉、〈白水瀑布〉、〈自毛口宿花堌〉、〈歸化寺看山茶〉、〈桂之樹〉、〈雙棗樹〉、〈重經永安莊至石堠〉、〈江邊老叟詩〉、〈濕薪行〉、〈與趙漁仲婿論書〉、〈抽厘哀〉、〈南鄉哀〉、〈經死哀〉；五律〈銅仁江舟雜詩六首〉、〈食遙壩場〉、〈疫三首〉；七律〈南陽道中〉、〈自霑益出宣威入東川〉、〈三女蕢於以端午節翌日夭，越六日葬先妣兆下，哭之五首〉、〈歲暮有感〉、〈臘中種竹〉；絕句〈才兒生去年四月十六，少四十日一歲而殤，埋之梔岡麓〉、〈邯鄲〉、〈過黃粱祠〉、〈三坡曲〉、〈出都〉、〈題仇實父清明上河圖〉、〈二苕季弟哀詞二十首〉，皆佳。

莫友芝與鄭珍齊名，《近代詩鈔》謂「二人工力略相伯仲，子尹詩情尤摯耳。」何紹基受東坡影響最深，雖號學宋，然詩筆靈巧，頗以聲色之諧暢發舒為重，乾嘉氣象猶存，與祁程曾鄭之作，風格有異。與祁程一派風格較近，頗得力於唐之東野，宋之宛陵、后山、山谷、誠齋者，為江湜。其詩頗有冷韻諧趣，意境多戛戛獨造者；然於韓杜，則骨力之雄勁不能到也。

同光時期，列強侵略日甚，國勢彌形危急，救亡、維新、革命之思潮，湧起迭現。於時詩壇，略分四派。其一，繼龔魏之遺緒，學古不拘畛域，以表現新思想、新事物，開闢新境界為主。此派之代表人物，當推提倡「鎔鑄新理想以入舊風格」及「詩界革命」之黃遵憲。黃遵憲舊學根柢與詩功均深。有維新思想，持節異邦，多見東西方近代新生活、新器物；對於吾國歷遭侵略之國難，痛心疾首。凡此諸端，皆網羅畢現於詩中，大筆揮灑，氣勢磅礴，形象又必蘄乎歷歷如繪，以杜陵詩史及詩界開埠頭之哥倫布自命。其詩集自序云：「士生古人之後，古人之詩，號專門名家者，無慮百數十家。欲棄古人之糟粕，而不為古人所束縛，誠戛戛乎其難。雖然，僕又以為詩之外有事，詩之中有人；今之世異於古，今之人亦何必與古人同。嘗於胸中設一詩境：一曰復古人比興之體；一曰以單行之神運排偶之體；一曰取〈離騷〉、樂府之神理而不襲其貌；一曰用古文家伸縮離合之法以入詩。其取材也，自群經三史逮於周秦諸子之書，許鄭諸家之注，凡事名、物名切于今者，皆採取而假借之。其述事也，舉今日之官書會典方言俗諺，以及古人未有之物、未闢之境，耳目所歷，皆筆而書之。其煉格也，自曹鮑陶謝李杜韓蘇，訖於晚近小家，不名一格，不專一體，要不失乎為我之詩。誠如是，未必遽躋古人，其亦足以自立矣。余固有志焉而未能逮也。詩有之曰：雖不能至，心嚮往之。」可謂所取者廣，所志者高，所事者難。遵憲既有志，迎難而進，肆力為之，所作雖未必盡如所期，固已卓然特立，足以躋古人而為劃代破荒之大家矣。〈游潘園感賦〉、〈香港感懷十首〉、〈羊城感賦六首〉、〈和鍾西耘庶常津門感懷詩〉、寫鴉片戰爭、英法聯軍兩役事也；〈乙丑十一月避亂大埔三河墟〉等，寫洪楊起義事也；〈馮將軍歌〉、〈過安南西貢有感〉，寫中法戰爭事也；〈悲平壤〉、〈東溝行〉、〈哀旅順〉、〈哭威海〉、〈馬關紀事〉、〈降將軍歌〉、〈臺灣行〉、〈度遼將軍歌〉、〈書憤〉，寫中日甲午戰爭及其後列強割地事也；〈感事〉、〈己亥續懷人詩〉、〈臘月二十四日詔立嗣皇感賦〉、〈庚子元旦〉、寫戊戌變法事也；〈七月二十一日外國聯軍入犯京師〉、〈京師〉、〈三哀詩〉、〈聶將軍歌〉、〈羣公〉、〈和議成感誌〉，寫八國聯軍事也；〈日本雜事詩〉、〈西鄉星歌〉、〈不忍池晚夜游詩〉、〈櫻花歌〉、〈都踊歌〉、〈大坂〉、〈游箱根〉、〈海行雜感〉、〈紀事〉、〈八月十五夜太平洋舟中望月作歌〉、〈錫蘭島臥佛〉、〈倫敦大霧行〉、〈感事三首〉、〈登巴黎鐵塔歌〉、〈蘇彝士運河〉、〈新嘉坡雜詩〉、〈番客篇〉，寫域外之風光名勝、政治歷史，以及華僑生活也；〈感懷〉、〈雜感〉、〈罷美國留學生感賦〉，寫當時政學之腐敗，及維新變法之思想也；〈鄰婦嘆〉、〈逐客篇〉，寫人民之困苦也；〈今別離〉，寫輪船、火車、電報、照像諸新器物及東西兩半球晝夜相反也；〈拜曾祖母李太夫人墓〉、〈春夜招鄉人飲〉、〈小女〉，抒情之佳作也；〈李肅毅侯挽詩〉，欲以李鴻章之卒，檃括晚清政局也。其佳作不止此數，即此諸作，已足見其關係之重大，意境之恢宏，內容之新穎；況體大而又思精，洪爐大冶，無物不鎔，能化俗為雅，化駁雜為馴暢，意無不達，語必有根，非謂之一世之雄可乎？遵憲詩古律皆工，惟絕句欠含蓄；擬作通俗新歌，亦有淺薄無味者。此派健者，尚有康有為、譚嗣同、梁啟超。有為居域外最久，於異邦游歷見聞最多，所收新詩料，包容甚廣，其詩所謂「新世瑰奇異境生，更搜歐亞造新聲」，「意境幾於無李杜，目中何處著元明」是矣。惜豪放奇恣而近疏，多欠含蓄，有如黃河千里，泥沙俱下，深沉縝密不如遵憲。譚嗣同詩思力銳利，沉邃飛揚，欲兩極其勝，頗有新奇之作。惜早年就義，存詩不多；運用佛典及西方新詞語，時有生硬晦僻處，未能直造深純廣大之境。梁啟超存詩亦不多，豪放瑰奇不如康譚，然天骨開張，暢達中別有遒亢之氣與感人之力，頗得其行文之妙。晚年曾從趙熙、陳衍游，頗受所謂「同光體」之影響，詩律更細。惜其為之之專，取境之廣，亦不能不退讓於黃遵憲也。丘逢甲者，臺灣進士，割臺之役，曾力主組織臺灣民主國，親率義軍以抗日，事敗內渡，居祖籍廣東鎮平，猶時時寄望於復臺。為詩英爽豪邁，〈論詩次鐵廬韻〉云：「邇來詩界唱革命，誰果獨尊吾未逢。流盡玄黃筆頭血，茫茫詞海戰群龍。」「新築詩中大舞臺，侏儒幾輩劇堪哀。即今開幕推神手，應選人天絕代才。」亦有志於「詩界革命」與爭雄壇坫者。黃遵憲致書梁啟超，且稱「此君詩真天下健者。」其念臺之作，語多哀痛有力，如江瑔〈丘倉海傳〉所謂「蒼涼慷慨，有漁陽摻撾之聲」者。故柳亞子〈論詩六絕句〉云：「時流競說黃公度，英氣終輸倉海君。血戰臺澎心未死，寒笳殘角海東雲。」平心而論，取材之富，用筆之沉，《嶺雲海日樓》一集，猶非《人境廬》之匹。後起「南社」諸公，以詩鼓吹革命，可稱此派嗣響，然乏成就較大之作者。吳江金天翮，早年趨向「詩界革命」，所作多注意反映國內外大事，才力縱橫；晚年學益博，詩益工。其〈答樊山老人書〉云：「我詩有李杜韓蘇，有張王小樂府，有長吉，有楊鐵崖。有元白，有皮陸，有遺山青丘，而皆遺貌取神，不襲形似。自幼學義山，人不知也；學明遠嘉州，人不知也；學山谷，人不知也，然於此數家功最深。」堪稱此派後勁。

其二，繼承道咸之尊宋詩派，發揚而光大之，世稱之為「同光體」詩派。此派蓋不慊於「詩界革命」派之能闊大而不能精細，能「甚囂塵上」而不能「適獨坐」，能借新名詞新材料以寫新意境而不善於就舊詞語舊格律以變化創造之；其技巧誠細於「詩界革命」派矣，顧不能堂堂正正以直表現實，不免成偏師而失大矣。其代表人物，就地域分，主要有三，籍隸江西者為陳三立。三立詩早年肆力韓黃，所造者深。鄭孝胥序其集云：「伯嚴詩，余讀至數過，嘗有越世高談、自開戶牖之嘆。……大抵伯嚴之作，至辛丑以後，尤有不可一世之概，雖源出於魯直，而莽蒼排奡之意態，卓然大家，非可列之江西社裏也。」《近代詩鈔》云：「散原為詩，不肯作一習見語，於當代能詩巨公，嘗云某也紗帽氣，某也館閣氣，蓋其惡熟惡俗者至矣。少時學山谷昌黎，後則直逼薛浪語。并與其鄉高伯足極相似。然其佳處可以泣鬼神、訴真宰者，未嘗不在文從字順中也；而荒寒蕭索之景，人所不道，寫之獨覺逼肖。」梁啟超《飲冰室詩話》云：「其詩不用新異之語，而境界自與時流異，濃深俊微，吾謂於唐宋人集中，罕與倫比。」其詩務生新薄平易，語不猶人，似極出之艱辛者，顧陳衍謂其下筆甚捷，抑可見其才思功力矣。近體對仗語尤多匪夷所思，善從寬遠見神奇，以傲兀出哀婉，如〈肯堂為我錄其甲午客天津中秋玩月之作，誦之嘆絕，蘇黃以下無此奇矣。用前韻奉報〉、〈吳城作〉、〈曉抵九江作〉、〈黃公度京卿由海南人境廬寄書并附近詩感賦〉、〈衡兒就滬學，須過其外舅肯堂通州，率寫一詩令持呈代柬〉、〈胡琴初寄示除夕述懷四首，次韻酬之〉、〈初秋夕詠懷次和宗武〉、〈任公講學白下，及北還索句贈別〉、〈登五老峰絕頂〉。古體頗善鋪敘景物；寫維新思想，又多結合抒情，力求凝煉，「濃深」仍兼「俊微」，如〈崝廬述哀詩〉、〈江行雜感五首〉、〈崝廬書所見〉、〈讀侯官嚴氏所譯英儒穆勒約翰《群己權界論》偶題〉、〈感春五首〉、〈初春攜家泛青溪〉、〈雪晴步後園〉、〈雪晴倚樓看月上〉、〈破山寺〉、〈黃家坡觀瀑〉。蓋如其〈為濮青士觀察題山谷老人尺牘卷子〉所云「冥搜貫萬象」，又能「奧瑩出嫵媚」者。籍隸福建者為鄭孝胥、陳衍、陳寶琛。鄭孝胥早歲肆力五言古，陳衍《知稼軒詩》〈序〉云：「蘇堪原本大謝，浸淫柳州，參以東野、荊公，於韓專學清淡一路。」三十以後，乃攻七言古近體，陳衍序其集，以為「皆半山、道園、遺山之遺。」其詩有語質而韻遠，外枯而中膏，工於嗟嘆，善為惘惘不甘之言者，故陳寶琛贈詩稱：「蘇堪詩如人，志潔旨彌夐。世兒昧真源，孟浪賞奇橫。」《石遺室詩話》謂道光以來，詩有二派，其在同光時，則「清蒼幽峭」一派，以孝胥為魁壘；「生澀奧衍」一派，以沈曾植、陳三立為弁冕。其實孝胥為人熱中，又負氣，以至晚節蹉跎，身事偽朝，詩欲於幽夐中見巍峨，而究以廉悍奇橫為顯著。古體如〈丁叔雅示猨叟詩冊〉、〈海藏樓雜詩〉、〈答樊雲門冬雨劇談之作〉、〈趨府〉、〈鷗榭聽濤〉、〈廣雅留飯談詩〉、〈答夏劍丞〉；近體如詠櫻花、海棠、紅梅諸作，以及〈枕上〉、〈聽水樓偕伯潛夜坐〉、〈西湖初泛〉、〈泰安道中〉、〈漢口春盡日北望有懷〉、〈赴鄂舟中〉、〈偕石遺登黃鵠磯懷白樓〉、〈九日〉、〈吳氏草堂〉、〈子朋屬題山水小幅〉。陳衍推重開元，元和、元祐「三元」詩，得力韓白及南北宋諸大家，所作閑適自在，錯落有致，頗欣賞所謂老樹著花，頹雲變幻，碎而能婉、曲而能直、斷而能連者。生平善說詩，詩亦以議論勝。錢基博《現代中國文學史》評云：「蓋有會於宋賢梅堯臣之洗煉，蘇軾之諧暢，楊萬里之拗折，陸游之宏肆，而以上窺韓愈之雄奇恢詭，白居易之蕭閒曠遠，而氣能運之，成章以達，透闢生峭。」古體如〈論詩一首送覲俞同年歸里〉、〈與默園論詩即送其行〉、〈江中回望金焦二山〉、〈法源寺丁香盛開為堯生主人賦〉；近體如〈上韜光同畢勛閣〉、〈過黃鶴樓下，樓前年已毀於火〉、〈張廣雅督部電招來鄂呈二首〉其二、〈紅梅四首和蘇堪〉、

〈戲用上下平作論詩絕句三十首〉、〈揚州雜詩七首〉。陳寶琛詩，《近代詩鈔》謂其「肆力於昌黎、荊公，出入於眉山、雙井。」陳三立序其集，謂「感物造端，蘊藉綿邈，風度絕世，後山所稱韻出百家上者，庶幾遇之。」既得南北宋之清峭，又兼中晚唐之風致，不見刻意求工之痕跡，雅步從容而神理縝密，最得「蘊藉綿邈」之妙。此類作品，《近代詩鈔》所錄已多；晚年所作如〈散原少余五歲、今年亦八十矣，記其生日亦九月，賦寄廬山〉，風力有加。生平詠物之作，如〈春陰和含晶韻〉、〈次韻遜敏齋主人落花四首〉、〈後落花〉，以及〈感春四首〉，稍變其格，而寓懷托事，絲絲入扣，熨帖工麗，亦獨步一時。籍隸浙江者為沈曾植，俞明震。曾植學問極淵博，論詩主「三關」，即由元祐、元和以上溯元嘉。〈與金潛廬太守論詩書〉，謂「但著意第三關，自有解脫月。」則有以復古為解脫之傾向。陳三立跋其集云：「寐叟於學，無所不窺，道籙梵籍，並皆究習，故其詩沉博奧邃，陸離斑駁，如列古鼎法物，對之氣斂神肅。蓋碩師魁儒之緒餘，一弄狡獪耳，疑不必以派別正變之說求之也。」陳衍序云：「雅尚險奧，聱牙鉤棘中時復清言見骨，訴真宰，泣精靈。」《近代詩鈔》所錄其詩，殆注意「清言見骨」者，然仍不免因「險奧」而減其歆動力。吾師錢仲聯先生為其《海日樓詩》全集作注，刊布之日，庶幾津逮讀者，便其探索。俞明震詩，則與曾植大異其趣，淡遠精微，以白描勝。陳三立序其集云：「感物造端，攝興象空靈杳靄之域。托體簡齋，句法追錢仲文。」《近代詩鈔》云：「度隴後所作。則功力甚深，蘇堪所謂得杜味者。」晚居杭州，游湖諸作，寫景幽秀入微，可以奪席樊榭，所詣益進矣。此外如「戊戌六君子」中劉光第詩之峭刻，林旭詩之幽蒼，以及通州范當世詩之雄駿，滎縣趙熙詩之靈警，蘄水陳曾壽詩之精緻，新建夏敬觀詩之迥拔，亦可視為此派成就較佳之作。

其三，接軌乾嘉，弘揚中晚唐為主之詩派。代表人物為樊增祥、易順鼎。增祥於乾嘉喜袁枚、趙翼詩。張佩綸序，謂其自言「初涉溫李，後溯劉白」，然好作艷體，受溫李影響最深。生平作詩甚多，近體多於古體，七律及其中疊韻之作尤多，佳者如張序所云：「調采葱倩，音韻鏗鏘。」詩以裁對及隸事之工巧為主，缺乏高深意境。七律〈雨中度棋盤嶺〉、〈聞都門消息〉、〈憶西湖〉等較佳；絕句〈八月六日過灞橋〉、〈奉和金陵雜詩十六首〉、〈池上絕句〉等較佳；七古兼師長慶、梅村體，前後〈彩雲曲〉極知名。易順鼎詩涉獵範圍甚廣，有豪放似太白、東坡者，奇詭似昌黎、長吉者，俊爽似香山、牧之者；然骨格終與溫李為近，亦如樊增祥，而氣較盛，增祥好用僻典，順鼎多用熟典，善以熟典作新奇對仗，工巧又過於增祥。其近體屬對之靈妙驚人，頗竭詩中此道之能事，〈金陵雜感〉、〈初至關中〉、〈詠古詩六十首〉，最多此類佳對。古體如〈癸丑修禊京師萬牲園〉，形式空前解放，而不弔詭造作，酣恣明暢，且富於情韻，足資探求發展舊詩形式者之取鏡；其游覽山水之作，如〈滛預石歌〉、〈自青城歸，過灞橋至玉壘關，觀岷山大江作歌〉、〈青玉峽龍潭〉、〈棲賢澗石歌〉、〈祝融峰頂石〉、〈酥醪觀後多古松，萬翠如海，松下有朝斗逍遙二石臺〉、〈撥雲寺〉、〈黛海歌賦羅浮〉等，奇思輻輳，妙句絡繹，在他人為鏤腸鉥肺不能到，在作者似為興酣揮灑不著力，亦可謂難能矣。順鼎為人不拘細行，其詩多游戲不莊習氣，品格不高；然其對形式之變化，意境之開拓，確有新貢獻。著《江山萬里樓詩集》，以〈檀青引〉、〈天山曲〉、〈金谷園曲〉、〈長平公主曲〉等歌行古詩知名於世之楊圻，亦可列為此派作者。

其四，崛起湖湘，標榜漢魏六朝之詩派。代表人物為王闓運、鄧輔綸。闓運早年能為七言古近體，晚年編集，削其七言近體不存，專尚五言選體，自謂學二陸，至陶謝已無階可登。《近代詩鈔》云：「湘綺五言古，沉酣於漢魏六朝者至深，雜之古人集中，直莫能辨；正惟其莫能辨，不必其為湘綺之詩矣。七言古體必歌行，五言律必杜陵

〈秦州〉諸作，七言絕句則以為本應五句，故不作，其存者不足為訓。蓋其墨守古法，不隨時代風氣為轉移，雖明之前後七子，無以過之也。然其所作，則於事有關係者甚多，茲錄其長篇巨制，一時所傳誦者數首，其餘或鱗爪之而耳。」所錄有五言〈獨行謠三十章示輔綸〉。七言〈圓明園詞〉等。鄧輔綸詩，言情寫景皆有工妙者，高秀出王闓運上，如〈述哀〉、〈鴻雁篇〉、〈登衡山南天門〉、〈湘江晚行作〉等。然《近代詩鈔》仍病其「微覺千篇一律。」

詩格略近第二派，又有不同；且身為達官，不相依附者，為張之洞、翁同龢。張之洞詩，易順鼎謂為「官大詩逾好」，宗東坡，重清切，欲運宋意入唐格。《近代詩鈔》稱其「古體詩才力雄富，近體詩士馬精妍。」近體佳者如〈正月十七日發金陵夕至牛渚〉、〈九曲亭〉、〈中興一首示樊山〉、〈此日足可惜〉、〈食陶菜〉、〈白日一自示樊山〉、〈金陵雜詩〉、〈讀宋史〉。翁同龢詩亦出於蘇，集中多題書畫碑帖之作，似翁方綱；然其「清雋無俗韻」處，又勝於方綱。近體佳者如〈出宿一舍回首黯然〉、〈次韻易州途中〉、〈次韻荊軻山〉、〈次韻劉香石寄懷二首〉其二、〈辛丑中秋月出復翳，夜坐悄然，見荊門畫漫題〉、〈臨倪文正畫二首〉。

# 作者簡介

## 陳祥耀

無錫國學專修學校畢業，曾任中學教師，國立海疆學校講師，福建師範大學講師、副教授、教授。除本書外，尚著有《五大詩人評述》、《喆盦文存》、《喆盦詩合集》、《清詩精華》、《詩詞例析》、《儒道思想論集》、《哲學文化晚思錄》等書。曾擔任《清詩選》（人民文學出版社）副主編；《中國大百科全書．中國文學卷》元明清分支編輯成員（編輯清代詩文詞部分）及撰稿人；參加人民文學出版社新版《魯迅全集．古籍序跋集》之注釋及定稿工作。現任中國詩詞學會名譽理事，中國韻文學會及福建省詩詞學會顧問，中國書法家協會會員。享受國務院專家津貼。

# 本書簡介

本書含《唐宋八大家文說》、《中國古典詩歌叢話》二種。前者具體介紹「八家」文章之主要內容；後者系統介紹中國古典詩歌發展之主要脈絡。皆用文言文寫，內容賅括，文字精煉；從作家集中推舉篇目，評定主次，皆有自家見解；並廣搜前人評語，供讀者對照互參，自求領悟，逐步深入。《文說》所錄八家精粹議論，對後人亦深有教益。是一部言辭精簡而內容豐富，並卓有己見之作。

國家圖書館出版品預行編目(CIP)資料

福建師範大學文學院百年學術論叢. 第二輯.
古詩文評述二種；陳祥耀著.
鄭家建、李建華總策畫
-- 初版. -- 臺北市 : 萬卷樓, 2015.12
10 冊 ; 17（寬）x23（高）公分
ISBN 978-957-739-965-6（全套:精裝）
ISBN 978-957-739-961-8（第 7 冊:精裝）

1.唐宋八大家 2.文學評論

820.7 104018423

福建師範大學文學院百年學術論叢　第二輯

古詩文評述二種　ISBN 978-957-739-961-8

作　者　陳祥耀
總策畫　鄭家建　李建華

出　版　萬卷樓圖書股份有限公司
總編輯　陳滿銘
發　行　萬卷樓圖書股份有限公司
發行人　陳滿銘
聯　絡　電話 02-23216565　傳真 02-23944113
網址 www.wanjuan.com.tw
郵箱 service@wanjuan.com.tw
地　址　106 臺北市羅斯福路二段 41 號 6 樓之三
印　刷　百通科技股份有限公司
初　版　2015 年 12 月
定　價　新臺幣 36000 元　全套十冊精裝　不分售

　新聞局出版事業登記證號局版臺業字第 5655 號